셰익스피어
4대 비극

셰익스피어
4대 비극

윌리엄 셰익스피어 지음
이종인 옮김

햄릿 HAMLET
오셀로 OTHELLO
리어 왕 KING LEAR
맥베스 MACBETH

연암서가

옮긴이 이종인

고려대학교 영어영문학과를 졸업하고 한국 브리태니커 편집국장과 성균
관대학교 전문번역가 양성과정 겸임교수를 역임했다. 주로 인문사회과
학 분야의 교양서를 번역했고 최근에는 E. M. 포스터, 존 파울즈, 폴 오스
터, 제임스 존스 등 현대 영미 작가들의 소설을 번역하고 있다.

번역서로는 『1984』, 『그리스인 조르바』, 『숨결이 바람될 때』, 『촘스키, 사
상의 향연』, 『폴 오스터의 뉴욕 통신』, 『프로이트와 모세』, 『문화의 패턴』,
『폰더 씨의 위대한 하루』, 『호모 루덴스』, 『중세의 가을』, 『군주론·만드라
골라·카스트루초 카스트라카니의 생애』, 『로마사론』 등이 있고, 저서로
는 『번역은 글쓰기다』, 『번역은 내 운명』(공저)과 『지하철 헌화가』, 『살면
서 마주한 고전』이 있다.

셰익스피어
4대 비극

2022년 8월 20일 제1판 1쇄 인쇄
2022년 8월 25일 제1판 1쇄 발행

지은이 | 윌리엄 셰익스피어
옮긴이 | 이종인
펴낸이 | 권오상
펴낸곳 | 연암서가

등 록 | 2007년 10월 8일(제396-2007-00107호)
주 소 | 경기도 고양시 일산서구 호수로 896, 402-1101
전 화 | 031-907-3010
팩 스 | 031-912-3012
이메일 | yeonamseoga@naver.com
ISBN 979-11-6087-100-5 03840

값 25,000원

차례

옮긴이의 말

　내가 셰익스피어를 처음 원어로 읽은 것은 지금으로부터 근 50년 전인 대학 3학년(1973) 때 이호근 선생의 『맥베스』 강독과, 그 다음 해 여석기 선생의 『햄릿』 강독이었다. 두 분 선생이 그때 설명해 준 명대사들은 내 마음속에 셰익스피어 사랑의 작은 씨앗을 뿌렸다. 그것이 이제 참나무처럼 무럭무럭 자라나 더울 때에는 그 나무 그늘에서 누워 쉬면서 기력을 회복하고 배고플 때에는 그 도토리를 주워 먹으며 허기를 면하고 슬프거나 즐거울 때에는 그 나무의 껍질을 어루만지며 나보다 앞서서 이런 슬픔과 즐거움을 겪은 사람들이 이미 많이 있었구나, 하면서 정신적 위로를 얻고 있다. 나는 지금까지 셰익스피어 관련 연구서를 다섯 권 번역했는데 프랑수아 라로크의 『셰익스피어: 비극의 연금술사』(시공사, 1996)를 위시하여, 스탠리 웰스의 『셰익스피어, 그리고 그가 남긴 모든 것』(이끌리오, 2007), 그리고 최근에 번역한 스티븐 그린블랫의 『폭군: 셰익스피어에게 배우는 권력의 원리』[비잉(Being), 2020] 등이 그것이다. 이 책들을 번역할 때마다 셰익스피어를 다시 읽었으니 지금까지 4대 비극을 열 번 이상 읽은 것 같다. 마침 이번에 정확한 번역과 충실한 해설을 지향하며 고전

재번역의 출판 철학을 실천하는 〈연암서가〉를 위해 4대 비극을 번역하면서 셰익스피어는 읽으면 읽을수록 유익하고 심오한 작가라는 것을 다시 한 번 확인할 수 있었다. 이 글에서는 작가의 생애, 저작의 배경, 작품 줄거리, 이 번역서의 특징 등을 간단히 기술한다.

1. 작가의 생애

윌리엄 셰익스피어는 1564년 4월 26일 영국 워릭셔 주에 있는 스트랫퍼드어폰에이번(Stratford-upon-Avon)의 교구 교회에서 세례를 받았다. 아버지 존 셰익스피어는 그 당시 막 생겨난 스트랫퍼드 시청의 재무관을 맡는 한편 생업은 장갑 제조업자였다. 어머니 메리 아든은 저명한 가톨릭 가문의 출신으로 결혼 당시에 지참금으로 50~60에이커에 달하는 토지를 가지고 왔다. 부부 사이에서는 8남매가 태어났는데 극작가는 위로 누나가 둘이 있는 세 번째 아이로 장남이었다.

스트랫퍼드에는 무료 그래머 스쿨이 있어서 셰익스피어는 이 학교에 다녔을 것으로 추정된다. 그가 약 열세 살 정도 되었을 때 집안의 재정적 형편이 갑자기 기울어서 그는 현지 장인의 도제로 들어간 듯하다. 1582년 11월 그는 8세 연상의 앤 해서웨이와 결혼했다. 장녀 수잔나는 1583년 5월 16일에 태어났고 이태 뒤인 1585년에 쌍둥이 남매인 햄넷(Hamnet)과 주디스가 태어났다. 이 쌍둥이가 태어나기 직전에 셰익스피어는 고향 마을을 갑자기 떠나야 하는 신세가 되었다. 워릭셔의 대지주인 토머스 루시 경의 영지에서 밀렵을 하다가 적발되어 고향을 떠나지 않으면 체포될 위기에 처했던 것이다. 1585년의 이 밀렵 사건으로부터 그가 런던의 극작가로 문명을 떨치기 시작하는 1592년까지 7년 동안 셰익스피어의 행적에 대해서는 아무것도 알려진 것이 없어서 신비의 7년이라고 부르고 있다. 셰익스피어는 처음에는 극장 앞에서 말을 잡아주거나 문을 열어주는 등 수위의 일을 시작하면서 극단에서 지위가 올라갔을 것으로 짐작된다.

28세이던 1592년에 이미 셰익스피어는 런던에서 극작가로 명성을 떨쳤고 이를 질시한 로버트 그린이라는 사람은 극작가를 가리켜 "벼락출세한 까마귀가 런던에서 무대를 뒤흔든다(Shake-scene)."라고 하면서 조롱했다. 1592년에서 1594년까지 전염병이 창궐하여 극장 문을 닫은 동안에 셰익스피어는 『비너스와 아도니스』 같은 장시를 썼고 14행시인 소네트도 썼다. 소네트는 개인들 사이에서만 유통되다가 1609년에 가서야 출판되었다. 이 소네트는 셰익스피어의 사생활을 짐작하거나 추정하는 단서로 자주 활용되었다.

1594년 극장이 재개되자 셰익스피어는 〈로드 체임벌린 극단〉의 일원으로 등재되었고, 평생 이 극단을 위해 극본을 쓰고 연기를 했다. 그의 배우 생활은 『햄릿』의 유령이나 『좋으실 대로』의 아담 같은 단역에 그쳤다. 그러나 극작가로서는 그 후 15년 동안 극단의 대들보 역할을 했다. 1598년에 이르러서는 희극과 비극 분야의 최우수 극작가라는 평가를 받았다. 셰익스피어는 이 무렵에 만년보다 더 많은 드라마를 집필했는데 1년에 평균 두 편 꼴로 썼다. 〈로드 체임벌린 극단〉 시절의 동료 작가로 벤 존슨이 있었는데 셰익스피어를 존경하여 "모든 시대의 극작가"라고 칭송했다.

셰익스피어는 배우 겸 극작가였을 뿐만 아니라 극단의 주주였다. 따라서 극단이 번창하면서 그의 재산도 늘어났다. 그의 극단은 자주 궁중에 들어와 공연해 달라는 요청을 받았고 엘리자베스 여왕이 사랑에 빠진 폴스태프를 보고 싶다고 하여, 오로지 그 목적으로 『윈저의 명랑한 아낙네들』을 집필하기도 했다. 엘리자베스 여왕에 뒤이어 제임스 1세가 등극하자 셰익스피어의 극단은 〈킹스멘(왕의 남자들) 극단〉으로 이름을 바꾸었다. 〈킹스멘〉은 궁중에서 가장 사랑받는 극단이었고, 왕 앞에서 초연된 『맥베스』는 제임스 1세를 칭송하는 대사가 일부러 들어가기도 했다.

셰익스피어는 연극계의 동료들과 좋은 사이를 유지했는데 그 결과 한 동료가 사망하면서 셰익스피어에게 자그마한 유산을 남기기도 했다. 이 일로 셰익스피어 자신도 사망하면서 연극계 동료 3명에게 그와 유사한 인사를 하기도 했다. 셰익스피어가 극작가로서 인기가 높아지면서 스트랫퍼드에 있는 가족의 생활 형편도 나아지기 시작했다. 아버지 존 셰익스피어가 빚 때문에 기소당한 것도 해제가 되었고 아버지가 시청 재무관 시절이던 1596년에 신청한 문장(紋章)도 극작가 덕분에 마침내 수여되었다. 1597년에 극작가는 그 도시에서 가장 큰 땅인 대저택 뉴플레이스를 매입했다. 여기에 아내와 두 딸이 살았고, 아들 햄넷은 그 전해인 1596년에 11세로 병사했다. 이 아들의 죽음이 『햄릿』 집필에 어느 정도 영향을 미쳤을 것이라는 추정도 나오고 있다. 셰익스피어는 두 딸 중 주디스를 특히 사랑했는데, 이 주디스가 『겨울 이야기』에 나오는 잃어버린 딸 퍼디타, 『페리클레스』의 잃어버렸다가 마침내 찾은 딸 마리나, 그리고 『템페스트』의 행복하게 결혼하는 딸 미란다의 모델이 되었다는 해석도 나오고 있다.

셰익스피어는 1610년까지는 런던에서 살면서 활동했고 고향 마을에는 가끔 다녀갔다. 1610년 은퇴 이후에는 인근의 부호들과 잘 어울렸고 자신의 소득과 편안함에 영향을 미치는 시청의 사업들 가령 1611년에

간선도로의 개량 작업이나 1614년에 있었던 '인클로저(enclosure, inclosure: 공지에 담장 두르기) 운동'에 적극 참여했다. 그는 은퇴 이후에도 간간히 다른 극작가들과 함께 극본을 썼으나 그 숫자가 많지는 않았다. 그는 1613년에 런던의 블랙프라이어스 근처에 주택을 매입했는데 거주 목적은 아니고 투자를 위한 것이었다. 그러나 〈글로브 극장〉이 1613년 화재로 전소되면서 셰익스피어와 〈킹스멘 극단〉과의 관계는 완전 끊어진 것으로 보인다. 셰익스피어는 1616년 3월에 유언을 작성하여 대부분의 재산을 아내와 딸에게 남겼고, 한 달 후인 1616년 4월 23일에 사망하여 교구 교회에 안장되었다.

셰익스피어의 생애에서 과도한 음주, 도박, 마약, 섹스, 범죄, 정신이상 등 생활상의 일탈이 전혀 없었다. 극단에서 배우로 일하다가 극작가로 전직하여 공연 수입에서 돈을 벌고 돈이 모이면 고향 마을에다 땅을 사두고 은퇴한 이후에는 고향에 내려가 편안히 살다가 자연사했다는 것이다. 그런데 여기서 의문이 드는 것은 그런 평범한 생활을 영위한 극작가가 어떻게 그런 위대한 드라마들을 써낼 수 있었는가 하는 것이다. 인생의 쓰디쓴 경험이 없이 어떻게 그런 사랑, 질투, 열정, 광기, 의심이 가득한 인물들을 창작해 낼 수 있었겠느냐는 것이다. 그래서 여러 셰익스피어 학자들(가령 토머스 타일러나 프랭크 해리스)이 셰익스피어의 14행시인 소네트에서 제시된 자그마한 단서를 가지고 그의 사생활을 역추적하기를 좋아했다. 그중에서 대표적인 것이 소네트 시집을 헌정한 'W.H.'와, 「소네트 147」에 나오는, 셰익스피어가 운명처럼 사랑했다고 고백한 '다크 레이디(dark lady)'가 주된 단서이다.

'W.H.'는 풀 네임이 윌리엄 허버트인데 나중에 펨브로크 백작이 되는 인물이다. '다크 레이디'는 메리 피턴으로서 엘리자베스 여왕의 호위 시녀였다. 셰익스피어 극단이 여왕 앞에서 연극 공연을 할 정도였으니 그 과정에서 극작가는 메리를 알게 되어 서로 사랑하게 되었다. 두 사람이 열렬한 사랑을 나눈 것은 1597년에서 1600년까지 약 3년간이었다. 그런데 1600년에 펨브로크 백작이 이들 사이에 끼어들어 메리는 그의 유혹에 넘어가고 말았다. 그녀는 펨브로크의 아이를 가졌으나 그가 결혼을 거부하는 바람에 아이를 유산하고 왕궁에서도 떠나게 되었고 런던으로 다시 돌아온 것은 1605년 무렵이었다. 그녀가 런던을 비운 이 부재의 5년 동안에 셰익스피어는 그의 위대한 비극들을 집필했다. 『로미오와 줄리엣』의 첫사랑, 『안토니와 클레오파트라』에 나오는 성숙한 사랑, 『오셀로』의 질투, 『햄릿』의 의심, 『맥베스』의 강박증, 『리어 왕』의 광기가 모두 메리 피턴을 빼앗기고 그 사랑을 되찾지 못해 안타까워하던 극작가의 실제 생활을 반영하고 있다는 것이다. 그러니까 그가 창작해 낸 멋진 캐릭터들은 모두가 그 자신의 부분적 초상화라는 얘기이다. 하지만 메리 피턴이든 펨브로크든 이런 추정을 결정적으로 뒷받침하는 증거들이 나와 있는 것은 아니다. 단지 이렇게 추정해 보는 것이다.

이런 작가 개인의 전기적 관점에서 4대 비극을 읽는다면 더욱 흥미진진한 독서가 될 것은 틀림없으나 우리는 작품과 작가의 생애를 같은 것으로 보아서는 안 된다. 사랑에 대하여 셰익스피어보다 더 많은 체험을 한 사람들이 분명 있었을 텐데 그들이 모두 셰익스피어 같은 작품을 써낸 것은 아니었다. 체험에 더하여 상상력이 있어야 하는데 작가의 상상력은 일정 부분 타고 나는 것, 즉 천재라고 보아야 한다. 체험의 부분은 이미 위에서 약술한 것처럼 객관적 증거 상으로는 아주 평범해 보이기 때문에 셰익스피어의 작품은 그만큼 더 위대하게 보이는 것이다.(작품 발표 시기는 〈작가 연보〉 참조)

2. 작품의 배경

작품의 배경은 문헌적인 것, 잉글랜드 극장의 환경, 시대적 배경 이렇게 세 가지를 살펴본다.

첫째, 문헌적 배경을 살펴보면, 셰익스피어의 4대 비극은 대부분 기존에 원전이 있는 것들을 가져와서 셰익스피어가 가공한 것이다. 『햄릿』에 관한 이야기는 덴마크의 역사학자 겸 시인인 삭소 그라마티쿠스(Saxo Grammaticus, 1150?~1200?)가 쓴 『덴마크의 역사(Historiae Danicae)』(1514)에 처음으로 나타난다. 여기에 실려 있는 『햄릿』 이야기는 살해당한 아버지의 복수를 하고 아들이 왕위에 오른다는 내용이다. 이 책은 다시 프랑스로 건너가서 각색이 되었고 셰익스피어는 이 프랑스 어 본 번역판을 읽었을 것으로 짐작된다. 『햄릿』이 집필되기 이전에도 런던에서는 〈햄릿〉이라는 제목의 연극이 이미 상연되었는데 이것을 가리켜 "원조 햄릿"이라고 한다. 이것 이외에도 토머스 키드(Thomas Kyd)의 『스페인 비극(The Spanish Tragedy)』 같은 복수 비극도 "원조 햄릿"에게서 많은 영향을 받은 것으로 보이고, 셰익스피어는 키드의 작품도 읽었을 것으로 보인다.

『맥베스』 이야기는 라파엘 홀린셰드(Raphael Holinshed)의 《연대기(Chronicles)》(1587)의 제2권에 기록되어 있다. 주된 내용은 신하 던월드와 왕비 자리를 탐내는 그의 아내가 포레스 성에서 더프 왕을 살해했다는 것이다. 이 역사서에서 맥베스는 1040년에서 1057년까지 17년간 스코틀랜드를 다스렸던 것으로 되어 있다. 따라서 실물 맥베스가 더프 왕을 살해한 역사적 연대는 1039년에서 1057년 사이일 것으로 추정된다.

『오셀로』는 이탈리아 사람 조반니 바티스타 친티오(Giovanni Battista Cinthio)가 쓴 『1백 개의 이야기(De Gli Hecatommithi)』(1565) 중 37번째에 들

어 있는 이야기를 가져와 각색한 것이다. 베니스에서 백인 여자와 결혼한 무어 인 장군이 자신의 기수(旗手) 장교의 꼬임에 넘어가 기수 장교와 공모하여 무고한 아내를 죽인다는 이야기로, 무어 인이 야비한 장군으로 나온다는 점만이 셰익스피어의 『오셀로』와 약간 다르다.

『리어 왕』 이야기는 라파엘 홀린셰드의 《연대기》에 기록되어 있다. 『리어 왕』은 아주 오래된 전승에서 유래된 이야기로 두 명의 사악한 딸이, 선량한 막내딸을 괴롭힌다는 내용으로 「신데렐라」 동화와 닮은 데가 있다. 웨일스 사람 몬머스의 제프리(Geoffrey of Monmouth, 1100?~1155)가 켈트 인들의 전승을 수집하여 『리어 왕』 이야기를 『브리타니아 왕들의 역사(Historia regum Britanniae)』(1136)에 수록했고, 이것이 라파엘 홀린셰드의 역사책에 들어갔다.

이상에서 보듯이 셰익스피어 4대 비극은 기존에 있던 이야기들을 재조합한 것이다. 문제는 그 재조합이 얼마나 독창적이냐, 하는 것이다. 『구약성경』 「전도서」에는 "하늘 아래 새로운 것은 없다."라는 말이 나온다. 이미 기원전 900년대의 『구약성경』 시대에 이 세상에 새로운 것이 없다는 얘기가 나왔는데, 그때로부터 2천 년 이상이 흘러간 셰익스피어의 시대에 완전히 새로운 자료라는 것은 있을 수 없었다. 요약하면 셰익스피어는 기존의 이야기들을 조합하여 새로운 창작을 했다. 이것은 작가의 조합 능력이 유한할 뿐, 이야깃거리는 무한하다는 것을 보여준다.

둘째, 극장의 환경을 살펴보면, 셰익스피어의 작품들은 소속 극단인 〈킹스 멘〉 소유의 〈글로브 극장〉에서 공연되었다. 그의 드라마는 8할이 배우와 관중이 써준 것이라 해도 과언이 아니다. 셰익스피어는 글을 쓸 때 그 대사를 말할 배우를 먼저 떠올렸고 극장에 오는 관객의 반응을 상상했고 자신의 연극이 많은 관중을 불러 모아 박스오피스의 매출이 늘어나기를 바랐다. 그는 대사를 쓸 때에도 그것이 말하여지는 순간 관중들이 금방 알 아듣게 명료한 단어를 선택하려고 애를 썼다. 따라서 독자가 읽어주기 보다는 들어줄 것을 예상하면서 쓰는 글은 출판을 목적으로 쓴 글보다 훨씬 알아듣기가 쉽다. 실제로 셰익스피어 시대의 사람들은 21세기의 현대인보다 길고 복잡한 문장을 더 잘 알아들었다. 1600년에, 남자는 72퍼센트, 여자는 92퍼센트가 자기 이름을 쓸 줄 몰랐다. 이처럼 문맹이었기 때문에 우리 현대인보다 청취 능력이 훨씬 더 발달되어 있었다.

1600년에 런던의 극장 주위에 살고 있는 사람들 중 약 15~20퍼센트가 단골 관람객이었다. 오늘날의 현대인들이 영화관을 자주 가는 것과 비슷하다. 극장에 귀족과 중산층만 다닌 것은 아니고 서기, 장인, 도제, 여자 등 교육받지 못한 사람들도 다녔다. 런던의 숙련 노동자는 1주에 6실링(30페니)을 벌었다. 극장 맨 뒤 입석(pit석)은 입장료가 1페니였으니, 도박, 음주, 기타 오락에 비하면 싼값이었다. 맥주와 헤이즐넛(개암나무 열매)을 먹고 마시며 극장에 오후 한나절을 보내는 것은 많은 사람들이 감당할 수 있었다. 입석 관람자는 무대 위에서 벌어지는 광경만 볼 뿐, 그 복잡한 언어는 이해하지 못했을 것으로 짐작된다. 『햄릿』은 제3막 제2장에서 '극중극(劇中劇)'을 하게 되는 배우들에게 연기 조언을 하고 있는데, 우리는 여기서 셰익스피어 당시의 관객들이 연극에서 무엇을 바라고 있는지 읽어낼 수가 있다.

셰익스피어 당시의 관람객들은 가끔 소란도 있었지만 대체로 대사를 경청했고 그에 따라 감탄하거나 웃음을 터트렸다. 그들은 현대의 관중보다 좀 더 수다스러웠다. 여기서 1600년 당시의 런던 관람객들 얘기를 이처럼 자세히 거론하는 것은, 셰익스피어 영감의 원동력이 관중임을 말하기 위해서이다. 셰익스피어는 공연 초기에 관중의 반응을 예민하게 살

폈고 그들이 재미있어 하는 부분은 더 보강하고, 반응이 없는 부분은 과감하게 빼버렸다. 이처럼 관중들의 마음에 호소하는 쪽으로 집필하고 또 필요에 따라 과감하게 수정했으므로, 셰익스피어 드라마가 오늘날까지도 많은 사람에게 호소하는 보편적 화제와 대사를 가지게 된 것이다.

셋째, 셰익스피어의 시대적 배경은 이러하다. 셰익스피어의 시대는 중세에서 근대로 넘어오던 시기였다. 유럽의 중세 동안에 유럽에 자리 잡은 주도적인 경제, 사회적 제도는 봉건제였다. 사회 내의 여러 지위들은 충성심의 유대에 의해 결속되었는데, 높은 지위에 있는 사람은 아래 지위에 있는 사람의 봉사(주로 군사적 지원)에 대한 반대급부로 그를 보호해 주어야 했다. 사회적 유동성은 아주 제한되었고 경제는 농업에 집중되어 있었다. 왕은 봉건제 피라미드에서 최정상에 있었으나, 그의 지위는 불안정한 것이었다. 왜냐하면 왕은 토지를 직접 소유한 것이 아니라 그 밑의 영주들이 차지하고 있어서 명목상의 소유자에 불과했기 때문이다.

그러나 봉건제 내에서 사회적인 지위는 정치적인 권력과 동일했다. 봉건제 계급 내에서 한 남성이 태어나면서 가지게 되는 위치(왕자, 공작, 백작, 기사, 혹은 농민)는 그가 누구인지, 그가 누구의 수하가 되어야 하는지, 그가 스스로 어떻게 행동해야 되는지 등을 태어날 때부터 알려 주었다. 이는 다른 사람과 자신의 관계 역시 자연스럽게 형성해 주었다. 하지만 셰익스피어의 시대엔, 그러니까 중세에서 근대로 넘어가던 전환기에는 신분에 유동성이 있었다. 당시는 대해양시대가 막 열려서 국력이 아메리카와 동인도 제도로 뻗어나가려던 시기였다. 당연히 진취적인 사람이 자신의 야망을 달성하기 위해 기존의 제도에 도전하고 나서는 시대였다. 『리처드 2세』에서 왕은 한번 왕이면 영원히 왕이라는 중세적 사고방식을 고수하지만, 왕위 찬탈자 볼링부르크(후일의 헨리 4세)는 왕 노릇은 자격이 있는 사람이 해야 한다고 주장했는데, 이것은 이행기의 사고방식을 보여준다. 『리어 왕』은 무대는 기원전 900년대의 고대 시대에 두고 있으나 실은 이러한 이행기에 있는 잉글랜드 사회를 반영하고 있다.

셰익스피어가 활동했던 엘리자베스 여왕 시대는 북아메리카 전역을 차지하고 인도 대륙을 석권하게 되는 대영(大英) 제국의 부상을 예고하던 시대였다. 이미 아메리카의 동부 해안 지역을 버지니아(처녀의 땅, 즉 엘리자베스 여왕의 땅)이라고 이름붙일 정도로 영국은 해양 제국으로 발돋움하고 있었다. 그 시대는 계절로 따지면 태양이 하늘 높이 떠올라 밝게 빛나던 봄과 여름의 시기였다. 그리하여 이런 시대의 충만한 자신감이 셰익스피어의 드라마 도처에서 드러나고 있다. 그래서 셰익스피어 문학의 찬란한 장엄함은 종종 토머스 하디의 암울한 비장함과 서로 대비되기도 한다. 같은 비극적 소재를 사용했어도 하디에게서는 병적인 어둠만 느껴지는 반면에 셰익스피어에게서는 내일 또다시 태양이 떠오를 것을 확신시켜 주는 찬란한 자신감이 느껴지는 것이다. 『테스』의 토머스 하디는 석양을 맞은 대영 제국, "석양이 아름답지만 어둠이 가까운"(이상은) 대영 제국의 암울한 분위기를 풍기는 반면에, 셰익스피어의 작품에서는 대영 제국의 국력이 이제 막 전 세계로 뻗어 나가려는 용틀임과 박력 그리고 거칠 것 없는 자신감이 느껴지는 것이다.

3. 작품의 줄거리

독자의 편의를 위해 4대 비극의 줄거리를 아래에 간단히 적어 놓았다. 우리는 설악산을 등반하려면 산기슭에 세워져 있는 등산 안내도를 먼저

살펴보면서 앞으로 올라가야 할 길을 미리 숙지한다. 뿐만 아니라 연주
회나 전람회를 간다 해도 그날 연주될 곡이나 전시될 그림을 미리 알아
보고 간다. 셰익스피어의 4대 비극도 마찬가지여서 독서에 들어가기 전
에 각 작품의 줄거리를 반드시 숙지하고 있어야 한다. 그렇게 하지 않으
면 각 장면과 대사의 상호 유기적 관계를 놓치게 되어 작품의 궁극적 의
미를 파악하지 못하게 된다. 하지만 이 줄거리만 알고 정작 작품은 읽지
않는다면 아예 줄거리를 모르는 것만 못하다. 왜냐하면 경부고속도로 지
도를 아무리 많이 들여다본다 하더라도, 자동차를 몰고 나가서 직접 그
도로를 한 번 달리는 것에 미칠 수 없기 때문이다.

『햄릿』

  어두운 겨울 밤, 덴마크 엘시노어 성루 위를 유령이 걸어온다. 먼저 보
초가, 그리고 학자인 호레이쇼가 그 유령을 본다. 그 유령은 최근에 사망
한 햄릿 왕을 연상시킨다. 왕의 동생인 클로디어스가 왕좌를 이어받았고
과부가 된 거트루드 왕비와 결혼했다. 호레이쇼는 선왕의 아들인 햄릿
왕자를 성루로 데려와 유령을 만나게 해준다. 유령은 자신이 클로디어스
에게 암살당한 왕이라고 선언하면서 햄릿에게 복수를 해달라고 말한 다
음에 사라진다.
  햄릿은 복수를 결심하지만 명상적이고 사색적인 성격이어서 실행을
자꾸만 뒤로 미루다가 깊은 우울증에 빠지고 심지어 광기의 기미마저
보인다. 클로디어스와 거트루드는 왕자의 그런 태도를 우려하면서 그 원
인을 알아내려 한다. 그래서 햄릿의 친구인 로젠크란츠와 길덴스턴에게
왕자를 잘 살펴보라고 지시한다. 국왕 고문관이자 총리인 폴로니어스는

왕자가 자신의 딸 오필리아를 너무 사랑한 나머지 정신이 약간 돌아버린 것 같다고 보고한다. 그러자 클로디어스는 폴로니어스에게 햄릿과 오필리아의 대화를 감청하라고 지시한다. 그 결과, 햄릿은 실제로 미친 것 같아 보였고 오필리아에게 모진 말을 하면서 수녀원으로 가라고 닦달하고 자신이 왕이 되면 결혼을 금지시키고 싶다고 말한다.

이때 유랑극단이 엘시노어 성을 찾아오자 햄릿은 좋은 수를 하나 생각해 낸다. 그 극단에게 클로디어스가 선왕을 살해했을 법한 장면을 연출시켜서 클로디어스의 반응을 알아보자는 것이었다. 만약 클로디어스가 유죄라면 틀림없이 그 장면에 반응을 보일 것이었다. 극중에서 그 장면에 도달하자 클로디어스는 자리에서 벌떡 일어나 방을 나가버렸다. 햄릿과 호레이쇼는 이것으로 그의 유죄가 증명된다고 생각했다. 햄릿은 곧바로 클로디어스를 죽이려고 찾아가나 그가 기도하는 것을 목격하고 동작을 멈춘다. 기도하고 있는 사람을 죽이면 그 영혼은 천국으로 가게 될 터인데 그것은 부적절한 복수이기 때문이다. 이제 햄릿의 광기를 우려하고 자신의 신변을 걱정하게 된 클로디어스는 햄릿에게 잉글랜드 유학을 명한다.

그러자 햄릿은 어머니를 추궁하고자 어머니 방으로 찾아간다. 그때 그 방의 장막 뒤에는 폴로니어스가 숨어서 엿듣고 있었는데, 햄릿은 그게 클로디어스인 줄 알고 칼로 찔러 폴로니어스를 살해한다. 이 사건 때문에 햄릿은 곧바로 로젠크란츠와 길덴스턴과 함께 영국으로 보내진다. 이때 클로디어스는 두 친구에게 밀봉된 편지를 주어 보내는데, 그 내용은 잉글랜드 왕에게 햄릿을 처형해 달라고 요구하는 것이었다.

아버지가 햄릿의 칼에 찔려 죽자 오필리아는 슬픔으로 실성하여 강물에 빠져 죽는다. 프랑스에 유학 중이던 폴로니어스의 아들 레어티즈는 분노하며 복수를 위해 덴마크로 돌아온다. 클로디어스는 그에게 햄릿이 부친과 여동생을 죽게 만든 진범이라고 말해준다. 이후 왕에게 햄릿의 편지가 도착한다. 잉글랜드로 가는 중에 해적들의 공격을 받아 부득이하게 귀국해야 되겠다는 내용이었다. 그러자 클로디어스는 레어티즈의 복수심을 이용하여 햄릿을 죽이려는 음모를 꾸민다. 레어티즈가 햄릿과 펜싱 경기를 하도록 유도하면서, 레어티즈의 칼에 독약을 묻혀 햄릿이 일단 찔리면 죽게 되는 음모였다. 만약 햄릿이 경기에서 이기면 경기 중에 햄릿에게 독배를 주어 독살시킨다는 대안도 준비되었다. 햄릿이 엘시노어 인근에 돌아왔을 때 마침 오필리아의 장례식이 진행 중이었다. 슬픔에 사로잡힌 햄릿은 레어티즈에게 자신은 언제나 그녀를 사랑했다고 선언한다. 이어 궁정의 전령이 도착하여 레어티즈와 햄릿 사이에 펜싱 경기를 거행하라는 왕의 명령을 전달한다.

펜싱 경기가 시작되어 햄릿이 먼저 일격을 가하고 레어티즈도 치명적 일격을 가한다. 그리고 다시 시합이 시작되어 두 선수가 경합하다가 쓰러져서 햄릿이 레어티즈의 칼을 바꾸어 잡는다. 이 칼에 레어티즈가 찔린다. 그러자 클로디어스가 햄릿에게 독배를 권하나 거절당하고 그 대신 거트루드가 그 독배를 잘못 마시고 그 자리에서 사망한다. 레어티즈는 자신의 꾀에 자기가 걸렸다고 하면서 햄릿에게 클로디어스가 거트루드의 죽음에 책임이 있다고 밝힌 후, 아까 찔린 상처로 죽는다. 이미 레어티즈의 독 묻은 칼에 찔린 햄릿은 그 칼로 클로디어스를 찌르고 독배의 나머지를 마시게 하여 독살시킨다. 클로디어스는 죽고 햄릿도 복수를 완수한 다음에 죽는다.

그 순간 덴마크를 쳐들어와 왕국을 접수한 노르웨이 왕 포틴브라스가 덴마크 궁정의 참상을 보고서 경악한다. 햄릿의 친구 호레이쇼는 그에게 햄릿의 비극적 이야기를 들려준다. 포틴브라스는 햄릿을 싸움터에서 죽은 전사의 장례식을 치러 주라고 말한다.

『오셀로』

무어 인(흑인) 오셀로는 베니스 공화국을 위해 많은 전공을 세운 장군이다. 오셀로의 휘하 장교인 이아고는 참모장(부관) 자리를 꿈꾸나 오셀로는 그 자리에 카시오를 임명한다. 이에 앙심을 품게 된 이아고는 오셀로와 카시오를 파멸시킬 음모를 꾸민다. 오셀로는 베니스의 원로원 의원인 브라반쇼의 딸 데스데모나와 서로 사랑하게 되어 은밀한 결혼식을 올렸다. 이 사실을 알게 된 이아고는 데스데모나를 연모해 오던 로드리고와 함께 브라반쇼를 찾아가 딸의 비밀 결혼을 폭로한다.

브라반쇼는 베니스 공작을 찾아가 오셀로가 딸을 유혹한 흑인 악마라고 저주한다. 마침 베니스 공작은 터키 함대가 키프로스 섬(Cyprus, 사이프러스)을 공격하기 위해 항해 중이라는 보고를 받고서 오셀로를 현지로 급파하여 방어할 생각이었다. 공작은 브라반쇼의 항의에 오셀로와 데스데모나를 불러 친국을 하고서 남녀가 진정으로 서로 사랑한다는 것을 알고 결혼을 승인하고 오셀로를 키프로스 총독으로 임명한다. 데스데모나는 남편의 파견지에 자신도 동행하게 해달라고 공작에게 요청한다.

이렇게 하여 무대는 베니스에서 키프로스 섬으로 옮겨진다. 이아고는 그 섬으로 함께 따라가서 오셀로를 파멸시킬 계획을 진행한다. 그의 사악한 계획은 카시오와 데스데모나가 서로 사랑하고 있다는 의심을 오셀로의 머릿속에 심어 파괴적 행동을 유도하려는 것이었다. 한편 여자 좋아하고 술 좋아하는 카시오는 이아고의 사주를 받은 로드리고의 도전에 넘어가서 로드리고가 거리에서 싸운 일 때문에 오셀로에 의해 부관 자리에서 강등된다. 이때 이아고는 카시오에게 마음이 착한 데스데모나에게 사정을 호소해 보라고 악마처럼 속삭인다. 카시오는 자신의 억울함을 해소하여 명예를 회복하고 부관 자리로 복직하고자 데스데모나를 만난다. 이때 간악한 이아고는 오셀로가 두 사람의 만남을 멀리서 볼 수 있게 꾸며서 오셀로의 질투심이 생겨나도록 유도한다.

아내가 외간 남자를 만나는 장면을 목격한 오셀로는 기분이 나빠지고 아내와 저녁 식사를 하기 전에 두통을 느낀다. 아내는 손수건을 가지고 남편의 머리를 감싸주며 진통을 해보려 하나 손수건이 너무 작아 머리에서 흘러내린다. 오셀로 부부는 떨어진 손수건을 잠깐 잊어버리고 저녁 식사를 하러 간다. 이때 데스데모나의 하녀인 에밀리아(이아고의 부인)가 그 손수건을 집어 들어 이아고에게 가져다준다. 남편 이아고가 그걸 훔쳐오라고 했던 것이다. 그 손수건은 오셀로가 사랑의 표시로 데스데모나에게 준 첫 선물이었다.

이아고가 만날 때마다 데스데모나의 부정을 암시하자 오셀로는 확실한 증거를 대라고 요구한다. 그러자 문제의 손수건을 이미 카시오의 방에다 몰래 가져다 놓았던 이아고는 그것을 카시오의 방에서 보았을 뿐만 아니라 그자가 그 손수건으로 자기 이마의 땀을 닦는 것을 보았다고 말한다. 이아고의 악마적인 속삭임에 질투심이 활활 불타오른 이아고는 아내에게 손수건 건을 추궁하나 순진하고 무고한 데스데모나는 그게 어디로 갔는지 대답하지 못하고, 오히려 카시오의 복직 얘기를 꺼내들어 오셀로의 의심을 더욱 확신시켜 주고 그의 분노를 더욱더 부추긴다.

한편 카시오는 자기 방에 이 무슨 난데없는 손수건이냐고 중얼거린다. 카시오는 거리에서 내연 관계인 창녀 비앙카를 만나 그 손수건을 건네

주면서 그 딸기 무늬가 너무 멋지니 다른 손수건에다 좀 본떠 달라고 요청한다. 반면에 오셀로는 이제 질투심이 절정에 이르러 몽환에 빠지면서 땅에 쓰러져 발작 비슷한 증상을 일으킨다. 마침 그 발작의 현장에 이아고와 카시오가 등장한다. 이아고는 이때 정신을 회복한 오셀로를 꼬드겨서 데스데모나의 부정을 확인할 수 있는 장면을 보여줄 테니 몰래 엿들으라고 말한다. 그런 다음 이아고는 카시오에게 일부러 내연녀 비앙카 이야기가 나오게 하고, 비앙카 얘기가 곧 데스데모나 얘기인 것처럼 오셀로에게 들리도록 교묘하게 유도한다. 물색 모르는 카시오가 비앙카(오셀로의 머릿속에서는 데스데모나)가 자기를 너무 사랑해 달라고 달려드는 바람에 골치가 아프다는 경멸의 발언을 한다. 그것을 몰래 엿듣던 질투남 오셀로는 더 이상 참지 못하고 중대한 결단을 하게 된다.

이렇게 하여 아내의 부정을 잘못 확신하게 된 눈 먼 오셀로는 아내를 침실에서 목 졸라 죽인다. 그러나 곧바로 에밀리아가 나타나 손수건의 진상을 밝힌다. 그렇게 하여 자신의 음모가 들통나자 이아고는 자기 아내를 칼로 찔러 죽이고, 진상을 알게 된 오셀로는 이아고에게 달려들어 칼로 찔러 죽이려 했으나 부상만 입힌다. 오셀로는 자기 잘못을 깨닫고 스스로 자결한다. 그리고 이아고 대신 카시오를 키프로스 총독으로 임명한다는 임명장을 들고 온 본국 사절 로도비코는 카시오에게 이아고를 심판하여 처형하라고 지시를 내린다.

『리어 왕』

브리튼 왕국의 연로한 왕 리어는 왕좌에서 내려오고 자신의 왕국을 세 딸에게 나누어 줄 결심을 한다. 이 생각을 실천에 옮기기 전에 리어는 세

딸을 시험해 볼 요량으로 딸들에게 자신을 얼마나 사랑하는지 묻는다. 큰딸과 둘째 딸인 고너릴과 리건은 아버지에게 아첨 가득한 대답을 하며 하늘만큼 땅만큼 사랑한다고 말한다. 그러나 귀여운 막내딸 코딜리아는 아버지를 얼마나 사랑하는지 말하고 싶지 않다고 대답한다. 그러자 리어는 불같이 화를 내며 코딜리아와 의절한다. 그동안 코딜리아에게 구애해 오던 프랑스 왕은 무일푼 코딜리아와 결혼하고 싶어 한다. 그래서 그녀는 아버지의 허락도 없이 그를 따라 프랑스로 건너간다.

리어는 곧 자신이 잘못된 결정을 내렸다는 것을 깨닫는다. 고너릴과 리건은 왕에게 남아 있던 얼마 안 되는 권위도 서서히 빼앗아간다. 사랑하는 딸들이 자신을 배신한다는 사실에 경악한 리어는 서서히 정신 이상에 빠져든다. 그는 딸들의 집을 떠나 엄청난 비바람이 몰아치는 황야로 나간다. 그를 따르는 사람은 광대와, 변장한 귀족인 켄트뿐이다.

한편 브리튼의 지체 높은 귀족인 글로스터 백작 또한 리어와 비슷한 가정 문제를 겪는다. 그의 사생아인 에드먼드는 한 살 위의 형이며 적자인 에드가가 아버지를 죽이려 든다고 무고하여 믿게 만든다. 에드가는 아버지가 동생의 무고에 넘어가 자신을 죽이려 든다는 것을 알고 황급히 집에서 달아난다. 에드가는 미친 거지로 변장하고서 "불쌍한 톰"이라는 별명을 사용한다. 에드가는 리어와 마찬가지로 황야로 나아간다.

충성스러운 신하인 글로스터는 리어의 두 딸이 아버지를 박해한다는 사실을 알고서 자신에게 닥쳐올 위험을 돌보지 않고 리어를 도우러 나선다. 둘째 딸 리건과 남편 콘월 공작은 글로스터가 리어를 돕는다는 것을 알아차리고 대역죄라고 비난하면서 두 눈을 뽑아버리고 시골 지방으로 추방한다. 리건의 남편 콘월은 이때 하인의 도전을 받아 칼을 맞았고 그 부상으로 사망한다. 글로스터는 결국 변장한 아들 에드가의 도움을 받아 도버 시로 가는데, 리어 또한 그곳으로 온다.

　도버에는 막내딸 코딜리아가 프랑스 군대와 함께 상륙했다. 그녀는 아버지를 구원하기 위해 군대를 이끌고 바다를 건너온 것이다. 한편 글로스터의 아들 에드먼드는 리어의 두 딸 고너릴과 리건을 상대로 하여 모두 내연 관계를 맺는다. 그런데 고너릴의 남편 올버니 공작은 점점 더 리어 왕과 글로스터를 동정하는 쪽으로 마음이 기울어진다. 그러자 고너릴과 에드먼드는 올버니를 죽이기로 모의한다. 에드먼드는 남편 콘월을 잃어 과부가 된 리건에게 더 마음이 기울어지고 고너릴은 그 때문에 격심한 애정의 질투를 느낀다.

　한편 도버에 상륙한 코딜리아는 전령을 통하여 아버지의 비참한 형편을 알게 된다. 충실한 신하 켄트가 리어 왕을 코딜리아 캠프로 데려가자 부녀는 극적으로 만난다. 딸의 지극한 정성과 간호로 제정신을 회복한 리어는 코딜리아를 알아보고 기뻐하지만, 자신이 저지른 과거의 잘못을 깨닫고 침울한 기분에 빠져든다.

　글로스터를 보호하던 에드가는 에드먼드에게 고너릴의 편지를 전달하러 가던 고너릴의 집사장 오스왈드를 만난다. 둘 사이에 곧 싸움이 벌어져서 에드가는 오스왈드를 죽인다. 에드가는 고너릴의 편지를 올버니에게 가져간다. 편지 내용은 고너릴이 에드먼드에게 사랑을 고백하면서 남편(올버니)을 죽여 달라고 요청하는 것이었다. 이어 에드가가 자신의 신분을 밝히자 글로스터는 자신의 과거 잘못된 처사를 크게 상심하면서 죽는다. 이때 브리튼 군대를 지휘하던 에드먼드는 리어와 코딜리아를 포로로 잡아서 투옥한다.

　에드먼드의 야심을 알고 있던 올버니는 그를 대역죄로 몰아세운다. 리건은 간통한 에드먼드를 위해 중간에 끼어드나 고너릴이 배척한다. 그러자 리건은 울화병으로 드러눕게 되어 올버니의 텐트로 보내진다. 에드먼드가 결투에 의한 재판을 요청하자 올버니는 동의한다. 그리하여 아직도 변장 중인 에드가가 결투에 나서서 이복동생 에드먼드를 찔러 치명상을 입힌다. 고너릴은 남편 올버니로부터 그녀의 흉계(남편을 죽이려 했던 사실)를 알고 있다고 전해 듣자 절망에 빠진다. 그녀는 올버니의 텐트로 가서 리건을 독살하고 그 자신도 자살한다.

에드먼드는 죽어가면서 이런 사실을 알린다. 그가 코딜리아를 교수형 시키라고 지시했고 그 후엔 그녀가 아버지에 대한 절망감으로 자살했다는 거짓 공표를 하도록 시켰다는 것이었다. 언제나 악마 같은 에드먼드는 고너릴과 리건의 시체를 보면서 두 여자가 자신에 대한 사랑의 질투 때문에 죽었다는 사실에 야릇한 만족감을 표시한다.

올버니는 에드가를 급파하여 코딜리아의 처형을 막아보려 했으나 때는 이미 늦었다. 리어 왕은 에드가가 죽은 코딜리아의 시체를 안고 나타나자 그 어떤 위로도 거부한다. 리어는 마침내 켄트의 정체를 알아보고 그에게 용서를 구한다. 상심하여 혼돈에 빠진 노인 리어는 고뇌 속에서 죽는다. 에드가와 올버니 두 사람만 뒤에 남아 유혈과 전쟁으로 파괴된 국가를 재건하는 임무를 떠맡는다.

『맥베스』

어떤 외진 곳에 세 명의 마녀가 등장한다. 이어 무대는 군영으로 바뀌어 스코틀랜드 왕 덩컨은 맥베스와 뱅코 두 장군이 두 갈래의 침략군을 격파했다는 기쁜 소식을 듣는다. 하나는 아일랜드 군대이고, 다른 하나는 노르웨이 군대이다. 맥베스와 뱅코는 승전 후에 황야를 통과하다가 세

명의 마녀를 만난다. 마녀들은 맥베스가 코더의 영주가 되었다가 이어 스코틀랜드 왕이 될 것이라고 예언한다. 또 동료 장군인 뱅코는 그 자신 왕이 되지는 못하겠으나 왕가의 시조가 될 것이라고 예언한다. 마녀들은 사라지고 두 장군은 예언을 의아하게 생각하는데, 덩컨 왕의 전령이 도착하여 맥베스에게 새 코더의 영주로 임명되었음을 알린다. 옛 영주가 노르웨이 침략군 편에 붙었다가 덩컨 왕의 명령으로 처형되었다는 것이다. 이렇게 하여 마녀들의 예언이 일부 실현되자 맥베스는 자신이 혹시 왕이 되는 게 아닐까 곰곰 생각하게 된다. 맥베스는 덩컨 왕을 방문하고 당일 저녁에 자신의 성 인버네스에서 덩컨 왕과 함께 저녁 식사를 하기로 합의한다. 맥베스는 이 소식과 함께 그동안 마녀를 만나서 앞으로 왕이 될 거라는 예언을 들었다는 사실을 아내에게 편지로 미리 알린다.

편지를 받아든 맥베스 부인은 남편이 왕이 되어야 마땅하다고 여기면서 남편의 우유부단한 성격을 염려하여 당일 저녁으로 자택에서 왕을 암살하기로 마음먹는다. 맥베스가 인버네스 성에 도착하자 그녀는 망설이는 맥베스를 설득하고 마침내 맥베스는 암살을 결심한다. 맥베스 부부는 왕의 시종 둘을 대취하게 만들어 무력화한다. 왕을 암살하러 가던 맥베스는 공중에 떠 있는 피 묻은 단검의 환상이 앞길을 안내하는 것을 본다. 그 다음 날 아침 부부는 두 시종에게 범죄를 뒤집어씌운다. 왕의 시신이 발견되자 맥베스는 엄청 분노하는 척하면서 시종 두 명을 찔러 죽인다. 덩컨 왕의 두 아들 맬컴과 도널베인은 각각 잉글랜드와 아일랜드로 달아난다. 맥베스는 손쉽게 왕위에 오른다.

뱅코가 왕가의 시조가 될 것이라는 예언을 의식한 맥베스는 자객들을 동원하여 왕궁의 저녁 식사에 참석하러 오는 뱅코와 그 아들 플리언스를 죽이라고 지시한다. 자객들은 매복하고 있다가 뱅코를 죽였으나 플리언스는 목숨을 건져 달아난다. 맥베스는 그 아들이 살아 있는 한 왕위는 불안정하다고 느낀다. 그날 밤 왕궁의 만찬장에 뱅코의 유령이 맥베스를 찾아와 맥베스의 자리에 앉는다. 맥베스는 겁을 먹고 헛소리를 중얼거린다. 만찬장의 귀족들은 맥베스의 정신 나간 모습에 놀라며 의문을 품는다. 맥베스 부인이 급히 사태를 수습하여 귀족들을 돌려보내지만, 그들은 맥베스를 수상하다고 여기며 저항하기 시작한다.

자신의 지위가 불안한 맥베스는 동굴의 마녀들을 찾아간다. 그들은 맥베스의 앞날에 대하여 이렇게 경고하며 예언한다. 맥베스의 왕위 등극에 반대했던 스코틀랜드 귀족 맥더프를 경계할 것. 여자의 몸에서 태어난 자는 맥베스의 안전을 해치지 못할 것. 버남의 숲이 던시네인 성으로 이동해 올 때까지 맥베스는 안전할 것. 맥베스는 크게 안심하고서 마녀의 동굴을 나선다. 모든 사람은 여자의 몸에서 태어나고 숲이 움직여 높은 언덕으로 올라오지 못할 것이기 때문이다. 맥더프가 왕세자 맬컴에게 합류하기 위해 잉글랜드로 달아났다는 소식을 듣자, 맥베스는 맥더프의 부인과 자식들을 몰살한다. 이 소식을 들은 맥더프는 경악과 충격 속에서 복수를 맹세한다.

왕세자 맬컴은 잉글랜드에서 군대를 일으켜서 맥더프와 함께 스코틀랜드로 쳐들어온다. 맥베스의 전횡과 학살에 염증을 느끼던 스코틀랜드 귀족들은 왕세자의 군대에 호응한다. 맥베스 부인은 몽유병에 걸려 실성한 채로 자기 손에 피가 묻어 있다고 생각한다. 맥베스의 적들이 쳐들어오기 전에 맥베스는 아내가 자살했다는 소식을 듣는다. 맥베스는 동굴의 예언을 철저히 믿으면서 던시네인 일대의 수비를 강화한다. 그러나 침략군은 버남 숲에서 베어낸 나뭇가지를 방패삼아 던시네인으로 쳐들어왔다. 버남 숲이 실제로 이동하고 있었고 마녀들의 예언이 실현된 것이었다. 맥베스는 마녀들의 예언을 의심하기 시작한다.

이어 양군의 전투가 벌어져서 치열하게 싸우나 왕세자 군대가 맥베스와 그의 성을 제압한다. 전장에서 맥베스는 맥더프와 일대일 대결을 벌인다. 맥더프는 자신이 여자의 몸에서 태어나지 않았다고 말한다. 어머니의 자궁을 찢고서 때 이르게 세상에 나왔다는 것(제왕절개 산파술)이다. 맥베스는 자신이 죽을 운명이라는 것을 알아차렸으나 맥더프와 치열하게 싸우다가 져서 참수 당한다. 이제 스코틀랜드 왕위에 오르는 맬컴은 선정(善政)을 약속하며 대관식에 모두 참석해 달라고 초청한다.

4. 이 번역본에 대하여

시중에 이미 셰익스피어 4대 비극이 많이 번역되어 있는데 왜 또 다른 책이 나왔을까 의아하게 여기실 독자들을 위해 몇 마디 이 번역본의 특징을 아래와 같이 밝혀둔다.

첫째, 대사의 뜻을 정확하게 번역하도록 애썼다. 셰익스피어의 문장은 비유가 까다롭고 뜻이 중의적이어서 확정적 번역을 하기가 쉽지 않은데, 그래도 명확하게 속뜻을 짚어서 번역하려고 애썼다.

둘째, 대사의 전후 맥락을 잘 파악할 수 있도록 번역에 신경을 썼다. 셰익스피어의 독자는 어느 장면 어느 상황에서 누가 무슨 말을 했는지 명확히 알고 있어야 극의 전개를 더 쉽게 따라갈 수 있다. 셰익스피어 드라마는 시극(詩劇)이기 때문에 모든 장면과 대사가 서로 긴밀하게 연결되어 있다. 따라서 어떤 장면에서 어떤 중요한 단어 하나를 놓치면 그 다음에 그 단어가 다시 등장할 때 이것이 왜 여기서 다시 나왔는지 그 이유를 알아보지 못하게 된다.

셋째, 먼저 줄거리를 읽고, 책 뒤의 해설을 읽고, 마지막으로 본문을 읽은 다음에 독자들이 스스로 독창적인 해석을 할 수 있도록 도왔다. 해석은 시대와 상황에 따라 얼마든지 달라질 수 있지만, 가장 중요한 것이 텍스트이고 독자의 독창적 해석도 이것을 바탕으로 도약해야 한다. 그리하여 〈작품 해설〉에서는 중요한 대사를 인용하면서 그것이 작품 전체에 어떤 핵심적 역할을 하는지 설명했다.

넷째, 4대 비극이 우리의 인생에 어떤 도움을 주는지 설명했다.[→〈작품 해설〉 중 10. The play is the thing(연극과 인생)] T.S. 엘리엇은 셰익스피어의 비극, 희극, 사극, 로맨스 등 총 37편의 드라마는 하나의 유기적 전체이므로 이 모든 드라마를 함께 읽어야 각 작품을 더 잘 이해할 수 있다고 말했다. 그러나 우선 이 4대 비극만 읽어도 셰익스피어 드라마의 유기성은 물론이고, 연극과 인생의 상관관계를 충분히 파악할 수 있다.

다섯째, 번역 텍스트는 〈케임브리지 스쿨 셰익스피어〉(Cambridge School Shakespeare, 케임브리지 대학 출판부 발간)의 『햄릿』(2006), 『오셀로』(2014), 『리어 왕』(2015), 『맥베스』(2007)를 사용했다. 이 텍스트는 화보와 해설이 충실하여 영미 대학은 물론이고 국내 대학에서도 가장 많이 교재로 채택되고 있다. 이 텍스트는 특히 독자가 연출가라면 이런저런 장면에서 어떻게 배우들을 움직여 그 장면을 연출할 것인가, 하는 질문을 많이 던지고 있다. 다시 말해 독자가 희곡을 그냥 읽기만 하는 것이 아니라, 실제 생활 속에서 그런 유사한 상황을 만났다면 어떻게 대응할 것인가를 상상하게 만든다. 그 외에 옥스퍼드 셰익스피어, 아든 셰익스피어, 펠리칸 셰익스피어, RSC(로열 셰익스피어 극단) 셰익스피어, 라우스 셰익스피어, 노턴 셰익스피어, 리버사이드 셰익스피어(이상 모두 전집) 등에 들어 있는 해설과 주석을 두루 활용했다. 연구 논문은 『셰익스피어 연구자료: 이론과 비평』
(거산출판사, 2006, 전 66권)에 들어 있는 국내 셰익스피어 학자들의 논문을 주
로 참고했고, 알렉산더 슈미트의 『셰익스피어 어휘 사전』(도버출판사, 1971)
도 많이 활용했다.

햄릿
HAMLET

등장인물

덴마크의 왕실
햄릿 덴마크의 왕자
클로디어스 덴마크의 왕, 햄릿의 삼촌
거트루드 덴마크의 왕비, 햄릿의 어머니
유령 햄릿 선왕의 유령, 햄릿의 아버지

덴마크 궁정
폴로니어스 국왕 고문관
오필리아 폴로니어스의 딸
레어티즈 폴로니어스의 아들
레이날도 하인

오스릭 궁정 신하
영주들 궁정 신하
신사 궁정 신하
전령과 시종들

볼티먼드·코닐리어스 노르웨이로 보낸 사절들
마셀러스·버나도·프란치스코 수비대의 장교들
군인들과 보초들

햄릿의 옛 학교 친구들
호레이쇼 햄릿이 신임하는 친구
로젠크란츠·길덴스턴 햄릿의 옛 학교 친구들

노르웨이
포틴브라스 노르웨이의 왕자
대위 포틴브라스 군대의 장교

기타 등장인물들
제1 배우·유랑극단의 여러 배우들 엘시노어 성을 찾아온 유랑극단의 배우들
영국 사절들
선원들
광대 산역(山役)꾼이자 교회지기
광대 2 광대의 조수이자 동료
사제 오필리아 장례식의 사제

극의 주요 장면은 덴마크의 엘시노어 왕궁 주변에서 벌어진다.

제1막 제1장
엘시노어 성의 흉벽 위에 있는 포대

보초인 버나도와 프란치스코 등장

버나도   거기 누구냐?

프란치스코   아니, 내게 대답하라. 일어서서 네 정체를 밝혀라.

버나도   국왕 폐하 만세!

프란치스코   버나도?

버나도   그래.

프란치스코   정확하게 제시간에 왔군.

버나도   열두시 종을 쳤어. 가서 자게 프란치스코.

프란치스코   이렇게 교대해 주어서 고맙네. 날씨가 몹시 추워. 가슴속까지
         얼 정도야.

버나도　근무 중에 아무 이상 없었나?

프란치스코　쥐새끼 한 마리 어른거리지 않았어.

버나도　그럼 가보게. 만약 같이 근무를 서게 돼 있는 호레이쇼와 마셀
러스를 만나면 서둘러 와 달라고 말해 주게.

프란치스코　그들이 다가오는 소리가 들리는 것 같은데.

호레이쇼와 마셀러스 등장

거기 서라! 누구냐?

호레이쇼　이 땅의 백성이다.

마셀러스　그리고 덴마크 왕의 신하이지.

프란치스코　자네 둘 다 수고하게.

마셀러스　잘 가게. 정직한 병사. 누가 교대했나?

프란치스코　버나도. 자, 그럼 가네.

프란치스코 퇴장

마셀러스　어이, 버나도!

버나도　그래.

거기 호레이쇼도 함께 있나?

호레이쇼　여기 손이 먼저 왔지.

버나도　잘 왔네 호레이쇼, 잘 왔어 마셀러스.

마셀러스　그래, 그게 오늘밤에도 또 나타났나?

버나도　아무것도 못 봤는데.

마셀러스　호레이쇼는 우리가 상상을 하고 있다는 거야. 그러면서 우리가

두 번이나 본 저 끔찍한 것에 대하여 아무것도 믿지 않겠다고 했지. 그래서 오늘밤 우리가 근무 서는 중에 여기 와달라고 호소했지. 그래서 이 유령이 또다시 나타나면 그는 우리가 본 것을 직접 볼 것이고 그것을 상대로 말을 걸 수도 있겠지.

호레이쇼　쳇, 쳇, 그건 나타나지 않을 거야.

버나도　우선 좀 앉게.

다시 한 번 우리 말을 믿지 않는 그대에게 이틀 밤이나 그걸 보았다는 얘기를 들려주고 싶네.

호레이쇼　그래, 앉기로 하세.

버나도가 하는 말을 우선 들어보지.

버나도　지난 밤, 북극성 서쪽에 있는 별이 이동하여 현재 밝게 빛나고 있는 하늘 저쪽으로 갔을 때, 한시 종이 쳤고 마셀러스와 나는ㅡ

유령 등장

마셀러스　잠깐, 잠자코 있어. 저기 봐. 그게 다시 오고 있잖아.

버나도　죽은 왕과 똑같은 모습으로.

마셀러스　호레이쇼, 자네는 학식 있는 사람이니까, 저것을 상대로 말을 좀 걸어봐.

버나도　선왕과 비슷하게 생기지 않았어? 호레이쇼, 주목해 보라고.

호레이쇼　정말 그런데. 무서워서 소름이 돋는군.

버나도　말을 걸어 주었으면 하는 눈치야.

마셀러스　한번 말을 걸어 봐, 호레이쇼.

호레이쇼　이 깊은 밤에 선왕께서 전쟁 중 갑옷 차림으로 행군하시던 모습으로 여기 나타나 어슬렁거리는 너는 무엇이냐? 어서 말하라.

마셀러스 저건 기분이 나쁜가 봐.

버나도 저것 좀 봐. 사라져 가네.

호레이쇼 멈춰라! 말하라, 말하라. 네게 말하라고 했다!

유령 퇴장

마셀러스 대답 않고 가버렸네.

버나도 지금은 생각이 어떤가, 호레이쇼? 자네는 몸을 떨고 있고 얼굴도 창백하군. 이건 환상이 아닌 게 분명하지? 저걸 어떻게 생각하나?

호레이쇼 하느님께 맹세하지만, 내 눈으로 이렇게 직접 보지 않았다면 저걸 믿지 못했을 거야.

마셀러스 저건 선왕처럼 생기지 않았어?

호레이쇼 그래. 자네가 틀림없이 자네이듯이. 선왕은 야심만만한 노르웨이 왕과 전투할 때 바로 저 갑옷을 입었었지. 선왕은 얼음 위로 썰매를 타고 침략한 폴란드 인들을 화난 언사로 타도할 때 저와 비슷하게 얼굴을 찌푸렸지. 정말 오싹한데.

마셀러스 전에도 심야에 두 번씩이나 나타나 보초를 서는 우리 곁을 전쟁 중에 행군하는 걸음걸이로 사라졌다니까.

호레이쇼 저걸 어떻게 생각해야 할지 모르겠어. 하지만 나의 어림짐작으로 볼 때 우리나라에 뭔가 커다란 변고가 발생하리라는 걸 암시하는 듯해.

마셀러스 자, 앉아서 사정을 좀 아는 사람이 내게 말을 해줘. 왜 이 땅의 신민들이 이처럼 밤마다 엄중하게 보초를 서야 하는지. 왜 날마다 청동 대포를 주조하고 또 외국에서 전쟁용 무기를 수입해 오는지. 왜 일요일이고 주중이고 가리지 않고 힘들여서 선박을 건조하는지. 이처럼 밤낮없이 일을 해야 할 정도로 뭔가 심각한 일이 장차 생겨날 거라는 얘기인가? 이걸 내게 좀 설명해 줄 수 없겠어?

호레이쇼   내가 해주지.

적어도 떠돌아다니는 소문은 전해 줄 수 있지. 방금 그 유령의 모습으로 나타난 우리의 선왕은 노르웨이 왕 포틴브라스의 큰 적수였지. 그 포틴브라스가 감히 선왕에게 싸움을 걸었어. 그리하여 용감하신 선왕 햄릿―알려진 세상의 이쪽에서 우리는 그분을 이렇게 생각하지―은 포틴브라스 왕을 살해했어. 죽은 포틴브라스는 기사도의 법칙에 의해 인준된 합법적 조약에 의해 자신의 목숨은 물론이고 그의 영토마저도 선왕에게 넘겨주어야 했지. 선왕도 그에 못지않은 땅을 걸었었지. 만약 포틴브라스가 승리를 거두었더라면 똑같은 조약에 의해 그 땅은 그의 상속 재산이 되었을 거야. 바로 이런 상호 조약에 의해 포틴브라스의 땅은 선왕에게 떨어진 거야. 그런데 이제 그 아들이 검증받지 못한 혈기만 왕성한 채, 노르웨이 외곽의 여기저기에서 떠돌아다니는 자들을 병력으로 긁어모아 숙식을 제공하는 조건으로 어떤 수상한 계획에 동원하고 있다는 거야. 그 계획이란, 우리나라에 곧바로 영향을 미치고 있는 바, 아버지가 빼앗긴 땅을 무력과 강제 협약으로 되찾겠다는 거야. 이게 우리가 이처럼 적극적으로 대비에 나서게 된 이유야. 또 그 때문에 우리가 오늘밤 보초 근무를 서게 되었고 덴마크 전역에서 황급하게 일대 소란이 벌어지고 있는 거야.

버나도   나도 바로 그게 이유라고 생각해. 보초 근무 중에 우리 앞에 나타난 저 오싹한 유령의 모습이 무장한 선왕을 닮은 것도 다 그런 이유야. 선왕이 이런 전쟁들의 원인이었고 현재도 그러니까.

호레이쇼   티끌이 마음의 눈을 괴롭히지. 로마가 화려함을 뽐내던 전성기, 그러니까 강력한 줄리어스 시저(율리우스 카이사르)가 쓰러지기 직전에 무덤들의 시신이 사라지고, 수의를 두른 죽은 자들이 로마의 거리를 배회하여 알 수 없는 소리를 중얼거렸지. 불의 꼬리를 단 별들(혜성)이 나타났고, 아침 이슬에 핏방울이 뒤섞였고, 태양의 얼굴에는 불길한 징조가 나타났지. 넵튠의 제국(바다)에 영향을 미치는 축축한 별(달)은 일식을 일으켜 그 모습이 종말을 맞은 것처럼 거의 사라져버렸지. 이와 비슷한 징조가 다가올 무서운 사건들의 전조로서 우리나라에도 나타난 게 아닌가 하는 생각이 들어. 마치 하늘과 땅이 맞붙어서 우리나라와 동포들에게 그것을 예시하는 듯해.

유령 등장

잠깐만. 저길 봐. 그것이 다시 나타났어! 저게 나를 죽인다 하더라도 저걸 만나러 가야겠어. 멈춰라, 유령이여.

그것은 두 팔을 편다

소리를 내거나 말을 할 수 있다면 내게 말하라. 그대를 편안하
게 하고 나에게 혜택이 될 수 있는 어떤 좋은 것을 해야 한다면
그걸 내게 말하라. 혹시 그대가 사전에 알려 주어 피하게 하고
싶은 이 나라의 운명을 알고 있다면 오, 말하라. 혹은 그대가 생
전에 강탈한 보물을 땅의 자궁 속에다 감추어 놓은 것이 있어서
죽은 후에도 이처럼 유령으로 나타나 어슬렁거리는 것이라면,
그에 대해서도 말하라. 걸음을 멈추고 말하라!　　　　닭이 운다
마셀러스, 저걸 제지해.

마셀러스　내 창으로 후려칠까?

호레이쇼　저게 멈추지 않으면 그렇게 해.

버나도　여기다.

호레이쇼　여기다.

마셀러스　가버렸는데.

　　　　　　　　　　　　　　　　　　　　　　유령 퇴장

저토록 장엄한 존재에게 폭력을 쓸 것처럼 위협했다는 건 잘못
한 일이야. 게다가 공기를 후려치는 것과 같아서 아무런 소득도
없어. 우리의 헛된 공격은 어리석고 사악한 짓이야.

버나도　닭이 울기 직전에 유령은 뭔가 말하려고 했어.

호레이쇼　그러다가 유령은 끔찍한 소환을 받은 죄 지은 자처럼 깜짝 놀랐
어. 나는 닭 우는 소리를 들었어. 아침을 알리는 나팔인 수탉이
저 고상하고 날카로운 목소리로 대낮의 신을 깨우자, 바다는 불
이든, 땅이든 공기든 장소를 가리지 않고 배회하던 저 방황하는

유령은 그 자신의 거처로 황급히 돌아가 버렸어. 이것이 진실임을 저 유령은 증명해 주었어.

마셀러스 　그것은 닭이 울자 사라져버렸어. 사람들은 이런 말을 하지. 우리의 구세주가 태어난 계절이 오면, 이 새벽의 새는 밤새 울어 젖힌다는 거야. 그러면 유령이 감히 나돌아 다니지 못해. 밤은 안전하게 되고 별들은 아무런 영향을 못 미치고, 요정은 마법을 부리지 못하고, 마녀들은 주술을 걸지 못한다는 거야.

호레이쇼 　나도 그런 얘기를 들었고 부분적으로 그걸 믿기도 하지. 그렇지만 봐. 붉은 겉옷을 걸친 아침이 저기 동쪽 언덕의 이슬을 밟으며 다가오고 있어. 이제 우리의 근무를 끝내자. 그리고 오늘밤 본 것을 햄릿 왕자에게 보고하도록 하자. 이 유령은 비록 우리에게는 아무 말도 하지 않았으나 그에게는 말을 할 거야. 왕자님께 이 일을 보고하는 데 동의하지? 우리들의 관심으로 보나 우리의 의무라는 관점에서 볼 때.

마셀러스 　제발 그렇게 하자. 나는 오늘 아침 그분을 만나기 좋은 장소를 알고 있어.

모두 퇴장

제1막 제2장

엘시노어 궁의 대전(大殿)

나팔 소리. 덴마크의 왕 클로디어스, 왕비 거트루드, 햄릿, 폴로니어스,

레어티즈, 오필리아, 햄릿, 볼티먼드, 코닐리어스, 다른 중신들 등장

클로디어스   짐의 형제인 햄릿 선왕의 기억이 아주 생생하므로, 우리들 모
두가 슬픔에 빠져 온 왕국이 하나같이 비탄에 잠기는 것은 적절
한 일이라 생각하오. 그러나 신중함이 우리의 본성과 싸우고 있
소. 우리가 슬픔 속에서 선왕을 생각하는 한편 우리 자신의 안전
도 생각해야 하는 것이오. 그래서 전에는 형수였으나 지금은 왕
비인 중전과 함께 이 강성한 나라를 공동으로 다스리게 되었소.
그리하여 나는 슬픔 속에서 기쁨을 느끼는 심정으로, 한 눈으로
는 웃고 한 눈으로는 웃으며 또 장례식에서는 즐거움을 결혼식
에서는 비통함을 느끼며 기쁨과 슬픔의 무게를 저울질하며 그
녀와 결혼을 했소. 나는 여러분의 현명한 조언을 물리치지 않았
고, 그리하여 이 일은 순조롭게 진행되었소. 그 점에 대하여 여
러분 모두에게 감사드리오. 그 후에 벌어진 일은 여러분이 모두
잘 알고 있소. 포틴브라스가 우리 왕국의 힘을 과소평가하고서,
혹은 선왕의 죽음으로 우리나라가 혼란에 빠져 무기력하다고
생각하여 그의 아버지가 조약의 효력에 의해 용감한 선왕에게
양도했던 땅을 도로 돌려달라고 계속하여 우리를 괴롭히고 있

HAMLET • 제1막 제2장 **41**

는 중이오. 자, 이제 포틴브라스 얘기는 그만합시다.

이제 나 자신과 우리의 오늘 만남을 위하여 본건에 들어갑시다. 나는 젊은 포틴브라스의 숙부인 현재의 노르웨이 왕에게 서한을 보냈습니다. 왕은 현재 조카의 의도는 전혀 알지 못한 채 침상에 누워 있는 무기력한 사람이지요. 그래도 왕에게 조카의 움직임을 제지해 달라고 요청했습니다. 이 전쟁에 필요한 병력과 인원을 모두 왕의 신민들로부터 징발했기 때문이지요. 나는 코닐리어스와 저기 볼티먼드에게 이 서한을 들려서 노르웨이의 나이 드신 왕에게 보냅니다. 두 사람은 문서에서 자세히 밝혀놓은 조항에 관하여 허락된 범위 내에서 노르웨이 왕과 협상하기를 바라오. 자, 서둘러서 떠나도록 하오. 속히 임무를 완수하고 돌아오기를 바라오.

코닐리어스·볼티먼드 이 일은 물론이고 다른 모든 일에서도 폐하께 충성을 바치겠습니다.

클로디어스 그렇게 하리라 믿어 의심치 않소. 자, 어서 떠나시오.

코닐리어스·볼티먼드 퇴장

자, 레어티즈, 자네의 용건은 무엇인가? 자네는 내게 어떤 민원을 말했는데, 그게 뭐였지, 레어티즈? 덴마크 왕에게 합리적인 말을 하고서 대답을 듣지 못하는 일은 없어. 자네가 요청한 것으로 내가 제공하지 않은 것이 뭐가 있었는가? 요청해 보라. 자네 아버지와 덴마크 왕의 관계는 머리와 심장 혹은 입과 손의 관계 이상으로 가깝다네. 레어티즈, 자네의 용건은 뭔가?

레어티즈 폐하,

　　　　프랑스로 돌아가도록 윤허해 주십시오. 폐하의 대관식에서 제 의
　　　　무를 다하기 위해 저는 자발적으로 덴마크로 돌아왔습니다. 이제
　　　　그 의무가 완수되었으니 제 생각과 소원은 다시 프랑스 쪽으로 향
　　　　하고 있는데 이제 폐하의 하해 같은 윤허와 양해를 내려 주소서.

클로디어스 자네 아버지의 허락은 받았는가? 폴로니어스는 뭐라고 하는가?

폴로니어스 저 아이는 거듭되는 호소로 저의 마지못한 허락을 짜내려 했
　　　　습니다. 그리고 마침내 저 아이의 고집에 못 이겨 저도 어렵게
　　　　승낙했습니다. 저 애를 다시 돌아갈 수 있도록 윤허해 주시기를
　　　　소청합니다.

클로디어스 그렇다면 레어티즈 자네 좋을 때 떠나게. 시간은 자네의 것이
　　　　야. 자네의 판단에 따라 시간을 잘 사용하도록 하게. 그리고 이
　　　　제 나의 조카 아니, 아들 햄릿―

햄릿　　(방백) 가까운 친척이기는 하지만 부자지간은 아니지.

클로디어스 먹구름이 아직도 너의 머리 위에 떠돌고 있으니 어떻게 된 일
　　　　이냐?

햄릿　　그렇지 않습니다, 폐하. 나는 아주 따뜻한 햇볕 속에 있습니다.

거트루드 착한 햄릿, 그 어둠침침한 색깔을 벗어버리고 네 두 눈빛을 덴
　　　　마크 왕을 향해 밝게 빛내 보아라. 두 눈을 내리깔고 먼지 속에
　　　　서 네 고상한 아버지를 찾는 일을 그만두어라. 너는 그것이 상
　　　　식인지 잘 알고 있지 않느냐. 모든 살아 있는 것은 언젠가 죽어
　　　　야 하고 제 수명을 거쳐서 영원으로 돌아간다는 것을.

햄릿　　네, 마마, 그건 상식이지요.

거트루드 그렇다면,

그게 네게는 왜 그리 특별하게 보이느냐?

햄릿 특별하게 보이냐고요, 마마? 아니 특별합니다. 겉보기만 그런
것은 제 관심사가 아닙니다. 훌륭하신 어머니, 이 검은 외투나
격식을 갖춘 엄숙한 상복, 억지로 짓는 호들갑스러운 한숨, 강
물처럼 넘치는 눈물, 낙담한 얼굴 표정, 이런 것들의 형식, 양식,
슬픔의 형태는 나를 진정으로 드러내지 못합니다. 이런 것들은
그럴듯한 외양일 뿐입니다. 그런 것들은 사람이 일부러 연기할
수 있는 것들입니다. 이런 것들은 슬픔의 겉치레인 거지요.

클로디어스 네 아버지에게 상중(喪中)의 의무를 다하는 것은 햄릿 너의 바
람직하면서도 칭찬할 만한 성격이다. 그러나 너는 이것을 알아
야 한다. 너의 아버지는 역시 그 아버지를 잃었고 그 아버지의
아버지 또한 그러했다. 살아남은 자는 한동안 복상(服喪)의 슬픔
을 겪으면서 자식의 의무를 다해야 한다. 그러나 고집스럽게 애
도를 계속하려는 태도는 불경한 고집일 뿐만 아니라 사내답지
못한 슬픔이다. 그것은 하늘에 불경한 죄를 짓는 것으로서, 굳
세지 못한 마음, 초조한 정신, 단순하고 훈육되지 못한 이해력
의 소치이다. 그것은 반드시 벌어지게 되어 있는 것이고 모든
사람들이 다 알고 있는 바인데, 왜 그것(죽음)에 역정을 내며 가
슴에 유념한단 말이냐? 안 될 일이야. 그것은 하늘에 잘못하는
것이요, 망자에게 잘못하는 것이며, 자연에도 잘못을 저지르는
것이고, 이성에도 어긋나는 것이다. 자연의 공통 주제는 아버지
들의 죽음인데, 이성은 태어난 그 순간부터 오늘 우리가 죽을
때까지 "이것은 필연적으로 그렇게 될 수밖에 없다."라고 외치
지 않느냐. 너는 과도한 슬픔을 땅에다 내던져 버리고 나를 아

버지와 다름없이 대해라. 그리하여 세상 사람들이 이런 사실을 주목하게 하라. 네가 왕위 계승권자이고 아버지가 아들을 사랑하는 그런 고귀한 감정을 내가 너에게 베풀고 있다는 것을. 너는 비텐베르크의 학교로 되돌아가겠다고 하는데 그것은 나의 소망에 크게 위배되는 일이다. 나는 네가 이곳에 남아 나 자신을 위해 최고의 대신, 사촌, 아들 노릇을 해주기를 간청한다.

거트루드 햄릿, 네 어머니의 기도가 효험이 있게 해다오. 나는 네가 비텐베르크로 돌아가지 말고 우리와 함께 지내기를 기도한다.

햄릿 제 온 힘을 다하여 어머니의 뜻에 복종하도록 하겠습니다.

클로디어스 아주 듣기 좋은 아름다운 대답이로구나. 그건 너의 사랑을 보여준다. 우리와 함께 덴마크에 머무르도록 해. 중전, 갑시다. 햄릿이 이렇게 기꺼이 승낙을 해주니 내 마음은 기쁘오. 그걸 축하하는 의미로 오늘 덴마크 왕이 축배를 올릴 테니 즐거운 한잔 한잔에 축포를 터뜨려 천상에 알리도록 하겠소. 하늘도 왕의 주연을 축하하여 지상의 환희에 호응할 게 아닌가. 자, 안으로.

나팔 소리. 햄릿을 제외한 나머지 모두 퇴장

햄릿 아, 이 지저분하고 더러운 육체가 녹고 용해되어 이슬방울이 되어버렸으면! 오, 영원한 하느님이 자살은 절대 안 된다는 계율을 내리지 않았더라면! 오, 하느님, 하느님, 왜 제게는 이 세상 모든 것이 이리도 지루하고, 쉬어터지고, 평면적이고, 아무 쓸모도 없는 것처럼 보입니까? 에이, 이 지루한 세상! 이건 잡초를 뽑지 않아 곧 황폐해질 정원 같구나. 그 본성이 천하고 조잡한 것들만 그 정원을 독차지하고 있구나. 세상 일이 이런 꼴이 되어버리다니! 돌아가신 지 겨우 두 달. 아니, 두 달도 채 못 되었구나. 선왕은 너무 훌륭하셔서 지금 왕에다 대면 사티로스(반 사람에 반 염소)에 비하여 히페리온(태양신) 같은 분이었지. 나의 어머니에게도 아주 자상하셔서 천상의 바람도 감히 어머니 얼굴을 심하게 헤살놓지 못하게 할 정도였지. 하늘과 땅이여, 내가 기억을 해야 하는가? 어머니는 아버지에게 매달렸지. 애정을 듬뿍 받아 그로 인해 사랑이 더욱 커졌지. 그런데 한 달 새에. 그걸 더 생각하지 말자. 약한 자여, 그대 이름은 여자로구나.

한 달 새에, 어머니가 불쌍한 선왕의 시신을 따라가던 신발이 닳아버리기도 전에 눈물을 니오베처럼 쏟으며 슬퍼하더니, 그런 어머니가 — 오, 이성의 인도가 없는 짐승도 그보다는 더 오래 애도하리라. 그런 그녀가 내 삼촌, 선왕의 남동생과 결혼을 해버렸다. 그자와 선왕을 비교하는 것은 나를 헤라클레스에게 비교하는 것. 그녀는 한 달 사이에 슬피 흘러내리던 눈물의 소금이 남겨놓은 짓무른 자리가 말라버리기도 전에 그녀는 결혼했어. 아, 저 사악한 신속함이여. 너무나도 날렵하게 불륜의 이불 속으로 달려갔구나! 그건 좋은 일이 아니고 결과적으로 좋은 일이 될 수 없어. 내 가슴이 터질 듯하구나. 내가 입 밖에 내어 그 말을 할 수가 없으니.

호레이쇼, 마셀러스, 버나도 등장

호레이쇼 전하, 안녕하십니까.

햄릿 자네들을 보니 반갑군. 호레이쇼,
그게 자네 이름이 맞지, 내가 잊어버리지 않았다면?

호레이쇼 그렇습니다, 전하. 언제나 전하의 충실한 종복이지요.

햄릿 나의 좋은 친구지. 내가 자네의 충복이라고 호칭을 맞바꾸어도
좋아. 호레이쇼, 무슨 일로 비텐베르크에서 돌아왔나? 어이, 마
셀러스.

마셀러스 전하.

햄릿 자네들을 만나 아주 반갑네. (버나도) 자네도 별 일 없지? 그래, 무
슨 일 때문에 비텐베르크에서 돌아왔나?

호레이쇼 워낙 놀기를 좋아하기 때문이지요. 전하.

햄릿 자네의 적이 그렇게 말해도 믿지 않았을 거야. 자네 자신을 비하
하는 그런 말을 나 자신의 귀에다 들이밀어서도 안 되네. 나는
자네가 게으른 학자가 아니라는 걸 알아. 그래 엘시노어에는 무
슨 용건으로? 자네가 떠나기 전에 한번 거창하게 술을 대접하지.

호레이쇼 전하, 저는 선왕의 장례식에 참석하기 위해 왔습니다.

햄릿 같은 동료 학우로서 나를 조롱하지 말기 바라네. 내 어머니의
결혼식에 참석하기 위해 온 거라고 생각하는데.

호레이쇼 정말 곧바로 거행이 되었죠.

햄릿 절약이야, 절약, 호레이쇼. 장례식 때 구워서 식어버린 고기를
결혼식 식탁 위에 버젓이 올렸으니까. 그런 빌어먹을 날을 겪느
니 천상에서 나의 최고 적수를 만나는 게 더 나았을 거야, 호레
이쇼. 내 생각에 나의 아버지가 보이는 것 같아.

호레이쇼 어디서 말입니까, 전하?

햄릿	내 마음의 눈에서, 호레이쇼.
호레이쇼	저는 그분을 한 번 뵌 적이 있습니다. 훌륭하신 왕이었지요.
햄릿	아주 훌륭하신 분이었지. 모든 면에서 완벽했어. 그런 분을 다시는 만나지 못할 거야.
호레이쇼	전하, 그분을 어젯밤에 뵌 것 같습니다.
햄릿	보았다고? 누굴?
호레이쇼	전하, 선왕 말씀입니다.
햄릿	나의 아버지 선왕을!
호레이쇼	잠시 놀라운 마음을 진정하시고 유심히 들어주십시오. 제가 이분들을 증인으로 삼아 이 놀라운 일을 전하에게 보고 드리겠습니다.
햄릿	제발 좀 들려주게나.
호레이쇼	이틀 밤 동안 여기 마셀러스와 버나도는 심야에 보초 근무를 서는 동안에 그분을 만났습니다. 선왕 비슷한 모습이었는데 머리에서 발끝까지 완전 무장을 하고서 그들 앞에 나타나서 보무당당하게 그들 주위를 천천히 걸었습니다. 세 번이나 놀라서 겁먹은 그들의 눈앞에 나타나 장군 지휘봉 거리만큼 가까이 다가왔습니다. 그들은 두려움에 거의 곤죽이 된 상태로 아무 말 없이 서서 그에게 말 한마디 건네지 못했습니다. 그들은 철저한 비밀이라며 이 사실을 내게 알려 주었고 나는 사흘째 밤에 그들과 함께 보초를 섰습니다. 그런데 그들이 말한 시간과 상황 그대로 틀린 말 하나도 없이 그 유령이 다가왔습니다. 나는 전하의 아버지를 압니다. 이 두 손도 그렇게 같을 수 없을 겁니다.
햄릿	그게 어디서 벌어진 일인데?
마셀러스	전하, 우리가 보초를 선 망대였습니다.

햄릿   자네는 그 유령에게 말을 걸어보지 않았나?

호레이쇼 전하, 걸어보았습니다.

하지만 아무런 대답도 하지 않았습니다. 하지만 제 생각에 그 유령은 고개를 쳐들고서 마치 말을 하려는 듯한 동작을 해보였습니다. 바로 그때 아침 수탉이 크게 울었고 그 소리에 그것은 황급히 사라져서 우리의 시야 밖으로 벗어났습니다.

햄릿   그거 아주 이상한데.

호레이쇼 전하, 내가 살아 있는 것처럼 그것은 사실입니다. 우리는 이 사실을 전하에게 알리는 것이 우리의 의무라고 생각했습니다.

햄릿   그렇지. 그래야지. 하지만 이거 심란한데. 자네들은 오늘밤에도 보초를 서나?

마셀러스·버나도 그렇습니다, 전하.

햄릿   무장을 했다고 했나?

마셀러스·버나도 무장을 했습니다, 전하.

햄릿   머리에서 발끝까지?

마셀러스·버나도 머리에서 발끝까지, 전하.

햄릿   그의 얼굴은 보지 못했나?

호레이쇼 보았습니다, 전하. 투구의 얼굴 가리개를 들어 올린 채 쓰고 있었습니다.

햄릿   얼굴을 찌푸리는 것처럼 보이던가?

호레이쇼 분노보다는 슬픔이 가득한 표정이었습니다.

햄릿   창백하거나 아니면 붉은빛이었나?

호레이쇼 아주 창백했습니다.

햄릿   자네한테 시선을 고정시켰다고?

호레이쇼 계속 쳐다보았죠.

햄릿 나도 거기 있었더라면 좋았을 텐데.

호레이쇼 아마 전하를 크게 놀라게 했을 겁니다.

햄릿 그렇겠지. 틀림없이. 그래 그것은 오래 머물렀나?

호레이쇼 아주 천천히 헤아린다 해도 1백을 셀 수 있을 정도의 시간이었
습니다.

마셀러스·버나도 아니, 그보다는 더 길었어요.

호레이쇼 내가 그것을 보았을 때는 그렇지 않았어.

햄릿 수염은 희끗희끗하던가?

호레이쇼 제가 생전에 뵈었던 그대로였습니다. 반흑 반백이었습니다.

햄릿 내가 오늘밤 보초를 서야지.

그것이 또 올지도 몰라.

호레이쇼 틀림없이 올 겁니다.

햄릿 만약 그것이 고상한 내 아버지의 모습을 하고 있다면 지옥문이
활짝 열리며 입 다물라고 해도 그것에게 말을 걸 거야. 자네들
이 지금껏 그 광경을 비밀로 해왔다면 계속 비밀을 지켜주게.
오늘밤에 무슨 일이 벌어지더라도 그것을 속으로만 새기고 발
설하지 말게. 나는 자네들의 노고를 충분히 보답하겠네. 자, 그
럼 여기서 작별하세. 오늘밤 열한시와 열두시 사이에 자네들을
찾아가겠네.

일동 전하, 우리의 의무를 다하겠습니다.

햄릿 내가 자네들에게 사랑을 보내듯이 자네들도 그렇게 해주게.

햄릿을 제외하고 모두 퇴장

무장을 한 내 아버지의 유령! 뭔가 잘못되었어. 뭔가 불길한 일이 벌어질 것 같아. 어서 밤이 왔으면. 그때까지 내 영혼아, 진정해. 온 세상이 사악한 행위를 사람들의 눈으로부터 가리려 해도 그 행위는 드러나고 말지니.   퇴장

제1막 제3장
엘시노어의 조용한 방

레어티즈와 오필리아 등장

레어티즈 필요한 짐들을 다 실었으니 이제 그만 가보아야겠다. 오필리아 야, 마침 바람도 순풍이고 배들도 대기하고 있구나. 잠만 자지 말고 가끔 소식을 전해 줘.

오필리아 염려 마세요.

레어티즈 햄릿에 대해서 말해 보자면 그의 사소한 호의는 곧 지나가는 유 행, 한창때의 혈기로 보아라. 일찍 피는 제비꽃은 영원하지 않 아 오래가지 못해. 그건 한때의 향기이며 위안일 뿐이다. 그 이 상은 아니야.

오필리아 그 이상은 아니라고요?

레어티즈 그걸 더 이상 생각하지 마.

자연의 이치상 인간은 근육과 피부만 성장하는 것이 아니라 내부에 있는 마음과 영혼도 함께 성장하는 거야. 어쩌면 그가 지금은 널 사랑하는지도 몰라. 어떤 나쁜 생각이나 속임수가 그의 마음을 더럽히지는 않을 거야. 그러나 너는 경계해야 한다. 그의 높은 지위를 감안할 때 그의 의지는 그 자신의 것이 아니야. 그는 자신의 태생을 어떻게 할 수가 없어. 그는 보통 사람들이 하는 것처럼 자기 마음대로 행동할 수가 없어. 그의 선택에 나라 전체의 존엄과 안위가 달려 있으니까. 그러므로 그의 선택은 제약받을 수밖에 없어. 그 자신이 머리 역할을 맡고 있는 몸 전체의 목소리와 요청에 따라야 하니까. 그러니 그가 너를 사랑한다고 말해도, 그 자신의 독특한 신분에 걸맞게 그의 언행이 일치되는 범위 내에서만 그의 말을 믿는 게 현명해. 그의 언행이란 결국 덴마크 국민들의 목소리를 따라가는 것이거든.

그리고 너의 명예가 어느 정도 손실을 감당할 수 있는지 헤아려보아라. 만약 그의 사랑 노래를 너무 믿는 나머지 네 마음을 잃어버리거나 그의 무절제한 요구에 너의 숨겨진 보물을 내준다면 말이다. 사랑하는 누이 오필리아, 그것을 두려워해야 한다. 네 몸을 애정의 후방에다 두고서 욕망의 대포알과 위험으로부터 벗어나야 한다. 가장 정숙한 마음은 자신의 아름다움을 달(변덕)에다 드러내는 것조차도 방탕하다고 여기는 것이다. 미덕도 중상모략의 혓바닥은 피해가지 못해. 벌레가 너무도 자주 아직 봉오리가 벌어지기도 전인 봄철의 새싹을 먹어치우고, 청춘의 영롱한 아침 이슬에는 전염성 마름병이 언제라도 닥쳐들어. 그러니 조심해야 돼. 최고의 안전은 경계하는 것이야. 곁에 다른 원인이 없어도 청춘은 스스로를 상대로 반란을 일으키지.

오필리아 오빠의 좋은 충고를 마음의 파수꾼으로 삼겠어요. 그러나 경건
하지 못한 성직자들처럼 행동하지는 마세요. 저한테는 천국으
로 가는 가시 돋친 오르막길을 보여주면서 막상 그 자신은 오만
하고 조심성 없는 난봉꾼처럼 욕정의 지름길을 걸어가며 자신
의 충고를 제대로 따르지 않는 사람 말이에요.

레어티즈 오, 내 걱정은 하지 마.

폴로니어스 등장

나는 너무 오래 지체했어. 여기 아버지가 오시네. 두 번의 작별 인
사는 두 번의 은총이지. 두 번째 인사에 기회가 미소를 짓는구나.

폴로니어스 아직도 여기 있는 거냐, 레어티즈? 빨리, 빨리 배에 올라라. 바
람이 돛의 어깨 위에 내려앉았는데도 너는 지체하고 있구나. 자,
나의 축복과 함께 가라. 여기 기억할 만한 교훈을 몇 가지 말하
겠다. 너는 명심하도록 해라. 생각나는 대로 말하지 마라. 무질
서한 생각을 행동으로 옮기지도 마라. 남들과 친하게 지내되 저
속하게 굴지 마라. 일단 그 가치를 인정한 친구들은 쇠고리로 걸
어둔 것처럼 네 영혼에다 붙들어 매라. 풋내기이거나 용기 없는
자들과 어울려 악수하느라고 네 손바닥을 굳어지게 하면 안 돼.
싸움에 끼어들지 않도록 조심해라. 그러나 일단 싸움에 말려들
면 상대방이 너를 두려워할 때까지 맹렬히 싸워라. 사람들 말을
잘 듣되 네 의견은 조심스럽게 말해라. 남의 의견을 들어주되 판
단을 유보해라. 지갑이 허용하는 한 값비싼 옷을 입되 괴상한 옷

은 입지 마라. 부티가 나되 겉만 번지르르해서는 안 된다. 의복
은 사람의 지위를 드러내지. 그래서 프랑스에서는 높은 지위와
신분을 가진 사람들은 옷차림새가 가장 고급스럽고 또 멋지지.
돈은 빌려주지도 꾸지도 마라. 돈 거래는 돈뿐만 아니라 친구도
잃고, 돈을 자꾸 빌리다 보면 절약정신이 사라지기 때문이지. 무
엇보다도 네 자신에게 진실해야 한다. 그렇게 되면 밤 다음에 아
침이 오듯이 너는 자연스럽게 네 친구들에게도 진실하게 된다.
자, 잘 가라. 내 조언이 네 마음속에 새겨지기를 바란다.

레어티즈 아버님, 삼가 작별인사를 드립니다.

폴로니어스 시간이 너를 재촉하는구나. 어서 가. 네 하인들이 기다린다.

레어티즈 안녕, 오필리아. 내가 한 말 꼭 기억해.

오필리아 내 기억 속에 자물쇠로 단단히 잠가 놓았어요.
　　　　오빠가 그 열쇠를 갖고 있고요.

레어티즈 안녕. 레어티즈 퇴장

폴로니어스 오필리아, 오빠가 네게 무슨 말을 했니?

오필리아 햄릿 왕자에 대한 말이었어요.

폴로니어스 그래, 마침 잘 되었구나. 그가 최근에 너와 단 둘이서 만나고
또 너도 그를 자유롭게 자주 만난다는 얘기를 들었다. 그게 사
실이라면 내게 조심하라고 일러 주는 사람도 있었다. 여기서 네
게 이 말을 해야겠다. 너는 내 딸, 그런데 너의 명예에 어울리는
네 입장을 명확하게 알지 못하는 것 같구나. 너희 둘은 어떤 사
이냐? 사실대로 말해 봐.

오필리아 최근에 와서 왕자님께서 제게 많은 애정을 보여주셨습니다.

폴로니어스 애정? 쳇! 너는 위험한 상황을 겪어보지 못한 풋내기 소녀처

럼 말하는구나. 너는 네가 말한 그의 애정을 믿고 있는 거냐?

오필리아　아버지, 어떻게 생각해야 할지 모르겠어요.

폴로니어스　그럼 내가 가르쳐 주지. 그 애정을 진짜 돈으로 받아들인다면 네 자신을 어린아이라고 생각해야 돼. 그건 가짜 돈이야. 그것을 진짜 애정으로 본다면 네 자신을 바보라고 여기는 거야. 이런 흔해 빠진 말을 쓰긴 좀 그렇다만 그런 애정 행각을 계속하다 보면 넌 내게 바보(골칫거리 혹은 손자)를 선물하게 될 거야.

오필리아　아버지, 그는 내게 사랑으로 다가왔어요. 아주 명예로운 방식으로.

폴로니어스　그래, 네 말 대로라면 명예로운 방식이겠지. 쳇.

오필리아　아버지, 그는 하는 말마다 진심이 들어 있었어요. 그는 거의 하늘에다 대고 맹세하는 것처럼 말했어요.

폴로니어스　그건 바보를 잡으려고 덫을 놓는 거야. 혈기가 불타오르면 영혼은 혓바닥에다 풍성한 원기를 제공하지. 딸아, 그 불을 진짜 불로 알면 안 돼. 그것은 열기보다 빛을 더 많이 내고, 심지어 거창한 약속을 내걸기도 하지만 그것을 지키는 과정에서 열기도 빛도 다 사라지고 말지. 앞으로는 순결한 처녀답게 그를 만나는 일을 좀 삼가도록 해. 만나자고 요청이 온다 해도 곧바로 응하지 말고 그보다 높은 값을 부르란 말이야. 햄릿 왕자로 말하자면 젊은 분인데다 너보다 훨씬 자유로운 행동반경을 가지고 있으므로, 그런 점을 감안해 가며 그분 말을 믿는 게 좋아. 오필리아, 간단히 말해서 그의 맹세를 믿지 마. 그런 맹세는 일종의 중개인 같은 거야. 그 중개인이 입고 있는 옷의 색깔은 안감과는 다른 거야. 불순한 요청을 탄원하는 속셈이 그 옷의 안감이라고. 거룩하고 신성한 계약을 읊어대지만 실은 사람을 속이는 거야. 자 오늘은 이만 하마. 아주 분명하게 말해 두는데 앞으로는 햄릿 왕자에게 소식을 전하거나 대화를 나누느라고 귀중한 시간을 허비하지 말도록 해. 이건 아비로서 명령이다. 자, 가자.

오필리아 그 말씀을 따르겠습니다, 아버지.

모두 퇴장

———

제1막 제4장
대포가 설치된 망대

햄릿, 호레이쇼, 마셀러스 등장

햄릿 날씨가 살을 에는군. 아주 추워.

호레이쇼 아주 쌀쌀하면서 콕콕 찌르는군요.

햄릿 지금 몇 시인가?

호레이쇼 열두시가 안 된 것 같습니다.

마셀러스 아닙니다, 방금 종을 쳤습니다.

호레이쇼 그래? 못 들었는데. 그럼 유령이 나돌아 다닐 시간이군.

무대 밖에서 트럼펫 소리와 대포 두 발이 발사되는 소리

이건 뭐죠, 왕자님?

햄릿   왕이 오늘밤 늦도록 축배를 들고 축연을 베풀면서 미친 듯이 춤을 추고 있네. 왕이 라인 포도주를 들이켜는 동안에 사람들이 북을 치고 나팔을 요란하게 불면서 왕의 건배를 떠들썩하게 알리는 거야.

호레이쇼   저게 관습입니까?

햄릿   그렇지. 하지만 내 생각에 저런 관습은 지키는 것보다는 위반하는 게 더 명예로울 것 같아. 이곳 태생이고 그런 관습에 익숙한 나이지만 말일세. 온 사방에서 이런 술판을 벌이기 때문에 우리는 다른 나라 사람들로부터 술주정뱅이니 돼지니 하는 소리를 들으면서 우리의 명예를 더럽히는 거지. 그리고 우리의 고상한 업적에도 불구하고 우리 본성의 가장 좋은 점을 박탈해 버리는 거야. 개인의 경우에도 종종 그런 일이 벌어져. 가령 천한 태생이라는 건 몸에 생긴 사마귀처럼 당사자가 선택할 수 없는 것이야. 그런 작은 선천적 기질이 점점 커져서 이성의 경계와 방비를 깨트려 부수는 거야. 혹은 어떤 습관에 의하여 환락의 습성이 너무 강화되어 버리는 거야. 이런 사람들은 한 가지 결점의 낙인을 천성의 것 혹은 불운으로 여기면서―설사 그의 나머지 미덕들이 인간으로 할 수 있는 극한까지 개발할 수 있는 것이라 할지라도―전반적으로 그 결점으로부터 부패하기 시작하는 거야. 아주 작은 결점이 인간의 본성에서 고상한 속성을 빼앗아 그를 비극으로 내몰지.

유령 등장

호레이쇼   저길 보세요, 왕자님. 그게 옵니다!

햄릿   천사와 수호신이여, 우리를 보호하소서! 그대가 선한 유령인지 지옥의 악령인지, 그대와 함께 천상의 공기를 가져왔는지 아니면 지옥의 열화를 가져 왔는지, 그대의 의도가 사악한 것이든 선량한 것이든, 그대가 이처럼 수상한 형태로 다가왔으니 내 이제 그대에게 말을 걸겠노라. 나는 그대를 햄릿, 왕, 아버지, 덴마크 임금이라 부르겠노라. 자, 이제 내게 대답해 다오. 알지 못해 내 가슴을 미어터지게 하지 마라. 왜 교회에서 축성되어 매장된 유해가 수의를 벗어던지고 이렇게 나타나게 된 것이냐? 우리는 그대가 조용히 묻히는 것을 보았는데, 어째서 그대를 안치한 무덤이 그 육중한 대리석 아가리를 벌리고서 그대를 뱉어낸 것이냐? 죽은 시신인 그대가 다시 완전 무장을 하고서 이처럼 달빛 환한 밤에 우리를 찾아와 이 밤을 무섭게 만들고, 또 우리 자연의 바보들을 이처럼 동요시켜서 우리의 영혼을 초월하는 생각들로 무서움에 떨게 만드는 까닭은 무엇이냐? 말하라, 왜 이렇게 찾아 왔느냐? 무엇 때문에? 우리가 무엇을 해야 하는가?

유령이 햄릿에게 손짓한다

호레이쇼   함께 가자고 손짓하는 것 같은데요. 마치 왕자님에게만 전하고 싶은 얘기가 있는 듯합니다.

마셀러스   아주 정중한 동작으로 좀 떨어진 곳으로 가자고 손짓하는군요. 하지만 따라가지 마십시오.

호레이쇼   그래요. 절대 안 됩니다.

햄릿   유령이 말을 하지 않잖아. 그러니 따라가야겠어.

호레이쇼 전하, 따라가지 마십시오.

햄릿   왜? 두려워할 게 무엇인가?

난 내 목숨에 조금의 가치도 두지 않아. 게다가 내 영혼의 위험에 대해 말해 보자면, 저 유령도 형체 없기는 마찬가지인데 내 영혼을 어떻게 할 것인가? 앞으로 나서라고 손짓하네. 난 따라갈 거야.

호레이쇼 저것이 왕자님을 홍수 나는 곳으로 데려가면 어쩌시렵니까? 아니면 왕자님을 바다를 내려다보는 깎아지른 벼랑의 꼭대기로 데려가서 다른 무시무시한 형태를 취하면서 왕자님의 이성을 빼앗아 광인으로 만들어버리면 어쩌시렵니까? 그걸 한번 생각해 보십시오. [그런 낭떠러지에 서면 아무런 이유도 없이 사람의 머릿속에 무모한 절망감이 마구 밀려옵니다. 아득한 깊이의 노호하는 바다와 벼랑 밑을 때리는 거센 파도 소리를 들으면 말입니다.]

햄릿   저건 아직도 손짓을 하는데. 알았어. 내 그대를 따라가지.

마셀러스 전하, 안 됩니다.

햄릿   그 손을 놓지 못할까!

호레이쇼 제 말씀을 들어주십시오. 따라가면 안 됩니다.

햄릿   내 운명이 나를 부르면서,

내 온몸의 핏방울이 네메아 사자의 근육처럼 용감해졌다. 저것이 아직도 나를 부르고 있다. 이 손을 놓아라! 맹세코 나를 방해하는 자를 먼저 유령으로 만들어버리겠다. 자, 봐라! 앞서 걸어. 내 그대를 따라가지.

호레이쇼 그는 상상력이 더해져서 아주 필사적이 되었어.

마셀러스 그럼 따라 갑시다. 이대로 왕자님 말씀을 복종하는 건 적절하지 않습니다.

호레이쇼 따라가세. 이것이 어떤 결말로 이어질까?

마셀러스 덴마크라는 나라는 뭔가 부패하고 있어.

호레이쇼 하늘이 이끌어주시겠지.

마셀러스 자, 그를 따라갑시다.

모두 퇴장

제1막 제5장
엘시노어 성의 성벽

유령과 햄릿 등장

햄릿 저를 어디로 데리고 갑니까? 말하세요. 더 이상 가지 않겠습니다.

유령 잘 들어라.

햄릿 그러지요.

유령	새벽 시간이 거의 다 되었다.
	내가 고통스러운 유황불에다 내 몸을 맡겨야 할 시간이.
햄릿	아, 불쌍한 유령!
유령	나를 불쌍하게 여기지 말고 내가 앞으로 하려는 말을 귀 기울여 들어라.
햄릿	어서 말씀하세요. 경청할 준비가 되어 있으니까.
유령	너는 내가 한 말을 다 듣고 나서는 복수할 준비를 갖추어야 한다.
햄릿	뭐라고요?
유령	나는 네 아버지의 유령이다.
	나는 일정 기간 동안 밤에는 이처럼 배회하고 낮에는 불 속에 갇혀 단식해야 하는 벌을 받았다. 내가 생전에 지은 지저분한 죄들을 불태워서 없애버릴 때까지. 나는 내 감옥의 비밀을 말하는 것을 금지 당했다. 그 얘기를 한다면 네 영혼은 고문을 당할 것이고 네 젊은 피는 얼어붙을 것이다. 네 두 눈은 안구에서 바깥으로 확 튀어나올 것이고, 매듭처럼 묶어 갈라놓은 머리카락은 풀어져서 올올이 일어설 것이다. 마치 겁먹은 고슴도치의 바늘처럼. 이 영원의 불(사후 세계의 이야기)은 살과 피를 가진 살아 있는 사람의 귀에 들어가서는 안 되는 것이다. 오, 들어라, 들어. 네가 생전에 네 아버지를 사랑했다면.
햄릿	오, 하느님!
유령	이 지저분하고 정말로 순리에 어긋나는 살인에 대하여 복수해다오.
햄릿	살인?
유령	설사 아주 좋은 이유에서 저질러진 것이라 할지라도 그것은 극

악한 살인이었어. 아주 지저분하고, 괴이하고, 패륜적인 살인이었지.

햄릿   그것을 제게 알려 주십시오. 절박한 생각과 사랑의 상념처럼 빠른 날개를 가지고 재빨리 복수에 나서겠습니다.

유령   넌 정말 행동에 나설 듯하구나.

만약 네가 이 일에 서둘러 나서지 않는다면 레테 강의 강둑에서 하릴없이 썩어지고 있는 게으른 잡초보다 더 한심하다 할 것이다. 자, 햄릿, 이제 들어라. 내가 과수원에서 잠자다가 뱀에 물려 죽었다고 얘기가 나돌고 있다. 덴마크 백성들이 이런 잘못된 이야기에 넘어가 나의 죽음에 대하여 크게 속고 있다. 그러나 너 고상한 청년이여, 너는 이걸 알아라. 네 아버지의 목숨을 앗아간 독사는 지금 아버지의 왕관을 쓰고 있다.

햄릿   오, 나의 예언적 영혼이여!

나의 숙부?

유령   그렇다. 저 불륜의 간통을 저지른 짐승. 정신에는 마술이 가득하고 온몸에 배신의 소질이 농후한 자. 그런 사악한 정신과 소질은 여자를 유혹하는 강력한 힘을 지녔다. 그리하여 그토록 정숙해 보이던 왕비를 수치스러운 욕정의 이불 속으로 끌어들였다. 오, 햄릿, 이 무슨 추락이냐. 결혼의 맹세를 지키며 평생 그녀에게 품위를 유지했던 나의 사랑으로부터 벗어나, 타고난 자질이 나와는 비교가 안 되는 한심한 놈의 품안으로 뛰어들다니. 미덕 그 자체는 결코 흔들리지 않는 것이나, 음란함은 천상의 모습으로 미덕을 유혹한다. 그리하여 빛나는 천사와 맺어진 욕정도 그 천상의 침대에 포만하면 권태를 느껴 쓰레기에게 덤

벼드는 것이란다.

잠깐만. 이제 새벽 공기의 냄새를 맡을 수 있구나. 그러니 간단히 말해 주겠다. 내가 평소와 마찬가지로 오후에 과수원에서 낮잠을 자고 있는데 네 숙부가 그 한가한 시간을 틈타서 저주받을 독즙 병을 들고서 살금살금 다가왔다. 그러고는 나병을 일으키는 그 독즙을 내 귀에다 부어넣었다. 그 독즙의 효과는 사람의 피와는 상극을 이루는 것이지. 체내의 온갖 자연스러운 관문과 통로를 수은처럼 빠르게 돌면서 맑고 건강한 피를 아주 맹렬하게 응고시킨단다. 마치 우유에 떨어트린 식초 방울처럼. 그 독즙은 내 혈관 속으로 들어오는 즉시 내 피부를 나무껍질처럼 만들었고 마치 나병에 걸린 것처럼 내 부드러운 온몸에 보기 흉한 악성 부스럼들이 돋아났다.

이렇게 하여 나는 잠자는 중에 동생의 손에 나의 목숨, 왕관, 왕비를 빼앗겼다. 그리고 성찬식, 도유식(塗油式), 병자 성사(病者聖事)도 없이 생전의 죄를 다스리지 못하고 온갖 불완전한 상태로 하느님의 심판대 앞으로 나아가게 되었다. 오, 끔찍하고, 끔찍하고, 끔찍하구나! 만약 네가 도저히 그것을 참아내지 못하겠다고 생각한다면, 덴마크 왕실의 침상이 무도한 음욕과 저주받은 불륜의 소굴이 되지 못하게 하라. 네가 이 복수의 행위를 어떻게 추구하든 간에 네 마음을 더럽히지는 말고 네 어머니에 대하여 아무런 악의도 지니지 마라. 나는 그녀를 하늘과 그녀 마음속의 가시에 맡겨 그것이 그녀를 찌르고 또 찌르도록 하겠다. 자, 이제 떠나련다. 반딧불은 새벽이 가까이 왔음을 알리면서 그 희미한 불빛이 사위어가기 시작하는구나. 안녕, 안녕, 안녕. 나

| | 를 기억해 다오. | 퇴장 |

햄릿 오, 하늘의 별들이여, 대지여, 그리고 또 뭐가 있나? 지옥도 불러댈까? 쳇! 버텨라, 버텨라, 내 심장이여. 내 온몸의 근육이여, 이 순간 늙어버리지 말고 굳건히 나를 버텨다오. 그대를 기억해 달라고? 그러지, 그대 불쌍한 유령이여. 나의 기억이 이 혼란스러운 세상에 한 자리를 잡고 있는 한. 그대를 기억해 달라고? 그래, 내 기억의 수첩에서 온갖 사소한 기록들, 책에서 본 명언, 일반적 관념들, 어릴 때 책에서 보았던 것들에 대한 과거의 인상을 모조리 지워버리겠다. 그리고 내 두뇌의 수첩과 책 속에는 다른 시시한 것들과 뒤섞이지 않게 그대의 명령만을 오롯이 간직하겠다. 그래, 맹세코 그렇게 하겠다!

오, 저 악독한 여자!

저 악당, 악당, 능글맞은 미소를 짓고 있는 저 악당 놈!

내 수첩에 이렇게 적어놓아야지. 사람은 미소를 짓고 또 지어도 여전히 속은 악당일 수 있어. 적어도 덴마크에서는 사정이 그렇다고 확신할 수 있어. [수첩에 적는다] 자, 삼촌 분명히 적어 놓았소. 자, 이제는 내가 하고 싶은 말. 그건 "안녕, 안녕. 나를 기억해 다오."야. 난 기억하겠다고 맹세했어.

호레이쇼 (무대 밖에서) 전하, 전하!

마셀러스 (무대 밖에서) 햄릿 왕자님!

호레이쇼와 마셀러스 등장

호레이쇼 하느님, 왕자님을 안전하게 지키소서!

햄릿	안전하지.
마셀러스	전하, 어디에 계십니까?
햄릿	여기야, 여기야. 친구! 새야 이리 와라, 이리 와.
마셀러스	전하, 어떻게 되었습니까?
호레이쇼	무슨 새로운 소식이라도, 전하?
햄릿	오, 놀라워!
호레이쇼	전하, 어서 말씀해 주십시오.
햄릿	안 돼. 자네가 발설할 테니까.
호레이쇼	전 맹세코, 발설하지 않겠습니다.
마셀러스	저도 마찬가지입니다, 전하.
햄릿	자네는 어떻게 보나? 사람의 마음이 그것을 생각해 낼 수 있다고 보나? 아무튼 자네는 비밀을 지켜줄 거지?
호레이쇼·마셀러스	예, 맹세코.
햄릿	덴마크에 사는 악당 놈치고 엄청난 악당이 아닌 놈은 없어.
호레이쇼	전하, 겨우 그 말을 해주려고 유령이 일부러 무덤에서 나올 필요는 없지 않았겠습니까?
햄릿	그래, 자네 말이 맞아. 더 이상 형식적인 언사를 나눌 것 없이 악수를 하고 헤어지는 게 좋겠네. 뭐 별것은 아니지만 누구나 다 용무와 욕구를 갖고 있으니 자네들은 그게 시키는 대로 가게. 그러니 나로서도 이만 가봐야겠네.
호레이쇼	그건 참 황당하고 혼란스러운 말씀 같습니다, 전하.
햄릿	내 말이 기분 나빴다면 미안하네. 정말로. 미안하다고, 정말로.
호레이쇼	기분 나쁘지 않습니다, 전하.

햄릿   정말이야. 성 패트릭을 걸고 하는 말인데 호레이쇼, 기분이 무척 나쁠 거야. 오늘밤의 유령에 대해서 말하자면 그건 정직한 유령이었어. 그리고 이거 한 가지 더 말해 주지. 오늘밤 유령과 나 사이에 무슨 일이 있었는지 알고 싶을 텐데, 그걸 좀 참아주게나. 그리고 좋은 친구들, 자네들은 친구, 학생, 군인들이니 나의 작은 부탁 하나를 들어주게.

호레이쇼 무엇인데요, 전하? 들어드리겠습니다.

햄릿   오늘밤에 본 것을 절대 발설하지 말게.

호레이쇼·마셀러스 예, 맹세코, 하지 않겠습니다, 전하.

햄릿   자, 그걸 맹세해 주게.

호레이쇼 진실로 발설하지 않겠습니다, 전하.

마셀러스 저도 마찬가지입니다.

햄릿   내 칼 아래에서?

마셀러스 전하, 우리는 이미 그렇게 하겠다고 맹세했습니다.

햄릿   내 칼에 걸고 말이지.

유령   맹세하라.   유령이 무대 아래서 소리친다

햄릿   하, 하, 친구, 자네가 그렇게 말했나? 거기 자네는 정직한 친구지? 자, 자네들은 저 지하실의 친구가 하는 말을 들었네. 맹세한다고 말하게.

호레이쇼 맹세를 바칩니다, 전하.

햄릿   오늘밤 본 것을 절대 말하지 말라. 내 칼에 걸고 맹세하라.

유령   맹세하라.

햄릿   유령은 동에 번쩍, 서에 번쩍하는구나. 그럼 우리는 자리를 옮겨야겠는데. 이리로 오게 신사들. 자네들 손을 내 칼 위에 얹고

서 오늘 들은 것을 말하지 않겠다고 맹세하게.

유령   맹세하라.

햄릿   잘 말했네, 두더지 선생. 자네는 땅속에서도 그리 빠르게 움직이
나? 아주 훌륭한 광부일세. 한 번 더 자리를 옮기세, 좋은 친구들.

호레이쇼   오, 낮과 밤이여. 이건 정말 괴상해지는데.

햄릿   그러니까 그 유령을 낯선 자로 환영해야 돼. 호레이쇼, 이 천지
간에는 자네의 철학으로는 꿈도 꾸지 못하는 많은 것들이 있다
네. 자, 이리로 오게. 여기서 다시 한 번 아까 했듯이 절대 발설
하지 않기로 맹세. 그리고 앞으로 내가 괴상한 언동(미친 척)을 하
는 게 적당하다고 생각할 때에도 자네들은 그런 순간의 나를 보
고서 양팔을 끼거나 머리를 갸우뚱하면서 이렇게 말하지 말게.
"그래, 그래, 우린 저럴 줄 알았지.""우리도 마음만 먹으면 저렇
게 할 수 있어.""우리가 속마음을 시원하게 털어놓을 수 있다
면.""저런 일도 벌어질 수 있지." 그러니까 자네들이 나에 대해
서 뭔가 알고 있다는 그런 은근한 표시를 절대 하지 말아달라는
거야. 그렇게 하면 자네들이 어려울 때 은총과 자비가 자네를
도울 거야. 맹세하게.

햄릿   쉬어라, 쉬어라, 혼란스러운 정신이여. 자 친구들, 내 사랑을 담
아 자네들의 호의를 부탁하는 바야. 이 햄릿이 변변치 않은 인
간이기는 하지만 자네들에게 사랑을 표현하려 든다면 하느님
의 가호인들 없겠나. 하지만 언제나 자네들의 입술에 손가락을
얹어놓기를 비네.
이 세상은 고장이 났어. 내가 그걸 고치기 위해 태어났다니 이
얼마나 나쁜 운명인가. 자, 오게. 어서 함께 가세.

———

제2막 제1장
성안의 한 집무실

폴로니어스와 레이날도 등장

폴로니어스 그 애에게 이 돈과 편지를 주도록 하게, 레이날도.

레이날도 분부대로 하겠습니다, 나리.

폴로니어스 착한 레이날도, 이걸 현명하게 조치하기 바라네. 그 애를 방
문하기 전에 그 애의 행동거지를 탐문해 보도록 해.

레이날도 나리, 그렇게 할 생각이었습니다.

폴로니어스 좋아, 아주 좋아. 먼저 파리의 덴마크 인들이 어떻게 지내는
지 살펴봐. 누가, 어떻게, 어떤 자원으로, 어디서, 누구와 동무하
면서 어떻게 돈을 쓰는지 살펴보라고. 그들이 내 아들에 대하여
어떻게 생각하는지 완곡하고 우회적인 방식으로 알아보라고.
아예 노골적으로 대놓고 물어보는 것보다는 이런 식으로 간접
적으로 하는 게 실상을 더 잘 파악하는 거라고. 그 애를 좀 막연
하게 아는 것처럼 꾸미라고. 가령 이런 식으로 말하는 거지. "나
는 그 사람의 아버지와 친구들 그리고 당사자도 약간 압니다."

레이날도, 내 말 알아들어?

레이날도 예, 열심히 듣고 있습니다, 나리.

폴로니어스 이렇게 말을 이어가는 거야. "그를 약간 압니다만, 내 생각에 그가 아주 거칠고 또 이런저런 것에 탐닉하고 있다더군요." 그러면서 자네가 지어낸 헛소문을 그에게 살짝 뒤집어씌우는 거야. 하지만 그 애에게 불명예가 돌아갈 정도로 지독한 건 안 돼. 이걸 명심하게. 그러니까 젊고 자유로운 청년들에게서 자주 목격되는 그런 방탕하고, 거칠고, 통상적인 실수 말이야.

레이날도 노름 같은 거 말입니까, 나리?

폴로니어스 그래. 또는 음주, 칼싸움, 욕설, 말싸움, 계집질 같은 거 말이야.

레이날도 나리, 그런 것은 아드님에게 불명예를 안길 겁니다.

폴로니어스 그러니까 그런 엉터리 비난을 하면서 적절히 조정하는 게 필요해. 가령 그 애가 성적 비행을 노골적으로 저지르고 다닌다는 그런 추문을 뒤집어씌워서는 안 돼. 그건 내 의도가 아니야. 하지만 그 애의 잘못을 아주 완곡하게 암시하여 그게 자유의 오점 혹은 불같은 성정의 갑작스러운 폭발처럼 보이게 하란 말이야. 누구에게나 들이닥칠 수 있는 다스리지 못한 열정의 순간적 폭발 같은 거.

레이날도 하지만 나리 —

폴로니어스 내가 왜 자네에게 이런 일을 시키느냐고?

레이날도 나리, 그걸 알고 싶습니다.

폴로니어스 잘 들어. 이게 내 요지야.

나는 이것이 합법적인 술수라고 생각하네. 약간 잘못된 일인 것처럼 내 아들에게 그런 비난을 들이대는 거 말이야. 자, 잘 들어.

자네가 떠보려는 대화의 상대방이 자네가 슬쩍 비행을 뒤집어 씌운 청년의 실제 비행을 목격했다면, 그 상대방은 이렇게 자네 말을 마무리 지을 거라고. "그렇죠." 혹은 "그 친구" 혹은 "그 신사"라고 하면서 말이야. 상대방 고향의 관습이나 그 사람 신분에 따라서 말투는 다소 차이가 나는 법이니까.

레이날도 잘 알겠습니다, 나리.

폴로니어스 그러면 그 상대방은 이어서—가만, 내가 뭐라고 말하려 했더라? 뭔가 말하려 했는데. 내가 무슨 말 했지?

레이날도 이렇게 자네 말을 마무리 지을 거라고, 하셨습니다.

폴로니어스 이렇게 자네 말을 마무리 지을 거라고? 그래, 그랬군. 그는 이렇게 자네 말을 마무리 지을 거야. "나는 그 신사를 압니다. 어젠가 그젠가 그를 보았습니다. 노름도 있었고 과도한 술자리도 있었고 테니스장에서 말싸움이 벌어지기도 했지요." 혹은 이렇게 말하기도 할 테지. "나는 그가 소문 나쁜 집에 들어가는 걸 보았소." 그러니까 창녀 집 말일세. 자, 이렇게 해서 헛소문의 미끼로 진짜의 잉어를 잡아 올리는 거지. 이렇게 우회적 접근과 탐문으로 현명하면서도 똑 부러지게 알아내는 거야. 간접으로 직접을 잡아 올리는 거지. 자, 이런 요령과 수법으로 내 아들의 동정을 살피도록 해. 내 말 잘 알아들었지?

레이날도 잘 알아들었습니다, 나리.

폴로니어스 그럼, 어서 가보게.

레이날도 안녕히 계십시오.

폴로니어스 정성을 쏟아 그 애의 동정을 살피게.

레이날도 그렇게 하겠습니다.

폴로니어스 그가 자연스럽게 생활하도록 내버려두면서 말이야.

레이날도 알겠습니다.

폴로니어스 자, 어서 가.

레이날도 퇴장

오필리아 등장

애야, 오필리아야, 무슨 일이냐?

오필리아 아버지, 아버지. 저는 너무 무섭습니다.

폴로니어스 도대체 무슨 일로?

오필리아 아버지, 제 방에서 바느질을 하고 있는데 햄릿 왕자님이 불쑥
나타났어요. 웃옷의 앞가슴을 풀어헤치고, 모자도 안 쓰고 때
묻은 양말은 대님 고리가 벗겨져서 발목까지 흘러내린 모습이
었어요. 얼굴은 셔츠처럼 창백하고 두 무릎은 서로 맞부딪치고
있었어요. 얼굴 표정은 너무 황량 음울하여 지옥에서 방금 풀려
난 사람 같았어요. 아, 그 무서움이라니. 그런 모습으로 불쑥 내
앞에 나타난 거예요.

폴로니어스 너를 사랑하다가 돌아버린 거냐?

오필리아 아버지, 그건 모르겠어요.
하지만 정말 무서웠어요.

폴로니어스 그가 뭐라고 말했냐?

오필리아 내 손목을 잡고서 저를 잡아당기더니 이어 팔 길이만큼 자기 몸
을 뒤로 젖히더니 다른 손을 이렇게 이마 위에 얹고서 내 얼굴

을 찬찬히 뜯어보았어요. 마치 내 얼굴을 그릴 것처럼. 그런 자세로 한참 있었어요. 이윽고 내 손을 잡아 흔들고 자기 머리를 위아래로 세 번 흔들더니 아주 끔찍하고 구슬픈 한숨을 내쉬었어요. 온 몸이 찢어져라 마치 이 세상을 하직할 듯한 사람의 한숨이었어요. 그러더니 내 손을 탁 놓고서 머리를 등 뒤로 돌렸어요. 그는 두 눈 없는 상태로 길을 찾는 사람 같았어요. 그는 앞을 보면서 문밖으로 나서는 사람이 아니었어요. 그러더니 이윽고 고개를 돌려 나를 한참 쳐다보았어요.

폴로니어스　자, 나와 함께 가자. 나는 왕을 찾아가 봐야겠어. 그건 사랑의 열정이야. 그 난폭한 속성이 그 자신을 해치고 있는 거야. 그런 격정이 사람의 의지를 자극하여 절망적인 행동에 나서게 하는 거지. 하늘 아래 여느 격정이 우리의 본성에 심각한 피해를 입히듯이. 정말 안 됐구나. 최근에 너는 그에게 심한 말이라도 했느냐?

오필리아　아니오, 아버지. 하지만 아버지가 시킨 대로 그의 편지를 거부하고 그가 나에게 다가오지 못하게 했어요.

폴로니어스　그게 그를 돌아버리게 한 거구나.
　내가 좀 더 유의하면서 신중하게 그를 판단하지 못한 게 유감이야. 그가 괜한 짓을 하면서 너를 망치려 드는 게 아닐까, 하고 우려했거든. 젊은 사람들이 대개 신중하지 못하고 우리 늙은 사람은 자기 생각 너머로 모험하려 들지 않으려는 속성이 있지. 이제 왕을 찾아가 보아야겠어. 이건 반드시 알려야 해. 그냥 비밀로 묻어 두면 더 큰 슬픔을 가져올 거야. 햄릿이 사랑 때문에 이렇게 되었다는 것을 이실직고하여 왕의 미움을 받는 것보다.

자, 가자.

모두 퇴장

제2막 제2장
엘시노어 성의 대전

나팔 소리. 왕(클로디어스), 왕비(거트루드), 로젠크란츠,

길덴스턴, 기타 인물들 등장

클로디어스 어서 오게. 로젠크란츠와 길덴스턴! 전에부터 자네들을 한 번
보고 싶었는데 자네들에게 부탁할 게 있어서 이렇게 급히 불렀
네. 햄릿이 변했다는 얘기를 자네들도 들었을 거야. 뭐랄까, 외
양이나 내면이 예전의 그를 닮지 않았으니까 말이야. 그 원인이
무엇이겠나? 아버지의 죽음으로 그가 저토록 지각을 잃어버리
게 된 게 아닌가, 하는 생각이 드네. 그래서 자네들에게 부탁을
할까 해. 젊은 시절부터 햄릿을 아는 그대들이 궁정에 머물면서
그를 즐겁게 해주게. 때때로 그대들이 얻을 수 있는 정보를 알
아내 내게 좀 알려 주게. 그러면 햄릿을 괴롭히는 원인으로 지
금껏 알려지지 않은 게 무엇인지 알아내어 그를 치료할 수 있을

테니까.

거트루드 친구 양반들, 그 애는 당신들 얘기를 많이 했어요. 아마도 그 애
가 당신들보다 더 우의를 느끼는 사람은 이 세상에 없을 거예
요. 괜찮다면 우리와 함께 지내면서 당신들의 정중한 호의를 우
리에게 좀 보여주어요. 우리가 당신들의 도움으로 희망의 혜택
을 좀 볼 수 있도록. 당신들의 방문에 대해서는 폐하께서 잊지
않으시고 응분의 보상을 내려 주실 거예요.

로젠크란츠 두 분 폐하께서는 높으신 권위로 저희에게 얼마든지 분부를
내리십시오. 저희는 명령하신 대로 성심껏 봉행할 뿐 부탁이라
하심은 당치 않은 말씀이십니다.

길덴스턴 우리 두 사람은 기꺼이 복종하면서 우리 자신을 폐하의 발 앞에
내려놓으니 마음껏 부리십시오. 그러니 어서 분부만 하십시오.

클로디어스 고맙네 로젠크란츠, 그리고 점잖은 길덴스턴.

거트루드 고맙네 길덴스턴, 그리고 점잖은 로젠크란츠. 지금 당장 변해도
너무 변한 내 아들을 찾아보게. 거기 누구 없느냐, 여기 이 두 분
을 햄릿 있는 곳으로 모셔다 드려라.

길덴스턴 우리의 언행과 방문이 그를 기쁘게 하고 또 도움이 될 수 있기
를 하늘에 빕니다.

거트루드 그래야지, 아멘.

로젠크란츠와 길덴스턴 [몇 명의 시종] 퇴장

폴로니어스 등장

폴로니어스 폐하, 노르웨이로 갔던 사절들이 기쁜 소식을 가지고 돌아왔
    습니다.

클로디어스 그대는 언제나 좋은 소식을 가져오는 사람이지.

폴로니어스 제가 그렇습니까? 폐하, 가납(嘉納)하십시오. 제가 몸속에 영
    혼을 간직하듯이 하느님과 자비로우신 폐하에게 제 의무를 늘
    명심하고 있습니다. 저는 그렇게 생각하고 있습니다만 제 머리
    가 예전처럼 국가 정책의 경과를 잘 파악하고 있는지 걱정됩니
    다. 그렇지만 저는 햄릿의 광증에 대하여 그 원인이 무엇인지
    알아냈습니다.

클로디어스 어서 말해 보게. 난 그것을 오랫동안 알고 싶었네.

폴로니어스 먼저 사절들을 접견하십시오. 내 소식은 그 엄청난 축제의 후
    식 같은 것이 되어야 합니다.

클로디어스 그럼, 경이 그들을 인도하여 데리고 오도록 하구려.

[폴로니어스 퇴장]

    사랑하는 거트루드, 그가 방금 내게 말했소. 당신 아들이 저리
    된 데 대한 원인과 이유를.

거트루드 주된 원인은 뻔한 거예요. 아버지의 죽음과 우리의 성급한 결혼
    일 거라고요.

클로디어스 아무튼 그에게 물어봅시다.

    폴로니어스, 볼티먼드와 코닐리어스 등장

클로디어스 잘 왔소, 좋은 친구들.

그래 볼티먼드, 노르웨이 왕으로부터 무슨 소식을 갖고 왔소?

볼티먼드 아주 호의적인 환대와 답변을 해주었습니다. 우리들이 처음 용건을 말하자, 그분은 사람을 보내 조카의 모병 행위를 중단하라고 지시했습니다. 그분은 군사 동원이 폴란드를 치기 위한 것으로 잘못 알고 계셨습니다. 그러나 진상을 파악하고 그것이 폐하를 치기 위한 것임을 알고서 포틴브라스에게 중지 하교를 내렸고 그는 즉각 복종했습니다. 그러니 노르웨이 왕이 병환, 노령, 무능으로 아무것도 못한다는 얘기는 잘못된 것이었습니다. 포틴브라스는 노르웨이 왕으로부터 질책을 받았고 폐하를 상대로 결코 전쟁을 일으키지 않겠다고 삼촌 앞에서 맹세했습니다. 그러자 노르웨이 왕은 기뻐하면서 조카에게 연금으로 3천 크라운을 하사했고 기존에 동원된 병력으로 폴란드를 치라고 하명했습니다. 그러면서 여기 문서에 적혀 있습니다만 이 정벌을 위해 폐하의 영토를 조용히 통과할 수 있게 해달라고 요청했습니다. 이에 대한 안전과 허락의 문제에 대해서는 이 문서에 기재된 대로입니다.

[문서를 제시한다]

클로디어스 아주 잘 되었군.

좀 더 여유 있는 시간에 읽어보고서 이 건을 깊이 생각하고 대답하겠소. 경들의 그대들이 이처럼 훌륭하게 일을 해냈으니 심심하게 치하하는 바이오. 가서 쉬시오. 밤에는 축연을 베풀 생각이오. 고국으로 돌아온 것을 진심으로 환영하오.

사절들 퇴장

폴로니어스 이 건은 잘 마무리되었습니다.

폐하, 그리고 중전 마마, 왕권의 위엄이 무엇이고, 의무가 무엇
이고, 낮은 낮이요, 밤은 밤이며 시간은 시간이다, 라고 말하는
건 밤, 낮, 시간을 낭비하는 것입니다. 간결은 재치의 영혼이고,
지루함은 그 사지이면서 외양일 뿐이므로, 저는 간결하게 말씀
드리겠습니다. 폐하의 영식(令息)은 돌아버렸습니다. 저는 방금
돌아버렸다고 말씀드렸습니다. 왜냐하면 진정한 광기를 규정
하려면 그 말 이외에는 다른 말이 적합하지 않기 때문입니다.
그러니 이건 이쯤 하죠.

거트루드 수식은 빼고 요점만 말하세요.

폴로니어스 마마, 저는 수식은 전혀 하지 않고 있습니다. 그는 돌았습니다.
그건 사실이면서 안 된 일이고, 안 된 일이면서 사실입니다. 엉성
한 수식(수사법)이기는 합니다만 이제 수식은 더 이상 하지 않겠
습니다. 그가 미쳤다고 인정하고 이제 남은 일은 이런 일의 원인
이 무엇인지 밝혀내는 겁니다. 혹은 이런 흠결의 원인이 무엇인
지 알아내는 겁니다. 왜냐하면 이런 흠결 있는 일에는 원인이 있
기 때문입니다. 그래서 남은 문제는 이것이니 신중히 고려해 보
시기 바랍니다. 제게는 딸이 하나 있습니다. 제가 슬하에 데리고
있으니 분명 제 딸이지요. 그 애는 의무감과 순종심이 뛰어나서
이것을 제게 주었습니다. 잘 들어보시고 살펴주십시오.

"내 영혼의 우상이며 천상의 여인인 가장 아름답게 꾸며진 오 필리아."

졸렬한 문구와 엉성한 어휘도 모자라 "아름답게 꾸며진"은 또 뭡니까? 아무튼 더 들려드리겠습니다.

"그녀의 찬란한 하얀 가슴에, 이것들을 운운."

거트루드 그게 햄릿이 그녀에게 보낸 건가요?

폴로니어스 마마 잠깐만 기다려주십시오. 제가 좀 더 읽겠습니다.

"별들이 천상의 불이 아니고

태양이 움직이지 않고

진실이 거짓말쟁이라고 할지라도

내 사랑은 결코 의심하지 마세요.

오, 사랑하는 오필리아, 나는 시를 짓는 일에는 서툽니다. 내 고 민을 적절히 표현해 줄 기술이 없습니다. 그렇지만 나는 그대를 제일 사랑합니다. 아주 제일, 내 말을 믿어주세요. 안녕. 내 사랑 하는 여인이여 나는 영원히 당신의 것입니다. 내 몸이 하느님의 것이듯. 햄릿."

내 딸은 온순하여 이 편지를 내게 보여주었습니다. 뿐만 아니라 그의 구애 행각, 가령 시간, 방법, 장소 등을 내게 모두 말해 주 었습니다.

클로디어스 그래, 그녀는 그의 사랑을 받아들였소?

폴로니어스 저를 어떻게 생각하십니까?

클로디어스 충실하고 명예로운 사람으로 생각하오.

폴로니어스　저도 기꺼이 그것을 증명하고 싶습니다. 제가 이 날개 타고
　　　　날아가는 사랑을 목격하고서도—저는 이미 딸애가 그것을 말
　　　　해 주기도 전에 감지하고 있었습니다만—책상이나 책상 위의
　　　　책처럼 그 사랑에 눈 딱 감고 멍하니 아무 말도 안 하거나, 그 사
　　　　랑을 그저 한가하게 구경이나 했다면 폐하와 여기 마마께서는
　　　　저를 어떻게 생각하시겠습니까? 못마땅하게 여기시겠지요. 그
　　　　래서 저는 즉각 작업에 착수했습니다. 나는 어린 딸에게 이렇
　　　　게 말했습니다. "햄릿은 왕자이시고 너보다 신분이 월등 높은
　　　　분이다. 이 사랑은 안 될 일이야." 그래서 나는 딸에게 금지령을
　　　　내렸습니다. 그를 절대 가까이 오지 못하게 하고 그의 전령이나
　　　　정표를 일체 받아들이지 말라고 했습니다. 딸애는 내 충고를 그
　　　　대로 실천했고 그는 거부를 당하자—긴 얘기를 간추려 말하자
　　　　면—슬픔에 빠져들었고, 이어 단식, 현기증, 마지막으로 광기에
　　　　빠져든 겁니다. 그리하여 그는 현재 그런 증세 속에서 헛소리를
　　　　하고 우리는 그것을 심히 슬퍼하는 것입니다.

클로디어스　경은 그걸 사실이라고 생각하오?

거트루드　사실일 거예요, 아주 그럴듯해요.

폴로니어스　폐하, 제가 자신 있게 이거 사실입니다, 하고 말씀드렸는데
　　　　나중에 아닌 걸로 판명 난 경우가 있었습니까?

클로디어스　없는 것 같은데.

폴로니어스　만약 이게 사실이 아니라면, 제 머리를 제 어깨에서 잘라내십
　　　　시오. 상황이 허락한다면 저는 진실이 어디에 숨겨져 있는지 알
　　　　아낼 겁니다. 비록 그게 지구 한가운데 박혀 있다 하더라도 말
　　　　입니다.

클로디어스 그럼 어떤 방법으로 더 알아낸단 말인가?

폴로니어스 폐하, 그가 이곳 대전의 로비를 네 시간 씩이나 걸어 다닌다
는 사실을 아실 겁니다.

거트루드 정말 그래요.

폴로니어스 그런 때에 제가 딸년을 그에게 풀어놓는 겁니다. 그리고 폐하
와 저는 휘장 뒤에서 엿듣는 겁니다. 그 만남을 주목해 주십시
오. 만약 그가 그녀를 사랑하지 않는다면 그 때문에 정신 줄을
놓은 게 아니라면 저를 아예 국사가 참여시키지 마십시오. 그
대신 농장을 운영하며 가축이나 돌보라고 하십시오.

클로디어스 어디 한 번 해보세.

햄릿이 책을 읽으며 등장

거트루드 저길 보세요. 저 불쌍한 애가 책을 읽으며 걸어오고 있네요.

폴로니어스 두 분 전하께서는 잠시 물러가 주십시오. 제가 곧 그를 만나
보겠습니다. 허락해 주십시오.

클로디어스와 거트루드 [시종들] 퇴장

햄릿 왕자님, 기분이 좀 어떠십니까?

햄릿 좋아요. 고맙게도.

폴로니어스 왕자님, 저를 알아보시겠습니까?

햄릿 물론이죠. 당신은 생선 장수(뚜쟁이, 포주) 아니오?

폴로니어스 아닙니다, 전하.

80

햄릿 그렇다면 당신이 정직한 사람이었으면 좋겠습니다.

폴로니어스 정직한 사람이라고요, 전하?

햄릿 그래요. 이 세상 돌아가는 꼴을 보면 정직한 사람은 1만 명 중에 한 명 꼴도 안 돼요.

폴로니어스 그건 정말 맞는 말입니다.

햄릿 태양이 키스 상대로 누굴 가리겠소? 썩은 살[肉]인 죽은 개에 게도 키스하여 구더기를 만들어내지 않소. 당신은 딸이 있소?

폴로니어스 있습니다, 전하.

햄릿 그녀더러 햇빛 속에서 걷지 말라고 이르시오. 출산을 하는 건 축복이지만 당신 딸이 임신을 할 수도 있으니까. 이봐요, 그걸 유념하시오.

폴로니어스 (방백) 이거 도대체 무슨 소리야? 늘 내 딸 타령만 하고 있으 니. 하지만 처음엔 나를 알아보지 못했어. 나보고 생선 장수라 고 했으니까. 그는 돌아도, 한참 돌았구먼. 나도 젊을 때에는 사 랑 때문에 엄청난 고통을 겪었지. 저와 아주 비슷했다니까. 이 제 다시 말을 걸어 보자. 전하, 무엇을 읽고 있습니까?

햄릿 말, 말, 말들.

폴로니어스 전하, 대체 무슨 일입니까?

햄릿 누구에게 무슨 일?

폴로니어스 그러니까 지금 읽고 있는 책의 내용 말입니다, 전하.

햄릿 뭐, 욕설들이지. 이 책에 나오는 냉소적인 자는 노인들은 하얀 수염이 났고 얼굴이 쭈글쭈글하며 두 눈은 진한 호박색 같은 눈 곱이 매달려 있다고 하네. 게다가 그들은 정신이 아주 산만하고 허벅지에는 힘이 쭉 빠진다고 하네. 나는 이게 다 사실이라고

굳건히 믿지마는, 그걸 이렇게 자세히 주저리주저리 적어놓는
건 정직한 일이 아니라고 보네. 왜냐하면 선생도 나처럼 늙어갈
수가 있으니까. 또 게처럼 뒷걸음칠 수 있다면 말이야.

폴로니어스 　(방백) 이건 광기가 분명하지만 그래도 나름 조리가 있는데.
전하, 차가운 공기 밖으로 나서시지요.

햄릿　　내 무덤 속으로 들어가라고?

폴로니어스　물론 그것도 공기 밖으로 나가는 일이지요. (방백) 때때로 그
의 대답은 의미심장하군. 저건 광인들이 만나는 행복이지. 이성
과 상식은 만들어내지 못하는 행복. 나는 이쯤에서 그와 헤어지
고 그와 내 딸을 만나게 하는 수단을 강구해 봐야지. 존귀한 전
하, 죄송하지만 이만 물러갈까 하니 허락해 주소서.

햄릿　　내가 기꺼이 헤어지려고 하는 것 이외에는 내가 당신에게 허락
해 줄 게 없어요. 나의 목숨, 나의 목숨, 나의 목숨을 제외하고는.

폴로니어스　그럼 이만 물러갑니다, 전하.

햄릿　　아, 이 지겨운 늙은 바보들!

길덴스턴과 로젠크란츠 등장

폴리니어스　가서 햄릿 왕자를 뵙도록 하시오. 저기 계십니다.

로젠크란츠　신의 가호가 있기를.

[폴로니어스 퇴장]

길덴스턴　존경하옵는 전하!

로젠크란츠   자상하신 전하!

햄릿   나의 훌륭한 옛 친구들이로군! 길덴스턴, 어떻게 지냈나? 아, 로
젠크란츠. 좋은 친구들, 그래 어떻게 지냈어?

로젠크란츠   세상의 무심한 자식들처럼 지냈죠.

길덴스턴   우리가 너무 행복하지 않아서 행복합니다. 우리는 운명의 여신
의 모자에서 꼭대기는 아닙니다.

햄릿   그렇다고 그녀 신발의 밑창은 아니지 않는가?

로젠크란츠   그것도 아닙니다, 전하.

햄릿   그렇다면 자네들은 그녀의 허리춤 혹은 그녀의 은총 한가운데
에 있다는 건가?

길덴스턴   예. 우리는 그녀의 충실한 종복입니다.

햄릿   행운의 여신의 은밀한 부분에서 산다고? 오, 정말 그래야지. 여
신은 변덕스러운 여자니까. 그래 무슨 소식이라도?

로젠크란츠   없습니다, 전하. 하지만 세상은 점점 정직해지고 있습니다.

햄릿   그럼 종말의 날이 가까이 다가온 거야. 하지만 자네 소식은 진
실이 아니야. 좀 더 구체적으로 물어보겠네. 나의 옛 친구들이
여, 행운의 여신의 손 안에서 어떤 행동을 했기에 그대들은 이
런 감옥으로 보내졌는가?

길덴스턴   감옥이라고요, 전하?

햄릿   덴마크는 감옥이야.

로젠크란츠   그렇다면 온 세상이 감옥이지요.

햄릿   아주 훌륭한 감옥이지. 많은 감방, 수감실, 토굴이 있는. 덴마크
는 최악의 것 중 하나이지.

로젠크란츠   전하, 우리는 그렇게 생각하지 않습니다.

햄릿　그렇다면, 자네들이 생각하기에 안 그런가 보지. 이 세상에는 좋거나 나쁜 것이 따로 정해져 있는 것이 아니야. 단지 생각이 그렇게 만들 뿐이지. 허나 이 햄릿에게는 덴마크가 감옥이란 말이야.

로젠크란츠　그야 전하의 야망이 그렇게 만드는 게죠. 딴은 대망을 품고 계시는 분에게는 덴마크는 너무 협소하겠지요.

햄릿　천만에! 나는 호두 껍데기 속에 갇혀 있어도 나 자신을 무한한 천지의 왕자라고 생각할 수 있는 사람이야. 내가 나쁜 꿈만 꾸지 않는다면…….

길덴스턴　그 꿈이 실은 대망이라는 겁니다. 글쎄 대망의 실체는 꿈의 그림자에 지나지 않거든요.

햄릿　아냐. 꿈 자체가 그림자에 지나지 않는 거야.

로젠크란츠　지당하신 말씀입니다. 대망이란 건 사실 공기같이 허무한 것이라서, 결국은 그림자의 그림자에 지나지 않는 듯싶습니다.

햄릿　그리고 우리의 거지 같은 신체가 있지. 우리의 왕이나 위대한 영웅들도 모두 그 거지의 그림자인 거지. 우리 궁정에나 가볼까? 요즘에 나는 조리 있게 말을 하지 못해.

두 친구　저희가 모시겠습니다.

햄릿　아니 무슨 말을. 난 자네들을 궁정의 종복들과 동류로 보지 않네. 자네들한테 정직한 사람의 입장에서 말해 보자면 나는 지금도 날 감시하는 하인들에게 둘러싸여 있네. 영 형편 무인지경이야. 그래, 예전의 우정을 생각해서 하는 말인데, 엘시노어에는 무슨 일로 왔나?

로젠크란츠　전하를 만나 뵈러 왔지요. 다른 용무는 없습니다.

햄릿　나는 거지인데다 감사 표시는 더 인색하지. 그래도 고맙네. 그런데 다정한 옛 친구들 나의 감사는 반푼어치도 안 돼. 자네들은 누가 보내서 온 게 아닌가? 자발적으로 온 건가? 정말 자유로운 뜻으로 온 거야? 자, 내게 솔직히 말해 보게. 자, 자. 어서 말해 보라고.

길덴스턴 무슨 말을 하라고 하는 겁니까, 전하?

햄릿 뭐, 본심을 빼놓곤 뭐든지 다. 자네들은 누가 보내서 왔어. 자네들 얼굴에 그런 자백이 나타나 있어. 자네들은 딴청을 부릴 만큼 그렇게 영악하지는 못해. 나는 왕과 왕비가 자네들을 보냈다는 걸 알고 있어.

로젠크란츠 무슨 목적으로 말입니까, 전하?

햄릿 자네들더러 나를 가르치라고 말이야. 내게 옛정으로 보아, 우리의 젊음을 걸고, 우리의 오래된 우애로 보아 솔직히 말해 주게. 말주변이 좋은 사람 같으면 이보다 더 훌륭한 말로 자네들을 감동시킬 수 있을 텐데. 아무튼 내게 공평하고 솔직하게 말해 주게. 자네들은 누가 보내서 왔지?

로젠크란츠 (길덴스턴에게) 뭐라고 하지?

햄릿 (방백) 나는 너희들을 꿰뚫어 보고 있어. 너희들이 나를 사랑한다면 숨기지 마.

길덴스턴 전하, 우리는 보내서 왔습니다.

햄릿 왜 보냈는지 그 이유를 말해 주지. 내가 이렇게 미리 말하면 자네들이 이렇게 나를 찾아온 목적을 발설하지 않아도 되고 또 왕과 왕비에 대한 자네들의 비밀도 지켜지는 게 되지. 왜 그런지 모르지만 나는 최근에 모든 즐거움을 잃어버리고 즐겨 해오던 운동도 모두 그만두었네. 내 기분은 너무나 울적하여 이 좋은 대지가 내게는 불모의 갑(岬)처럼 보이네. 그리고 저 뛰어난 덮개인 공기, 이 멋지게 휘어져 있는 천공, 황금의 불(태양)로 장식된 이 장엄한 지붕, 이런 것들이 모두 내게는 지저분하고 전염병을 일으키는 증기 덩어리로밖에는 보이지를 않아.

인간이란 얼마나 위대한 작품인가! 그의 이성은 고상하고, 그의 능력은 무한하며, 그의 신체와 동작은 얼마나 날렵하고 멋진가. 그는 행동을 하면 천사요, 이해력은 하느님과 비슷하지 않은가! 이 세상의 아름다움이며, 동물들 중의 으뜸이지. 그런데 내게는 이런 의문이 들어. 도대체 이 먼지 같은 존재가 무엇이란 말인가? 인간은 나를 기쁘게 하지 않아. 여자도 마찬가지야. 자네들이 미소를 짓는 걸 보니 다른 생각인 듯하지만.

로젠크란츠   전하, 저는 그런 생각을 하지 않았습니다.

햄릿   그럼, 왜 웃나? 인간은 나를 기쁘게 하지 않는다고 말했을 때.

로젠크란츠   전하, 단지 사람을 봐도 기쁘지 않다고 하시니 연극배우들이 전하로부터 소홀한 대접을 받겠구나, 하고 생각했을 뿐입니다. 우리는 여기 오는 중에 그들을 만났는데, 그들은 전하에게 공연을 하려고 여기로 오는 중이었습니다.

햄릿   왕 역할을 하는 배우는 환영이지. 그는 나로부터 칭송을 받을 거야. 모험을 좋아하는 기사는 그의 칼과 방패를 사용할 것이요, 사랑하는 사람은 속절없이 한숨을 지을 것이며, 변덕스러운 사람은 제 말 다 지껄이다가 평온하게 역할을 마칠 것이고, 광대는 사람들을 웃겨서 그들의 폐를 간질일 것이며, 숙녀는 제 마음을 자유롭게 털어놓을 것이야. 이렇게 안 한다면 그 무운시(연극)는 읊으마마나(하나마나) 한 거야. 그들은 어떤 배우들인가?

로젠크란츠 전하가 즐겨 관람하시던 패들입니다. 도시의 비극 배우들이
지요.

햄릿 그들이 순회공연을 한다고? 명성이나 소득으로 보아 도시에 그
대로 머무르는 것이 더 나을 텐데.

로젠크란츠 최근의 변고 때문에 공연 금지령이 내려왔는가 봅니다.

햄릿 그들은 내가 도시에 머무를 때처럼 여전한 명성을 누리고 있는
가? 관중들도 많고?

로젠크란츠 아닙니다. 많지 않습니다.

햄릿 왜 그렇지? 그 극단이 재미없어졌나?

로젠크란츠 아닙니다. 그들은 예전과 같은 노력을 계속하고 있습니다. 문
제는 그들이 소년 배우들과 경쟁을 해야 한다는 겁니다. 소년
배우들은 새된 목소리로 대사를 아주 요란하게 떠들어대고 그
러면 관중은 열광한다고 합니다. 이 배우들이 현재 유행을 타면
서 일반 배우들을 제압했다는 겁니다. 그래서 칼을 찬 많은 사
람들(사교계 사람들)이 거위 깃털(소년 배우를 위한 극작가들)을 두려워해
서 감히 그곳 출입을 하지 않는다고 해요.

햄릿 뭐라, 배우가 애들이라고? 그들을 어떻게 유지하는데? 누가 재
정 지원을 하나? 그 애들이 더 이상 새된 노래를 부르지 못할 때
에도 배우 노릇을 계속할 수 있을까? 그들이 나중에 커서 성인
배우가 되면 뭐라고 할까? 그들에게 별도의 수입이 있지 않는
한, 그 극작가들이 그들에게 잘못을 저질렀다고 하지 않을까?
자기들이 나중에 이어받을 자리를 앞서서 비난하게 만들었다
고 말이야.

로젠크란츠 그래서 그 문제에 대해서는 양측에서 논의가 무성합니다. 일

반 대중은 그들에게 그렇게 싸움을 붙이는 데 그리 큰 문제가 아니라고 생각합니다. 극작가와 배우가 이 문제에 대하여 주먹다짐을 하지 않는 한, 연극 대본에 한동안 투자금이 붙지 않았다고 합니다.

햄릿　　　그게 가능한가?

길덴스턴　한동안 머리싸움이 치열했지요.

햄릿　　　소년 배우들이 연극계를 좌지우지한다고?

로젠크란츠　그렇습니다, 전하. 소년 배우들이 지구를 등에 맨 헤라클레스처럼 연극계를 완전 접수했습니다.

햄릿　　　그건 그리 괴상한 일도 아니야. 나의 삼촌이 현재 덴마크 왕인데 선왕 생시에 그를 그토록 비난하던 자들이 오늘날 삼촌의 소형 초상화를 하나 사들이기 위해 20, 40, 50, 100두카트(금화)를 아낌없이 내놓고 있지 않나. 젠장, 여기에는 철학자가 알아낼 수 있는 것 이상의 부자연스러운 점이 있어.

나팔소리

길덴스턴　배우들이 여기 옵니다.

햄릿　　　자네들, 엘시노어에 온 것을 환영하네. 자, 우선 손을 내밀어 악수를 하자고. 우린 이런 유행과 예식을 거행해야 하니까. 내가 이런 식으로 환영을 표시하는 건 장차 배우들에 대한 인사 표시를 분명히 드러내기 위해서야. 자네들을 대접한 것보다 배우들을 더 대접하는 것처럼 보이면 곤란하니까. 자네들 정말 잘 왔어. 하지만 나의 삼촌—아버지와 숙모—어머니는 속고 있어.

길덴스턴 어떤 면에서, 전하?

햄릿   난 북북서 바람이 불 때만 살짝 미쳐. 그러나 바람이 남풍으로 바뀌면 나는 송골매와 왜가리를 구분할 줄 안다네.

폴로니어스 등장

폴로니어스 다들 안녕하신가, 신사 양반들?

햄릿   잘 보게 길덴스턴. 그리고 자네도. 두 귀를 쫑긋 세우고. 저기 보이는 저 큰 어린아이는 아직도 유아복을 입고 있지.

로젠크란츠 저분은 행복하게도 두 번째로 유아복을 입으신 거군요. 노인은 두 번째로 아이가 된 분이라고 하지 않습니까.

햄릿   내가 예언을 하나 하지. 그는 내게 연극배우들에 대해서 말할 거야. 틀림없어. 자네 말 잘 했어. 그런 일이 지난 월요일에 벌어졌지.

폴로니어스 전하, 전해 드릴 새로운 소식이 있습니다.

햄릿   전하, 전해 드릴 새로운 소식이 있습니다. 로스키우스가 고대 로마 공화국에서 배우로 이름을 떨칠 때—

폴로니어스 전하, 배우들이 여기 도착했습니다.

햄릿   요란하군, 요란해!

폴로니어스 제 명예를 걸고.

햄릿   그럼, 배우들이 각자 당나귀를 타고 왔겠군.

폴로니어스 이 세상 최고의 배우들입니다. 비극, 희극, 사극, 전원극, 전원-희극, 역사-전원극, 비극적 사극, 비극적-희극적-역사적 전원극, 못하는 게 없습니다. 단막극은 물론이요, 장시도 거뜬히 해냅니다. 이들의 손에 걸리면 비극 작가 세네카도 더 이상 비극적일 수가 없으며, 희극 작가 플라우투스도 더 이상 희극적일 수가 없습니다. 극본의 정신에 따라 자유롭게 연기한다. 이렇게 할 수 있는 건 이 배우들뿐입니다.

햄릿   오, 이스라엘의 판관 입다(Jephtha)여. 그대는 정말 뛰어난 보물을 가졌구나!

폴로니어스   그가 무슨 보물을 가졌습니까, 전하?

햄릿   왜 이런 노래 있잖아—

"아주 아름다운 딸, 그것도 단 하나.

그는 그녀를 매우 사랑했네."

폴로니어스   언제나 내 딸 타령이군.

햄릿   이런 노래 맞지, 노(老) 입다?

폴로니어스   전하, 저를 '입다'라고 부르신다니, 제게도 제가 아주 사랑하는 딸이 있습니다.

햄릿   아니, 그렇게 이어지는 게 아니에요.

폴로니어스   그럼 어떻게 이어집니까, 전하?

햄릿   거 왜, 이렇게 이어지잖아요.

"그리고 하느님만 아는 운명에 따라."

이렇게 이어지다가,

"벌어질 일은 벌어지고 말았어."

이 민요의 첫 소절을 이렇게 노래 불렀으니 그 다음은 찾아보시면 될 거예요. 저기 내 노래를 중단시키는 자들이 오고 있으니.

배우들 등장

햄릿	어서 오시게 배우님들, 환영하네. 몸 건강히 있는 걸 보니 기쁘네. 어서 오게 좋은 친구들. 오, 나의 오랜 친구! 지난번에 마지막으로 보았을 때 이후에 수염을 길렀군. 자네는 나에게 도전하려고 덴마크를 찾아왔나? 아니, 나의 젊은 여배우님, 당신은 지난번 보았을 때보다 굽 높은 신을 신어 더 한층 하늘에 가까워졌군요. 당신의 목소리가 깨어져 유통되지 않는 금화와는 다르게 그 낭랑함을 계속 유지하기를 하늘에 빌겠습니다. 배우님들, 모두 환영합니다. 우리는 프랑스의 매 조련사와 비슷해서 뭐든지 보이기만 하면 먼저 매를 날리고 본다오. 먼저 멋진 대사를 하나 들려주시오. 당신들의 수완을 어디 한번 맛보기로 보여주시오. 자, 멋진 대사로.
배우 1	어떤 대사 말씀이십니까, 전하?
햄릿	나는 자네가 상연하지 않은 어떤 대사를 들은 기억이 나. 아니 상연을 했다 하더라도 딱 한 번 하고 말았을 거야. 그 극은 개 발에 편자여서 일반대중에게 인기가 없었지. 그러나 내가 보기에, 그리고 연극 비평에서 나보다 훨씬 나은 전문가들의 판단으로는 훌륭한 연극이라는 거였어. 장면들도 순서 배열이 훌륭하여 깔끔하면서도 노련하게 처리가 되었다는 거야. 한 비평가는 이렇게 말했던 게 기억나. 원료(의미)를 맛있게 하려고 샐러드(수식)를 치지 않았으나, 그 원료는 극작가의 허세를 완전 배제함으로써 정직한 연출이 되게 했다. 그리하여 연극은 맛있는 건강식이 되었고 겉보기가 좋은 음식보다 훨씬 영양분이 많다는 거였어. 나는 그중에서 이 한 대사를 특히 좋아했어. 그건 로마 창건자 아이네아스(아이네이아스)가 카르타고 여왕 디도에게 해주는 얘기

인데, 특히 프리아모스(Priam: 트로이의 왕)가 피살되는 장면이었어. 자네가 이 대사를 기억하고 있다면 그걸로 한번 시작해 주게. 가만있어 봐, 이렇게 시작되는데.

"머리를 산발한 피로스(Pyrrhus)는 카스피 바다[히르카니아(Hyrcania): 고대 페르시아 제국의 한 지방으로 카스피 해 남동 연안에 위치함]의 호랑이처럼—"

이거 아닌데, 피로스로 시작하는 게 옳기는 해도.

"머리를 산발한 피로스, 그의 검은 갑옷은 그의 목적에 어울리게 검구나. 마치 그가 트로이 목마에 들어간 밤처럼. 이제 그가 목마에 웅크리고 앉아 있을 때 그의 갑옷은 어둠보다 더 무서운 것으로 칠해져 있다. 머리끝에서 발끝까지 아버지들, 어머니들, 아들들, 딸들의 피로 범벅이 되어 있구나. 그 피는 그가 거리에 내지른 방화의 불로 엉켜 딱딱해졌고 그 불빛은 그의 잔인한 살인 행각에 끔찍한 빛을 던진다. 분노와 불로써 설설 끓어오르고 딱딱하게 굳어진 사람들의 피로 칠갑을 한 채 그의 두 눈은 루비처럼 번쩍거리는구나. 저 지옥 같은 피로스는 이제 할아버지 프리아모스를 찾아 나서는도다."

자, 이런 식으로 한번 해봐.

폴로니어스 전하, 훌륭한 억양과 멋진 분간을 발휘하며 아주 구성지게 읊으셨습니다.

배우1 "곧 그는 그리스 인들을 상대로 너무 짧은 칼을 휘두른 그를 발견했노라.

프리아모스는 그의 낡은 칼을 마음대로 사용하지 못했고 그 칼은 떨어진 곳에 그대로 있구나. 상대방보다 월등 뛰어난 피로스는 엄청난 분노를 폭발시켜 프리아모스에게 달려든다. 그가 사나운 칼을 한번 휘두르니 힘없는 아버지는 그 자리에서 쓰러진다. 그때 무감각한 일리움(Ilium: 트로이의 라틴 어 이름)은 그 강타를 온몸으로 느끼는 것처럼 꼭대기에 불이 붙은 채 바닥으로 붕괴하면서, 끔찍한 충격음을 내어 피로스의 귀를 사로잡는다. 오, 보라. 존귀한 프리아모스의 백발 머리 위로 떨어지던 그의 칼은 공중에 잠시 멈춰 선 것 같구나. 피로스는 그림 속의 독재자처럼 서서, 마치 자신의 의지와 본성과는 무관하다는 듯 아무것도 하지 않는구나.

그러나 맹렬한 폭풍우가 일순간 동작을 정지하고 곧바로 무시무시한 천둥이 뒤따라 나와 온 사방을 뒤흔드는 것처럼, 잠시 정지했던 피로스도 분노를 새롭게 폭발시키며 공격에 나섰다. 키클롭스가 군신을 위하여 파쇄할 수 없는 갑옷을 만들었을 때조차도, 그의 쇠방망이는 이제 프리아모스의 머리 위로 떨어져 내린 피로스의 피 묻은 칼처럼 무지막지하게 잔인한 것은 아니었다. 꺼져라, 꺼져! 너, 바람난 여인 같은 운명의 여신아! 모든 신들이 한데 모여 그녀로부터 힘을 빼앗고 그녀가 굴리는 운명의 바퀴로부터 살과 축을 제거하라. 그리고 껍데기만 남은 그 둥그런 바퀴를 천상의 언덕으로부터 내굴려서 지옥의 밑바닥까지 떨어지게 하라."

폴로니어스 이건 너무 긴데요.

햄릿 이발소로 보내어 자네 수염과 함께 좀 잘라달라고 할까. 당신의 수염과 함께. 계속하세요, 배우님. 이분은 춤, 음란한 얘기, 아니면 꾸벅꾸벅 졸기 같은 걸 좋아해요. 자, 계속해. 헤카베(Hecuba:

배우 1 　"그러나 아, 슬프다, 누가 저 베일 쓴 왕비를 보았는가—"

햄릿 　베일 쓴 왕비?

폴로니어스 　그거 좋네요. "베일 쓴 왕비" 좋아요.

배우 1 　"앞뒤로 내달리면서 불길 위에 그녀의 눈물을 뿌리던 왕비는
　　　얼마 전까지만 해도 왕관이 내려앉던 머리에 하얀 천을 둘렀고,
　　　몸에는 왕비의 의상 대신에 담요를 둘렀구나. 아이를 많이 낳아
　　　지칠 대로 지친 저 몸. 만약 이런 상태의 헤카베를 본 사람이 있
　　　다면 그가 아무리 그녀에 대하여 많은 악의를 품고 있다 하더라
　　　도 그녀를 이처럼 추락시킨 운명의 여신에게 저주를 퍼부었으
　　　리라. 만약 신들이 자기 남편을 산산조각 내는 피로스를 쳐다보
　　　는 광경을 천상에서 내려다보았더라면 그녀가 내지르는 저 끔
　　　찍한 비명은, 만약 인간이 신들을 움직일 수 있다면, 천상의 모
　　　든 신들의 두 눈에 뜨거운 눈물이 솟구치게 했을 것이다."

폴로니어스 　저 배우는 안색이 창백해지고 두 눈에 눈물이 가득한 걸 좀
　　　보세요. 자, 제발 그만하시오.

햄릿 　잘했소. 나는 당신에게 이 대사의 나머지 부분도 곧 읊게 할 거
　　　요. 저 배우들이 아주 자질이 훌륭하다는 걸 살펴보셨습니까?
　　　그들에게 잘 대해 주시기 바랍니다. 왜냐하면 저들은 이 시대의
　　　개요이자 간명한 기록이니까. 살아생전에 이 배우들에게서 나
　　　쁜 평판을 얻는다면 죽어서는 나쁜 묘비명을 얻게 될 각오를 해
　　　야 합니다.

폴로니어스 　전하, 그들의 공로에 따라 그들을 적절히 대접하겠습니다.

햄릿 　이런 참. 그보다 훨씬 더 융숭하게 대접하세요. 만약 사람을 공

로에 따라 대접한다면 그 누군들 매질을 피할 수 있겠습니까? 당신의 명예와 위엄에 걸맞게 대접하세요. 그들의 공로가 적을 수록 더 후한 사례금을 내리십시오. 그들을 맞아들이십시오.

폴로니어스   갑시다, 여러분.   폴로니어스 퇴장

햄릿   친구들, 저분을 따라가도록 해요. 내일 연극을 듣도록 하지. 그리고 이봐, 오랜 친구, 자네는 〈곤자고의 살해(The Murder of Gonzago)〉를 상연할 수 있겠나?

배우 1   예, 전하.

햄릿   내일 저녁에 상연하도록 하지. 필요하면 내가 열두 줄 내지 열여섯 줄의 대사를 극본에 추가하려고 하는데, 그것을 넣어줄 수 있겠나?

배우 1   예, 전하.

햄릿   아주 좋아. 저 사람을 따라가게. 그를 조롱하지 않도록 조심하게.

배우들 퇴장

나의 두 친구들. 자네들도 밤에 다시 만나세. 엘시노어에 온 것을 환영하네.

로젠크란츠   안녕히 계십시오, 전하.

로젠크란츠와 길덴스턴 퇴장

햄릿   그래, 잘 가게. 이제 나는 혼자 남았구나. 나는 이 얼마나 비열한 깡패 혹은 농부 같은 자인가! 방금 전의 배우는 허구인데도 열

정의 꿈에 몰입하여 자신의 생각에 온 영혼을 불어넣지 않았는가. 그는 얼굴이 창백해졌고 뜨거운 눈물을 흘렸으며 감정에 압도되어 목소리는 갈라지고 몸은 흔들거리면서 그의 온 존재가 그 연기의 필요에 부응하여 움직이지 않았는가. 그 모든 게 아무것도 아닌 것을 위함인가? 아니다, 헤카베를 위한 것이었다. 그가 그녀를 위해 그토록 울다니 헤카베가 그에게 무엇이며 그는 또 헤카베에게 무엇이란 말인가? 만약 내가 지금 심중에 품고 있는 열정의 동기와 단서를 그 배우가 갖고 있었다면 그는 어떻게 행동했을까? 그는 자신의 눈물로 무대를 홍수에 잠기게 했을 것이고, 관중의 귀를 무서운 언사로 찢어놓았을 것이며, 정직한 사람들을 무섭게 하고, 무지한 사람들을 혼란에 빠트리고, 더 나아가 모든 사람의 귀와 눈을 놀라게 했을 것이다.

그런데 이 울적하고 용기 없는 악당 놈은 무엇을 하고 있는가? 꿈꾸는 자처럼 취생몽사하면서 복수의 대의는 전혀 신경 쓰지 않고 아무 말도 하지 못하고 있지 않은가. 소중한 왕관과 소중한 생명을 빼앗겨버린 선왕을 잊어버리고. 나는 겁쟁이인가? 나를 악당이라고 부르며 내 정수리를 두 조각 내버리고, 내 수염을 잡아 뽑아 내 얼굴 앞에 날리고 내 코를 잡아당기고, 너 거짓말쟁이라는 말을 내 목구멍에다 집어넣어 폐에 이르기까지 깊숙이 처박을 그런 사람은 없는가? 누가 나 대신 이렇게 해주겠는가? 젠장, 만약 그렇게 해준다면 나는 그걸 받아들이겠노라. 나는 겁먹은 허약한 자여서 상대방을 압박하여 겁먹게 할 담력이 없으니까. 만약 그렇지 않았다면 나는 오래전에 이 악당 놈의 내장을 꺼내어 이 근처의 독수리들에게 내던졌을 거니까.

저 유혈 낭자하고 비인간적인 악당 놈! 잔인하고, 배신 잘하고, 음탕하고, 무자비한 악당 놈! 오, 복수!

하지만 나는 이 얼마나 멍청한 놈인가! 선왕이 살해되어 하늘과 지옥이 모두 복수를 하라고 채근하는데도 내가 할 수 있는 것이라고는, 창녀처럼 시시껄렁한 말로 내 마음을 풀어내고 한심한 작부처럼 저주나 퍼붓고 있으니, 이 얼마나 비겁한 놈인가! 아, 한심한 놈!

빌어먹을! 궁리를, 궁리를 하란 말이야! 흐음, 죄지은 자가 연극을 보다가 무대 장면에 너무 감동되어 자기도 모르게 죄상을 분명히 실토하게 되었다는 얘기를 들은 적이 있지. 살인은 혀가 달려 있지 않지만 아주 기적적인 표현 수단을 통하여 결국 발언을 하게 되어 있지. 나는 이 배우들로 하여금 내 삼촌 앞에서 선왕의 피살 장면 비슷한 것을 연기하게 할 거야. 나는 그의 표정을 살피면서 그의 급소를 찌를 것이다. 만약 그가 움찔한다면 나의 행동 노선을 정할 수 있을 것이다. 내가 보았던 유령은 악령일 수도 있어. 그리고 악령은 자기 마음대로 변장을 할 수 있어. 그래, 내가 심신이 허약하고 우울증에 빠져 있으니까 악령은 이런 정신상태를 농락하면서 나를 속여 파멸시키려는 것인지도 몰라. 그러니 이것보다 더 확실한 근거가 필요해. 연극이 바로 그것이야. 나는 거기서 왕의 본심을 알아내고 말 거야. 　퇴장

제3막 제1장
엘시노어 성의 대전

왕, 왕비, 폴로니어스, 오필리아, 로젠크란츠, 길덴스턴, 귀족들 등장

클로디어스 그래, 간접적 대화로 그가 왜 이런 소란을 벌이는지 알아내지
못했는가? 저 혼란스럽고 위험한 광기로 그의 평온한 나날들을
그처럼 힘겹게 만드는지를?

로젠크란츠 그는 자신이 심란한 상태임을 자백했습니다. 그러나 무슨 이
유로 그러는지는 결코 말하지 않으려 했습니다.

길덴스턴 그는 우리의 질문에 적극 응하지도 않았습니다. 우리가 그의 진
정한 상태를 캐내려고 하면 교묘한 광기를 내세우며 빠져나가
려 했습니다.

거트루드 그가 당신들을 잘 맞이했나요?

로젠크란츠 아주 신사적으로 대했습니다.

길덴스턴 하지만 우리에게 잘 대해 주려고 일부러 애를 쓰는 것 같았습니다.

로젠크란츠 질문은 별로 안 하고 우리가 물어보면 선선히 대답했습니다.

거트루드 재미있는 오락을 같이 해보자고 권유해 보았나요?

로젠크란츠 왕비님, 우리는 그를 만나러 가던 길에 연극배우들과 조우했
습니다. 그 배우들 얘기를 했더니 그건 듣기 좋아하는 눈치였어
요. 그들은 왕궁 근처에 와 있는데 오늘밤 왕자님 앞에서 공연
을 해달라는 지시를 받은 것으로 알고 있습니다.

폴로니어스 사실입니다.

왕자님은 내게 폐하와 마마가 그 연극을 직접 관람하시게 해달라고 요청했습니다.

클로디어스 아주 기꺼이 가도록 하지. 그가 그토록 관심을 보였다니 정말 잘 되었군. 자네 두 사람은 그의 관심을 계속 격려하여 이 연극에 더욱 흥미를 갖도록 해주게.

로젠크란츠 그렇게 하겠습니다, 폐하.

로젠크란츠와 길덴스턴 퇴장

클로디어스 사랑하는 거트루드, 이제 당신은 자리를 피해 주구려.

내가 햄릿을 이리로 은밀히 불러서, 그가 여기서 우연히 오필리아를 만나게 된 것처럼 꾸몄소. 그녀의 아버지와 나는 합법적인 스파이가 되어 몸을 숨기고서 엿들을 생각이오. 그래서 두 사람의 만남을 솔직하게 판단하고 그의 행동거지를 보면서 그가 그토록 고통을 받는 것이 사랑의 번민 때문인지 아닌지를 알아보려 하오.

거트루드 말씀을 따르겠습니다.

오필리아, 착하고 아름다운 너 때문에 햄릿이 저렇게 되었기를 바란다. 그렇다면 너의 미덕이 그를 예전의 상태로 돌려놓을 수 있을 것이고 그게 너희 두 사람의 명예가 되지 않겠니.

오필리아 마마, 저도 그렇게 되기를 바랍니다.

[거트루드 귀족들과 함께 퇴장]

폴로니어스　오필리아야, 이리로 우아하게 걸어오너라. 우리는 곧 뒤로 숨을 거야. 너는 이 기도서를 읽으면서 외로운 척 시늉을 하는 거야. 우리는 종종 이런 일로 비난을 받기도 하지만 이건 흔히 있는 일이야. 우리는 짐짓 정직한 표정과 경건한 행동으로써 악마 그 자신을 사탕발림하는 거지.

클로디어스　(방백) 아, 저건 너무 맞는 말이다.

　　　　저 말은 내 양심에 따가운 채찍질을 하는구나. 회반죽 화장으로 꾸민 창녀의 얼굴은 그 회반죽보다 더 추한데, 나의 꾸며진 말과 행동보다 더 추할까. 오, 이 무거운 부담이여!

폴로니어스　그가 오는 소리가 들립니다. 폐하, 잠시 뒤로 몸을 감추십시다.

　　　　　　　　　　　　　　　클로디어스와 폴로니어스 퇴장

　　　　　　　　　　햄릿 등장

햄릿　　사느냐, 죽느냐 그것이 문제로다. 이렇게 거친 운명의 화살과 돌팔매를 참아내는 게 올바른 마음이냐, 무기를 들고 대항하여 고통을 끝내는 것이 올바른 일이냐. 죽는다, 잠이 든다, 더 이상 존재하지 않는다. 잠이 든다는 것은 육신을 갖고 태어난 인간이 당하는 마음의 번민과 1천 가지의 자연적 충격을 끝낸다는 것. 그것은 간절히 소망하는 결말이기도 하다. 죽는다, 잠이 든다. 어쩌면 잠든다는 건 꿈꾼다는 것.

　　　　그런데 여기에 문제가 있다. 그 죽음의 잠에서 무엇이 닥쳐올 것인가? 우리가 이 인간의 껍질을 벗었을 때. 그 생각이 우리를 멈추게 하는구나. 그 생각이 분명 오래 산다는 재앙을 만들어내는 것이다. 그렇지 않다면 누가 시간의 채찍과 경멸, 압제자의 억압, 거만한 자의 모욕적 언사, 짝사랑의 고통, 지연되는 판결, 관료의 오만무례함, 덕망 높은 자에 대한 소인배의 불손 따위를 참아내려 하겠는가. 오로지 단검 하나로 그 자신의 해방을 얻어낼 수 있는데.

누가 이 피곤한 인생의 중압에 억눌려 땀 흘리고 불평하며 저 무거운 부담을 감내하려 하겠는가? 죽음 이후에 무엇이 있는지 모르는 두려움이 아니라면. 일단 저 미발견의 고장으로 들어간 여행자는 그 경계를 벗어나 돌아오지 못하는구나. 이것이 우리의 의지를 뒤흔들고 우리로 하여금 저 미지의 세계로 날아가기보다는 이승의 온갖 참사를 다 견디게 하는구나. 이렇게 하여 생각은 우리 모두를 비겁자로 만들고 결단의 강건한 빛깔은 생각이라는 창백한 베일로 뒤덮여 허약해지고 마는구나. 엄청난 힘과 의미를 가진 계획도 이 때문에 그 나아가는 방향을 전환하여 행동의 대의를 잃어버리는구나. 잠깐만. 저기 아름다운 오필리아가 있네. 님프여, 그대의 기도 속에서 나의 모든 죄상을 기억해 주구려.

오필리아   좋으신 왕자님,
요 며칠 동안 어떻게 지내셨는지요?

햄릿   생각해 주어 고맙소, 잘, 아주 잘 지냈소.

오필리아   왕자님, 당신이 주신 기념품들을 오래전부터 돌려드리고 싶었습니다. 이제 그것들을 받아주세요.

햄릿   아니, 난 받지 않아요.

난 당신에게 뭔가 준 적이 없어요.

오필리아   존경하는 왕자님, 당신은 선물 준 사실을 잘 알고 있어요. 달콤한 향기의 말씀과 함께 주셔서 그 선물들은 더욱 값졌지요. 그 향기 이제 사라졌으니, 이걸 도로 가져가세요. 고상한 마음을 가진 사람에겐, 그 선물을 준 사람의 마음이 변하면 아무리 값비싼 선물도 가치를 잃고 마는 법. 여기 있어요, 왕자님.

햄릿   하, 하, 하, 당신은 정직한(순결한) 여자요?

오필리아   왕자님?

햄릿   당신 아름다운 여자요?

오필리아   무슨 말씀이세요, 왕자님?

햄릿   당신이 정직하고 아름다운 사람이라면 그 정직함이 아름다움과 거래를 하지 못하게 하시오.

오필리아   왕자님, 아름다움과 정직함이 서로 잘 어울린다고 생각하는데 그보다 더 나은 조합이 있다는 건가요?

햄릿   그럼요. 왜냐하면 아름다움의 힘은 곧 정직(순결)을 음란함으로 바꾸어 놓는데, 그 빠르기가 정직의 힘이 아름다움을 순결로 바꾸어 놓는 것보다 더 빠르기 때문이오. 이것이 과거에는 모순이었으나 지금은 세상(왕비 거트루드)이 그걸 증명하고 있지 않소. 나는 한때 당신을 사랑했소.

오필리아   왕자님, 그건 사실이에요. 당신이 내게 그렇게 믿도록 했어요.

햄릿   당신은 내 말을 믿어서는 안 되는 것이었소. 미덕이 우리의 오래된 본성에 접목된다고 해도 우리는 여전히 그 본성을 갖고 있는 법이오. 나는 당신을 사랑하지 않았어요.

오필리아   그럼 더욱더 속은 거네요.

햄릿   당신은 수녀원(창녀 집)으로 가시오. 왜 당신은 죄인들을 낳는 사람이 되려는 거요? 나 자신 꽤 정직한 사람이오. 하지만 내 어머니가 나를 낳지 않았더라면 하는 생각을 할 정도로 죄를 많이 지었다오. 나는 아주 교만하고, 복수심 강하고, 야심만만하오. 그 밖에 내가 생각해 낼 수 있고, 상상으로 구체화할 수 있고, 실행할 수 있는 것 이상으로 많은 죄악을 저지를 수 있는 놈이오. 왜 나 같은 놈이 하늘과 땅 사이를 기어 다녀야 하는 거요? 우리는 모두 지독한 악당이니 우리를 믿지 마시오. 그러니 수녀원으로 가시오. 당신의 아버지는 어디에 있소?

오필리아   집에 계십니다, 왕자님.

햄릿   그에게 문을 단단히 닫으라고 하시오. 그는 자기 집에서나 바보 짓을 하는 게 좋을 거요. 안녕.

오필리아   오, 하느님. 왕자님을 도와주소서.

햄릿   그대가 결혼한다면, 지참금으로 이 전염병을 선물하겠소. 얼음처럼 정숙하고 눈처럼 순결하다 하더라도 그대는 비방을 면키 어려울 거요. 그러니 수녀원으로 가시오. 안녕. 만약 꼭 결혼을 해야겠다면 바보랑 하시오. 현명한 남자들은 여자가 남자를 어떤 괴물로 만드는지 잘 알고 있으니까. 수녀원으로 가시오. 그것도 빨리. 안녕.

오필리아   오, 천상의 힘이여, 저분을 낫게 해주소서!

햄릿   나는 여자들이 화장을 한다는 걸 알고 있어. 아주 잘. 하느님이 여자에게 하나의 얼굴을 주었는데 그들은 또 다른 얼굴을 만들어내지. 여자들은 춤을 추고, 엉덩이를 흔들고, 혀 짧은 소리를 내고, 하느님의 창조물에다 별명을 붙이고, 음란함을 순진함으로 가장하지. 쳇, 나한텐 그런 것이 더 이상 안 통해. 그게 나를 미치게 만들었단 말이야. 나는 더 이상 결혼은 하지 않는다고 말했어. 이미 결혼한 자들은 살려주겠지만 딱 한 놈만은 안 살려줄 거야. 나머지 결혼 안 한 자들은 독신으로 살아야 해. 자, 수녀원으로 가, 가라고.　　　　　　　　　　　　　　　　퇴장

오필리아　아, 고상한 마음이 저렇게 뒤집어지다니. 왕족답고, 무인답고, 나라의 꽃이자 희망이며, 예절의 모범으로 모든 사람의 귀감이 되어온 분이 저렇게, 저렇게 영락하실 줄이야. 저분의 감미로운 맹세의 꿀을 열심히 들이켠 나는 여인들 중에 가장 참담하고 비참한 여자로구나. 감미로운 종소리처럼 울리던 저 고상하고 위엄 넘치는 인품이 이제 깨어진 종 마냥 시끄러운 소음만 내고 있구나. 활짝 핀 청춘의 비할 데 없이 늠름했던 모습이 저처럼 광증에 사로잡혀 시들어버리고 말았다니. 오, 슬프다. 내가 이런 광경을 보아야 하다니. 그리고 보고 있다니.

왕과 폴로니어스 등장

클로디어스　사랑? 그의 감정은 그런 쪽으로 움직이고 있지 않아. 그의 언사도 약간 조리가 없기는 하지만 광증처럼 보이지 않아. 우울증이 내려앉은 그의 영혼에는 뭔가 있어. 그것이 부화되어 알을 까고 나온다면 위험한 일이 될 거야. 그걸 막기 위해서는 재빠른 결단이 필요한데 나는 이렇게 결정했어. 그를 신속히 잉글랜드로 보내서 그동안 밀린 조공을 받아오라고 해야겠어. 어쩌면 바다 여행, 다른 나라의 여러 풍물들이 그의 마음에 내려앉은

저 무언가를 해소시켜 줄 거야. 그 뭔가가 그의 머리에 내려앉아 평소의 그 자신과 전혀 다른 저런 짓거리를 하게 만드는 거야. 경은 어떻게 생각하시오?

폴로니어스 좋을 듯합니다. 하지만 저는 아직도 그의 슬픔의 근원과 시작이 실연에서 나온 것이라고 보고 있습니다. 어서 오너라, 오필리아. 햄릿 왕자가 한 말을 다시 전할 필요는 없어. 우리가 다 들었으니까. 폐하, 방금 말씀하신 대로 하십시오. 하지만 괜찮으시다면 연극이 끝난 후에 왕비 마마가 그를 단둘이 만나서 본심을 털어놓도록 해보십시오. 왕비님에게 그를 엄정하게 다루라고 하시고 제가 두 사람의 말을 들을 수 있는 곳에 숨어서 들어보도록 하겠습니다. 만약 왕비님이 그에게서 알아내지 못한다면 그를 잉글랜드로 보내십시오. 혹은 폐하가 적당하다고 생각하시는 곳에다 그를 가두시든가 하십시오.

클로디어스 그렇게 해야겠소.

신분 높은 자의 광증은 반드시 감시해야 하는 법이오.

그들은 퇴장

제3막 제2장
엘시노어 성의 대전

햄릿과 두세 명의 배우 등장

햄릿　내가 자네들에게 발음해 보인 것처럼 혀로 가볍게 굴리면서 대사를 말해야 하네. 만약 자네들이 다른 많은 배우들처럼 대사를 읊조린다면 나는 차라리 도시의 전령꾼에게 대사를 읽으라고 하겠네. 이런 식으로 자네들 손으로 허공을 너무 많이 찌르지 말고 좀 점잖게 동작을 하도록 해. 감정의 격류가 소용돌이처럼 혹은 폭풍우처럼 지나갈 때 절제를 해야 자연스럽게 흘러가는 느낌이 나는 법. 가발을 쓴 난폭한 배우가 입석 관람자들의 귀청이 찢어지도록 마구 고함을 질러대어 멋진 장면을 너덜너덜 누더기로 망쳐놓는 꼴을 보면 정말 화가 나. 그런 건 횡설수설하는 무언극이나 시끌벅적한 장면만 좋아하는 입석 관중들에게만 통하는 얘기야. 그런 배우는 채찍으로 때려주고 싶어. 난폭한 이슬람 신 터머건트(Termagant)보다 더 난폭하고, 폭군 헤롯을 능가할 정도로 더 폭압적으로 행동하니까 말이야. 제발 자네들은 그런 연기를 안 하도록 하게.

배우 1　전하, 그렇게 하지 않도록 하겠습니다.

햄릿　그렇다고 너무 맥 빠지게 연기해서도 안 돼. 자네들의 신중한 분별이 스승이 되도록 해야 돼. 행동을 대사에 맞추고, 대사를 행동에 맞추어야 하는데 이런 점을 특히 유의해야 하네. 자네들은 자연의 정도를 벗어나지 않는 게 좋아. 지나치게 과장된 연기는 본래의 목적을 잃는 것이야. 그 목적은 처음이나 현재나, 과거나 지금이나 자연에 거울을 비추는 것이야. 미덕의 본 모습을 보여주고, 경멸을 생생하게 그려내고, 세상의 시절과 모습에 있는 그대로 형식을 부여하는 거야. 이것을 과장되게 하거나 불완전하게 수행하면 관중의 어설픈 웃음은 자아낼지 몰라도 현명한 관람객들을 탄식하게 만들 수밖에 없어. 이런 사람들의 의견을 자네들은 다른 어떤 연극 관람자보다 더 높이 평가해야 하네. 나는 어떤 배우들의 연기를 보았는데 사람들은 그를 칭찬하면서 아주 대단히는 아니지만 높이 평가하는 걸 들었네. 하지만 그는 크리스천의 억양과 걸음걸이도 아니었고 이교도도 아니었으며 심지어 인간도 아닌 것 같았네. 그저 무대 위를 거들먹거리며 돌아다니며 소리만 고래고래 질러댔지. 그래서 저런 인간들은 자연의 창조주가 아니라 그 도제가 신통치 않게 만든 물건이 아닐까, 그래서 인간 비슷하되 인간이 아닌 물건 같다는 생각이 들었지.

배우 1 전하, 우리들은 그 점에 대해서는 꽤 고쳤다고 생각합니다.

햄릿 꽤 가지고는 안 돼. 완전히 고쳐야. 광대 역을 맡은 배우는 정해진 대사 이상의 것은 말하지 못하게 해야 돼. 어떤 광대는 자기가 먼저 웃어서 일부 한심한 관객들을 웃기기도 하지. 하지만 그건 극이 던지는 본래의 주제를 사람들이 생각할 시간을 빼앗는 게 돼. 그건 배우로서는 나쁜 행동이야. 광대는 그렇게 해서 각광을 받고 싶어 하는데 정말 한심한 태도지. 자, 가서 준비하게.

폴로니어스, 로젠크란츠, 길덴스턴 등장

　　　　안녕하십니까, 왕은 이 연극을 관람하실 건가요?

폴로니어스　왕비님도 함께 관람하실 겁니다. 그것도 곧.

햄릿　　　그럼 배우들에게 서두르라고 해주시오.

폴로니어스 퇴장

　　　　자네들 두 사람도 그들이 서두르도록 해 주겠나?

로젠크란츠　알겠습니다, 전하.

로젠크란츠와 길덴스턴 퇴장

햄릿　　　어이, 호레이쇼!

호레이쇼 입장

호레이쇼　좋으신 왕자님, 여기 대령했습니다.

햄릿　　　호레이쇼, 자네는 내가 즐겁게 대화를 나눌 수 있는 좋은 친구야.

호레이쇼　무슨 말씀을, 왕자님.

햄릿　　　아니, 내가 자네한테 아첨한다고 생각하지 말게.

　　　　내가 그렇게 해서 자네한테서 무든 이득을 보겠나? 자네를 먹여주고 입혀줄 거라고는 쾌활한 정신 이외에는 가진 게 없는 그대에게서. 누가 가난한 자에게 아첨을 바치겠나? 아첨으로 먹을 알이 나오는 곳에서, 아첨이 그 설탕발림의 혀로 장대한 허세를 빨아주게 하고 그 무릎의 관절을 구부리도록 하게. 내 말 알아듣겠나? 나의 영혼은 스스로 선택하는 진정한 주인이고 사람들 중에서 자기가 좋아하는 자를 골라낼 수 있으므로, 그녀는 자기 자신을 위해 그대를 선택했다네. 자네는 고통을 주는 모든 것을 아무 고통이 아닌 것처럼 받아들였고, 운명의 여신이 나눠주는 처벌과 포상을 똑같이 감사하며 받아들이는 사람이기 때문이지.

열정과 판단이 뒤섞이지 않는 자는 행복할지라. 그들은 운명의 손가락이 제멋대로 소리 나는 구멍을 막아 음악을 만들어내는 피리가 아닐지니. 내게 격정의 노예가 아닌 자를 달라. 그러면 그를 내 가슴의 가장 한가운데 가슴 중의 가슴에 모실 터이니. 이제 내가 그대에게 그렇게 하겠노라. 자, 이제 이 얘기는 그만하세.

오늘밤 왕 앞에서 연극이 상연될 거야. 그중 한 장면은 내가 자네에게 이미 말한 바대로 선왕의 죽음 상황과 아주 비슷해. 그 장면이 나오면 자네의 온 영혼을 기울여 내 삼촌의 동정을 살펴보게. 만약 그의 감추어진 죄상이 어떤 한 대사에서 드러나지 않는다면 우리가 성루에서 보았던 그 유령은 악령이 틀림없고, 내 상상력은 불카누스(Vulcan: 로마 신화 속의 불과 대장장이의 신. 그리스 신화의 헤파이스토스)의 무기만큼 신통치 않은 것이겠지. 그를 유심히 살펴보게. 나도 두 눈을 그의 표정에 고정시키겠네. 그런 다음 우리 둘이 만나서 그의 외양에 대하여 의견을 교환하도록 하세.

호레이쇼 잘 알겠습니다, 전하.

이 연극이 진행되는 동안에 뭔가 사라졌는데 제가 탐지하지 못
했다면 그 절도에 대하여 책임지겠습니다.

나팔 소리가 울린다

햄릿 사람들이 연극을 보러 오는군. 난 미친 척해야겠어. 자네는 가
서 앉게.

덴마크 식 행진(트럼펫과 북소리). 왕, 왕비, 폴로니어스, 오필리아, 로젠크란츠, 길덴스턴,
그리고 다른 귀족들, 시종, 횃불을 든 근위병들 등장

클로디어스 어떻게 지냈나, 우리 사촌 햄릿?

햄릿 잘 지냈습니다, 카멜레온의 식사를 하면서 그놈처럼 공기를 음
식 삼고, 약속으로 배가 부릅니다. 살찐 닭고기는 먹지 않지요.

클로디어스 햄릿, 그게 무슨 소리냐? 너는 내 질문에 답변을 하지 않는
구나.

햄릿 저도 하지 않습니다. 당신은 대학 다닐 때 연극을 했다고 그랬
지요?

폴로니어스 그렇습니다, 전하. 훌륭한 배우라는 평가를 받았지요.

햄릿 무슨 역을 맡았는데?

폴로니어스 줄리어스 시저 역을 맡았습니다. 나는 캐피털(의사당)에서 살
해되었지요. 브루투스가 나를 죽였습니다.

햄릿   당신처럼 캐피털(으뜸 멍청이) 한 자를 죽였다니 정말 잔인한 일이
        었군요. 배우들은 준비되었느냐?

로젠크란츠   그들은 전하의 명령만을 기다리고 있습니다.

거트루드   애야 햄릿아, 여기 와서 내 옆에 앉아라.

햄릿   아닙니다, 어머니. 여기 더 사람을 잡아당기는 지남철이 있습
        니다.

폴로니어스   하아, 저 말씀 들어보십시오.

햄릿   아가씨, 제가 당신 무릎에 누워도 될까요?

오필리아   안 됩니다, 왕자님.

햄릿   내 머리를 내려놓겠다는 거였는데?

오필리아   좋아요, 왕자님.

햄릿   내가 상스러운 것(섹스 얘기)을 의미한다고 생각했나요?

오필리아   왕자님, 나는 아무 생각도 하지 않았습니다.

햄릿   처녀 다리 사이에 눕는다는 건 멋진 생각이지.

오필리아   무슨 말씀이세요, 왕자님?

햄릿   낫씽(Nothing: 아무것도 아니야. 혹은 여자의 성기).

오필리아   아주 명랑하세요, 왕자님.

햄릿   누구, 내가?

오필리아   예, 왕자님.

햄릿   오, 하느님. 나는 그저 당신의 만담꾼일 뿐이야. 명랑하지 않으
        면 뭘 하겠어? 저기 좀 봐. 내 어머니도 아주 명랑하잖아. 아버
        지가 돌아가신 지 두 시간도 안 되었는데.

오필리아   아니에요, 왕자님, 그 일은 두 달의 두 배는 되었겠어요.

햄릿   그렇게 오래됐나? 그렇다면 이 검은 상복은 악마에게나 주어버

리고, 나는 흑담비 옷을 입어야겠네. 오, 하늘이시여, 사망한 지 두 달이나 되었는데 아직도 안 잊힌다고? 그렇다면 위대한 사람의 기억이 그의 수명보다 반년 더 오래갈 수 있겠네. 그렇다면 그는 그런 일이 벌어질 수 있도록 교회를 지어야겠네. 안 그러면 잊힐 수도 있으니까. 민요에 나오는 목마(창녀)처럼. "오, 오, 목마는 잊혔네."

오보에 소리. 무언극이 시작된다

배우 왕과 배우 왕비가 아주 다정한 모습으로 입장. 왕비가 왕을 포옹한다. 그녀는 무릎을 꿇고 그에게 자신의 사랑을 강력하게 호소한다. 그는 그녀를 일으켜 세우고 그녀의 목에 그의 머리를 내려놓는다. 그는 꽃밭에 드러눕는다. 그녀는 왕이 잠든 것을 보고서 그를 떠난다. 곧 다른 남자가 등장하여 그의 왕관을 벗기고 거기에 키스를 하더니 잠자는 왕의 귀에다 독약을 부어넣고 그 자리를 뜬다. 왕비가 돌아와서 죽은 왕을 발견하고 격렬한 히스테리의 동작을 보인다. 살인범은 두세 사람을 대동하고 다시 등장하여 왕비를 위로하는 듯하다. 시신은 밖으로 들려 나간다. 살인범은 선물로 왕비에게 구애한다. 그녀는 잠시 그를 냉대하다가 풀어져서 결국에는 그의 사랑을 받아들인다.   모두 퇴장

오필리아   왕자님, 저건 무슨 뜻이에요?
햄릿   저건 악당 짓이오. 곧 재미있는 일이 벌어질 거요.
오필리아   이 무언극은 연극의 줄거리를 보여주는 것 같은데요?

연극 소개하는 배우 등장

햄릿 우리는 저 친구 덕분에 알게 될 거요. 배우들은 비밀을 감추지
      못하고 모두 털어놓으니까.

오필리아 저 배우는 이 쇼(무언극, 여자의 성기)의 의미를 우리에게 말해 줄
      까요?

햄릿 그럼요. 당신이 그에게 쇼하는 것(보여주는 것)은 뭐든지 다. 그걸
      (여성의 성기) 보여주는 걸 부끄럽게 생각하지 말아요. 그게 무슨
      뜻인지 당신에게 기꺼이 말해 줄 테니까.

오필리아 왕자님은 나빠요, 정말 나빠요. 나는 연극이나 보겠어요.

연극 소개하는 배우 우리들과 우리의 연극을 위하여 여기 여러분들의 관대
      함에 허리 숙이며 잘 보아주실 것을 부탁 올립니다.

햄릿 서사가 왜 저리 짧지. 반지에 새겨 넣는 문구도 아니고.

오필리아 정말 짧네요, 왕자님.

햄릿 여자(거트루드 왕비)의 사랑처럼.

배우 왕과 배우 왕비 등장

배우 왕 태양신 포에부스의 수레가 서른 번이나 넵튠의 짠 바다와 텔루
      스의 둥근 땅을 돌았소. 이 세상에 빌려온 빛을 던지는 달은 열
      두 번씩 서른 번을 이 세상 주위를 돌았구려. 우리 두 사람이 서
      로 사랑하고, 결혼의 신 히멘(Hymen)이 우리 두 사람의 손을 잡
      아 가장 거룩한 계약을 맺게 한 것이.

배우 왕비 우리의 사랑이 다하기 전에 이미 지나간 것과 똑같은 횟수로 해
      와 달이 또다시 우리들 주위를 돌기를. 그러나 저는 슬퍼요. 최

근에 당신의 병환이 깊어서 우울함을 떨치지 못하고 예전의 강건함을 회복하지 못해서 너무 걱정이 되어요. 그렇다고 해서 폐하, 너무 심려하지 마세요. 여자의 두려움과 사랑은 아주 지나친 것이든 아주 사소한 것이든 늘 같은 것으로 다가오니까요. 저의 사랑이 어떤 것인지 폐하께서 이미 알고 계십니다. 저의 사랑이 큰 만큼 걱정도 큽니다. [사랑이 크면 사소한 의심도 두려움으로 바뀌고, 두려움이 커지는 곳에서 사랑 또한 함께 커집니다.]

배우 왕 나는 당신의 사랑을 떠나야 할 것 같소. 그것도 곧. 나의 신체 기능이 제대로 돌아가지 않아요. 그대는 뒤에 남아서 명예와 사랑 속에서 이 아름다운 세상을 살아가야 하오. 어쩌면 당신은 자상한 남편을 다시 만나―

배우 왕비 아, 그만하세요!

그런 사랑은 내 가슴에서 대역죄가 될 겁니다. 두 번째 남편을 만난다면 제가 천벌을 받을 겁니다. 첫 번째 남편을 죽인 아내가 아니라면 어떻게 두 번째 결혼을 하겠습니까?

햄릿 참으로 쓰디쓴 말이로구나.

배우 왕비 재혼을 하는 경우란 돈이라는 비열한 목적 때문이지 사랑은 결코 그 이유가 되지 못할 겁니다. 두 번째 남편이 침대에서 내게 키스를 한다면 그건 죽은 남편을 두 번 죽이는 겁니다.

배우 왕 나는 당신이 지금 하는 말을 정말이라 믿소. 하지만 사람은 자기가 결정한 것을 종종 깨트리오. 우리의 목적은 기억의 노예이고, 격렬하게 태어나지만 오래가지는 못하오. 그것은 지금은 가지 위에 붙어 있는 덜 익은 과일 같아서 무르익으면 흔들지 않아도 저절로 떨어져 버린다오. 우리가 우리 자신을 상대로 빚진

114

것을 지불하지 않기가 일쑤라오. 감정이 욱하여 우리 자신에게
제안했던 것은 그 감정이 사그라들면 저절로 사라져버리오. 슬
픔이든 기쁨이든 격렬한 감정은 거기서 나오는 행동으로 그 감
정을 파괴해 버리오. 기쁨이 환호작약하는 데에서는 슬픔이 가
장 깊어진다오. 사소한 사고로 슬픔이 기쁨 되고, 기쁨이 슬픔
된다오. 세상은 영원히 그대로 있는 것은 아니고 심지어 우리의
사랑도 운명에 따라 바뀌는 것은 조금도 이상한 일이 아니오.
위대한 사람도 영락하면 그의 친구들이 사라져버리고, 가난한
자도 출세하면 적을 친구로 만든다오. 사랑 또한 운명을 따라가
는 경향이 있다오. 그리하여 풍족한 자에게는 친구가 떨어지는
법이 없고, 가난한 자는 공연히 친구에게 어려움을 호소하다가
친구를 적으로 만들어버린다오.

자, 이제 내가 하던 얘기로 돌아가 끝내려 하오. 우리의 의지와
운명은 자주 엇나가서 우리의 계획은 언제나 수포로 돌아간다
오. 우리의 생각은 우리의 것이지만 그 결과는 우리의 것이 아
니라오. 지금 그대는 두 번째 남편과 결혼할 생각이 없다고 하
지만, 그대의 생각은 첫 번째 남편이 사라지면 따라서 사라지게
되는 거요.

배우 왕비 땅이 내게 음식을 주지 않고 하늘이 내게 빛을 주지 않으며 내
게서 밤낮없이 오락과 휴식이 사라지기를. [나의 믿음과 희망
이 절망으로 바뀌고 내 미래가 감옥 속의 가난과 고독이 되고,]
즐거움이 그 얼굴을 맞이하는 정반대 것(슬픔)으로 바뀌어 파괴
되어 버리기를. 이승이나 저승에서 내게는 오로지 안식 없는 갈
등만 벌어지기를. 만약 내가 과부가 된 이후에 또다시 아내가

되는 일이 있다면.

햄릿   하지만 그걸 속절없이 배신했다면?

배우 왕   정말 감동적인 맹세요. 여보, 잠시 나를 혼자 있게 해주시오. 정신이 혼미하여 잠시 잠을 청하면서 이 지루한 하루를 잠으로 달래고 싶소.

잠든다

배우 왕비 안녕히 주무세요.

    우리 둘 사이에 그 어떤 것도 끼어들지 않기를.   퇴장

햄릿   어머니 이 극이 어떻습니까?

거트루드 내가 보기에 저 여자는 너무 지나치게 맹세하는구나.

햄릿   하지만 그녀는 약속을 지킬 겁니다.

클로디어스   너는 저 줄거리를 아느냐? 뭔가 불쾌한 내용은 없느냐?

햄릿   아니, 없습니다. 그들은 농담을 하고 있는 겁니다. 약간의 농담일 뿐 재미로 저렇게 하는 겁니다. 불쾌한 내용은 아닙니다.

클로디어스   저 연극의 제목은 뭐냐?

햄릿   〈쥐덫〉입니다. 왜 그런 제목이냐고요? 비유적인 거지요. 이 연극은 비엔나에서 벌어진 사건의 복사판입니다. 곤자고라는 공작과 그의 아내 바티스타의 얘기지요. 곧 알게 될 겁니다. 이건 좀 악당 같은 작품인데 누가 그걸 신경이나 쓰겠습니까? 폐하와 저희는 자유로운 영혼의 소유자이므로 저런 연극쯤이야 문제가 되지 않습니다. 병든 말이나 안장 때문에 목이 쓸려서 아프지 우리의 목은 아주 단단합니다.

이자는 왕의 조카인 루키아누스입니다.

오필리아 왕자님은 아주 훌륭한 해설자이시네요.

햄릿 그렇지요. 당신이 내게 사랑의 인형극을 해 보인다면 당신과 당
신의 사랑(애인) 사이에서 오가는 대화도 해설할 수 있습니다.

오필리아 왕자님은 날카로우시네요, 정말 날카로워요(남성 성기의 진입).

햄릿 그 날카로움을 무디게 하려면 신음 소리가 좀 필요하죠.

오필리아 정말 나빠요. 내 말을 그런 식으로 해석하다니.

햄릿 여자들도 그런 식으로 의뭉을 떨며 남편을 받아들이지요. 자,
시작해라, 무대 위의 살인자야. 그 뻔뻔스러운 낯짝은 그만 찌
푸리고 어서 시작하라니까. 와라, 까악대는 까마귀야 복수를 예
언하라.

루키아누스 검은 생각, 날렵한 손, 적절한 독약, 그리고 알맞은 시간, 좋은
기회. 그리고 아무도 보는 자 없구나. 이 치명적 독약, 한밤중에
몰래 달인 것, 마술의 여신 헤카테의 마술이 세 번 걸리고 독성
이 세 배나 강해진 약. 이놈의 자연적 마법과 지독한 독성에 걸
리면 아무리 건강한 자라도 즉사하고 말지.

그의 두 귀에 독약을 부어넣는다

햄릿 저자는 왕국을 찬탈하려고 독약을 부어넣는 거야. 그의 이름은
곤자고. 원극이 존재하는데 아주 세련된 이탈리아 어로 집필되
었어. 곧 저 살인자가 곤자고 아내의 사랑을 얻는 장면을 보게

될 거야.

오필리아 　왕이 일어나는데요.

햄릿 　뭐라고? 헛된 불에 놀라서?

거트루드 　폐하, 무슨 일이세요?

폴로니어스 　연극을 중단하라.

클로디어스 　횃불을 밝혀라. 나는 여기서 나가야겠다.

귀족들 　횃불, 횃불, 횃불!

햄릿과 호레이쇼만 남고 모두 퇴장

햄릿 　"화살을 맞은 사슴은 울고 있는데
다치지 않은 놈은 뛰어놀고 있구나.
어떤 자는 감시를 하고 어떤 자는 잠을 자는구나.
이게 세상 돌아가는 이처러니."
여보게, 친구. 만약 나의 나머지 운명이 지금보다 더 나빠진다
면 이 연극이 그리고 저 깃털을 머리에 꽂은 배우들이, 내게 신
발에 두 송이 장미를 장식하고서 극단의 소유주가 되라고 하지
않을까?

호레이쇼 　극단 지분의 절반을 주겠죠.

햄릿 　아니야, 내가 전부 차지해야지.
"오, 내 친구 데이먼, 자네는 알고 있잖나.
신들의 왕인 주피터가 그의 영토에서 쫓겨났어.
그리고 이제 이곳에서는 황당무계하게도
공작새가 지배하고 있지 않나."

호레이쇼 그 시에 각운을 넣었더라면 더 좋았겠습니다.

햄릿 오, 좋은 친구 호레이쇼. 나는 저 유령의 말을 1천 파운드를 내고서라도 사겠네. 자네는 보았나?

호레이쇼 아주 잘 보았습니다, 전하.

햄릿 배우들이 독살에 대해서 얘기할 때.

호레이쇼 저는 그의 표정을 아주 잘 살펴보았습니다.

로젠크란츠와 길덴스턴 입장

햄릿 아 하! 자, 풍악을 울려라. 악기를 가지고 와. 왕이 희극을 좋아하지 않는다면 어쩔 거냐. 아무튼 그는 별로 좋아하지 않는 듯해. 자, 자, 풍악을 울려라!

길덴스턴 전하, 몇 마디 말씀을 나누고 싶습니다.

햄릿 몇 마디가 아니라 긴 얘기겠지.

길덴스턴 왕자님, 폐하께서―

햄릿 그래, 그가 어쨌다고?

길덴스턴 폐하는 물러가시면서 기분이 매우 언짢으셨습니다.

햄릿 술에 빠져서?

길덴스턴 아닙니다, 전하, 분노 때문에.

햄릿 자네의 그 얘기는 의사에게 했더라면 더 좋았을 뻔했네. 만약 내가 그를 치료하려고 한다면 더 많은 울화를 돋우었을 테니까.

길덴스턴 훌륭하신 전하, 제발 당신의 말을 어떤 일정한 틀 안에서 해주시고 저의 용무에서 벗어나지 말아 주십시오.

햄릿 그리하지. 어서 말해 보게.

길덴스턴   전하의 어머니이신 왕비께서 아주 괴로워하시면서 저를 전하
         께 보내셨습니다.

햄릿   환영하네.

길덴스턴   전하, 그런 공손한 말씀은 본건과는 무관한 것입니다. 제게 합당
         한 대답을 해주실 거라면 왕비님의 전언을 말씀드리겠습니다.
         그렇지 않다면 지금 즉시 용건을 마치고 여기를 떠나겠습니다.

햄릿   이봐, 난 그렇게 할 수가 없네.

로젠크란츠 무엇을 말입니까, 전하?

햄릿   자네에게 합당한 대답을 하는 거 말일세. 내 정신이 오락가락하
         거든. 하지만 자네가 원하는 대로 혹은 내 어머니가 원하는 대
         로 그런 대답을 하도록 노력하겠네. 그러니 용건을 말해 보게.
         내 어머니가 어쨌다고?

로젠크란츠 왕비님은 이렇게 말씀하셨습니다. 네 행동은 나를 당황하게
         하고 놀라게 한다.

햄릿   그처럼 어머니를 놀라게 했다니 대단한 아들이로군. 혹시 어머
         니의 놀람에 속편은 없는가? 있다면 말하게.

로젠크란츠 전하께서 침소에 들기 전에 왕비님의 내실에서 잠깐 얘기를
         나누고 싶다는 말씀이 있었습니다.

햄릿   따르도록 하겠네. 그분이 지금보다 열 배나 더 훌륭한 어머니인
         줄로 생각하고. 내게 더 이상 할 말이 있나?

로젠크란츠 전하, 당신은 한때 저를 좋아했습니다.

햄릿   지금도 좋아해. 이 소매치기와 절도꾼도 갖고 있는 손에 맹세하
         지만.

로젠크란츠 저런. 전하, 이처럼 심기가 불편하신 이유가 무엇입니까? 당

신의 고민을 친구에게도 털어놓지 않는다면 당신 자신의 관대함 속으로 들어가는 문을 닫아버리는 것이 아니겠습니까?

햄릿 이봐, 나는 앞길이 보이지 않네.

로젠크란츠 그게 무슨 말씀이십니까? 폐하께서 덴마크의 다음 왕은 전하라고 하시지 않았습니까?

햄릿 그랬지. 하지만 어느 세월에? 풀이 언제 자라서 망아지가 먹을 수 있을까? 다소 고리타분한 속담이기는 하지만.

배우들 악기를 가지고 등장

오, 악기들이 등장했군. 어디 하나 보세. 왜 자네들은 마치 나를 고생이라도 시킬 사람들처럼 내게서 이렇게 헛김을 빼게 만드나?

길덴스턴 오, 전하 제가 의무감에서 너무 대담하게 행동했다면 양해해 주십시오. 네가 너무 전하를 걱정해서 그렇습니다.

햄릿 그거 양해 못하겠는데. 이 피리 좀 불어보겠나?

길덴스턴 전하, 나는 불 줄 모릅니다.

햄릿 제발.

길덴스턴 정말 모른다니까요.

햄릿 한번 불어보게 제발.

길덴스턴 피리 다루는 법을 모릅니다, 전하.

햄릿 이건 거짓말을 하는 것처럼 쉬워. 이 구멍을 엄지와 검지로 틀어막고서 입김을 불어넣으면 아주 좋은 소리가 나와. 이거 봐, 이게 구멍들이야.

길덴스턴 하지만 저는 어떤 구멍을 눌러야 좋은 소리가 나오는지 알지 못합니다. 그런 재주가 없어요.

햄릿 그렇다면 보게. 자네들은 나를 아주 쓸모없는 자로 만들고 있어. 자네들은 나를 연주하려 하고, 내 구멍을 모두 알고 있는 척하고, 내 가슴 가장 깊숙한 곳의 비밀을 알아내려 하고, 내 음계의 가장 낮은 곳에서 가장 높은 곳까지 울려보려고 해. 그런데 말이야, 이 작은 몸통 안에는 많은 음악과 멋진 소리가 있지. 하지만 자네들은 그걸 가지고 소리를 낼 수가 없어. 젠장, 자네들은 내가 이 피리보다 더 다루기 쉽다고 생각하는 건가? 내가 어떤 악기인지 자네들 마음대로 이름을 붙이게. 하지만 나를 짜증나게 할 수는 있어도 연주는 하지 못해.

폴로니어스 등장

어서 오시오.

폴로니어스 전하, 왕비님께서 지금 즉시 전하와 말씀을 나누고 싶답니다.

햄릿 저기 거의 낙타 모양을 하고 있는 구름이 보이오?

폴로니어스 그 크기로 보아 거의 낙타 같군요.

햄릿 내 보기에는 족제비 같소.

폴로니어스 등이 족제비 같군요.

햄릿 고래 같지는 않고?

폴로니어스 정말 고래 같기도 하군요.

햄릿 당신은 내가 연주하는 대로 소리가 나는군. 그럼, 곧 어머니한테 가도록 하지요. 저들은 나를 아주 지독하게 우롱하고 있어. 곧 가겠습니다.

폴로니어스 그리 전하지요.

햄릿 곧 이라고 말하기는 쉽지. 자, 다들 물러가 주시오.

햄릿만 남고 모두 퇴장

"지금은 마귀들이 활개 치는 밤의 시간.
교회의 묘지들은 입을 벌려 하품하고
지옥은 오염의 독기를 이 세상을 향해 내뿜는다.
이제 나쁜 뜨거운 피를 삼킬 수 있다.
낮에는 두려워 감히 쳐다보지도 못했을
저 씁쓸한 일을 이제는 할 수 있다.
기다려. 이제 내 어머니에게 가야 한다.
오, 마음이여, 그대의 본성을 잃지 마라.
어머니 죽인 네로의 영혼이
이 단단한 가슴에 들어오지 못하게 하라.
내가 잔인해지거나 부자연스럽게 되지 않게 하라.
어머니에게 단검을 들이대겠지만 사용하지는 않으리라.
이 일에 있어서 내 혀와 영혼은 서로 위선자 관계이다.
내 말로 어머니를 아무리 부끄럽게 만든다 한들,
그걸 실행에 옮기는 것은 내 영혼이 동의하지 않으리." 퇴장

제3막 제3장
왕의 개인 예배실

클로디어스, 로젠크란츠, 길덴스턴 등장

클로디어스 나는 그가 마음에 들지 않아. 그의 광기가 제멋대로 날뛰게
내버려두는 것도 안전한 일이 아니야. 그래서 자네들은 준비를
하게. 나는 그와 자네들에게 임무를 주어 잉글랜드로 파견할 생
각이야. 국가 상황으로 미루어볼 때 우리는 그런 위험을 가까이
두고 보는 것을 감당할 수 없고, 게다가 사태는 점점 더 통제가
어려운 상황으로 빠져들고 있어.

길덴스턴 분부대로 곧 준비하겠습니다.
폐하의 존엄에 의지하여 살아가고 있는 무수히 많은 백성들을
안전하게 지키는 것은 가장 거룩하고 지엄하신 일이라고 생각
합니다.

로젠크란츠 모든 사람은 위협으로부터 자신을 보호하기 위해 마음의 무
장을 단단히 강화해야 합니다. 특히 많은 사람들의 생명이 달려
있고 의지하는 분의 마음은 특히 더 강력해야 합니다. 폐하의
존엄이 중단되는 것은 그 자체로 끝나는 것이 아니라 그 가까이
있는 많은 사람들을 소용돌이 속으로 집어넣는 것입니다. 그것
은 높은 산꼭대기에 고정되어 있는 거대한 바퀴이고 수만 개의
바큇살이 거기에 연결되어 있습니다. 만약 그것이 굴러 떨어진

다면 그에 속해 있는 것들, 조그만 인간들도 함께 추락하여 끔찍하게 멸망하고 맙니다. 폐하의 탄식은 그것 하나만으로 그치는 것이 아니라 온 백성들의 신음소리가 되는 것입니다.

클로디어스 이 여행을 신속하게 준비하도록 하라. 지금 제멋대로 돌아다니는 저 공포에 곧 족쇄를 채울 생각이니까.

로젠크란츠 황급히 준비하겠습니다.

로젠크란츠와 길덴스턴 퇴장

폴로니어스 등장

폴로니어스 폐하, 그가 곧 어머니 방으로 갈 겁니다. 나는 휘장 뒤에 숨어서 그들의 대화를 엿들을 생각입니다. 왕비님은 그를 심하게 질책할 겁니다. 그리고 폐하께서 현명하게 말씀하셨듯이, 왕비님 이외에 제삼자가 엿듣는 것이 좋을 듯합니다. 아무래도 단둘이 있으면 모자의 정이 작용할 테니까. 폐하, 이만 물러가겠습니다. 침소에 드시기 전에 폐하를 찾아와 보고 들은 것을 보고 드리겠습니다.

클로디어스 고맙소, 경.

폴로니어스 퇴장

오, 나의 죄악은 흉악하여 그 악취가 하늘을 찌르는구나. 그건 최초의 장자(카인)의 저주, 형제 살해의 죄야. 그 때문에 마음이 아무리 간절해도 기도할 수가 없구나. 나의 더 강력한 범죄가 나의 강력한 의도를 패배시키는구나. 나는 마치 두 가지 일을 동시에 해야 하는 사람처럼 망설이다가 첫 번째 것을 하려 하나 막상 두 가지 일 다 못하는구나. 형제의 피로 두꺼워진 이 저주받은 손. 저 아름다운 하늘에서 내리는 억수 같은 비로도 이 손을 눈처럼 하얗게 만들지 못한다면 어떻게 할 것인가? 죄악의 얼굴을 정면으로 대하지 못한다면 자비를 비는 건 무슨 소용인가? 기도의 두 가지 힘은 일이 벌어지기 전에 예방하는 것, 그리고 벌어진 후에는 용서를 구하는 것이 아닌가?

그러면 나는 고개를 쳐들 수 있고 내 허물은 잊히리라. 그러나 오, 어떤 형식의 기도가 내 목적에 소용이 될 것인가? 나의 악독한 살인을 내게 용서해 줄 것인가? 그건 있을 수가 없어. 나는 아직도 그 살해의 효과를 누리고 있으니까. 내 왕관, 나 자신의 야망, 나의 왕비. 용서를 받고서 죄악의 혜택을 그대로 누릴 수 있을까? 이 부패한 세상의 사악한 흐름 속에서, 범죄자의 황금손이 정의를 밀쳐내고, 종종 그 사악한 상품으로 정의를 매수하기도 하지 않는가?

하지만 천상에서는 그렇게 될 수가 없어. 거기에서는 속임수가 없어. 그곳에서 인간의 행위는 그 본성을 그대로 간직해. 우리 자신은 우리의 악랄한 죄악을 있는 그대로 하나도 숨김없이 털어놓아야 해. 그렇다면 어떻게 해야 하나? 해야 할 남아 있는 일은 무엇인가? 내가 할 수 있는 참회를 해보자. 그것이 무엇을 할 수 있을까? 하지만 회개하는 마음이 없다면 그게 무슨 소용일까? 아, 이 비참한 상황! 오, 죽음처럼 검은 마음! 오, 덫에 걸린 마음은 벗어나려고 발버둥치지만 그럴수록 더 덫 속으로 깊이 빠져드는구나. 도와주시오, 천사여! 자, 이제 시도해 보자. 완강한 무릎을 구부리고 철사로 된 심장을 갓난아이의 근육처럼 부드럽게 해보자. 그러면 모든 게 잘 될 거야.

[그는 무릎을 꿇는다]

햄릿 등장

햄릿　　이제 그가 기도를 올리고 있으니 손쉽게 죽일 수 있어. 이제 그걸 해치워야지. 가만있어, 지금 복수한다면 그는 천국으로 가는 거 아니야. 그건 좀 생각해 봐야겠는데. 악당이 내 아버지를 돌아가시게 했는데, 그의 외아들이 저 악당을 천국으로 보낸다? 그렇다면 이것은 합법적 거래이지 복수가 아니야. 저자는 아버지를 갑자기 참살했어. 아버지가 인생을 즐기는 가운데 평소의 죄상이 5월 아침처럼 난만한 가운데 전혀 회개하지 못한 그런 때에 돌아가시게 했어. 그래서 아버지가 하느님 앞에서 어떤 판결을 받았는지 하늘만 알게 되었어. 우리의 상황과 사고방식에 비추어 볼 때 아버지는 무거운 판결을 받았을 것으로 생각돼. 그런데 저자가 기도를 올려 영혼의 죄악을 씻어내어 천국에 올라갈 준비를 하고 있을 때 저자를 해치운다면 그게 과연 복수가 될까? 아니야. 칼을 거두어라. 좀 더 적절한 기회가 있을 거야. 가령 저자가 술 취해 잠들었거나, 화를 내고 있거나, 침대에서 불륜의 쾌락을 느끼거나, 욕설을 하며 도박을 하거나, 영혼의 구제에는 전혀 도움이 안 되는 행동을 할 때, 해치워야 돼. 그래야 저자를 거꾸러트려 발꿈치는 천국을 걷어차고 영혼은 저주를 받아서 지옥처럼 검게 되어, 그 머리가 지옥으로 떨어지게 될 거야. 어머니가 기다리고 있다. 이 기도의 치료약은 저자의 병든 나날을 약간 더 연장해 줄 뿐이야. *퇴장*

클로디어스   내 말은 위로 날아가고 내 생각은 밑에 그대로 있구나. 생각이 없는 말은 하늘로는 결코 가지 못해. *퇴장*

———

제3막 제4장
거트루드의 개인 내실

거트루드와 폴로니어스 등장

폴로니어스   그가 곧 올 겁니다. 그에게 단단히 타이르세요. 그의 장난질이 너무 심각하여 도무지 참아줄 수 없다고. 마마께서 그에게 쏟아지는 많은 사람들의 비난을 막아주고 있다고 이르세요. 저는 여기 저 휘장 뒤에 숨어 있겠습니다. 그를 단호하게 다루세요.

햄릿   (무대 밖에서) 어머니, 어머니, 어머니!

거트루드   그렇게 할 게요. 염려하지 마세요. 자, 물러가세요. 그가 오는 소리가 들려요.

[폴로니어스 휘장 뒤에 숨는다]

햄릿 등장

햄릿　　어머니, 무슨 일로 부르셨습니까?

거트루드　햄릿, 너는 네 아버지 기분을 무척 나쁘게 했다.

햄릿　　어머니, 당신은 내 아버지 기분을 무척 나쁘게 했습니다.

거트루드　자, 자, 그 무슨 소리냐? 그런 한가한 대답을 하게.

햄릿　　저, 저, 어머니가 사악한 혀로 대답하는군요.

거트루드　그래, 지내기가 어떠냐, 햄릿?

햄릿　　부르신 용건은 무엇입니까?

거트루드　너는 내가 누구인지 잊어버렸느냐?

햄릿　　잊어버리다니, 천만에요.

　　　　당신은 왕비이고, 남편의 남동생의 아내이며, 그렇지 않았더라
　　　　면 좋았겠지만 나의 어머니이기도 합니다.

거트루드　그렇다면 너하고 말이 되는 사람들을 불러야겠구나.

햄릿　　진정하고 여기 앉으세요. 여기서 나가지 못하십니다. 내가 어머
　　　　니에게 거울을 들이대어 어머니가 자신의 마음속 깊은 곳을 보
　　　　기 전까지는.

거트루드　너는 어쩌자는 거냐? 나를 죽이겠다는 거냐? 사람 살려, 사람
　　　　살려, 호!

폴로니어스　(휘장 뒤에서) 호! 사람 살려, 사람 살려, 사람 살려!

햄릿　　(칼을 빼든다) 이거, 웬 쥐새끼야? 저 쥐새끼를 죽이는 데 한 두카
　　　　트를 걸겠다. 죽어라.

폴로니어스 　(휘장 뒤에서) 오, 나는 칼 맞아 죽는다!

거트루드 　오, 저런, 도대체 무슨 짓을 한 거냐?

햄릿 　모르겠어요. 저자는 왕입니까?

거트루드 　오, 이 무슨 무모하고 유혈 낭자한 짓이냐!

햄릿 　유혈 낭자한 짓이라고요? 좋으신 어머니, 왕을 살해하고 그 동
생과 결혼하는 것만큼이나 나쁜 짓입니까?

거트루드 　왕을 죽인다고?

햄릿 　그렇습니다, 어머니. 그게 내가 하고 싶은 말입니다.

[휘장을 들고서 폴로니어스의 시체를 드러낸다]

이 한심하고, 무모하고, 주책없는 자야, 안녕. 난 그대를 그대의
상급자인 줄 알았어. 그대 운명을 받아들여. 당신이 너무 주제
넘은 게 위험한 짓이었어. 어머니, 두 손을 비틀며 괴로워하지
마세요. 조용히 앉으세요. 제가 어머니의 심장을 비틀어드리지
요. 만약 그 심장이 아직도 부드럽다면, 어머니의 사악한 생활
방식이 그것을 뻔뻔하고 두텁게 만들어서 일체의 양심의 가책
을 물리칠 수 있게 만들지 않았다면.

거트루드 　네가 그처럼 나한테 무례한 혓바닥을 놀리다니 대체 내가 무엇
을 잘못했다는 게냐?

햄릿 　예의범절의 우아함과 부끄러움을 뭉개버리는 행위, 미덕을 위
선이라고 부르는 행위, 정직한 사랑의 아름다운 이마에서 장미

꽃을 빼앗아가는 행위, 이런 것들은 결혼의 맹세를 노름꾼의 약속처럼 덧없는 것으로 만들지요. 오, 당신은 결혼의 맹세에 담긴 약속을 저버리고 영혼을 빼앗아가는 짓을 저질렀고 엄숙한 예식을 무의미한 헛소리로 만들었습니다. 부끄러워서 하늘의 얼굴도 붉어집니다. 이 거대하고 단단한 땅도 당신의 변절을 생각하면, 마치 최후의 심판이 여기에 도래한 것처럼 슬픈 얼굴을 짓고 있습니다.

거트루드 도대체 나의 행동이 네가 그처럼 천둥 같은 소리로 울부짖는 죄의 목록 어디에 해당한다는 거냐?

햄릿 여기 이 그림과 저기 저 그림을 한번 보세요. 두 형제를 그려놓은 거지요. 이 우아한 그림을 한번 보세요. 깨끗하고 단정한 눈썹, 히페리온 같은 곱슬머리, 유피테르 신 같은 얼굴, 상대방을 제압하고 명령하는 마르스 신 같은 두 눈, 하늘에 우뚝 솟은 언덕 위에 새롭게 내려앉은 전령신 머큐리 같은 자세. 그 이목구비와 형상은 실로 모든 신들이 온 세상을 향하여 인간의 본보기로 내세울 만한 것이었습니다. 이분이 바로 당신의 진정한 남편이었습니다.

그런 다음 어떻게 되었는가 보세요. 이제 이것이 당신의 현 남편입니다. 제 형을 죽여 버린 병든 보리이삭 같은 자입니다. 도대체 안목이 있으신 겁니까? 이런 아름다운 산을 버리고 거친 황무지에서 먹을 것을 찾다니. 하! 도대체 안목이 있으신 겁니까? 차마 그것을 사랑이라고 하지는 못할 겁니다. 어머니 나이에 혈기의 전성기는 이미 지나갔고 그 격렬함이 가셔져 이성적 판단을 따라가기 때문입니다. 도대체 무슨 판단이 작용하여 이것에서 저것으로 건너뛰었단 말입니까?

[물론 이성은 있겠지요. 그게 없으면 움직이지 못하니까. 하지만 그 이성은 마비된 게 틀림없습니다. 아무리 광인이라도 그런 구분을 틀리게 하지는 않고, 아무리 격렬한 감정이라도 그토록 매혹되지는 않아서, 그 둘의 차이를 알아볼 정도의 분별력은 갖출 테니까요.] 어머니를 속여서 이처럼 눈멀게 만든 악마는 대체 누굽니까? [촉각이 전혀 없는 눈, 시각이 전혀 없는 촉각, 손과 눈의 도움이 없는 청각, 다른 감각은 전혀 없는 후각, 혹은 약간 병들었다 해도 온전히 작동하는 단 하나의 진정한 감각, 뭐 이런 것이 하나라도 있었다면 그런 어리석은 짓은 하지 않았을 겁니다.] 오, 너무나 부끄럽습니다. 그런데도 왜 어머니는 전혀 얼굴을 붉히지 않습니까? 반역적인 지옥이여, 너 지옥이 늙은 여자의 신체에 반역을 일으킬 수 있다면, 불타오르는 청춘에게는 미덕이 밀랍이 되어 그 맹렬한 불(욕정) 속에서 녹아버리게 하라. 충동적 열정이 맹렬한 기세로 돌진할 때 그것을 부끄러움이라고 선언하지 마라. 백발도 그 속에서 맹렬하게 불타오르면서 이성으로 하여금 의지의 뚜쟁이 노릇을 시켰으므로.

거트루드 오, 햄릿, 더 이상 말하지 마라.

너의 말은 내 두 눈을 돌려 내 영혼을 응시하게 만드는구나. 그곳에서 검은 얼룩의 반점을 보게 되는데 얼룩은 그 색깔이 결코 지워지지 않을 것 같구나.

햄릿 당신은 부패로 축축해진 이불 속에서 기어들어 쉰내 나는 땀을 흘리며, 지저분한 우리에서 벌어지는 통정(通情)의 썩은 꿀물을 빨고 있어요.

거트루드	오, 내게 더 이상 말하지 마라.
	그 말들은 단검처럼 내 귀를 찌르는구나. 더 이상 말하지 마, 착한 햄릿.
햄릿	아, 저 살인자이며 악당인 자.
	돌아가신 아버지의 10분의 1의 20분의 1도 못 되는 자. 왕들 중의 악귀, 제국과 통치권을 훔쳐간 자, 선반에서 소중한 왕관을 훔쳐서 자기 호주머니에 집어넣은 자.
거트루드	제발 멈추어다오!

유령 등장

햄릿	넝마를 걸친 왕. 오, 하늘의 천사여, 저를 당신들의 날개로 보호해주소서. 아, 우아하신 분, 무슨 일로 나오셨습니까?
거트루드	아, 저 애는 완전 미쳤구나!
햄릿	실행을 꾸물거리는 아들을 꾸중하려 오셨습니까? 당신이 당부하신 무서운 임무를 시간의 경과와 열정의 감퇴 속에서 그냥 흘려보내는 저를? 오, 말하십시오!
유령	잊지 말아라. 이 방문은 거의 무디어진 너의 목적의식을 다시 벼리기 위한 것이야. 그리고 네 어머니가 충격 받은 모습을 보아라. 오, 그녀와 그녀의 갈등하는 영혼 사이에 끼어들어 중재를 해주어라. 가장 허약한 몸에 깃든 상상은 가장 강력하게 작용하는 법. 그녀에게 어서 말을 걸어라, 햄릿.
햄릿	어머니, 괜찮으세요?
거트루드	아, 너는 좀 어떠냐? 허공에다 시선을 두고서 형체 없는 것과 대

화를 나누고 있으니 말이다. 네 영혼이 네 두 눈을 통하여 거칠게 밖으로 나오고 있구나. 그리고 경계경보가 발령된 잠든 병사들처럼, 네 부드러운 머리카락이 갑자기 비쭉 솟아오르는구나. 오, 착한 아들, 네 심적 혼란의 열기와 불길에 인내의 차가운 물을 좀 부으려무나. 넌 무엇을 보고 있니?

햄릿 그분을, 그분을! 자, 그가 얼마나 창백한 얼굴로 쏘아보고 있는지 보세요. 저 모습과 저 방문 사유를 연결해 본다면, 돌들에게 말을 걸어도 눈물을 흘릴 겁니다. 나를 그렇게 쳐다보지 마세요. 당신의 그런 측은해하는 행동으로 나의 엄중한 계획을 바꾸어 놓을지 몰라요. 그렇게 되면 내가 하려는 일은 진정한 색깔을 잃어버리고, 피를 보려는 게 아니라 눈물을 흘리게 될 수도 있어요.

거트루드 너는 지금 누구에게 그런 말을 하고 있느냐?

햄릿 저기 아무것도 안 보이세요?

거트루드 아무것도 안 보이는데. 여기 있는 건 다 볼 수 있지만.

햄릿 아무 말도 안 들리세요?

거트루드 아니. 우리 둘이 하는 말 이외에는.

햄릿 아니, 저길 보세요. 저기 사라져 가고 있잖아요. 나의 아버지가 생시의 그 옷을 입고서. 저기 지금 가는 곳을 보세요. 방금 문밖으로 나갔어요.

유령 퇴장

거트루드 그건 네 머리가 만들어낸 환상이야. 광기는 형체 없는 사물을 만들어내는 걸 아주 잘 하지.

햄릿　광기?

내 맥박은 어머니와 마찬가지로 규칙적으로 뛰면서 건강한 음악을 만들어내고 있습니다. 내가 방금 말한 건 미쳐서 그런 게 아니에요. 나를 시험해 보세요. 나는 방금 한 말을 반복해서 말할 수 있어요. 하지만 광인은 그렇게 하지 못하죠. 어머니, 제발 부탁인데 어머니의 잘못이 아니라 나의 광증 때문에 저런 말을 한다면서 어머니 영혼에 아첨하는 연고를 바르지 마세요. 그건 표면의 부스럼에 얇은 막을 도포해 주겠지만, 내부의 심각한 부패는 안으로 곪으면서 보이지 않게 온 몸을 파괴하는 거예요. 하느님께 당신의 죄를 참회 하세요. 지나간 일을 회개하고, 앞으로 닥쳐올 일을 피하세요. 잡초에 거름을 주어 그것을 더욱 무성하게 만들지 마세요. 여기 나의 이런 선한 의도를 용서해 주세요. 이 혼란한 말세에는 미덕도 악덕에게 용서를 빌어야 하고 그 자신(미덕)에게 좋은 일을 해달라고 애걸해야 하니까요.

거트루드　오, 햄릿 너는 내 가슴을 둘로 쪼개어 놓는구나.

햄릿　그 가슴 중에서 더 나쁜 부분은 내던져 버리고 나머지 절반 깨끗한 부분을 가지고 살아가세요. 굿나잇. 하지만 삼촌의 침대로는 가지 마세요. 미덕이 없다면 있는 것처럼 꾸며 보세요. [습관이라는 괴물은 모든 자연스러운 선한 감정을 잡아먹어 버리면서 악마처럼 나쁜 습관을 더욱 조장하지요. 하지만 거기에는 천사 같은 측면도 있어서 선하고 착한 일을 자꾸 하면 거기에 알맞은 옷을 내려 주기도 합니다.] 오늘밤만 참으신다면 그 다음의 금욕은 한결 쉬워질 겁니다. [다음은 더 쉬워질 겁니다. 왜냐하면 습관은 본성의 낙인을 거의 바꿀 수가 있어서, 아주 놀라운 힘을 발휘하면서 악마를 죽이거나 내쫓을 수 있기 때문입니다.] 다시 한 번 굿나잇, 하직 인사를 올립니다. 어머니가 축복받기를 원하는 때에는 저도 어머니에게 축복을 요청하겠습니다. 이 귀족 나리에게 벌어진 일은 후회가 됩니다. 하지만 이 살인 건으로 나를 벌하려 하거나, 나를 내세워 이 귀족 나리를 벌하려는 것이 하늘의 뜻이라면, 저는 하늘의 벌을 실행하는 정의의 집행자입니다. 나는 이자를 처리하고 그의 죽음에 대하여 응분의 책임을 지겠습니다. 다시 한 번 굿나잇. 내가 이렇게 잔인한건 친절을 베풀려는 뜻이 있기 때문입니다. 이렇게 하여 악이 시작되었고 앞날에 더 나쁜 악이 기다리고 있습니다. 어머니, 나가기 전에 한마디 더 하겠습니다.

거트루드   나는 어떻게 해야지?

햄릿   뭐든지 하고 싶은 대로 하세요. 하지만 이렇게 하지는 말아주세요. 왕을 또다시 침대로 유혹하여 뺨을 방탕하게 꼬집게 하고 생쥐라고 부르게 하고 냄새 풍기는 그자의 키스를 두어 번 받아들이고 또 저주받은 손가락으로 목을 쓰다듬도록 내버려두는 것. 그런 다음 햄릿은 미친 게 아니라 철저한 계산 아래 미친 척하는 거라고 말씀하는 것. 자신을 아름답고 진지하고 현명한 왕비라고 하면서, 비록 상대방이 두꺼비, 박쥐, 수고양이인들 이런 중대사를 어찌 감추겠느냐고 강조하는 것. 아무도 그런 감추는 일은 감히 하지 못할 거라고 안심시키는 것. 그런 건 너무 엄청난 일이니 지금 즉시 이실직고하는 게 더 낫다고 말하는 것. 아니, 분별이고 비밀이고 따지지 않고 옥상에 올라가 새장의 새들을 날려 보내는 것(이실직고하는 것). 그런 다음 저 유명한 원숭이처럼 새장 속으로 들어가서 자기도 새들처럼 날아가겠다고 공중으로 뛰어내려 목을 부러트리는(산통 다 깨트리는) 것. 어머니, 절대로 이렇게 해서는 안 됩니다.

거트루드 너는 안심해라. 말은 숨결에서 나오고 숨결은 생명에서 나오지. 나는 네가 방금 한 말을 토해낼 생명이 없어.

햄릿 저는 잉글랜드로 갑니다. 알고 계셨지요?

거트루드 아, 잊어버렸네. 그렇게 결론이 났지.

햄릿 [편지가 봉인이 되었고, 나의 동창생 두 명이 그 편지를 가지고 간답니다. 나는 그 친구들을 독사들만큼이나 믿지 않죠. 그들은 나의 앞길을 쓸면서 내가 멸망에 떨어지도록 유인하는 자들입니다. 뭐 그렇게 하라고 하죠. 기술자가 자신이 설치한 폭약으로 산산조각 나는 걸 옆에서 지켜보는 건 즐거운 일이죠. 나는 그들이 설치한 폭약 바로 밑에다 또 다른 폭약을 설치하여 그들을 달나라까지 쏘아 올릴 겁니다. 하나의 선상에서 두 개의 음모가 마주친다는 것(일석이조)은 아주 달콤한 일이죠.]

이 귀족 나리는 나를 바쁘게 하는군요. 나는 이 시신을 옆방으로 옮겨놓겠습니다. 어머니, 굿나잇. 이자는 생전에 그토록 수다스럽더니 이제는 아주 조용하고, 비밀스럽고, 진중하군요. 자, 죽은 귀족 나리, 당신을 잡아끌어서 이 일을 빨리 끝내야지. 굿나잇, 어머니.

햄릿, 폴로니어스를 끌면서 퇴장. [거트루드 뒤에 남는다]

제4막 제1장
거트루드의 개인 내실

클로디어스가 로젠크란츠와 길덴스턴과 함께 등장

클로디어스 그 깊은 한숨과 가슴 울렁거림은 사태를 말해 주는구려. 그래
도 설명해 보시오. 내가 그 사유를 알아야 하니. 당신 아들은 어
디에 있소?

거트루드 [두 사람은 잠깐 자리를 비켜주세요.]

로젠크란츠와 길덴스턴 퇴장

아, 폐하, 저는 오늘밤 끔찍한 광경을 보았습니다.

클로디어스 뭐라고, 거트루드? 그래, 햄릿은 어떻게 하고 있소?

거트루드 바다와 바람이 서로 누가 센지 다툴 때처럼 광란 상태였습니다.
그는 무법의 발작 상태에서 휘장 뒤에 누가 움직이는 기척을 듣
고서 칼을 뽑아들더니 "쥐다, 쥐!" 하고 소리쳤습니다. 그리고 지
독한 심적 광란 상태에서 숨어 있던 저 착한 노인을 죽였습니다.

클로디어스 아, 이 무슨 변고인가!
내가 거기에 있었다면 그런 신세가 될 뻔했구나. 그를 자유롭게
내버려둔다는 것은 당신 자신, 나, 그리고 모두에게 위협이 되
는구나. 아, 우리가 이 피비린내 나는 행위를 어떻게 해명할 것

인가? 다들 이 일을 내 책임으로 돌릴 것이다. 왕의 선견지명으로 이 미친 젊은이를 왜 미리 견제하고 억압하고 사람들 눈에 띄지 않게 할 수 없었느냐고 할 것이다. 그러나 우리의 사랑이 너무 커서 어떤 것이 적절한 대응인지 알지 못했노라. 중병을 앓는 환자가 그것을 드러내지 않음으로써 자신의 생명을 파괴하는 것처럼. 그는 어디로 갔소?

거트루드   그는 시체를 끌고 방안에서 나갔어요. 죽은 사람을 상대로 한 그의 광기는 마치 조잡한 금속들 사이에서 광채를 발하는 순수한 보석 같았어요. 그는 자신이 저지른 짓에 대하여 슬퍼했어요.

클로디어스   오, 거트루드, 갑시다. 곧 해가 동산 위로 떠오를 것이고 나는 그를 국외로 내보내야겠소. 나는 왕권의 위엄과 권능을 적절히 발휘하면서 해명하여 이 사악한 사태를 어떻게든 수습해야 되오. 어이, 길덴스턴!

로젠크란츠와 길덴스턴 등장

자네들은 도와줄 사람들을 좀 데리고 가서 이 일을 처리하게. 햄릿이 광기가 발동하여 어머니의 내실에서 폴로니어스를 죽이고 그 시체를 끌고 나갔다는 거야. 가서 그를 찾아내어 잘 말해서 그 시체를 예배당으로 가져오도록 해. 이 일을 시급히 처리해야 하네.

로젠크란츠와 길덴스턴 퇴장

자, 갑시다 거트루드. 우리는 현명한 친구들을 소환하여 우리가 해야 할 일과 이미 벌어진 끔찍한 일을 논의해야 하오. [일반대중의 비난하는 수군거림은 온 세상을 한 바퀴 돌아서 표적을 정확하게 맞히는 총알과 같은데 우리가 그걸 피할 수 있었으면 좋겠소.] 자, 갑시다. 내 영혼은 혼란과 절망으로 가득하오.

모두 퇴장

제4막 제2장

성의 복도

햄릿 등장

햄릿   안전하게 치웠네.

신사들 (무대 밖에서) 햄릿! 햄릿 왕자님!

햄릿   아니, 이거 무슨 소리지? 누가 햄릿을 부르나? 오, 여기 그들이 오는군.

로젠크란츠와 길덴스턴 등장

로젠크란츠 전하, 그 시체를 어떻게 하셨습니까?

햄릿 그 원래 소속인 흙과 함께 섞었지.

로젠크란츠 어디에 있는지 말씀해 주십시오. 우리가 그것을 수습하여 예배당에 모셔야 합니다.

햄릿 믿지 못하겠는데.

로젠크란츠 무엇을요?

햄릿 내 의견대로 하지 않고 자네 의견을 따라야 한다는 게. 게다가 스펀지로부터 질문을 받으면 왕의 아들은 대체 어떤 대답을 해야 하겠는가?

로젠크란츠 전하, 저를 스펀지로 본다는 말씀입니까?

햄릿 그래. 왕의 승인, 보상, 결정을 그대로 받아들이는 스펀지. 그러나 이런 관리들이 결국에는 왕에게 가장 잘 봉사하지. 왕은 그런 자들을 자기 입안의 원숭이 취급을 하지. 처음엔 가지고 놀다가 결국에 잡아먹지. 왕은 자네가 수집한 정보를 필요로 할 때는 스펀지처럼 자네를 쥐어짜. 그러면 자네는 다시 빈껍데기가 되어 버리지.

로젠크란츠 무슨 말씀인지 모르겠습니다, 전하.

햄릿 차라리 잘 되었네. 아무리 악랄한 말도 어리석은 귀에서는 잠들어 버리니까.

로젠크란츠 전하, 시체가 어디에 있는지 우리에게 말하시고 우리와 함께 왕한테 갑시다.

햄릿 시체(신체)는 왕과 함께 있지만 왕은 시체와 함께 있지 않아. 왕은 물건이야.

길덴스턴 물건이라고요, 전하?

햄릿   시시한 물건이라는 얘기야. 나를 그에게 데려다 주게. 꼭꼭 숨
         어라, 머리카락 보일라!

모두 퇴장

제4막 제3장
왕의 집무실

클로디어스, 두세 명의 시종과 등장

클로디어스   사람을 보내 시체를 찾아내라고 했다. 이놈을 그냥 내버려둔
         다는 건 정말 위험해. 하지만 그놈을 엄격하게 징벌하지도 못
         해. 놈은 정신 나간 일반대중의 사랑을 받고 있어. 대중은 머리
         로 판단하는 게 아니라 그저 눈으로 보기만 하거든. 그런 상황
         에서 범죄자에게 내려지는 채찍만 보이지 그 행동은 안 보이거
         든. 원활하고 공평하게 보이기 위해 저놈을 이처럼 급히 해외로
         내보내는 건 신중한 계획인 것처럼 꾸며야 해. 그렇지만 심각한
         중병은 단호한 조치를 내려야 해. 그렇지 않으면 아무 효과가
         없어.

그래, 어떻게 되었나?

로젠크란츠 폐하, 시신을 어디에다 두었는지 왕자님으로부터 알아내지 못했습니다.

클로디어스 왕자는 어디에 있나?

로젠크란츠 저기 밖에서 감시를 받고 있는데 폐하를 만나 뵙고자 합니다.

클로디어스 그를 데려 오라고 해.

로젠크란츠 어이! 전하를 안으로 모셔 와.

햄릿과 길덴스턴 등장

클로디어스 여봐라, 햄릿. 폴로니어스는 어디에 있나?

햄릿 저녁 식사를 하고 있습니다.

클로디어스 저녁식사? 어디에서?

햄릿 그가 먹는 곳에서가 아니라 그가 먹혀지는 곳에서. 정치적 벌레들의 모임이 그에게 달려들고 있습니다. 벌레는 모든 식사의 황제입니다. 우리는 우리 자신을 살찌우기 위해 모든 걸 먹지만 결국 죽어서는 구더기를 위해 우리 자신을 살찌우는 것이기도 합니다. 살찐 왕과 비썩 마른 거지는 구더기의 동일한 식사 메뉴에 나오는 두 가지 요리이지요. 그게 끝입니다.

클로디어스 아, 아.

햄릿 사람은 왕을 먹은 벌레를 가지고 물고기를 낚을 수도 있습니다. 그리고 그 벌레를 먹으려다 낚인 생선을 가지고 식사를 할 수도 있고요.

클로디어스   그게 대체 무슨 소리냐?

햄릿   별거 아닙니다. 단지 왕도 거지의 내장을 거쳐 갈 수 있다는 걸
증명하려는 거죠.

클로디어스   폴로니어스는 어디에 있나?

햄릿   천국으로 보냈습니다. 확인하려면 전령을 그곳으로 보내십시
오. 전령이 발견하지 못한다면 이번에는 지옥을 직접 확인해 보
시지요. 하지만 이달이 다 지나가도록 그를 발견하지 못한다면
로비의 계단을 올라가면서 그 냄새를 맡을 수 있을 겁니다.

클로디어스   그곳으로 가서 그를 찾아보라.

햄릿   그는 당신이 올 때까지 기다리고 있을 겁니다.

[시종들 퇴장]

클로디어스   햄릿, 우리는 네가 한 소행에 대해서 깊이 슬퍼하는 한편 너
의 안전에 대해서도 신경을 쓰고 있다. 그래서 너를 아주 화급
하게 국외로 내보내야 하겠다. 그러니 서둘러 준비를 하라. 배
는 준비되어 있고 마침 순풍도 불어온다. 네 하인들도 대기하고
있다. 너의 잉글랜드 행을 위해 모든 게 준비되었다.

햄릿   잉글랜드 행?

클로디어스   그래, 햄릿.

햄릿   좋습니다.

클로디어스   네가 나의 의도를 잘 안다면 더욱 그렇게 생각할 것이다.

햄릿   나는 폐하의 의도를 아는 천사를 알고 있습니다. 아무튼 좋습니

다. 잉글랜드 행이라! 사랑하는 어머니 안녕히 계십시오.

클로디어스 너의 사랑하는 아버지에게도, 햄릿.

햄릿   나의 어머니죠. 아버지와 어머니는 남편과 아내이니 한몸이죠. 그러니 나의 어머니로 충분합니다. 자, 잉글랜드로 가자.   퇴장

클로디어스 그의 옆에 따라 붙어서 그에게 급히 국외로 나가자고 권유하도록 해. 지체하면 안 돼. 나는 오늘밤 중으로 그를 내보낼 거야. 이제 이 문제와 관련된 일은 모두 결정되고 조치되었으니 빨리 떠나도록 해. 어서 서두르라고.

[로젠크란츠와 길덴스턴 퇴장]

너, 잉글랜드여. 너에 대한 나의 관심이 아직 가치가 있고 나의 강력한 권력을 네가 안다면 그리고 과거에 덴마크가 너에게 입힌 부상의 고통을 아직도 생생하게 기억하고, 그리하여 너의 공포가 나에게 충성을 바칠 것이라면, 너는 햄릿을 즉시 죽여 버리라는 뜻의 내 편지를 무시하지 못할 것이다. 이 지시가 이행되었다는 것을 알기 전까지는 내 운명이 어떻게 되든 나의 즐거움은 전혀 없을 것이다.   퇴장

제4막 제4장

엘시노어 근처의 해안

포틴브라스와 그의 군대 등장

포틴브라스   대위, 나 대신 가서 덴마크 왕에게 경의를 표시하게. 포틴브
라스가 이미 약속받은 대로 왕의 윤허를 얻어서 그의 왕국을 통
과하여 행진하고 싶다는 뜻을 전하게. 우리가 정한 약속 장소를
알고 있지? 만약 왕이 우리에게 원하는 것이 있다면 왕을 직접
만나서 우리의 의무를 표시하겠다는 뜻을 왕에게 전하게.

대위   그렇게 하겠습니다, 전하.

포틴브라스   그럼 어서 가 보게.

[포틴브라스, 군대와 함께 퇴장]

[햄릿, 로젠크란츠, 기타 시종 등장]

햄릿   이보시오, 저건 누구의 군대요?

대위   노르웨이 왕의 군대입니다.

햄릿   여기서 무엇을 하고 있는 거죠?

대위   폴란드의 어떤 지역을 공격하기 위해 행군 중입니다.

햄릿   누가 군대를 지휘하고 있습니까?

대위	노르웨이의 나이 드신 왕의 조카인 포틴브라스입니다.
햄릿	폴란드 중심부를 공격하는 겁니까, 아니면 변경을?
대위	아무런 가감 없이 사실대로 말하자면 우리는 실익은 없고 허명 뿐인 자그마한 땅뙈기를 얻기 위해 이렇게 행군하고 있습니다. 누가 그 땅을 5두카트에 세 놓겠다고 하면 나는 그 돈을 내놓지 않을 겁니다. 노르웨이 왕이나 폴란드 왕도 그 땅을 즉시 내놓는다고 해도 그 이상의 값은 받지 못할 겁니다.
햄릿	그렇다면 폴란드 왕은 그 땅을 방어하지 않겠군요.
대위	아니오. 이미 수비대가 주둔하고 있습니다.
햄릿	2만 명의 병력과 2만 두카트의 돈도 이 사소한 문제를 해결하지 못할 것이다. 이건 국가에 돈과 평화가 너무 많을 때 생겨나는 내부의 종양이다. 그건 속으로 곪아터지고 있지만 겉으로는 드러나지 않는다. 사람들이 죽어나가게 되는 이유이다. 대답, 정말 감사하오.
대위	안녕히 가십시오. [퇴장]
로젠크란츠	전하, 이제 가시겠습니까?
햄릿	곧 따라갈게. 먼저 가게.

[햄릿을 제외하고 모두 퇴장]

내가 보는 모든 것들이 내가 틀렸다고 하면서 나의 지체된 복수를 재촉하고 있구나! 인간이란 무엇인가? 자기 시간의 대부분을 먹고 자는 데 쓴다면? 짐승 그 이상도 이하도 아니다. 하느님은 우리에게 앞뒤를 재어보는 엄청난 힘을 부여한 채 우리를 창조하셨다. 그런 막강한 힘과 하느님 같은 이성을 그냥 빈둥빈둥 내버려두라고 그런 능력을 주신 건 아닐 것이다. 자, 이제 짐승 같은 무관심이냐 아니면 너무 많이 생각하는 데서 오는 비겁한 망설임이냐? 대체 그 생각이란 것은 4분의 1이 지혜이고 나머지 4분의 3은 비겁이 아니냐. 그리고 이렇게 멀쩡히 살아 있으면서 그 일은 꼭 해치워야 하는데, 하고 말하고 있지 않는가. 그걸 해야 할 이유, 의지, 힘, 수단이 있다고 하면서. 땅덩어리처럼 엄청난 사례들이 나를 재촉하는구나. 엄청난 병력과 비용으로 동원한 저 군대를 보라. 장엄한 야망에 가슴이 부풀어 오른 가냘프고 부드러운 왕자. 그는 자신의 생명을 기꺼이 위험과 죽음에 내맡기는 모험을 두려워하지 않는구나. 달걀 껍질에 불과한 사소한 땅을 얻기 위하여.

진정으로 위대하다는 것은 어떤 엄청난 이유가 있어야 싸우는 게 아니다. 명예가 걸려 있을 때, 비록 사소한 것이라도 기꺼이 싸우려는 게 위대한 것이다. 그런데 여기 이렇게 서 있는 나는 뭔가? 아버지는 살해되고, 어머니는 더럽혀지고, 내 이성과 혈기가 광분하는데도 그 모든 것을 마치 아무것도 아닌 양 내버려두지 않았는가? 그리고 지금 저 2만 명의 병사들이 곧바로 전장에 죽으러 가는 걸 보면서도 아무런 부끄러움도 느끼지 못하고 있지 않은가? 저 병사들은 그들의 환상과 약간의 공명을 위하여 침대에 가듯이 그들의 무덤으로 가고 있고, 자그마한 땅뙈기를 얻기 위해 싸우지 않는가? 그들이 싸워야 할 충분한 공간을 제공하지 못하고, 그들이 죽은 다음에는 그 시신을 모두 수용할 정도의 넓은 무덤도 되지 못하는 땅을 위하여?

아, 지금 이 순간 이후로 내 생각이 피의 보복에 집중되지 않는다면 그것은 아무 가치도 없으리.　　　　　　　　　　　　퇴장]

제4막 제5장
엘시노어 성의 대전

호레이쇼, 거트루드, 한 신사 등장

거트루드　난 그녀와 얘기하고 싶지 않아.

신사　그녀는 집요하게 조르고 있습니다. 실제로 미쳤어요. 그녀의 그런 상태는 정말 가련합니다.

거트루드　그녀의 용건이 뭐예요?

신사　자기 아버지에 대해서 무척 얘기하고 싶어 합니다. 이 세상에 음모가 만연하다는 얘기도 하고 기침도 하고 그리고 가슴을 치면서 아주 사소한 일에도 화를 내고 헛소리를 지껄입니다. 그녀의 말은 아무 의미가 없어요. 그렇지만 그런 형체 없는 말이 듣는 사람으로 하여금 뭔가 생각하게 만듭니다. 사람들은 그녀의 말에 추측을 하면서 자기가 알아들을 수 있는 말만 골라서 제멋대로 생각해 버립니다. 그녀의 윙크, 고개 끄덕임, 몸짓은 어떤 생각을 불러일으키므로 사람들은 자기가 듣고 싶은 생각만 듣는 것이지요. 그건 확실한 건 아니지만 뭔가 아주 불행한 그런 생각입니다.

호레이쇼 그녀를 만나 얘기해 주시는 것이 좋겠습니다. 안 그러면 그녀는 의심하는 사람들에게 나쁜 생각을 심어줄 것입니다.

거트루드 그녀를 들여보내세요.

[신사 퇴장]

(방백) 내 병든 영혼으로 볼 때, 죄악은 언제나 병이므로, 아주 사소한 것들도 장차 다가올 재앙의 예고편으로 보여. 죄를 지은 사람은 쓸데없는 의심이 많아지지. 그리하여 죄악은 들킬 것을 염려하다가 스스로 그 자신을 드러내 보인다니까.

산발한 오필리아 등장

오필리아 아름다운 덴마크 왕비님 어디에 계세요?

거트루드 어서 오너라, 오필리아.

오필리아   노래를 부른다

　　　나의 진정한 애인을

　　　다른 사람들로부터 어떻게 알아볼까요?

　　　순례자의 모자, 지팡이

　　　그리고 신발을 보고서.

거트루드 오, 어여쁜 오필리아, 그 노래는 무슨 의미냐?

오필리아 죄송해요. 뭐라고 하셨어요? 그냥 들어보세요. 다시 노래를 부른다

　　　　　부인, 그분은 돌아가셨어요.

　　　　　그분은 돌아가셨다고요.

　　　　　그의 머리 위에는 초록의 뗏장,

　　　　　그의 발꿈치에는 비석.

　　　아하!

거트루드 　아, 안타깝구나, 오필리아.

오필리아 　그냥 들어보세요, 제발.

　　　　　그의 수의는 눈처럼 희었지요.　　　　　　다시 노래한다

　　　　　　　　　　클로디어스 등장

거트루드 　폐하, 저 애를 좀 보세요.

오필리아 　　향기로운 꽃들에 둘러싸여 있네.

　　　　　그 꽃들은 애도하는 이 없이

　　　　　무덤으로 떨어져 내렸네.

　　　　　진정한 사랑의 꽃비와 함께.

클로디어스 　아름다운 오필리아야, 어떻게 지냈느냐?

오필리아 　잘 지내고 있답니다. 올빼미는 원래 빵집 딸이었다고 하죠. 폐하, 우리는 현재의 우리 자신은 알지만, 앞으로 어떻게 될지는 알지 못합니다. 하느님이 당신의 식탁에 축복을 내리소서.

클로디어스 　제 아버지 생각을 하는군.

오필리아 　그 얘긴 하지 마세요. 사람들이 무슨 뜻이냐고 물으면 이렇게 말하세요.

　　　　　내일은 성 발렌타인 데이.　　　　　　다시 노래한다

나는 아침 일찍 갔었네.

당신의 발렌타인(애인)이 되기 위해

당신 창문 앞에 처녀로 서 있었네.

그러자 그가 일어나 옷을 입었고

이어 침실 문을 열어주었네. 그는

처녀를 안으로 들였고 그 방에서 나올 때

여자는 더 이상 처녀가 아니었네.

클로디어스　아, 어여쁜 오필리아!

오필리아　조금만 더 들어주세요! 상소리는 빼버리고 곧장 노래를 끝낼
　　　　터이니.

예수님과 성(聖) 자비의 이름으로,

아, 이 얼마나 부끄러운 일인가.

젊은 남자들은 기회만 있으면

그 짓을 하려고 달려들죠. 오, 하느님,

그게 다 그것 때문이지요. 그녀는 말했어요.

"당신은 나를 침대에 눕히기 전에

나와 결혼하겠다고 약속했어요."

그는 이렇게 대답했답니다.

"저 하늘의 태양을 걸고 그러려고 했지.

당신이 침대에 오는 걸 끝까지 거부했더라면."

클로디어스　저 애가 언제부터 저랬나?

오필리아　나는 모든 게 잘될 거라고 봐요. 우리는 참을성이 있어야 해요.
　　　　하지만 그가 차가운 땅속에 누워 있다는 걸 생각하면 울지 않을
　　　　수 없어요. 오빠는 그걸 알게 될 거예요. 하지만 자상하신 조언

감사드려요. 이리 오너라, 마부. 귀부인님들 안녕. 아름다운 부
인네들 안녕. 굿나잇, 굿나잇.   퇴장
클로디어스   저 애 뒤를 쫓으면서 잘 감시하도록 해.

[호레이쇼 퇴장]

오, 저 깊은 슬픔의 독은 그녀 아버지의 죽음에서 나오는 거야.
[그리고 이걸 좀 봐.] 오 거트루드, 거트루드. 슬픔이 다가올 때
그것들은 한 명 한 명 다가오는 것이 아니라 떼 지어 몰려오지.
첫째, 그녀의 아버지가 살해되었어. 이어 당신 아들이 가버렸
어. 그는 아주 난폭한 짓을 저질러 그렇게 국외로 나가지 않을
수 없게 되었지. 일반 대중은 폴로니어스의 죽음에 대하여 의심
을 하면서 지저분한 소문을 퍼트리고 있어. 그리고 나는 정중한
장례식도 없이 그를 은밀하게 묻어버리는 다소 바보 같은 조치
를 취했지. 불쌍한 오필리아는 정신 줄을 놓아버려 온전한 판단
력을 잃었어. 사람은 그게 없으면 그림 혹은 짐승이나 마찬가지
인데. 그리고 마지막으로 이 모든 일에 더하여 그 애의 오빠가
비밀리에 프랑스에서 돌아오고 있어. 의문이 가득한 상태로 온
갖 불길한 것들을 상상하면서. 게다가 그의 귀에다 아버지의 죽
음에 관하여 아주 해로운 얘기를 지껄여댈 자들이 차고 넘쳐.
아무런 구체적 물증도 없이, 이 일의 배후가 필연적으로 왕이라
는 악담을 귀에서 귀로 전달하고 있는 거야. 오, 사랑하는 거트
루드, 대포의 산탄을 맞은 것처럼 나는 온 몸에 부상을 입어서
여러 번 되풀이해서 죽는 것만 같소.

거트루드　어머나, 이건 무슨 소리죠?

클로디어스　잘 들어봐. 내 스위스 근위병들은 어디에 있나? 그들더러 문
　　　　　을 지키라고 해.

전령 등장

　　　　무슨 일이냐?

전령　　몸을 피하세요, 폐하.

둑을 넘쳐흐르는 바다도 저렇게 맹렬한 기세로 평지를 삼키지
는 못할 것입니다. 젊은 레어티즈가 폭도들의 앞에 서서 폐하의
관리들을 제압하고 있습니다. 폭도는 그를 왕이라 부르고 있습
니다. 그리고 세상이 이제 다시 시작되기라도 할 듯이, 우리가
말하는 모든 언어의 지주인 연면한 전통과 오래된 관습을 통째
로 파괴할 기세입니다. 그들은 고함치고 있습니다. "우리가 뽑
았다! 레어티즈가 우리의 왕이 될 것이다." 모자, 손, 혀가 그 말
을 하늘 높이 칭송하고 있습니다. "레어티즈가 왕이 될 것이다.
레어티즈 왕 만세!"

거트루드　엉뚱한 사냥 길로 들어섰으면서도 저들은 괜히 고함소리만 높
　　　　　구나. 이 어리석은 덴마크 사냥개들아, 그건 잘못된 길이야!

무대 밖에서 소음

154

클로디어스   문이 파괴되었군.

레어티즈가 다른 사람들과 함께 등장

레어티즈   왕은 어디에 있나? 여러분은 밖에서 좀 기다려 주시오.

일동   아니, 함께 들어갑시다.

레어티즈   제발 좀 기다려주시오.

일동   그러지요. 기다리지요.

레어티즈   고맙소. 문을 잘 지키시오.

[추종자들 퇴장]

오, 너, 사악한 왕이여.

나의 아버지를 살려내라.

거트루드   침착하게 행동하라, 훌륭한 레어티즈.

레어티즈   만약 내 이 뜨거운 피가 한 방울이라도 침착해 진다면, 나를 사
생아라고 불러도 좋습니다. 우리 아버지를 오쟁이 진 자로 불러
도 좋고, 내 친어머니의 저 정숙하고 고결한 이마에 창녀라는
딱지를 붙여도 좋소.

클로디어스   자네의 반란군이 마치 거인의 군대처럼 보이는 이 변고는 무
엇 때문인가, 레어티즈? 거트루드, 그를 놔줘요. 내 안전은 걱정
하지 마시오. 왕의 주위에는 지엄한 신성함이 감싸고 있어서 반
역자들이 그것을 흘낏 거리며 쳐다보기만 할 뿐, 자발적인 어떠
한 행동도 하지 못한다오. 말하라, 레어티즈. 그대는 왜 이리도

화가 났느냐? 거트루드, 그를 놔줘요. 어서 말하라.

레어티즈   제 아버지는 어디에 있습니까?

클로디어스   죽었네.

거트루드   하지만 폐하가 죽인 건 아니야.

클로디어스   그가 얼마든지 물어보게 내버려두오.

레어티즈   어떻게 돌아가시게 되었지요? 나를 속이려 들지 마세요. 동맹
은 지옥으로 가라 하고, 맹세는 검은 마왕에게 보내고, 양심과
은총은 지옥의 밑바닥으로 가라고 하세요. 나는 지옥행도 두렵
지 않아요. 나는 여기 우뚝 서서 지옥이든 천당이든 괘념치 않
아요. 앞으로 벌어질 일은 될 대로 되라고 하세요. 하지만 나는
아버지 복수를 반드시 하고야 말겠습니다. 무슨 일이 있더라도.

클로디어스   누가 자네를 멈출 수 있겠나?

레어티즈   나의 의지 말고 온 세상 그 어떤 것도 멈출 수 없어요. 내가 할
수 있는 모든 수단을 다 동원할 겁니다. 그 수단을 잘 사용하여
최후의 마지막 수단까지 있는 힘을 다하여 보복할 겁니다.

클로디어스   훌륭한 레어티즈,
작고한 아버지의 죽음에 대하여 확실히 보복하겠다는 열정 때
문에, 너는 친구와 적, 승자와 패자를 가리지 않고 모조리 다 해
치우겠다는 거냐?

레어티즈   적들만 해치울 겁니다.

클로디어스   그럼 그 적들을 알고 싶으냐?

레어티즈   적이 아니고 친구라면 내 두 팔을 활짝 벌려 그들을 맞이할 겁
니다. 자기 새끼에게 생명을 건네주는 펠리칸처럼 내 피로 그들
을 응접할 겁니다.

클로디어스   이제야 너는 착한 아들, 진실한 신사처럼 말하는구나. 나는 네 아버지의 죽음에 대하여 무고할 뿐만 아니라 그 죽음을 아주 깊이 슬퍼하고 있다. 이 사실은 밝은 햇빛이 네 눈을 찌르듯이, 뚜렷하게 너의 머릿속에 각인될 것이다.

무대 밖에서 소음. "그녀를 들여보내."

레어티즈   저건 무슨 소리죠?

오필리아 등장

오, 열기가 내 머리를 건조시키고 소금보다 일곱 배나 더 짠 눈물이 내 눈의 감각을 불태워버리는구나. 내 하늘에 맹세코, 너의 광증은 저울추가 우리 쪽으로 돌아설 때까지 반드시 복수해 주고 말겠다. 오, 5월의 장미여, 사랑스러운 처녀여, 자상한 누이여, 상냥한 오필리아. 한 젊은 여자의 정신이 노인이 생명을 잃듯 이렇게 한순간에 죽을 수 있단 말인가. 사람의 본성은 사랑함에 있어서 세련되고 사려 깊은 것이다. 그리하여 자기 자신의 소중한 한 부분을 사랑했던 대상에게 나누어주는 것이다. 오필리아는 자신의 온전한 정신 일부를 돌아가신 아버지에게 바쳤구나.

오필리아   그들은 그의 얼굴을 덮지도 않은 채 운구해 갔네. 노래 부른다 헤이 논 노니, 노니, 헤이 노니.

그의 무덤에 많은 눈물이 쏟아져 내렸네.

　　　　　　내 사랑, 안녕.

레어티즈 네가 온전한 정신을 갖고 있어서 내게 복수를 요청했다 하더라
　　　　도 지금 이것보다 더 강력하게 요청하지는 못했으리라.

오필리아 낮고 낮은 목소리로 노래 불러야 해요. 그분을 낮고 낮은, 이라
　　　　고 불러야 해요. 오, 그것은 바퀴처럼 빙빙 돌아가요. 주인의 딸
　　　　을 훔쳐간 엉뚱한 집사처럼.

레어티즈 저 헛소리는 조리 있는 말보다 더 의미심장하구나.

오필리아 여기 로즈매리, 기억해 달라는 뜻이죠. 비노니, 내 사랑, 기억해
　　　　줘요. 여기 팬지 꽃, 생각을 뜻하지요.

레어티즈 광인의 교훈이로구나. 생각과 기억이 서로 연결된다는 뜻이로
　　　　구나.

오필리아 여기 회향꽃은 그대의 것, 이 매발톱꽃도. 그대에겐 참회꽃. 이
　　　　건 나도 좀 갖고. 이것은 주일 은총꽃이라고 하지요. 오, 참회꽃
　　　　은 남들과 약간 다르게 달아야 해요. 여기 데이지 꽃이 있네요.
　　　　당신에게 제비꽃도 좀 드리고 싶지만 그것들은 제 아버지가 돌
　　　　아가실 때 다 시들어버렸어요. 아버지는 돌아가실 때 편안한 얼
　　　　굴이었다고 해요.

　　　　　　　　　　[노래 부른다]

　　　귀여운 파랑새는 나의 온전한 기쁨이네.

레어티즈 그녀는 우울함과 번민, 고통, 지옥, 이런 것들을 거의 아름다운
　　　　것으로 만드는구나.

오필리아　　　그리고 그가 다시 오지 않을까?　　　　　　　노래 부른다

그리고 그가 다시 오지 않을까?

아니, 아니, 그는 죽었어.

네 죽음의 침대로 가.

그는 결코 다시 오지 않을 거야.

그의 수염은 눈처럼 희고,

그의 머리카락은 백발이었어.

그는 갔네, 가버렸네.

우리는 버림을 받으면서 신음하네.

하느님, 그의 영혼에 안식을. 그리고 모든 크리스천들의 영혼에 안식을. 하느님이 당신과 함께하기를.　　　　　　　　　　　　　퇴장

레어티즈　당신은 저 모습을 보았습니까? 오, 하느님.

클로디어스　레어티즈, 난 자네의 슬픔에 공감하네. 안 그러면 자네는 나를 즉각 거부하겠지. 자, 가서 자네의 현명한 친구들을 모아 보게. 그리고 그들로 하여금 우리 두 사람의 얘기를 듣게 하고 누가 옳은지 결정하도록 하게. 만약 그들이 내가 직·간접적으로 이 일에 관련되어 있다고 판결을 내린다면 나는 이 왕국, 왕관, 생명, 그리고 나의 것이라고 할 수 있는 모든 것을 자네에게 보상으로 내놓겠네. 만약 무관하다는 게 밝혀지면, 나를 좀 더 부드럽게 대해주기를 바라네. 그리하여 자네의 깊은 복수의 염원이 완벽하게 이루어질 수 있도록 자네와 협조하겠네.

레어티즈　그렇게 하시지요.

아버지가 돌아가신 방식, 은밀한 장례식, 유해 위에 기념패, 검, 문장도 없고, 고상한 예식이나 정중한 의식도 모두 생략되었으니, 하늘부터 땅까지 그 억울함을 풀어달라고 소리치고 있습니

다. 나는 아버지의 죽음을 문제 삼지 않을 수 없습니다.

클로디어스   마땅히 그래야지.

　　　　잘못이 저질러진 곳은 거대한 응징의 도끼로 내리쳐야지. 자,
　　　　나와 함께 가세.

그들은 퇴장

제4막 제6장
성의 한 방

호레이쇼, 시종과 함께 등장

호레이쇼   내게 얘기하고 싶다는 사람들은 누구냐?

시종　　　선원들입니다. 그들은 당신에게 가는 편지를 가지고 있다고 해요.

호레이쇼   들어오라고 해.

[시종 퇴장]

　　　　도대체 어디에서 소식이 온 걸까,
　　　　햄릿 왕자님의 소식이 아니라면?

선원1 선생님, 하느님이 당신을 축복하기를.

호레이쇼 당신 또한 축복을 받기를.

선원1 그분이 원하신다면 그렇게 해주시겠지요. 여기 선생님에게 가는 편지를 가지고 왔습니다. 잉글랜드로 가던 사절에게서 나온 것입니다. 당신은 호레이쇼이지요? 사람들이 그렇다고 내게 말을 해주었습니다만.

호레이쇼 (편지를 읽는다) "호레이쇼, 자네가 이 편지를 읽게 된다면 이 친구들에게 왕을 방문하는 편의를 보아주게. 그들은 왕에게 가는 편지를 갖고 있어. 우리가 항해에 나선지 이틀도 되지 않아, 아주 사납게 무장한 해적이 우리를 추격해 왔네. 우리의 배가 너무 느리게 가기 때문에 해적을 상대로 싸울 수밖에 없었어. 그 싸움의 결과, 나는 해적선에 오르게 되었네. 바로 그 순간 해적선은 우리 배에서 멀어졌고, 나는 그 배의 유일한 포로가 되었네. 그들은 해적치고는 나를 아주 잘 대해 주었네. 하지만 그들도 나름대로 속셈이 있었어. 그들은 내가 보답을 해주기를 요구했어. 왕에게 내가 보낸 편지가 접수될 수 있게 해주게. 그리고 자네는 마치 죽음을 피해 달아나듯이 재빨리 나에게 좀 와주게. 나는 자네를 놀라게 할 만한 소식을 가지고 있다네. 하지만 이 엄중한 일을 말로 다 전할 수 있겠는지 의문일세. 이 좋은 친구들이 자네를 내가 있는 곳으로 안내해 줄 거야. 로젠크란츠와 길덴스턴은 잉글랜드로 계속 가고 있는 중이네. 이들에 대해서도 자네에게 해줄 말이 많아. 안녕.

　　　　　자네의 진정한 친구,

　　　　　　　햄릿."

좋아. 자네들이 갖고 있는 편지를 전달할 방법을 알려 주지. 자네
들은 이 편지를 내게 보낸 사람에게 나를 신속히 안내하도록 해.

그들은 퇴장

제4막 제7장
성의 집무실

클로디어스와 레어티즈 등장

클로디어스　자, 이제 자네가 나의 무죄를 확실히 알았으니 나를 자네의
진정한 친구로 여겨야 하네. 자네 귀로 똑똑히 들어서 알고 있
잖나. 자네의 고상한 아버지를 살해한 자는 내 목숨도 노리고
있다는 걸.

레어티즈　그런 것 같습니다. 그런데 이처럼 흉악하고 죄질이 좋지 않은
소행에 대하여 아무런 조치도 취하지 않았습니까? 당신의 안
전, 지혜, 그의 모든 것을 감안할 때 당연히 분노했을 텐데요.

클로디어스 오, 두 가지 특별한 사유가 있었네. 자네에게는 맥없어 보이는 이유일지 몰라도 내게는 아주 강력한 것이었지. 그의 어머니인 왕비는 그에게 아주 헌신적이었어. 나 자신의 입장에서도 좋은 일인지 나쁜 일인지 모르겠지만 그녀는 내 목숨과 영혼의 소중한 한 부분이어서 그녀와 떨어져서는 살 수가 없지. 천체가 궤도를 벗어나지 못하는 것처럼 말이야. 내가 그를 공개적으로 처벌할 수 없었던 또 다른 이유는 일반대중이 그를 아주 사랑한다는 거였어. 그들은 그를 사랑하여 허물을 눈감아주면서, 나무를 돌로 만드는 용수철처럼 악덕도 미덕으로 둔갑시켰어. 그래서 나의 화살은 그런 강한 바람을 상대로 하기에는 재질이 너무 허약하여, 목표물을 향하는 것이 아니라 나의 활 쪽으로 되돌아올 판이었어.

레어티즈 그래서 나는 자상하신 아버지를 잃었고 여동생은 저런 꼴이 되고 말았군요. 내 여동생은 그 완벽함에 있어서 모든 시대의 우뚝한 산을 다 뛰어넘는데도 말입니다. 하지만 나는 반드시 복수할 겁니다.

클로디어스 그것 때문에 잠을 설치지는 마. 자네는 내가 게으르고 우둔한 사람이어서 위험이 닥치면 수염을 벌벌 떠는 사람이라고 생각해서는 안 되네. 나는 이것을 오락이라고 생각하네. 곧 나에게서 더 많은 얘기를 듣게 될 거야. 나는 자네의 아버지도 사랑했고 나 자신도 사랑한다네. 이것만 가지고도 자네는 충분히 상상할 수—

전령이 편지를 가지고 등장

그건 뭐냐? 무슨 소식이냐?

전령   햄릿 왕자님이 보낸 편지입니다.

이것은 폐하에게 가는 것이고 이것은 왕비님 것입니다.

클로디어스   햄릿에게서? 누가 가지고 온 것이냐?

전령   선원들이 가지고 왔다 합니다, 폐하. 제가 그들을 직접 보지는 못했습니다. 이 편지들을 그들로부터 받은 클로디오가 내게 전해 주었습니다.

클로디어스   레어티즈, 읽어줄 테니 들어보게.

너는 물러가라.

전령 퇴장

[편지를 읽는다] "고귀하고 위대한 분, 저는 알몸의 상태로 폐하의 왕국에 다시 돌아오게 되었습니다. 내일 폐하를 직접 알현하고자 합니다. 뵙게 되면 먼저 용서를 구하고 제가 이렇게 갑작스럽고 괴이하게 돌아오게 된 경위를 설명 드리겠습니다.

햄릿."

이거 무슨 소리지? 나머지 사람들도 다 돌아온 것인가? 이게 모두 거짓말이고 아무도 돌아오지 않은 건가?

레어티즈   필적을 알아보시겠습니까?

클로디어스   햄릿의 필적이야. 알몸의 상태?

여기 추신에는 혼자라고 말했는데. 자네 무슨 의견 없나?

레어티즈   폐하, 저도 뭐가 뭔지 모르겠습니다. 우선 그가 오도록 내버려두십시오. 내가 살아남아 그의 얼굴에다 대고 "이건 네놈이 한 짓이야!"라고 말할 수 있게 되어 내 병든 마음이 다소 따뜻해지는 것 같습니다.

클로디어스 만약 그렇다면, 레어티즈,

달리 방법이 없잖은가. 자네는 나의 안내와 지시를 받을 생각이 있는가?

레어티즈 예, 폐하.

저보고 평화를 추구하라고 말하시지 않는 한.

클로디어스 자네의 평화를 위한 거야. 만약 그가 여행을 계속할 생각 없이 지금 돌아온다면 나는 그를 유인하여 함정에 걸려들게 할 거야. 그 계획은 현재 거의 무르익었는데 그대로 된다면 그는 죽을 수밖에 없어. 그가 죽으면 아무도 비난의 바람을 날리지 못할 것이고, 심지어 그의 어머니도 그 일을 비난하지 못하고 우연한 사고였다고 할 거야.

레어티즈 폐하, 저는 당신의 지시를 받들겠습니다.

그렇게 멋진 계획을 세우셨다면 제가 그것을 실행하는 도구가 되고 싶습니다.

클로디어스 그거 아주 잘 되었군.

자네가 국외로 떠난 이후에 사람들이 햄릿이 듣는 데서 자네의 뛰어난 자질에 대해서 많이 얘기들 했지. 자네의 모든 재주와 자질 중에서 그 재주만큼 그의 질시를 이끌어낸 것도 없어. 하지만 내가 보기에 그건 자네의 가장 좋은 재주들 중에 들어가지도 못해.

레어티즈 어떤 재주를 말씀하시는 겁니까, 폐하?

클로디어스 청춘의 모자에 꽂은 사소한 리본 같은 것이나 필요한 것이기도 하지. 청춘에게는 가볍고 산뜻한 옷이 어울리지. 중년 신사에게는 검은 신사복과 진중한 외투가 건강과 위엄을 말해 주듯이. 약 두 달 전에 노르망디의 신사가 여길 찾아 왔었어. 나 자신 프랑스 군대와 싸워 봐서 그들이 말을 잘 탄다는 걸 알지. 그런데 이 신사는 정말 마술 같은 기술을 선보이더군. 그는 말안장에서 성장한 사람 같았어. 그의 말을 가지고 얼마나 놀라운 기술을 보여주던지 그가 용감한 말과 한 몸을 이루고 그 말의 성질을 절반쯤 갖고 있는 듯했지. 정말 상상을 초월했지. 내가 직접 그 광경을 보았으면서도 그가 시연한 자세와 묘기를 그대로 상상한다는 것은 불가능할 정도였어.

레어티즈　노르망디 사람이라고요?

클로디어스　그랬지.

레어티즈　그럼 라모르(죽음)일 겁니다.

클로디어스　바로 그 이름이야.

레어티즈　저는 그를 잘 압니다. 그는 왕관의 보석이면서 그 나라 사람들 중에서도 보석 같은 존재지요.

클로디어스　그는 내게 자네 얘기를 했어. 펜싱에서 자네의 방어 기술이 너무나 뛰어나고 자네의 검술이 아주 훌륭하여 누가 자네와 한번 대결하면 아주 볼 만한 구경거리가 될 거라고 했어. 그 나라의 검사로는 동작, 방어, 안목 등에서 자네의 상대가 될 만한 자가 없다고 했지. 햄릿은 이 얘기를 듣더니 너무나 심한 질투를 느끼면서 자네가 급거 귀국한다면 한번 겨루어보고 싶다고 했었지. 그래서 하는 말인데, 본론은—

레어티즈　본론이 뭡니까, 폐하?

클로디어스   레어티즈, 자네의 아버지는 자네한테 아주 각별했지? 아니면
        자네는 그냥 슬픈 척하는 건가? 마음속으로도 그런 표정을 짓
        는 건가?

레어티즈   왜 그걸 물어보십니까?

클로디어스   자네가 아버지를 사랑하지 않았다는 얘기가 아니야. 하지만
        사랑은 시간에 의해 생겨나지. 그런데 내 경험에 의하면 그 시
        간이 또한 사랑의 불꽃과 화염을 죽여 버리기도 해. 시간은 일
        종의 심지 같은 것이어서 사랑을 감소시키는 거야. 그 어떤 것
        도 영원히 좋은 상태로 지속될 수 없어. 좋은 것도 너무 과도하
        면 그 과도함 때문에 죽어 버리는 거야. 우리가 하고 싶은 것(욕
        망)은 그 생각이 났을 때 즉시 해치우는 게(의무) 좋아. 왜냐하면
        이 욕망이라는 것은 곧 변하고, 감소하고, 지체되지. 그 주위에
        많은 혀들과 손들과 우연들이 있기 때문이야. 그리하여 이 의무
        라는 것은 내쉬어 봐야 심장에 부담만 주는 덧없는 한숨이 되어
        버려. 자 이제 다시 본론으로 돌아가서, 햄릿이 돌아와. 자네가
        말이 아니라 행동으로 돌아가신 아버지의 아들임을 보여주기
        위해 무엇을 즉시 하고 싶은가?

레어티즈   그자의 목을 베는 것입니다. 설사 교회 안에서일지라도.

클로디어스   그래. 맞아. 설사 교회라 할지라도 살인자에게 대피소를 마련
        해 주어서는 안 되지. 복수에는 한계가 없는 거야. 그러나 훌륭
        한 레어티즈 이렇게 좀 해주겠나. 자네는 방안에 틀어박혀 있
        게. 햄릿이 돌아오면 자네와 여기 와 있다는 걸 알게 될 거야. 나
        는 사람을 풀어서 자네의 탁월한 검술에 대하여 칭송을 퍼트리
        게 하고 또 저 프랑스 사람이 자네에게 붙여준 명성을 두 배로

증폭시켜서 널리 선전하도록 하겠네. 그런 다음에, 자네 둘에게 검술 시합을 붙여서 내기를 걸도록 할 거야. 햄릿은 부주의하고, 고답적이고, 의심하지 않는 성격이어서 시합 전에 칼을 점검하지도 않을 걸세. 그래서 자네는 쉽게 칼끝을 날카롭게 한 칼을 골라서 일격에 그를 찔러 아버지의 복수를 할 수 있을 거야.

레어티즈 그렇게 하겠습니다.

동시에 나는 칼끝에다 약간의 연고를 발라두겠습니다. 나는 돌팔이 의사로부터 독성 강한 연고를 사두었습니다. 그 연고를 바른 칼에 찔리면 곧바로 피가 나고, 달빛 아래에서 수집된 그 어떤 해독약도 그렇게 찔린 자의 죽음을 막아주지 못합니다. 그저 칼끝에 스치기만 해도 그렇게 된다는 것입니다. 나는 이 독약을 칼끝에 묻히겠습니다. 내 칼끝이 약간이라도 그의 몸에 닿기만 하면 그는 죽어버릴 겁니다.

클로디어스 이 문제는 좀 더 생각해 보기로 하자.

시간과 방법상 어떤 것이 우리의 목적에 가장 부합하는지 그 편의를 살펴보아야 해. 만약 이 계획이 실패하거나 우리의 목표가 엉성한 실행에 의해 들통이라도 난다면 그건 아예 시도하지 않느니만 못해. 따라서 이 첫 번째 계획이 실패할 때에는 곧바로 동원할 수 있는 두 번째 계획이 있어야 해. 잠깐, 어디 보자. 나는 자네들의 기술에 내기를 걸게 할 거야. 바로 그거야! 그렇게 바삐 움직이다가 자네들이 덥고 땀이 나면 그가 음료를 요청할 거야. 그때 그에게 음료 잔을 건네는데, 그걸 마시면 우리의 살해 목적이 곧바로 실현되는 거야. 만약 그가 요행히 독 묻은 자네의 칼을 피한다면 말이야. 잠깐, 이건 무슨 소리지?

어서 오시오, 상냥한 왕비!

거트루드 하나의 슬픔이 또 다른 슬픔을 뒤쫓아 찾아왔습니다. 너무나 빠르게 쫓아와요. 네 여동생이 물에 빠져 죽었다, 레어티즈.

레어티즈 물에 빠졌다고요? 어디에서?

거트루드 시냇가에 비스듬히 자라는 버드나무가 있어. 그 하얀 잎사귀들은 거울 같은 시냇물에 비춰지지. 그녀는 그 나뭇가지로 미나리아재비, 쐐기풀, 데이지, 자란을 함께 엮어서 화관을 만들었어. 방탕한 목동들은 자란에 상스러운 이름을 붙이지만, 우리 정숙한 여자들은 그걸 죽은 남자의 손가락이라고 부르지. 버드나무의 늘어진 가지에 들꽃 화관을 걸려고 그 나무를 기어오를 때, 잔가지가 그만 뚝 부러져 그녀의 들꽃 화관과 그녀 자신이 울고 있는 시냇물에 빠져 버렸어. 그녀의 옷이 활짝 펴져서 한동안 그녀를 인어처럼 떠받쳤다는구나. 그러는 동안에 그녀 자신의 번민을 느끼지 못하는 사람처럼 또는 물에서 태어나 물에서 성장한 사람처럼 그녀는 오래된 찬송가 몇 소절을 불렀다는구나. 그러나 오래 버티지는 못하고 물 먹어 무거워진 옷이 그 불쌍한 아이를 노랫가락에서 끌어내려 진흙의 죽음 속으로 처박았다는구나.

레어티즈 아, 그럼 물에 빠져 죽은 거로군요!

거트루드 물에 빠졌지, 빠진 거야.

레어티즈 불쌍한 오필리아, 너무 많은 물이 너를 짓눌렀겠구나. 그러니 눈물은 흘리지 말아야겠지. 하지만 이게 우리의 방식이지. 자연은 그 습성대로 하는 법. 부끄러움도 모르고 눈물을 흘리노라. 이 눈물이 그치면 내 안의 여성적 기질도 사라지겠지. 폐하, 안녕히 계십시오. 나는 활활 불타오르는 언사를 내뱉고 싶으나, 이 속절없는 눈물이 그 불길을 꺼트리고 있습니다.   퇴장

클로디어스   따라갑시다, 거트루드.

그의 분노를 가라앉히기 위해 엄청 고생을 했소. 하지만 이 일이 다시 그를 폭발하게 할 것 같구려. 그러니 따라가 봐야 해요.

그들은 퇴장

———

제5막 제1장
성 근처의 묘지

두 명의 광대(무덤 파는 사람) 등장

광대   저 여자는 제멋대로 구원을 추구했는데도 기독교식 매장을 해주는 거야?

동료   그렇다고 말했잖아. 그러니 빨리 그녀의 무덤을 파. 검시관이 살펴보고 기독교 식 매장을 해주라고 했어.

광대   자기 방어를 하다가 물에 빠진 게 아니라면 어떻게 그런 허가가

날 수 있지?

동료   그렇게 판단되었다니까.

광대   그렇다면 "정당방위(se offendendo)"에 의한 거밖에 없어. 내가 말하는 요점은 이런 거야. 만약 내가 스스로 물에 빠졌다면 그건 행위가 되는 건데 행위에는 자발적 동작, 행동, 수행 이렇게 세 가지가 있어. 그러니 이 여자는 자발적으로 물에 빠진 거라고.

동료   내 말 좀 들어봐 이 산역꾼아.

광대   잠깐 내 얘기를 들어봐. 여기에 물이 있어. 좋았어. 그리고 여기에 사람이 있어. 그것도 좋아. 만약 그 사람이 제 발로 물에 가서 빠졌다면, 원하든 말든 그는 일단 간 거야. 이걸 주목하라고. 만약 홍수가 나서 물이 그에게로 왔다면 그는 스스로 빠져 죽은 게 아니야. 그러므로 스스로 제 목숨을 단축하지 않았다면 그는 자신의 죽음에 책임이 없는 거야.

동료   그게 법이야?

광대   그렇다니까. 검시관의 검시법이지.

동료   자네 진상을 알고 싶어? 만약 이 여자가 귀족이 아니었다면 기독교식 장례는 어림도 없었을 거야.

광대   이제야 제법 말이 되는군. 귀족이라고 해서 평민과 다르게 물에 빠져 죽거나 목매달아 죽어도 된다는 건 세상이 공평하지 않다는 거야. 자, 내 삽을 주게. 옛날 사람치고 정원사, 터파기, 산역꾼이 아닌 사람이 어디 있었나? 아담도 이런 직업을 갖고 있었다고 하더군.

동료   아담이 귀족이었나?

광대   응. 팔(귀족의 문장)을 가진 최초의 남자였지.

동료	아니, 그는 문장 없었어.
광대	자네 그럼 이교도야? 도대체 성경을 발바닥으로 읽었나? 성경에 나오잖아. 아담은 땅을 팠다고. 그가 두 팔 없이 땅을 팔 수 있어? 내가 자네에게 또 다른 질문을 하나 내보지. 만약 제대로 대답을 하지 못하면 솔직히 그렇다 하고 목매달면 되는 거야.
동료	쳇!
광대	석공, 배 만드는 놈, 목수보다 더 튼튼한 것을 짓는 놈은?
동료	교수대 만드는 놈이지. 교수대는 1천 명 정도는 너끈히 매달잖아.
광대	자네의 재치도 상당하군. 교수대도 상당히 오래가기는 하지. 하지만 그 용도는? 그건 죄악을 저지른 놈한테만 사용되는 거야. 또 교수대는 교회보다 더 오래간다고 할 수 없지. 자네는 답을 제대로 못했으니 목매달아야 해. 자 질문 다시 해봐.
동료	석공, 배 만드는 놈, 목수보다 더 튼튼한 것을 짓는 놈은?
광대	자, 어서 말해 봐. 일을 잠시 멈추고.
동료	아, 이제 생각났다.
광대	어서 말해 봐.
동료	젠장, 다시 모르겠는걸.

햄릿과 호레이쇼 멀리서 등장

| 광대 | 그 둔탁한 머리를 더 이상 굴리지 마. 느려터진 당나귀를 채찍질한다고 발걸음이 빨라지는 게 아니야. 만약 다음에 누군가 이 질문을 자네에게 던지면 산역꾼이라고 말하라고. 그가 짓는 집 (무덤)은 말이야 최후의 심판 때까지 가는 거야. 이봐, 요안 네 주 |

막에 가서 술이나 한 양푼 받아와.

[두 번째 광대 퇴장]

광대   젊을 때 나도 한 사랑 해봤지.   노래 부른다
         그거 아주 달콤했었어.
         재미에 빠져 시간 가는 줄 몰랐지.
         오, 내 보기에 그보다 더 좋은 건 없어.

햄릿   저 친구는 무덤 파는 게 무덤덤한가 보지? 땅을 파면서도 노래
         를 부르네.

호레이쇼   하도 땅을 많이 파다보니 저렇게 노래 부르는 게 도움이 되는
         것 같습니다. 그렇겠군. 육체노동을 안 하는 자들만이 온갖 것
         에 민감하지.

광대   하지만 살금살금 다가오는 세월이   계속 노래 부른다
         그 억센 손아귀로 나를 움켜잡았지.
         그리곤 땅속으로 나를 처박았어.
         내가 한 사랑도 해본 적이 없는 것처럼.

[두개골을 하나 던져 올린다]

햄릿   저 두개골도 한때는 저 안에 혀가 있어서 노래를 불렀겠지. 저
         산역꾼은 저 두개골이 최초의 살인자 카인의 턱뼈나 되는 것처
         럼 땅위로 내 던지는군. 어쩌면 그가 던져 올리는 저 뼈는 한때
         정치가의 머리였을지 몰라. 자신이 하느님을 속여 먹을 수 있다

고 생각한 정치가.

호레이쇼　그럴지도 모릅니다, 전하.

햄릿　혹은 정신이었겠지. "안녕하십니까, 오늘은 기분이 좀 어떠십니까?" 하고 말했던. 이 정신은 또 다른 정신을 향해 그의 말이 훌륭하다고 칭찬을 늘어놓았겠지. 특히 그 말을 빌리려고 할 때 말이야. 그렇지 않을까?

호레이쇼　그럴 것 같습니다.

햄릿　그렇기만 하지만, 구더기 밥이 된 저 턱없는 해골은 산역꾼의 삽 아래에서 이리저리 굴러다니는군. 참으로 엄청난 변화야. 우리가 그걸 꿰뚫어볼 지혜만 있다면. 이 뼈는 이제 막대 던지기 놀이 이상의 용도도 없다는 말인가? 그걸 생각하면 가슴이 아프네.

광대　　　곡괭이와 삽 한 자루,　　　　　　　　계속 노래 부른다
　　　　　그리고 수의 한 벌.
　　　　　이 손님을 위하여 땅을
　　　　　파두는 게 좋겠구나.

[또 다른 두개골을 던져 올린다]

햄릿　또 하나 올라오는구나. 저건 법률가의 것일지도 몰라. 그 능숙한 궤변과 변설, 그 소송 건, 소유권, 계략 따위는 모두 어디로 갔는가? 왜 그는 저 무례한 산역꾼이 저 지저분한 삽으로 머리를 툭툭 건드리는데도 그 구타 행위에 대하여 아무 말도 하지 않는가? 흐음, 어쩌면 이 친구는 생시에 땅을 많이 사들인 자일 수도

있지. 담보 증서, 소유권 변경 소송, 이중 증인, 토지 양도 소송 따위 갖가지 편법을 동원한 투기꾼 말이야. 그런데 소유권 변경 소송과 토지 양도 소송의 그 멋진 결과는 대체 무어란 말인가? 그의 멋진 머리를 저 멋진 흙으로 가득 채우는 것 이외에? 그 토지 매입 증서라는 건 매입을 증명할 뿐인데, 이중 증인까지 세운 매입이 겨우 계약 증서만한 땅뙈기(무덤)를 얻은 게 전부 아닌가? 그 토지 문서들이란 것도 이 관을 겨우 채울 뿐이요, 등기 권리증의 소유자도 결국 얻는 건 이 관 하나뿐이지 않는가?

호레이쇼   그보다 더 얻는 것은 없죠, 전하.

햄릿   양피지(토지 문서)는 양가죽으로 만들지 않나?

호레이쇼   그렇습니다, 전하. 때로는 송아지 가죽으로 만들기도 합니다.

햄릿   그 문서를 가지고 확신을 얻으려 했던 자들은 양이나 소에 지나지 않아. 이 산역꾼에게 말을 좀 걸어야겠다. 이보시오, 그거 누구 무덤이오?

광대   제 것입니다, 선생.

(노래 부른다)

이 손님을 위하여
땅을 파두는 게 좋겠구나.

햄릿   정말 당신 것 맞는군요. 당신이 그 안에 있으니까(거짓말을 하고 있으니까).

광대   선생, 당신은 거기 밖에 있으니 이건 당신 것이 아니죠. 나로서는, 이 안에 있지 않으며(거짓말을 하지 않으며) 정말 내 것입니다.

햄릿	당신은 그 안에 있고(거짓말을 하고 있고) 그 안에 있다는 건 곧 당신이 주인이라는 얘기지요. 하지만 무덤은 산 사람이 아니라 죽은 사람을 위한 것이므로 그렇게 얘기하는 당신은 거짓말을 하는 겁니다(그 안에 있는 겁니다).
광대	여기 이 안에 있게 되는 건 금방입니다, 선생. 내게서 당신에게 건너가는 건 금방이라니까요.
햄릿	어떤 사람(남자)을 위해 땅을 파고 있소?
광대	남자가 아닙니다, 선생.
햄릿	그럼 어떤 여자요?
광대	그도 아닙니다.
햄릿	그럼 누구를 묻는다는 거요?
광대	한때 여자였던 사람이지요. 하느님 그녀의 영혼을 보살피소서. 그녀는 지금 죽었습니다.
햄릿	아주 영악한 친구로구나! 우린 좀 더 정확하게 얘기해야 될 것 같소. 안 그러면 중의적 의미 때문에 우리 뜻이 제대로 전달되지 않으니. 그런데 호레이쇼, 요 3년 동안에 나는 이런 사실을 주목하게 되었소. 세상이 너무 좋아져서 농부의 발가락이 귀족의 뒤꿈치를 바싹 쫓아오고 있소. 농부가 귀족의 동상(凍傷)을 건드릴 정도라니까. 당신은 산역꾼 노릇을 얼마나 했소?
광대	1년 내내 합니다. 나는 선왕 햄릿이 포틴브라스를 이긴 그날부터 이 일을 시작했습니다.
햄릿	그게 얼마나 되었소?
광대	그걸 몰라요? 바보도 다 아는데요. 왕자 햄릿이 태어난 날이었지요. 미쳐서 잉글랜드로 보내진 그 왕자 말입니다.

햄릿	어렵쇼. 그는 왜 잉글랜드로 보내졌습니까?
광대	왜긴요. 미쳤기 때문이지요. 그는 거기서 제정신을 차릴 겁니다. 안 그런다 해도 그곳에선 그게 별로 문제되지 않아요.
햄릿	왜?
광대	거기서 그런 건 별로 주목을 받지도 못해요. 잉글랜드에 미친 사람이 어디 한 둘이어야죠.
햄릿	그는 왜 미친 거죠?
광대	사람들 얘기는 아주 괴상해요.
햄릿	괴상하다니 무슨 뜻이죠?
광대	정신 줄을 놓아버렸다는 거예요.
햄릿	무슨 근거로(땅에서)?
광대	여기 덴마크 땅에서요. 나는 여기 교회 머슴(산역꾼) 노릇을 한 지 30년이 되었습니다.
햄릿	시신이 땅 속에서 부패하는 데에는 얼마나 걸립니까?
광대	그가 이미 죽기 전에 썩고 있는 몸(매독을 앓고 있는 몸)이 아니었다면, 요새 그런 사람이 한 둘이 아니기는 합니다만, 한 8, 9년쯤 걸리지요. 가죽 다듬는 무두장이는 9년 정도 걸립니다.
햄릿	왜 다른 사람보다 더 걸린다는 거죠?
광대	왜냐면요, 그의 가죽도 무두장이 노릇을 하는 바람에 상당히 단련이 되어서 물을 상당 기간 물리치기 때문이죠. 물은 시신을 빨리 부패하게 만들어요. 여기 두개골이 하나 있습니다. 이건 스물세 해 동안 땅속에 있던 겁니다.
햄릿	그건 누구 것입니까?
광대	아주 지랄 맞은 놈의 것이지요. 누구 것이라고 생각하십니까?

햄릿	모르겠는데요.
광대	저 미친 놈 염병이나 맞아라. 그는 과거에 내 머리 위에다 라인 포도주를 부었던 자이지요. 이건 왕의 재담꾼인 요릭의 해골입니다.
햄릿	이게?
광대	그렇습니다.
햄릿	어디 보자. [두개골을 집어 든다] 아, 불쌍한 요릭! 나는 그를 알아. 호레이쇼, 아주 농담이 풍부한 친구였고 재기 발랄한 생각의 소유자였지. 그는 어린 나를 등에다 수천 번 업어 주었어. 지금은 아주 끔찍한 모습이 되었군. 속이 울렁거리네. 여기에 내가 그토록 여러 번 키스했던 입술이 있었겠지. 당신의 재담은 지금 어디에 있나? 좌중에 폭소를 일으키던 당신의 몸짓, 노래, 기발한 농담은 다 어디로 갔나? 이제 당신의 얼굴에 웃음을 터트리는 사람은 하나도 없단 말인가? 턱이 다 빠져 버린 채? 자네는 숙녀의 분장실로 가서 얼굴에 화장을 두텁게 해봐야 결국 이렇게 된다는 걸 말해 주게. 숙녀가 자녀의 농담에 웃음을 터트리게 하게. 호레이쇼, 이거 한 가지 말해 주게.
호레이쇼	무엇인데요, 전하?
햄릿	알렉산더 대왕도 땅 속에서 저렇게 될 거라 생각하나?
호레이쇼	그렇겠지요.
햄릿	저런 고약한 냄새를 풍기며? [해골을 내려놓는다]
호레이쇼	그럴 겁니다, 전하.
햄릿	죽으면 우리가 얼마나 영락하게 되는지, 호레이쇼! 상상을 해보면 알렉산더 대왕의 고상한 유해도 결국은 맥주 통 마개에 지나

지 않게 된다네.

호레이쇼 그건 너무 지나친 생각이 아닐는지요.

햄릿 아니야, 조금도 그렇지 않아. 그걸 논리적으로 따라가다 보면 자연 이런 결과가 나와. 알렉산더는 죽어서 묻혔다. 알렉산더는 먼지로 돌아간다. 먼지는 흙이다. 우리는 흙으로 흙 반죽을 만든다. 그러니 그 흙 반죽으로 맥주 통 구멍을 막는데 해서 하등 이상할 게 없지 않은가?

도도한 시저도 죽어서 흙이 되었네.

바람을 물리치는 구멍 마개가 될 수도 있지.

온 세상을 호령했던 자가 흙으로 변해

겨울바람 숭숭 들어오는 벽을 채우는 마개가 되었다니.

그런데 잠깐만! 여기 왕, 왕비, 신하들이 오네.

클로디어스, 거트루드, 레어티즈, 관, [사제와] 수행 귀족들 등장

저들이 따라오는 자가 누구지?

저런 간소한 장례 절차로? 저들이 따라오는 시신이 절망에 빠져 자기 손으로 목숨을 내려놓았나 본데. 아무튼 높은 신분이었나 봐. 잠시 숨어서 엿보자.　　　　　　[호레이쇼와 함께 숨는다]

레어티즈 다른 예식은 없나요?

햄릿 저건 레어티즈야, 아주 고상한 청년이지.

레어티즈 다른 예식은 없나요?

사제 우리가 할 수 있는 한 예식을 해드렸습니다. 그녀의 죽음은 수상한 것이었습니다. 왕명이 규정을 우선하지 않았더라면, 그녀

는 최후의 심판 때까지 교회 묘지가 아닌 곳에 묻혀야 했을 겁니다. 작별을 고하는 기도도 올리지 못하고, 유해에 사금파리나 부싯돌이나 조약돌을 던져서 덮을 뻔했습니다. 그랬는데 특별히 처녀의 장례답게 꽃다발로 꾸미고, 꽃을 뿌리고 조종을 울려서 장사 지내는 절차가 허가된 겁니다.

레어티즈 그럼, 더 이상 해줄 게 없다는 말입니까?

사제 더 이상 해드릴 게 없습니다.

평화롭게 세상 떠난 사람들에게 하는 것처럼 진혼가를 부르고 영혼의 안식을 기도해 준다면 그건 신성한 장례 의식을 위반하는 게 됩니다.

레어티즈 그녀를 땅 속에 뉘여라.

그녀의 정결하고 깨끗한 몸에서 제비꽃이 피어나기를. 이 무심한 사제, 내 당신에게 말하노니 내 여동생은 천사로 다시 태어날 거지만 당신은 사후에 울부짖게 될지 몰라.

햄릿 뭐라고, 아름다운 오필리아!

거트루드 사랑스럽고 사랑스러운 애야, 잘 가거라.   [꽃을 뿌린다]

네가 햄릿의 아내가 되기를 바랐는데. 예쁜 오필리아, 이렇게 네 무덤이 아니라 네 신혼 침대를 꽃으로 장식할 거라 생각했는데.

레어티즈 오, 슬프고, 슬프고, 슬프도다.

네게서 저 아름다운 정신을 빼앗아간 사악한 손에게 세 배보다 열 배 많은 저주가 내리기를. 내가 저 애를 내 가슴에 한 번 더 안아 보기 전에 흙을 뿌리지 마라.

무덤으로 뛰어든다

자, 이제 산 사람과 죽은 사람 위에 똑같이 흙을 쌓아 올려라. 이 푹 파인 땅이 저 옛적의 펠리온 산이나 하늘을 찌르는 푸른 올림포스 산보다 더 높아지도록.

햄릿 [앞으로 나서며] 이렇게 요란하게 슬픔을 울부짖는 자가 대체 누구냐? 그 슬픔의 언사는 배회하는 별들에게 호소하여 별들마저도 마치 기적에 상처 입은 청자(聽者)처럼 우뚝 멈추어 서는구나. 나는 덴마크의 왕자 햄릿이다.

[레어티즈 무덤 밖으로 올라온다]

레어티즈 악마가 네놈의 영혼을 빼앗아가기를. [그의 멱살을 잡는다]

햄릿 그게 무슨 기도냐? 멱살 잡은 이 손을 놓아라. 나는 열정도 무모함도 없는 사람이지만 내게도 위험한 구석이 있어서 네 생각이 있다면 두려워하는 게 좋을 거야. 네 손을 치워라.

클로디어스 그들을 떼어 놓아라.

거트루드 햄릿, 햄릿!

일동 자, 두 분 다!

호레이쇼 전하, 진정하십시오.

[시종들이 그들을 떼어놓는다]

햄릿 나는 내 눈까풀이 더 이상 움직이지 않을 때까지 이 일에 대해서 그와 싸워볼 생각이 있다.

거트루드 오, 내 아들아, 이 일이라니?

햄릿   나는 오필리아를 사랑했습니다. 4만 명의 오빠가 달려와 그들의 사랑을 모두 합친다 해도 내 사랑을 당하지 못할 겁니다. 당신은 대체 그녀를 위해 무엇을 했다는 거요?

클로디어스   참아라, 레어티즈. 그는 미쳤어.

거트루드   제발 그를 용납해 다오.

햄릿   어서, 당신이 무엇을 해주었는지 말하라니까. 그녀를 위해 울어주었나? 싸웠나? 단식을 했나? 온몸을 칼로 찔렀나? 식초를 마시고 악어를 먹었나? 나도 그건 할 수 있어. 당신이 여기 와서 울부짖고, 무덤에 뛰어 들어 나를 압도했나? 산 채로 그녀와 함께 묻히라면 난 그것도 할 수 있어. 당신이 산처럼 흙을 쌓아올리라고 수다를 떨었지만 우리 위에도 얼마든지 흙을 쌓아올리라고 해. 그 꼭대기가 태양까지 치솟아 태양열에 불타버리고, 오사(Ossa) 산의 봉우리가 사마귀처럼 보일 때까지 흙을 쌓아올리라고 해. 당신이 무엇을 말하든, 나도 얼마든지 그렇게 말할 수 있어.

거트루드   저건 광기가 발동해서 저런 거야.
        한번 발작이 일어나면 한동안 계속 돼. 그러다 곧 진정하게 돼. 마치 한 쌍의 황금빛 새끼를 깐 암비둘기처럼. 그는 곧 아무 말이 없게 될 거야.

햄릿   이봐,
        당신이 나를 이렇게 홀대하는 이유가 뭐야? 난 전에 당신을 좋아했어. 하지만 그건 이제 중요하지 않아. 헤라클레스는 결국 자기 할 대로 하는 거야. 그건 고양이가 야옹하고 개가 짖는 것과 마찬가지야.   퇴장

클로디어스   훌륭한 호레이쇼 그를 뒤쫓아가서 좀 보살펴주게.

(레어티즈에게) 지난밤에 얘기를 나누었던 것처럼 더욱 침착해져야 하네. 나는 곧 그 일을 밀어붙이려 해. 착한 거트루드, 당신 아들을 좀 보살피도록 해요. 이 무덤에는 오래가는 기념비를 세우게 될 거야. 우리는 곧 조용한 시간을 맞이하게 될 테니 그때까지는 꾹 참고 일을 진행해야 돼.

모두 퇴장

———

제5막 제2장
엘시노어 성의 대전

햄릿과 호레이쇼 등장

햄릿   이제 이 얘기는 그만하지. 그 대신 자네에게 내 여행의 다른 측면을 말해 주지. 자네는 그 모든 상황을 기억하고 있지?

호레이쇼   잘 기억하고 있습니다, 전하.

햄릿   내 마음속에서는 일종의 싸움이 벌어져서 나를 조용히 잠들게 내버려두지 않네. 내 생각에 족쇄를 찬 죄수보다 더 못한 것 같아. 때로는 무모함이 칭찬을 받기도 하지. 사실 우리의 무모함이 때로는 크게 도움 될 때도 있어. 우리의 신중한 계획이 빛바랠 때 말이야. 그래서 우리의 목적을 결정짓는 하느님이 있다는 생각이 들어. 우리가 아무리 그 계획을 망쳐놓는다고 해도.

호레이쇼 그건 정말 그렇습니다.

햄릿 나는 선실에서 일어나 선상 가운을 몸에 걸치고 밤중에 몰래 그 문서를 찾아 나섰어. 그래서 목적을 이루었지. 두 친구의 짐을 뒤져서 그 문서를 훔쳐서 나의 선실로 되돌아왔어. 그처럼 대담한 일에 나섰으니 나의 공포는 예절 따위는 망각해 버렸지. 그 편지를 개봉하여 그들의 저 잘난 임무가 무엇인지 알아냈어. 거기서 뭘 발견한 줄 알겠나, 호레이쇼? 저 왕이라고 하는 악당! 엄청난 명령이었지. 온갖 그럴듯한 이유를 들이대면서, 덴마크의 국가 안위와 잉글랜드의 안전을 위하여 내가 살아 있으면 벌어질 각종 황당한 위협을 나열했어. 그리고 그 편지를 받는 즉시 시간을 지체하지 말고 실행하라는 거였지. 도끼날을 가느라고 시간을 허비하지 말고 내 모가지를 뎅강 치라는 것이었어.

호레이쇼 정말입니까?

햄릿 여긴 그 편지가 있네. 시간 나면 천천히 읽어 봐. 그래서 내가 어떻게 대응했는지 듣고 싶나?

호레이쇼 부탁드립니다.

햄릿 나는 그런 식으로 악당들의 그물에 빠져 들었어. 그리고 내가 무슨 궁리를 해보기도 전에 그들은 그 놀이를 시작했단 말이야. 나는 앉아서 새로운 편지를 깨끗한 글씨로 작성하기 시작했지.

우리 정치가들이 흔히 생각하듯이, 나는 과거엔 그런 필체가 하인들에게나 어울린다고 생각했어. 그래서 그런 편견을 극복하느라고 좀 힘들었지. 아무튼 그 왕실 시종의 서체가 내게 꽤 도움이 되었어. 내가 쓴 편지 내용을 알고 싶나?

호레이쇼 예, 전하.

햄릿 잉글랜드가 충실한 조공 국가이므로 왕으로서 간절히 호소한다는 말을 먼저 했지. 양국의 우의가 앞으로도 계속 번창하기를 바라고, 평화가 잉글랜드의 하얀 왕관을 더욱 빛나게 하고 그것이 두 나라 사이에 느긋한 쉼표가 되게 해달라고 썼지. 이런 각종 외교적 수사를 떠벌인 후에 이 편지를 받아 읽는 즉시, 더 이상의 시간 지체 없이 잉글랜드 왕은 이 편지의 전달자에게 고해성사를 할 시간도 주지 말고 처형하라고 요구했지.

호레이쇼 그럼, 그 편지에 공식 봉인은 어떻게 눌렀습니까?

햄릿 그 문제도 하늘이 도와주시더군. 나는 주머니에 선왕의 옥쇄 반지를 갖고 있었어. 덴마크 옥쇄와 똑같이 생긴 것이지. 그 새로운 편지를 옛것과 똑같이 접어서 서명을 하고 안전하게 날인을 했지. 그런 다음 새 편지를 원래 위치에 갖다 놓았는데 아무도 눈치채지 못했어. 그리고 그 다음 날 해상에서 전투가 벌어졌고 그 다음에 무슨 일이 벌어졌는지는 자네도 이미 알고 있어.

호레이쇼 그럼 길덴스턴과 로젠크란츠는 당하게 되었군요.

햄릿 이봐, 그 두 놈은 그 일을 자발적으로 받아들였어. 난 그들에 대해서 아무런 죄의식을 느끼지 않아. 그자들이 죽게 된 건 스스로 벌어들인 일이라고. 강력한 두 적수가 살벌한 칼끝을 겨누며 공격을 주고받는 일에 하급자가 끼어든다는 건 그처럼 위험한 일이야.

호레이쇼 참, 무슨 그런 왕이 다 있습니까!

햄릿 그러니 보게, 내가 그 왕에 대하여 어떻게 대응해야 한다고 생각하나? 선왕을 살해하고, 어머니를 창녀로 만들고, 왕위 등극과 내 희망 사이에 끼어들고, 이런 끔찍한 술수를 쓰면서 내 목숨을 끊어버리려 한 그자를? 이 무기로 그자를 해치워야 하는게 나의 의무가 아니겠나? 이런 괴물 같은 인간이 더 이상의 죄악을 저지르지 못하게 처단하는 것은 단죄 받을 일이 아니라고 생각하네.

호레이쇼 잉글랜드에서 어떤 일이 벌어졌는지 곧 그 나라에서 소식이 올게 틀림없습니다.

햄릿 곧 오겠지. 그동안이 나의 시간이야. 사람의 목숨이란 파리, 하고 말하는 시간에 지나지 않아. 선량한 호레이쇼, 나는 레어티즈에 대해서는 나 자신을 망각한 것에 대하여 미안하게 생각하네. 내 복수의 그림으로 그의 초상화를 보고 있으니까. 그의 용서를 빌겠네. 하지만 저 혼자 슬픈 척 날뛰고 있으니 내가 그만 성질이 폭발한 거였어.

호레이쇼 잠깐, 저기 누가 오는데요?

젊은 오스릭 등장

오스릭 전하가 덴마크로 돌아오신 것을 환영합니다.

햄릿 정말로 고맙네. 자네는 이 날파리를 아나?

호레이쇼 모릅니다, 전하.

186

햄릿　　자네는 다행일세. 저자를 안다는 건 불쾌한 일이니까. 저자는
　　　　좋고 비옥한 토지를 많이 가지고 있지. 짐승도 짐승의 왕이라면
　　　　제 여물통을 왕의 식탁에다 세울 수 있지. 한심한 작자이지만
　　　　땅을 아주 많이 가지고 있어.

오스릭　자상하신 전하, 시간이 한가하시다면 국왕 폐하의 말씀을 전하
　　　　고자 합니다.

햄릿　　아주 유쾌한 마음으로 받아들이지. 자네 모자를 제대로 쓰게.
　　　　모자는 머리에다 쓰는 거 아닌가?

오스릭　전하, 날씨가 매우 덥습니다.

햄릿　　무슨 말을. 매우 추워. 지금 북풍이 불지 않나.

오스릭　정말 꽤 춥군요, 전하.

햄릿　　아니, 덥고 축축한 느낌이 드는군. 내 얼굴에는 안 좋게도 말이야.

오스릭　정말 그렇습니다, 전하. 꽤 축축하군요. 어느 정도로 축축한지
　　　　는 저도 잘 모르겠습니다. 그러나 전하, 국왕 폐하께서는 이렇
　　　　게 전언을 하라고 제게 하명하셨습니다. 폐하께서는 전하에게
　　　　내기 돈을 많이 거셨습니다. 그래서 이 문제는—

햄릿　　이보게, 그 모자 좀.

[햄릿이 그에게 모자를 똑바로 쓰라고 가리킨다]

오스릭　아닙니다, 전하. 이게 편합니다. 요즘 레어티즈라는 사람이 궁
　　　　정에 출입하고 있습니다. 그는 철저한 신사입니다. 여러모로 뛰
　　　　어나고, 사교술도 능하고, 모든 훌륭한 자질을 보여주고 있습니
　　　　다. 그에 대해서 저의 솔직한 심정을 말해 본다면, 그는 신사 계

급의 표준입니다. 그에게서 완벽한 신사가 갖추어야 할 자질을 모두 발견할 수 있으니까요.

햄릿   자네가 그의 장점을 그렇게 열거한다고 해서 자네 때문에 손해될 건 없지. 하지만 그런 식으로 재고 정리하듯 열거한다면 기억의 산수에 현기증을 일으키지 않겠나? 빨리 달아나는 그의 돛배를 뒤쫓아 가기는커녕 지그재그 걸음이 되지 않겠나? 하지만 그 칭송의 진정성을 받아들여 그가 대단한 영혼의 소유자라는 건 인정하겠네. 그가 독특한 자질과 진귀한 소질을 갖고 있어서 그를 정확하게 형용하려면 그를 거울에 비추는 수밖에 없지 않겠나? 누가 그를 따를 수 있겠나, 그의 그림자를 제외하고? 그렇지 않나?

오스릭   전하께서는 그분에 대하여 아주 잘 말씀하셨습니다.

햄릿   그래 용건이 뭔가? 왜 우리가 아주 거친 우리의 숨결로 그 사람을 감싸고 있는 건가?

오스릭   뭐라고요?

호레이쇼   조금 다른 식으로 말해야만 그가 알아들을 수 있지 않을까요? 그렇게 하십시오, 전하.

햄릿   이 신사 얘기를 그렇게 하는 뜻은 무엇인가?

오스릭   레어티즈 말씀입니까?

호레이쇼   그의 지갑은 이미 비었습니다. 황금의 말은 다 소모되었습니다.

햄릿   그렇지.

오스릭   전하께서 모르지는 않으리라 생각합니다만.

햄릿   그런 치하의 말은 고맙네. 나는 자네가 그걸 알아주어 고마워. 하지만 실제로 그건 아무런 의미도 없는 말이야. 그래 계속 말해 보게.

오스릭　전하는 레어티즈가 얼마나 뛰어난 사람인지 모르지 않습니다.

햄릿　나는 그걸 인정할 수 없네. 자네는 그 사람의 탁월함을 나와 비교하려고 했으니까. 하지만 어떤 사람을 잘 안다는 것은 실은 자기 자신을 잘 아는 것과 비슷하다네.

오스릭　전하, 저는 그의 검술에 대해서 말하려 했습니다. 사람들의 소문에 의하면 그의 검술은 무적일 정도로 뛰어나다고 합니다.

햄릿　그가 쓰는 검은 무엇인데?

오스릭　가느다란 장검과 단검입니다.

햄릿　두 가지 칼을 쓴단 말이지. 그래서?

오스릭　왕은 그에게 여섯 필의 바버리(Barbary: 북아프리카의 옛 명칭) 말을 걸었습니다. 거기에 대하여 그는 여섯 자루의 프랑스 장검과 단검, 혁대, 가죽 끈, 기타 부속품을 걸었습니다. 그중에 거치대 세 개는 아주 화려한 것인데 칼잡이 부분까지 쑥 들어가는 놈으로서 디자인이 아주 정교한 것입니다.

햄릿　거치대라는 건 뭐지?

호레이쇼　이 거래를 끝내기 전에 주석을 이용하여 자세히 알아두는 게 좋을 듯합니다.

오스릭　거치대는 칼 걸이를 말하는 것입니다.

햄릿　거치대라고 하니 마치 대포를 끌고 다니는 도구 같은 느낌이 드는군. 그러면 거치대라는 말이 딱 어울릴 거야. 그러니 어디 보자, 여섯 필의 바버리 말에다 여섯 자루의 프랑스 장검과 단검, 혁대, 가죽 끈, 기타 부속품, 그리고 디자인이 아주 정교한 거치대라. 그러니 프랑스식 걸기 대 덴마크식 걸기로군. 그런데 왜 이런 물건들을 건다는 건가?

오스릭   폐하는 전하와 레어티즈 사이의 펜싱 12회전에서 그가 전하를 3회 이상 이기지 못할 것이라고 내기를 거셨습니다. 그러니까 12 대 9에다 거신 겁니다. 전하께서 응낙하시면 시합은 즉시 거행될 것입니다.

햄릿   내가 그 조건 싫다고 한다면?

오스릭   전하, 제가 묻는 것은 그 시합의 참여 여부입니다.

햄릿   이봐, 내기 여기 대전을 좀 걸어보겠네. 폐하께서 괜찮으시다면 그건 내가 연습하는 시간이지. 칼을 가져오라고 하게. 그 신사가 아직도 의욕이 있고 왕이 이 내기를 아직도 하고 싶어 한다면 그를 위해 이겨 보이도록 하겠네. 할 수 있다고 생각해. 만약 그렇지 못한다면 창피를 좀 당하고 칼침을 맞는 것 이외에 뭐가 더 있겠나?

오스릭   제가 전하의 그런 의사를 전할까요?

햄릿   그런 뜻으로 말하게. 자네의 그 화려한 수사법을 덧붙여서.

오스릭   저는 언제나 전하를 위해 봉사하려고 합니다.

햄릿   고맙네, 고마워.

[오스릭 퇴장]

그가 여기 와서 저런 봉사를 한 건 잘한 짓이지. 다른 사람은 그렇게 해줄 혓바닥이 없어.

호레이쇼 저 미친 새 같은 자가 부화가 될 된 껍질(삐딱한 모자)을 머리에 쓴 채 달아나는 꼴이라니!

190

햄릿	저놈은 젖꼭지를 빨기도 전에 칭찬부터 할 자야. 저자는 이 쓰레기 같은 시대에 추종하면서 성공을 거둔 많은 모리배들과 비슷해. 저놈은 듣기에 좋은 그럴듯한 말과 유행을 따르는 견해만 주워대면서 세상에서 성공을 추구해 온 거야. 저 물거품 같은 말에다 약간만 바람을 불어넣으면 그 거품은 금방 꺼져 버려.

[귀족 한 사람 등장

귀족	전하, 젊은 오스릭은 시합에 응하겠다는 전하의 뜻을 폐하에게 전달했습니다. 왕께서는 레어티즈와 지금 즉시 시합을 거행할 것인지 아니면 조금 더 있다가 할 것인지 알고 싶어 하십니다.
햄릿	내 뜻은 언제나 한결같아. 왕의 뜻을 따르는 것이지. 폐하께서 괜찮으시다면 나는 준비가 다 되어 있네. 내가 할 수 있는 한, 지금이든 어느 때든 다 좋네.
귀족	왕과 왕비 그리고 모든 시종들이 내려오고 있습니다.
햄릿	때맞추어 오시네.
귀족	왕비께서는 시합을 거행하기 전에 레어티즈에게 점잖은 인사말을 해주었으면 좋겠다는 뜻을 전하라고 하셨습니다.
햄릿	적절한 조언이네.]

[귀족 퇴장]

호레이쇼	당신은 내기에서 질 겁니다, 전하.
햄릿	그렇게 생각하지 않아. 그가 프랑스로 간 이후에 나는 계속 연

습을 해 왔어. 나는 3점 핸디캡이면 이길 수 있다고 생각해. 하지만 자네는 내 가슴이 얼마나 무거운지는 잘 모를 거야. 어떤 예감 같은 것으로. 하지만 그건 중요하지 않아.

호레이쇼 잠깐만, 전하.

햄릿 이건 바보 같은 예감이야. 여자들이 늘 느끼는 그런 불안감 같은 거 말이야.

호레이쇼 만약 마음에 들지 않는다면 그 마음을 따르십시오. 나는 저들이 여기에 오지 못하게 하겠습니다. 전하께서 몸이 좋지 않다고 하면서.

햄릿 그렇게 하지 마. 난 이런 예감에 도전할 거야. 참새 한 마리 땅으로 떨어지는 데도 특별한 섭리가 작용한다지 않아. 지금 벌어질 일이라면 나중에는 벌어지지 않아. 앞으로 올 일이 아니라면 지금 벌어져야 하는 거야. 지금이 아니라면 나중에 벌어질 일이었겠지. 중요한 건 준비하고 있는 거야. 아무도 자신이 뒤에 남기는 걸 알지 못하니, 조금 일찍 떠난다고 해서 아쉬울 것도 없어. 지금으로 해.

테이블이 준비되고 와인 병이 그 위에 놓인다. 트럼펫과 드럼 소리. 쿠션을 든 관리들 등장. 클로디어스, 거트루드, 레어티즈, 귀족들, 장검·단검·장갑 등을 든 시종들 등장

클로디어스 이리 와라, 햄릿. 여기 와서 이 손을 잡아라.

[햄릿, 레어티즈의 손을 잡는다]

햄릿   나를 용서해 주시오. 내가 지난번에 잘못했소. 당신은 신사이므
       로 나를 용서해 주리라 봅니다. 여기 있는 모든 사람들도 그렇
       지만 당신도 내 얘기를 들었을 겁니다. 내가 얼마나 정신이 산
       란한 상태였는지. 내가 한 행동은 당신의 성품, 명예, 슬픔에 크
       게 거슬리는 행위였소. 나는 여기서 그게 광기 때문이었음을 고
       백하오. 햄릿이 레어티즈에게 잘못한 것인가? 그건 햄릿이 아
       니었소. 만약 햄릿이 그 자신으로부터 유리되었다면 그건 햄릿
       이 아닌 사람이 레어티즈에게 잘못을 한 것이기 때문에 햄릿
       이 한 게 아닌 게 되고 햄릿은 그것을 부정하오. 그럼 누가 그것
       을 했을까? 그의 광기요. 사정이 이렇다면 햄릿은 오히려 피해
       를 입은 축이 되고, 그의 광기가 불쌍한 햄릿의 적이 되는 거요.
       여기 있는 사람들을 증인으로 삼아, 당신의 관대한 배려 속에서
       내가 당신에게 저지른 잘못에 대하여 내가 무고하다고 선언하
       게 해주오. 내가 집 너머로 화살을 날렸는데 그게 우연히 내 형
       제를 다치게 했다는 식으로 말이오.

레어티즈 나는 내 성품을 따를 뿐이오.
       이 경우 나의 동기는 반드시 복수를 해야 한다는 것이었소. 따
       라서 내 명예를 회복해야 한다는 문제 때문에 나는 그렇게 빨리
       당신을 배려해 줄 수가 없소. 명예에 관하여 전문가인 사람들로
       부터 내 이름이 다시 깨끗해졌다고 판정 받을 수 있어야만 비로
       소 당신과 화해를 할 수 있을 것이오. 하지만 그때가 오기 전까
       지 당신의 지금 사과를 있는 그대로 받아들이고 그것을 나무라
       지 않겠소.

햄릿   그 말을 흔쾌히 받아들이겠소.

그리고 이 친선 펜싱 시합을 아주 열심히 겨루어 보겠소. 자, 칼을 가져 오너라.

레어티즈 자, 내게도 하나 다오.

햄릿 나는 당신의 재주를 돋보이게 하는 자가 될 거요. 나는 검술을 잘 모르고, 당신의 재주는 밤중의 별과 같아 아주 찬란하게 빛날 거요.

레어티즈 저를 조롱하는군요.

햄릿 조롱이라니, 무슨 말씀을.

클로디어스 젊은 오스릭, 두 사람에게 칼을 건네라. 사촌 햄릿, 내기 요령을 알고 있지?

햄릿 잘 알고 있습니다, 폐하.

폐하께서는 약한 상대에게 핸디캡을 놓아주셨습니다.

클로디어스 난 걱정하지 않아. 두 사람이 펜싱 하는 걸 보았어. 그가 더 검술이 낫기 때문에 핸디캡을 준 거야.

레어티즈 이 칼은 너무 무거운데. 다른 걸 보여줘.

햄릿 이건 내 손에 맞는군. 장검은 다 같은 길이인가?

오스릭 네, 그렇습니다, 전하.

겨룰 준비를 한다

클로디어스 테이블 위에다 와인 잔들을 좀 가져다 놓아라. 만약 햄릿이 첫 번째나 두 번째 가격을 하고, 혹은 레어티즈에게 반격하여 세 번째 찌르기에 성공한다면 흉벽의 병사들은 그에게 예포를 쏘도록 하라. 나도 햄릿의 건강을 위해 축배를 들고 그의 잔에다 진주를 집어넣겠다. 지난 네 명의 덴마크 선왕들의 왕관을 장식한 것보다 더 귀중한 진주를. 내게 잔들을 다오. 트럼펫에 맞추어 북을 울리고 트럼펫의 성 밖의 예포에 맞추고, 예포는 하늘을 향해, 하늘은 땅을 향해 소리를 울려라. 자 이제 왕은 햄릿을 위해 잔을 든다. 자, 시작하라. 너희 심판들은 엄격하게 경기를 살피도록 하라.

트럼펫 소리가 울린다

햄릿　자, 오시오.
레어티즈　오시오, 전하.

그들은 겨룬다

햄릿　내가 일격.
레어티즈　아닙니다.
햄릿　심판.
오스릭　일격입니다. 아주 분명한.
레어티즈　좋아. 그럼 다시.
클로디어스　잠깐. 내게 술잔을 건네 다오. 햄릿, 이 진주는 네 것이다. 여기 너의 건강을 위하여.

드럼과 트럼펫 소리가 울리고 예포가 발사된다

그에게 잔을 줘라.

햄릿   이번 회전을 먼저 마치겠습니다. 그 잔을 잠시 놔두십시오. 자 오라.

[그들은 겨룬다]

또 한 번 가격. 어떻게 보나?

레어티즈   깨끗한 가격. 인정합니다.

클로디어스   내 아들이 이길 것 같은데.

거트루드   그는 땀을 흘리고 숨이 차는 것 같아요. 여봐라, 햄릿. 내 손수건을 가져가서 네 이마를 닦아라. 왕비는 너의 행운에 건배한다, 햄릿.

햄릿   감사합니다.

클로디어스   거트루드, 마시지 말아요!

거트루드   폐하 마시겠습니다. 저를 양해해 주시기 바랍니다.

[마신다]

클로디어스   (방백) 저건 독이 든 잔인데. 너무 늦었어.

햄릿   저는 지금은 마시지 않겠습니다. 천천히 마시죠.

거트루드   이리 와. 네 얼굴을 닦아주마.

레어티즈   폐하, 이제 그에게 일격을 날리겠습니다.

클로디어스   나는 그렇게 생각하지 않는데.

레어티즈   그러나 이건 양심에 좀 찔리는 일입니다.

햄릿   자, 레어티즈, 세 번째 가격에 나서라. 당신은 설렁설렁하는 것 같아. 온 힘을 다해서 공격에 나서기를 바라네. 나를 일부러 봐 주는 것 같아.

레어티즈   그렇게 생각하십니까? 자, 그럼.

다시 겨룬다

오스릭   팽팽한 무승부.

레어티즈   자, 내 칼을 받아라!   [레어티즈, 햄릿을 찌른다]

두 사람이 다시 팽팽하게 겨루다가 쓰러져서 서로 상대방의 칼을 바꾸어 잡는다

클로디어스   그들을 떼어 놓아라. 서로 과열하여 흥분하고 있다.

햄릿   자, 다시 오너라.   [햄릿이 레어티즈를 찌른다]

[거트루드가 쓰러진다]

오스릭   아니, 저기 왕비님을 좀 보십시오!

호레이쇼 두 검사가 서로 피를 흘리고 있네. 이게 어떻게 된 일입니까, 전하?

오스릭   이게 어떻게 된 일이오, 레어티즈?

레어티즈   젠장, 멍청한 도요새처럼 내 덫에 내가 걸렸어, 오스릭. 사악한 술수를 썼으니 이렇게 죽는 게 마땅해.

햄릿   왕비님은 어떠십니까?

클로디어스   왕비는 두 사람이 피 흘리는 걸 보고서 기절했어.

거트루드 아니야, 저 술잔, 저 술잔. 오, 내 사랑 햄릿. 저 술잔, 술잔. 난 독
         살 당했어.   [죽는다]
햄릿   감히 이런 악당 짓을? 여봐라, 저 문을 잠거라. 배신이다! 색출
         하라!

                    [레어티즈 쓰러진다]

레어티즈 햄릿, 내 말을 들어보게. 당신은 곧 죽을 거야. 온 세상의 치료약
         도 당신을 고치지 못해. 이제 당신의 목숨은 반시간도 안 남았
         어. 저 사악한 도구가 이제 당신 손에 있어. 맹독을 품은 채로.
         사악한 술수가 내게 역작용을 일으켰어. 당신의 어머니는 독살
         당했어. 나는 더 이상 말할 수가 없어. 왕, 왕이 배후야.
햄릿   칼끝에 독이 묻어 있다고? 그럼 네놈의 소행에 독을 받아라!

                    햄릿이 왕을 찌른다

일동   대역이다! 대역이다!
클로디어스 친구들 나를 좀 보호해 주게. 나는 다쳤을 뿐이야.
햄릿   자, 너 근친상간을 하고 살인을 한 빌어먹을 덴마크 왕아. 이 독
         든 잔을 받아 마셔라. 여기 네놈의 진주가 들어 있다고? 내 어머
         니를 따라 가라.   왕은 죽는다
레어티즈 그는 정당한 응징을 받은 거야.
         그건 그 자신이 조제한 독이야. 고상한 햄릿, 사과를 서로 교환
         합시다. 나와 내 아버지의 죽음은 당신 탓이 아니고 당신의 죽

음도 내 탓이 아니오.　　　　　　　　　　　　　　　　　　　*죽는다*

햄릿　하늘이 당신을 무고하게 만들어주기를! 나도 당신을 따라가오. 호레이쇼, 나는 죽네. 비참한 왕비여, 안녕. 이 행위를 말없이 지켜보는 당신은 이런 변고에 얼굴이 창백해지면서 몸을 떨고 있군. 내게 시간이 좀 있었다면. 하지만 이 엄혹한 집행관 죽음은 아주 철저하게 체포해 가지. 오, 시간이 있어서 자네에게 말해 줄 수 있다면. 하지만 어쩔 수 없지. 호레이쇼, 나는 죽네. 자네는 살아야지. 나와 나의 대의를 잘 알지 못하는 사람들에게 널리 알려 주게.

호레이쇼　그렇게 못하겠습니다.

나는 덴마크 사람이라기보다 고대 로마 인에 더 가깝습니다. 여기 독 잔에는 아직 독이 좀 남아 있습니다.

햄릿　자네가 사내대장부라면 그 잔을 내게 주게. 자 손을 놓게. 내가 그 잔을 반드시 거두어야겠네. 오, 하느님, 호레이쇼, 일의 진상이 이처럼 알려져 있지 않으니 나는 아주 더러운 이름을 뒤에 남기겠지! 자네가 나를 진정으로 사랑한다면 그 축복을 잠시 뒤로 미루고 이 고통스러운 세상에 남아 괴로운 숨을 쉬면서 내 이야기를 널리 전해 주게나.

　　　　　멀리서 행군 소리, 성 밖에서 대포 소리

이런 군사적 소란은 대체 뭐지?

오스릭　폴란드와의 전투에서 승리한 젊은 포틴브라스가 잉글랜드의 사절들에게 이런 군대의 예포를 쏘아올리고 있습니다.

햄릿   오, 나는 죽네, 호레이쇼.

맹독이 내 정신을 휘어잡고 있어. 살아서 잉글랜드 소식을 들을 수는 없겠네. 하지만 포틴브라스가 덴마크 왕위를 얻을 것으로 내다보네. 나는 이렇게 죽어가면서 그를 지지하네. 그에게 말해 주게. 최근에 벌어진 모든 일을 감안할 때 나는 그를―남은 것은 침묵일세.   죽는다

호레이쇼 이제 고상한 심장이 멎으려 하는구나. 안녕히 가십시오, 자상한 왕자님. 천사들이 날아오며 왕자님을 영원의 안식으로 인도해 가는구려. 왜 북 소리가 가까이 다가오지?

포틴브라스와 잉글랜드의 사절들, 북, 군기, 시종들 등장

포틴브라스 이건 대체 어떻게 된 광경인가?

호레이쇼 당신이 보고 싶은 건 무엇입니까?

슬픔과 경탄의 광경을 보고자 한다면 더 이상 찾을 필요가 없습니다.

포틴브라스 이 즐비한 시체들은 참상을 말해 주는구나. 오, 거만한 죽음이여, 그대의 영원한 감옥에서 무슨 축제가 준비되고 있기에 이처럼 많은 왕자들을 한꺼번에 내리쳤단 말인가?

잉글랜드 대사 정말 참혹한 광경이군요.

잉글랜드에서 오는 소식은 너무 늦게 왔습니다. 우리를 접견할 분의 귀는 더 이상 감각이 없군요. 우리는 그의 명령을 실행했다고 알리러 왔는데. 로젠크란츠와 길덴스턴은 죽었습니다. 우리는 어디에서 감사의 말을 받아야 합니까?

호레이쇼　당신들에게 감사 표시를 해야 할 사람이 설혹 살아 있다하더라도 그의 입으로부터 감사의 말은 나오지 않았을 겁니다. 그는 그들의 죽음을 명령한 적이 없습니다. 그러나 당신들은 이런 참혹한 현장을 갑자기 목도하게 되었습니다. 당신은 폴란드의 전장에서 돌아오는 길이고, 대사들은 잉글랜드에서 왔으니까요. 당신의 병사들에게 이 시신들을 높은 관대에다 안치하여 사람들에게 널리 보이라고 명령하십시오. 그리고 아무것도 모르는 세상을 향하여 이런 일이 왜 벌어졌는지 제가 말할 수 있게 해 주십시오. 그러면 세상은 육욕이 판치고 유혈 낭자하고 괴이한 행위들에 대하여 들을 것이고, 더 나아가 끔찍한 사고들, 마구 자행된 살육, 교활하고 강제적인 힘에 의해 자행된 죽음, 결과적으로 계획이 역풍을 일으켜 그 음모꾼들을 죽이게 된 사연을 듣게 될 것입니다. 이 모든 것을 나는 충실히 전하겠습니다.

포틴브라스　서둘러 그 얘기를 들어보도록 합시다.

　　　　　가장 고상한 사람들을 청중으로 부르시오. 나로서는 슬픔과 함께 나의 행운을 포옹하고 싶소. 나는 이 왕국의 영유권을 주장할 근거를 가지고 있소. 그리고 마침 이런 순간에 도착했으므로 이 기회를 이용하여 그 권리를 행사하고 싶소.

호레이쇼　거기에 대해서도 내가 좀 더 말씀을 드릴 게 있습니다. 방금 전에 숨을 거둔 분이 한 말씀도 있고. 자, 이 일을 곧 시행하도록 합시다. 사람들이 엄청난 슬픔에 사로잡혀 있기는 하지만 더 이상의 음모와 불행이 벌어지는 것을 막기 위하여.

포틴브라스　네 명의 대위가 햄릿을 전사한 용사처럼 관대 위에 모시도록 하라. 만약 그가 즉위했더라면 위엄 넘치는 왕이 되었을 것이므

로. 그의 장례 행진을 위해서는 군악을 울리고 전쟁 의례를 성
대하게 거행하도록 하라. 저 시체들을 치워라. 이런 광경은 야
전에나 어울리는 것. 이곳에서는 대 혼란을 말해 줄 뿐이다. 가
서 병사들에게 조포를 쏘도록 지시하라.

그들은 행군하며 퇴장하고, 잠시 후 성 밖에서 조포가 울린다

오셀로
OTHELLO

등장인물

오셀로 베니스 공작에게 봉사하는 흑인 장군
데스데모나 오셀로의 아내, 브라반쇼의 딸
이아고 오셀로의 기수 장교
에밀리아 이아고의 아내이자 데스데모나의 하녀
카시오 오셀로의 부관
비앙카 카시오를 사랑하는 여자

베니스 공작
브라반쇼 베니스 원로원의 의원 겸 데스데모나의 아버지
로드리고 데스데모나를 사랑하는 베니스 신사
그라시아노 브라반쇼의 동생
로도비코 브라반쇼의 친척

몬타노 키프로스의 총독

베니스의 원로원 의원들
키프로스의 신사들

광대 오셀로의 하인

사자使者
전령
악사들, 병사들, 시종들, 하인들
선원

극의 주요 장면은 베니스와 키프로스 두 곳에서 벌어진다.

제1막 제1장

밤중의 베니스 거리

로드리고와 이아고 등장

로드리고　쳇, 내게 말하지 마! 난 그걸 아주 기분 나쁘게 받아들이고 있
　　　　어. 이아고, 당신은 내 지갑의 줄이 마치 당신 것인 양 마음껏 돈
　　　　을 써왔는데 일이 이렇게 되리라는 것을 알고 있었을 거야.

이아고　　무슨 소리! 하지만 자네는 내 말을 들으려 하지 않는군! 내가 이
　　　　일에 대하여 정말 꿈을 꾸기라도 했다면 나를 마음껏 미워해도
　　　　좋네.

로드리고　자네는 그를 증오한다고 내게 말했잖아.

이아고　　물론이지. 만약 증오하지 않는다면 나를 경멸해도 좋아. 도시의
　　　　유력인사 세 명이 나를 그의 부장으로 만들기 위해 그에게 모자

를 벗으며 인사를 했어. 사실 나는 내 가치를 잘 알고 있어. 나는 그 자리에 승진할 자격이 충분해. 하지만 자신이 자존심과 속셈이 있는 그는 전쟁 운운하며 상황을 과장하는 얘기로 유력인사들을 피하더니 결국에는 나의 추천인들을 모두 딱지 놓았어. 그자는 말했어. "정말이지, 이미 나의 부장을 임명했습니다." 그런데 새로 임명된 그자는 누구인가? 아주 계산이 약삭빠른 피렌체 놈 마이클 카시오이지. 예쁜 마누라 찾아다니다가 신세 조질 놈이지.

그자는 야전에 분대를 배치해 본 적도 없고 전투의 각개 약진도 알지 못하는 게 꼭 아녀자 같다니까. 물론 먹물 냄새 나는 언변은 유창하지. 토가(toga)를 입은 정무관들만큼이나 연설을 잘한다고. 하지만 그의 군인 자질이라는 게 말만 많고 실천은 없어. 아 글쎄, 이런 자가 임명이 되었다니까. 그는 로도스, 키프로스, 그 밖의 기독교 땅이든 이교도 땅인 그의 눈으로 직접 내 능력의 증거를 보았어. 그런데도 나를 바람이 전혀 안 불어오는 뒷전에다 처박았다니까. 계산에만 민첩한 이 회계사, 가짜 군인에게 밀려서 말이야. 이런 자가 곧 그의 부장이 되게 생겼어. 그리고 나는, 하느님 맙소사! 저 무어 놈의 기수(최말단 장교)로 그대로 남아 있게 되었어. 정말 할 수만 있다면 저놈을 목매달아 죽이고 싶어.

이렇게 억울한데 아무런 대책이 없어. 이게 군대 생활의 저주야. 승진이 추천서와 정실에 의해서 결정된다고. 이등 장교가 일등 장교로 올라가는 예전의 연공서열은 사라져버렸어. 그러니 자네가 한번 판단해 보라고. 어느 모로 보나 내가 저 무어 놈에게 충성심을 느끼겠는지?

로드리고　나라면 충성심을 바치지 않겠소.

이아고　오, 그건 안심하시오. 내 목적에 이용하기 위해 그에게 봉사할
뿐이오. 우리는 모두 주인이 될 수는 없고 또 모든 주인들에게
반드시 복종해야 되는 것도 아니오. 겉으로는 충성스럽고 굽신
굽신거리는 악당을 많이 보게 될 거요. 그자들은 그저 시간만
축내면서 주인의 당나귀처럼 먹을 것만 기다리다가 늙으면 해
고가 되는 거요. 나는 이런 자들을 경멸하오.
반대로 품행이나 용모가 단정하면서 그들 자신의 일에 집중하
는 사람들이 있소. 그들은 주인에게 봉사하는 외양을 내보이지
만 실은 주인보다는 그들 자신의 일만 존중해요. 그러면서 그
들 자신의 호주머니만 두둑이 챙기는 거지요. 자기 생각만 하는
것이지요. 이런 친구들은 그래도 영혼이 좀 있어요. 나 자신 이
런 사람이라고 생각합니다. 이건 당신이 로드리고인 것처럼 확
실한 사실입니다. 만약 내가 무어 놈이라면 나는 이아고가 아
닐 겁니다. 나는 그를 따른 척하고 있지만 실은 나 자신만을 생
각하고 있습니다. 하늘이 나의 재판관입니다. 나는 사랑과 의무
때문이 아니라 나의 특별한 목적을 위해 그렇게 보이고 있을 뿐
입니다. 겉으로 드러난 내 행동이 내 마음과 같은 행동과 모습
을 보여주는 것 같지만, 그건 외양뿐입니다. 오래지 않아 내 마
음을 내 옷깃에다 내다 걸어 새들이 쪼아 먹게 할 겁니다. 나는
내가 아닙니다.

로드리고　저 입술 두꺼운 자는 참으로 운이 좋습니다. 지금껏 그 정도로
출세한 것을 보면.

이아고	그녀의 아버지를 찾아가서 그 사람을 자극합시다.
	그놈을 추격하여 그놈의 즐거움에 독을 타고, 그놈을 거리에서
	나쁜 놈이라고 선언합시다. 그녀의 친척들의 부아를 돋웁시다.
	비록 그놈이 좋은 환경 속에서 살고 있지만 그자에게 날파리를
	풀어 괴롭힙시다. 그자의 즐거움은 여전히 즐거움이겠지만 그에
	게 짜증나는 일을 만들어서 그 즐거움이 좀 쉬어빠지게 합시다.
로드리고	여기가 그 여자의 집입니다. 내가 큰 소리로 부르죠.
이아고	어서 불러요. 겁먹은 목소리로 절절하게 비명을 지르라고. 사람
	들이 밤중에 부주의한 바람에 인구 조밀한 도시에서 화재가 발
	견된 것처럼.
로드리고	브라반쇼! 브라반쇼 의원님, 여기 계세요! 브라반쇼, 어서 일어
	나세요! 도둑이야, 도둑! 당신 집 안을 살펴보세요. 당신 딸이
	있나 보세요. 그리고 당신의 돈 보따리도! 도둑이야, 도둑!

브라반쇼가 위에 [등장]

브라반쇼	뭣 때문에 이런 소란을 떠는 거야? 대체 뭐가 문제야?
로드리고	의원님, 가족이 모두 집 안에 있습니까?
이아고	집 안 문들을 잘 잠그셨습니까?
브라반쇼	이것 봐, 그건 왜 갑자기 물어보는 거야?
이아고	젠장, 의원님. 어서 옷이나 갈아입으시지요. 당신의 가슴이 터
	지게 생겼습니다. 당신의 영혼 절반을 잃어버렸다고요. 심지어
	지금 이 순간에도 늙은 검은 숫양이 당신의 하얀 암양을 올라타
	고 있습니다. 일어나요, 일어나! 경종을 울려 코를 골며 자는 사

람들을 깨우세요. 안 그러면 악마가 당신의 손자를 만들어낼 겁니다. 어서 일어나라니까요!

브라반쇼 뭐라고, 자네들 정신 나간 거 아니야?

로드리고 존경하는 의원님, 혹시 제 목소리를 알아보십니까?

브라반쇼 모르겠는데. 자네는 누구야?

로드리고 제 이름은 로드리고입니다.

브라반쇼 그렇다면 더욱 환영할 수 없는데.

내가 자네에게 우리 집 근처에서 얼씬거리지 말라고 이미 말했잖은가. 자네한테 노골적으로 내 딸을 줄 수 없다고 분명히 말했잖아. 그런데 이제 저녁 식사하면서 술을 많이 처먹고 갑자기 정신이 돌아버려, 그 무슨 사악한 용기가 발동되어 이 밤중에 내 집을 이렇게 쳐들어와 소란을 떨고 있는 건가?

로드리고 의원님, 의원님, 의원님―

브라반쇼 자네 이거 하나는 똑똑히 알아두라고.

여기 내 집과 지위는 이런 짓을 한 자네를 톡톡히 혼내줄 수 있다는 걸.

로드리고 고정하십시오, 의원님.

브라반쇼 뜬금없이 무슨 도둑 얘기야? 여긴 베니스야. 내 집은 전원주택이 아니라고.

로드리고 진지하신 의원님,

우리는 정말 순수한 마음으로 당신을 찾아왔습니다.

이아고 젠장, 당신은 악마가 시키면 하느님에게도 봉사하지 않을 사람입니다. 우리는 당신을 도와주러 왔는데 우리를 깡패 취급하다니 어이가 없습니다. 당신 딸이 아프리카산(産) 검은 말과 놀아

나서 당신 손자가 말처럼 당신에게 힝힝거리게 생겼습니다. 경주마가 당신의 손자가 되고 몸집 작은 말이 당신 후손이 되게 생겼다고요.

브라반쇼　도대체 너는 어디서 굴러먹던 한심한 놈이냐?

이아고　의원님, 저는 당신 딸 얘기를 알려 드리러 왔습니다. 당신 딸과 흑인 무어 놈이 붙어서 등이 둘인 반인반마(半人半馬)를 만들고 있다고요.

브라반쇼　너는 악당이야.

이아고　당신은 의원이죠.

브라반쇼　너희는 이런 짓을 한 걸 책임져야 할 거야. 로드리고 난 너를 알고 있어.

로드리고　의원님. 뭐든지 다 책임지겠습니다. 하지만 이것 하나는 간절히 호소합니다. 이것을 의원님께서 알고 있는지 혹은 승인하려는지 모르겠습니다만 부분적으로는 그러시리라고 믿습니다. 아무튼 밤과 새벽이 다투는 이 야심한 시간에 당신의 딸은 집을 나갔습니다. 그것도 누구나 고용할 수 있는 대단치도 않은 곤돌리에(gondolier: 베니스의 곤돌라 사공)의 도움을 받고서 저 탐욕스러운 짐승 같은 무어 놈의 품안으로 달려간 겁니다. 만약 이 일을 의원님이 알고 있고 또 승낙하신 거라면, 이렇게 의원님을 깨운 것은 우리의 뻔뻔하고 무례한 잘못입니다. 만약 모르고 계시다면 내 생각에 의원님께서 우리에게 화를 내는 건 잘못입니다. 공손하지 못하게도 의원님에게 사소한 장난을 치려고 이렇게 찾아왔다고 생각하지 마십시오. 의원님께서 허락하지 않으신 거라면 당신의 딸은 엄청난 반역을 일으킨 겁니다. 그녀의 의무, 아름다움, 재치, 행운을 이곳저곳 떠돌아다니는 괴이한 놈에게 맡겨버린 겁니다. 곧장 가서 직접 확인해 보십시오. 만약 그녀가 자기 방이나 집 안 어디에 있다면 이처럼 당신을 기망한 저에게 엄벌을 내리십시오.

브라반쇼 야, 횃불을 켜 봐.

내게 촛불을 가져와라. 집안사람들을 깨워. 이 일은 꿈속에서 벌어진 게 아니야. 벌써 사실일 것 같은 생각이 들어 마음이 괴로워진다. 횃불, 횃불을 키란 말이야!   퇴장

이아고 자, 여기서 자네와는 작별해야겠네. 여기 계속 있다가 무어 인 앞에 나서는 것은 내 입장에서 적절하지도 않고 유리할 것도 없어. 정부는 그를 비난하기는 하겠지만 그를 완전히 내치지는 못할 거야. 그가 지금 막 시작된 키프로스 전쟁에 나가야 할 이유가 많기 때문이지. 정부가 보기에 이 전쟁을 저 무어 놈만큼 이끌 수 있는 능력을 가진 자가 없는 거야. 그 때문에 나는 지옥을 미워하는 것처럼 저자를 증오하지만 당분간 필요에 의해서 깃발을 내걸고 사랑의 표시를 보여야겠어. 하지만 그것은 겉 표시일 뿐이야. 로드리고, 자네는 확실히 그자를 발견할 수 있을 걸세. 수색대를 새지터리(Sagittary) 여관으로 안내하도록 해. 나는 거기서 자네와 합류하겠네. 그럼, 이만.   퇴장

아래층에 브라반쇼와 횃불을 든 하인들 등장

브라반쇼 아, 정말 괴이한 일이다. 딸애는 사라졌어. 이제 남들에게 경멸받는 내 생애는 씁쓸함밖에 없겠구나. 자, 로드리고, 자네는 어

디서 그 애를 보았나? 아, 불쌍한 년. 무어 인과 함께 있다고 했나? 이제 누가 애비 노릇을 하려고 할까? 그게 우리 애라는 걸 어떻게 알아보았나? 그 애가 나를 속이다니, 정말 생각조차 할 수 없는 일이야. 그 애가 자네에게 뭐라고 했나? 촛불을 더 준비해. 집안사람들을 다 깨워. 그들이 결혼했다고 했나?

로드리고 예, 그렇다고 생각합니다.

브라반쇼 하느님 맙소사! 그 애는 어떻게 빠져나갔지? 내 핏줄이 배신을 하다니! 아버지들이여, 앞으로는 당신 딸의 고분고분한 행동을 보고서 딸의 마음을 안다고 하지 마오. 혹시 딸애에게 마법이 걸려서 처녀의 본성이 홀린 것은 아닐까? 로드리고, 이런 징후는 보지 못했나?

로드리고 예, 의원님. 저는 그런 징후를 보았습니다.

브라반쇼 내 동생을 불러라. 아, 자네가 그 앨 데려갔더라면 하는 생각이 드네. 자, 일부는 이쪽으로 수색을 나서고 일부는 저쪽으로 가라. 그 애와 무어 놈을 어디로 가야 잡을 수 있는지 알고 있나?

로드리고 그를 발견할 수 있으리라 생각합니다. 무장한 사람들을 한 무리를 준비시켜서 나를 따르라고 하십시오.

브라반쇼 자, 어서 앞장서게. 모든 집을 뒤져볼 생각이야. 내가 지위가 있어서 그렇게 할 수 있을 거야. 자, 무기를 준비하고 앞으로! 그리고 야경하는 장교들을 불러오도록 해. 자, 가세, 고마운 로드리고. 자네의 노고를 보상해 주겠네.

모두 퇴장

212

제1막 제2장
베니스의 새지터리 여관의 밖

오셀로, 이아고, 횃불을 든 시종들 등장

이아고   전쟁터에서는 사람들을 죽여 보았습니다만, 양심상 계획된 살
인은 하지 않아야 한다는 게 제 생각입니다. 그래서 때때로 내
게 도움을 줄 만한 잔인성이 저는 부족합니다. 저 로드리고라는
놈의 갈비뼈를 박살내고 싶은 것이 한 두 번이 아니었습니다.

오셀로   그냥 현재대로 놔두는 게 좋아.

이아고   아닙니다. 그자는 장군님을 깎아내리는 모욕적이고 도발적인
언사를 마구 하면서 돌아다니고 있습니다. 제가 별로 참을성이
많지 않다 보니 가까스로 그자를 공격하고 싶은 마음을 억눌렀
습니다. 그런데 장군님, 결혼은 완전하게 매듭지어졌습니까?
미리 알려 드리는 건데 저 의원님은 널리 사랑을 받고 있고 또
공작처럼 다른 의원에 비해 두 배나 강력한 발언권을 가지고 있
습니다. 그분은 장군님을 이혼시키려 하거나, 법이 허용하는 범
위 내에서 온갖 영향력을 행사하여 장군님에게 제약을 가하거
나 고소를 하려 들 겁니다.

오셀로   그런 식으로 불만을 표시하려면 하라고 해. 내가 이 공국을 위
해 바친 노력은 그의 고소를 제압하고도 남음이 있어. 나의 배
경은 아직 아무도 몰라. 하지만 자랑하는 것이 명예롭게 여겨진

다면 그걸 피하지는 않겠어. 나는 왕실 가문에서 태어난 몸이야. 나의 많은 공로는 내가 막 결혼한 여자의 가문 못지않은 사회적 지위를 나에게 안겨주었어. 이걸 알아두게, 이아고. 만약 내가 상냥한 데스데모나를 사랑하지 않았더라면, 나의 자유로운 생활을 구속하여 가정의 울타리 안에 가두는 조건에 동의하지 않았을 걸세. 바닷속의 모든 보물을 준다고 해도 말이야. 아, 저기 횃불이 다가오는데.

이아고   저들은 수색에 나선 아버지와 그 친구들입니다. 장군님은 안으로 들어가는 게 좋겠습니다.

오셀로   아니, 들어가지 않을 거야.

저들에게 발견되는 게 더 나아. 나의 자질, 나의 지위, 나의 완벽한 영혼은 나라는 사람을 잘 보여줄 거야. 그 사람들인가?

이아고   비슷한 줄 알았더니 아니네.

카시오, 장교들, 횃불들 등장

오셀로   공작의 하인들과 내 부관이로구만. 친구들, 안녕하신가? 이 밤에 무슨 소식인가?

카시오   장군님, 공작 전하께서 인사를 보내셨습니다.

그리고 황급히 공작 집무실로 들어오라는 전갈입니다. 지금 이 순간.

오셀로   무슨 일로 그러시는가?

카시오   제 짐작으로는 키프로스 소식입니다. 제 짐작에 뭔가 화급한 일이 발생한 것 같습니다. 갤리선 선단에서 열 명 이상의 전령들

을 연달아 보내왔습니다. 오늘밤에만도 계속 전령들이 들이닥
쳤습니다. 그래서 여러 명의 의원들이 자다가 기상하여 지금 공
작 집무실에 모여 있습니다. 장군님에게 어서 들어오라는 지시
가 떨어졌습니다. 장군님 거처에 안 계시기에 원로원은 장군님
소재를 파악하기 위하여 세 갈래 별도의 탐문 조를 편성하여 시
내로 내보냈습니다.

오셀로   마침 자네가 나를 발견하여 잘되었군.

여기 여관에다 한두 마디 사정의 말을 해두고 자네와 함께 가
겠네.   [그는 퇴장한다]

카시오   기수 장교, 장군은 여기 웬일로 와 계시는 거죠?

이아고   그는 오늘밤 보물선(寶物船)에 승선했습니다. 만약 그것을 합법
적으로 챙길 수 있다면, 그는 영원히 부자가 되는 겁니다.

카시오   무슨 말인지 모르겠는데.

이아고   장군은 결혼했습니다.

카시오   누구랑?

[오셀로 다시 등장]

이아고   그러니까— 자, 장군님, 이제 가실 겁니까?

오셀로   그래. 이제 자네들과 함께 가겠네.

카시오   여기 장군님을 찾아서 또 다른 수색대가 오고 있습니다.

브라반쇼, 로드리고, 야경 장교들, 그리고 횃불과 무기 등장

이아고	브라반쇼로군. 장군님, 조심하십시오.
	그는 뭔가 고약한 짓을 하러 왔습니다.
오셀로	어이, 거기 서라.
로드리고	의원님, 무어 인입니다.
브라반쇼	저자를 쳐라, 도둑놈!
이아고	너, 로드리고. 네놈은 내가 상대해 주마.
오셀로	자네들의 반짝거리는 칼을 거두라. 이슬은 칼을 녹슬게 하니까.
	의원님, 당신은 무기보다는 연륜으로 더 잘 통제하실 겁니다.
브라반쇼	오, 이 흉악한 도둑놈. 내 딸애를 어디나 숨겨 놨나? 저주받은 몸인 주제에 감히 내 딸에게 마술을 부리다니! 나는 이 세상의 지각 있는 모든 것들을 걸고서 말하겠다. 딸애가 마법의 사슬에 묶인 게 틀림없다고. 만약 그렇지 않다면 그처럼 부드럽고, 예쁘고, 행복한 아이가, 베니스의 모든 부유한 멋진 신랑감들을 마다해 오던 아이가 아버지의 품을 훌쩍 벗어나 너 같은 도둑놈의 검은 가슴속으로 뛰어들겠느냐 말이다. 너는 두려워할 대상이지 사랑의 대상은 되지 못한다. 온 세상에 대고 물어봐라. 네놈이 그 아이에게 지저분한 마술을 부리고, 판단을 무디게 하는 약물 혹은 광물로 그 애의 연약한 신체를 망가트린 게 틀림없다. 나는 이것을 법정에서 입증할 것이다. 이것은 가능성 높은 일이고 합리적인 생각이므로 나는 너를 붙잡아 포박할 것이다. 이 세상을 문란하게 하고, 금지된 불법 마술을 부리는 자라는 명목으로. 저자를 체포하라. 만약 저항하면 죽여도 상관없으니 힘으로 제압하라.
오셀로	잠깐 동작을 중지해 주십시오.

내 부하들이든 그 나머지 사람들이든. 만약 내가 싸울 생각이었다면 누가 그걸 미리 말해 줄 필요도 없었을 것입니다. 내가 의원님의 고발에 대답할 의향이 있다면 나를 어디로 데려가실 생각입니까?

브라반쇼 물론 감옥이지. 법률에 정해진 시간과 법적 절차가 네놈을 응징할 때까지.

오셀로 만약 내가 따른다면 어떻게 하시겠습니까?

그 경우에 내가 어떻게 공작의 뜻을 맞출 수 있겠습니까? 공작의 전령들이 국가의 일과 관련하여 나를 그분 앞에 데려가기 위해 여기 와 있습니다.

장교 그렇습니다. 존경하는 의원님.

공작님께서는 국무회의를 소집하셨는데 의원님도 참석 통지가 내려간 걸로 알고 있습니다.

브라반쇼 뭐라고? 공작님이 국무회의를 소집?

이런 밤늦은 시간에? 좋다. 저자를 우리와 함께 데려 가자. 나의 고발 건수는 결코 경미한 게 아니다. 공작 자신은 물론이고 국무회의 내 동료 의원들도 이 일을 마치 자기 자신의 일처럼 잘못되었다고 생각하실 것이다. 이런 못된 행동을 그냥 내버려 둔다면 그때는 노예와 이교도가 우리의 지도자가 될 것이다.

모두 퇴장

제1막 제3장
베니스의 국무회의실

공작과 의원들 등장하여 횃불 켜진 탁자에 앉는다. 주위에 시종들이 있다

공작   이 소식들에는 믿음을 줄 만한 일관성이 없어.

의원1   그렇군요. 서로 일치하지가 않아요.

　　　내 보고서에는 적선이 107척이라고 되어 있군요.

공작   내가 보는 보고서에는 140척이오.

의원2   제가 읽는 보고서는 2백 척입니다.

　　　이처럼 정확한 수치는 일치하지 않지만—이런 경우에는 늘 그
　　　렇듯이 보고서마다 약간씩 차이가 있습니다만—터키 함대가
　　　키프로스 쪽으로 나아가고 있다는 점에서는 일치하는군요.

공작   일치하지는 않지만 그래도 판단을 내리기에는 충분합니다. 그
　　　점 때문에 보고서가 다소 불확실한 점은 있습니다. 그렇지만 근
　　　본 취지는 변함이 없고 그래서 다소 두려움을 느낍니다.

수병   (무대 뒤에서) 거기 누구냐! 거기 누구냐! 거기 누구냐!

장교   갤리선 선단에서 보낸 전령입니다.

수병 등장

공작   그래, 무슨 일이냐?

수병	터키 함대는 로도스 섬을 향해 가고 있습니다. 그래서 안젤로 장군으로부터 국가에 이것을 보고하라는 명령을 받았습니다.
공작	이 변화에 대하여 의원들은 어떻게 생각하십니까?
의원	그건 사실일 수가 없습니다.

합리적 판단을 한다면 말입니다. 그것은 우리의 시선을 다른 데로 돌리기 위한 양동작전입니다. 키프로스는 터키에게 허약한 상태로 노출되어 있습니다. 또 그 섬이 로도스 섬보다 터키에게는 더 관심사입니다. 그들은 그 섬을 좀 더 쉽게 함락시킬 수 있습니다. 키프로스는 전쟁 준비가 별로 안 되어 있어서 로도스 섬 같은 군사적 능력이 결여되어 있기 때문이지요. 이런 점을 감안할 때 터키가 손쉽게 함락시킬 수 있는 관심 높은 섬을 놔두고 별 이익도 없는 위험을 자초할 거라고 보기 어렵습니다.

공작	그렇지. 아무리 봐도 터키는 로도스 섬으로 가는 게 아니야.
장교	여기 소식이 더 들어왔습니다.

전령 등장

전령	존경하는 공작님, 그리고 의원님. 터키인들은 곧장 로도스 섬을 향해 나아가서 그곳에 서 대기하던 함대와 합류했습니다.
의원1	그래, 그럴 거라 생각했지. 거기에 대기 중인 배는 몇 척이나 되나?
전령	서른 척 정도입니다. 이제 그들은 후진하여 아주 노골적으로 키프로스를 공격하려는 의도를 드러내고 있습니다. 공작님과 의원님들의 충실하고 용감한 하인인 시뇨르 몬타노는 앞으로도

국가를 위해 열심히 봉사할 것이며 이런 충심을 믿어달라고 말씀했습니다.

공작 　그럼 키프로스 섬으로 가는 게 확실하군. 마르쿠스 루키코스는 현재 베니스에 없지?

의원1 　그는 현재 피렌체에 가 있습니다.

공작 　그에게 지급으로 편지를 보내시오.

아주 빠르게.

의원1 　여기 브라반쇼와 용감한 무어 인이 오는군요.

브라반쇼, 오셀로, 카시오, 이아고, 로드리고, 장교들 등장

공작 　용감한 오셀로, 나는 자네를 즉각 우리의 공동의 적 오토만에게 맞서도록 파견해야겠네.

[브라반쇼에게] 아, 의원은 미처 보지 못했네. 잘 오셨소. 의원님. 우리는 오늘밤 당신의 조언과 도움이 필요합니다.

브라반쇼 　저 또한 공작님의 조언과 도움이 필요합니다. 공작 전하, 저를 양해해 주십시오. 제가 오늘 한밤중에 침상에서 일어나 이렇게 황급히 여기 달려오게 된 것은 전쟁 소식을 들었다거나 국가의 안위를 걱정해서가 아닙니다. 나의 개인적 슬픔이 너무나 엄청난 수문에서 터져 나와 주변의 모든 것을 제압해 버렸습니다. 그것은 다른 슬픔들을 모두 잡아채어 삼켜버렸고 지금도 그 슬픔은 여전히 그대로 남아 있습니다.

공작 　대체, 무슨 일이오?

브라반쇼 　내 딸, 오, 내 딸!

의원 1 죽었소?

브라반쇼 내게는 그런 거나 마찬가지지요.

딸애는 술수에 걸려들어 내게서 납치되었습니다. 사기꾼에게서 사들인 마술과 마약에 의해 그만 넘어가 버린 것이지요. 그게 아니라면 본성이 온유한 아이가 그런 엄청난 잘못을 저지를 리가 없지요. 평소 결격 사유가 있는 것도 아니고 눈먼 것도 아니고 감각이 제대로 없는 것도 아닌 딸아이가 마술에 걸리지 않고서는 그렇게 할 수가 없는 것이지요.

공작 당신의 딸에게 그런 지저분한 술수를 부려서 그 딸을 당신에게서 훔쳐간 자가 누구든 간에, 그에 대하여 대가를 치러야 할 것이오. 당신은 재판관이 되어 그자에게 아주 가혹한 선고를 내릴 수 있을 것이오. 물론 당신 자신의 법률 해석에 따라서 말이오. 설사 그런 짓을 한 자가 내 아들이라도 봐줘서는 안 되오.

브라반쇼 각하, 정말 감사합니다.

여기에 그자가 있습니다. 저 무어 인입니다. 현재 국사와 관련하여 각하께서 중책을 맡기려고 하는 저자를 여기에 데려왔습니다.

일동 그거 정말 유감이군.

공작 [오셀로에게] 자네 입장에서는 여기에 대해서 뭐라고 말하겠나?

브라반쇼 아무것도 없을 겁니다. 사실이니까요.

오셀로 진지하고 위엄 높으신 존경하는 의원님들, 아주 고상하고 선량하신 나의 주인님들. 제가 이분의 딸을 데려온 것은 사실입니다. 내가 그녀와 결혼한 것도 사실입니다. 제가 저분을 불쾌하게 만든 주된 이유는 오로지 그것뿐입니다. 제가 말이 서툴고 부드럽게 말하는 솜씨가 별로 없습니다. 저의 두 팔은 일곱 살이 되던 해부터 아홉 달 전에 이르기까지 텐트를 친 야전에서 그 완력을 발휘해 왔습니다. 그래서 분규와 싸움에 관한 것은 잘 알지만 이 세상일은 잘 모릅니다. 그래서 나 자신을 변명하는 일에는 그리 능숙하지 못합니다. 그러나 각하께서 아량을 베풀어 끝까지 들어주신다면 제 사랑의 경과를 숨김없이 있는 그대로 말씀드리겠습니다. 제가 어떤 마약, 어떤 마술, 어떤 주술, 어떤 강력한 술수로 저분 딸을 얻게 되었는지. 아무튼 제가 이런 혐의로 고발되었으니 말입니다.

브라반쇼 내 딸은 대담한 성정이 아닙니다.

늘 고요하고 조용하여 자기 자신의 사소한 움직임에도 얼굴을 붉히는 그런 애입니다. 그런 딸애가 인종, 연령, 조국, 신용 등이 아주 달라서 쳐다보기도 두려워한 자와 사랑에 빠지다니요! 그처럼 완벽한 딸애가 이처럼 부자연스러운 실수를 한다는 것은 판단력이 망가졌거나 온전하지도 않은데 온전하다고 생각하기 때문에 그런 것입니다. 그러니 왜 이런 일이 벌어졌는지, 교활한 지옥의 술수를 반드시 찾아내야 합니다. 그러므로 나는 다시 한 번 이렇게 주장합니다. 저자가 사람의 피에 작용하는 어떤 강력한 마약이나 마법의 물약을 딸애에게 사용한 게 틀림없습니다.

공작 그런 식으로 주장하는 것은 증거가 되지 못합니다. 그런 근거 박약한 비난과 겉으로 드러난 희미한 가설을 가지고 그를 비난하기보다는 좀 더 객관적이고 명확한 증거가 있어야 합니다.

의원 1 자, 오셀로 말해 보시오. 당신은 강요된 간접 방식으로 이 젊은

222

처녀에게 독을 먹여서 애정을 이끌어냈습니까? 아니면 영혼 대 영혼으로 동등한 대화를 나눈 결과로 그런 요청을 얻어낸 것입니까?

오셀로   저는 의원님에게 호소합니다.

사람을 새지터리 여관으로 보내 그녀를 여기에 데려와 그녀 아버지 앞에서 자기 얘기를 하게 해주십시오. 만약 그녀의 얘기에서 나의 부정한 술수를 발견하신다면, 의원님이 저에게 맡기신 신뢰와 역할을 거두어가 주십시오. 그리고 저에게 사형 선고를 내려 주십시오.

공작   데스데모나를 여기 데려오라.

오셀로   기수 장교, 사람들을 인솔해 가게. 자네가 장소를 잘 알고 있으니까.

[이아고와 두세 명의 시종들 퇴장]

그녀가 올 때까지 하느님 앞에서 인간의 악행을 고백하는 것처럼, 인자한 공작님과 진지한 의원님들에게 제 얘기를 솔직하게 들려드리겠습니다. 제가 어떻게 이 아름다운 처녀의 사랑을 얻었고 마침내 그녀가 내 아내가 되었는지.

공작   말해 보게, 오셀로.

오셀로   그녀의 아버지는 나를 좋아하여 가끔 집에 초청했습니다. 그러면서 한 해 한 해 어떻게 지냈는지 나의 인생 스토리를 물어보셨습니다. 내가 겪은 전투, 공성전, 행운 등도 하문하셨습니다. 저는 그것을 쭉 말씀드렸습니다. 나의 소년 시절부터 저분이 내게 얘기해 달라고 말씀하신 그 순간까지. 나는 아주 처참한 사건들도 빼놓지 않고 말씀드렸습니다. 홍수와 야전에서 벌어진 감동적인 사건들, 성채에 큰 구멍이 나서 죽음을 눈앞에 둔 상황에서 간신히 달아난 얘기, 무례한 적에게 포로로 잡혀서 노예로 팔려간 얘기, 노예 신분에서 풀려난 얘기, 다양한 여행 경력에서 벌어진 기이한 얘기들, 엄청나게 큰 동굴과 광활한 사막, 거친 석산, 거대한 암석들, 하늘에 맞닿은 높은 산을 방황한 얘기 등을 말입니다. 그게 내가 얘기할 수 있는 기회였고 또 내가 이야기를 풀어나가는 방식이었습니다. 그리하여 서로 잡아먹는 식인종 얘기, 머리가 가슴 밑부분에서 자라는 사람들 얘기도 해드렸지요.

데스데모나는 이런 얘기를 아주 진지하게 들어주었습니다. 그렇지만 집안 일로 가끔 자리를 떠야 할 때도 있었습니다. 그러면 그녀는 일을 재빨리 해치우고 다시 자리에 돌아와 아주 흥미진진하게 내 얘기를 들었습니다. 내가 이야기를 중단하고 쉬고 있으면 그녀는 나를 한쪽으로 불러내어 사이사이 듣느라고 미처 듣지 못한 나의 순례담 일부를 들려달라고 진지하게 호소했습니다. 나는 그 뜻에 따랐고, 그녀는 젊은 시절에 내가 당했던 참사를 들을 때면 눈물을 흘렸습니다. 내가 이야기를 마치면 그녀는 나의 참담한 고생에 대하여 크게 한숨을 내쉬며 이렇게 말했습니다. "정말 괴이한 일이에요. 아주 이상해요. 정말 불쌍해요. 아니, 너무너무 가여워요." 그녀는 차라리 듣지 말 걸, 하고 말하기도 했습니다. 그러면서도 하늘이 자기에게 그런 남자를 내려 주었으면 좋겠다고 했어요. 그녀는 내게 고맙다고 했고 내 친구들

중에 그처럼 멋지게 얘기하는 남자가 있다면 그와 사랑에 빠지고 싶다는 말도 했습니다. 나는 그녀의 암시를 알아듣고 그녀에게 내 뜻을 말했습니다. 그녀는 내가 겪은 위험들 때문에 나를 사랑했고 나는 그녀가 그런 위험들을 안쓰럽게 여기는 걸 보고서 그녀를 사랑했습니다. 이것이 내가 사용한 유일한 마법입니다. 여기 그녀가 오는군요. 그녀가 내 얘기의 증인이 되어줄 겁니다.

데스데모나, 이아고, 시종들 등장

공작   그런 얘기라면 내 딸도 넘어갈 거라는 생각이 드는군. 선량한 브라반쇼, 이 마땅찮은 일을 좀 좋게 받아들이시오. 인간은 어차피 싸워야 한다면 맨손보다는 부러진 칼이 그래도 더 낫지 않겠소.

브라반쇼   딸애가 하는 말을 들어보시기 바랍니다.

만약 딸애가 절반이라도 구애 행각에 참여했다면, 저자를 비난하는 나에게 벼락이 내리쳐도 상관하지 않겠습니다. 이리 오너라, 내 딸아. 너는 이 고상한 사람들의 모임 앞에서 네가 어디에 복종을 바쳐야 하는지 잘 알겠지?

데스데모나   고상하신 나의 아버지,

나는 여기서 나의 의무감이 두 갈래로 갈라지는 것을 느낍니다. 아버지에게는 생명과 가르침을 주신 데 대하여 의무감을 느낍니다. 그것은 아버지를 존경해야 한다는 것을 내게 가르쳤습니다. 아버지는 내 의무를 바쳐야 하는 분입니다. 저는 지금까지 아버지의 딸로 살아왔습니다.

그렇지만 여기 제 남편이 있습니다. 어머니가 아버지에게 그처럼 충실한 의무를 바쳤던 것처럼 나도 감히 내 남편 무어 인에게 그런 의무를 바쳐야 한다고 말씀드리고 싶습니다.

브라반쇼　하느님, 맙소사!

나는 망했구나. 각하, 어서 국사를 보살피십시오. 나는 아이를 낳는 것보다 입양하는 게 더 좋았을 텐데. 이리 와 보게, 무어 인. 자네가 이미 그 마음을 얻지 않았다면 모를까, 나는 자네에게 주고 싶지 않은 아이를 깨끗이 건네주네. 보석 같은 내 딸아, 너를 위해 하는 말인데 내게 자식이 더 이상 없다는 게 얼마나 다행인지 모르겠다. 네가 이렇게 일탈하면 그 결과는 독재자가 되어 남은 자식을 지독하게 단속할지 모르니까 말이다. 각하, 제가 하고 싶은 말은 다했습니다.

공작　나도 자네처럼 한마디 교훈의 말을 거들겠네. 이것이 윤활유 혹은 징검다리가 되어 이 사랑하는 남녀를 자네의 품에 다시 안길 수 있도록. 더 이상 대책이 없을 때 슬픔은 끝나는 거지. 지금까지 희망을 걸면서 잘되겠지 하던 것이, 최악의 사태를 보았으니까 말이오. 이미 지나가 버린 슬픔을 애도하는 것은 새로운 슬픔을 끌어들이는 첩경이 되오. 운명이 개입하여 더 이상 보존할 수 없게 된 것이 있다면, 인내심이야말로 운명의 상처를 가볍게 만드는 법이오. 비록 도둑에게 뭔가 빼앗겼다 할지라도 그것을 웃어넘길 수 있다면 그건 도둑에게서 뭔가 훔쳐오는 게 되오. 그러나 쓸데없는 슬픔에 잠기는 사람은 자기 자신마저도 통째로 도둑에게 넘기는 게 됩니다.

브라반쇼　각하, 무슨 말씀이십니까? 그럼 터키 놈들이 우리 키프로스를 도둑질해 가는 데도 그걸 웃어넘기면 그 섬을 안 빼앗긴 게 됩니까? 슬픔의 사유가 전혀 없이 진부한 교훈을 말하는 사람과, 이미 슬퍼하며 견디고 있는데 그런 진부한 교훈을 참아내기 위해 거의 다 사라져 버린 인내심을 또다시 발동해야 하는 사람이 어떻게 같겠습니까? 그런 교훈은 설탕이면서 담즙이기도 해서 양쪽 모두에게 효력을 발휘하는 애매모호한 말입니다. 아무튼 말은 말일 뿐입니다. 상심한 사람의 귀에 말이 솔깃하게 들려온다는 얘기는 들어본 적이 없습니다. 간절히 호소하오니 이제 국사를 돌보소서.

공작　터키 인들이 엄청난 함대를 동원하여 키프로스로 이동하고 있소. 오셀로, 그 섬의 지리적 이점은 당신이 잘 알고 있소. 우리가 이미 그 섬에 충분한 능력의 소유자를 임명해 두었으나, 그래도 앞으로 거둘 성과의 강력한 영향력인 일반 대중의 여론은 당신이 더 안전하다는 목소리를 내고 있소. 그러니 반짝거리는 당신의 최근 행운을 뒤로 하고 이 힘들고 소란스러운 원정을 좀 맡아 주어야 하겠소.

오셀로　존경하는 의원님, 엄혹한 군대생활의 습관 덕분에 나는 돌과 쇠로 된 전쟁의 침대를 세 번 걸러내어 가장 부드러운 솜털로 만든 침대로 여길 수 있게 되었습니다. 나는 어려운 상황 속에서도 자연스럽고 날렵한 명민함을 발휘할 수 있습니다. 그런 기상으로 터키 인을 상대로 하는 이 전쟁에 임하겠습니다. 나는 국가의 부름에 호응하면서 내 아내에게 주거와 비용 등 적절한 조치를 내려 줄 것을 호소합니다. 또 그녀의 지위에 걸맞은 식료품과 시종들도 제공해 주실 것을 앙청합니다.

공작   아니, 친정집이 있잖아.

브라반쇼   그건 받아들이지 않겠습니다.

오셀로   저도 마찬가지입니다.

데스데모나   저도 거기서 살지 않겠습니다. 제가 아버지 눈에 띄면 아버지의 답답한 생각만 더 부채질할 테니까요. 가장 관대하신 각하, 저의 소청을 자상하게 들어주시고 전하의 윤허 속에서 저의 소박한 도움을 발견할 수 있게 하소서.

공작   원하는 게 뭐지, 데스데모나?

데스데모나   저는 무어 인을 사랑하여 그와 함께 살기로 단단히 마음먹었습니다. 이것은 내가 그 사랑을 위해 얼마나 급격하게 나의 옛 생활을 포기하고 운명의 폭풍우에 나 자신을 맡겼는지 온 세상을 향해 포고하는 것이었습니다. 나의 마음은 남편의 자질 속으로 완전히 녹아들어갔습니다. 나는 그의 마음에서 오셀로의 늠름한 모습을 보았습니다. 그리하여 그의 명예와 훌륭한 자질에 나의 영혼과 운명을 모두 바쳤습니다. 그러니 만약 내가 본국에 남아 아무런 할 일이 없게 되고, 남편은 전쟁터로 나간다면, 나는 남편을 사랑하는 의식도 거행하지 못하게 될 겁니다. 게다가 사랑하는 남편이 곁에 없어서 그동안 아주 비참하게 지내야 할 것입니다. 그러니 남편을 따라가게 해주십시오.

오셀로   각하, 윤허해 주십시오. 하늘에 두고 맹세하거니와, 이는 결코 남자의 욕정을 채우기 위해 애원하는 것이 아닙니다. 젊음의 혈기에서 나오는 욕정에 따라서 그것을 만족시키려는 것이 결코 아닙니다. 저는 이미 그런 혈기가 사라졌습니다. 단지 그녀의 요청을 선선히 들어주기 위해서입니다. 혹시 의원님들께서 그녀와

함께 있으므로 내가 중대하고 심각한 국사를 게을리 하는 게 아
닐까 하고 생각하신다면 제발 그런 생각일랑 거두어주십시오.
만약 날개 달린 큐피드의 가벼운 장난감(사랑의 화살)이 날아와 방
종한 사랑의 환락을 심어놓는다면, 그리하여 나의 사고 판단과
임무 수행의 지각 능력이 현저히 떨어져 내 행동거지가 흐트러
지고 업무처리가 난잡하게 된다면, 나의 투구를 빼앗아서 가정
주부의 냄비로 사용하게 하십시오. 그리고 나의 평판에 대하여
모든 불명예스럽고 치욕스러운 비난이 쇄도하게 해주십시오.

공작　　그 문제는 장군이 알아서 처리하도록 하오. 그녀가 여기 머무르
　　　　든 혹은 함께 따라가든. 아무튼 현지 사정이 급박하니 서둘러
　　　　응대해야 합니다.

데스데모나　각하, 오늘밤에요?

공작　　오늘밤으로.

오셀로　　반드시 그렇게 하겠습니다.

공작　　그럼 내일 오전 9시에 여기서 다시 만납시다. 오셀로, 적당한 장
　　　　교를 뒤에 남겨두도록 하게. 우리의 임명장과 그대에게 관련되
　　　　는 다른 중요한 자료들도 그 장교를 시켜서 그대에게 보낼 수
　　　　있도록.

오셀로　　각하, 그렇게 하십시오. 저의 기수 장교는 정직하고 믿을 만한
　　　　사람입니다. 제 아내를 그의 호송에 맡기겠습니다. 그 외에 필
　　　　요한 것이 있으면 각하께서 제게 보내주시면 되겠습니다.

공작　　그렇게 하도록 하지.
　　　　자, 다들 이만. [브라반쇼에게] 고상한 의원님, 미덕은 상쾌한 아름
　　　　다움이 결여되지 않는 법. 당신의 사위는 흑인보다는 훨씬 더

백인에 가까운 사람이오.

의원 1 잘 가게 용감한 무어 인. 데스데모나를 잘 보살피게.

브라반쇼 그녀를 잘 살펴보게, 무어 인. 자네가 살펴볼 눈이 있다면. 그녀
는 이미 제 아비를 속였고 그러니 자네도 속일지 모르네.

오셀로 내 목숨을 그녀의 믿음에 걸겠습니다.

[공작, 브라반쇼, 카시오, 의원들과 시종들] 퇴장

정직한 이아고,
나의 데스데모나를 자네에게 맡기네. 자네의 아내가 그녀의 시
중을 들게 하게. 아주 좋은 기회를 잡아서 그들을 데려오도록
하게. 자, 데스데모나, 이제 당신과 다정한 얘기를 나누고, 세속
적 일을 처리하면서 함께 보낼 시간이 한 시간 남았소. 우리는
빡빡한 시간을 지켜야 해요.

오셀로와 데스데모나 퇴장

로드리고 이아고—

이아고 고상한 친구, 무슨 말을 하려고?

로드리고 난 어떻게 하면 좋지? 도대체 어떻게 해야 된다고 생각해?

이아고 뭐, 침실로 가서 자면 돼지.

로드리고 난 지금 즉시 물에 빠져 죽으러 갈 거야.

이아고 만약 그런다면 절대 당신을 존경할 수 없어. 이 어리석은 양반아!

로드리고 사는 게 고통인데 계속 살아간다는 건 어리석은 거야. 죽음이

의사가 된다면 죽음의 처방을 받는 수밖에.

이아고   아, 바보 같은 소리. 나는 일곱 해를 네 번 반복하며 살아오면서 이 세상을 관찰해 왔어. 그리고 손해와 이익을 구분하게 된 이래에, 자기 자신을 사랑하는 방법을 아는 자를 발견하지 못했어. 암탉 같은 여자에 대한 사랑 때문에 물에 빠져 죽어야겠다는 소리를 내지를 거면 차라리 인간이기를 포기하고 원숭이가 되는 게 낫겠어.

로드리고   난 어떻게 해야 좋지? 그렇게 사랑하는 것이 창피한 일이기는 하지만 내게 그걸 고칠 미덕은 없어.

이아고   미덕? 엿이나 먹으라고 해! 우리가 이렇게 저렇게 생겨먹은 것은 다 우리 안에 갖추어져 있기 때문에 그런 거야. 우리의 육체는 정원이고 의지는 정원사이지. 쐐기풀을 심든, 상추를 심든, 우슬초(牛膝草)를 심어서 백리향을 제거하든, 한 가지 풀만 기르든, 각가지 풀을 고루 기르든, 내버려둬서 불모지를 만들든 거름을 주어 부지런히 가꾸든, 그러니까 이렇게 하든 저렇게 하든 모든 게 다 우리의 의지에 달려 있어. 만약 우리 인생의 저울이 욕정을 제어하는 단 하나의 이성적 눈금도 없어서 균형을 잡아주지 못한다면, 인간 본성의 혈기와 야욕이 우리를 가장 황당무계한 결론으로 이끌고 가지. 그렇지만 우리는 이성이 있어서 우리의 난폭한 충동, 우리의 신체적 욕구, 무절제한 음욕을 조절하지. 자네가 사랑이라고 하는 건 이런 것들의 한 가지 파생물에 지나지 않아.

로드리고   내 사랑은 그럴 리 없어.

이아고   그건 단지 혈기 충만한 음욕이면서 과도한 의지의 발현이라고.

이봐, 좀 사내답게 굴어! 물에 빠져 죽겠다고? 차라리 고양이와 눈먼 강아지를 수장시켜. 나는 자네의 친구임을 선언했어. 아주 단단한 동아줄로 나 자신을 자네에게 꽁꽁 묶어 놓겠다고 말했어. 나는 지금처럼 자네에게 큰 도움이 되어줄 때를 보지 못했어. 자네 지갑에 현금을 두둑이 마련해. 전쟁터까지 따라와. 어디서 빌려온 수염으로 자네 얼굴을 위장해. 금방 말했지, 자네 지갑에 현금을 두둑이 마련하라고. 데스데모나가 무어 인에 대한 사랑을 오래 지속할 가능성은 없어. 자네 지갑에 현금을 두둑이 마련하라고. 무어 인 또한 그녀에 대한 사랑이 오래 갈 수 없어. 그녀는 급작스럽게 사랑에 빠졌고 곧 연놈이 헤어지는 걸 보게 될 거야. 자네 지갑에 현금을 두둑이 마련해. 무어 놈들은 변덕이 죽 끓듯 해. 자네 지갑에 현금을 두둑이 마련해. 지금은 로커스트(locust) 열매같이 달콤하게 여기지만 곧 콜로신스(colocynth) 오이같이 쓰다고 내뱉을 놈이야. 여자도 젊은 놈으로 갈아탈 거야. 여자는 그놈의 몸뚱어리에 신물이 나면 선택을 잘못했다는 걸 알게 될 거라고. 그러니 자네 지갑에 현금을 두둑이 마련해. 정말 저주를 받아 지옥에 떨어질 생각이라면 물에 빠져 죽는 것보다 더 멋진 방법으로 해야지.

자네가 만들 수 있는 현금을 다 만들어 봐. 이리저리 떠다니는 야만인과 타락한 베니스 계집 사이의 저 거룩하고 냄새나는 결혼 맹세 따위는 내가 얼마든지 꿰뚫어 박살낼 수 있고 또 지옥의 모든 술수도 동원할 수 있는 것들이야. 자네는 곧 그년의 몸뚱어리를 즐기게 될 거야. 그러니 현금을 만들어 놓으라고. 한심하게시리 물에 빠져 죽겠다고! 그런 생각은 황당무계하니 멀찍이 내

던져버려. 그 여자 만져보지도 못하고 물에 빠져 죽는 것보다는 자네의 욕정을 마음껏 채우다가 지쳐 죽는 게 더 낫지 않겠나?

로드리고 그런 결과를 믿어준다면 내 희망을 확실히 성취시켜 줄 건가?

이아고 자네는 나만 믿어. 가서, 현금을 만들어. 나는 이미 자네에게 충분히 말했고 되풀이해서 말했어. 나는 무어 놈을 증오해. 나의 이유는 열정적인 것이고 자네 것도 그에 못지않게 일리가 있지. 우리 힘을 합쳐서 그놈을 상대로 복수를 하자고. 만약 자네가 그놈에게서 여편네의 정절을 빼앗을 수 있다면 자네는 쾌락을 얻을 것이요, 나는 오락을 얻을 거라고. 시간의 자궁 속에는 많은 사건들이 들어 있어서 차례로 나오게 되어 있다고. 자 가서, 현금을 만들어. 우린 내일 이 얘기를 좀 더 많이 하자고, 안녕.

로드리고 내일 오전에 어디서 만나지?

이아고 내 집에서.

로드리고 시간 맞추어서 자네 집으로 가겠네.

이아고 자, 어서 가. 안녕. 내 말 듣고 있나, 로드리고?

로드리고 뭐라고 말했는데?

이아고 더 이상 물에 빠져 죽겠다는 얘기는 안 된다고.

로드리고 아, 나는 마음이 바뀌었어.

이아고 자, 그럼 가봐, 안녕. 자네 지갑에 현금을 두둑이 준비해.

로드리고 내 땅을 다 팔아버릴 거야.   퇴장

이아고 이렇게 해서 저 바보를 내 돈지갑으로 만들었구나. 나의 오락과 이익이 없다면, 저런 바보와 시간을 보내면서 나의 소중한 지식을 낭비할 이유는 없지. 난 저 무어 놈을 증오해. 놈이 내 이불 속에 기어들어가 내 대신 서방 노릇을 했다는 소문도 쫙 퍼지고

있잖아. 사실 여부는 알 수 없지만. 아무튼 그런 소문을 들은 이상, 확증이 있는 거나 마찬가지로 복수를 해주지 않고서는 시원치 않거든. 놈은 나를 철석같이 믿어. 그만큼 내 목적 달성에는 안성맞춤이지. 카시오는 잘생긴 놈, 녀석의 부관 자리를 내가 빼앗아야지. 흉계로 일거양득이 되게 해야지. 그럼 어떻게? 조금 있다가 오셀로의 귀에다 대고 속삭이는 거지. 그 녀석이 사모님과 너무 친하다고. 그 녀석은 매너 좋고 잘생긴 놈이니까, 여자 꾀는 놈으로 혐의를 뒤집어쓰기에 딱 좋지. 한편 무어 놈은 관대하고 정직해서 겉만 성실하게 보이면 속도 그런 줄 알지. 그러니 코를 잡고 당나귀 모양 마음대로 끌고 다닐 수 있어. 됐어, 다 됐어. 이제는 지옥과 암흑의 힘을 빌려서, 이 괴물 같은 흉계가 세상의 빛을 보게 해야지.   퇴장

제2막 제1장
키프로스의 부둣가

몬타노와 두 명의 신사 등장

몬타노 저기 만 쪽의 바다에는 뭔가 보이는 게 있나?

신사1 아무것도 안 보입니다. 동요하는 바다만 보일 뿐입니다. 하늘과

땅 사이에서 배라고는 보이지 않습니다.

몬타노　내가 보기에 땅에서도 바람이 거센데. 이처럼 심한 폭풍이 우리
　　　　의 흉벽을 때린 적이 없었어. 저 바람이 이처럼 바다에서 난폭
　　　　한 악당 노릇을 한다면 참나무로 만든 배들이 산만한 파도가 덮
　　　　쳐올 때 어떻게 온전히 형체를 유지하겠나? 이런 폭풍우의 결
　　　　과가 무엇이 될 거라고 생각하나?

신사 2　터키 함대는 산산이 흩어지게 될 겁니다. 만약 하얀 물보라가
　　　　거세게 부글거리는 바다 위에 그대로 떠 있다가는. 거센 파도가
　　　　구름을 때리고, 바람에 높이 솟구친 파도는 산처럼 거대한 하얀
　　　　갈기를 휘날리며 빛나는 북극성에 찬물을 끼얹고 그 주위를 옹
　　　　위하는 별들의 빛을 죽여 버릴 것이기 때문입니다. 저 노호하는
　　　　바다를 보십시오.

몬타노　그렇군. 터키 함대가 피난 항구나 만을 찾아들어가지 않는다면
　　　　수장될 게 틀림없어. 이런 폭풍우를 견뎌낸다는 건 불가능해.

신사 3 등장

신사 3　여러분, 소식이 왔습니다! 우리의 전쟁은 끝났습니다. 지독한
　　　　폭풍우가 터키 함대를 박살내서 그들의 계획이 비틀어졌습니
　　　　다. 베니스에서 온 우리 배가 그들의 함대가 대부분 처참하게
　　　　난파되어 엄청난 피해를 당한 현장을 목격했습니다.

몬타노　뭐라고, 그것이 사실이오?

신사 3　그 배가 입항했습니다.
　　　　베니스 해군에 소속된 베로나 배입니다. 늠름한 무어 인 오셀로

의 부관인 마이클 카시오가 항구에 들어왔습니다. 무어 인 자신
은 아직도 해상에 있는데 여기 키프로스를 다스리러 온답니다.

몬타노　좋은 소식이군. 그는 훌륭한 총독이 될 거야.

신사 3　이 카시오는 터키 함대의 난파에 대해서는 안도하면서도 슬픈
표정을 지으며 무어 인의 안전을 기원했습니다. 그들은 바다에
서 거센 폭풍우를 만나서 헤어졌다고 합니다.

몬타노　그분이 안전했으면 좋겠군.

나는 그와 같이 근무해 본 적이 있는데 아주 지휘 능력이 탁월
한 군인이었어. 자, 어서 해변으로 가서 이미 들어온 배를 살펴
보고 또한 용감한 오셀로가 도착하는지 기다려 보자고. 지금 이
순간도 땅과 하늘을 구분하기 어려운 건 마찬가지이지만.

신사 3　자, 어서 그렇게 합시다.

매 순간 더 많은 배가 도착하기를 기다리고 있으니까.

카시오 등장

카시오　무어 인을 그처럼 칭찬해 준, 이 씩씩한 섬의 사람들에게 감사
드립니다. 하늘이 개입하여 그가 이 악천후를 이겨낼 수 있게
하소서. 나는 위험한 바다에서 그와 헤어졌으므로.

몬타노　그의 배는 튼튼합니까?

카시오　그의 배는 단단한 나무로 지어졌고 항해사는 노련한 전문가로
뛰어난 능력의 소유자입니다. 그러므로 내 희망은 아직도 죽지
않았고 그래서 그분의 배가 과감하게 폭풍우를 이겨내리라 봅
니다.

무대 뒤에서 "배다, 배다, 배다!" 라고 [외치는 소리]

전령 등장

카시오   이건 무슨 소리지?

전령   도시가 텅 비었습니다. 사람들이 해안에 나와서 바다를 지켜보
        고 있는데 이제 "배다!"라고 소리치고 있는 겁니다.

카시오   그게 신임 총독일 거라는 생각이 드는데.

대포 소리

신사 2   저들은 예포를 쏘고 있군요. 적어도 아군인 것 같습니다.

카시오   자, 그럼 해안으로 내려가서 누가 도착했는지 알아보십시오.

신사 2   그래야겠소.   신사 2 퇴장

몬타노   훌륭하신 부관님, 당신의 장군은 아내가 있나요?

카시오   운 좋게도 아주 아름다운 여성을 부인으로 맞이하셨지요. 그 아
        름다움은 형용이 불가능하고 화필로 다 그리기 어려울 정도입
        니다. 대시인의 비유법으로도 그 아름다움을 다 말하지 못하고
        화가가 그 자연스러운 아름다움을 초상화로 제작하려 한다면
        그의 손이 무척 피곤할 것입니다.

신사 2 등장

어떻게 되었습니까? 누가 입항했습니까?

신사 2   장군의 기수 장교인 이아고라는 사람입니다.

카시오   아주 좋은 행운의 축복을 받았구먼! 폭풍우, 높은 파도 노호하
         는 바람, 깨어진 암석, 뭉쳐진 모래, 이런 것들은 죄 없는 배를
         난파시키는 주범인데, 그래도 아름다움은 알아보아서 저 사람
         을 죽이는 포악한 성질을 자제했구먼. 그래서 신성한 데스데모
         나가 안전하게 도착할 수 있게 해주었어.

몬타노   그녀는 누구입니까?

카시오   내가 방금 말한, 우리 대장의 대장이지요. 용감한 이아고가 그
         녀를 여기로 호송하는 임무를 맡았지요. 지금 도착한 것은 우리
         의 예상보다 일주일 빨리 온 것입니다. 위대한 주피터 신이시
         여, 오셀로를 보호하소서. 그대의 강력한 숨결로 그의 배를 밀
         어주셔서 그가 온전히 배를 유지하고 이 만에 도착하여 데스데
         모나와 포옹하며 사랑의 재회를 이룰 수 있게 하소서. 또한 오
         셀로가 우리의 사기를 북돋아 주고 키프로스에서 안도를 가져
         다 줄 수 있게 하소서.

         데스데모나, 이아고, 로드리고, 에밀리아 등장

         오, 보라,
         저 배의 보물들이 해안에 상륙했구나! 여기 키프로스의 사람들
         아, 그녀를 향해 무릎을 꿇어라. 사모님, 찬양을 드립니다. 하늘의
         은총이 당신의 앞, 뒤, 그리고 온 사방에서 당신을 둘러싸기를.

데스데모나 고마워요, 용감한 카시오.
         우리 주인님에 대해서는 무슨 소식이 있나요?

카시오　그분은 아직 도착하지 않았습니다. 저도 명확하게 아는 것은 없습니다. 그렇지만 그분은 곧 안전하게 이곳에 도착하실 겁니다.

데스데모나　오, 나는 걱정이 돼요. 어떻게 헤어지게 된 건가요?

카시오　하늘과 바다가 크게 한탕 싸우는 바람에 우리는 헤어지게 되었습니다.

　　　　　무대 뒤에서 "배다, 배다!" 라고 [외치는 소리] [예포 소리]

저 소리를 들어보십시오, 배가 들어왔습니다.

신사 2　저 배는 성채를 향해 예포를 쏘고 있는 겁니다. 그러나 방금 전과 마찬가지로 아군입니다.

카시오　가서 알아보십시오.

　　　　　　　　　　　　　　　　　　　　　[신사 2 퇴장]

기수 장교, 잘 오셨소. [에밀리아에게] 안녕하십니까, 부인. 착한 이아고, 이걸로 평정심을 잃지는 말게. 난 다시 의례적으로 이렇게 한 거니까. 내가 자란 곳에서는 이렇게 하는 것이 온전하게 예의를 표시하는 거라네.

　　　　　　　　　[그는 에밀리아에게 키스한다]

이아고　부관님, 마누라가 나한테 혓바닥을 놀려대는 것처럼 당신에게 입술을 내밀었다가는 부관님도 딱 질색이라고 생각할 겁니다.

데스데모나 어머나, 그녀는 별로 말이 없는 사람인데!

이아고 아닙니다. 실제로는 너무 많습니다.

내가 잠들기 직전까지도 계속 놀려대니까요. 내 장담하거니와, 사모님 앞이라서 혓바닥을 가슴에 약간 감추고서 생각으로만 비난하고 있는 겁니다.

에밀리아 당신은 그렇게 말할 이유가 없어요.

이아고 자, 자, 마누라 당신은 바깥에서는 얌전한 그림이요, 거실에서는 웽웽거리는 종소리이고, 주방에서는 식기를 덜거덕거리는 야생 고양이고, 불평을 해댈 때는 짐짓 거룩한 척하는 성인이고, 누가 비위를 건드리면 거세게 달려드는 악마이고, 집안일은 건성으로 하는 날탕이나, 침대에 들어서는 부끄러운 줄 모르는 말괄량이지.

데스데모나 오, 그만두세요. 남을 비방하는 사람.

이아고 아니, 제 말은 사실입니다. 그렇지 않다면 제가 터키 놈이죠. 마누라는 잠에서 깨어나면 날탕을 치다가도 침대에 들어서는 아주 부지런을 떨지요.

에밀리아 관두세요. 어차피 당신이란 사람은 내 칭찬은 안 해 줄 거니까.

이아고 그럼, 안 해 주지.

데스데모나 만약 당신이 나에 대해서 칭찬을 해준다면 뭐라고 할 건가요?

이아고 오 상냥하신 사모님, 제게 그런 일을 시키지 마십시오. 저는 비판을 안 하면 아무것도 아닌 사람이니까요.

데스데모나 그러지 말고 한번 해보세요. 부두에 사정을 알아보려고 사람이 내려갔나요?

이아고 네, 사모님.

데스데모나 [방백] 나는 은근히 걱정이 돼. 하지만 안 그런 척하면서 이 내
　　　　　심정을 감추어야지. 자, 어디, 당신이 나를 어떻게 칭찬할 건지
　　　　　한번 말해 보세요.

이아고 　　내가 그것을 곧 말씀드리려 합니다. 하지만 새 끈끈이가 거친
　　　　　양모에서 나오듯이 내 생각도 이 둔한 머리에서 나와야 합니다.
　　　　　그러니 머리를 쥐어짜야 해요. 그렇지만 나의 뮤즈가 산고를 거
　　　　　듭하더니 마침내 이런 아이를 출산했습니다.
　　　　　"만약 그녀가 예쁘고 현명하다면 그러니까 미모와 지혜를 갖추
　　　　　었다면 미모는 널리 드러낼 일이요, 지혜는 그것을 돋보이게 할
　　　　　일이다."

데스데모나 잘 칭찬해 주었군요! 만약 밉고 현명하다면?

이아고 　　"만약 그녀가 밉지만 현명하다면 그녀는 머리를 짜내어 그 밉
　　　　　상을 보상해 줄 고운 남자를 발견하리라."

데스데모나 이거 점점 황당무계해지는데.

에밀리아 예쁜데 어리석으면?

이아고 　　"예쁜 여자는 어리석을 수가 없지. 그런 예쁜 어리석음이 오히
　　　　　려 재산을 상속할 남자를 얻게 해주니까."

데스데모나 그런 얘기는 술집에서 어리석은 자들을 웃게 만드는 저 오래
　　　　　된 황당한 헛소리일 뿐이에요. 그렇다면 못생기고 어리석은 여
　　　　　자에 대해서는 뭐라고 말할 텐가요?

이아고 　　"못생기고 어리석은 여자? 그런 여자라고 해서 잘 생기고 똑똑
　　　　　한 여자가 해대는 장난질을 안 하는 여자는 없습니다."

데스데모나 아, 이 얼마나 엄청난 무지인가! 당신은 최악의 것을 최선이
　　　　　라고 칭찬하고 있어요. 그렇다면 당신은 진실로 칭송할 만한 여

자에 대해서는 뭐라고 말하겠어요? 공로와 미덕이 너무나 높아
서 심지어 악덕도 뒤로 물러서며 칭찬할 그런 여자.

이아고　"아름답지만 교만하지 않은 여자. 언변이 유창하지만 결코 수
다스럽지 않은 여자. 장식용 황금이 많지만 그걸로 지나치게 단
장하지는 않는 여자. 원하는 것을 얼마든지 얻을 수 있지만 '제
가 보기에 그건 좀.' 하면서 자제할 줄 아는 여자. 화가 나서 복
수하고 싶지만 자신의 피해를 참으며 사람들의 불쾌한 언행을
눈감아주는 여자. 아주 현명하여 대구 머리를 연어 꼬리와 바꾸
는 어리석은 짓은 하지 않는 여자. 자기 생각은 드러내지 않고
속으로 생각할 줄 아는 여자. 구애하는 남자들이 줄을 섰지만
더 없나 하고 찾지 않는 여자. 만약 이런 여자가 존재한다면 그
여자는—"

데스데모나　뭘 한다는 거죠?

이아고　"바보 같은 애새끼들에게 젖을 물리며 10원 단위까지 가계부에
다 적어 넣겠지요."

데스데모나　아, 정말 황당무계하고 어처구니없는 결론이네요! 에밀리아,
저분이 당신 남편이라고 해도 그의 조언을 듣지 마세요. 카시
오, 당신 생각은 어때요? 그는 정말 황당하고 제멋대로인 조언
자 아니에요?

카시오　그는 투박하게 말하고 있습니다, 사모님. 그를 학자라기보다 군
인으로 평가해 주십시오.

이아고　[방백] 놈이 그녀의 손을 잡네. 좋았어. 이제 속삭여야지. 이런 작
은 거미집을 가지고 나는 카시오라는 거대한 파리를 잡을 수 있
어. 저런, 그녀에게 미소를 짓네. 어디, 그래 봐. 자네의 그 여자

낚는 기술로 나는 자네를 되치기할 거야. 자네 이제 그럴듯한 말을 하고 있군. 그런 술수 때문에 부관 자리를 잃게 될지 모르니, 자네 세 손가락을 그렇게 자주 키스하지 않는 게 좋을 거야. 자네는 제법 그럴듯한 신사답게 그런 식으로 멋지게 예의를 표시하고 있지만 말이야. 아주 좋아. 잘 키스했어. 멋진 구애로군! 정말 그래. 뭐, 또다시 손가락을 자네 입술에? 아이고, 저놈의 손가락이 항문 청소하는 막대기였으면!

무대 뒤에서 트럼펫 소리

저건 무어 인이야! 난 그의 트럼펫 소리를 알아.

카시오　정말 그런데.

데스데모나　어서 가서 주인님을 영접하도록 해요.

카시오　저길 보세요, 저기 장군님이 오십니다.

오셀로와 시종들 등장

오셀로　오, 나의 아름다운 전사!

데스데모나　내 사랑 오셀로!

오셀로　여기 내 눈앞에서 당신을 다시 보다니 엄청 기쁠 뿐만 아니라 놀랍기까지 하오. 오, 내 영혼의 즐거움! 폭풍우 뒤에 이런 평온함이 매번 찾아온다면, 바람이 죽음을 일깨울 때까지 불어오고, 힘들게 운항하는 배들이 올림포스 높이의 파도(波濤) 산을 올라가고 그랬다가 다시 하늘로부터 지옥 밑바닥으로 떨어진다

고 해도 개의치 않겠소. 설사 지금 죽는다 해도 그건 지극한 행
복일 거요. 나의 영혼은 완벽하게 만족하여 미지의 운명 속에서
지금과 같은 평온한 즐거움이 다시 찾아올 것 같지 않소.

데스데모나   하늘이 허락하신다면 우리의 사랑과 즐거움이 날이 갈수록
더 커지기를!

오셀로   정말 그렇게 되기를, 관대하신 하늘이여!
나는 이 즐거움을 아무리 얘기해도 지겹지가 않소. 내 가슴이
멈추는 것 같소. 이건 너무나 큰 즐거움이오. 그리고 이것이, 이
것이 우리 사랑하는 두 마음이 내려갈 수 있는 가장 최대한의
불화이기를!

그들은 키스한다

이아고   [방백] 이제 아주 잘 가락이 맞아 들어가는군.
아무리 불화해도 키스만 하면 끝난다고? 하지만 두고 봐. 내가
그 아름다운 음악의 줄을 끊어놓고 말 테니. 겉으로는 내가 정
직한 척 보이지만 말이야.

오셀로   자, 이제 우리 성으로 갑시다.
친구들, 좋은 소식이오! 우리의 전쟁은 끝났소. 터키 인들은 수
장되었소. 이 섬의 내 오랜 친구들은 어떻게 지내오? 여보, 당신
은 키프로스에서 널리 사랑을 받을 거요. 나는 이 사람들 사이
에서 커다란 사랑을 발견했소. 오, 내 사랑, 내가 어울리지 않게
수다스럽소. 나 자신의 즐거움에 도취해서 말이오. 선량한 이아
고, 만에 내려가서 내 배의 짐들을 내리도록 하라. 그리고 선장

을 성채로 데리고 오도록 해. 그는 좋은 사람이야. 뛰어난 능력
으로 사람들의 존경을 받을 만한 인물이지. 자, 데스데모나, 다
시 한 번 말하는데 키프로스에서 다시 만나 정말 잘되었소.

이아고와 로드리고를 제외하고 [모두 퇴장]

이아고   [자리를 뜨는 시종에게] 곧 항구에서 다시 봅시다. [로드리고에게] 비열
한 사람이 사랑에 빠지면 원래보다 더 고상한 사람이 된다고 하
지. 이봐, 자네가 용감한 사람이라면 내 말을 잘 들어. 부관은 오
늘밤 위병소에서 보초 근무를 설 거야. 먼저 자네에게 이 말을
해주지. 데스데모나는 부관을 깊이 사랑하고 있어.

로드리고   그 사람과? 말도 안 돼.

이아고   자네 손가락을 이렇게 입술에 올려놓고 내 말을 똑똑히 들어.
그녀는 먼저 무어 놈의 허풍과 황상적인 거짓말에 넘어가서 놈
을 사랑하게 되었어. 그런데 이제도 그런 떠버리를 사랑할 것
같아? 자네는 똑똑한 사람이니까 그런 생각 안 하겠지. 그녀는
눈을 즐겁게 하는 잘생긴 놈을 원해. 그런데 저 악마 놈을 쳐다
보면서 무슨 즐거움이 있겠나? 사랑의 행위 끝에 뜨거운 피가
식어버리면 그 다음에는 다시 불을 붙여야 하고 새로운 욕구를
만족시켜야 한다고. 그녀는 잘생긴 남자, 나이가 비슷한 남자,
습관이나 행동 방식이 유사한 남자를 원할 것이고 그런데 저 무
어 놈은 그런 게 전혀 없지. 그녀의 나긋나긋한 몸은 이런 반드
시 필요한 조건들이 충족되지 않으니까 모욕을 당했다 느끼겠
지. 그러면 급히 삼켰던 것을 게워 올리면서 무어 놈을 싫어하

고 미워하게 될 거라고. 그녀의 본성이 그러하니 반드시 이렇게 될 것이고 두 번째 선택을 찾아 나설 거야. 그러니 이봐, 이것이 명약관화한 사실인데 이런 운명의 사다리에서 가장 높이 있는 자가 카시오 말고 누가 있겠나? 저 악당은 유들유들하게 말도 잘하고 자신의 진짜 속셈과 은밀한 욕정을 감추기 위해 세련된 언사와 은근한 매너를 앞세우며 아주 공손하고 인간적인 남자인 체한다고. 그자처럼 교활한 악당이 없다고. 정말 간사하고 영악한 놈이야. 실제로 기회가 없는데도 기회만 노리고 조건이 나쁜 때도 멋대로 기회를 만들어내는 수완을 가진 놈이야. 게다가 저놈은 잘생기고, 젊고, 미숙한 젊은 처녀가 빠져들 만한 그런 조건들을 다 갖추었다고. 아주 골수까지 악당인 놈인데 저 여자는 이미 그에게 넋이 팔렸어.

로드리고 나는 그녀가 그런 사람이라고 믿을 수 없는데. 그녀는 아주 축복받은 성품을 지니고 있어.

이아고 축복은 엿이나 먹으라고 해! 그 여자가 마시는 와인은 포도로 만들지 않나? 만약 그녀가 축복을 받았다면 무어 놈을 사랑할 일도 없었을 거야. 빌어먹을 축복! 자네는 그녀가 그의 손바닥을 만지작거리는 걸 보지 못했나? 그걸 못 봤냐고?

로드리고 그래 보았지. 하지만 그건 인사였어.

이아고 호색한 거야, 틀림없어. 욕정과 지저분한 생각이 펼쳐지는 역사의 서막이라고. 그들은 입술이 아주 가까이 다가가서 숨결이 서로 뒤엉킬 정도였어. 사악한 생각을 품고 있다고, 로드리고! 이런 상호간 애정이 길을 안내해 주면 곧바로 뒤따라서 본론이 나오게 되는데 육체적 결합이 아니고 뭐겠나? 혐오스러워! 하지만 내 말을 잘 들어 내가 잘 안내해 줄 테니. 내가 자네를 베니스에서 데리고 왔어. 자네는 오늘밤 보초를 서게. 내가 자네에게 그런 명령을 내려놓을 테니까. 카시오는 자네를 알지 못해. 나는 자네에게서 그리 멀지 않은 곳에 있을 거야. 자네는 무슨 트집을 잡아서 카시오를 화나게 해. 가령 커다란 소리로 떠들거나, 아니면 그에게 군기가 쏙 빠졌다고 모욕을 주는 거야. 혹은 적당한 때를 봐서 자네 좋은 방식대로 그자의 약을 올리라고.

로드리고　알았어.

이아고　그자는 무모한 데다 욱하는 성질이 있어. 그러니 아마도 화를 벌컥 내며 자네를 치려 할 거야. 그자를 잘 도발해서 그런 태도로 인해 키프로스 사람들이 폭동을 일으키도록 유도하는 거야. 그 사람들을 진정으로 달래려면 카시오를 강등시키는 것 외에는 다른 방법이 없게 되는 거지. 그러면 자네의 욕망으로 다가가는 지름길이 환히 열리는 거지. 내가 추진하는 이 계획 덕분에 말이야. 그런 식으로 우리의 장애물은 적절히 제거되어 버리는 거지. 이걸 못해 내면 우리의 성공은 기대하기 어려워.

로드리고　나는 그렇게 할 거야. 당신이 내게 그런 기회를 마련해 준다면.

이아고　내 보장하지. 성채 근처에서 나를 만나도록 해. 나는 지금 해안으로 내려가 그의 물품을 하역해야 하니까. 자, 그럼.

로드리고　안녕.　　　　　　　　　　　　　　　　　그는 퇴장

이아고　카시오는 그녀를 사랑해. 난 그렇게 믿어. 그녀도 그를 사랑하지. 그렇게 볼 만한 근거가 충분해. 난 저 무어 놈을 영 참아줄 수가 없지만 그래도 놈은 일관되고 자상하고 고상한 성격을 갖고 있어. 그는 데스데모나에게 아주 좋은 남편이 되어줄 거야.

나도 그녀를 사랑하지. 무슨 엄청난 욕정을 품고 있어서 그런 건 아니야(물론 나도 그런 죄악으로부터 완전 벗어난 건 아니 지만). 그보다는 복수를 하고 싶어서야. 저 음탕한 무어 놈이 내 마누라와 놀아났기 때문이지. 그 생각은 독극물처럼 나의 내장 을 파먹어. 그러니 마누라 대 마누라로 복수를 하지 않으면 내 영혼이 아예 편안해질 것 같지 않다고. 그게 안 된다면 저 무어 놈에게 도무지 제정신으로는 치료가 안 되는 강력한 의처증을 안겨주는 거야. 이제 해야 할 일은, 내가 사냥용으로 훈련시킨 저 베니스의 쓰레기 같은 놈에게 내 계획을 실행시키는 거지. 그렇게 해서 마이클 카시오를 함정에 빠트려 무어 인에게 그의 험담을 마구 하는 거지(카시오 놈도 내 마누라를 건드린 것 같 으니 혼 좀 나야 돼). 그렇게 해서 무어 놈은 나를 고마워하고, 좋아하고, 포상을 하게 될 거야. 그를 아주 엄청난 바보로 만들 고 그의 평온과 안정을 뒤흔들어 미쳐버릴 정도로 몰아붙일 건 데도 말이야. 이제 계획은 섰어. 세세한 것들은 좀 뚜렷하게 잡 히지 않지만. 악당의 민낯은 결정적 순간이 올 때까지 드러나는 법이 없지.   퇴장

제2막 제2장
키프로스의 거리

오셀로의 전령이 선언문을 가지고 등장

전령　고상하고 용감한 장군 오셀로는 터키 함대가 완전 파괴되었다
는 보고를 접하고서 모든 백성이 우리의 승리를 축하할 것을 권
합니다. 일부는 춤을 추고, 일부는 모닥불을 만드는 등, 모든 사
람이 각자 알맞은 방식으로 축하해 주기를 바랍니다. 이런 좋
은 소식 이외에도 이것은 또한 그의 결혼식 축하연이기도 합니
다. 이것이 공지의 전부입니다. 주방은 모두 개방했으니 다섯시
부터 열한시 종이 칠 때까지 마음껏 축하연을 즐겨주시기 바랍
니다. 하느님이 이 키프로스 섬과 우리의 고상한 장군 오셀로를
축복해 주시기를!　　　　　　　　　　　　　　　　　　　　퇴장

제2막 제3장
키프로스, 성채의 한 방

오셀로, 데스데모나, 카시오, 시종들 등장

오셀로   선량한 마이클, 오늘밤 경계 근무를 서는 자들을 잘 감독하도록 하게. 훌륭한 자제력을 발휘하여 축하연이 너무 분별없는 행사가 되지 않게 해야 하네.

카시오   이아고에게 어떻게 해야 된다는 지시를 내려두었습니다. 그렇지만 제가 현장에서 직접 감독하도록 하겠습니다.

오셀로   이아고는 아주 정직한 친구지.
    마이클, 이만 물러가게. 내일 아침 일찍 자네와 더 얘기하고 싶네. 내 사랑, 이제 결혼식이 성사되었으니 그 열매가 뒤따라야 하겠군요. 당신과 나 사이에 아직 그 소득이 실현되지 않았으니. 자, 다들 안녕.

오셀로와 데스데모나, [시종들] 모두 퇴장

이아고 등장

카시오   잘 왔네, 이아고. 우리는 오늘밤 경계 근무를 감독해야 돼.

이아고   이 시간에는 보초를 서지 않습니다, 부관님. 아직 열시도 안 되없는 걸요. 장군님은 데스데모나를 사랑하기 위해 일찍 들어가 셨습니다. 그걸 뭐라고 해서는 안 되겠지요. 아무튼 장군님은 아직 그녀와 신혼 밤을 보내지 않았습니다. 그녀는 정말 주피터 신이 업어갈 만한 여자지요.

카시오   아주 아름다운 숙녀이시지.

이아고   그렇습니다. 장담하지만 사랑의 유희도 뛰어나겠지요.

카시오   정말로 젊고 순수하고 부드러운 분이야.

이아고   그 눈은 또 어떻습니까! 음양(陰陽)이 맞붙어 불꽃이 타오르는 것 같지 않습니까?

카시오   정말 매력적인 눈이지. 하지만 내 보기에 아주 정숙한 눈빛이기 도 하지.

이아고   그리고 입을 열어 말을 할 때에는 사랑을 부르는 노랫소리가 되 고요?

카시오   그녀는 정말로 완벽해.

이아고   자, 신혼 방에 축복이 내리기를! 그런데 부관님, 제게 술이 한 통 있습니다. 여기 바깥에는 흑인 오셀로의 건강을 위해 기꺼이 축배를 들어줄 키프로스 용사 두 명이 있습니다.

카시오   선량한 이아고, 오늘밤에는 안 돼. 나는 술을 마시면 머리가 금 방 돌아버려. 사회 관습이 축하를 위하여 음주가 아닌 다른 방 식을 만들어냈으면 좋겠어.

이아고   아, 저들은 우리의 친구입니다! 딱 한 잔만. 나는 당신을 위해 마시겠습니다.

카시오   나는 오늘밤 이미 한 잔을 마셨어. 살짝 물을 타서 말이야. 그런 데도 여기 내 머리가 좀 이상하다니까. 나는 불운하게도 이처럼 술에 약한 체질을 타고 났고 그래서 더 이상 나의 약한 체질을 괴롭히고 싶지 않아.

이아고   무슨 말씀을! 지금은 축하의 밤입니다. 바깥의 용사들이 그걸 바라고 있어요.

카시오   그들이 어디에 있는데?

이아고   여기 문 앞에. 제발 그들을 부르십시오.

카시오   그러지. 하지만 별로 내키지는 않는데.   그는 퇴장

이아고   그가 이미 마신 한 잔에다 한 잔을 더 마시게 한다면, 젊은 사모님의 강아지답게 시비를 걸면서 싸우려들 테지. 자, 사랑 때문에 제정신이 아닌 한심한 얼간이 로드리고야, 오늘밤 데스데모나를 위하여 한 잔 가득 축배를 들면서 놀아보라. 너는 오늘밤 보초를 서게 되어 있지. 나는 나머지 보초들도 술 취하게 할 거야. 명예를 소중하게 여겨 모욕을 당하면 금방 반발하는 이 호전적인 키프로스 섬의 몇몇 신사들과 함께. 오늘밤 나는 흥건히 술잔을 돌릴 거야. 그들도 또한 보초를 서게 되어 있어. 그렇게 해서 이 술 취한 사람들 사이에서 이 몸은 카시오가 엉뚱한 행동을 하도록 유도하여 이 섬사람들을 불쾌하게 만드는 거야. 자, 여기 그들이 오는군.

카시오, 몬타노, 신사들 등장

후속 결과가 내 꿈을 승인해 준다면
내 배는 바람과 물결을 타고 자유롭게 순항하게 되는 거지.

카시오   하느님 맙소사, 술 엄청 가지고 왔네.

몬타노　아닙니다, 작은 통이에요. 한 파인트도 안 돼요. 확실해요. 내가 군인인 것처럼.

이아고　술을 좀 더 가져와라!

[그는 노래를 부른다]

자, 작은 술잔을 부딪쳐라.

자, 작은 술잔을 부딪쳐라.

군인도 사람이다.

오, 사람의 인생은 아주 짧아.

그러니 군인이여 술잔을 들어라.

이봐, 술을 좀 더 가져와!

카시오　맙소사, 정말 멋진 노래로군!

이아고　이 노래를 영국에서 배웠어요. 거기 사람들은 아주 술이 세지요. 덴마크 사람, 독일 사람, 배불뚝이 네덜란드 사람, 이런 사람들도 술이라면 영국 사람에게 상대가 안 돼요.

카시오　자네가 말하는 영국 사람이 정말 그렇게 술이 센가?

이아고　그럼요. 함께 술을 마시면 당신이든 덴마크 사람이든 다 죽도록 취해버려요. 그가 독일 친구들을 나가떨어지게 하는 건 일도 아니에요. 네덜란드 사람은 다음 잔을 채우기도 전에 속이 울렁거려 다 게워버린다니까요.

카시오　우리 장군님의 건강을 위해 건배!

몬타노　부관, 나도 건배! 그리고 당신이 마시는 만큼 나도 마시겠소.

이아고　오, 멋진 영국!

스티븐 왕은 훌륭한 왕이었지.

그의 바지는 겨우 한 크라운.

하지만 6펜스짜리라며 너무 비싸다고 했어.

그러면서 그 양복쟁이, 아주 나쁜 놈이라고 했어.

그분은 아주 명성이 높은 분,

그리고 당신은 비천한 사람.

나라를 망쳐먹는 건 자만심이야.

그러니 자네는 낡은 옷으로 만족하라고.

이봐, 술을 좀 더 가지고 와!

카시오　흐음, 이 노래는 아까 노래보다 더 멋진데.

이아고　다시 한 번 듣고 싶으세요?

카시오　아니, 그런 짓을 하는 자는 그런 자리에 오를 자격이 없다고 보네. 하느님이 천상에 계시고, 구제받을 자는 구제를 받을 거고, 그렇지 못한 자는 구제받지 못할 거고.

이아고　사실입니다, 선량한 부관님.

카시오　나는 말이야 장군님에게도 그리고 그 어떤 신분 높은 분에게도 잘못을 저지르지 않았으니 구제를 받을 거야.

이아고　나도 그렇게 되기를 바랍니다, 부관님.

카시오　그래. 자네한테 좀 미안하기는 하지만 나보다 먼저 구제를 받아서는 안 돼. 부관이 기수 장교보다 먼저 구제받아야 하는 거야. 이 얘기는 그만하지. 이제 우리 일을 신경 쓰자고. 하느님 우리의 죄를 용서하소서! 자 이제 우리 일을 신경 씁시다. 여러분 내가 취했다고 생각하지 마십시오. 이건 나의 기수 장교, 이건 나의 오른 손 저건 나의 왼손. 나는 충분히 일어설 수 있고 말도 잘할 수 있습니다.

일동　그래요, 정말 말 잘하고 계시네요.

카시오　그래요, 아주 잘하지요. 그러니 내가 취했다고 생각하면 안 됩니다. 그는 퇴장

몬타노　자, 보초를 서야 하는 망대 위로 올라갑시다. 신사들 퇴장

이아고　방금 자리를 뜬 친구를 보셨지요? 그는 시저의 오른팔이 되어도 좋을 정도로 군사적 능력이 뛰어난 군인입니다. 하지만 그의 단점도 분명히 보셨지요? 그의 단점이 장점과 똑같을 정도로 심각합니다. 그로서는 정말 안 된 일입니다. 오셀로는 그를 크게 신임하고 있는데 저런 단점이 엉뚱한 때에 튀어나오게 되면 이 섬을 크게 흔들어 놓을 겁니다.

몬타노　저 사람은 자주 저렇습니까?

이아고　저건 그가 잠들기 전의 서막 같은 거지요. 그는 술에 취하여 잠들지 않는다면 밤이건 낮이건 계속 깨어서 망을 볼 사람입니다.

몬타노　장군님이 저런 사실을 알고 계시면 좋을 텐데. 어쩌면 이런 모습을 보지 못한 것일 수도 있고, 아니면 너무 성품이 좋으셔서 카시오의 장점만 보고 단점을 모르는 체하시는 것인지. 이게 더 맞는 얘기 아닐까요?

로드리고 등장

이아고 [로드리고에게 방백] 어서 오게, 로드리고. 지금 즉시 부관을 따라 가게.

로드리고 퇴장

몬타노 고상한 무어 인이 저런 고질적 주벽을 가진 자를 부관 자리에 앉혔다니 참으로 유감이네. 무어 인에게 이걸 사실대로 말하는 것이 정직한 행동이 될 거야.

이아고 이 아름다운 섬을 다 준다 해도 나는 그렇게 하지 않을 겁니다. 나는 카시오를 좋아하고 그래서 그의 주벽을 고쳐주기 위해 최선을 다할 겁니다.

무대 뒤에서 "살려 주세요", "살려 주세요" 하고 [외치는 소리]

아니, 이건 무슨 소리지?

카시오가 로드리고의 뒤를 쫓으며 등장

카시오 빌어먹을, 이 깡패 놈, 이 악당아, 거기 서지 못해!

몬타노 부관, 무슨 일입니까?

카시오 너 같은 놈이 내게 경계 임무를 가르치려 들어? 내 저 악당 놈의 얼굴을 마구 패서 묵사발을 만들어 버리겠다.

로드리고 나를 팬다고?

카시오 그 아가리 닥치지 못해, 이 악당 놈아.

[그가 로드리고를 팬다]

몬타노 이봐요, 부관. 제발 그 손을 거두십시오.

카시오 이 손 봐요. 안 그러면 당신 머리도 무사하지 못할 거요.

몬타노 자, 자, 당신은 취했습니다.

카시오 취했다고?

그들은 싸운다

이아고 [로드리고에게 방백] 자, 빨리 가! 가서 폭동이 일어났다고 소리쳐.

[로드리고 퇴장]

자, 훌륭한 부관님, 아, 신사 여러분. 정말 도와주십시오. 부관님, 몬타노 님, 도와주십시오, 여러분. 이거 정말 보초 선다면서 이래야 되겠습니까!

종이 울린다

종을 울리는 사람은 누구지? 이런 큰일났네. 사람들이 모두 잠 깨어 일어나겠네. 하느님 맙소사, 부관님, 그만 멈추십시오! 이 걸로 영원히 창피를 당할 겁니다.

오셀로와 무기를 가진 시종들 등장

오셀로　여기 도대체 무슨 일인가?

몬타노　젠장, 지금도 계속 피가 나네.

크게 부상을 당했는데. 네놈을 죽이고 말겠다.

오셀로　살고 싶으면 멈춰라!

이아고　그만둬요, 부관님. 몬타노 양반, 신사 여러분. 당신들의 지위도 임무도 다 잊어버렸단 말입니까? 그만두세요. 장군님 말씀이 안 들리세요? 제발 그만두세요!

오셀로　허 참, 이런 일이 어떻게 시작되었지? 우리가 갑자기 터키 인이 되어, 하느님이 터키 인들에게 하지 말라고 하신 일을 우리 자신에게 하고 있단 말인가? 기독교인의 이름으로 이 야만적인 싸움을 멈추도록 하라. 화가 나서 칼을 뺴든 자는 자신의 영혼을 가볍게 여기는 자이다. 그는 칼을 흔드는 즉시 죽게 될 것이다. 저 지긋지긋한 종소리를 꺼버려라. 지금 평온을 누리고 있는 섬사람들을 무섭게 하니까. 여러분, 도대체 어떻게 된 일입니까? 슬퍼서 얼굴이 죽을상이 된 정직한 이아고, 말하라. 누가 이 일을 시작했나? 자네의 정직함을 믿고 명령하는 바이다.

이아고　잘 모르겠습니다. 이들은 지금까지 다정한 친구들이었습니다. 그 행동이나 언사에 있어서 침상에 들기 위해 옷을 벗는 신랑 신부와 비슷했습니다. 그런데 갑자기 무슨 별의 영향을 받았는지 이 사람들의 정신이 돌아버리더니 칼을 빼들고 서로의 가슴을 겨누며 찌르려 했습니다. 유혈 낭자한 싸움을 벌이려고 말입니다. 이 충동적인 갈등이 어떻게 시작되었는지 잘 모르겠습니다. 나는 이런 싸움에 내 두 다리를 밀어 넣느니 차라리 영광스러운 전투에서 그 다리를 잃어버리고 싶습니다.

오셀로 마이클, 자네가 이토록 본분을 망각하다니 어떻게 된 일인가?

카시오 저를 용서해 주십시오. 입이 열 개라고 할 말이 없습니다.

오셀로 몬타노 양반, 당신은 아주 정중한 사람이었습니다. 젊은 나이치고는 아주 신중하고 조용하여 사람들의 평판을 얻었습니다. 현명한 사람들의 입에서 당신이 훌륭한 사람이라는 말이 오르내리고 있습니다. 당신이 이렇게 고귀한 명성을 망각하고 이런 심야의 싸움에 좋은 평판을 낭비하는 것은 무엇 때문입니까? 대답을 해보시오.

몬타노 고상하신 오셀로 장군님. 나는 위험할 정도로 부상을 당했습니다. 당신의 장교 이아고가 상황을 설명해 줄 겁니다. 내가 말하기가 힘들어서 입을 다물고 있을 테니 그가 다 보고할 겁니다. 정당방어가 때때로 악덕이 되고 누가 폭력적으로 공격해 올 때 나 자신을 지키는 것이 죄악이 된다면 나는 오늘밤에 벌어진 일에 대하여 아무런 변명이나 할 말이 없습니다.

오셀로 이제, 나의 혈기가 더 안전한 지침을 제압하여, 최선의 판단력이 흐려지면서 열정이 나의 갈 길을 인도하려 하고 있다. 내가 행동에 나서거나 이 팔을 들어올리기만 한다면 너희들은 모두 나의 비난을 면치 못할 것이다. 이 지저분한 싸움이 어떻게 시작되었고 누가 부추겼는지 내게 보고하라. 이런 무례한 일에 책임이 있는 자는 설사 나와 한날한시에 태어난 쌍둥이라 할지라도 나의 신임을 잃어버릴 것이다. 전쟁이 예상되어 불안정하고 백성들의 가슴에 공포가 가득한 도시에서, 가장 안전해야 할 성채의 위병소에서 한밤중에 싸움을 벌여? 괴이하기 짝이 없는 일이야. 이아고, 누가 이런 짓을 시작했는지 말하라.

몬타노	편파적인 의견을 말하거나 장교의 동료 의식을 발휘하여 진실을 가감하여 말한다면 당신은 군인이 아닙니다.
이아고	나의 군인 정신에 대해서는 언급하지 마십시오. 내 혀가 마이클 카시오에게 피해를 입힌다면 차라리 그것을 내 입에서 잘라 내십시오. 그러나 진실을 말하는 것은 그에게 아무런 피해를 입히는 게 아니라고 저는 믿고 있습니다. 장군님, 전반적인 사정은 이렇습니다. 몬타노와 내가 얘기를 나누고 있는데 저쪽에서 살려달라고 외치는 소리가 들려왔습니다. 이어 카시오가 칼을 빼들고 그를 죽이겠다며 쫓아왔습니다. 장군님, 이때 이 신사가 (몬타노를 가리킨다) 끼어들어 카시오에게 진정하라고 호소했습니다. 나 자신은 그 소리치는 사람을 쫓아갔습니다. 그의 고함 소리가 도시의 주민들을 놀라게 할지 몰라서 말입니다. 이건 결국 그렇게 되었습니다만. 그는 아주 발걸음이 빨라서 제가 쫓아가지 못했습니다. 그래서 다시 이 자리로 돌아와 보니 칼이 부딪치는 소리가 들렸습니다. 카시오는 제가 이날 밤 이전에는 들어보지 못한 욕설을 마구 해댔습니다. 내가 되돌아왔을 때─저는 금방 돌아 왔습니다─두 사람은 서로 엉겨 붙어서 치고받고 있었습니다. 조금 전에 장군님이 떼어놓았던 바로 그 상태였습니다. 이 문제에 대하여 나는 더 이상은 보고할 수가 없습니다. 아무튼 사람은 사람일 뿐입니다. 때로는 가장 선량한 사람도 자신의 본분을 잊어버립니다. 카시오가 그에게 잘못을 하기는 했지만 화가 난 사람은 자신에게 최선을 바라는 사람들을 공격하기도 합니다. 또 카시오는 재빨리 달아난 자로부터 도저히 참을 수 없는 아주 모욕적인 얘기를 들은 것도 사실입니다.

오셀로   이아고, 잘 알겠다.

정직하고 선량한 자네는 이 문제를 좀 좋게 말하여 카시오의 죄상을 가볍게 보이도록 하려는 것 같군. 카시오, 나는 자네를 좋아해. 하지만 앞으로는 나의 장교로 근무하지 못할 거야.

데스데모나가 시종과 함께 등장

나의 사랑하는 아내도 자네 때문에 깨어서 이렇게 나오지 않았나. 나는 자네를 처벌하여 다른 사람들의 일벌백계가 되게 하겠네.

데스데모나   여보, 무슨 일이세요?

오셀로   이제 다 정리가 되었소, 여보. 어서 침전으로 드시오. 선생, 당신의 상처에 대해서는 내가 외과의사가 되도록 하겠소. 그를 데려가라.

[몬타노, 부축되어 나간다]

이아고, 도시의 치안을 잘 살피도록 하고 이런 못된 소란을 피우는 자들이 있으면 제압을 하도록 해. 자, 데스데모나. 이게 군인의 생활이오. 이런 소란으로 자다가 갑자기 깨어야 하는 게 말이오.

[이아고와 카시오만 남고] 모두 퇴장

이아고   많이 다쳤습니까, 부관님?

카시오   그렇소. 치료가 안 될 정도로.

이아고   저런, 하느님 맙소사!

카시오   명성, 명성, 명성! 나는 명성을 잃어버렸소. 나 자신의 불멸인 부분을 잃어버렸고 이제 남은 것은 짐승뿐이오. 나의 명성, 이아고, 나의 명성!

이아고   나는 정직한 사람으로서 말씀드리는 건데 당신은 약간의 신체적 상처를 입었습니다. 명성보다는 그런 관점에서 바라보는 게 더 합리적입니다. 명성이란 한가하고 거짓된 허구로서 아무 실익도 없이 획득되는가 하면 아무 이유 없이 사라지기도 합니다. 스스로 패배자라고 생각하지 않는 한 당신은 명성을 잃은 게 아무것도 없습니다. 이보세요, 장군님의 마음을 되돌릴 수 있는 여러 가지 방법이 있습니다. 당신은 그분의 울컥하는 마음 때문에 이렇게 내쳐진 겁니다. 악의가 있어서라기보다 정책적으로 처벌을 받은 거지요. 도도한 사자는 건드리기 힘드니까 만만한 강아지를 발로 걷어차는 것과 비슷합니다. 그분에게 호소해 보십시오. 그러면 다시 신임을 얻을 수 있을 겁니다.

카시오   나처럼 쓸모없고, 주정뱅이에다, 어리석기까지 한 장교를 받아달라고 저런 훌륭한 장군에게 요청하느니 차라리 나를 경멸해 달라고 말하겠어. 술 취하고, 앵무새처럼 같은 말을 지껄이고, 싸우고, 뻐겨대고, 욕설을 하고, 자기 그림자를 상대로 헛소리를 지껄여? 오, 보이지 않는 술의 작용이여. 만약 네가 아무런 이름이 없다면 악마라고 부르고 싶구나.

이아고   당신이 칼을 빼들고 쫓아간 사람은 누구입니까? 그가 당신에게 무슨 짓을 했습니까?

카시오   몰라.

이아고   그게 가능합니까?

카시오   흐릿하게 덩어리진 기억만 날 뿐이야. 뚜렷하게 잡히는 건 없
어. 아무튼 싸움이 벌어졌는데 왜 그런지는 몰라. 오, 하느님. 인
간이 자기 입에다 악마를 집어넣어 자기 머리를 빼앗아가게 하
다니요! 우리가 즐거움, 유쾌함, 환락, 칭송을 가지고 느닷없이
우리 자신을 짐승으로 만들다니요!

이아고   그렇지만 지금은 충분히 제정신이잖아요. 당신은 어떻게 회복
이 되었습니까?

카시오   주취(酒醉)라는 악마가 분노라는 악마에게 자리를 내준 것이지. 인
간의 단점이 이처럼 연이어 벌어지니 나 자신을 경멸할 수밖에!

이아고   자, 당신은 너무 지나치게 도덕적이십니다. 당신의 지위나 이곳
의 상황을 비추어볼 때 그런 일이 벌어지지 않았으면 정말 좋았
겠지만. 아무튼 일이 벌어지고 말았으니 그것을 당신 유리하게
고치면 되는 겁니다.

카시오   나는 그분에게 복직시켜 달라고 요구할 거야. 내가 주정뱅이라
고 비난을 하시겠지. 내가 히드라만큼 입을 많이 가지고 있다
해도 그 비난을 당해 내지는 못하겠지. 방금 전만 해도 정신이
멀쩡한 사람이었다가 조금씩 조금씩 바보가 되더니 급기야는
짐승이 되고 말았어! 정말 괴상한 일이야! 술은 한 잔 한 잔 저
주받아 마땅한 물건이고 그 안에 든 성분은 악마야.

이아고   무슨 말씀을. 현명하게만 이용한다면 술은 좋은 물건이지요. 더
이상을 술을 비난하지 마십시오. 선량하신 부관님, 내가 당신을

좋아한다는 건 당신도 알고 있다고 생각합니다.

카시오　그건 그렇지. 하지만 내가 술에 취해서—

이아고　부관님은 물론이고 이 세상 누구든 때때로 술 취할 수 있는 겁니다. 우리 장군님의 아내가 현재 진짜 장군입니다. 나는 이 점에 대하여 감히 그렇게 말할 수 있다고 생각합니다. 장군님이 그녀의 자질과 우아함을 명상하고 주목하고 칭송하는 데 온 시간을 다 바치고 있으니까요. 그녀를 찾아가서 당신의 입장을 솔직하게 말씀드리세요. 다시 복직하고 싶은데 도와달라고 간절히 호소하세요. 그녀는 관대하고 상냥하고 유능하고 또 자비로운 성품이어서 요구받은 것 이상으로 해주지 않는다면 자신의 선량함에 먹칠하는 거라고 생각할 겁니다. 그녀에게 당신과 그녀 남편 사이에 벌어진 이 골절을 접합시켜 달라고 간절히 호소하세요. 이런 골절상은 일단 봉합되면 전보다 더 사랑의 뼈가 강해지는 것이지요. 이에 대하여 내 전 재산을 걸고 보장합니다.

카시오　난 그 말을 전적으로 믿네. 내일 아침 일찍 덕성스러운 데스데모나를 찾아가서 나를 위해 좀 중재해 달라고 호소해야겠어. 여기서 내가 좌절한다면 난 엄청난 절망에 빠지게 될 거야.

이아고　정말 그렇게 하십시오. 자 부관님, 그럼 이만. 난 초소에 가봐야겠습니다.

카시오　고맙네, 정직한 이아고.　　　　　　　　　　　　카시오 퇴장

이아고　도대체 내가 악당 짓을 한다고 말할 수 있는 자는 누구야? 무어인의 마음을 되찾을 수 있는 이런 명예로운 조언을 해주었는데. 그것도 아주 합리적인 걸 말이야. 정직하게 호소하면 마음 착한 데스데모나를 자기편으로 만들 수 있어. 그녀는 하늘처럼 땅처

럼 관대한 기질의 소유자란 말이야. 무어 인은 그녀를 행복하게 할 수 있다면, 구제받은 죄악의 상징이고 표시인 자신의 세례식도 포기할지 모른다고. 무어 인의 영혼은 그녀에게 단단히 붙잡혀 있기 때문에 그녀 마음대로 그를 묶었다가 풀었다가 할 수 있어. 그녀 마음 내키는 대로 그의 허약한 심리를 상대로 하느님 노릇을 할 수 있다고.

카시오에게 그의 복직을 위해서 할 수 있는 최선의 방법을 알려준 내가 어떻게 악당이 될 수가 있어? 사탄의 이론! 악마가 최고로 지독한 죄악을 부추길 때에는 먼저 천상의 외양을 보여주면서 시작한다지? 내가 지금 하는 것처럼 말이야. 이 정직한 바보가 데스데모나를 상대로 불운을 회복시켜 달라고 호소하면 그녀는 무어 인에게 강력하게 복직을 요구하겠지. 이때 나는 그의 귀에다 독을 흘려 넣는 거야. 그녀가 자신의 욕정을 위해 그의 복직을 요구한다고 말이야. 그녀가 카시오에게 잘해 주려고 하면 그만큼 무어 놈의 그녀에 대한 의심은 깊어지는 거야. 그렇게 하여 나는 그녀의 미덕을 악덕으로 바꾸어 놓고 그녀의 선량함을 되치기 하여 그들을 모두 일망타진해 버리는 거지.

로드리고 등장

어이, 로드리고!

로드리고 나는 여기서 자네의 사냥꾼 노릇을 해왔어. 실제로 사냥에 나선 사냥개가 아니라, 그 뒤를 쫓아가며 소리나 질러대는 개처럼 말이야. 이제 내 돈은 거의 탕진되었어. 오늘밤 나는 아주 심하게 구타당했어. 결국 고생만 진탕하다가 아무런 소득도 없을 것 같다는 생각이 들어. 그러니 이제 돈도 없고 계획은 더욱 없으니 베니스로 다시 돌아가야 할 것 같아.

이아고 참을성이 없는 사람은 얼마나 한심한가! 저절로 낫지 않는 상처가 어디 있나? 자네는 우리가 마술이 아니라 계획에 따라 움직인다는 걸 알고 있어. 그리고 계획이 실현되려면 시간이 좀 걸려. 소득이 별로 없다고? 카시오가 자네를 구타하기는 했지만 자네는 약간 부상을 당한 걸로 카시오를 파면시키지 않았나? 다른 것들은 햇빛을 좀 더 받아야 하고 그리하여 먼저 열리게 될 열매는 먼저 농익게 될 거라고. 그러니 조금만 기다려. 아니, 벌써 새벽이네!즐거움과 소란으로 시간이 빨리 지나가 버렸네. 자 물러가게. 자네 숙소에 가 있어. 어서 가라니까. 앞으로 좀 더 소식을 듣게 될 거야. 자, 어서 가.

로드리고 퇴장

앞으로 두 가지를 해야 돼.

내 마누라가 카시오를 주인마님에게 안내해야 돼. 내가 마누라에게 일러놓을 거야. 그동안 나는 무어 놈을 일부러 끌어내어 카시오가 그의 마누라에게 호소하는 바로 그 순간을 목격하게 하는 거야. 그래 일을 이렇게 풀어가야 해. 겁먹거나 시간을 끌어서는 계획을 망치게 돼.

그는 퇴장

제3막 제1장
키프로스, 데스데모나의 침실 밖

카시오가 악사들, 광대들과 함께 등장

카시오 자, 악사 양반들, 여기서 연주하도록 해. 내가 자네들 노고에 보상하겠네. 좀 간단한 걸로. "장군님, 아침이 왔습니다." 뭐, 이런 걸로 말이야.

[그들은 연주한다]

광대 악사 양반들, 자네들 악기는 나폴리(사창가)에 갔다 온 거야. 왜 코뼈 부러진(성병 걸린) 소리가 나는 거지?

악사 뭐가 어쨌다고요?

광대 이거 바람(방귀) 소리 내는 악기요?

악사 그렇습니다. 풍악 소리 내는 거지요.

광대 그럼, 그 근처에 거시기가 달렸겠는데.

악사 뭐라고요, 이야기가 달려 있다고요?

광대 저런 악사 양반, 내가 알고 있는 거시기들은 나폴리 잘못 가서 거시기 병 걸려 코뼈가 부러졌다니까. 자, 악사 양반들, 여기 보수가 있습니다. 장군님은 당신들의 음악을 너무 좋아하셔서 제발 더 이상 소리를 내지 말아달라고 하고 있어요.

악사	알았습니다. 더 이상 연주하지 않겠습니다.
광대	만약 안 들리는 풍악 소리를 낼 수 있다면 그건 연주해도 좋아요. 사람들 말로는 장군님은 풍악 듣는 걸 별로 안 좋아 한다니까.
악사	우리는 그런 소리는 못 냅니다.
광대	그럼 악기를 가방에 집어넣고 이만 물러가시오. 자, 어서 공기 속으로 사라져요!

악사들 모두 퇴장

카시오	당신은 듣고 있소, 나의 정직한 친구?
광대	아니오. 나는 당신의 정직한 친구를 듣는 게 아니라 당신을 듣고 있습니다.
카시오	참, 말장난은 그만하시오. 이거 약소한 돈이오. 장군 사모님을 시중드는 여자가 돌아다니면, 그녀에게 카시오라는 사람이 잠깐 만나 얘기하고 싶다고 전하시오. 이렇게 좀 해주겠소?
광대	그녀는 돌아다니고 있습니다, 선생님. 이리로 나오면 그녀에게 그리 전하지요.
카시오	좀 그렇게 해주시오, 나의 좋은 친구.

광대 퇴장

이아고 등장

마침 잘 왔네, 이아고.

이아고   아니 전혀 잠을 자지 않았습니까?

카시오   전혀. 우리가 헤어지기 전에 이미 날이 밝았더군. 이아고, 내가 대담한 조치를 했네. 자네 아내에게 얘기를 좀 하고 싶다고 말이야. 내가 그녀에게 부탁할 건 덕성 높은 데스데모나를 좀 만나게 해달라는 거야.

이아고   내가 곧 마누라를 당신에게 보내드리지요. 내가 무어 인을 밖으로 끌어낼 방법을 생각해 내서 당신이 좀 더 자유롭게 상담을 할 수 있도록 해드리지요.

카시오   그렇게 해준다면 정말 고맙겠네.

[이아고] 퇴장

피렌체 사람치고 이아고같이 정직하고 친절한 친구는 처음인데.

에밀리아 등장

에밀리아   선량한 부관님, 좋은 아침입니다. 당신의 곤경에 대해서는 안되었습니다만 모든 게 다 잘될 거예요. 장군님과 사모님이 그에 대해서 말씀하시고 계세요. 사모님은 당신을 위해 적극 말씀드렸습니다. 무어 인은 부관님이 상처 입힌 그 사람이 키프로스에서 명성이 높고 연줄도 많아서, 당신을 관두게 하는 게 현명한 조치였다는 겁니다. 하지만 여전히 당신을 좋아한다고 말씀하셔요. 이렇게 좋아하는 마음이 강력한 호소가 되니까 다른 민원인은 필요 없다는 거예요. 그래서 가장 빠르고 안전한 기회를 잡아서 당신을 복직시키겠다고 하셔요.

카시오   그래서 당신에게 호소하는데, 당신이 적절하다고 판단되면 혹
         은 그렇게 할 수 있다고 판단되면 데스데모나를 단독으로 만나
         얘기할 수 있는 기회를 좀 주선해 주시오.

에밀리아   우선 들어오세요.
         당신이 속마음을 시원하게 털어놓을 수 있는 곳으로 안내할 테
         니까.

카시오   정말로 고맙소.

그들은 퇴장

─────

제3막 제2장
키프로스, 성채의 밖

오셀로, 이아고, 신사들 등장

오셀로   이아고, 이 편지들을 선장에게 주어서 원로원에 대한 나의 감사
         표시를 전하게 해주게. 그걸 조치하고 나면 나는 축성 공사 현
         장을 살펴볼 거야. 거기에서 나와 합류하도록 해.

이아고   알겠습니다, 장군님. 그렇게 하지요.   [퇴장]

270

오셀로   여러분, 이 축성 공사를 한번 둘러볼 수 있을까?

신사들   우리가 그리로 모시겠습니다.

그들은 퇴장

제3막 제3장
키프로스, 성채의 한 방

데스데모나, 카시오, 에밀리아 등장

데스데모나   선량한 카시오, 안심하세요. 내 능력껏 당신의 선처를 위해
노력할 테니까.

에밀리아   사모님, 그렇게 해주세요. 나의 남편도 마치 자신의 일인 것처
럼 안타까워하고 있어요.

데스데모나   오, 그는 정말 정직한 사람이로군요! 카시오, 걱정하지 말아
요. 남편에게 잘 말씀드려서 남편과 당신 사이가 예전처럼 다정
하게 될 수 있도록 해드릴 테니까.

카시오   자상하신 사모님.
이 카시오에게 무슨 일이 벌어지든 간에 저는 사모님의 진정한
하인이 되어 봉사하겠습니다.

데스데모나　알아요. 그리고 감사해요. 당신은 우리 남편을 사랑해요. 그
　　　　　분을 오래 알아오기도 했고요. 그러니 안심하세요. 그분은 정치
　　　　　적 방침 때문에 당신에게 일정한 거리를 두면서 서먹한 관계를
　　　　　유지하고 있을 뿐이에요.

카시오　　하지만 사모님,
　　　　　그 방침이라는 게 아주 오래갈 수도 있습니다. 그것은 복잡하거
　　　　　나 허황된 소문을 먹고 자라나서 황당한 세부사항들을 가지고
　　　　　새끼를 칠 수도 있습니다. 내가 보직에서 떠나 있고 그 자리를
　　　　　누가 대신 채운다면, 장군님은 나의 충성과 봉사를 아예 잊어버
　　　　　릴지도 못합니다.

데스데모나　그건 염려하지 말아요. 여기 에밀리아가 보는 앞에서 내가 당
　　　　　신의 자리를 보장하겠어요. 나는 한번 우의를 약속하면 그걸 끝
　　　　　까지 지키는 사람이에요. 우리 남편은 내 성화를 당해 내지 못
　　　　　하실 거예요. 나는 밤이 깊도록 남편을 졸라서 더 이상 당신을
　　　　　기다리지 못하게 할 거예요. 그의 침대는 강의를 듣는 학교가
　　　　　될 거고, 그의 식탁은 고해소가 될 거예요. 그분이 하는 모든 일
　　　　　에 카시오의 민원을 섞어 넣을 거예요. 그러니 카시오, 걱정하
　　　　　지 말아요. 당신의 민원 대리인은 포기하느니 차라리 죽어버릴
　　　　　거니까요.

오셀로와 이아고 등장

에밀리아　사모님, 여기 장군님이 오십니다.
카시오　　사모님, 저는 그만 가보겠습니다.

데스데모나　아니, 그냥 있어요. 내가 무슨 말 하는지 옆에서 지켜보세요.

카시오　사모님, 지금은 아닙니다. 저는 마음이 아주 불안정하여 내 용무에 별 도움이 되지 않을 것 같습니다.

데스데모나　그럼 좋으실 대로 하세요.

카시오 퇴장

이아고　하, 저거 별로 마음에 안 드는데.

오셀로　지금 뭐라고 했나?

이아고　별거 아닙니다, 장군님. 그러나 만약에, 뭐라고 할까?

오셀로　방금 내 아내 곁에서 떠나간 자가 카시오 아닌가?

이아고　카시오라고요, 장군님? 아니, 그럴 리가 없는데요. 장군님이 오시는 걸 보고서 죄인처럼 몰래 빠져나가다니요.

오셀로　아무래도 그 사람 같은데.

데스데모나　어서 오세요, 여보. 나는 방금 여기서 민원인과 만났습니다. 당신이 화를 내는 바람에 고민하고 있는 사람이었습니다.

오셀로　누구를 말하는 거요?

데스데모나　누구긴요, 장군님의 부관인 카시오지요. 오, 사랑하는 장군님, 제가 당신을 움직일 만한 은총이나 힘이 있다면 제발 그와 곧바로 화해하세요. 이 사람은 당신을 진정으로 사랑하고 있습니다. 그의 실수는 사전에 계획한 고의적인 것이 아니라 우발적인 것이었습니다. 저는 정직한 사람의 얼굴을 금방 알아봅니다. 그러니 제발 그를 복직시켜 주세요.

오셀로　그가 방금 여기서 나갔소?

데스데모나 예. 아주 풀이 죽어서 나갔어요. 너무 슬퍼하는 모습이 정말
　　　　　 마음이 안 되었더라고요. 사랑하는 당신, 그를 복직시켜 주세요.

오셀로　　 지금은 안 돼, 사랑스런 데스데모나. 좀 기다려야 해.

데스데모나 그럼 좀 빨리 안 될까요?

오셀로　　 당신이 그렇게 원하니 빨리 되도록 하겠소.

데스데모나 그럼 오늘밤 저녁 식사 때?

오셀로　　 아니, 오늘밤은 안 돼.

데스데모나 그럼 내일 점심 때?

오셀로　　 내일 점심 식사는 집에서 하지 않을 것 같소.

데스데모나 그럼 내일 밤이나 화요일 오전에, 혹은 화요일 점심이나 저녁
　　　　　 때. 아니면 수요일 아침에. 제발 시간을 정하세요. 하지만 사흘
　　　　　 을 넘겨서는 안 돼요. 그는 엄청 반성하고 있어요. 전쟁 시에는
　　　　　 시범을 보이기 위해 가장 훌륭한 군인도 때로는 처벌을 해야 되
　　　　　 지만, 일반 상식으로 볼 때 그의 실수는 사실상 개인적인 훈계
　　　　　 를 받을 만한 것도 못 돼요. 그를 언제 오게 할까요? 오셀로, 말
　　　　　 해 주세요. 입장을 바꾸어 당신이 내게 무엇을 요청했는데 내가
　　　　　 거절을 하거나 자꾸 연기하거나 하는 일은 상상도 할 수 없어
　　　　　 요. 이거 알고 계세요? 당신이 내게 구애할 때 마이클 카시오를
　　　　　 종종 데리고 왔는데, 그때 내가 당신에 대해서 조금이라도 못마
　　　　　 땅하다는 듯이 말하면, 그는 언제나 당신 편을 들었어요. 그런
　　　　　 데 그런 카시오를 복직시키기 위해 이처럼 큰 난리를 부려야 해
　　　　　 요? 나는 그 정도는 해줄 수 있다고 생각해요.

오셀로　　 여보, 이제 그만하구려. 그가 오고 싶은 때 언제든지 오라고 해
　　　　　 요. 당신에게 아무것도 거절하지 않겠소.

데스데모나　여보, 이건 부탁이 아니에요.

　　　　　　날이 추울 때 장갑을 끼라고 하고, 영양가 많은 음식을 들어야 한다고 하고, 몸을 따뜻하게 해야 한다고 말하는 거나 비슷해요. 당신 자신에게 득 되는 일을 해달라고 호소하는 것이라고요. 만약 내가 지금 당신의 사랑을 시험해 보는 부탁을 하는 것이라면 그건 아주 까다롭고 위태로운 것이어서, 그런 부탁을 들어달라고 요구하는 게 너무 두려웠을 거예요.

오셀로　　나는 당신에게 아무것도 거절하지 않겠소.

　　　　　　그러니 내게 이건 좀 허락해 주시오. 잠시 나 혼자 있게 해주오.

데스데모나　제가 그런 걸 거절하겠어요? 결코. 그럼 안녕.

오셀로　　자, 그럼 안녕, 사랑하는 데스데모나. 내 곧 당신을 부르리다.

데스데모나　에밀리아, 이리 와. 당신 좋으실 대로 하세요. 나는 늘 당신의 말씀을 따르니까.

　　　　　　　　　　　　　데스데모나와 에밀리아 퇴장

오셀로　　정말 아름다운 여인이야! 나는 당신을 계속 사랑할 거라고 그렇지 않다면 내 영혼에 파멸이 내리기를! 내가 당신을 사랑하지 않는다면 대혼란이 오게 될 거야.

이아고　　고상한 장군님—

오셀로　　뭘 말 하려고 했나, 이아고?

이아고　　마이클 카시오가 장군님이 사모님에게 구애할 때, 그 사랑을 알고 있었나요?

오셀로　　알고 있었지, 처음서부터 끝까지. 그건 왜 묻나?

이아고	그저 궁금한 생각을 확인해 보고 싶어서요. 다른 뜻은 없습니다.
오셀로	궁금한 생각이라니, 이아고?
이아고	전 그가 사모님을 모른다고 생각했습니다.
오셀로	아니야. 그녀와 나 사이를 자주 오가며 심부름을 해주었지.
이아고	그래요?
오셀로	그래요? 실제로 그랬지! 그게 뭐 이상한가? 그는 정직하지 않은가?
이아고	정직이라고요, 장군님?
오셀로	그래, 정직.
이아고	장군님, 제가 아는 한도 내에서.
오셀로	자네 대체 뭘 생각하는 거야?
이아고	생각이라고요, 장군님?
오셀로	"생각이라고요, 장군님?" 자네는 내 말을 따라하고 있군. 마치 자네 생각에 너무 끔찍하여 보여줄 수 없는 괴물이라도 들어 있는 것처럼. 자네는 뭔가 속으로 생각하고 있어. 카시오가 내 아내 곁을 떠나갔을 때부터. 자네는 뭐가 마음에 들지 않나? 그리고 내가 구애하던 시절에 그가 내 심부름을 했다고 했을 때, "그래요?" 하고 말하면서 눈썹을 찌푸렸어. 마치 자네 머릿속에 어떤 끔찍한 생각을 감추고 있는 것처럼. 자네가 나를 좋아하는 사람이라면 그 생각을 드러내 보이게.
이아고	장군님, 당신은 제가 장군님을 좋아한다는 걸 알고 계십니다.
오셀로	그렇다고 생각하네.
	그리고 자네는 사랑과 정직이 가득한 사람이어서 무슨 말인가 하기 전에 신중하게 무게를 달아본다는 것을 알고 있네. 그래서

자네가 감추고 있는 듯한 생각이 나를 더욱 두렵게 해. 왜냐하면 그런 것들은 거짓되고 불충한 악당에게는 상투적 술수가 되어버리지만, 정직한 사람의 심중에서는 은밀하면서도 불길한 예감 같은 게 되기 때문이지. 격정이 지배하지 못하는 온정에서 나온 생각들 말일세.

이아고　마이클 카시오에 대해서는 그가 정직한 사람이라고 맹세드릴 수 있습니다.

오셀로　나도 그렇게 생각하네.

이아고　사람은 외양과 실재가 똑같아야 합니다. 그렇지 못한 사람이라면, 그런 외양을 드러내서는 안 됩니다.

오셀로　물론이지. 사람은 당연히 외양과 실재가 똑같아야 해.

이아고　그래서 말입니다, 저는 카시오가 정직한 사람이라고 생각합니다.

오셀로　아니야, 여기 뭔가가 있어. 제발 자네가 무슨 생각을 하고 있는지 내게 말해 주게. 자네가 반추하는 최악의 생각을 그냥 있는 그대로 말해 주게.

이아고　장군님, 저를 양해해 주십시오.
　　　　비록 제가 장군님의 명령에 복종해야 할 의무가 있지만 나의 가장 깊은 생각을 말씀드려야 할 의무는 없습니다. 심지어 노예들에게도 그런 것을 기대하지 않습니다. 제 생각을 말하라고요? 제 생각이 사악하고 거짓된 것이라면 어떻게 하시겠습니까? 이 세상에 가끔 사악한 일들이 벌어지지 않는 왕궁이 어디에 있습니까? 아무리 깨끗한 가슴을 가지고 있다 해도, 때때로 부정한 생각이 들어와 올바른 생각과 승리를 다투며 쟁송을 벌이지 않는 사람이 누가 있겠습니까?

오셀로	이아고, 자네는 좋아한다면서 친구에게 음모를 꾸미는 거야. 그 친구가 피해를 당하고 있다는 걸 알면서 자네 생각을 그 친구에게 알려 주지 않으려 하니까 말이야.
이아고	제발 저에게 강요하지 마십시오.

저의 짐작이 틀렸을 수도 있습니다. 사실대로 털어놓자면, 나는 남의 잘못을 의심하는 나쁜 버릇이 있고 종종 질투심 때문에 있지도 않은 남의 허물을 상상하기도 합니다. 그러니 장군님께서는 나의 근거 희박한 짐작과 추측성 의심을 무시해 버리고 제가 목격한 무의미한 일들을 걱정하지 않으시는 게 더 현명할 듯합니다. 장군님께 제 생각을 알려 드리는 것은 장군님의 평온과 안정에 도움이 되지 못하는 것은 물론이고 저의 남자다움, 정직, 지혜에도 득 될 것 없습니다.

오셀로	무슨 말인가?
이아고	고상하신 장군님, 남녀의 좋은 명성은 그들 영혼의 큰 보물입니다. 내 지갑(돈)을 훔쳐가는 자는 쓰레기를 훔쳐가는 자입니다. 뭔가 대단한 것 같지만 실은 아무것도 아닙니다. 그 지갑은 내 것이 될 수도 있고 그의 것이 될 수도 있고 수천 사람의 것이 될 수도 있습니다. 그러나 내게서 좋은 명성을 훔쳐가는 자는, 정작 그 자신을 부자로 만들지 못하면서 나를 엄청 가난한 사람으로 만드는 자입니다.
오셀로	그렇지만 나는 자네 생각이 뭔지 알아내고 말겠네.
이아고	설사 내 심장이 장군님 손 안에 있다고 할지라도 알아내지 못할 겁니다. 그 심장이 내 안에 있는 이상 더더욱 알아내지 못합니다.
오셀로	그래?

이아고 　오, 장군님, 질투심을 경계하십시오! 그것은 초록색의 눈알을 가진 괴물입니다. 그 괴물은 자기가 잡아먹는 희생물을 조롱합니다. 이마에 뿔이 난다는 오쟁이 진 남자는 그래도 행복하게 살아갑니다. 자신의 그런 운명을 확실히 알기에 자신에게 그런 잘못을 저지른 자를 사랑하지 않습니다. 그러나 사랑하면서도 의심하고, 의심하면서도 더 사랑할 수밖에 없는 사람은 그 얼마나 많은 저주의 시간은 헤아려야 합니까!

오셀로 　오, 비참함이여!

이아고 　가난하지만 만족하는 사람은 부자, 정말로 부자입니다. 자신이 언젠가 가난하게 될지 모른다고 두려워하는 사람에게, 엄청난 부(富)도 겨울 한복판처럼 춥고 가난한 것입니다. 그러니 하느님, 내가 아는 모든 사람의 영혼이 질투로부터 멀어지게 하소서!

오셀로 　왜, 왜 자네는 나한테 그런 얘기를 하는 건가?
　　　　 자네는 내가 질투하는 사람의 삶을 살아갈 거란 얘기인가? 의심이 의심의 꼬리를 물면서 달의 변화를 뒤쫓을 거라고 생각하는가? 아니야. 나는 일단 의심하면 해결부터 하고 보는 사람이야. 자네가 짐작하는 것처럼 내 영혼을 그런 황당하고 과장된 추측에 내맡긴다면 나를 사람이 아니라 염소로 여겨도 좋아. 자네가 내 아내를 가리켜 아름답고, 식사도 잘하고, 선량한 사람들과 어울리기 좋아하고, 자유롭게 말하고, 노래를 부르고, 악기를 연주하고, 춤을 잘 춘다고 말한다 해서, 자네가 나를 질투하는 남자로 만들지 못해. 여자가 덕성스러우면 이런 재주들은 그녀를 더욱 덕성스럽게 만드는 거야. 또한 나는 내 허약한 성격으로부터 그녀의 배신에 대한 공포나 의심을 조금이라도 이끌어내지는 않을 거야. 그녀도 눈이 있고 나를 직접 선택했으니까. 아니야, 이아고, 나는 의심하기 전에 두 눈으로 확인할 거야. 의심하면 증명할 거야. 만약 증거가 나온다면 이렇게 하는 수밖에 없어. 사랑이든 질투든 즉각 없애버리는 거야.

이아고   그런 말씀을 들으니 기쁩니다. 나는 이제야 장군님께 품고 있는 내 사랑과 의무를 전보다 더 솔직한 심정으로 보여드릴 수 있을 것 같습니다. 그러므로 의무감에서 이런 말씀을 드린다고 받아들여 주십시오. 나는 아직 증거에 대해서는 말씀드리지 않겠습니다. 당신의 아내를 살펴보고 특히 카시오와 있을 때 어떻게 하는지 유의해서 보십시오. 완전하게 의심하지도 않고 완전하게 신임하지도 않는 상태에서 잘 살펴보십시오. 장군님의 관대하고 고상한 성품 때문에 장군님이 이용당하지 않도록 하십시오. 경계하십시오. 저는 베니스 기질을 잘 압니다. 베니스에서 사람들은 남편에게는 보여주지 못할 그런 장난을 가끔 칩니다. 그들의 최고 양심은 그런 일을 하지 말자가 아니라 그런 일을 들키지 말자, 라는 것입니다.

오셀로   자네는 정말로 그렇게 생각하나?

이아고   그녀는 장군님과 결혼하면서 친정아버지를 속였습니다. 그녀는 당신의 사나운 모습에 떨고 두려워할 때 당신을 가장 사랑했습니다.

오셀로   그건 그랬지.

이아고   이제, 제 말을 수긍하시는군요!

그녀는 어리기 때문에 그런 외양을 꾸미면서 친정아버지의 두 눈을 참나무로 내리누르듯이 단단히 감겨놓았던 겁니다. 그래서 그분은 딸이 마술에 걸렸다고 생각한 거지요! 이렇게 다 말씀드린 것이 좀 너무 심한데 장군님의 용서를 간절히 구합니다. 이게 다 장군님을 너무 좋아하기 때문입니다.

오셀로   나도 자네에게 큰 신세를 졌네.

이아고   이 얘기가 장군님을 다소 우울하게 만든 것 같습니다.

오셀로   아니야, 조금도 아니야.

이아고   아니, 그런 것 같습니다.
제가 지금 사랑의 마음으로 드린 말씀을 잘 생각해 보십시오. 하지만 심란하신 것 같군요. 그러나 제 말씀을 지나치게 과장하거나 확대 해석하지는 마시고 일단 의심의 수준이라고 생각해 주십시오.

오셀로   알겠네. 그렇지 하지.

이아고   만약 과장하거나 확대 해석하면 제 말씀은 아주 해로운 결과를 가져올 겁니다. 나는 일이 그렇게 되기를 바라지는 않으니까요. 카시오는 나의 훌륭한 친구입니다. 저런 장군님, 여전히 심란해하시는 것 같은데.

오셀로   아니, 그렇지 않아.
나는 데스데모나가 정직하다는 생각밖에 없어.

이아고   그녀가 오랫동안 그렇게 살기를! 장군님도 오랫동안 그렇게 생각하시기를!

오셀로   그렇지만 좋은 본성도 스스로 일탈하는 경우가 많지.

이아고   그렇습니다. 그게 제가 주장하려고 하는 바입니다. 제가 감히 솔직하게 말씀드리자면 이런 얘기입니다. 그녀는 자신의 환경, 얼굴색, 지위 등에 걸맞은 구혼자들을 많이 물리쳤습니다. 그녀의 본성은 그런 쪽으로 기울어질 텐데 말입니다. 아! 여기서 우리는 음습하고 추악한 욕망, 혹은 부자연스러운 생각이 그녀의 내부에서 꿈틀거리는 것을 냄새 맡을 수 있습니다. 저를 용서해 주십시오. 나는 여기서 구체적으로 그녀를 지칭하며 말하는 건 아닙니다. 그렇지만 그녀가 어느 날 남자를 바라보는 원래의 욕구로 되돌아가서 장군님과 다른 남자들을 비교하면서 자신의 선택을 후회하는 게 아닐까, 우려됩니다.

오셀로   이제 그만 가보게.

뭔가 더 알아낸 것이 있으면 즉시 내게 알려 주게. 자네 아내더러 잘 감시하라고 해둬. 자, 그만 가보게, 이아고.

이아고   [퇴장하려는 자세를 취하며] 장군님, 그럼 이만 가보겠습니다.

오셀로   왜 내가 결혼했던가? 이 정직한 친구는 지금 말해 준 것보다 훨씬 더 많은 것을 보아서 알고 있어.

이아고   [되돌아오며] 장군님, 이 일을 더 이상 알아보지 말라고 장군님께 호소 드리고 싶습니다. 그건 시간에 맡겨두십시오. 카시오가 부관 직에 복귀하는 것이 적절합니다. 능력이 뛰어나니까 그 자리를 충분히 채울 수 있을 겁니다. 하지만 그를 잠시 기다리도록 한다면 그로 인해 그의 사람됨과 그의 행동거지를 알아볼 수 있을 겁니다. 사모님이 그의 복직을 어떻게 채근하는지 잘 살펴보십시오. 이걸로 많은 걸 짐작할 수 있을 겁니다. 그러는 동안에 제가 너무 걱정을 많이 한다고 생각하십시오. 사실 좀 그런 편이라는 생각이 듭니다만. 그리고 계속하여 그녀가 무고하다고 생각하시길 바랍니다. 꼭 이렇게 해주시기를 간청 올립니다.

오셀로   나의 일처리에 대해서는 걱정하지 말게.

이아고 그럼, 이만 물러갑니다.   그는 퇴장

오셀로 저 친구는 아주 정직해. 인간의 행동에 대하여 아주 박식하게
        많이 알고 있어. 만약 그녀가 부정한 여자라는 게 증명된다면,
        그녀가 붙들고 있는 게 내 심장 줄이라고 해도 나는 그녀의 줄
        을 끊어버리고 그녀를 바람 속에 내놓아 거친 운명의 손길에 맡
        길 수밖에 없어. 아마도 내가 흑인이라서 궁정을 드나드는 사내
        들처럼 대화의 솜씨가 없고 또 세월의 계곡 깊숙이 들어간 나이
        라서—하지만 이건 별거 아니라고 생각되는데—그녀가 배신
        했다면 나는 속은 거야. 그렇다면 나는 그녀를 미워하는 수밖에
        없어. 오, 저주스러운 결혼이여. 결혼하면 저 아름다운 여인들
        을 우리의 소유라고 할 수는 있겠지만, 그들의 욕망마저도 우리
        것이라 할 수는 없구나. 내가 사랑하는 것이 남의 손을 탄다면
        나는 차라리 두꺼비가 되어 동굴 속의 증기를 먹고 사는 게 나
        으리라. 이것이 고상한 사람들의 고민이다. 그들은 비열한 사람
        들보다 특권이 더 없다. 이것은 죽음과 마찬가지로 피할 수 없
        는 운명이다. 우리는 태어나는 그 순간부터 이마에 뿔이 나게(오
        쟁이 지게) 되어 있는 운명이다. 여기 그녀가 오는구나.

데스데모나와 에밀리아 등장

        만약 그녀가 나를 배신했다면 하늘 그 자체도 가짜이다. 나는
        그것을 믿지 않아.

데스데모나 여보 오셀로, 기분이 좀 어떠세요?
        점심 식사가 준비되어 있고, 당신이 초청한 키프로스 귀족들이

당신이 나오기를 기다리고 있어요.

오셀로　이거 미안하게 되었소.

데스데모나　왜 그렇게 맥없이 말하세요? 혹시 몸이 편찮으세요?

오셀로　이마에 뿔이 나는 것처럼 여기 머리가 아프오.

데스데모나　아, 그건 지난 밤 소란으로 잠을 설쳐서 그런 거예요. 곧 사라
질 거예요. 제가 이걸로 머리를 단단히 묶어드릴게요. 한 시간
안에 괜찮아질 거예요.

오셀로　당신의 손수건은 너무 작아요. 내버려둬요.

[그가 손수건을 물리치고 그녀가 손수건을 떨어트린다]

자, 당신과 함께 안으로 들어가야겠소.

데스데모나　당신이 편찮으시다니 마음이 안쓰러워요.

오셀로와 데스데모나 퇴장

에밀리아　이 손수건을 발견하여 기쁘네. 이건 무어 인이 그녀에게 첫 기
념물로 주었던 거야. 변덕스러운 남편이 이걸 훔쳐오라고 골백
번 내게 졸라댔지. 하지만 그녀는 이 물건을 아주 소중하게 여
겨 늘 몸에 지니고 다녔지. 그가 늘 지니고 다니라고 소원했으
므로. 사모님은 이 손수건에다 키스를 하고 또 말을 걸기도 했
지. 가져가서 여기 이 손수건의 무늬를 본떠야겠어. 그리고 이
아고에게 주어야지. 그가 이걸 가지고 뭘 하려는지 나는 정말
모르겠어. 난 단지 그의 변덕을 맞춰주려고 이렇게 하는 거야.

이아고   어이, 여기 혼자서 뭘 하는 거야?

에밀리아 나한테 소리치지 말아요. 당신한테 줄 게 하나 있어요.

이아고   내게 줄 게 있다고? 흔한 거? 온 남자한테 다 줄 수 있는 거 아니고?

에밀리아 뭐라고요?

이아고   아니, 어리석은 마누라를 두는 게 흔하다는 얘기야.

에밀리아 아, 그래요? 내가 손수건을 내놓는다면 뭐라고 할 거예요?

이아고   무슨 손수건?

에밀리아 무슨 손수건? 무어 인이 데스데모나에게 처음으로 주었던 것 말이에요. 나보고 훔쳐오라고 여러 번 채근했던 거.

이아고   그걸 그녀한테서 훔쳤어?

에밀리아 아니오. 그녀가 우연히 그걸 흘렸어요. 그런데 마침 내가 여기 있어서 그걸 집어든 거예요.

이아고   착한 마누라! 그걸 내게 줘.

에밀리아 나한테 그걸 훔쳐 오라고 그렇게 닦달하더니 그걸 가지고 대체 무엇을 할 거예요?

이아고   [손수건을 낚아채며] 쳇, 그게 당신하고 무슨 상관이야?

에밀리아 만약 중요한 일이 아니라면 그걸 다시 내게 줘요. 불쌍한 사모님. 그게 없어진 걸 알면 제정신이 아닐 거예요.

이아고   이걸 주웠다는 걸 알리지 마. 내게 쓸모가 있으니까. 그럼 가봐.

에밀리아 퇴장

나는 이것을 카시오의 숙소에 갖다 놓고 그가 발견하게 해야지. 공기처럼 가벼운 사소한 것들이 질투하는 사람에게는 신성한 글자로 쓰인 강력한 증거가 된단 말씀. 이것이 뭔가 톡톡히 역할을 해줄 거야. 무어 놈은 이미 내 독약을 받아먹고 사람이 변하고 있어. 위험한 생각은 그 속성상 독약이나 마찬가지지. 처음에는 별로 맛을 느끼지 못하지만 조금만 몸속의 피에 작용하기 시작하면 꺼지지 않는 유황불처럼 타오르지.

오셀로 등장

내가 그렇다고 말했지. 그가 어디서 오는지 봐. 양귀비도 만드라골라(mandragora, mandrake)도 이 세상의 모든 수면제 시럽도 그대를 달콤한 잠으로 인도하지 못할 거야. 어제 그대가 누렸던 그 달콤한 잠 말이야.

오셀로　아, 그녀가 나를 배신했다고?

이아고　장군님, 안녕하십니까? 이제 그 얘기는 그만하시지요!

오셀로　가버려! 가란 말이야! 자네는 나를 고문대 위에 올려놓았어. 사실을 조금밖에 모르는 것보다는 차라리 철저히 기만당하는 게 나아.

이아고　장군님, 무슨 일이십니까? 진정하십시오.

오셀로　그녀가 훔쳐간 욕정의 시간에 대하여 내가 알고 있었느냐고? 나는 그것을 보지도 못했고 생각하지도 못했어. 그것은 나에게 피해를 주지 않았어. 나는 어젯밤 잘 잤고, 잘 먹었고, 자유로웠고 즐거웠어. 그녀의 입술에서 카시오의 키스 자국을 발견하지 못했어. 도둑을 맞았지만 뭘 도둑맞았는지 모르는 자는 계속 그 걸 모르는 상태로 내버려둬. 그러면 그는 전혀 도둑맞은 게 아 니니까.

이아고　그런 말씀을 들으니까 송구스럽습니다.

오셀로　온 장교와 병사들이 그녀의 싱싱한 육체를 맛보았다 하더라도 나는 행복했을 거야. 나는 그때 아무것도 알지 못했으니까. 그 러나 지금은 그런 평온한 마음과는 완전 작별이야! 즐거움도 사라졌어! 야망을 미덕으로 만들었던 깃털 단 병사들과 대규모 전쟁들도 작별이야! 힝힝거리는 말들의 울음, 찢어지는 트럼펫 소리, 정신을 흥분시키는 북소리, 귀청을 찢어놓는 파이프 소 리, 화려한 깃발, 영광스러운 전쟁의 위용, 행렬, 장관, 이 모든 것도 작별이야! 오, 막강한 대포여. 그대의 굉음은 불멸의 주피 터 신의 무서운 벼락 소리를 방불케 하는 것이었지. 이 모든 것 이여, 안녕. 오셀로의 경력은 이제 사라졌다.

이아고　그게 가능합니까, 장군님?

오셀로　이 악당. 나의 사랑하는 아내가 음란한 여자라는 것을 확실히 증 명해 확실하게 증명하란 말이야. 시각적인 증거를 내놔라. 만약 그렇지 못하다면 나의 영원한 영혼을 두고서 말하는데, 자네는 나의 격렬한 분노를 피해 가지 못할 거야. 그걸 감당하기보다는 차라리 똥개로 태어난 게 더 나았을 것이라고 생각하게 될 거야.

이아고　일이 이 지경까지 되었습니까?

오셀로　내게 그 증거를 보여라. 아니면 적어도 그것을 증명하라. 만약 그 증거가 충분히 의심할 수 있는 단서가 되지 못한다면 자네 목숨은 없어지는 줄 알아라!

이아고   존귀한 장군님—

오셀로   만약 네가 그녀를 중상하고 나를 고문한 것이라면 더 이상 자비
         를 내려달라고 기도할 것도 없고 용서를 받을 생각도 하지 마
         라. 너는 이미 공포의 머리 위에 공포를 더 얹어버린 거야. 하늘
         도 울고 땅도 울릴 만한 짓을 한 거야. 네놈은 지금까지 한 것보
         다 더 큰 저주의 행위를 할 수 없을 거야.

이아고   오, 주님! 오, 하느님, 저를 용서해 주소서! 장군님은 합리적인
         분이 아니십니까? 당신은 영혼과 지각을 가지고 계시지 않습니
         까? 하느님이 당신과 함께하기를. 저는 장교 지위에서 사직하
         겠습니다. 아, 이 한심한 바보. 정직을 악덕으로 만들어버린 자.
         오, 괴이한 세상이여! 오, 세상이여, 주목하라, 주목하라. 솔직하
         고 정직한 것은 안전하지가 않다. 내게 이런 혜택을 내려 주신
         것을 감사드립니다. 앞으로 나는 그 어떤 친구도 사랑하지 않겠
         습니다. 사랑이 이런 무서운 결과를 만들어내니까요.

오셀로   아니야, 그만해. 너는 언제나 정직해야 돼.

이아고   나는 현명해져야겠습니다. 정직은 바보입니다. 자신이 열심히
         일해 준 사람을 잃어버리니까요.

오셀로   정말이지, 나는 아내가 정직하다고 생각하다가 또 정직하지 않
         다고 생각해. 자네가 믿을 만하다고 생각하다가 그렇지 않다고
         생각해. 나는 결정적 증거가 있어야겠어! 다이애나 여신의 얼
         굴처럼 신성하던 그녀의 이름이 이제 내 얼굴처럼 검은색으로
         먹칠이 되었단 말이야. 자살이든 타살이든 밧줄, 칼, 독약, 불길,
         익사시키는 강 따위가 있는 한, 나는 이것(부정)을 용납하지 않겠
         어. 나는 확인하고 싶어!

이아고	장군님이 격정으로 번민한다는 것을 알겠습니다. 나는 그런 생각을 꺼낸 것을 후회하고 있습니다. 장군님은 확인하고 싶으십니까?
오셀로	확인하고 싶으냐고? 아니, 반드시 확인해야겠어.
이아고	확인은 가능할 수 있습니다. 하지만 어떤 방식으로 하려는 겁니까, 장군님? 당신은 몰래 엿보는 입장이 되어 그자가 그녀 위에 올라타는 광경을 입을 헤벌리며 바라보고 싶은 겁니까?
오셀로	오, 차라리 죽음과 지옥으로 떨어지는 게 낫겠어!
이아고	연놈을 그런 광경으로까지 몰고 가는 건 아주 어려운 일입니다. 만약 연놈이 같은 베개를 쓰면서 시시덕거리는 광경을 사람들에게 들켰다면, 연놈은 요절이 나고 말겠으나 그게 가능하겠습니까? 그러면 어떻게 해야 좋을까요? 어떻게 해야 되겠습니까? 어디에서 증거를 충분히 확인할 수 있습니까? 장군님이 그런 광경을 직접 목격한다는 건 불가능합니다. 설사 연놈이 염소처럼 원시적이고, 원숭이처럼 노골적이고, 늑대들처럼 발정을 하고, 대취하여 실성해 버린 어리석은 남녀가 되었다 할지라도 말입니다. 그러나 진리의 문 앞으로 인도하는 강력한 상황적 증거로 충분히 확인이 된다고 하시면 제가 그것을 내놓을 수 있습니다.
오셀로	그녀가 부정을 저질렀다는 생생한 증거를 내게 보여 다오.
이아고	저는 이 일을 좋아하지 않습니다. 그러나 어리석은 사랑과 정직에 떠밀려서 그만 여기까지 왔으니 앞으로 계속 나아가겠습니다. 나는 최근에 카시오와 한 방에서 잔 적이 있습니다. 하지만 이빨이 너무 쑤셔서 도통 잠을 잘 수가 없었습니다. 어떤 사람들 중에서는 정신이 너무 산만하여 꿈꾸면서 그들의 일을 털

어놓는 자가 있습니다. 카시오가 그런 부류였습니다. 나는 그가 잠 속에서 이렇게 중얼거리는 것을 들었습니다. "달콤한 데스데모나, 우리는 조심해야 돼. 우리의 사랑을 잘 감추어야 해." 그러더니 장군님, 그는 내 손을 잡고 비틀더니 소리쳤습니다. "아이고, 귀여운 것!" 이어 내 입술에 거세게 키스했습니다. 내 입술에서 자라는 작은 나무를 아예 뿌리 채 뽑으려는 듯이 말입니다. 이어 다리를 내 사타구니 위에 올려놓고 한숨을 지으며 키스하더니 소리쳤습니다. "빌어먹을, 이토록 귀여운 것을 저 무어 놈에게 내주어야 하다니!"

오셀로   아, 혐오스러워. 너무 혐오스러워!

이아고   하지만 이것은 그의 꿈에 불과한 것입니다.

오셀로   하지만 그건 이미 결론이 났음을 보여주고 있어. 비록 꿈에 불과하지만 아주 분명한 의심의 근거가 돼.

이아고   이것은 증명이 다소 빈약한 다른 증거들을 보강하고 있습니다.

오셀로   나는 그년을 갈가리 찢어죽일 거야.

이아고   아닙니다. 좀 더 현명해지십시오. 우리는 아직 구체적인 것을 보지 못했습니다. 그녀는 아직 무고할지 모릅니다. 제게 이거 한 가지 말씀해 주십시오. 당신 아내의 손에서 딸기 무늬가 수놓아진 손수건을 혹시 자주 보았습니까?

오셀로   내가 그걸 준 적이 있지. 첫 번째 선물이었어.

이아고   그건 몰랐군요. 하지만 그 손수건—당신 아내의 것으로 확신합니다만—으로 카시오가 수염을 닦는 것을 보았습니다.

오셀로   만약 그게 사실이라면—

이아고   만약 그게 사실이라면 혹은 그게 그녀의 것이라면, 다른 증거들과 함께 그녀에게 불리한 증거가 되겠지요.

오셀로   오, 그놈이 4만 번을 환생할 수 있는 놈이었으면 좋겠군. 한 번만 죽여 가지고는 도저히 내 복수를 시원하게 해줄 수가 없을 거야. 나는 이제 그게 사실이라는 걸 확신해. 이아고, 지금까지 내가 간직한 사랑은 모두 허공에 날려버렸어. 그건 사라졌어. 검은 복수여, 텅 빈 지옥에서 일어나라. 오, 사랑이여, 그대의 왕관과 심장이 그려진 옥좌를 횡포한 증오에다 반납하라! 가슴이여, 엄청난 부담으로 부풀어 올라라. 그것은 독사의 혀와 같은 것이므로!

그는 무릎을 꿇는다

이아고   진정하십시오.

오셀로   오, 피, 피, 피!

이아고   진정하시라고 말씀드렸습니다. 장군님의 마음이 어쩌면 바뀔지도 모릅니다.

오셀로   이아고, 결코 그런 일은 없을 거야. 폰투스 해의 차가운 물결과 충동적인 해로는 결코 퇴조하는 물결에 밀리지 않고 계속 앞으로 나아가 프로폰티스 해와 헬레스폰트 해협에 도달하지. 마찬가지로 피를 보고야 말겠다는 나의 생각은 그 난폭한 속도를 계속 유지하면서 결코 뒤돌아보지도 않고 겸허한 사랑으로 퇴조하는 일도 없이 온전하고 충분한 복수에 도달하고 말 거야. 복수여 그 생각을 다 없애 버려다오.

나는 영원히 변치 않는 저 빛나는 하늘을 증인으로 여기에 거룩한 맹세를 다짐하는 바이다.

이아고   아직 일어나지 마십시오.

이아고, 무릎을 꿇는다

영원히 빛나면서 온 사방에서 우리를 포옹하는 천상의 빛이여, 여기서 증인이 되어 주십시오. 여기 이아고는 부당한 피해를 입은 오셀로를 위하여 그의 지혜, 두 손, 마음을 모두 바칠 것을 맹세합니다. 오셀로가 명령을 내리면 이아고는 그에 복종하는 것을 의무로 여길 것입니다. 해야 할 일이 아무리 피 비린내 나는 것이라 할지라도.

[그들은 일어선다]

오셀로   나는 그대의 헌신을 공허한 감사가 아니라 깊은 사랑으로 받아들이는 바이네. 그리고 지금 이 순간부터 자네의 헌신을 시험해 보겠네. 앞으로 사흘 이내에 자네로부터 카시오가 살아 있지 않다는 얘기를 듣고 싶네.

이아고   내 친구는 죽은 목숨입니다.

이 일을 당신의 지시 아래 거행하겠습니다. 하지만 그녀는 살려 주십시오.

오셀로   빌어먹을 년, 저 사악한 창녀! 오, 저주받아 마땅한 년! 자, 나와 함께 가세. 나는 내실로 들어가 저 겉만 곱상한 악마에게 신속한 죽음의 수단을 찾아볼 테니. 이제 자네를 나의 부관으로 임명하네.

이아고   저는 영원히 장군님에게 봉사하겠습니다.

그들은 퇴장

———

제3막 제4장
키프로스, 성채의 한 방

데스데모나, 에밀리아, 광대 등장

데스데모나   실례합니다. 카시오 부관이 어디에 거주하는지 아세요?

광대   그가 어디에서 거짓말하는지 모르겠는데요.

데스데모나   아니, 무슨 말 하는 거예요?

광대   그는 군인입니다. 군인이 거짓말한다고 말했다가는 칼 맞습니다.

데스데모나   쓸데없는 소리. 그가 사는 데가 어디냐는 거예요?

광대   그가 사는 데가 어디냐고 말씀드리는 건 내가 거짓말하는 데가 어디냐고 말하는 것과 같습니다.

데스데모나   이거 도대체 무슨 소리인지?

광대   나는 그가 사는 곳을 모릅니다. 그가 사는 것을 멋대로 짐작하

여 그는 여기에 산다, 혹은 저기에 산다, 라고 하는 건 내 입으로
거짓말을 하는 게 됩니다.

데스데모나 수소문해서 알아봐 주시겠어요?

광대 그를 위해 온 세상에다 교리 문답하겠습니다. 그러니까 물어서
알아보겠다는 얘기입니다.

데스데모나 그를 찾아내어 여기로 좀 오라고 해줘요. 내가 그를 위해 남
편의 마음을 움직였으므로 모든 게 다 잘될 거라고 전해 줘요.

광대 그런 일을 하는 것은 이 몸의 분별력 안에 있는 것이므로 가서
즉시 실행하도록 하겠습니다.   광대 퇴장

데스데모나 내가 어디서 그 손수건을 잃어버렸을까, 에밀리아?

에밀리아 모르겠는데요, 사모님.

데스데모나 차라리 금화가 가득 든 지갑을 잃어버리는 게 더 낫겠어. 고
상한 무어 인은 진실한 마음에다 질투하는 사람들의 비열한 근
성을 갖고 있지 않기에 망정이지 그렇지 않았더라면 남편은 나
를 의심했을 거야.

에밀리아 그분은 질투하지 않으세요?

데스데모나 누구, 그분? 그분이 태어난 곳의 강렬한 태양이 그분으로부
터 그런 기질을 모두 불태워버렸다고 생각해.

오셀로 입장

에밀리아 여기 그분이 오시네요.

데스데모나 나는 카시오를 복직시킬 때까지 남편을 가만 내버려두지 않
을 거야. 여보, 기분이 좀 어떠세요?

오셀로 아, 여보. [방백] 오, 마음을 숨기기 힘들구나. 그래 기분은 어떻
      소, 데스데모나?

데스데모나 좋아요, 훌륭하신 내 남편.

오셀로 당신 손을 좀 내보아요. 이 손은 좀 촉촉하구려, 여보.

데스데모나 아직 어린 데다 슬픔을 몰라서 그래요.

오셀로 열매를 많이 맺고 관대한 마음을 보여주는 손이기도 하지. 뜨겁
      고, 뜨겁고 그리고 촉촉하고. 이런 손을 가진 사람은 유혹을 물
      리치기 위하여 단식과 기도, 금욕과 예배 등이 필요하지. 여기
      에 자주 반란을 일으키는 젊고 땀나는 악마가 있어. 이건 좋은
      손이오. 정직하고.

데스데모나 정말 그렇게 말할 수 있을 거예요.
      내 마음을 당신에게 바친 손이니까요.

오셀로 아주 관대한 손이지! 예전에는 마음이 손을 주었는데, 지금은
      마음이 없어도 손을 먼저 주기도 하지.

데스데모나 무슨 말씀이신지. 자, 이제 당신의 약속에 대해서 말해요.

오셀로 무슨 약속, 여보?

데스데모나 나는 카시오에게 사람을 보내 여기 와서 당신과 얘기해 보라
      고 했어요.

오셀로 나는 심한 감기로 괴롭구려. 당신의 손수건을 좀 빌려주오.

데스데모나 여기 있어요, 주인님.

오셀로 내가 당신에게 준 거 말이오.

데스데모나 현재 가지고 있지 않아요.

오셀로 없다고?

데스데모나 없어요.

오셀로   그건 좋지 않은데. 그 손수건은 어떤 이집트 여자가 내 어머니
        에게 준 것이오. 그 여자는 주술사였고 사람들의 생각을 거의
        읽어냈다고 해요. 그녀는 어머니에게 이렇게 말했소. "이 손수
        건을 잘 간직하세요. 그러면 당신은 사랑스러운 사람이 될 것이
        고 당신의 남편을 완전히 당신의 사랑에다 묶어둘 겁니다. 그러
        나 이것을 잃어버리거나 선물로 남에게 주어버리면 남편의 눈
        은 당신을 혐오스러운 눈빛으로 바라볼 것이고 그의 정신은 다
        른 새로운 변덕에 팔려버릴 것입니다." 어머니는 돌아가시면서
        그 손수건을 내게 주시면서 장차 내가 결혼하게 되면 아내에게
        주라고 하셨고, 나는 그대로 했소. 그러니 그것을 잘 간직하면
        서 당신의 소중한 눈처럼 귀하게 여겨야 할 것이오. 그것을 잃
        어버린다거나 주어버리는 것은 이 세상 그 어떤 것도 보상할 수
        없는 손실이 되는 것이오.

데스데모나   정말 그게 가능한 얘기인가요?

오셀로   사실이오. 그 손수건의 옷감에는 마법이 깃들어 있어요. 태양이
        2백 번이나 공전하는 동안에 이 세상을 살아온 시빌(2백 세의 여자
        무당)이 예언의 영감을 받은 순간에 씨실과 날실을 짜서 그 옷감
        을 만들었어요. 그 비단실을 만들어낸 누에는 거룩한 것이었고,
        거기에 들어간 염색은 전문가가 죽어 미라가 된 처녀들의 심장
        에서 빼내온 것이었소.

데스데모나   어머, 그거 정말이에요?

오셀로   믿을 만한 얘기요. 그러니 그것을 잘 간직하시오.

데스데모나   그렇다면 차라리 내가 아예 그것을 보지 않았더라면 좋았을
        것을.

오셀로   뭐라고? 왜?

데스데모나   왜 그렇게 놀라면서 화난 듯이 말하세요?

오셀로   잃어버렸다고? 사라졌다고? 말하시오, 없어진 거요?

데스데모나   하느님, 저를 도와주소서.

오셀로   뭐라고 했소?

데스데모나   잃어버린 건 아니에요. 만약 잃어버렸다면?

오셀로   어떻게.

데스데모나   난 잃어버린 건 아니라고 말했어요.

오셀로   그걸 가져오시오. 내 눈으로 보아야겠소!

데스데모나   여보, 나도 그러고 싶어요. 하지만 현재는 그럴 수가 없어요.
         당신이 수건 얘기를 자꾸 하는 건 나의 호소를 들어주지 않으려
         하는 핑계인 것 같아요. 제발, 카시오를 복직시켜 주세요.

오셀로   어서 손수건을 가져오시오! 내 마음에는 의심이 가득하구나.

데스데모나   여보, 어서, 어서. 당신은 그보다 더 유능한 사람은 만나지 못
         할 거예요.

오셀로   손수건!

데스데모나   제발, 내게 카시오 얘기를 해주세요.

오셀로   손수건!

데스데모나   그는 평생 동안 당신의 호의에 기대어 그의 성공을 거두어 왔
         어요. 당신과 함께 고초를 겪었고요.

오셀로   손수건!

데스데모나   이렇게 하는 건 당신답지 않아요.

오셀로   쳇, 빌어먹을!   오셀로 퇴장

에밀리아   저런데도 아까 질투하고는 거리가 먼 분이라고 하셨지요?

데스데모나 그이가 저렇게 행동하는 건 처음 봐. 정말, 이 손수건에는 뭔
　　　　　가 마법이 있는가 봐! 나는 그걸 잃어버려서 정말 우울해.

에밀리아 남자는 모두 똑같다는 사실이 드러나는 데에는 1, 2년의 차이가
　　　　　있을 뿐이에요. 그들은 모두 위장이고 우리는 그들의 밥이에요.
　　　　　그들은 우리를 황급히 먹어치우다가 배가 가득차면 그 다음에
　　　　　는 우리를 게워내요.

　　　　　　　　　　　　이아고와 카시오 등장

　　　　　저기 카시오와 내 남편이 오네요.

이아고 이제 달리 방법이 없습니다. 그녀가 해주어야 해요. 아, 운이 좋
　　　　네! 가서 그녀에게 졸라보십시오.

데스데모나 선량한 카시오, 어떻게 지내세요? 무슨 소식을 가져왔나요?

카시오 사모님, 전에 말씀드렸던 민원 건입니다. 다시 한 번 간청드립
　　　　니다. 사모님의 덕성스러운 도움으로 제가 목숨을 이어가면서
　　　　장군님의 사랑을 받는 장교가 되게 해주십시오. 저는 온 마음을
　　　　다하여 장군님을 아주 명예로운 분이라고 생각하며 그분께 봉
　　　　사하고 싶습니다. 나는 더 이상 기다릴 수가 없습니다. 나의 잘
　　　　못이 너무나 심각하여 나의 과거 근무 경력, 현재의 슬픔, 장차
　　　　헌신적인 봉사의 약속으로도 장군님의 은고를 되찾을 수 없다
　　　　면, 그 사실을 아는 것만으로도 내게는 혜택이 될 것입니다. 그
　　　　러면 나는 강요된 만족의 겉옷을 입고, 다른 행동 노선 속에다
　　　　나를 가두고 운명의 손길에 나 자신을 맡길 겁니다.

데스데모나 오, 너무 너무 점잖은 카시오.

내가 중재를 해주기에는 상황이 좋지 않아요. 나의 남편은 전과 같지 않아요. 그의 안색이 그의 성격처럼 바뀌어 버렸다면 나는 그를 알아보지 못했을 거예요. 그러니 거룩한 성령이여, 나를 도와주소서. 내가 최선을 다해 당신의 복직을 말했지만, 나는 솔직한 말씀드린 것 때문에 그분의 분노를 온몸에 떠안게 되었어요! 당신은 좀 더 기다려주어야 해요. 앞으로도 내가 할 수 있는 것은 하겠어요. 나 자신을 위해 할 수 있는 것 이상으로. 현재로서는 이렇게만 말씀드릴게요.

이아고 　장군님은 화를 내고 계십니까?

에밀리아 　그분은 방금 나가셨는데 이상하게도 뭔가로 불안하신 것 같아요.

이아고 　그분이 화를 낸다고요? 대포가 날아와 수하의 병사들을 공중에 산산조각 낼 때, 악마처럼 그분의 남동생을 품안에서 앗아갈 때에도 끄떡없던 분이? 그런 분이 화를 낸다고요? 그럼 뭔가 중요한 일이 발생했군요. 가서 장군님을 만나 보아야겠습니다. 그토록 화를 낸다면 정말로 뭔가 심각한 일이 벌어졌군요.

데스데모나 　제발 그래 주세요.

이아고 퇴장

뭔가 중요한 국가의 일이 발생한 거야. 베니스에서 벌어진 일이나, 여기 키프로스에서 지금껏 알려지지 않은 일이 폭로되었거나 해서 그이의 맑은 정신을 뒤흔들어 놓은 거야. 그런 경우에 사람들은 기질적으로 사소한 것들과 다투게 되지. 중대한 문제

가 그들의 목적인데도 불구하고. 그건 정말 그래. 우리의 손가
락 하나만 다쳐도 다른 건강한 신체 기관들마저도 고통을 느끼
잖아. 그래, 인간은 신이 아니야. 그들에게서 결혼식 날과 같은
정중함을 평생 동안 기대한다는 것은 무리야. 에밀리아, 나 자
신 신통치 못한 전사인가 봐! 그이의 퉁명스러운 태도를 내 영
혼 속에서 기소했는데 엉뚱한 증인을 소환했다는 것과, 내가 그
분을 잘못 기소했다는 것을 깨달았어.

에밀리아 하늘에 빌건대, 사모님이 생각하는 것처럼 국가의 일이었으면
좋겠어요. 사모님과 관련된 엉뚱한 생각이거나 질투심 가득한
변덕은 아니었으면 해요.

데스데모나 아, 왜 이런 일이. 나는 그이에게 아무런 잘못을 한 게 없는데!

에밀리아 그러나 질투하는 영혼은 그렇게 해서 달래지지 않을 거예요. 그
들은 무슨 이유가 있어서 질투하는 게 아니에요. 그냥 질투를
위한 질투를 하는 거예요. 그건 허방에서 생겨나서 무럭무럭 자
라나는 괴물 같은 거예요.

데스데모나 하늘이시여, 오셀로의 마음을 그 괴물로부터 지켜주소서!

에밀리아 저도 그렇게 되기를 빌겠어요, 사모님!

데스데모나 가서 그이를 찾아봐야지. 카시오, 당신은 여기서 좀 기다려
요. 만약 그이의 기분이 좋으면 당신 애기를 또 꺼낼 거니까. 내
가 할 수 있는 건 다하겠어요.

카시오 감사합니다, 사모님.

데스데모나와 에밀리아 퇴장

300

비앙카 이게 누구야, 좋은 친구 카시오 아니에요?

카시오 아름다운 비앙카, 무슨 일로 외출한 거요? 달콤한 내 사랑, 난 곧 당신 집을 찾아갈 생각이었소.

비앙카 그리고 나는 당신 집을 찾아갈 생각이었지요, 카시오. 일주일이나 발걸음을 하지 않았잖아요. 일곱 번의 밤과 낮, 무려 168시간이 아니겠어요? 애인이 없는 시간은 보통 때 시간보다 168배나 더 느리게 가요. 기다리는 건 얼마나 지루한지! 셈만 해봐도 지쳐버리죠.

카시오 비앙카, 나를 용서해 주시오.

나는 그동안 무거운 생각에 짓눌려 있었소. 하지만 덜 바쁜 시간이 오면 그 잃어버린 시간을 다 벌충해 주겠소. 이 손수건의 무늬를 좀 본떠 주시오.

비앙카 오, 카시오, 이건 어디에서 났어요? 이건 틀림없이 새로 사귄 친구에게서 얻은 것이겠지요? 나는 이제 지루했던 기다림의 이유마저 알게 되었네요. 결국 이거였나요? 쳇.

카시오 무슨 소리 하는 거야, 이 여자야!

그런 사악한 짐작은 그 고향인 악마의 아가리 속에다 던져 넣어. 당신은 지금 질투하고 있는 거야. 이게 어떤 여자가 기념품으로 준 것이라고 말이야. 맹세하건대, 비앙카, 그런 물건이 절대 아니야.

비앙카 그럼 이거 누구 거예요?

카시오 그건 나도 몰라. 내 방에서 우연히 발견했어. 하지만 그 무늬가 마음에 들어. 누가 곧 그 물건을 돌려달라고 할 것 같은데, 그 무늬를 본떠 놓고 싶어. 이걸 가져가서 그 작업을 좀 하고 당분간 좀 나를 내버려둬.

비앙카   혼자 있게 해달라고요? 왜요?

카시오   나는 장군님의 지시를 대기해야 돼. 내가 여자와 함께 있는 모습이 별로 명예롭다고 생각되지 않고 나도 그런 걸 원하지 않아.

비앙카   왜 그런데요?

카시오   물론 내가 당신을 사랑하지 않는다는 얘기는 아니야.

비앙카   하지만 당신은 나를 사랑하지 않는 것 같아요! 나와 함께 조금만 걸어가요. 그리고 오늘밤이라도 나를 만나러 올 거라고 얘기해 줘요.

카시오   그럼 조금만 함께 걸어가는 거야. 내가 여기서 기다려야 하니까. 하지만 곧 당신을 보러 갈게.

비앙카   좋아요. 그렇게 하세요. 그걸로 만족하는 수밖에.

그들은 퇴장

제4막 제1장

키프로스, 성채의 한 방

오셀로와 이아고 등장

이아고　　정말 그렇게 생각하십니까?

오셀로　　그렇게 생각하다니, 이아고?

이아고　　몰래 키스만 했다고 생각하십니까?

오셀로　　부정한 키스!

이아고　　혹은 그녀가 알몸이 되어 그녀의 친구와 한 침대에 한 시간 가량 누웠는데 아무 일도 없었다고 생각하십니까?

오셀로　　한 침대에 알몸으로 있었는데 아무 일도 없었다고, 이아고? 말도 안 되는 소리. 그건 악마를 상대로 장난을 치는 거야. 그들이 염치를 지킬 생각이 있어서 실제로 그렇게 했다는 얘기는 악마더러 그들의 염치를 유혹하라고 하는 것이고, 결국에는 염치도 못 지켜서 하느님의 저주를 받을 뿐이야.

이아고　　만약 연놈이 아무 짓도 안 했다면 그건 용서받을 만한 실수죠. 만약 내 마누라가 어떤 놈에게 손수건을 건네준다면—

오셀로　　그렇다면 뭐라는 거야?

이아고　　아니, 그건 그녀의 것이니까, 또 그녀의 것이기 때문에 제 생각에 아무 남자한테나 내줄 수 있다고 봅니다.

오셀로　　그녀는 자기 명예도 지켜야 해. 과연 그럴 수 있을까?

이아고　그녀의 명예는 본질적으로 안 보이는 거지요. 명예가 없는 사람도 아주 빈번하게 그게 있는 것처럼 보입니다. 그러나 이 손수건은—

오셀로　젠장, 난 정말 그 손수건 따위는 잊어버리고 싶군. 자네는 그가 나의 손수건을 갖고 있다고 했지. 오, 나의 기억이 악몽처럼 되돌아오는군. 마치 전염병을 옮기는 까마귀가 감염된 집으로 날아와 불길한 모든 것을 예고하듯이.

이아고　무엇이라고 말하는데요?

오셀로　예감이 좋지 않아.

이아고　내가 그가 잘못을 저지르는 광경을 목격했다고 하면 혹은 그가 지껄이는 소리를 들었다고 하면 어떻게 하실 겁니까? 세상에는 떠벌여대는 악당들이 많거든요. 치근대는 구애를 해대며 혹은 여자의 자발적 호감에 힘입어 그들의 성욕을 채울 수 있다고 보거나 이미 채운 놈들은 온 세상에 나발 불고 다닐 수밖에 없거든요.

오셀로　그자가 뭐라고 말을 했나?

이아고　했다마다요, 장군님. 하지만 이건 분명하게 말씀드릴 수 있어요. 그자는 부정할 겁니다.

오셀로　그자가 뭐라고 말했는데?

이아고　그자는 했다고 말했습니다. 하지만 뭔 소린지 모르겠습니다.

오셀로　뭐? 뭐라고?

이아고　그걸 했다는 겁니다.

오셀로　그녀와?

이아고　그녀와. 그녀 위에서. 뭐 그런 거였습니다.

오셀로　그녀와 하고, 그녀 위에서 했다고? 그녀와 했다는 얘기를 믿느니 차라리 그자가 거짓말을 한다고 생각하고 싶네. 그녀와 했어? 이거 정말 구역질이 나는군. 손수건—자백—손수건? 생각만 해도 화가 나서 살이 부들부들 떨려. 자백한 다음에 교수형이지만, 난 먼저 그놈을 목 졸라 죽이고 그 다음에 자백을 받을 거야. 온 몸이 다 부들부들 떨리는군. 그녀가 실제로 그런 몹쓸 욕정에 휩싸이지 않고서야, 자연의 순리 상 내게 이런 예감이 들 수가 없어. 단순한 소문이 이렇게 나를 흔들어 놓을 수 없어. 쳇! 코와 코, 귀와 귀, 입술과 입술을 맞대고. 어떻게 그런 일이 있을 수 있어? 자백—손수건—오, 악마!

[그는] 발작을 일으켜 쓰러진다

이아고　좋았어. 내 약이 이제 제대로 약효를 발휘하는군. 이런 식으로 멍청한 바보들은 걸려드는 거지. 품위 있고 정숙한 여자들도 이런 식으로 걸려들어 전혀 죄 없이 비난을 당하는 거지. 장군님, 장군님, 오셀로!

카시오 등장

안녕하십니까, 카시오?
카시오　무슨 일인가?
이아고　장군님이 발작으로 쓰러졌습니다. 두 번째 발작입니다. 어제도 한 번 있었어요.

카시오	그의 관자놀이를 문질러.
이아고	아닙니다.

졸도하면 그대로 내버려두어야 해요. 안 그러면 입에 거품을 물면서 점점 더 난폭한 광인으로 변해 갑니다. 보세요, 이제 깨어나잖아요. 부관님은 잠시 물러가 계십시오. 그는 곧 회복할 겁니다. 그가 가고 나면 부관님과 얘기할 기회가 있을 겁니다.

[카시오 퇴장]

장군님, 어떻게 된 겁니까? 머리를 다치지는 않으셨습니까?

오셀로	자네는 나를 우습게 보는 건가?
이아고	무슨 말씀을! 저는 절대로 우습게 보지 않습니다.

당신의 운명을 사나이답게 견디어냈으면 좋겠습니다.

오셀로	이마에 뿔난 남자는 괴물이고 짐승이야.
이아고	그렇다면 인구 조밀한 도시에는 그런 짐승이 많습니다. 공손한 괴물이 많다는 얘기지요.
오셀로	그자가 자백했나?
이아고	장군님, 굳건히 견뎌내십시오.

수염 난 남자로서 결혼의 굴레에 매인 많은 남자들이 장군님과 같이 잡아당기는 대로 끌려간다는 걸 생각하십시오. 밤마다 부정한 침대에 누우면서도 그 침대가 자신 단독의 소유라고 확신하는 수백만의 남자들이 있습니다. 장군님의 사례는 그래도 나은 편입니다. 의심 없는 침대에서 방탕한 여자의 입술을 빤다는 것은 지옥의 악행이고 악마의 조롱입니다. 아니, 차라리 진실을

아는 게 좋습니다. 나라는 존재를 잘 알기에 나는 그녀가 어떻게 되리라는 것을 압니다.

오셀로　자네는 정말 현명하구먼. 틀림없어.

이아고　잠깐 저기 물러가 계십시오.

그리고 차분하게 기다리십시오. 장군님께서 슬픔에 압도되어 있는 동안에―그런 격정은 장군님과는 어울리지 않는 것이지만―카시오가 여길 지나갔습니다. 나는 그를 물리치면서 장군님의 졸도에 대하여 적당히 변명을 해드렸습니다. 그리고 곧 다시 돌아와 나와 대화를 하자고 제안했습니다. 그도 좋다고 했어요. 저기 안 보이는 곳에 가 계시면서 그의 얼굴에 가득히 드러나는 조롱, 천시, 경멸의 표시를 살펴보십시오. 제가 이제 그에게 그 얘기를 새롭게 하도록 시킬 테니까. 어디서, 어떻게, 얼마나 자주, 얼마 전에, 그리고 언제 당신의 아내와 다시 동침할 예정인지 말하도록 시키겠습니다. 그의 손짓과 몸짓을 주목해 주십시오. 그리고 침착해야 합니다. 안 그러면 분노가 치밀어 올라 장군님은 이성을 잃어버릴지 모르니까요.

오셀로　염려하지 마, 이아고.

나는 참을성 하나만은 교활할 정도로 많아. 그렇지만 피비린내를 몰고 올 교활함이지.

이아고　그거 좋군요.

아무튼 냉정해야 합니다. 잠시 물러가 주시겠습니까?

[오셀로 물러간다]

이제 나는 카시오에게 비앙카 얘기를 물어봐야지. 자신의 욕망을 팔아서 빵과 옷을 사는 여자지. 카시오에게 푹 빠진 여자야. 창녀의 고질병은 많은 남자를 속이지만 결국에는 그녀 자신이 한 남자에게 속아 넘어간다는 거지. 카시오는 그 여자 얘기를 들으면 엄청난 헛웃음을 터트릴 수밖에 없는 거야. 여기 그가 온다.

카시오 등장

저자가 웃음을 터트리면 오셀로는 돌아버리겠지. 그는 근거 없는 질투에 사로잡혀 불쌍한 카시오의 미소, 손짓, 가벼운 몸짓을 아주 그릇되게 해석하겠지. 안녕하십니까, 부관님!

카시오   직함으로 나를 부르니 더 가슴이 아리군. 그 자리에 있지 못한 게 아직도 나를 아프게 해.

이아고   데스데모나에게 잘 부탁해 보십시오. 그러면 틀림없이 다시 복직하실 겁니다. 만약 그 민원이 비앙카의 끗발 안에 있는 것이라면 당신은 아주 빠르게 복직이 되었을 텐데!

카시오   에이 귀찮은 년!

오셀로   [방백] 저것 봐. 저자가 벌써 웃고 있어!

이아고   나는 남자를 그토록 사랑하는 여자는 처음 봅니다.

카시오   불쌍한 것. 그녀는 나를 사랑하는 것 같아.

오셀로   [방백] 저자는 이제 약하게 부정하면서 웃어넘기려 하고 있어.

이아고   카시오, 이런 소문 들었어요?

오셀로   [방백] 이아고가 저자에게 말을 붙이고 있군. 그래, 그래, 계속해.

잘했어.

이아고　당신이 그녀와 결혼할 거라는 말을 그녀가 퍼트리고 있어요. 정말 그럴 생각입니까?

카시오　하, 하, 하!

오셀로　[방백] 네놈이 로마 인처럼 승리를 거두었다는 거냐, 정복했다는 거냐?

카시오　내가 그 여자와 결혼한다고? 창녀와? 나를 좀 더 높게 봐줄 수 없겠나? 난 그처럼 멍청하지는 않아. 하, 하, 하!

오셀로　[방백] 그래, 그래, 그래. 정복한 자는 웃겠지.

이아고　정말이에요. 당신이 그 여자와 결혼할 거라는 얘기가 파다하다고요.

카시오　그거 정말로 하는 말이야?

이아고　사실이 아니라면 내가 악당입니다.

오셀로　[방백] 그러니까 네놈이 나를 이겨먹었다는 거지? 좋아.

카시오　그건 똥강아지가 내지르는 얘기야. 그 여자가 자기 사랑과 감정 때문에 그렇게 떠들어대는 거지 내가 약속한 게 아니라고.

오셀로　[방백] 이아고가 내게 손짓을 하는군. 그가 이제 얘기를 시작할 거야.

카시오　그 여자가 방금 전에 여길 지나갔어. 나를 어디에나 쫓아다니는 것 같아. 전에 해안의 둑에서 어떤 베니스 인들과 얘기를 하고 있는데 거기까지 그 어리석은 여자가 쫓아왔더라고. 그리고 말이야, 이렇게 손을 내뻗으면서 내 목 위로 안겨오더라니까!

오셀로　[방백] "오, 사랑하는 카시오."라고 말하면서 그렇게 엎어졌단 말이지. 저자의 동작은 그런 의미인 것 같아.

카시오 그런 식으로 매달리고 도리질하고 울면서 달려들더라니까. 나를 흔들고 잡아당기고 하는데 진땀을 뺐어. 하, 하, 하!

오셀로 [방백] 저자는 그녀가 저자를 나의 침실로 인도한 방식을 말하고 있군. 오, 내가 저놈의 코(성기)는 볼 수 있지만, 그 코를 처박을 똥강아지는 보이지 않는구나.

카시오 난 그 여자를 더 이상 만나지 말아야겠어.

이아고 이크! 그 여자가 오는구나.

카시오 저 지겨운 년! 향수 냄새가 코를 찌르는군.

비앙카 등장

어쩌자고 나를 이토록 따라다녀?

비앙카 악마와 악마의 어미나 당신을 쫓아다니라고 해요! 방금 전에 내게 준 이 빌어먹을 손수건은 뭐예요? 내가 미친년이지, 이걸 받아들다니! 나보고 이 무늬를 본뜨라고? 당신 방안에서 우연히 발견했는데 누가 갖다 놨는지 모르는 애먼 물건이라고? 이건 어떤 년의 선물일 텐데 내가 그 본을 떠야 한다고! 이걸 당신의 그 잘난 년에게 도로 갖다 줘요. 어디서 이 물건이 났든지 간에 나는 본 절대 못 떠줘!

카시오 왜, 그래, 상냥한 비앙카, 왜, 그래?

오셀로 [방백] 저건 내 손수건이잖아.

비앙카 오늘 저녁에 내 집에 와서 저녁 식사를 하겠다면 와도 좋아요. 하지만 안 온다면 다음 기회는 없을 줄 알아요.   그녀 퇴장

이아고 그녀를 쫓아가요, 쫓아가.

카시오   젠장, 그래야겠는걸. 안 그러면 저 여자 거리에서 비명을 지를
       것 같아.

이아고   저 여자 집에서 저녁 식사할 건가요?

카시오   젠장 그래할 것 같아.

이아고   당신을 또 만나 보기를 기대합니다. 좀 더 얘기를 나누고 싶으
       니까요.

카시오   만나러 오시오. 그렇게 해주겠소?

이아고   그녀를 쫓아가세요, 더 이상 얘기하지 말고.

카시오 퇴장

오셀로   [앞으로 나오며] 내가 저놈을 어떻게 죽이면 좋을까, 이아고?

이아고   저자가 자신의 악행에 웃음을 터트리는 걸 보았습니까?

오셀로   오, 이아고!

이아고   손수건도 보셨지요?

오셀로   그거 내 것이었나?

이아고   장군님 것입니다. 이 손이 내 손인 것처럼. 나는 그가 당신의 아
       내를 아주 어리석은 여자로 본다는 걸 알 수 있었습니다. 그녀
       가 그걸 그자에게 주었고 그자는 다시 창녀에게 준 겁니다.

오셀로   지난번에 4만 번 환생해도 죽이기에 부족한 놈이라고 했는데
       내 저놈을 9년 동안 계속 죽이고 말 거야. 훌륭한 여자, 아름다
       운 여자, 상냥한 여자를 그처럼 망쳐 놓다니!

이아고   아뇨, 그런 여자는 이제 잊어야 합니다.

오셀로   그래 그녀는 오늘밤 썩어 문드러져서 지옥의 저주를 받게 될 거

야. 앞으로 더 이상 살지 못할 테니까. 그래, 이제 내 마음은 돌처럼 굳어졌어. 내 마음을 쳐보니 내 손이 아플 지경이야. 오, 이 세상에 그녀처럼 아름다운 여자는 없는데! 황제의 아내가 되어도 그를 마음대로 호령할 수 있는 여자인데.

이아고   아니오, 장군님은 이제 그렇게 되지 않으실 겁니다.

오셀로   빌어먹을 여자. 그래도 그녀의 모습은 사실대로 말해야지. 바느질도 잘하고 뛰어난 가인인데. 그녀가 노래를 부르면 짐승들도 그 야수적 기질을 버리게 돼.

이아고   그렇기 때문에 더 나쁜 여자지요.

오셀로   그래, 천 배 만 배 더 나빠. 게다가 아주 온순한 성품을 갖고 있지.

이아고   그래요. 너무 온순하지요.

오셀로   그건 틀림없어. 그러니 너무 끔찍한 일이야, 너무 끔찍하다고, 이아고!

이아고   그런 짓을 했는데도 그녀를 아직도 그렇게 좋아한다면 아예 노골적으로 놀아나라고 허가를 해주시지 그래요? 그게 장군님에게 아무런 영향을 미치지 못한다면 그 누구에도 피해를 주지 않아요.

오셀로   나는 그녀를 산산조각 내버릴 거야. 감히 나를 배신해?

이아고   그건 정말 나쁜 짓입니다.

오셀로   내 부하 장교와!

이아고   그러니 더 나쁘지요.

오셀로   내게 독약을 좀 구해다 줘. 오늘밤 그녀의 신체와 아름다움이 내 마음을 다시금 흔들어놓지 않도록 그녀와 더 이상 얘기를 하지 않을 거야. 오늘밤에 해치울 거야, 이아고.

이아고   독약을 사용하지 마십시오. 차라리 침실에서 목을 조르십시오. 그녀가 더럽혀 놓은 그 침대에서 말입니다.

오셀로   좋아, 좋아! 그렇게 해야 공평하지. 아주 좋아.

이아고   그리고 카시오는 제가 해치우겠습니다. 장군님은 자정이 되면 더 많은 소식을 듣게 될 겁니다.

오셀로   아주 좋아!

나팔 [소리가 들린다]

저건 무슨 나팔이지?

이아고   베니스에서 누군가 온 것 같습니다.

로도비코, 데스데모나, 시종들 등장

로도비코입니다. 공작이 보낸 사절입니다. 보세요. 당신의 아내가 그와 함께 있습니다.

로도비코   하느님의 축복이 있기를, 존귀하신 장군님!

오셀로   어서 오십시오, 사절님.

로도비코   베니스 공작님과 원로원 의원님들이 장군님에게 인사를 전하라고 했습니다.

[그는 오셀로에게 문서를 하나 건넨다]

오셀로   편지를 기쁜 마음으로 받겠습니다.

데스데모나   무슨 소식이에요, 로도비코 오라버님?

이아고   사절님, 다시 뵙게 되어 너무 기쁩니다. 키프로스에 오신 것을 환영합니다.

로도비코   감사하오. 카시오 부관은 어떻게 지내요?

이아고   잘 지내고 있습니다, 사절님.

데스데모나   사촌, 그와 우리 남편 사이에 약간의 불화가 발생했어요. 하지만 당신은 그것을 잘 풀어줄 거라 생각해요.

오셀로   정말 그렇게 되리라고 보나?

데스데모나   뭐라고요, 여보?

오셀로   이 지시를 그대로 이행하기 바라오. 왜냐하면 당신은—

로도비코   그는 아무 말도 하지 않았어요. 문서에 몰두하느라고. 장군님과 카시오 사이에 무슨 불화가 있나요?

데스데모나   아주 우울한 거예요. 저는 두 분을 화해시키려고 무척 애를 쓰고 있어요. 제가 카시오를 좋아하기 때문이지요.

오셀로   지옥불과 유황불!

데스데모나   뭐라고요, 여보?

오셀로   당신 제정신이오?

데스데모나   뭐라고요? 저이가 화가 난 것 같아요.

로도비코   아마 편지 때문에 심란해질 걸 겁니다. 본국에서 그를 베니스로 소환하는 내용이니까요. 카시오를 총독 자리에 임명하고.

데스데모나   어머, 정말 잘되었네요.

오셀로   정말로?

314

데스데모나 뭐라고요, 여보?

오셀로 난 당신이 그런 미친 소리를 해서 기뻐.

데스데모나 무슨 말씀이세요, 자상한 오셀로!

오셀로 [그녀의 뺨을 때리며] 악마!

데스데모나 나는 이런 대접을 받을 만한 짓을 한 게 없어요.

로도비코 장군님, 이런 광경을 베니스에서는 믿지 못할 겁니다. 설사 내 두 눈으로 목격했다고 맹세해도 말입니다. 이건 정말 너무합니다. 그녀에게 사과하세요. 그녀는 울고 있어요.

오셀로 오, 악마, 악마!
온 땅이 여자들의 눈물로 뒤덮인다 해도 그녀가 흘린 눈물방울방울은 악어의 눈물일 뿐. 여기서 썩 꺼져!

데스데모나 나는 여기서 더 지체하여 당신을 화나게 만들지 않겠어요.

로도비코 정말로 순종적인 부인이군요. 장군님, 간청하오니 그녀를 다시 부르십시오.

오셀로 이봐!

데스데모나 뭐라고요, 여보?

오셀로 사절님, 그녀에게 무슨 용건 있습니까?

로도비코 저 말입니까, 장군님?

오셀로 예. 당신이 나보고 그녀를 부르라고 했잖습니까? 사절님, 그녀는 얼마든지 돌고, 돌고, 돌고 또다시 돌 수 있습니다. 그녀는 울 수도 있습니다. 울라고 내버려두지요 뭐. 당신이 말한 대로 그녀는 순종적입니다. 아주 순종적이지요. 이봐, 계속 울라고. 사절님, 저건 말입니다, 잘 꾸며진 감정일 뿐입니다. 나는 집에서 좌지우지 당하고 있어요. 그만 가봐요. 곧 당신을 부를 테니. 사절님, 저는 본국의 명령에 복종하고 곧 베니스로 돌아갈 겁니다. 자, 그만 가봐!

[데스데모나 퇴장]

카시오가 내 자리를 차지하게 되었군요. 그리고 사절님, 오늘밤 식사를 한번 대접하고 싶습니다. 사절님, 키프로스에 오신 것을 환영합니다. 성욕이 왕성한 염소와 원숭이의 땅! 　　　퇴장

로도비코　과연 이것이 원로원 의원들이 입을 모아 말하는 고상하는 무어인이란 말인가? 이것이 저 사람의 본성이란 말인가? 격정에 흔들리지 않고, 그 용감한 독성은 갑작스러운 총알이나 우연의 화살이 조금도 스치거나 뚫지 못한다고 칭송이 자자하던 바로 그 사람이란 말인가?

이아고　그는 많이 변했습니다.

로도비코　그의 정신이 온전합니까? 머리가 약간 어떻게 된 게 아닙니까?

이아고　그는 그(고상한 사람)입니다. 그가 앞으로 어떻게 바뀔지는 저도 감히 의견을 말하지 못하겠습니다. 그가 앞으로 변해 버린다면, 아마도 과거에는 그랬는지(고상한 사람) 모르지요.

로도비코　뭐라고? 아무리 그래도, 아내를 때리다니!

이아고　그건 잘한 짓은 아니지요. 하지만 그 구타가 최악의 것으로 끝났으면 좋겠습니다.

로도비코　저건 그의 습관인가요? 본국의 편지가 그의 격정을 불러일으켜서 이런 잘못을 새롭게 저지르게 한 건가요?

이아고　　아, 아!

　　　　　내가 보았거나 알고 있는 것을 말한다는 것은 옳은 일이 아닐
　　　　　겁니다. 사절님은 그를 잘 관찰하시고 그 자신의 행동이 모든
　　　　　것을 말해 줄 겁니다. 그러니 나는 여기서 말을 아끼겠습니다.
　　　　　그를 따라가서 그가 어떻게 행동하는지 살펴보십시오.

로도비코　그에게 실망한 게 너무 유감이오.

그들은 퇴장

———

제4막 제2장
키프로스, 성채의 또 다른 방

오셀로와 에밀리아 등장

오셀로　　그럼 아무것도 보지 못했다는 얘기야?

에밀리아　아무것도 듣지 못했고 의심하지도 않았습니다.

오셀로　　아니야, 자네는 카시오와 그녀가 함께 있는 것을 보았잖아.

에밀리아　그렇기는 하지만 아무런 일도 없었고 두 사람 사이에 오가는 말
　　　　　을 하나도 빠짐없이 다 들었습니다.

오셀로　　그래? 그럼 그들이 속삭이지 않았단 말인가?

에밀리아 그런 일이 없었습니다, 장군님.

오셀로 자네를 밖에 나가 있으라 하지도 않고?

에밀리아 결코 없었습니다.

오셀로 그녀의 부채, 장갑, 마스크, 뭐 그런 것을 가져오라고 하지도 않고?

오셀로 그거 이상한데.

에밀리아 장군님, 나는 그녀가 무고하다는 것을 감히 증언합니다. 내 목숨을 걸어도 좋습니다. 만약 다른 생각을 하고 계시다면 그것을 내려놓으십시오. 그것은 장군님의 마음을 속일 뿐입니다. 장군님에게 그런 생각을 심어놓은 나쁜 놈이 있다고 하면 하늘이 뱀의 저주를 내릴 것입니다. 만약 그녀가 정직하고 순결하고 진실하지 않다면 행복한 남편은 이 세상에 없을 것입니다. 아무리 마음이 깨끗한 아내라도 그렇게 되면 모두 더러운 사람이라고 하는 게 될 겁니다.

오셀로 가서 아내를 이리로 오라고 하시오. 어서!

에밀리아 퇴장

그녀는 이미 충분히 말한 거나 다름없어. 그녀는 있는 그대로 말하지 못하는 유곽의 포주야. 이건 아주 교활한 창녀야. 끔찍한 비밀을 간직한 벽장, 자물쇠, 그리고 열쇠야. 그런데도 그녀는 무릎을 꿇고 기도를 올리지. 나는 그녀가 기도 올리는 걸 보았어.

데스데모나   여보, 부르셨어요?

오셀로   그래, 여보. 이리로 좀 오시오.

데스데모나   무슨 용건이신지요?

오셀로   당신 눈을 좀 봅시다.

   내 얼굴을 똑바로 쳐다봐요.

데스데모나   당신은 무슨 끔찍한 생각을 하고 계세요?

오셀로   [에밀리아에게] 포주, 자네의 할 일은 연놈을 조용히 내버려두고 문밖에서 대기하는 게 아닌가? 그러다가 누가 오면 기침을 하거나 "흐음" 소리를 내면 알려 주는 거고. 그게 자네의 일, 자네의 일이 아닌가? 자, 어서 가봐.

에밀리아 퇴장

데스데모나   무릎을 꿇으며 드리는 말씀인데 당신의 그 말은 무슨 뜻인지요? 당신 말 속에 분노를 느낄 수 있어요. 그러나 당신 말을 알아듣지 못하겠어요.

오셀로   왜냐고? 도대체 당신의 정체는 뭐요?

데스데모나   여보, 당신의 아내, 당신의 진정하고 충실한 아내랍니다.

오셀로   그걸 맹세해. 그래서 지옥의 저주를 받도록 해. 안 그러면 악마들이 당신을 천사로 착각하여 잡아가기를 두려워할 테니까. 그러면 악마이면서 천사인 척하니 이중으로 저주를 받는 거지. 자, 어서 당신이 무고하다고 맹세해 봐.

데스데모나　하늘이 진정으로 그것을 알고 계십니다.

오셀로　하늘이 진정으로 당신이 부정한 여자라는 걸 알고 있어.

데스데모나　여보, 누구와? 어떤 사람과? 내가 어떻게 부정을 저질렀다는 겁니까?

오셀로　아, 데스데모나, 가, 가, 가!

데스데모나　아, 불행한 날이여, 왜 울고 계세요? 여보, 제가 그 눈물의 이유인가요? 당신을 본국으로 소환하는 편지의 배후를 친정아버지라고 의심한다면 그걸 제 탓으로 돌리지 말아주세요. 만약 당신이 그분과 멀어졌다면 저 역시 멀어진 거예요.

오셀로　만약 하늘이 내게 고통으로 시험하려 들면서, 온갖 상처와 수치를 내 맨 머리 위에 내리고, 아주 처절한 가난에 떨어지게 하고, 나를 노예로 팔아넘겨 나의 소중한 희망을 파괴해 버린다 해도, 나는 내 영혼의 한구석에서 인내의 물 한 방울을 발견할 수 있었을 거요. 그러나 하늘은 나를 온 세상의 웃음거리로 만들어 누구나 손가락질하는 고정된 화상으로 만들어 버렸소. 하지만 여기에서도 나는 용기를 짜내며 감내할 수 있소. 그러나 내 후손들이 흘러나올 생명수 같은 내 아내가 나를 버렸소! 그보다 더 나쁜 것은 그 생명수가 오염이 되어 버렸소. 그곳에서 징그러운 두꺼비들이 교미하고 새끼를 치고 있단 말이오! 아, 너 신선한 장밋빛 입술의 천사인 인내심이여, 너 마저도 이런 광경으로부터 얼굴을 돌리리라. 그리하여 처참한 지옥의 낯빛이 될 것이다.

데스데모나　여보, 고상하신 당신은 저를 결백하다고 생각해 주시기를 간절히 바랍니다.

오셀로   푸줏간의 썩은 고기에 달려드는 여름 파리들은 부지런히 알을 까서 구더기를 만들어내지. 오, 꽃인 체하는 너 잡초여. 너무 아름답고 좋은 향기를 풍기고 있어서 코가 다 아플 지경이구나. 아, 차라리 당신이 태어나지 말았더라면!

데스데모나   아, 제가 무슨 끔찍한 죄를 저질렀다는 겁니까?

오셀로   아, 이 어여쁜 종이, 이 멋진 책. 그런데 거기에 고작 '창녀'라는 말을 적어 넣는단 말인가? 무슨 죄? 무슨 죄를 저질렀냐고? 오, 너 매춘부여. 내 두 뺨이 용광로가 되어 수치심을 불태워 재를 만들었으면 좋겠구나. 내가 너의 소행을 말해야 하는 수치심을. 무슨 죄를 저질렀냐고? 하늘도 코를 틀어쥐고 달도 눈빛을 깜빡이고 만나는 자마다 키스를 퍼붓는 음란한 바람도 땅속 깊숙한 동굴로 숨어버린다. 그 죄에 대해서 듣지 않으려고. 무슨 죄를 지었냐고? 뻔뻔한 창녀!

데스데모나   하늘에 맹세코 당신은 나를 오해하고 있는 거예요!

오셀로   당신이 창녀가 아니라고?

데스데모나   물론 아니에요. 저는 크리스천이에요. 이 몸을 당신만을 위해 간직하고 다른 부정한 불법의 손길을 결연히 멀리하는 것이 창녀가 아닌 것처럼, 나도 아니에요.

오셀로   뭐, 창녀가 아니라고?

데스데모나   아니에요. 나는 구제를 받을 것이므로.

오셀로   구제 받는다고?

데스데모나   오, 하늘이시여, 우리를 용서해 주소서.

오셀로   그렇다면 내가 너의 용서를 빌어야겠네.
        오셀로와 결혼한 베니스의 교활한 창녀로 알았으니. 하지만 넌 창녀 집 여주인이야.

너는 베드로 성인의 맞은편에서 지옥의 문을 지키는 문지기야.
어이, 어이, 자네! 마침 잘 왔네. 우리, 여기서 한 탕이 끝났네. 자
네한테 화대를 줌세.

　　자네는 비밀 벽장의 문을 잠그고 비밀을 지키게.　　　　그는 퇴장

에밀리아　아, 저분이 도대체 무슨 생각을 하는 걸까요? 사모님, 기분이 좀
　　　　어떠세요? 정말 괜찮으세요, 나의 사모님?

데스데모나　절반쯤 꿈을 꾸고 있는 것 같아.

에밀리아　좋으신 사모님, 대체 뭐가 문제일까요, 장군님?

데스데모나　누가 뭐라고?

에밀리아　주인님 말씀이에요, 사모님.

데스데모나　너의 주인이 누군데?

에밀리아　누구긴요, 장군님 말씀이죠, 좋으신 사모님.

데스데모나　난 주인이 없어. 에밀리아, 나에게 말을 시키지 마. 나는 울 수
　　　　도 없어. 너의 질문에 내가 할 수 있는 건 눈물뿐이지만. 제발 오
　　　　늘밤 내 침대에 신혼 이불을 깔아줘. 꼭 기억해. 그리고 자네 남
　　　　편을 좀 불러 줘.

에밀리아　이게 웬 변고야.　　　　　　　　　　　　　　　그녀는 퇴장

데스데모나　남편이 나를 이렇게 대하는 게 공평해, 아주 공평해. 그런데
　　　　내가 무슨 잘못을 했기에 남편이 나의 작은 잘못에 저토록 비난
　　　　을 하는 걸까?

이아고   사모님, 무슨 용건이십니까? 기분은 어떠십니까?

데스데모나   모르겠어요. 어른이 어린아이를 다룰 때에는 부드럽고 점잖
          게 다루어야 해요. 그이는 나를 그렇게 다루어야 해요. 사실 나
          는 비난 앞에서는 어린아이나 마찬가지니까.

이아고   사모님, 무슨 일이십니까?

에밀리아   아, 이아고, 장군님이 사모님을 창녀라고 욕했어. 사모님에게
          아주 심한 욕설을 퍼부었어요. 마음이 착한 사람은 도저히 감당
          할 수 없을 정도로.

데스데모나   내가 그런 이름으로 불릴 사람인가요, 이아고?

이아고   무슨 이름 말씀인가요, 사모님?

데스데모나   그녀가 말한 대로, 우리 그이가 나를 부른 이름.

에밀리아   그는 그녀를 '창녀'라고 불렀어요. 술 취한 거지도 자기 계집을
          상대로 그런 막말을 퍼붓지는 않을 거예요.

이아고   그가 왜 그랬을까요?

데스데모나   몰라요. 하지만 내가 그런 사람은 아니라고 확신해요.

이아고   울지 마세요, 울지 마세요. 아, 이 무슨 날인가!

에밀리아   그녀가 그 많은 좋은 혼처, 친정아버지, 조국, 친구들을 거절하
          고 여기까지 따라왔는데 '창녀'라는 소리를 들어야 해요? 그러
          니 울지 않게 생겼어요?

데스데모나   이건 나의 비참한 운명일 뿐이야.

이아고   빌어먹을 자! 어떤 놈이 그런 수작을 부렸을까요?

데스데모나   몰라요. 하느님만이 아시지요.

에밀리아 어떤 할 일 없고 참견하기 좋아하는 악마가, 어떤 사기 치기 좋
         아하고 남을 속이는 악당이 뭔가 이득을 노리고 이런 악담을 퍼
         트린 게 틀림없어요. 안 그러면 제가 목을 걸겠어요.

이아고 쳇, 그런 사람은 없어. 그건 불가능해.

데스데모나 그런 사람이 있다면, 하늘이시여 그를 용서해 주소서.

에밀리아 교수형의 목줄이 그자를 용서해 주고 지옥 불이 그자의 뼈를 녹
         여버리라지! 왜 그는 그녀를 '창녀'라고 불렀을까요? 누가 그녀
         의 상대역이라는 거예요? 어디서? 언제? 어떤 수단, 어떤 가능
         성으로? 무어 인은 아주 지독한 악당에게 속은 거예요. 비열하
         기 짝이 없고 교활하기가 이를 데 없는 악당 놈한테. 오, 하늘이
         시여, 이런 악당들을 곧 밝혀내시고, 모든 정직한 사람들에게
         채찍을 들려서 알몸의 악당 놈들을 마구 때리게 하소서. 이 세
         상의 동쪽 끝에서 서쪽 끝까지!

이아고 목소리를 낮춰.

에밀리아 그자들은 지옥으로 가야 해요! 상대방의 마음을 뒤흔들어 지저
         분한 구석을 내보이게 하고 무어 인을 의심하는 사람으로 만든
         것도 그런 자들일 거예요.

이아고 바보 같은 소리. 입 닥쳐.

데스데모나 아, 이아고.
         그이의 마음을 되돌려 놓기 위해 나는 무엇을 해야 할까요? 좋
         은 친구, 그에게 좀 가보세요. 하늘의 빛을 가지고도 어떻게 그
         이를 놓치게 되었는지 모르겠어요.
         나는 여기서 무릎을 꿇어요. 내가 나에 대한 그이의 사랑을 배
         신하는 짓을 했거나 생각이나 행동 눈빛, 내 귀, 내 감각으로 저

들을 즐겁게 했다면 또는 내가 그를 지금껏 진정으로 사랑해 오지 않았고 앞으로도 그럴 거라면—비록 그이는 나를 떨쳐내면서 이혼하려 하지만—나는 어떤 고통을 당해도 좋아요.

냉정함은 강력한 것이어서 그이의 냉정함은 나를 죽일지도 모르지만 나의 사랑마저 죽이지는 못해요. 나는 '창녀'라는 말은 못하겠어요. 이렇게 말하는 지금도 그 말은 나를 떨게 해요. 그런 소리를 들을 짓을 해서 이 세상의 모든 쾌락을 얻는다 해도 나는 절대로 그런 짓은 하지 않을 거예요.

이아고   사모님, 진정하십시오. 아마도 장군님의 체질일 겁니다. 국사가 그의 비위에 거슬렸을 수도 있습니다. 그래서 그걸 사모님에게 화풀이하는 건지도 몰라요.

데스데모나   만약 그게 아니라면—

이아고   그걸 겁니다. 장담합니다.

[나팔 소리가 울린다]

저 악기가 저녁 식사를 알리는군요. 베니스의 사절들이 저녁 식사를 하기로 되어 있습니다. 들어가 보시고 울지 마세요. 모든 게 잘 풀릴 겁니다.

데스데모나와 에밀리아 퇴장

로드리고 등장

로드리고, 어떻게 지내나?

로드리고   나는 당신이 나한테 공정하게 대한다고 생각하지 않아?

이아고   아니, 대체 무슨 소리야?

로드리고   당신은 날마다 내게 무슨 헛수작을 걸어, 이아고. 그리고 내가 보기에 내가 희미하게나마 희망을 걸 수 있는 좋은 기회는 전혀 마련해 주지 않아. 나는 이제 더 이상 이런 상황을 견딜 수 없어. 그렇다고 내가 지금까지 바보같이 당한 것을 묵묵히 참고 있을 수도 없어.

이아고   로드리고, 내 말을 좀 끝까지 들어보겠나?

로드리고   젠장, 너무 많이 들어서 탈이지. 당신의 말과 행동은 일치하지가 않아.

이아고   자네는 아주 부당하게 나를 비난하는 거야.

로드리고   나는 오로지 사실만 말하는 거야. 나는 애만 쓰고 돈은 다 날렸다고. 당신이 데스데모나에게 준다고 해서 내게서 가져간 보석들을 절반만 사용해도 수녀원의 수녀를 유혹할 수 있었을 거야. 당신은 그녀가 그것들을 받았고 그 대가로 나에게 곧 감사 표시를 해올 거라고 했어. 하지만 그런 게 지금껏 전혀 없잖아.

이아고   좋아, 좋아, 무슨 말인지 잘 알겠어.

로드리고   "좋아." "잘 알아." 나는 좋지도 않고 잘 알지도 못해. 정말이지, 이건 뭔가 단단히 잘못되었고 나 자신 사기를 당했다는 생각이 들어.

이아고   잘 알겠어.

로드리고   나 자신 이미 잘 알지도 못한다고 말했어. 나는 데스데모나를 찾아가서 있는 그대로 털어놓을 거야. 만약 그녀가 내 보석들을 돌려준다면 나는 구애 행각을 그만두고 이런 잘못된 구애를 뉘우칠 거야. 만약 이게 안 된다면 당신과 결투하여 보상을 받는 수밖에 없어.

이아고 이제 할 말 다한 거지?

로드리고 그래. 내가 반드시 해야겠다고 생각한 것만 말한 거야.

이아고 좋아. 이제 자네도 배짱 있는 사내라는 걸 알겠네. 지금 이 순간부터 자네를 전보다 더 높이 평가하겠네. 로드리고, 자네 손을 이리 내 보게. 자네가 내게 불평한 것들은 충분히 이해할 수 있는 것이야. 하지만 내가 자네의 일을 아주 적극적으로 도와주었다고 말하고 싶네.

로드리고 그것이 구체적으로 드러나지 않았잖아.

이아고 구체적으로 드러나지 않은 건 사실이지. 자네의 의심은 사리 분별과 재치가 있음을 보여주었네. 로드리고 이제 자네가 전보다 더 뛰어난 사람이므로, 그러니까 자네의 목적, 용기, 가치가 대단하니까 오늘밤이야말로 그것을 보여주어야 하네. 만약 자네가 내일 밤에도 데스데모나와 정을 나누지 못한다면, 술수를 써서 나를 죽여도 좋고 또 내 목숨을 빼앗아가도 아무 말하지 않겠네.

로드리고 그 보여주어야 할 게 뭔데? 그건 이성과 능력의 범위 안에 있는 건가?

이아고 이봐, 오셀로 자리에 카시오를 임명하기 위해 베니스에서 특별 사절이 도착했어.

로드리고 그거 사실이야? 그럼 오셀로와 데스데모나는 베니스로 돌아가겠네.

이아고　아, 아니야. 그는 어여쁜 데스데모나를 데리고 모리타니아로 갈 거야. 여기서 무슨 사고로 그의 출발이 지연되지 않는다면 말이야. 그 사고는 카시오를 움직이는 거 말고 뭐가 있겠어?

로드리고　움직인다니, 그거 무슨 소리야?

이아고　뭐, 오셀로의 자리를 차지하지 못하게 하는 거지. 그자의 골통을 부수어서.

로드리고　그 일을 내가 해주었으면 하는 거야?

이아고　그래. 이득과 권리를 얻을 생각이라면. 그는 오늘 저녁 창녀 집에서 식사를 할 거야. 나는 그리로 그를 찾아갈 거야. 그는 아직 자신이 명예롭게 승진했다는 사실을 몰라. 만약 자네가 거기서 그의 동정을 유심히 살피고 있으면(열두시나 한시 사이가 되도록 유도할 건데), 자네는 확실하게 그자를 덮칠 수 있을 거야. 나도 근처에 있다가 자네를 돕도록 함세. 그러면 그자는 우리 손에 떨어지는 거야. 자, 그렇게 멍하니 서있지만 말고 나와 함께 가세. 그자를 죽여야 할 이유를 추후 찬찬히 설명해 주면 자네 자신도 이 일을 해치울 수밖에 없었다고 생각하게 될 걸세. 이제 저녁 식사가 한창일 테고, 밤은 깊어질 거야. 자, 가세!

로드리고　나중에 이 일에 대하여 자네에게서 좀 더 자세한 설명을 듣고 싶네.

이아고　충분히 잘 설명해 주겠네.

그들은 퇴장

제4막 제3장
키프로스, 성채의 한 방

오셀로, 로도비코, 데스데모나, 에밀리아, 그리고 시종들 등장

로도비코 장군님, 간청하오니 더 이상 나오시지 않아도 됩니다.

오셀로 오, 아닙니다. 나는 이렇게 걷는 게 좋아요.

로도비코 사모님, 정말로 감사드립니다.

데스데모나 우리는 언제든지 사절님을 환영합니다.

오셀로 좀 걸으시겠습니까, 오, 데스데모나.

데스데모나 네, 여보?

오셀로 지금 즉시 침실로 가요. 내가 곧 따라갈 테니. 시종을 다 물러가게 해요. 내가 말한 대로 하시오.

데스데모나 알겠어요.

[데스데모나와 에밀리아만 남고] 모두 퇴장

에밀리아 사모님, 어떻게 되었나요? 그는 아까보다는 좀 부드러워진 것 같은데.

데스데모나 그는 즉시 돌아온다고 했어. 나보고 침실로 가 있으래. 그리고 자네를 물러가게 하라고 했어.

에밀리아 나를 물러가게 했다고요?

데스데모나　그의 특별한 지시야. 그러니 착한 에밀리아 내게 잠옷을 갖다
　　　　　　　주고 그만 물러가. 우리는 지금 그를 불쾌하게 만들어서는 안 돼.

에밀리아　사모님이 차라리 그를 만나지 않았더라면 좋았겠어요.

데스데모나　나는 그렇게 생각하지 않아. 나는 그를 너무나 사랑하기 때문
　　　　　　　에 심지어 그의 고집, 그의 비난, 그의 빈축도 다 우아하고 멋지
　　　　　　　다고 생각해. 자, 여기 머리의 핀을 빼줘.

에밀리아　사모님이 말씀하신 신혼 이불을 침대에 깔아놨어요.

데스데모나　잘했어. 아, 우리의 마음이란 얼마나 어리석은 것인지! 만약
　　　　　　　내가 자네보다 먼저 죽으면 그 이불을 수의 삼아 나를 덮어줘.

에밀리아　저런, 저런, 무슨 말씀을!

데스데모나　내 어머니에게 바바리라는 시녀가 있었어. 그녀는 사랑에 빠
　　　　　　　졌는데 그 애인이 갑자기 돌아버려서 그녀를 그만 버렸어. 그
　　　　　　　녀는 아주 오래된 버들의 노래를 알고 있었는데, 그녀의 운명
　　　　　　　을 잘 표현하는 것이었지. 그녀는 그 노래를 부르면서 죽었어.
　　　　　　　그 노래가 오늘밤 내 마음에서 떠나지 않아. 내 목을 매달고 바
　　　　　　　바리처럼 노래 부르며 죽고 싶은 마음을 간신히 억누르고 있어.
　　　　　　　자, 어서 서둘러.

에밀리아　가서 잠옷을 가져 올까요?

데스데모나　아니 여기 머리핀을 빼줘.
　　　　　　　이 로도비코는 정말 신사야.

에밀리아　아주 잘생긴 남자지요.

데스데모나　그는 말도 잘해.

에밀리아　그분의 아랫입술을 만질 수 있다면 맨발로 팔레스타인까지 성
　　　　　　　지 순례도 마다 않을 베니스의 어떤 여자를 알고 있어요.

데스데모나　[노래를 부른다]

그 불쌍한 여자는 무화과나무 옆에 앉아 한숨을 쉬네.

다들 푸른 버들의 노래를 부르네.

그녀의 머리는 가슴에, 머리는 무릎에

버들, 버들, 버들아, 노래를 불러라.

그녀 옆을 흘러가는 시원한 시냇물은

그녀의 신음 소리에 화답하네.

버들, 버들, 버들아, 노래를 불러라.

그녀의 짠 눈물이 흘러내려 돌들을 적시네.

이 핀들은 저쪽으로 치워.

버들, 버들, 버들아, 노래를 불러라.

제발 서둘러! 그이가 곧 올 거야.

모두가 노래 부르네. 푸른 버들은 나의 화관.

아무도 그를 비난해선 안 돼. 난 미움을 받아도 싸.

아니야, 그건 다음 번 핀이 아닌데. 들어봐. 저 노크하는 사람은
누구지?

에밀리아　저건 바람 소리예요.

데스데모나　[노래를 부른다]

나는 내 사랑을 잘못된 사랑이라고 했지.

그러자 그가 뭐라고 했지?

버들, 버들, 버들아, 노래를 불러라.

내가 더 많은 여자들에게 구애하면

너도 그렇게 하면 되잖아.

자, 이제 그만 가봐. 안녕. 내 눈이 따끔거려. 이건 눈물의 전조

인가?

에밀리아 그건 눈물도 전조도 아무것도 아니에요.

데스데모나 사람들이 그렇게 말하는 걸 들었을 뿐이야. 오, 남자들이란, 남자들이란! 에밀리아, 말해 줘, 이런 식으로 아주 뻔뻔하게 남편을 속이는 여자들이 과연 있으리라 생각해?

에밀리아 물론 그런 여자들이 있지요.

데스데모나 온 세상을 준다면 자네는 그런 일을 할 거야?

에밀리아 글쎄, 하지 않을까요?

데스데모나 결코 안 돼. 천상의 빛에 비추어볼 때.

에밀리아 물론 천상의 빛에 비추면 나도 그래서는 안 된다고 생각해요. 하지만 어둠 속에서 몰래 그렇게 할 수는 있을 것 같아요.

데스데모나 그럼 온 세상을 다 준다면 그렇게 할 수 있다는 거야?

에밀리아 온 세상이라는 건 엄청나게 큰 거예요. 자그마한 악덕으로 그런 큰 대가를 얻는다는 건.

데스데모나 하지만 실제로는 자네가 그렇게 하지 않으리라고 생각해.

에밀리아 실제로는 그렇게 해야 한다고 생각해요. 그 다음에는 해놓은 것을 다시 원상회복 시키면 되죠. 물론 멋진 반지, 많은 옷감, 가운, 페티코트, 모자, 사소한 장식품 때문에 그런 짓을 하지는 않죠. 그러나 온 세상을 준다면. 하느님, 용서하소서. 남편을 왕으로 만들 수 있다면 누가 남편을 오쟁이 진 남자로 만들지 않겠어요? 그렇게 할 수만 있다면 연옥도 마다하지 않겠어요.

데스데모나 내가 온 세상을 얻기 위해 그런 잘못을 저지른다면 내게 저주가 내리기를!

에밀리아 하지만 그 잘못은 이 세상 속의 잘못일 뿐이에요. 사모님의 수고로 온 세상을 가질 수 있다 해보세요. 그건 사모님 세계 속의 잘못일 뿐이죠. 그런 사모님 힘으로 재빨리 그 잘못을 시정할 수 있다고요.

데스데모나   나는 그렇게 할 여자가 없다고 생각해.

에밀리아   아니에요, 한 다스는 될 걸요. 그리고 거기에 더하여 세상을 얻기 위해 얼마든지 잘못을 저지를 자녀들을 이 세상에 태어나게 하지요. 그렇지만 아내들이 나쁜 짓을 하는 건 남편이 나빠서 그런 것 같아요. 남편 구실을 게을리 하고 아내 주머니를 다른 년에게 털어주고, 갑자기 터무니없이 질투하기 시작해서 가두어 놓고 때리고 심술궂게 용돈을 줄이고 하니까 그러죠. 이쪽도 화가 나지 뭐예요. 아무리 여자가 온유한 존재라 해도 복수를 해주고 싶어지지요. 남편들에게 가르쳐 줘야죠. 아내도 감각은 마찬가지라는 걸. 눈이나 코도, 그리고 단 거나 신거나 맛을 아는 것도 조금도 다르지 않다는 걸. 대체 멀쩡한 우리들을 놔두고 다른 여자들과 바꿔보는 게 뭣 때문일까요? 기분전환일까요? 그럴지도 모르죠. 또는 사랑의 감정 때문일까요? 그럴 거예요. 그렇지만, 여자도 남자처럼 사랑의 감정을 좋아하고, 기분전환도 하고 싶고, 그만 실수를 하고 말 때가 있지요. 그러니까 남자들도 아내를 위해야죠. 안 그러면 여자의 나쁜 짓은 모두 남자가 가르쳐 준 거라고 말해 줘야죠.

데스데모나   잘 가요, 잘 가. 하느님께서 내게 좋은 버릇을 내려 주시기를. 악에서 악을 뽑아내지 말고 악을 보고서 고치는 사람이 되기를.

모두 퇴장

제5막 제1장
키프로스, 밤중의 거리

이아고와 로드리고 등장

이아고   여기 이 건물 뒤에 서 있게. 그가 곧 올 테니까. 자네의 칼을 곧
바로 꺼내 들고 급소를 찌르게. 빨리, 재빨리! 아무것도 두려워
하지 마. 내가 바로 옆에 있을 거야. 이번 일로 우리는 성공하거
나 망하거나 둘 중 하나야. 오로지 이것만 생각하고 자네의 결
심을 단단히 굳히도록 해.

로드리고   옆에 있어 줘. 내가 실수할지도 모르니까.

이아고   여기, 바로 옆에 있어. 대담하게 해치우도록 해.

[그는 자리를 비킨다]

로드리고   나는 사실 이 일에 별 마음이 없어. 하지만 그가 내게 이렇게 해
야 할 여러 가지 그럴듯한 이유를 말해 주었어. 그저 한 사람만
상대하면 되는 거야. 자, 내 칼을 받아라! 그러면 그는 죽는 거야.

이아고   [방백] 내가 이제 저자의 급소를 문질러서 화를 북돋웠어. 저자
가 카시오를 죽이든, 혹은 반대로 카시오가 저자를 죽이든 더
나아가 둘 다 서로 찔러 죽이든 어느 모로나 내게는 이득이야.
만약 로드리고가 살아난다면 내가 데스데모나에게 황금과 보

석을 준다면서 그에게서 뜯어낸 막대한 돈을 돌려달라고 하겠지. 그건 안 될 일이야. 만약 카시오가 살아난다면 그의 미모는 날마다 빛나면서 나를 추악한 놈으로 만들겠지. 게다가 저 무어인이 그에게 내 얘기를 털어놓을 지도 몰라. 그리되면 나는 무척 위태롭게 되겠지. 그건 안 돼. 그러니 그도 좀 죽어줘야겠어. 암, 그래야지. 저기 그자가 오는 소리가 들린다.

카시오 등장

로드리고 나는 그의 걸음걸이를 알아. 바로 그자다! 악당, 너는 죽어야 해!

[그는 카시오에게 칼을 찌른다]

카시오 나를 찌르다니 나의 적임에 틀림없어. 하지만 나는 겉옷 밑에 갑옷을 입고 있어서 괜찮아. 어디, 네놈의 갑옷은 어떤지 한번 보자.

[그는 칼을 빼어 로드리고를 찌른다]

로드리고 아, 찔렸네!

[로드리고는 쓰러지고 이아고가 카시오의 다리를 찌른 후에 퇴장]

카시오 나는 영원히 불구가 되었네! 도와줘요, 살인이야, 살인!

오셀로 등장

오셀로   [방백] 카시오의 목소리로군! 이아고가 약속을 지켰어.

로드리고   오, 나는 이 얼마나 나쁜 놈인가!

오셀로   [방백] 그건 사실이지.

카시오   오, 도와주시오! 횃불! 의사!

오셀로   [방백] 그다! 정직하고 용감한 이아고다. 친구의 억울함을 너무나 잘 알아주는 고상한 사람. 그대가 내게 나아가야 할 길을 가르쳐 주었어. 창녀, 네년의 정부는 죽어 나자빠졌고 네년은 이제 지옥으로 내려가야 한다. 화냥년, 내가 간다. 네년의 사람 후리는 두 눈을 내 기억으로부터 지워버린다. 욕정으로 더럽혀진 침대는 욕정의 피로 얼룩지게 될 것이다.

오셀로 퇴장

로도비코와 그라시아노 등장

카시오   도와주시오! 경비도 행인도 없는 건가? 살인이야, 살인!

그라시아노   뭔가 사고가 발생한 것 같은데. 저건 겁먹은 목소리야.

카시오   오, 도와주시오!

로도비코   들어봐!

로드리고   나는 정말 악당 짓을 했어!

로도비코   두세 사람이 신음을 하고 있는데. 이 깊은 밤에. 이건 함정일지도 몰라. 추가 병력 없이 저 현장으로 다가가는 것은 위험하다고 생각해.

로드리고   아무도 없소? 죽을 것 같아. 피를 너무 많이 흘렸어.

로도비코   저길 봐!

이아고가 횃불을 들고 등장

그라시아노   여기 어떤 사람이 횃불과 무기를 들고 셔츠 바람으로 오고 있군.

이아고   거기 누구요? 살인을 외치는 사람은 누구요?

로도비코   우리는 모릅니다.

이아고   당신은 비명 소리를 듣지 못했습니까?

카시오   여기, 여기요! 제발 좀 도와주시오!

이아고   무슨 일이오?

그라시아노   이건 오셀로의 기수 장교입니다. 틀림없어요.

로도비코   정말 그 사람이군. 정말 용감한 친구야.

이아고   그렇게 크게 소리치는 사람은 누구요?

카시오   이아고? 오, 난 부상을 당했어. 악당들의 공격을 받아서. 나를 좀 도와줘!

이아고   저런, 부관님! 대체 어떤 악당들이 이런 짓을?

카시오   그들 중 한 명은 근처에 있는 것 같아. 도망가지 못했어.

이아고   오, 지독한 악당들!
　　　　[로도비코와 그라시아노에게] 거긴 누구요? 와서 좀 도와주시오.

로드리고   오, 좀 도와주시오. 여기요!

카시오   저자는 악당 중 한 명이야.

이아고   이 살인자 놈! 이 악당!

[그는 로드리고를 찌른다]

로드리고   오, 빌어먹을 이아고! 오, 사람도 아닌 똥개!

[그는 기절한다]

이아고   깊은 밤에 사람을 죽여? 나머지 악당 놈들은 어디로 간 거야?
이 도시는 정말 조용하군! 여봐요, 살인이요, 살인!

[로도비코와 그라시아노가 도우려 나선다]

거기 있는 사람들은 뭐요? 착한 사람이오, 악당이오?
로도비코   보면 알겠지만 좋은 사람들이오.
이아고   로도비코 사절님?
로도비코   그렇소.
이아고   몰라보았습니다. 여기 카시오가 악당들의 공격을 받아 부상을
당했습니다.
그라시아노   카시오가요?
이아고   안녕하십니까, 형제님.
카시오   내 다리가 절단 났소.
이아고   하느님 맙소사! 두 분,
횃불을 이리로 좀. 나는 내 셔츠로 그의 상처를 묶겠소.

비앙카 등장

비앙카   무슨 일이에요? 저 소리치는 사람은 누구예요?

이아고   소리치는 사람은 누구요?

비앙카   오, 내 사랑 카시오. 나의 소중한 카시오. 오, 카시오, 카시오, 카
         시오!

이아고   쳇, 빌어먹을 창녀! 카시오, 한밤중에 당신을 공격하여 이처럼
         심한 부상을 입힌 자들이 누구인지 짐작할 수 있겠습니까?

카시오   짐작이 안 가는데.

그라시아노 당신에게 이런 일이 벌어져 유감이오. 나는 당신을 찾고 있
         었소.

이아고   양말대님을 좀 빌려줘요. 그래. 들것이 있었으면 좋겠는데. 그
         를 쉽게 운반할 수 있도록!

비앙카   아, 저이가 기절해요!
         오, 카시오, 카시오, 카시오!

이아고   여러분, 나는 이 여자가 이 사건을 저지른 일당과 한패라고 생
         각합니다. 하지만 조금만 기다리십시오. 훌륭한 카시오, 자, 자.
         제게 횃불을 좀 빌려주십시오. 혹시 우리가 아는 자인가? 아, 내
         친구이며 고향 사람인 로드리고? 설마 그럴 리가? 아니, 정말
         그런데. 하느님 맙소사, 로드리고!

그라시아노 뭐라고, 베니스의?

이아고   그렇습니다, 신사 양반. 혹시 그를 아십니까?

그라시아노 아느냐고? 압니다.

이아고   시뇨르 그라시아노? 너그러운 양해를 바랍니다. 이 유혈 사고
         통에 당신을 진작 알아보지 못한 무례를 용서하십시오.

그라시아노 당신을 만나보게 되어 반갑소.

이아고　좀 어떠십니까, 카시오? 오, 들것, 들것!

그라시아노　방금 로드리고라고 했소?

이아고　예, 바로 그 사람입니다.

[시종들이 들것을 가지고 온다]

좋았어. 들것, 여기로ㅡ

자, 이 들것을 이용하여 그를 운반하면 되겠습니다. 저는 가서 장군님의 의사를 불러오겠습니다. [비앙카에게] 자, 여인이여, 당신은 그만 가 봐도 좋습니다. 카시오, 저기 죽어 있는 자는 제 친구였습니다. 혹시 저 사람과 무슨 나쁜 일이 있었습니까?

카시오　전혀. 나는 저 사람을 알지도 못해.

이아고　[비앙카에게] 아니, 왜 그렇게 창백한 표정이오? 오, 그를 여기에서 들어내요.

[카시오는 들것에 실려서 나가고, 죽은 로드리고는 끌려 나간다]

여기서 잠깐만 기다려주십시오. 여인이여, 왜 그렇게 겁먹은 표정이오? 저 여자의 겁먹은 눈빛이 보입니까? [비앙카에게] 물론 자세히 들여다보아야겠지만. 우리는 곧 더 얘기를 듣게 될 겁니다. 저 여자를 눈여겨보십시오. 정말입니다. 꼭 살펴보세요. 뭔가 보이십니까, 여러분? 혀를 사용하지 않는다 하더라도 죄상은 드러나게 되어 있습니다.

에밀리아　저런, 무슨 일이에요? 무슨 일이냐고요, 여보?

이아고　카시오가 여기서 습격을 당했어. 로드리고와 달아난 자들에 의
해. 그는 거의 죽을 뻔했어. 그리고 로드리고는 죽었어.

에밀리아　안됐군요, 좋은 분! 안됐어요, 훌륭한 카시오!

이아고　이게 다 창녀 집 찾아다녀서 생겨난 일이야. 에밀리아, 카시오
에게 오늘 저녁 어디에서 식사했는지 물어봐. [비앙카에게] 왜 당
신은 거기서 그리 몸을 떨고 있는 거요?

비앙카　그는 내 집에서 식사했어요. 그렇다고 해서 내가 떨고 있지는
않아요.

이아고　오, 그가 그랬나요? 나와 함께 좀 가자고 명령하는 바요.

에밀리아　지옥에나 가라, 이 창녀야!

비앙카　난 창녀가 아니야. 나에게 그런 쌍욕을 해대는 당신 못지않게
정직한 여자야.

에밀리아　나처럼? 쳇! 지옥에나 가!

이아고　여러분, 가서 카시오가 잘 치료를 받고 있나 살펴봅시다. 여인
이여, 따라오시오. 당신은 곧 우리에게 있는 대로 얘기를 털어
놓아야 할 거야. 에밀리아, 당신은 성채로 가서 장군님과 사모
님에게 여기서 벌어진 일을 보고해. 지금 즉시 가. [방백] 내가 죽
느냐 사느냐, 아슬아슬한 밤이었군.

그들은 각자 다른 방향으로 퇴장

제5막 제2장
키프로스, 데스데모나의 침실

오셀로, 촛불을 들고 등장. 데스데모나는 침실에 있다

오셀로 그게 원인이야. 그게 원인이라고, 내 영혼이여. 너 정숙한 별들이여, 그것을 네게 말하고 싶지 않다. 하지만 그게 원인이야. 그러나 나는 그녀의 피를 흘리지는 않을 거야. 눈보다 더 희고 설화 석고만큼 더 부드러운 그녀의 피부에 상처를 내지도 않을 거야. 하지만 그녀는 죽어야 해. 그렇지 않으면 더 많은 남자들을 배신할 거야. 촛불을 꺼라. 그래, 햇불을 꺼라. 오, 너 날름거리는 촛불이여, 만약 내가 너를 꺼버린다 해도 내가 그걸 후회하면 너는 다시 예전의 빛을 찾을 수 있다. 그러나 아주 뛰어난 본성을 가지고 있는 너 교활한 여인의 빛을 꺼버린다면, 나는 어디서 프로메테우스의 불을 가져와 너의 빛을 다시 점화할 수 있을지 알지 못한다. 내가 저 장미꽃을 뜯어버린다면 저 생명은 더 이상 자라지 못해. 그것은 시들어버리겠지. 나무에서 자라는 장미는 냄새 맡을 수 있지. 오, 그 향기로운 숨결이여. 정의의 칼도 내팽개치게 만드는 그 아름다움이여.

그는 그녀에게 키스한다

한 번만 더, 한 번만 더. 당신이 죽었을 때 이렇게 되기를. 그러면 나는 당신을 죽이고 그 후에 당신을 사랑하게 될 거야. 한 번만 더, 그리고 이것이 마지막. 이런 달콤한 키스가 그처럼 치명적이라니. 나는 눈물을 흘릴 수밖에 없구나. 하지만 그것은 잔인한 눈물이야. 이 슬픔은 천상의 것이야. 그것이 사랑하는 곳에만 찾아오지. 그녀가 깨어난다.

데스데모나   거기 누구예요? 오셀로?

오셀로   그래, 데스데모나.

데스데모나   여보, 침대로 오시겠어요?

오셀로   오늘밤에도 기도했나, 데스데모나?

데스데모나   네, 여보.

오셀로   하늘과 은총에는 일치되지 않는 죄를 저질렀다고 생각하면, 그걸 즉시 기도로 고백해.

데스데모나   아니, 여보, 무슨 말씀이세요?

오셀로   어서 해. 그러나 간단히 해. 내가 옆에서 기다리고 있을 테니. 나는 그대의 준비되지 않은 영혼을 죽이고 싶지 않아. 아니, 그거 안 돼. 당신의 영혼을 죽이지는 않을 거야.

데스데모나   당신은 죽음에 대해서 말하는 거예요?

오셀로   그래.

데스데모나   오, 하느님,

저에게 자비를 베푸소서!

오셀로   아멘, 나의 진심을 담아!

데스데모나   당신이 그렇게 말씀하시는 걸 보니 저를 죽이지는 않겠군요.

오셀로   흐음!

데스데모나　하지만 당신이 무서워요. 당신이 그런 눈빛으로 바라보면 너무너무 무서워요. 내가 왜 이렇게 두려워해야 하는지 모르겠어요. 나는 아무 죄도 없는데. 그렇지만 너무 무서워요.

오셀로　당신의 죄를 생각해 봐.

데스데모나　죄라면 내가 당신을 사랑한 것밖에 없어요.

오셀로　그래, 그것 때문에 죽어야 하는 거야.

데스데모나　사랑하기 때문에 죽인다는 것은 아주 부자연스러운 거예요. 아, 왜 아랫입술을 그렇게 잘근잘근 씹고 계세요? 어떤 지독한 격정이 당신의 온몸을 뒤흔들고 있어요. 그건 불길한 징조이지만, 그게 나를 향한 것이 아니기를 빌고 또 빌어요.

오셀로　입 다물고 조용히 해.

데스데모나　그럴게요. 대체 무슨 일이에요?

오셀로　내가 그토록 사랑하는 손수건을 당신은 카시오에게 주었어.

데스데모나　내 영혼과 목숨을 걸고서 그런 일은 결코 없었어요!
　　　사람을 보내어 그에게 직접 물어보세요.

오셀로　그대 순진한 영혼이여,
　　　위증을 하지 않도록 조심하시오. 당신은 이제 죽음의 침상 위에 있으니까.

데스데모나　내가요? 하지만 아직 죽을 수 없어요.

오셀로　아니야. 곧 죽어야 해. 그러니 당신의 죄악을 솔직히 고백하도록 해. 설사 당신이 그 모든 일을 위증한다고 해도 내 굳건한 마음은 바뀌지 않고 나의 심중을 괴롭히고 있는 계획도 변하지 않아. 당신은 죽어야 해.

데스데모나　그렇다면 하느님 저에게 자비를 베푸소서.

오셀로   나도 "아멘."이라고 말하지.

데스데모나   그렇다면 저에게 자비를 베푸세요. 나는 단 한 번도 당신을
         배신한 적이 없고, 카시오를 사랑한 적도 없어요. 인류애에 바
         탕을 둔 일반적인 사랑 이외에는 나는 그에게 사랑의 정표를 준
         적이 없어요.

오셀로   무슨 소리야? 그놈 손에 내 손수건이 들려 있는 것을 보았다니
         까! 오, 거짓말하는 여인이여, 너는 내 마음을 돌처럼 굳어지게
         만들었고, 내가 하려는 행위를 살인이라고 부르게 만드는구나.
         실은 그게 희생이라고 난 생각하는데! 난 손수건을 보았어!

데스데모나   그렇다면 그가 어디서 우연히 그걸 발견했을 거예요. 나는 그
         에게 그걸 준 적이 없어요. 그 사람을 이리로 불러오세요. 그에
         게 사실을 털어놓으라고 명령하세요.

오셀로   그자는 이미 자백했어.

데스데모나   뭐라고요, 여보?

오셀로   그자가 당신과 통정한 사실을.

데스데모나   뭐라고요? 불법적으로?

오셀로   그래.

데스데모나   그는 그렇게 말하지 않았을 거예요.

오셀로   말하지 않았지.
         그의 입이 봉쇄되었으니까. 정직한 이아고가 그렇게 하라는 지
         시를 받아갔어.

데스데모나   아, 나의 공포가 진상을 알려 주는군요! 뭐예요, 그가 죽은 건
         가요?

오셀로   설사 그자의 머리카락 한 올 한 올이 모두 생명이라 할지라도

나의 엄청난 복수는 그 생명을 모조리 죽여도 시원치 않아.

데스데모나 아, 그는 배신을 당했고 나는 망했군요.

오셀로 죽어라, 이 창녀! 내 면전에서 감히 그놈을 위해 눈물을 흘려?

데스데모나 차라리 저를 추방시켜 주세요. 저를 죽이지는 마세요, 여보!

오셀로 죽어라, 이 창녀!

데스데모나 저를 내일 죽여주세요. 오늘밤은 살려 주세요.

오셀로 안 돼, 네가 이렇게 버둥거리면—

데스데모나 그렇다면 반시간만이라도!

오셀로 일단 실행하기로 하면 중단이란 없는 거야.

데스데모나 그렇다면 기도 올릴 시간만이라도.

오셀로 이미 너무 늦었어.

데스데모나 오, 주님, 주님, 주님!

그는 그녀의 목을 조른다

에밀리아 (무대 밖에서) 장군님, 장군님! 들리세요! 장군님, 나의 장군님!

오셀로 이건 무슨 소리야? 안 죽었어? 아직도 안 죽었단 말이야? 내가 잔인한 사람인줄 알았는데 아직도 자비심이 남아 있네. 나는 당신이 고통을 계속 느끼는 것을 원하지 않아. 이렇게, 이렇게.

에밀리아 (무대 밖에서) 들리세요! 장군님, 장군님!

오셀로 거기 누구야?

에밀리아 [무대 밖에서] 아, 장군님. 제가 드릴 말씀이 있어요.

오셀로 그래, 에밀리아로군. 이제야 그녀는 죽었군. 에밀리아는 카시오의 죽음을 전하러 온 것 같아. 바깥에서 아주 소란스러웠지. 이제,

더 이상 몸을 뒤척이지 않지? 무덤처럼 조용하군. 하녀를 들어오
게 할 필요가 있을까? 그게 좋을까? 그녀가 다시 몸을 움직이는
것 같은데. 아니야. 어떻게 하는 게 가장 좋을까? 그녀를 안으로
들여놓으면 틀림없이 아내에게 말을 걸려 할 거야. 나의 아내, 나
의 아내? 무슨 아내? 난 아내가 없어. 오, 참을 수 없네! 아, 이 무
거운 시간이여. 이제 달과 해의 거대한 일식이 생길 것 같아. 무
서움을 느끼는 지구가 지진으로 입을 벌리며 변고를 알리겠지.

에밀리아 [무대 밖에서] 제발 간청합니다.

장군님에게 보고드릴 수 있게 해주세요. 오, 나의 훌륭한 장군님.

오셀로 내가 자네를 잠깐 잊어버렸네. 오, 들어오게, 에밀리아. 잠깐만.
내가 먼저 커튼을 쳐야 하니까.

어디에 있나?

[문의 자물쇠를 연다]

자네는 무슨 일인가?

에밀리아 등장

에밀리아 오, 장군님, 저기 바깥에서 무서운 살인 사건이 벌어졌습니다.

오셀로 뭐라고? 지금?

에밀리아 예, 금방 전에요, 장군님.

오셀로 그건 보름달의 착오야. 달이 평소보다 지구 가까이에 다가오면
사람들이 미쳐버리는 거야.

에밀리아　장군님, 카시오가 로드리고라는 베니스 청년을 살해했습니다.

오셀로　　로드리고가 살해되었다고?

　　　　　카시오도 살해되고?

에밀리아　아닙니다. 카시오는 살해되지 않았어요.

오셀로　　카시오는 살해되지 않았다고? 그렇다면 엉뚱한 사람이 죽었고
　　　　　달콤한 복수는 엉뚱한 방향으로 가버렸군.

데스데모나　오, 나는 잘못, 잘못 살해된 거예요!

에밀리아　오, 하느님, 저 비명 소리는 뭐죠?

오셀로　　저거라니? 뭐 말이야?

에밀리아　아니, 아니에요. 저건 사모님의 목소리예요!

[에밀리아, 침대 커튼을 열어젖힌다]

　　　　　도와주세요, 도와주세요, 아, 도와주세요! 상냥하신 데스데모
　　　　　나, 오, 좋으신 사모님, 말씀해 보세요!

데스데모나　나는 죄 없는 여인으로 죽어가고 있어.

에밀리아　오, 누가 이런 짓을 했어요?

데스데모나　아무도 아니야. 나 자신이 한 일이야. 자상하신 내 남편에게
　　　　　사랑을 전해 줘. 오, 안녕!　　　　　　　　　그녀는 죽는다

오셀로　　저 여자가 어떻게 죽게 되었다고 하는 거야?

에밀리아　아, 그걸 누가 알겠어요?

오셀로　　저 여자가 스스로 죽는다고 말하는 걸 들었지? 내가 아니라고
　　　　　말이야.

에밀리아　그녀는 그렇게 말했어요. 나는 진상을 보고해야 되겠어요.

오셀로　그녀는 불타는 지옥으로 내려가면서도 거짓말을 했어.

그녀를 죽인 건 나야.

에밀리아　그렇다면 그녀는 더욱 더 천사이고,

당신은 더욱더 나쁜 악마예요!

오셀로　그녀는 나쁜 짓을 저질렀고 창녀 노릇을 했어.

에밀리아　그런 식으로 그녀를 비방하는 걸 보니 당신은 악마예요.

오셀로　그녀는 물처럼 변덕스러운 여자였어.

에밀리아　그녀를 변덕스럽다고 말하는 당신은 무모하기가 불과 같아요.

오, 그녀는 천상의 사람에게나 어울릴 정도로 진실했어요!

오셀로　카시오가 그녀와 놀아났어. 당신 남편한테 물어봐. 나는 지옥의

맨 밑바닥에 떨어질 정도로 저주를 받았어. 하지만 나는 정당한

길을 걸어 이런 극단적 사태에 도달한 거야. 자네 남편은 이걸

잘 알고 있어.

에밀리아　내 남편이?

오셀로　자네 남편.

에밀리아　그녀가 부정한 여자였다는 사실을?

오셀로　그래. 카시오와 놀아났단 말이야. 만약 그녀가 진실했다면 하느

님이 이 세상 크기만큼의 황금석을 내게 보여주면서 그녀와 맞

바꾸자고 해도 바꾸지 않았을 거야.

에밀리아　내 남편이?

오셀로　그래. 그녀의 부정에 대하여 처음 말해 준 것도 그였어. 그는 정직

한 사람이어서 지저분한 소행에 들러붙는 진흙을 아주 싫어했어.

에밀리아　내 남편이?

오셀로　여인아, 왜 같은 말을 반복하나? 자네 남편이 그랬다니까.

에밀리아 오, 사모님, 악당 놈이 당신의 진실한 사랑을 우롱했어요. 내 남편이 그녀가 부정하다고 말했다고요?

오셀로 그렇다니까, 이 한심한 여인아.
    자네 남편이 그랬다고 몇 번 말해야 돼. 내 말을 못 알아들은 건가? 나의 친구, 자네 남편, 정직하고도 정직한 이아고가 그랬다니까.

에밀리아 만약 그가 그렇게 말했다면 그의 악독한 영혼이 지옥에서 매일 반 그램씩만 썩어문드러지길! 그는 심장 밑바닥까지 썩어버린 거짓말쟁이예요. 사모님은 최고로 형편없는 남편을 너무 사랑하다가 저렇게 되신 거예요.

오셀로 뭐라고?

에밀리아 어디 해보세요. 최악의 짓을 해보세요. 어차피 사모님에게는 어울리지 않는 사람, 그런 당신의 이런 짓은 당신을 결국 지옥으로 떨어트릴 거예요.

오셀로 입 닥치고 조용히 있는 게 좋을 거야!

에밀리아 나를 해치려는 당신의 능력은 고통을 참아내는 내 능력의 절반에도 못 미쳐요. 아, 바보, 병신, 머저리! 땅바닥의 흙만큼 무지한 자! 당신이 이런 무지막지한 짓을 하다니. 나는 당신의 칼 따위는 두렵지 않아요. 내가 스무 번을 고쳐 죽는다 해도 당신의 소행을 반드시 알리고 말겠어요. 도와줘요! 도와줘요!, 여기에요. 무어 인이 착한 사모님을 죽였어요. 살인이야, 살인!

몬타노, 그라시아노, 이아고 등장

몬타노   무슨 일이야? 어떻게 된 겁니까, 장군?

에밀리아   오, 당신 왔어요, 이아고? 당신, 정말 무슨 짓을 한 거예요? 다른 사람들이 살인 사건을 모두 당신 탓이라고 하고 있으니.

그라시아노   대체 무슨 일인가?

에밀리아   만약 당신이 사내대장부라면 이 악당의 말을 부정하세요. 그는 당신이 그의 아내가 부정한 여자라고 말해 주었다는 거예요. 나는 당신이 그렇게 하지 않았다는 것을 알아요. 당신은 그런 악당이 아니에요. 말해요. 내 가슴이 터질 것만 같아요.

이아고   나는 그에게 내 생각을 말했어. 내가 말한 것을 그가 타당하고 진실하다고 생각한 것뿐이야.

에밀리아   당신이 정말 그에게 그녀가 부정한 여자라고 말했나요?

이아고   그랬지.

에밀리아   당신은 아주 징그럽고 가증스러운 거짓말을 한 거예요! 내 영혼을 두고서 하는 말인데, 거짓말, 아주 사악한 거짓말을 한 거예요! 그녀가 카시오와 부정한 짓을 저질렀다고요? 정말 카시오와 그랬다고 말했나요?

이아고   그래 카시오와. 이제, 입 다물고 조용히 있어.

에밀리아   나는 입 다물고 있지 못하겠어요. 나는 반드시 말해야겠어요. 사모님은 여기 침상에서 무참히 살해되었어요.

일동   오, 하느님 맙소사!

에밀리아   당신의 무고가 이런 살인을 촉발시켰어요.

오셀로   아니, 노려보지 마십시오, 여러분. 저 말은 진실입니다.

그라시아노   그거 참 괴상한 진실이군.

몬타노   오, 짐승 같은 짓!

에밀리아   악당, 악당, 악당의 짓!

나는 그것을 생각할 수 있고, 냄새 맡을 수 있어. 오, 악당의 짓!
나는 전에도 그렇게 생각했어. 아, 너무 슬퍼서 죽을 것만 같아!
오, 악당, 악당의 짓!

이아고   이 마누라가 미쳤나? 어서 썩 집으로 돌아가지 못해.

에밀리아   훌륭하신 여러분, 제가 끝까지 다 말할 수 있도록 해주세요. 나
는 남편의 말에 복종해야 하지만 지금은 아닙니다. 어쩌면, 이
아고, 나는 집으로 돌아가지 않을 수도 있어요.

오셀로   오, 오, 오!

오셀로가 침대 위로 쓰러진다

에밀리아   그래요, 거기 쓰러져서 울부짖으세요! 당신은 이 세상에서 살았
던 가장 상냥하고 가장 정직한 여자를 죽였으니까.

오셀로   [일어서며] 오, 그녀는 부정했어! 숙부님, 당신을 알아보지 못했군
요. 당신의 조카가 저기 누워 있습니다. 제가 이 두 손으로 방금
그녀의 숨결을 멈추어 버렸습니다. 이 행위가 끔찍하고 음산하
게 보이리라는 것을 압니다.

그라시아노 불쌍한 데스데모나. 네 아버지가 돌아가셔서 정말 다행이다.
네 결혼은 그에게 치명상이 되었고 깊은 슬픔은 그의 생명 줄을
두 동강 내버렸다. 만약 그가 지금도 살아 있다면 이 광경을 보
고서 아주 절망적인 행동을 하게 되었을 것이다. 그는 수호신에
게 이것을 저주하다가 지옥으로 떨어졌을 테니까.

오셀로   이것은 슬픈 일입니다. 하지만 이아고는 그녀가 카시오와 함께

수치스러운 행동을 수천 번 저질렀다는 걸 알고 있습니다. 카시오는 그것을 자백했습니다. 그녀는 내가 처음 주었던 사랑의 정표를 그자에게 건네줌으로써 그자의 사랑에 대하여 보답했습니다. 나는 그의 손에 들린 그것을 보았습니다. 그건 손수건인데 내 아버지가 어머니에게 건네준 골동품이었지요.

에밀리아　오, 하느님! 하느님, 맙소사!

이아고　젠장, 입 다물지 못해.

에밀리아　아니에요, 그건 드러나게 되어 있어요. 드러나게 된다고요. 나보고 입 다물라고요? 아니오. 나는 이제 북풍처럼 거침없이 말하겠어요. 하늘과 사람과 악마들이 모두 나를 창피하다고 여길지라도 나는 말해야겠어요.

이아고　입 다물고 집으로 가지 못해.

에밀리아　나는 가지 않겠어요.

[이아고는 칼을 빼들고 에밀리아를 위협한다]

그라시아노　여자한테 칼을 빼들다니 이 무슨 짓인가!

에밀리아　오, 우둔한 무어 인, 당신이 말하는 그 손수건을 나는 우연히 발견하여 내 남편에게 주었어요. 남편이 여러 번 내게 그것을 훔쳐오라고 아주 진지하게 부탁했거든요. 그런 사소한 물건에 대하여 좀 과도하다 싶을 정도로 채근했어요.

이아고　이 사악한 창녀!

에밀리아　그녀가 카시오에게 그걸 주었다고요? 아, 절대 아니에요. 내가 그걸 발견하여 내 남편에게 주었어요.

이아고　똥 같은 소리. 넌 지금 거짓말을 하고 있어!

에밀리아　하늘에 맹세코 나는 거짓말을 하지 않습니다, 여러분. 오, 살인
　　　　을 저지른 바보. 도대체 이런 바보가 정말 선량한 아내를 어떻
　　　　게 얻었을까요?

오셀로　하늘에는 천둥을 울리는 바위들밖에는 없는 것일까?
　　　　이런 놈에게 벼락을 내리지 않고? 이 개 같은 악당 놈!

[오셀로가 이아고에게 달려드나 몬타노가 그의 칼을 빼앗는다.

이아고는 아내를 칼로 찌른다]

그라시아노　여자가 쓰러졌다! 저자가 아내를 죽였다.

에밀리아　아, 그래요. 나는 이제 마님 옆에 누워요.

그라시아노　그는 가버렸지만 그의 아내는 살해당했네.

몬타노　저건 정말 지독한 악당이에요. 여기 내가 무어 인으로부터 빼앗
　　　　은 칼을 받으십시오. 자, 바깥문을 경비합시다. 저자를 통과시
　　　　켜 주지 맙시다. 저항하면 죽여 버립시다. 나도 저 악당을 쫓아
　　　　가겠다. 저자는 정말 끔찍한 범인이야.

몬타노와 그라시아노 퇴장

오셀로　왜소한 사람이 내 칼을 빼앗아 갈 정도라면 나는 그리 용감한
　　　　자가 아니야. 그렇지만 명예도 잃은 지금 무용을 자랑한들 무슨
　　　　소용이 있느냐. 이제 다 내려놓자.

에밀리아　지난번에 불렀던 마님의 노래는 무슨 전조였지요? 제 말을 들

을 수 있으세요? 나는 백조의 노래를 부르며 죽어가겠어요. [그녀는 노래 부른다] "버들아, 버들아, 버들아—" 무어 인, 그녀는 정숙했어요. 그녀는 잔인한 무어 인 당신을 사랑했어요. 내가 진실을 말했으므로 내 영혼은 축복을 받을 거예요. 나는 이것을 말하면서 죽어요.   그녀는 죽는다

오셀로   이 방안에 칼이 또 한 자루 있을 텐데. 스페인 칼인데 아주 차가운 물에 벼려서 면도날처럼 날카롭지. 아, 여기 있네. 숙부님, 저도 추격에 따라가겠습니다.

그라시아노   (무대 밖에서) 자네가 따라 나서면 큰 대가를 치르게 될 거야. 자네는 무기가 없으니 부상을 당할 거라고.

오셀로   그렇다면 저를 잠깐 보고 가세요. 말씀을 나누고 싶습니다. 안 그러면 무기가 없어도 공격에 나설 겁니다.

[그라시아노 입장]

그라시아노   무슨 일인가?

오셀로   보세요. 저는 무기를 가지고 있습니다. 군인의 허벅지에 이보다 더 좋은 칼이 매달린 적은 없을 겁니다. 나는 이 작은 팔과 칼을 가지고 당신의 제지보다 스무 배는 더 강력한 장애물을 뚫고 전진했습니다. 그러나 오, 쓸데없는 자랑이여! 누가 그 자신의 운명을 통제할 수 있습니까? 나는 이제 그렇지 못합니다. 당신은 무장한 나를 쳐다보고 계시지만 두려워하지 마십시오. 여기 내 여행의 끝, 파란만장한 인생의 막바지에 다다른 것 같습니다. 두려워서 뒤로 물러나십니까? 그러실 필요 없습니다. 어떤 자

가 오셀로의 가슴을 향해 돌진한다면 그는 뒤로 물러날 겁니다. 오셀로는 어디로 가야 할까요?

[그는 침대 쪽을 바라본다]

그대 모습을 한번 보아, 오, 불운한 여인이여. 입고 있는 가운처럼 창백하구나. 우리가 최후 심판의 날에 다시 만날 때, 그대의 그런 모습은 내 영혼을 천상으로부터 내던지고 악마들이 그것을 낚아채겠지. 차갑고, 차가운가, 나의 여인아? 마치 그대의 정절처럼. 오, 이 저주받아 마땅한 자여! 너희 악마들은 나에게 채찍질 하라. 그리하여 내가 이 천상의 광경을 보지 않도록! 나를 뜨거운 바람 속에서 이리저리 내돌리고, 유황불 속에서 튀기고, 축축한 불의 소용돌이 속에서 마구 휘저어라! 오, 데스데모나! 죽었구나, 데스데모나! 죽었구나! 오, 오!

로도비코, 들것에 실린 카시오, 몬타노, 이아고가 장교들과 함께 등장

로도비코   이 무모하고 가장 불운한 자는 어디에 있는가?
오셀로   그자는 오셀로인데 여기 있습니다.
로도비코   독사는 어디에 있나? 그자를 앞으로 끌어내라.
오셀로   나는 그의 발이 악마처럼 갈라졌는지 내려다봅니다. 하지만 그건 우화였군요. 만약 진짜 악마라면 나는 네놈을 죽이지 못할 테지.

[그는 이아고를 찌른다]

로도비코   그에게서 칼을 빼앗아라.

이아고   나는 피를 흘리지만 당신은 나를 죽이지 못했습니다.

오셀로   네놈이 살아있다고 해서 유감스럽지 않다. 차라리 네놈을 살려
두겠다. 내 입장에서 보면 죽는 게 행복이니까.

로도비코   오, 오셀로. 한때 그렇게 훌륭했던 당신이 어떻게 저런 악독한
놈의 술수에 걸려 들었단 말입니까? 그는 대체 당신에게 무슨
말을 했습니까?

오셀로   온갖 얘기를 다했지요.
하지만 저는 명예로운 살인자입니다. 나는 증오가 아니라 명예
때문에 그렇게 한 거니까요.

로도비코   이 흉악한 자는 죄상을 일부 자백했습니다. 당신과 저자는 카시
오 살해에 동의했습니까?

오셀로   예.

카시오   존귀한 장군님, 저는 당신에게 그런 대접을 받을 짓을 하지 않
았습니다.

오셀로   나는 저놈의 말을 믿었네. 자네에게 용서를 구하겠네. 자네는
저 절반쯤 악마에게 왜 나의 영혼과 육체에 그런 올가미를 걸었
냐고 물어봐 주겠나?

이아고   나에게 아무것도 묻지 마십시오. 당신은 이미 다 알고 있습니
다. 지금 이 순간부터 나는 아무 말도 하지 않겠습니다.

로도비코   뭐라고? 기도도 하지 않겠다고?

그라시아노   고문을 하면 다 불게 되어 있어.

오셀로   꼭 그렇게 해주십시오.

로도비코   장군님, 당신은 어떻게 이런 일이 벌어졌는지 알게 될 겁니다.

현재는 모르고 계시지만 말입니다. 여기에 죽은 로르리고의 호주머니에서 발견된 편지가 있습니다. 여기에 또 다른 편지도 있습니다. 그중 하나가 카시오 살해에 관한 것인데, 로드리고가 맡는다고 되어 있습니다.

오셀로   오, 악당!

카시오   정말 흉측하고 짐승 같은 자.

로도비코   여기에 그의 호주머니에서 발견된 또 다른 불만의 편지가 있습니다. 로드리고가 저 흉측한 악당에게 보내려 한 편지 같습니다. 하지만 이아고가 중간에 적절히 그의 불만을 무마했습니다.

오셀로   아, 이 독사 같은 놈!

카시오, 자네는 어떻게 내 아내의 손수건을 손에 넣게 되었나?

카시오   저는 그것을 제 방에서 발견했습니다.

저자가 지금 이 순간 그것을 자백했습니다. 그걸 일부러 제 방에 떨어트렸다는 겁니다. 자신이 원하는 사악한 목적에 활용하려고 말입니다.

오셀로   오, 바보, 바보, 바보!

카시오   게다가 로드리고의 편지에는 그가 이아고의 계획을 비난했다는 내용도 들어 있습니다. 내가 경계 근무를 서는 중에 나를 일부러 화나게 하여 싸움을 일으키고 그걸 빌미로 나를 강등시킨다는 계획 말입니다. 로드리고는 죽은 지 한참 된 것처럼 보였는데 숨이 붙어 있어서 이런 사실을 자백했습니다. 이아고가 그에게 술수를 부렸고 그에게 그런 못된 짓을 하라고 재촉했다는 겁니다.

로도비코   당신은 이 방을 나서서 우리와 함께 가야겠소. 당신의 권한과 지휘권은 박탈되었고 앞으로 카시오가 키프로스를 다스릴 것이오. 이 악독한 자, 이아고에 대해서는 저자를 살려두면서 오래 고문할 수 있는 방도가 있다면 그걸 강구해 보겠소. 오셀로, 당신은 죄상이 베니스 정부에 보고될 때까지 감옥에서 대기해야 할 것이오. 자, 데려가라.

오셀로   잠깐만. 당신이 가기 전에 한두 마디 드리고 싶습니다. 나는 과거에 베니스 정부에 상당한 봉사를 했고 정부도 그것을 알고 있습니다. 하지만 그 얘기는 더 이상 하지 않겠습니다. 정부에 보내는 보고서에다 제발 이렇게 해주십시오. 저에 대하여 있는 그대로 보고해 주십시오. 정상 참작의 말도 쓰지 말고, 악의의 언사도 적지 마십시오. 그런 다음 무척 사랑했으나 현명하게 사랑하지 못한 사람에 대해서 말해 주십시오. 나는 쉽게 질투를 느끼는 사람이 아닙니다. 그러나 술수에 걸려들어 조종을 받으면서 극도로 당황하게 되었습니다. 그리하여 비루한 유대인처럼 그의 부족 전체보다 더 값나가는 진주를 그의 손으로 내던졌습니다. 나는 비록 감상적인 분위기에 젖는 사람이 아니지만 내 두 눈은 약효 좋은 몰약을 뚝뚝 떨어트리는 몰약 나무처럼 눈물을 흘리고 있습니다. 이런 것을 꼭 적어주십시오. 그리고 한 가지만 더. 과거에 알레포에서 터번을 두른 사악한 터키 인이 베니스 인을 두드려 패는 것을 본 적이 있는데 나는 그 빌어먹을 똥개의 멱살을 잡고서 아주 거세게 내리쳤습니다. 이렇게.

그는 자기 자신을 찌른다

로도비코   아, 이 무슨 처참한 종말인가!

로도비코   우리에게 들려오는 건 슬픈 얘기뿐이구나.

오셀로   내가 당신을 죽이기 전에 키스를 했었지. 이제 이렇게 하는 방법밖에 없어. 나 자신을 죽이고 키스를 하면서 죽는 것 이외에.

그는 [침대 위에 쓰러져] 죽는다

카시오   나는 이렇게 되는 것을 두려워했습니다. 그가 고상하고 용감한 사람이기 때문이지요. 나는 그에게 칼이 없는 줄 알았습니다.

로도비코   [이아고에게] 오, 스파르타의 개여. 고뇌, 기아, 바닷물을 다 합친 것보다 더 악독한 놈아. 저 침대 위에서 벌어진 저 엄청난 참상을 보아라. 이게 다 네놈의 소행이다. 그 처참한 광경은 사람의 눈을 찌르는구나. 저것을 가리도록 하라.

[침대 커튼은 열려 있다]

그라시아노, 이 집을 소유하고, 무어 인의 전 재산을 몰수하여 당신이 승계하도록 하시오. 이 지옥에서 온 악독한 자의 판결과 관련하여 그 시기, 장소, 고문 등을 총독의 책임으로 맡기겠소. 반드시 이 지시를 이행하도록 하시오. 나는 급히 승선하여 본국으로 돌아가 무거운 마음으로 이 슬픈 사건을 보고해야겠소.

그들은 퇴장

리어 왕
KING LEAR

등장인물

브리튼 왕실
리어 브리튼 왕
고너릴 맏딸
리건 둘째 딸
코딜리아 막내딸
올버니 고너릴의 남편
콘월 공작 리건의 남편

글로스터 가문
글로스터 백작
에드가 글로스터 백작의 맏아들 겸 상속자
에드먼드 글로스터 백작의 서자

기타 인물들
바보 왕에게 고용된 어릿광대
켄트 백작 왕에게 고용된 귀족, 이후 카이우스로 변장

프랑스 왕 코딜리아의 구애자
버건디 공작 코딜리아의 구애자

오스왈드 고너릴의 집사장
큐란 글로스터의 시종
신사
노인 글로스터의 소작인
대위
전령
콘월 가문의 하인

기사들, 신사들, 군인들, 시종들, 전령들, 하인들

극의 주요 장면은 브리튼 왕국의 여러 장소에서 벌어진다.

제1막 제1장
리어 왕의 궁전

켄트, 글로스터, 에드먼드 등장

켄트   왕이 콘월 공작보다 올버니 공작을 더 좋아한다고 생각합니다.

글로스터   늘 그렇게 보였지요. 하지만 왕국을 분할하는 문제와 관련하여 왕이 어느 공작을 더 선호하는지 알 수 없군요. 그들의 공로가 서로 비슷하여 그들이 왕국의 어떤 부분을 물려받을지 예측하기 어렵습니다.

켄트   옆에 있는 청년은 자제 분입니까.

글로스터   저 아이를 양육하는 것은 내 책임이었지요. 나는 종종 저 애를 내 자식으로 인정하는 걸 부끄럽게 여겼지만 이제는 단련이 되었습니다.

켄트　　　무슨 말씀이신지 이해가 잘······

글로스터　이 애의 어미는 이해할 겁니다. 그 몸에서 이 애가 자랐으니까. 그녀는 남편을 침상으로 맞이하기 전에 이 아들을 요람에서 키우게 되었습니다. 이걸 잘못이라고 생각하십니까?

켄트　　　그 잘못을 없던 것으로 할 수는 없겠군요. 그 결과가 저렇게 장성했으니까 말입니다.

글로스터　그렇지만 저에게는 합법적인 아들이 하나 더 있답니다. 이 애보다 한 살 위이지요. 그 애도 이 애 못지않게 사랑합니다. 비록 이 애는 부르지도 않았는데 제가 먼저 알아서 이 세상에 나왔지만 저 애 어머니는 아름다웠고 우리는 저 애를 만들면서 재미도 좀 보았지요. 그래서 저 서자를 내 아이로 인정해야만 되었습니다. 에드먼드, 너는 이 고상한 신사 분을 아느냐?

에드먼드　모릅니다, 아버지.

글로스터　켄트 공이지. 앞으로는 이분을 아버지의 명예로운 친구로 모셔라.

에드먼드　앞으로 잘 모시겠습니다.

켄트　　　나도 자네를 좋아하고 또 앞으로 자네를 저 잘 알게 되기를 기대하네.

에드먼드　기대에 부응하도록 노력하겠습니다.

글로스터　저 애는 지난 9년 동안 밖에 나가 있었지요. 곧 다시 떠날 겁니다. 왕이 오시네.

트럼펫 소리. 리어 왕, 콘월, 올버니, 고너릴, 리건, 코딜리아, 시종들 등장

리어　　　글로스터, 프랑스 왕과 버건디 공작을 안으로 모셔라.

글로스터 예, 폐하. [퇴장]

리어 이제 나의 진짜 의도를 밝히도록 하겠다. 저기 그 지도를 내게 건네 다오. 내가 이미 왕국을 셋으로 나누어 놓았다. 나는 이제 노령에 이르러 국사와 근심 걱정으로부터 해방되고 싶다. 그리하여 내가 죽음을 향해 기어가기 전에 연부역강(年富力强: 나이가 젊고 기력이 왕성함)한 사람들에게 그 땅을 나누어 주려 한다. 내 아들 콘월과, 그리고 그에 못지않게 사랑스러운 아들 올버니, 나는 지금 이 순간 내 딸들에게 지참금을 내려 주어, 장차 그들 사이에서 싸움이 벌어지는 것을 막으려 한다. 프랑스와 버건디의 군주도 나의 막내딸에게 사랑을 구하는 연적들인데 이 궁정에 오래 머물면서 구애해 왔다. 그래서 여기 내 딸들에게 질문을 하나 던지고자 하니 답하라. 내 딸들아, 내가 이제 통치 행위, 영토의 관할, 국가 업무에서 해방되고자 하는데, 너희들 중 누가 나를 제일 사랑하느냐? 나는 자연스러운 애정과 좋은 자질이 서로 일치가 되는 아이에게 가장 많은 땅을 내리려 한다. 장녀인 고너릴, 네가 먼저 말해 보아라.

고너릴 폐하, 저는 말이 형용할 수 있는 것 이상으로 폐하를 사랑합니다. 제 눈, 이 공간, 모든 자유보다 더 소중하게 여깁니다. 그 밖에 소중하고 풍요롭고 귀한 것, 그리고 은총, 건강, 아름다움, 이 모든 것을 합친 것보다 더 폐하를 사랑합니다. 일찍이 그 어떤 딸이 아버지를 사랑했던 것보다 더 폐하를 사랑합니다. 숨결로 내뿜을 수 없고 그 어떤 말로도 형용하기 어려운 사랑, 세상에 있는 모든 것을 넘어서는 사랑으로 폐하를 사랑합니다.

코딜리아 [방백] 이 코딜리아는 뭐라고 말해야지. 사랑은 침묵인데.

리어 이 선에서 저 선까지 울창한 숲과 비옥한 들판, 풍부한 강과 초지(草地)를 네 땅으로 내려 주마. 너와 올버니의 후손들에게 이것은 영원한 상속 재산이 될 것이다. 둘째 딸, 소중한 리건, 콘월의 아내는 무슨 말을 하려느냐?

리건 나는 언니와 똑같은 기질로 만들어졌으니 언니가 한 말이 내 말이라고 보아주세요. 진심으로 드리는 말씀인데 언니는 내가 할 수 있는 사랑을 다 말했다고 생각해요. 단지 너무 짧게 말했다는 생각뿐. 한 가지 더 첨부할 것은, 이 세상에서 가장 고상하고 완벽한 사람이 누리는 즐거움이 있다고 할지라도 그런 즐거움을 모두 물리치고, 폐하의 사랑 안에서만 오로지 즐거움을 느낀다고 말씀드리고 싶습니다.

코딜리아 [방백] 아, 가난한(불쌍한) 코딜리아,

나는 어쩜 좋지? 난 이제 뭐라고 말해야 하지? 하지만 난 사랑에서는 가난하지 않아. 내 사랑은 내 혀보다 훨씬 무거워.

리어 너와 네 후손에게 콘월에게 하사한 것과 똑같이, 공간, 쓸모, 즐거움에서 전혀 손색이 없는 내 아름다운 왕국의 3분의 1을 너에게 주마. 자, 이제 내 사랑, 가장 늦게 태어나 나이가 가장 어린 막내딸, 포도밭이 많은 프랑스 왕도, 기름진 목장을 지닌 버건디 공작도 열심히 구애하고 있는 딸아. 두 언니보다 더 풍요로운 마지막 3분의 1을 얻기 위해 너는 무슨 말을 하려느냐? 어서 말해 보아라.

코딜리아 낫씽(Nothing, 없음), 폐하.

리어 낫씽?

코딜리아 낫씽.

리어 낫씽에서는 낫씽밖에 안 나와. 다시 말해 보거라.

코딜리아 불초 소녀는 제 마음을 혓바닥 위에 올려놓지 못합니다. 저는 자식의 의무를 충실히 지키며 아버지를 사랑할 뿐입니다. 그 이상도 이하도 아닙니다.

리어 왜, 왜, 코딜리아? 네 말을 조금만 고쳐 보아라. 네 재산에 손해를 보지 않도록.

코딜리아 훌륭하신 폐하,

폐하께서는 저를 낳으셨고, 키워 주셨고, 그리고 사랑해 주셨습니다. 저는 이런 보살핌을 충실히 보답하면서 그에 적절하게 폐하께 복종하고, 사랑하고, 또 폐하를 존경해 왔습니다. 두 언니가 오로지 폐하만을 사랑한다면 왜 결혼을 하여 남편이 있나요? 저는 앞으로 결혼을 하게 되면 제 맹세를 바친 남편에게 제 사랑의 절반, 제 보살핌과 의무의 절반만을 바칠 생각입니다. 정말이지 두 언니들처럼 결혼하고서도 오로지 폐하만을 사랑한다고는 하지 않을 거예요.

리어 너는 진심으로 하는 말이냐?

코딜리아 그렇습니다, 폐하.

리어 제일 나이가 어리면서 제일 고집이 세구나.

코딜리아 제일 어리지만 제일 정직하답니다.

리어 그럼 그렇게 해. 네 진실을 너의 지참금으로 삼도록 하라. 태양의 신성한 빛, 헤카테와 밤의 신비, 우리의 목숨을 존속시켜 주는 이 지구의 운행에 맹세하는 바이지만, 나는 아버지로서의 애정도, 너와 한 핏줄이라는 것도 모두 부정하겠다. 이제부터 영원히 너는 나와 아무런 관계도 없는 남이라고 생각하겠다. 스키

타이의 야만인이나, 허기를 채우기 위해 제 새끼를 잡아먹는 놈을 차라리 이 가슴에 끌어안고 측은하게 생각하며 도와주는 게 낫겠다. 한때 내 딸자식이었던 너를 도와주기보다는.

켄트 폐하.

리어 입 다물라, 켄트.

딸애와 나의 분노 사이에 끼어들지 말라. 나는 그녀를 제일 사랑했고 내 여생을 그녀의 보살핌에 의존하려 했다. 그러니 내 눈앞에서 빨리 사라져라! 내 무덤이 내 휴식처가 되게 하라. 이제 내가 저 애로부터 내 마음을 거두었으니. 프랑스 왕을 불러라. 누가 움직이고 있는가? 버건디 공작을 불러라. 콘월과 버건디, 두 딸의 지참금과 함께 나머지 3분의 1을 나누어 가져라. 그애가 정직이라 부르는 저 높은 자존심이 그 애의 결혼 밑천이 되게 하라. 나는 자네 두 사람에게 나의 권력, 높은 지위, 왕권에 깃들어 있는 모든 장식을 나누어 주노라. 나 자신은 1백 명의 기사만 거느린 채 달마다 돌아가며 자네의 집에서 머무르며 봉양을 받도록 하겠다. 나는 왕이라는 이름과 명예만을 유지할 것이다. 하지만 통치권, 세금 징수권, 그 밖의 국사 관할권을 자네 두 사람에게 이양한다. 이것을 확증하기 위하여 이 왕관을 쪼개어 둘에게 나누어 주노라.

켄트 리어 왕이시여,

제가 항상 국왕으로 받들어 모셨고, 아버지처럼 사랑했고, 스승처럼 따랐으며, 나의 기도 속에서 제 후원자로 칭송했던 분이시여—

리어 활은 휘어지고 당겨졌으니 이제 화살의 길에서 피하도록 하라.

켄트	화살촉이 제 가슴을 찔러도 좋으니 화살을 날리십시오. 리어가 미쳤으니 이 켄트도 버릇없이 굴겠습니다. 노인이여, 당신은 대체 무엇을 하려는 것입니까? 권력이 아부를 강요한다고 해서 의무감 드높은 자가 발언하기를 두려워할 거라고 생각하십니까? 폐하가 어리석은 짓을 저지를 때 명예는 정직해야 하는 겁니다. 폐하의 왕국을 그대로 유지하십시오. 당신의 안전을 최대한 고려하여 이 끔찍한 무모함을 거두십시오. 내 판단에 제 목숨을 걸겠습니다. 막내딸은 당신을 가장 덜 사랑하는 것이 아닙니다. 나지막하게 말하는 사람이 있다고 해서 그 사람의 마음까지 비어 있는 것은 아닙니다.
리어	켄트, 목숨이 아까우면 그만 지껄여라.
켄트	폐하의 안전이 가장 중요하기에 내 목숨은 적들에게 내어줄 졸(卒) 이상으로 여겨본 적이 없고, 그리하여 목숨을 잃는 것이 전혀 두렵지 않습니다.
리어	내 눈앞에서 썩 꺼져라!
켄트	제발 더 잘 보도록 하십시오. 내가 당신 눈의 올바른 시선이 되게 하소서.
리어	내 아폴로에게 걸고 하는 말인데—
켄트	내 아폴로에게 걸고 하는 말인데, 왕이시여, 당신은 당신의 신들을 헛되이 걸고 있는 겁니다.
리어	네 이놈! 이 불충하기 짝이 없는 놈!
올버니와 콘월	폐하, 진정하십시오.
켄트	의사는 죽이고 못된 병을 가져온 자에게는 상을 주시는군요. 당신이 선물로 하사한 지참금을 취소하십시오. 안 그러면 내가 입

벌려 말을 할 수 있는 한, 당신이 잘못하고 있다고 소리칠 것입니다.

리어　이 불충한 놈아, 내 말을 들어보라.

　　　네놈이 그렇게 충성한다니 내 말을 들어. 너는 내가 일찍이 위반해 본 적이 없는 맹세를 깨트리라고 하고 있어. 너는 과도한 자부심을 과시하며 왕권과 칙령 사이에 끼어들고 있어. 왕권의 위엄을 생각할 때 그런 행위는 도저히 묵과할 수가 없어. 그러니 이제 내가 왕권을 발휘하여 너에 대한 처분을 내린다. 이 세상의 재앙으로부터 너를 보호할 수 있는 준비를 서두르기 위해 닷새를 주겠다. 그리고 엿새 째 되는 날에 그 고약한 등을 돌려 나의 왕국에서 떠나라. 만약 그 후 열흘 안에 네 흉악한 몰골이 나의 영지에서 발견이 된다면 그 순간 너는 죽음을 맞이하게 될 것이다. 꺼져라! 주피터의 이름을 걸고, 이 처분은 결코 취소되지 않을 것이다.

켄트　안녕히 계십시오, 폐하. 폐하가 그렇게 나오신다면, 이 땅에 있던 자유는 이곳에서 추방될 것입니다. [코딜리아에게] 공주님, 올바르게 생각하고 정직하게 말한 당신을 신들이 소중한 피신처로 데려가 주시기를. [고너릴과 리건에게] 당신들의 호언장담이 행동에 의해 뒷받침되기를. 그 사랑의 언사로부터 좋은 효과가 나오기를. 두 공작님, 이렇게 하여 이 켄트는 작별을 고합니다. 켄트는 새로운 나라에서 그의 옛 모습을 그대로 구현할 것입니다.

　　　　　　　　　　　　　　　　　　　　　　　　　　퇴장

나팔소리. 글로스터가 프랑스 왕과 버건디 공작, 시종들[과] 함께 등장

코딜리아	폐하, 여기 프랑스 왕과 버건디 공작이 왔습니다.
리어	버건디 공작, 먼저 당신에게 말을 하겠소. 당신은 이 프랑스 왕과 함께 내 딸에게 구애를 해왔지요. 지참금으로 최소한 얼마를 요구하고 있는 것이오? 적어도 그 사랑의 구혼을 그만두지 않으려면?
버건디	존엄하신 폐하,
	폐하가 하사하시는 것 이상으로 요구하지 않겠습니다. 그보다 더 적게 내주시겠다는 뜻은 아니시겠지요.
리어	고상한 버건디 공작,
	그 애가 내게 소중할 때에는 나도 그 애를 높이 평가했지요. 하지만 이제 저 애의 값어치가 떨어졌소. 자, 그 애가 저기 서 있소. 저 자그마한 기만적인 존재, 나의 분노가 서려 있는 저 아이의 일부 혹은 전부가 당신 마음에 든다면, 저기 있으니 그냥 데려가시오.
버건디	대답하기가 난처하군요.
리어	저 애는 결점이 많고, 친구도 없는 데다, 새롭게 내 미움까지 받았고, 지참금이라고는 내 저주밖에 없으며, 부녀간의 맹세도 끊어진 상태요. 그녀를 데려가겠소, 아니면 말겠소?
버건디	폐하, 용서하소서.
	그런 조건이라면 데려가지 못하겠습니다.
리어	그렇다면 여길 떠나시오, 공작. 나를 만들어내신 힘 앞에서, 나는 저 애의 재산을 있는 그대로 말해 주었소. [프랑스 왕에게] 위대한 왕이여, 나는 당신의 사랑이 내가 싫어하는 애와 맺어지게 할 생각이 없소. 그러니 자연조차 자기가 만들었다고 인정하기

를 부끄러워하는 저 애를 좋아하지 말고 돌아서기를 호소하는 바요.

프랑스 왕 이건 정말 이상한 일입니다.

방금 전까지만 해도 폐하가 가장 사랑했고, 칭송의 대상이었으며, 노령의 위안이던 가장 귀엽고 가장 사랑스러운 딸이 갑작스럽게 무슨 해괴한 짓을 저질렀기에 그런 여러 겹의 은총을 졸지에 잃어버렸단 말입니까? 확실히 그녀의 비행은 너무나 부자연스러운 것이어서 그것을 흉물스러운 것으로 만든 게 틀림없습니다. 혹은 폐하의 예전 은총이 아주 순식간에 사라져서 다른 미움이 되어버린 것 같습니다. 하지만 그녀가 어떤 흉악한 비행을 저질렀다고 생각하는 것은 기적이 벌어지지 않는 한, 저의 믿음으로는 불가능한 일입니다.

코딜리아 폐하, 진실한 마음으로 간청 올립니다. 제가 마음에 없는 것을 번드레하게 잘 말하지는 못하지만, 제가 생각하는 것은 말하기보다 행동에 직접 나서는 것을 더 좋아합니다. 폐하의 은총과 호의를 제게서 거두어 간 것은 결코 악덕의 오명, 살인, 망측한 비행, 음탕한 소행, 불명예스러운 행동 때문이 아니라, 단지 남의 안색을 살피는 눈과 아첨하는 혀를 가지고 있지 않기 때문입니다. 이런 것들이 없어서 아버지의 호의를 잃어버리기는 했지만 차라리 그런 것들이 없는 편이 더 마음으로는 부자라고 생각합니다.

리어 나를 기쁘게 하지 못할 거라면 네가 차라리 태어나지 않는 게 더 좋았을 것이다.

프랑스 왕 겨우 그것뿐입니까? 실행을 더 중시하는, 마음속 생각을 더디게 표현하는 그 성격? 버건디 공작, 당신은 저 처녀에 대하여 어떻게 생각하십니까? 사랑은 그 본질에서 벗어난 다른 고려사항이 끼어들면 더 이상 사랑이 아닙니다. 당신은 저 처녀를 데려갈 겁니까? 그녀 자신이 엄청난 지참금입니다.

버건디 　존귀하신 왕이시여,

당신이 제안하신 몫만 내려 주십시오. 그러면 제가 코딜리아를 아내로 맞이하여 버건디 공작부인으로 삼겠습니다.

리어 　아무것도 줄 수 없소. 나는 이미 맹세를 했소. 나는 확고하오.

버건디 　그렇다면 유감입니다만, 당신이 그처럼 아버지를 잃어버렸으니 남편마저 잃어버릴 수밖에 없소.

코딜리아 　안녕히 가세요, 버건디 공작.

당신의 사랑은 지위와 재산에 대한 사랑이니, 나 또한 당신의 아내가 되지 않겠어요.

프랑스 왕 　정말로 아름다운 코딜리아, 가난하지만 가장 부자이고, 버림받았지만 가장 소중하고, 경멸받았지만 가장 사랑스러운 여인. 나는 이 자리에서 그대와 그대의 미덕을 나의 것으로 삼고 싶소. 내버려진 것을 내가 합법적으로 거두어들이겠소. 신들이여, 신들이여! 정말로 이상한 일입니다. 그대들의 냉정한 무시에도 불구하고 내 사랑이 이처럼 불같이 타오르다니. 왕이시여, 나의 행운에 맡겨진 당신의 지참금 없는 딸을 내 맞아들여 나, 나의 백성, 나의 아름다운 프랑스의 왕비로 삼겠소. 허약한 나라 버건디의 모든 공작들이 나선다고 해도 이 내버려진 귀중한 보석을 내게서 사가지 못할 것이오. 코딜리아, 비록 저들이 불친절하지만 작별을 고하시오. 그대가 이곳을 잃은 것은 더 좋은 나라로 가기 위한 것이오.

리어　프랑스 왕, 저 애를 데려가 배필로 삼도록 하시오. 나는 저런 딸이 없고 저 애의 얼굴을 다시는 보지 않을 것이오. 자, 이제 나의 은총, 사랑, 축복이 없이 물러가도록 하시오. 자, 가세, 버건디 공작.

나팔 소리. [리어, 버건디, 콘월, 올버니, 글로스터, 에드먼드, 시종들] 퇴장

프랑스 왕　당신 언니들에게 작별을 고하시오.

코딜리아　우리 아버지의 보석인 언니들이여, 눈물 젖은 눈으로 코딜리아는 떠나갑니다. 나는 언니들이 어떤 사람인지 잘 알지만 동생인 처지에서 언니들의 잘못을 있는 그대로 말하지는 않겠어요. 아버지를 잘 모셔요. 아까 정말로 사랑한다고 말했으니 그 사랑에 아버지를 맡깁니다. 그렇지만 슬퍼요. 내가 아버지의 은총을 받고 있다면 더 좋은 곳에다 모실 수 있었을 텐데. 두 언니에게 작별을 고합니다.

리건　우리에게 의무를 설교하지 마.

고너릴　네 남편이나 잘 모시도록 해. 자비심을 발휘하면서 너를 받아들인 분이니. 너는 복종심이 부족한 아이이니 네가 당한 그 결핍은 당연한 거야.

코딜리아　시간이 지나가면 은밀한 교활함이 무엇을 감추었는지 드러나게 될 거예요. 일시적으로 그 허물을 감출 수는 있지만 시간이 그것을 드러내어 수치심을 안기며 조롱할 거예요. 안녕히들 계세요.

프랑스 왕   자, 어서 갑시다. 아름다운 코딜리아.

프랑스 왕과 코딜리아 퇴장

고너릴   애야, 우리 두 사람에게 해당되는 일에 관하여 해야 할 말이 많
        구나. 아버지는 오늘밤 여기를 떠나게 될 거야.

리건   그건 확실해요. 언니랑 가게 되겠지요. 다음 날에는 나한테 오
        시고요.

고너릴   아버지는 고령이다 보니 변덕이 가득해. 그런 까탈스러운 일을
        직접 목격한 것이 한두 번이 아니야. 아버지는 늘 막내를 가장
        좋아했는데 그런데 막내를 그처럼 내치는 걸 보면 판단력이 크
        게 흐려진 게 분명해.

리건   노령에 찾아드는 병환이지요. 하지만 아버지는 그런 자신에 대
        하여 거의 인식하지 못해요.

고너릴   아버지는 과거 원기왕성하실 때에도 성미가 급한 적이 많았어.
        예전부터 있었던 고질적인 결점들뿐만 아니라, 버럭 화를 많이
        내는 생애 말년에 생기는 제멋대로인 변덕마저도 다 받아줘야
        할 것 같아.

리건   저 켄트의 추방에서 보듯이, 우리는 그런 변덕을 다 겪어야 할
        것 같아요.

고너릴   저기서 아버지와 프랑스 왕 사이에 추가로 작별 인사를 주고받
        는구나. 우리 함께 힘을 합치자. 만약 아버지가 그런 변덕스러
        운 기질로 권위를 주장하고 나서면, 오늘의 권력 이양은 오히려
        우리에게 골치 아픈 문제가 될 거야.

리건   그 문제는 더 생각해 보기로 해요.

고너릴   우리는 뭔가 조치를 취해야 돼. 그것도 즉시.　　　　　　모두 퇴장

제1막 제2장
글로스터 백작의 성

에드먼드 등장

에드먼드 자연이여, 당신은 나의 여신입니다. 나는 당신의 법률에 충실히
복무합니다. 왜 내가 관습이라는 전염병을 의식하며 사람들의
세세한 법률이 나의 행동을 구속하도록 내버려두어야 합니까?
내가 형보다 12개월 혹은 14개월 늦게 이 세상에 태어났다고
해서? 왜 서자란 말입니까? 무엇이 첩의 자식이란 것입니까?
나 역시 육체는 균형이 잘 짜여 있고, 마음은 우아하며, 체격도
근사합니다. 어디가 정실의 자식보다 빠집니까? 왜 사람들은
우리를 서자라고 낙인을 찍습니까? 첩의 자식이란 말을 왜 하
는 겁니까? 무엇이 서자고 무엇이 비천하단 말입니까? 자연스
러운 욕구를 은밀하게 충족시키는 가운데 생겨났으니, 지겹고
피곤하고 따분한 침대에서 깼는지 자는지도 모르는 비몽사몽
의 상태에서 생겨난 바보들보다 더 우수하고 똑똑한 자질을 갖

추고 태어난 게 대체 누구인가? 그러므로 나의 적자 형 에드가야, 나는 너의 땅을 차지해야겠다. 우리 아버지의 사랑은 적자인 너에게 못지않게 서자인 이 에드먼드에게도 베풀어지고 있다. 적자? 그건 멋진 말이지. [편지를 꺼내며] 이 편지가 성공해서 내 계획이 완수된다면 서자 에드먼드가 적자가 되는 거지. 나는 성장하고 번영할 거야. 자, 신들이여, 이제 서자들을 위해 일어서 주시오!

글로스터 등장

글로스터 켄트가 그런 식으로 추방되고 프랑스 왕은 화가 나서 떠났다? 그리고 왕은 오늘밤에 떠나고? 왕권을 축소하여 적은 용돈에 만족하고? 이 모든 게 황급히 일어났다고? 에드먼드, 그래 뭐냐? 무슨 소식이라도 있느냐?

에드먼드 아무것도 없습니다, 아버지. [편지를 숨긴다]

글로스터 무슨 편지인데 그처럼 열심히 숨기려 드는 거지?

에드먼드 정말입니다, 아무런 소식도 없어요, 아버지.

글로스터 무슨 편지를 읽고 있었느냐?

에드먼드 아무것도 아닙니다, 아버지.

글로스터 아무것도 아니라고? 그럼 왜 그 편지를 황급히 네 호주머니에 집어넣었느냐? 아무것도 아니라면 그렇게 감출 필요도 없지 않느냐. 좀 보여 다오. 자, 어서. 그게 아무것도 아니라면 안경을 쓸 필요도 없겠구나.

에드먼드 아버지, 제발 양해해 주십시오. 제가 읽고 있던 것은 형한테서 온 편지였습니다. 저는 읽는 중에 아버지가 보시기에는 부적절하다는 생각을 했습니다.

글로스터 그 편지를 이리 내봐.

에드먼드 저는 그 편지를 드리든지, 혹은 가지고 있든지 아버지를 불쾌하게 만들 겁니다. 제가 이해하기로 편지의 내용이 심상치 않습니다.

글로스터 어디 보자, 봐.

에드먼드 형을 위해 변명을 해보자면 형은 저의 미덕을 시험해 보기 위해 이걸 쓴 것 같습니다.

[아버지에게 편지를 건네준다]

글로스터 읽는다 "노인을 공경하도록 강요하는 이 정책은 한창때인 우리에게는 너무 가혹한 거야. 우리가 물려받은 재산을 늙어 더 이상 즐길 수 없을 때까지 묶어놓는구나. 내가 늙은이들의 쓸데없고 어리석은 구속에 복종하는 것은 무능력해서가 아니다. 그냥 참고 있을 뿐이다. 그러니 나를 찾아와라. 이 문제에 대하여 좀 더 의논해 보자. 만약 우리 아버지가 내가 깨울 때까지 잠이 든다면 너는 그 재산의 절반을 영구히 누릴 수 있을 것이고, 네 형의 사랑받는 동생으로 살아갈 것이다. 에드가." 흐음, 음모를 꾸미는 거로군. 우리 아버지가 내가 깨울 때까지 잠이 든다면 너는 그 재산의 절반을 영구히 누려? 내 아들 에드가가 과연 이런 편지를 썼다는 말인가? 이런 것을 생각하는 심장과 머리를 가졌단 말인가? 이 편지가 언제 네게 왔느냐? 누가 가져왔느냐?

에드먼드 아버지, 제게 가져온 게 아닙니다. 그게 교활한 점입니다. 제 방
        창틀 안으로 던져진 것을 주웠습니다.

글로스터 필체가 네 형의 것임을 알아보겠느냐?

에드먼드 아버지, 편지 내용이 좋다면 형의 필체라고 하겠지만, 내용이
        저렇다 보니 형의 것이 아니라고 말하고 싶습니다.

글로스터 이건 그놈 필치야.

에드먼드 설사 그렇다 해도, 아버지, 형이 별 마음 없이 썼으리라 생각하
        고 싶어요.

글로스터 전에 너에게 이 문제를 슬쩍 떠본 적이 있었느냐?

에드먼드 없었습니다, 아버지. 하지만 형이 자주 이런 취지를 말한 건 들
        은 적이 있습니다. 아들들이 성년이 되고 아버지가 노쇠해지면
        아버지는 아들의 보호를 받고 아들은 그 재산을 관리해야 한다.

글로스터 이런 악당, 악당 같은 놈이 있나. 그런 생각이 이 편지에 고스란
        히 드러나 있어! 가증스러운 악당 놈, 부자연스럽고 혐오스럽고
        짐승 같은 놈. 아니 짐승만도 못한 악당 놈! 가서, 그놈을 찾아
        봐라. 내 이 악당 놈을 반드시 잡아 처단하리라. 그놈은 어디에
        있느냐?

에드먼드 잘 모릅니다, 아버지. 형에 대한 분노를 잠시 거두시고 음모에
        대한 증거를 찾은 후에 판단을 내리는 게 좋을 듯합니다. 만약
        아버지가 형의 진심을 잘못 이해하여 형에게 난폭하게 대한다
        면 아버지의 명예에 커다란 구멍을 내는 동시에 형의 복종심을
        산산조각 내버릴 것입니다. 제 목숨을 걸고 말씀드립니다만, 형
        은 아버지의 명예에 대한 저의 효심을 시험해 보기 위해서 이
        편지를 쓴 것이지 다른 위해의 의도는 없었을 거라고 봅니다.

글로스터 그렇게 생각하느냐?

에드먼드 아버지가 적절하다고 판단하신다면 우리 형제가 나누는 얘기
를 아버지가 직접 들을 수 있게 하겠습니다. 그러면 그 대화를
가지고 판단을 내리십시오. 더 이상 지체하지 않고 오늘밤에 그
런 대화를 들을 수 있게 해드리겠습니다.

글로스터 그놈이 이런 괴물은 아닐 거야. 에드먼드, 그 애를 찾아내서 교
묘하게 그의 생각을 알아내라. 이 일은 네가 적당하다고 생각하
는 방식으로 진행하도록 해. 나는 이 문제를 해결하기 위해 모
든 것을 내놓을 각오가 되어 있다.

에드먼드 아버지, 곧 형을 찾아내어 제가 판단하기에 적절한 방법으로 이
용건을 전하고 그에 대한 결과를 보고하겠습니다.

글로스터 최근에 벌어진 해와 달의 일식은 불길한 징조였어. 자연의 지혜
는 그것을 이렇게 저렇게 해석하지만, 자연은 또한 그 후에 벌
어지는 결과 때문에 고통을 당해. 사랑은 식고, 우정은 소원해지
고, 형제들은 분열하지. 도시에서는 폭동이 시골에서는 불화가
여러 장소에서 반역이 벌어지고 있고, 부자간의 유대도 깨어지
고 있어. 이 악당 같은 내 아들 놈만 해도 그런 징조를 보여주는
거야. 아들이 애비한테 반역을 하는 거잖아. 우리의 좋은 시절은
이미 지나가 버렸어. 음모, 공허, 배신, 파괴적 무질서가 우리의
무덤까지 우리를 쫓아오고 있어. 에드먼드, 이 악당 놈을 찾아
내. 그렇게 한다고 해서 네게 손해될 일은 없어. 이 일을 조심스
럽게 추진해. 아, 진실하고 고결한 켄트가 추방을 당했어. 무엇
때문에? 그의 죄목은 정직이었어. 정말 해괴한 일이야.   퇴장

에드먼드 이거야말로 이 세상의 바보짓이야. 우리는 운명이 불리해지면

제 자신의 어리석은 행동은 돌아보지 않고, 태양이나 달 또는 별 때문에 그렇게 되었다고 책임 전가를 해. 마치 우리가 어쩔 수 없이 악당이 되고, 천계의 영향 때문에 바보가 되고, 어느 별이 다른 별보다 융성했기 때문에 불한당·도둑·배신자가 되고, 혹성의 영향력 아래 술주정뱅이·거짓말쟁이·간통남이 되는 것처럼. 그러니까 우리가 하는 모든 악행을 신성의 탓으로 미루어 버리는 거야. 이건 바람둥이에게는 그럴싸한 책임 회피책이지. 음탕한 기질은 별 때문이라고 하면 그만이니까! 나의 아버지는 용자리의 꼬리 밑에서 나의 어머니와 정을 통했고, 그리고 나는 큰곰자리 밑에서 탄생했겠다. 그러기에 별의 이치로 봐서 나는 난폭하고 음탕하게 마련이지. 하지만 쳇, 내가 사생아로 태어날 때 설사 하늘에서 제일 순결한 별이 반짝이고 있었다고 하더라도 나는 지금과 같은 모습으로 태어났을 거야.

에드가 등장

아주 알맞은 때에 형이 나타나는군. 오래된 희극의 재앙처럼. 내 역할을 지독하게 우울한 척 하는 거야. 미친 톰처럼 한숨을 내뿜으며. 오, 이 일식은 이런 분열을 예고하는 거였구나. 파, 솔, 라, 미.

에드가   어떻게 지냈나, 내 동생 에드먼드. 뭘 그리고 곰곰 생각하나?

에드먼드   형, 일식의 예후에 대해서 생각했어. 며칠 전에 일식에 대한 책을 읽었거든.

에드가   그런 쪽에 취미가 많은가 보지?

에드먼드   응. 그 점성술 저자는 일식 후에 벌어지는 불길한 결과를 언급
         했거든. 아버지는 언제 뵈었어?

에드가   지난밤에.

에드먼드   얘기도 하고?

에드가   응, 두 시간가량.

에드먼드   좋은 기분으로 헤어졌어? 아버지의 말이나 표정에서 무슨 불쾌
         한 기색을 보지 못했어?

에드가   전혀.

에드먼드   아버지를 불쾌하게 만든 일이 있었는지 한번 곰곰 생각해 봐.
         그리고 부탁인데 시간이 흘러 아버지의 분노가 좀 누그러질 때
         까지 아버지를 피하도록 해. 현재로서는 아버지의 분노가 너무
         심해서 형이 그 앞에 나타나면 별 도움이 안 될 것 같아.

에드가   어떤 악당이 나에 대해 나쁘게 고자질을 했군.

에드먼드   나도 그렇게 생각해. 아버지의 분노 속도가 좀 느려질 때까지
         몸을 최대한 낮추고 있어. 나와 함께 내 숙소로 가. 거기서 형이
         아버지가 하는 말을 들을 수 있게 해줄 테니. 자, 여기 열쇠가 있
         어. 혹시 외출할 거면 무장을 하고.

에드가   무장을, 동생?

에드먼드   형, 나는 최선의 조언을 해주는 거야. 형한테 선의로 이러는 게
         아니라면 나는 정직한 사람이 아니야. 나는 보고 들은 것을 형
         한테 얘기해 주었어. 그 실상은 아무튼 끔찍한 것이었다고. 자,
         어서 가.

에드가   곧 소식을 전해 줄 거냐?

에드먼드   이 일에서 형을 적극 도울게.

잘 속아 넘어가는 아버지와 고상한 형.
그의 성품은 남을 해치지 못하는 것이라,
전혀 의심을 하지 않지. 그의 어리석은
정직함에 올라타서 내 술수는 잘도 내달려.
일의 끝이 보이네. 출생으로 안 된다면 내
꾀를 부려서 토지들을 차지해야지. 내가 계획을
세우는 것들은 모두 시원하게 만사형통이야.　　　　　퇴장

―――

제1막 제3장
올버니와 고너릴의 성

고너릴, 집사장 오스왈드와 함께 등장

고너릴　　바보(왕의 어릿광대)를 비난했다고, 아버지께서 나의 시종을 때렸
　　　　　느냐?

오스왈드　그렇습니다, 마님.

고너릴　　아버지는 밤낮없이 내 속을 썩이는구나. 아버지는 매시간 이런
　　　　　저런 엉뚱한 비행을 저질러 우리를 불편하게 하는구나. 난 그걸

참을 수 없어. 아버지의 기사들은 난폭하고 아버지 자신은 사소한 일을 가지고 우리를 비난하고 있어. 그가 사냥에서 돌아오면 난 말을 하지 않을 거야. 내가 아프다고 둘러대. 전에 잘 해드렸던 것도 이제 슬슬 해. 거기에 대해서 뭐라고 하면 내가 책임질 테니까.

[무대 뒤에서 뿔 나팔 소리]

오스왈드　여기 오십니다, 마님. 소리가 들리는데요.

고너릴　너와 네 동료들은 그럴듯하게 게으름을 피우도록 해. 그걸 시비 걸게 해야지. 아버지가 불쾌하다고 하면 그걸 빌미로 여동생한 테 보내버리려지. 하지만 이 문제에 대해서 그 애나 나나 같은 생각이야. 방금 한 말 명심해.

오스왈드　네, 마님.

고너릴　아버지 기사들을 냉대하도록 해. 그들이 어떤 반응을 보일지 는 중요하지 않아. 네 동료들에게도 그렇게 말 해. 여동생에게 즉시 편지를 써서 내 방침을 따르라고 해야지. 저녁식사를 준 비해.

그들은 퇴장

제1막 제4장
올버니와 고너릴 성의 연회장

켄트가 (변장한) 채로 등장

켄트 딴 사람의 목소리를 흉내 내서 내 말투를 속일 수 있다면 나의 선한 의도는 위력을 발휘하여 좋은 결과를 이끌어낼 수 있을 거야. 그것 때문에 내 모습을 바꾸기까지 했지. 추방된 켄트여, 널 추방한 폐하를 모실 수 있다면 네가 존경하여 마지않는 주인이 언젠가 너의 일편단심을 알아주는 날이 올 것이다.

무대 밖에서 뿔 나팔 소리. 리어, [기사들], 시종들 등장

리어 저녁 식사를 조금도 기다리지 않게 하라고 해. 가서 빨리 준비하라고 해.

[시종 퇴장]

그런데 자네는 뭔가?

켄트 사람입니다, 나리.

리어 뭘 하는 자인가? 나한테서 뭘 바라는 건가?

켄트 겉보기와 조금도 다를 바 없는 사람이라고 자부합니다. 나를 믿

어주는 분을 위해 충실히 봉사하고, 정직한 분을 사랑하고, 현명하되 말이 없는 분과 대화를 나누고, 심판을 두려워하고, 어쩔 수 없을 때에는 싸움에 나서고, 생선은 전혀 먹지 않는 사람입니다.

리어 네 직업이 뭐냐?

켄트 아주 정직한 마음을 가진 사람입니다. 가난하기는 왕이나 다를 바 없지요.

리어 왕처럼 가난하다고? 왕이 가난하다고 하면, 백성은 도대체 얼마나 가난해야 그런 말이 나올 수 있는 거냐? 아무튼 너는 아주 가난한 자이겠구나. 그래 뭘 해보겠다는 거냐?

켄트 모시고 싶습니다.

리어 누구를?

켄트 나리를.

리어 이봐, 너는 내가 누구인지 아느냐?

켄트 모릅니다, 나리. 하지만 당신의 얼굴을 살펴보니 제가 기꺼이 주인님이라고 부를 그런 기상이 엿보입니다.

리어 그 기상이 뭐지?

켄트 권위.

리어 그래 무슨 일을 내게 해주겠다는 거냐?

켄트 저는 비밀을 지킬 수 있고, 말을 탈 줄 알고, 달릴 수 있고, 복잡한 얘기는 적당히 끊어서 할 줄도 알고, 간단한 메시지는 가감 없이 전할 줄도 압니다. 보통 사람이 할 줄 아는 일은 다 할 수 있으며, 저의 가장 큰 장점은 근면입니다.

리어 너는 몇 살이나 되었느냐?

켄트	나리, 노래를 잘 부른다고 여자를 사랑할 만큼 젊지도 않고, 여자가 하는 짓이면 뭐든지 귀여워할 정도로 늙지도 않았습니다. 제 등에 48년의 세월을 지고 있습니다.
리어	나를 따라와. 내 옆에서 일을 도와주도록 해. 저녁 식사 후에도 여전히 내가 너를 좋아한다면 너를 내치는 일은 없을 거야. 어이, 저녁, 저녁 식사는 어떻게 되었어? 이놈은 어디 갔나? 나의 바보. 가서 바보를 이리로 불러와.

[시종 퇴장]

오스왈드 등장

이봐, 내 딸은 어디에 있나?

오스왈드	글쎄 그것이 — 퇴장
리어	아니, 저놈이 뭐라고 말하는 거야? 저 멍청한 놈을 좀 불러봐.

[기사 퇴장]

내 바보는 어디 갔어? 세상이 다 잠들었나 봐.

[기사 등장]

그래 뭐야? 아까 그놈은 어떻게 됐어?

기사	폐하, 그자는 따님이 아프다고 말했습니다.
리어	내가 그놈을 부를 때 왜 여기 안 왔지?

기사	폐하, 그는 아주 퉁명하게 대답했습니다. 오지 않겠다고요.
리어	뭐라? 안 오겠다고?
기사	예, 폐하. 뭐가 문제인지 모르겠습니다만 제가 보기에 폐하는 예전처럼 융숭한 의전 아래 극진한 대우를 받지 못하는 것 같습니다. 공작님과 따님뿐만 아니라 집안의 하인들 사이에서도 불손한 기색이 너무 뚜렷합니다.
리어	하? 그렇게 보나?
기사	제가 잘못 판단한 것이라면 제발 용서해 주십시오. 폐하가 홀대를 당한다고 생각하면서도 아무 말 하지 않는 것이 의무에 위반된다고 생각하여 말씀드렸습니다.
리어	아니야. 자네 말을 들어보니 나도 그런 생각을 했었어. 최근에 나도 어렴풋이 소홀한 대우를 느꼈거든. 그렇지만 내가 너무 까다롭게 구는 것일 뿐 저들이 그런 불손한 생각과 의도를 가지고 있다고 여겨지는 않았거든. 이 문제를 좀 더 알아봐야겠는데. 그래, 내 바보는 어디에 있나? 벌써 이틀이나 보지 못했는데.
기사	막내 공주님이 프랑스로 가버린 이후에, 폐하, 바보는 고민을 많이 했습니다.
리어	그 얘긴 그만해. 나도 잘 알고 있으니까. 넌 가서 내 딸에게 얘기 좀 하자고 전해.

[시종 퇴장]

너는 가서 내 바보를 여기 불러 와.

오스왈드 등장

　　　　　어이, 자네, 여기 좀 와 봐. 내가 누구라고 생각하나?

오스왈드　여주인님의 아버지죠.

리어　　　여주인님의 아버지? 이 빌어먹을 놈, 이 잡놈, 이 발칙한 놈, 똥
　　　　　개만도 못한 놈!

오스왈드　폐하, 저는 그중 어떤 것도 아닙니다.

리어　　　네 이놈, 대가리를 똑바로 쳐들고 말대꾸를 해?

[그를 때린다]

오스왈드　폐하, 저는 이렇게 맞을 이유가 없습니다.

켄트　　　[그의 발을 걸며] 이렇게 발도 걸면 안 되고? 네 머리를 떼어 축구
　　　　　공을 삼고 싶다.

리어　　　그래, 잘했어, 친구. 제대로 봉사하는군. 앞으로 자넬 좋아하게
　　　　　될 것 같아.

켄트　　　자, 어서 일어나 꺼져. 네놈에게 손위와 손아래의 차이를 가르
　　　　　쳐주지. 꺼져, 꺼지란 말이야. 네 대가리로 계속 축구공 노릇을
　　　　　하겠다면 여기 계속 있어. 안 그러면 꺼져, 빨리. 얼마나 말해야
　　　　　알아들어?

[오스왈드를 밖으로 밀어낸다]

이렇게 해치웠습니다.

리어　좋았어. 아주 멋진 친구야. 고맙네. 정말 시원하게 해주었어.

[켄트에게 돈을 준다]

바보 등장

바보　나도 저 사람을 고용해야지. 자, 여기 바보 모자 하나 있다.

[켄트에게 모자를 건넨다]

리어　어이, 이쁜 놈, 그동안 뭘 했나?

바보　[켄트에게] 이봐, 내 모자를 받는 게 좋아.

리어　왜, 귀여운 놈?

바보　왜? 망조 든 놈 편을 들었잖아. [켄트에게] 권력의 바람 부는 쪽에다 미소를 짓지 않았으니 곧 감기 들 거야. 자, 내 모자를 받아. 아니, 이 친구는 두 딸을 추방하고 세 번째 딸은 본의 아니게 축복을 주었잖아. 그러니 저 친구 따라다니려면 내 모자를 써야한다고. 이봐, 지금 기분은 어때, 나의 아저씨? 나도 바보 모자두 개에 두 딸이 있었으면.

리어　왜, 이놈아?

바보　딸들에게 내 걸 몽땅 다 주어버렸으면 내 모자라도 하나 건져야할 거 아니겠어요? 이건 내 모자고, 아저씨 모자는 딸들한테 달라고 구걸해 봐요.

리어   네 이놈. 입 조심 해. 채찍 나간다.

바보   진실은 개집에 틀어박힌 개와 똑같은 거니까. 밖으로 내놓으려
      면 채찍질해야 한다니까. 암캐 여사가 따뜻한 난로 옆에서 냄새
      를 피우고 있을 땐 말이야.

리어   아주 아픈 데만 찔러대는구나.

바보   이봐 영감, 내가 자네한테 좋은 말 한 수 가르쳐줄까?

리어   해봐.

바보   잘 들어, 나의 아저씨.

           보여주는 것보다 더 많이 가지고 있고

           실제로 아는 것보다 덜 말하고

           소유한 것보다 덜 빌려주고

           걷기보다는 말을 더 많이 타고

           들은 것보다 더 배우고

           가진 것보다 덜 노름에 걸고

           술판과 계집질을 멀리하고

           그러면서 집에 죽치고 있고

           그러면 스물에다 스물을 곱한 것보다

           더 많은 재산을 갖게 돼.

켄트   그거 뭐 별거 아니네, 바보야.

바보   이건 뭐 돈을 안 찔러준 변호사가 내뱉은 말과 비슷하지. 내
      가 이런 말 할 때 뭐 찔러 준 거 있어? 저기, 우리 아저씨, 낫씽
      (nothing)을 가지고 뭔가 좀 만들어낼 수 없는 거야?

리어   얘야, 아무것도 못 만들어. 낫씽에서는 낫씽밖에 안 나오는 거야.

바보   [켄트에게] 저 아저씨한테 아저씨 땅의 임대료가 바로 그게 되었

다고 얘기 좀 해줘. 내 말은 통 믿으려 하지 않아.

리어 혓바닥을 막 놀리는 바보.

바보 아저씨, 내게 달걀 하나 줘봐. 그러면 왕관 두 개 줄게.

리어 대체 무슨 왕관을 두 개 씩이나?

바보 달걀 가운데를 가른다 이 말씀이야. 그리고 그 알맹이를 먹어버리면 빈껍데기 같은 왕관이 두 개 남잖아. 그런데 그걸 어떻게 했어? 두 개다 엄한 놈한테 주어 버렸잖아. 그러니 당나귀를 타고 가는 게 아니라, 당나귀를 등에 지고 가는 꼴이 되지 않았냐고. 그러니 왕관을 주어버린 건 아저씨 대머리 왕관(두개골)에 아무 생각도 들어 있지 않다는 얘기라고. 내 말을 바보 같은 소리라고 생각한다면 그런 생각을 제일 먼저 한 놈부터 채찍질을 당해야 돼.

[노래 부른다] 올 해는 바보들이 바보 노릇 해먹기 힘들어.

　　　왜냐하면 똑똑한 사람이 죄다 바보가 되었으니까.

　　　똑똑하다면서 어떻게 대가리를 굴려야 하는지 몰라.

　　　그저 하는 짓이라곤 남들 따라 한다니까.

리어 애야, 넌 언제부터 그리 노래를 잘 부르게 되었냐?

바보 이봐요, 영감, 당신이 딸들을 당신 엄마로 만든 이후로 그렇게 되었수다. 영감이 딸들에게 회초리를 주고서 영감 엉덩이를 까내리게 만든 이후로.

[노래 부른다] 그러자 그들은 갑작스러운 기쁨에 울었고

　　　나는 슬픔 때문에 노래를 불렀지.

　　　훌륭한 왕이 어린아이같이 굴면서

　　　바보들 사이로 걸어갔기 때문에.

아저씨, 선생을 한 명 채용해서 당신의 바보에게 거짓말을 가르치게 해요. 내 기꺼이 거짓말하는 걸 배울 테니.

리어 애야, 네가 거짓말을 하면 나는 너를 채찍질하라고 할 텐데.

바보 아저씨하고 딸들은 어떤 사람들인지 모르겠어. 내가 진실을 말했다고 해서 때리고, 거짓말을 해도 때리고 때로는 아무 말도 안 한다고 때리고. 나는 바보 아닌 그 어떤 것이 될 수도 있으나 영감처럼 되고 싶지는 않아요. 영감은 정신의 양쪽을 다 잘라 내버리고 그래서 가운데는 아무것도 안 남았잖아요. 여기 양쪽 중 하나가 오네.

고너릴 등장

리어 어서 오너라, 내 딸아! 그 이마에 왜 주름이냐? 요즘 너는 부쩍 인상을 많이 쓰는구나.

바보 영감, 딸의 얼굴 표정 살피지 않아도 되었을 때가 영감의 봄날이었지. 이제 영감은 테두리 없는 동그라미(nothing)라고. 내가 영감보다 헐 낫다니까. 나는 바보고 당신은 낫씽(nothing)이에요. [고너릴에게] 옛, 앞으로 입을 다물겠습니다. 아무 말씀도 없지만 얼굴 표정이 그렇게 명령하고 있으니까.
[노래 부른다] 쉿, 쉿, 쉿.

　　　빵 껍데기도 부스러기도

　　　아낌없이 주어버린 사람.

　　　모든 일이 심드렁해지니

　　　좀 남겨둘 걸, 하겠지.

영감은 알맹이 날아간 콩 껍데기라고.

고너릴 아버지, 이 버릇없는 바보는 물론이고 다른 무례한 시종들도 참을 수가 없어요. 그들은 끊임없이 트집을 잡고 싸우면서 결코 용납할 수 없는 난동을 부리고 있어요. 아버지, 나는 이런 일들을 아버지에게 알려서 적절히 시정을 해야겠다고 생각해 왔어요. 최근에 아버지가 하시는 말씀이나 행동으로 미루어 볼 때 아버지 자신이 그냥 놔둠으로써 이런 짓거리들을 격려하는 것 같아요. 만약 계속 그러신다면 그런 짓거리는 비난을 면치 못할 것이고 그냥 놔둘 수 없어서 조치를 취해야 해요. 모든 사람이 편안해지기 위한 조치이지만 아버지한테는 받아들이기 힘들 수도 있어요. 다른 상황에서라면 죄송스러운 일이지만 어쩔 수 없이 이런 신중한 조치를 진행해야 되겠어요.

바보 영감, 이거 잘 알지. 종다리는 뻐꾸기를 너무 오랫동안 먹여 키워서, 새끼 뻐꾸기가 종다리 머리까지 먹어 치운대. 그래서 촛불은 꺼지고 우리는 어둠 속으로 내몰리는 거야.

리어 네가 내 딸이 맞느냐?

고너릴 아버지께서 현명한 판단을 내리시길 바라요. 아버지도 얼마든지 지혜로운 분이시잖아요. 그러니 그 성질 좀 죽이세요. 최근에 아버지는 예전의 그 의젓한 모습과는 많이 달라졌어요.

바보 수레가 말을 끈다면 당나귀도 우습다고 하지 않을까? 이봐, 색시, 난 당신을 사랑해!

리어 이곳에 누가 나를 아는 사람이 있느냐? 이건 리어가 아니다. 리어가 이런 식을 걷느냐? 이런 식으로 말하고? 그의 두 눈은 어디에 있느냐? 그의 정신이 흐려졌든지 아니면 그의 감각이 마비된 모양이다. 하! 깨어 있다고? 아니야, 그렇지 않아. 내가 누구인지 말해 줄 수 있는 사람은 누구인가?

바보 리어의 그림자.

리어 아름다운 귀족 부인, 당신의 이름은?

고녀릴 이렇게 놀라는 것도 아버지의 최근 아이 같은 행동들 중 하나예요. 제 의도를 명확하게 파악하세요. 아버지는 나이 든 지체 높은 분이므로 현명해져야 돼요. 여기 우리 성안에 1백 명의 기사와 종자(從者)들을 데리고 있어요. 그들은 아주 무질서하고 방탕하고 뻔뻔해요. 그런 방자한 행동들이 넘쳐나는 우리 성은 꼭 소란스러운 여인숙 같아요. 그들의 쾌락과 탐욕은 이곳을 우아한 궁전이라기보다 대중 술집 혹은 매음굴같이 만들고 있어요. 너무나 창피해서 즉시 조치를 취하지 않으면 안 돼요. 그러니 제가 지금 요구하는 대로 아버지가 조치를 취하시거나 아니면 제가 요구사항을 직접 실행할 거예요. 우선 기사들의 숫자를 약간 감축해야 하고, 그 나머지 기사들도 적당한 사람들로 구성해야 돼요. 무엇보다도 아버지 연세에 어울리고 아버지와 그들 자신이 누구인지 똑똑하게 아는 사람들만 남겨야 해요.

리어 어둠과 악마!

내 말들에 안장을 얹어라. 내 시종들을 다 불러 모아라. 이 망할 년. 난 더 이상 네년을 괴롭히지 않을 테다. 하지만 내게는 딸이 하나 남아 있다.

고녀릴 아버지는 내 사람을 때리고 또 아버지 밑의 무질서한 뜨내기들은 그들의 상급자를 업신여기고 있어요.

리어   오, 슬프구나, 뒤늦게 후회하게 되다니!

이게 자네 뜻인가? 말하게, 공작. 내 말들을 준비하라. 배은망덕
하구나! 너 대리석 심장을 가진 악마야, 그 악마가 내 새끼한테
서 모습을 드러내니 바다 괴물보다 더 끔찍하구나.

올버니   폐하, 진정하십시오.

리어   [고너릴에게] 이 혐오스러운 솔개야, 넌 거짓말을 하고 있어! 내 시
종들은 엄선한 사람들인데 뛰어난 재주를 가지고 있어. 그들의
의무를 숙지하고 있고 그들의 이름에 걸맞은 행동을 하려고 아
주 조심하고 있어. 오, 과거의 작은 잘못이여, 그게 왜 코딜리아
에게는 그처럼 커보였단 말이냐! 그게 마치 파괴적인 기계 마냥
내 본성을 원래의 자리에서 마구잡이로 밀어내고 내 마음의 모
든 사랑을 없애버리고 그 대신 쓰디쓴 담즙만 거기에 남겨 놓았
지. 오, 리어, 리어, 리어! 어리석은 생각을 받아들이고 현명한 판
단은 내쫓은 이 문(머리)을 마구 두들겨라. 자, 자, 가자, 애들아.

올버니   폐하, 저는 무엇 때문에 이처럼 진노하시는지 모르기에 이 일에
대하여 무고합니다.

리어   그럴지도 모르지, 공작.

자연이여, 사랑하는 여신이여 제 말을 들어 주소서, 저년에게
출산의 혜택을 주시려 했다면 그 뜻을 거두소서. 저년의 자궁에
불임을 내려 주시고, 출산의 기관을 말라붙게 해주소서. 저 비
틀어진 몸뚱이에서 저년을 명예롭게 할 아이가 태어나지 않게
하소서. 그래도 저년이 출산을 한다면 악의로 가득 찬 애를 낳

396

게 하소서. 그리하여 저년이 그 자식 때문에 배은망덕의 고통을 똑같이 맛보게 하소서. 저년의 젊은 이마에 고생의 낙인을 찍으시고 양 뺨에는 눈물이 줄줄 흐르게 하소서. 어미의 고통과 혜택을 조롱과 경멸로 바꾸어 놓으소서. 그리하여 고마워할 줄 모르는 아이의 행동이 독사의 이빨보다 훨씬 더 독하다는 걸 느끼게 하소서. 자, 가자, 가!

[리어, 켄트, 기사들, 시종들] 퇴장

올버니   아니, 존경하는 신들이여, 이게 대체 무슨 일이란 말입니까?
고너릴   더 이상 알려고 신경 쓸 필요 없어요. 변덕스러운 기질에다 망령이 들어 저런 것이니 그냥 내버려두는 수밖에 없어요. 그러다 제풀에 꺾이겠지.

리어 등장

리어   뭐라고? 내 시종을 한꺼번에 쉰 명을 줄였다고? 여기 온 지 2주도 안 되어?
올버니   폐하, 무슨 일이십니까?
리어   내 말해 주지. [고너릴에게] 삶과 죽음! 네년이 이처럼 나의 위신을 뒤흔들어놓을 권력을 갖고 있다는 게 너무나 부끄럽다. 본의 아니게 터져 나오는 이 눈물을 너는 반드시 갚아야만 할 것이다. 네년에게 더러운 바람과 안개가 내리기를! 아버지의 저주로 생긴 치료하기 어려운 상처가 네 온몸에 덕지덕지 생겨나기를!

늙은이의 두 눈이여, 이 일로 다시 눈물을 흘린다면 내 그 눈알을 뽑아 땅으로 휙 내던져 그 눈물로 흙을 적시게 하리라. 하! 그래, 어디 네년 맘대로 해보아라. 내겐 또 다른 딸이 있어. 내게 친절하고 편안하게 대해 주리라 확신한다. 만약 그 애가 이런 소식을 듣는다면 그 애의 손톱으로 네년의 늑대 같은 상판을 북북 긁어 껍데기를 벗겨놓을 것이다. 내가 영원히 벗어던졌다고 생각한 내 본모습을 내가 다시 찾는 걸 네년도 보게 될 거다.

고너릴   저 말씀 들어보셨지요?

올버니   고너릴, 나는 당신을 엄청 사랑하지만 그렇다고 해서 이 일을 편파적으로—

고너릴   아, 그만하세요, 됐네요.

   이봐, 오스왈드, 어서 와. 그리고 너, 바보, 너는 네 주인보다 훨씬 더 악당이야.

바보   리어 아저씨, 리어 아저씨, 잠깐만. 이 바보도 데리고 가요.

   그녀를 잡고 보니 여우.

   그 여우는 또 딸이기도 해.

   저건 틀림없이 교수형인데

   내 모자 팔아서 목줄이나 사야 하나.

   그래서 바보는 뒤쫓아갑니다.   퇴장

고너릴   내가 뭐 아버지한테 못할 말 했어요? 기사 1백 명? 아버지에게 그리 많은 기사를 거느리게 하는 것이 정치적으로 가당키나 한 일이에요? 사소한 꿈, 잡음, 환상, 불평, 시빗거리가 있을 때마다 아버지는 그자들의 무력으로 자신의 노망을 둘러쌀 테고 그러면 우리의 삶은 아주 고단해지는 거예요. 이봐, 오스왈드, 어

디 있냐고 했잖아?

올버니 당신은 걱정이 좀 지나친 것 같소.

고너릴 너무 믿는 것보다는 이게 헐 안전해요.
내가 걱정하는 위험을 미리 처치해 버리는 게 나아요. 걱정거리가 우리를 덮치게 내버려두면 안 돼요. 나는 아버지의 생각을 알아냈어요. 그러니 아버지 생각을 빨리 동생에게 알려야겠어요. 내가 이렇게 다 불편한 사정을 알렸는데도 동생이 아버지와 1백 명의 기사를 받아들여 준다면―

오스왈드 등장

어떻게 된 거냐, 오스왈드?
동생에게 보낼 편지를 작성했느냐?

오스왈드 네, 마님.

고너릴 동료를 데리고 빨리 말을 타고 가라. 동생에게 나의 우려를 구체적으로 알리고 너도 그런 걱정을 거들 수 있는 사연을 더 보태도록 해. 빨리 가. 용무를 황급히 끝내고 돌아오도록 해.

[오스왈드 퇴장]

아니, 아니에요. 당신의 그 유약한 성품과 행동은 내 비난하지 않고 지금껏 용납해 왔지만 그게 아니에요. 당신은 그런 해로운 유약함 때문에 칭찬받기는커녕 지혜가 부족하다고 비난을 받는 거예요.

올버니   당신의 두 눈이 얼마나 멀리 앞을 내다보는지 어디 두고 봅시
　　　　다. 더 잘하려고 하다가, 좋은 의도로 시작한 일도 종종 그르치
　　　　는 수도 있어요.

고너릴   그런 일은 없어요.

올버니   좋아요. 어디 두고 봅시다.

모두 퇴장

────

제1막 제5장
올버니와 고너릴 성의 외곽

리어, (변장한) 켄트, 바보 등장

리어   먼저 이 편지들을 가지고 글로스터에 가도록 해. 딸애가 편지를
　　　　보고 물어보는 것 이외에는 네가 먼저 아는 것을 말하지 않도록
　　　　해. 네가 부지런히 먼저 달리지 않는다면 내가 너보다 더 먼저
　　　　그곳에 도착할 수도 있어.

켄트   폐하, 이 편지를 전달하기 전까지는 잠도 자지 않겠습니다.

퇴장

바보	사람의 두뇌가 발바닥에 있다면 그 두뇌도 동상에 걸릴 위험이 있을까?
리어	그렇겠지, 애야.
바보	그럼 잘됐네. 영감은 두뇌가 없으니 발바닥에 매달고 자시고 할 게 없으니까.
리어	하, 하, 하.
바보	영감, 작은 딸도 영감한테 잘 대해 주는 걸 보게 될 거야. 그런데 말이야 그 딸도 이 딸과 마찬가지 아닐까? 능금이나 사과나 거기서 거기 아니야? 난 이미 앞날이 훤히 내다보인다고.
리어	뭘 내다보는데, 애야?
바보	능금이 사과 맛이 나는 것처럼, 이 딸 역시 저 딸과 비슷하게 나올 거라고. 영감은 코가 왜 얼굴의 중앙에 있는지 알아?
리어	몰라.
바보	눈을 코의 양쪽에다 하나씩 두기 위해서지. 냄새를 맡지 못할 때에는 두 눈 부릅뜨고 바라보라고 말이야.
리어	난 코딜리아에게 잘못한 것 같아.
바보	영감, 굴이 어떻게 껍데기 만드는지 알아?
리어	몰라.
바보	나도 몰라. 하지만 달팽이가 왜 등에다 집을 짓는지는 알아.
리어	왜?
바보	뭐가 왜야? 머리를 쏙 집어넣기 위해서지. 딸들에게 주지 않으려고. 그래야 자기 뿔을 간직할 수 있으니까.
리어	이러다 내가 얼이 빠져버리겠어. 내가 딸들에게 정말 잘해 주었는데! 내 말들이 준비되었느냐?

바보	아저씨 바보들이 준비하러 갔다니까. 북두칠성에 왜 별이 일곱 개인지는 분명한 이유가 있어.

바보   아저씨 바보들이 준비하러 갔다니까. 북두칠성에 왜 별이 일곱
      개인지는 분명한 이유가 있어.

리어   여덟 개가 아니니까 그렇지.

바보   그래 그거야. 영감도 이 길로 나서면 바보 노릇 제대로 하겠는데.

리어   어쩌면 그 길로 나설지도 몰라. 저 배은망덕한 괴물 같은 년!

바보   만약 영감이 내 밑에 바보로 들어온다면, 때 이르게 늙어버렸다
      고 단단히 때려줄 거야.

리어   그건 무슨 소리야?

바보   현명해지기도 전에 세월이 지름길 타고 달려와 영감을 늙은이
      로 만들었잖아.

리어   오, 하늘이시여, 나를 돌아버리지 않게 하소서!
      내 정신줄을 꼭 붙들고 있게 하소서. 난 미치고 싶지 않아.

[신사 등장]

어떻게 되었느냐, 말은 준비되었느냐?

신사   준비되었습니다, 폐하.

리어   자, 가자, 애야.

바보   [다리 사이에 막대기를 끼우고서 관중에게 내보이며] 지금 처녀인 여자,
      내가 떠나간다니 웃어버리네. 하지만 이 물건을 싹둑 잘라 버리
      지 않는 한, 처녀로 오래 남아 있기 힘들걸.

모두 퇴장

제2막 제1장
글로스터 성의 연회장, 밤중

에드먼드와 큐란이 각자 등장

에드먼드 안녕하신가, 큐란.

큐란   당신도 안녕하시기를. 방금 전에 당신 아버지와 함께 있으면서
       콘월 공작과 리건이 이 밤에 곧 여기를 방문할 것이라는 말씀을
       드렸습니다.

에드먼드 어쩐 일로 여길 방문한다는 거지?

큐란   그건 모르겠습니다. 최근에 떠도는 소식을 들으셨지요? 은밀한
       소문 말입니다. 그건 아직 귀를 스쳐 지나가는 얘기에 불과합
       니다.

에드먼드 못 들었는데. 어떤 소문이지?

큐란   콘월 공작과 올버니 공작 사이에서 전쟁이 벌어질 것 같다는 소
       문을 못 들으셨습니까?

에드먼드 단 한마디도.

큐란   그럼 곧 듣게 되실 겁니다. 안녕히 계십시오.   퇴장

에드먼드 공작이 오늘밤 여기에 오신다네! 좋은 소식에 더 좋은 소식이 겹
       쳤네. 이 일은 내 의도에 딱 들어맞아. 아버지가 형을 잡아오라는
       명령을 내렸고 나는 까다로운 문제가 하나 있는데 그걸 처리해
       야 돼. 단호함과 운명, 바로 그거야! 형과 한마디 나누면 돼. 형!

아버지가 주시하고 있어. 형, 어서 여기에서 달아나. 형이 어디에 숨어 있는지 정보가 제공되었어. 그렇지만 지금은 밤중이니까 야음을 틈탈 수 있어. 혹시 콘월 공작에 대하여 나쁘게 말한 거 있어? 공작이 이 한밤중에 황급히 여기로 오고 있어. 리건도 함께 온대. 혹시 콘월 공작 편에 서서 올버니 공작에 대해 나쁘게 말한 거 있어? 잘 생각해 봐.

에드가   그런 말은 한 적이 전혀 없어. 확신해.

에드먼드   아버지가 여기 오는 소리가 들리는데. 형, 미안하지만 일부러 내가 칼을 빼내 형을 겨눌게. 형도 칼을 꺼내 방어하는 척해. 자, 이제 그만 빨리 가봐. [소리친다] 항복하라! 아버지 앞에 나와라!—여기 횃불, 여기야!—형, 어서 달아나!—여기 횃불, 여기야! 안녕.

에드가 퇴장

내 몸에 피를 흘려야 내가 치열하게 싸웠다는 표시가 될 거야.

[그의 팔을 찌른다]

나는 술꾼들이 이런 장난을 치는 걸 여러 번 보았어. 아버지, 아버지! 멈춰라, 멈춰! 아무도 도와주지 않느냐?

글로스터, 횃불을 든 하인들과 등장

글로스터 에드먼드, 그 악당 놈은 어디에 있느냐?

에드먼드 칼을 빼든 채 여기 어둠 속에 서 있었습니다. 사악한 주문을 중
얼거리면서 달을 바라보며 행운의 여신에게 자기편을 들어달
라고 했습니다.

글로스터 그래, 지금 어디에 있느냐?

에드먼드 보십시오, 아버지. 제가 피를 흘리고 있습니다.

글로스터 에드먼드, 그 악당 놈은 어디에 있느냐?

에드먼드 아버지, 이 길로 달아났습니다. 아무리 해도 나한테—

글로스터 그놈을 뒤쫓아라. 어서 가라.

[하인들 모두 퇴장]

그래, 뭐라고 말하려 했느냐?

에드먼드 아무리 해도 저한테 아버지 살해를 설득하려고 해도 안 되니까
말입니다. 하지만 저는 오히려 형을 설득했어요. 무서운 신들은
아버지를 죽인 자에게 모든 천둥을 다 퍼부을 것이고 아버지와
아들의 사이는 여러 겹의 강력한 인연으로 맺어져 있다고요. 제
가 형의 사악한 의도에 철저히 반대하는 것을 보고서 갑자가 칼
을 빼들더니 사나운 기세로 아무런 방비도 하지 않은 제게 달
려들어 제 팔을 찔렀어요. 제가 정당한 싸움의 명분으로 용기를
얻어서 씩씩하게 나서서 반격하자, 아니면 제가 일으킨 소음에
겁을 먹었는지 갑자기 저쪽으로 달아났어요.

글로스터   제 놈이 아무리 달아난다고 해도 이 땅에서는 안 잡히고는 못
배길걸. 일단 잡히면 처단해 버릴 거야. 나의 주인, 영주, 수호자
이신 고상한 공작이 오늘밤에 여기에 오셔. 그분의 권위로 이렇
게 선언할 생각이야. 그 잔인하고 비겁한 놈을 잡아 교수대에
데려오는 자에게는 상을 내릴 것이고, 그놈을 감추어주는 자는
죽음을 당할 것이라고.

에드먼드   형의 의도를 만류하려 했으나 결심이 단단했어요. 그래서 제가
저주의 말을 퍼부으며 그런 속셈을 폭로하겠다고 위협했어요.
형은 이렇게 대답했습니다. "이 물려받을 땅도 없는 놈아. 내가
너에게 맞서고 네가 아무리 신의, 미덕, 자격을 갖추었다고 한
들 사람들이 네 말을 믿어줄 것 같으냐? 아니야. 나는 모든 걸
부인하고, 이게 모두 네가 꾸며낸 악랄한 음모라고 둘러댈 거
야. 넌 이 세상 사람들을 우습게 본 거야. 그들이 어떻게 생각하
겠어? 내가 죽은 다음에 너에게 돌아갈 혜택이 너무나 크기에
네놈이 그걸 바라게 되었다고 생각하지 않겠어?"

무대 밖에서 트럼펫 소리

글로스터   아, 저 해괴하고 지독한 악당 놈. 제 놈이 쓴 편지마저 부정하겠
다는 거야? 그렇게 말했어? 잠깐, 공작의 트럼펫 소리가 들리는
구나. 그가 왜 여기를 방문하는지 모르겠구나. 아무튼 모든 항
구를 봉쇄할 테니까 그놈은 빠져나가지 못할 거야. 공작에게 그
런 조치를 내려 달라고 해야지. 게다가 그놈의 초상화를 먼 곳
과 가까운 곳 가릴 것 없이 보내서 저 악당 놈을 사람들이 주목

하게 만들어야지. 충실한 내 서자 아들아, 내 영지에 대해서는
네가 상속할 수 있도록 조치를 취하마.

콘월, 리건, 시종들 등장

콘월 어찌된 일입니까, 나의 고귀한 백작. 방금 도착했습니다만 여기
온 직후에 이상한 소식을 들었습니다.

리건 만약 그게 사실이라면 그 범법자에게는 그 어떤 복수도 오히려
미흡한 것이 되겠지요. 어떻습니까, 백작님?

글로스터 오, 공작부인님, 이 늙은 가슴은 찢어집니다, 찢어져.

리건 그래 우리 아버지의 대자(代子)가 당신의 목숨을 노렸다고요? 제
아버지가 에드가라는 이름을 내려 준 그자가?

글로스터 오, 부인, 부인. 너무 창피해서 감추고만 싶습니다.

리건 그는 우리 아버지의 수발을 돕던 저 소란스러운 기사들과 한 패
가 아니었습니까?

글로스터 모르겠습니다, 부인. 어쨌든 너무 나빠요, 너무 나쁩니다.

에드먼드 맞습니다, 공작부인님, 그는 그 기사들과 한 패였습니다.

리건 그렇다면 그가 그런 악감정을 품는 건 그리 놀라운 일도 아니
에요. 노인을 죽이라고 부추긴 건 그자들이에요. 백작의 유산을
물려받아 탕진하라고 한 거예요. 나는 오늘 저녁에 그자들에 대
하여 언니로부터 아주 조심해야 한다는 전갈을 받았어요. 그래
서 그자들이 내 집에 머무르려고 오는 중이라고 하는데 나는 집
에 있지 않을 거예요.

콘월 나도 확실히 내 집에 있지 않을 거요, 리건.

에드먼드, 자네가 아버지를 위해 자식의 도리를 다했다는 얘기를 들었네.

에드먼드 공작 각하, 그건 저의 의무였습니다.

글로스터 쟤는 그놈의 간계를 폭로했고 그 과정에 그놈을 잡으려다가 상처를 입었습니다. 여기 보시다시피.

콘월 그래, 추적대를 내보냈습니까?

글로스터 예, 공작님.

콘월 그자는 일단 잡히면 더 이상 피해를 입히지 못하도록 조치할 생각이오. 그놈을 잡아들이는 목적을 위해서라면 내 있는 힘껏 지원하리다. 그리고 자네 에드먼드, 지금 이 순간 자네의 미덕과 복종심이 높이 드러나고 있네. 그래서 나는 자네를 나의 신하로 삼고 싶네. 그런 깊은 효심을 가진 사람을 우리는 아주 필요로 해. 그래서 자네를 잡으려 하는 거지.

에드먼드 공작 각하, 있는 힘을 다해 모시겠습니다.

무슨 일이 닥치더라도 충성을 바치겠습니다.

글로스터 그렇게 배려해 주시다니 감사드립니다, 공작님.

콘월 백작은 내가 왜 여기 방문했는지 아시오?

리건 이처럼 깊은 밤에 뜬금없이? 존귀한 글로스터 백작, 아주 중요한 일이 벌어져서 당신의 조언이 좀 필요합니다. 아버지와 언니가 서로 싸운 이야기를 제게 편지로 보냈어요. 그런데 나는 집을 잠시 떠나서 그 편지에 답하는 게 좋겠다고 생각했어요. 두 사람이 가지고 가야 할 저의 답신을 기다리고 있어요. 우리의 좋은 친구이신 백작님, 당신의 가슴을 진정시키시고 우리의 일에 대하여 당신의 소중한 의견을 말해 주세요. 우린 이 일에 대하여 즉시 고견을 듣고 싶습니다.

글로스터 부인, 뭐든지 도와드리겠습니다.

이곳에 오신 것을 환영합니다. *모두 퇴장, 나팔 소리*

제2막 제2장
글로스터 성의 출입구

(변장한) 켄트와 오스왈드 각자 등장

오스왈드 친구, 좋은 아침일세. 이곳 소속인가?

켄트 그렇네.

오스왈드 말을 어디다 매어두면 좋겠는가?

켄트 진흙탕에다.

오스왈드 이봐, 왜 그래. 아무 감정이 없다면 솔직히 말해 주게.

켄트 난 감정 있어.

오스왈드 뭐라고? 나는 당신한테 아무 감정이 없는데.

켄트 내가 널 내 손안에 움켜잡을 수 있다면 나에 대하여 감정을 가지도록 해줄 텐데.

오스왈드 왜 내게 이토록 거칠게 나오는 거지? 난 당신을 모르는데.

켄트 이봐, 난 자네를 알아.

오스왈드 나에 대해서 뭘 아는데?

켄트 악당이고, 불한당이고, 찌꺼기 고기나 처먹는 놈이지. 야비하고, 건방지고, 천박하고, 거지발싸개 같고, 1년에 옷을 세 번밖에 안 갈아입고, 연수입 겨우 1백 파운드이고 지저분한 털양말이나 신고 다니는 악당이지. 비겁하고, 얻어맞아도 반격은 못하고, 소송이나 거는 놈이지. 비천하고, 밤낮 거울이나 들여다보고, 주제넘고 쓸데없이 옷 입는 데에는 까다로운 놈. 재산이라고는 가방 하나에 넣을 것밖에 없는 종놈. 남을 위한답시고 명분은 그럴듯하게 내걸면서도 실은 뚜쟁이 노릇을 하는 놈. 너는 악당, 거지, 겁쟁이, 뚜쟁이와 잡종 암캐의 맏아들 놈을 다 함께 섞어놓은 그런 놈이야. 또 너는 여태껏 내가 주워섬긴 여러 가지 네 이름의 제일 작은 것 하나라도 그렇지 않다고 부정하면, 네놈이 소리를 지르면서 깽깽거리도록 내가 실컷 두들겨 패주고 싶은 그런 놈이야.

오스왈드 참, 너는 괴물 같은 놈이로구나. 난 너에게 알려져 있지 않고 또 너를 잘 모르는데, 어떻게 나에 대하여 그런 악다구니를 늘어놓는 거냐?

켄트 이 철면피 같은 악당 놈아. 나를 모른다고? 내가 왕이 보는 앞에서 네놈의 발목을 걸어서 넘어트리고 두들겨 패 준 것이 바로 이틀 전이 아니냐? 칼을 빼라, 이 악당 놈아! 지금 밤이지만 그래도 달빛이 환하다. 내가 네놈 온몸에 구멍을 숭숭 뚫어 그곳으로 달빛이 들어가도록 하겠다. [칼을 빼든다] 이 후레 잡놈아. 이 비루먹은 놈아, 하루 종일 이발소에서 죽치면서 시간이나 죽이는 놈아, 어서 칼을 빼, 이 악당 놈아.

오스왈드　썩 꺼져. 난 네놈과 상종하기 싫다.

켄트　어서 칼을 빼, 이 악당! 왕을 무고하는 편지를 가지고 왔지? 저 허영덩어리 여자 편을 들어서 그 아버지를 모함하려는 거지? 이 인간 말종, 어서 칼을 빼라! 안 그러면 이 칼로 네놈의 다리를 뭉텅 베어버리겠다. 칼을 빼, 어서 앞으로 나서!

오스왈드　도와줘요, 살인이다, 도와줘요!

켄트　이 종놈아, 어서 칼을 빼라. 서라, 이 악당. 이 후레자식아. 어서 칼을 빼.

오스왈드　도와줘요, 살인이다, 살인!

에드먼드, 콘월, 리건, 글로스터, 시종들 등장

에드먼드　이게 무슨 일인가? 서로 떨어져라!

켄트　젊은 청년, 자네랑? 좋아, 자네를 상대해 주지. 자, 젊은 친구, 어서 달려들어.

글로스터　무기를? 칼을? 대체 무슨 일이냐?

콘월　조용히 하라. 목숨을 부지하고 싶으면. 또다시 칼을 휘두르는 자는 죽는다. 대체 무슨 일인가?

리건　언니와 왕이 보낸 전령들인가?

콘월　싸움의 원인이 무엇인가? 말하라!

오스왈드　각하, 저는 숨을 제대로 쉴 수가 없습니다.

켄트　당연하지. 너같이 비겁한 놈이 용감한 체하고 있으니. 넌 자연이 만들어낸 자가 아니야. 양복쟁이가 널 만들었다고.

콘월　거참, 괴이한 소리로구나. 양복쟁이가 어떻게 사람을 만든다는 거지?

켄트   양복쟁이뿐만 아니라 돌쪼시(석수, 석공)나 칠장이도 그 직업에 종
           사한 지 이태가 되었다면 저렇게 엉성한 물건을 만들어내지는
           않을 겁니다.

콘월   자, 이제 말하라. 왜 싸우게 되었느냐?

오스왈드 이 늙은 악당 말입니다, 제가 지난번에 저 허연 수염을 불쌍히
           여겨 살려준 적이 있는데 —

켄트   뭐라고 이 후레 잡놈, 천하에 아무 짝에도 쓸모없는 놈! 각하,
           허락만 해주신다면 저 물컹한 악당 놈의 몸을 잘근잘근 밟아서
           거기서 나오는 살덩어리로 화장실의 벽을 바르겠습니다. 나의
           허연 수염을 봐서 살려줬다고? 개처럼 꼬리를 흔드는 놈아.

콘월   이봐, 조용히 해. 아무리 짐승 같은 놈이지만 그래 예절도 모른
           단 말이냐?

켄트   각하, 알고 있습니다. 하지만 너무 화가 나면 잠시 예절을 잊어
           버리지요.

콘월   왜 화가 났느냐?

켄트   도대체 정직함이라고는 티끌만큼도 없는 종놈이 칼을 차고 다
           니니 그럴 만하지요. 저런 능글맞은 웃음을 웃는 자가, 아주 단
           단하게 묶여서 끊을 수 없는 부녀간의 인연을 쥐처럼 살금살금
           갉아먹어 결국에는 끊어놓는단 말입니다. 주인의 성정이 끓어
           오르면 그걸 옆에서 부추기는 놈이기도 하지요. 주인이 불같이
           화를 내면 그 옆에서 기름을 붓는 역할을 하고 주인이 냉정한
           기색을 보이면 눈 위에 내린 서리 같은 역할을 하고요. 주인의
           기분이 이리저리 바뀔 때마다 그에 따라 물에 선 갈대처럼 이리

저리 흔들리며 반대하거나 찬성하고, 마치 풍향계로 쓰이는 물총새 부리처럼 속절없이 흔들거립니다. 저 몸이 아는 거라곤 개처럼 꼬리를 살랑거리며 주인을 따라가는 것뿐입니다. 저 간질 걸린 자의 상판 같은 얼굴! 내가 바보 같은 말을 한다면서 웃고 있어? 넌 거위야. 내가 네놈을 새럼(Sarum) 들판에서 잡는다면 카멜롯(Camelot)까지 몰고 가면서 꽥꽥거리게 만들 거야.

콘월 이봐, 늙은이, 당신 미친 거 아니야?

글로스터 어떻게 하다가 싸우게 되었나? 그걸 말하라.

켄트 나와 저 악당 놈은 물과 불보다 더 상극입니다.

콘월 왜 그를 악당 놈이라고 하는 거냐?

그의 잘못이 무엇이냐?

켄트 저 상판대기가 영 마음에 안 듭니다.

콘월 그건 어쩌면 나의 것이나 그의 것이나 그녀의 것이나 다 마찬가지일 텐데.

켄트 공작님, 저는 원래 솔직하게 말하는 버릇이 있습니다. 나는 평생 동안 지금 이 순간 여기 있는 사람들의 어깨 위에 달려 있는 것보다 더 좋은 얼굴들을 많이 보아 왔습니다.

콘월 이놈은 좀 이상한 놈인데.

이놈은 솔직하다고 칭찬을 받으니까 일부러 무례하고 난폭한 짓을 해. 뿐만 아니라 제 천성과는 아주 다른 태도를 억지로 내보이고 있어. 제 깐에는 정직하고 솔직한 사람이니까 아첨을 못하고 따라서 사실을 말해야 한다고 해. 만약 세상 사람들이 그대로 저놈의 말을 받아주면 좋고, 설사 안 받아주더라도 저놈은 자기가 솔직하다고 내뻗칠 수 있는 거야. 난 이런 종류의 악질은 잘 알아. 이런 놈은 떠는 마음으로 제 책임을 하면서 정직이란 가면 아래 흉측한 속셈을 숨기고 있는 자라고. 굽실거리면서 사소한 것까지 알아서 기는 아첨꾼 스무 명보다 이런 놈이 더 지독한 거야. 이런 놈이 더 교활하고 더 부패한 속셈을 갖고 있다고.

켄트　공작 각하, 진정으로 솔직하게 말씀드리는 바입니다만 각하의 관대한 배려 아래에서 드리는 말씀이온데, 사실 각하의 영향력은 태양신 포이보스(Phoebus)의 이마에서 타오르고 있는 불의 화관보다 더욱 환히 빛나오니―

콘월　대체 무슨 말을 하려는 거요?

켄트　방금 질책당한 다소 우회적인 언사를 그만두고 솔직히 말씀드린다면 저는 아첨하는 자가 아닙니다. 퉁명한 어조로 각하를 속이려 드는 자는 너무나 속이 빤한 악당입니다. 하지만 저는 그런 악당이 되지는 않겠습니다. 그런 솔직한 악당이 되겠다고 애원하여 각하의 역정을 풀 수 있다 하더라도 말입니다.

콘월　네게 저 사람에게 섭섭하게 한 게 무엇이냐?

오스왈드　전혀 없습니다. 그의 주인인 왕은 최근에 오해 때문에 나를 때린 일이 있었습니다. 그런데 저자가 공모하여 왕의 불편한 심기를 기화로 뒤에서 내 발을 걸었습니다. 저는 바닥에 쓰러져 모욕을 당하고 욕을 먹었습니다. 저놈은 그 덕에 아주 씩씩하다는 평가를 받았고 왕의 칭찬을 받았습니다. 자제하고 있는 저를 넘어트렸다는 공로로 말입니다. 그걸 공로라고 생각했는지 흥분하여 이곳에서 다시 제게 칼을 뽑아든 겁니다.

켄트　이런 악당들과 겁쟁이들이라니.

아약스[Ajax: 그리스 신화에 나오는 트로이 전쟁의 영웅 아이아스(Aeas)의 라틴어

414

이름. 콘월]는 저런 놈들 중에서 바보 대장이었지.

콘월　뭐야? 족쇄를 가져와라!

　　　이 고집쟁이 늙다리 놈. 제 주제를 모르고 허세를 부르고 있어. 내가 너를 단단히 가르쳐주마.

켄트　공작 각하, 저는 너무 늙어 배우지를 못합니다.

　　　내게 족쇄를 채우라는 말을 하지 마세요. 나는 왕을 모시고 있고 폐하의 명령으로 각하에게 보내진 사람입니다. 약간의 예의는 표시해야 되지 않겠습니까? 전령에게 족쇄를 채우면 나의 주인님의 위신과 체면에 상당한 손상을 입히는 게 됩니다.

콘월　족쇄를 빨리 가져 오라!

　　　내 목숨과 명예를 걸고, 네놈을 정오까지 족쇄를 채우겠다.

리건　정오까지? 여보, 밤중까지 해요. 아니 밤새 차고 있으라고 해요.

켄트　부인, 내가 당신 아버지의 강아지라 해도 나를 이렇게 대접해서는 안 되는 겁니다.

리건　당신은 악당이니까 그렇게 대접할 거야.

　　　　　　　　　　족쇄가 들어온다

콘월　이 친구는 처형이 말한 그런 껄렁패의 한 사람일 거야. 어서 족쇄를 채워라.

글로스터　공작 각하, 애원하오니 그렇게 하지 않는 게 좋을 듯합니다. 왕은 이런 조치를 고깝게 여길 겁니다. 자신의 전령이 이처럼 홀대 받고서 묶인 것을 안다면 기분이 아주 나쁠 겁니다.

콘월　그건 내가 책임지겠소.

리건 언니는 자기가 보낸 하인이 공격받아 폭행당한 걸 알면 이보다 더 심하게 처벌을 할 거야.

[켄트의 발에 족쇄가 채워진다]

콘월 자, 백작 함께 갑시다.

[글로스터와 켄트만 남고 모두 퇴장]

글로스터 친구, 이렇게 돼서 안 됐네. 공작의 기질 때문이야. 그의 성질은 온 세상이 잘 아는데 견제 받거나 제지당하는 걸 싫어하지. 내 다시 자네를 위해 사정해 볼 게.

켄트 그렇게 하지 마십시오, 백작님. 저는 여행도 많이 하고 세상 구경도 많이 했습니다. 밤중에 선잠을 자기도 하고 그렇지 않으면 휘파람을 불면서 시간을 보내겠습니다. 선량한 사람의 행운은 밑바닥에서 다시 자라나서 내일 아침에는 좋아질지 모릅니다.

글로스터 이건 공작의 잘못이야. 왕이 좋게 볼 리가 없어.   퇴장

켄트 훌륭한 왕이여, 이건 고생 끝에 복이 온다는 속담을 증명합니다. 당신은 하늘의 축복 덕분에 따뜻한 태양에 다가서신 겁니다. 태양아, 어서 떠올라 이 어두운 세상을 비춰다오. 그대의 따뜻한 햇살 아래 내가 이 편지를 읽을 수 있도록. 가장 비참한 사람만이 거의 기적을 보는 거지. 난 이게 코딜리아가 보낸 편지라는 걸 알아. 다행히 공주님께 내 은밀한 움직임을 연락드렸으니 이 끔찍한 상황에 개입하여 잘못된 일을 바로잡아 주실 거야. 너무

경계하다가 피곤해진 내 두 눈아, 무거운 눈아, 이 누추한 처소를 바로 볼 수 없는 상황을 이용하라. 행운이여, 안녕, 다시 한 번 내게 미소를 지어줘라. 그대의 바퀴를 돌려라.　　[그는 잠이 든다]

———

제2막 제3장
글로스터 성 근처의 탁 트인 들판

에드가 등장

에드가　나를 잡아들이라는 포고가 떨어졌다는 얘기를 들었어. 마침 빈 나무 둥지가 있어서 수색대의 추격을 피할 수 있었지. 항구는 모두 봉쇄되었고 나를 잡으려고 혈안이 되어 경계 근무를 하지 않는 마을은 없다시피 할 정도야. 이렇게 피해 다니면서 나 자신을 보존해야지. 우선 가장 비천하고 가난한 모습으로 변장해야겠어. 남들의 경멸을 받는 인간이 추락할 수 있는 가장 짐승에 가까운 모습으로. 얼굴에다 숯 검댕을 칠하고 허리에는 담요를 두르고 내 머리카락은 산발하여 여러 매듭으로 묶어버리고, 이런 알몸이나 다름없는 상태로 하늘의 바람과 폭우를 그냥 맞는 거야. 우리나라에는 베들램(Bedlam, 정신 병원 출신) 거지들의 전례와 증거가 많이 있어. 그들은 고래고래 소리를 지르면서 마비되어 죽어버린 거나 다름없는 팔뚝에다 핀, 나무 꼬챙이, 손톱, 로즈메리 가지를 마구 찔러대지. 이런 아주 끔찍한 몰골을 하고서 가난한 농가들, 빈자들이 득시글거리는 마을, 양치기 목장, 방앗간을 돌아다니면 때로는 미친 자의 저주로, 때로는 기도를 올리면서 억지로 구걸을 하지 그들은 이렇게 소리치지. '한 푼 줍쇼. 이 불쌍한 미친 톰에게!' 거지는 그래도 나아. 에드가는 아무것도 아니야.

퇴장

———

제2막 제4장

글로스터 성의 입구

리어, 바보, 신사 등장

리어　이상한데. 애들이 갑자기 집을 나서 어디론가 가버리고 내 전령도 돌려보내지 않다니.

신사　제가 알기로 지난밤만 해도 이렇게 어디론가 갈 계획은 없었다고 합니다.

켄트　[깨어나며] 어서 오십시오. 나의 고귀한 주인님.

리어　하!

　　　장난삼아 그런 수치스러운 꼴을 하고 있는 거냐?

켄트	아닙니다, 폐하.
바보	하, 하, 그는 아주 무거운 양말대님을 차고 있네. 말은 그 머리에 다 묶고, 개와 곰은 그 목으로 묶고, 원숭이는 허리에다 묶고, 사람은 저렇게 다리에다 묶네. 사람이 빨빨 돌아다니다 보면 저렇게 발에다 나무로 만든 양말을 신게 되는 거야.
리어	자네의 신분을 그처럼 오해하여 자네에게 그런 족쇄를 채운 자는 누구인가?
켄트	그와 그녀인데, 폐하의 사위와 딸입니다.
리어	아니야.
켄트	그렇습니다.
리어	아니라니까.
켄트	정말이라니까요.
리어	주피터 신에게 걸고서 아니라고 맹세하지.
켄트	주노 여신에게 걸고서 맞는다고 맹세하겠습니다.
리어	그들은 감히 그런 짓을 하려 들지 않을 거야. 할 수도 없고 할 생각도 없을 거야. 나의 명예에 이런 난폭한 짓을 저지르다니 살인보다 더 나빠. 그들이 어떻게 내가 보낸 전령을 이런 식으로 대접하고 또 족쇄까지 채우게 되었는지 빨리 설명하라.
켄트	폐하, 그들의 저택에 도착했을 때 나는 폐하의 편지를 그들에게 전달했습니다. 내가 무릎을 꿇고 예의를 다 한 자리에서 일어서기도 전에 또 다른 전령이 도착했습니다. 그는 황급히 달려왔는지 땀을 흘리고 숨을 제대로 쉬지 못했습니다. 그의 여주인 고

너릴이 보낸 자였습니다. 그는 내 말을 가로막고 황급히 여주인의 안부 인사를 전하고 편지를 건넸습니다. 그들은 즉각 그 편지를 읽었습니다. 그 직후 그들은 시종들을 부르고 말을 대기시켰습니다. 이어 저더러 따라오라고 하더니 답신을 기다리라고 하면서 냉정한 눈빛으로 나를 쳐다보았습니다. 제가 여기 도착한 이후 저 다른 전령이 들이닥치는 결과로 그들이 나를 냉대하게 된 것 같습니다. 그 전령은 최근에 폐하에게 아주 뻔뻔하게 대했던 바로 그자였습니다. 나는 침착성보다는 사나이 기질이 더 강했으므로 그자를 상대로 칼을 빼들었습니다. 그자는 비겁한 고함소리로 온 집을 시끄럽게 만들었습니다. 폐하의 사위와 딸은 그런 소란을 발견하고서 나에게 이런 수치스런 징벌을 내렸습니다.

바보   야생 거위가 그쪽으로 날아간다면 아직 겨울이 다 간 게 아니야.

> 넝마 옷을 입은 아버지들은
>
> 그들의 자녀를 불효자로 만들지.
>
> 그러나 돈 주머니를 꿰찬 아버지들은
>
> 그들의 자녀를 효자로 만들어.
>
> 운명, 너 변덕스러운 창녀,
>
> 가난한 자에게는 문을 안 열어주지.

그렇지만 이런 노래에도 불구하고 영감은 다가오는 한 해 동안 영감 딸들 때문에 많은 슬픔(많은 돈)을 겪게 될 거야.

리어   오, 이 여성성(히스테리)이 내 가슴을 향해 치솟는구나! 격정의 히스테리여! 진정해. 너 치솟는 슬픔이여, 넌 원래 아래쪽에 있어야 하잖아. 이 딸은 어디에 있나?

| 켄트 | 백작과 함께, 여기 안에 있습니다. |
| 리어 | 나를 따라오지 말고 여기 있어. |

퇴장

신사	방금 말한 것 말고 다른 비행은 없었습니까?
켄트	없었습니다. 왕께서 어떻게 시종이 저리도 적은 상태로 오셨습니까?
바보	만약 그런 질문을 저들에게 했더라면 그것만으로도 족쇄를 찰 만해.
켄트	왜, 바보야?
바보	너를 개미 학교에다 보내서 겨울에는 일하지 않는다는 걸 배우도록 해야 돼. 사람들은 그들의 코가 이끄는 대로 또 눈이 시키는 대로 가지. 장님이 아닌 이상. 냄새나는 것을 맡으려는 코는 스무 명 중에 한 명도 안 돼. 커다란 바퀴가 언덕 아래쪽으로 굴려내려 갈 때에는 얼른 그 바퀴 잡은 손을 놓아야 하는 거야. 괜히 따라가다가는 자기 목만 부러지지. 하지만 위로 올라가는 바퀴가 있다면 그걸 붙잡고 따라 올라가야 하는 거야. 현명한 사람이 있어서 이보다 더 좋은 충고를 해준다면 내 충고는 도로 돌려줘. 바보의 충고니까 악당만 따라 했으면 좋겠어.

> 이득만 쫓으면서 겉모습만 그럴듯한 신사
> 저 신사는 비가 오면 짐을 꾸려 떠나고
> 당신을 폭우 속에 고스란히 남겨놓지.
> 그러나 난 남을 거야, 바보는 머무른다고.

현명한 자는 도망치라고 하지 뭐.

도망치는 악당은 바보가 되지만

남아 있는 바보는 악당 아니야.

켄트   그거 어디서 배웠어, 바보?

바보   족쇄를 차고서 배운 건 아니야, 바보.

리어와 글로스터 등장

리어   나와 말을 하지 않겠다고? 그들은 아프거나, 피곤하거나, 밤새
         여행을 한 거야? 단지 핑계일 뿐이야. 배신과 외면의 징조일 뿐
         이야. 가서 내게 더 좋은 대답을 가져와.

글로스터   폐하,

         공작의 불같은 성질을 잘 알고 계시지 않습니까? 공작은 한번
         마음먹으면 꼼짝도 않고 요지부동이에요.

리어   복수, 염병, 죽음, 혼란! 불같은? 무슨 불같은 성질? 왜, 왜, 글로
         스터. 난 콘월 공작과 그 아내와 얘기를 하고 싶다.

글로스터   폐하, 그들에게 그런 뜻을 전했습니다.

리어   그들에게 전했다고? 자네는 내 말을 알아들었나, 엉?

글로스터   예, 폐하.

리어   왕이 콘월과 말하고 싶다. 자상한 아버지가 그 딸과 대화를 하
         고 싶다고! 즉각 응할 것을 명령하고 요구한다. 그들에게 전했
         다고? 내 호흡과 피! 불같은? 불같은 공작? 그 불같은 공작에게
         말해. 아니야, 지금은 아니야. 어쩌면 그는 몸이 안 좋을 수도 있
         어. 아프면 건강할 때 해야 하는 의무를 소홀히 할 수도 있지. 자

연이 압박을 받아서 마음에게 육체와 함께 아프라고 명령할 때, 우리는 우리 자신이 아니지. 내가 참아야지. 아픈 사람을 성한 사람처럼 여길 수도 있는 나의 충동적인 성격을 억눌러야지. 내 왕권이라는 것이 남루하구나! 왜 저 친구는 족쇄를 차고 있지? 저걸 보면 공작과 내 딸이 나를 일부러 피하는 것임을 알 수 있어. 저 친구를 풀어줘야 되지 않겠어? 가서 공작과 내 딸에게 내가 애기하고 싶다고 말해. 지금 즉시. 지금 당장 나와서 내 말을 들으라고 해. 안 그러면 그들의 침실 앞에 가서 북을 두드려 그들의 잠을 깨울 테니까.

글로스터 두 분 사이가 잘 되었으면 좋겠습니다.

리어 오, 내 가슴이여. 내 울렁거리는 가슴이여, 진정하라, 내려가라.

바보 영감, 그 가슴에다 대고 소리 쳐. 런던 토박이 여편네가 뱀장어를 먼저 죽인 다음에 반죽에다 넣어야 하는데 멍청하게도 산 채로 반죽에 집어넣을 때처럼. 그 여편네, 뱀장어 대가리를 내리치면서 이렇게 소리쳤어. "내려가, 요 싸가지 없는 것, 내려가." 그 여편네 오빠란 놈은 말이야, 멍청하게도 말들 사료에다 버터를 칠해서 줬다는 거야. 말이 제일 싫어하는 게 기름인데.

콘월, 리건, 글로스터, [그리고] 하인들 등장

리어 다들 편안히 있었느냐?

콘월 폐하, 인사 올립니다.

여기서 켄트가 족쇄에서 풀려난다

리건 아버지, 이렇게 뵙게 되어 기뻐요.

리어 리건, 네가 기뻐하리라 생각한다. 그렇게 생각할 만한 충분한
이유가 있지. 만약 네가 기쁘지 않다면, 난 간통한 여자의 유해
를 담은 네 어미 무덤과 결별하려 했다. [켄트에게] 오, 풀려났느
냐? 그 얘긴 나중에 하자. 사랑하는 리건, 네 언니는 나쁜 년이
다. 오, 리건, 그년은 독사 같은 불친절의 이빨을 드러내며 독수
리처럼 내 심장을 파먹었다. 그런 사정을 네게 다 말할 수가 없
구나. 얼마나 그년이 고약한 행패를 부렸는지 넌 상상조차 하지
못할 것이다. 오, 리건!

리건 아버지, 제발 고정하세요. 언니가 의무를 다 안 한다고 불평하
지 마시고 언니의 공로를 좀 더 평가해 주셨으면 해요.

리어 뭐라? 그건 무슨 소리냐?

리건 언니가 의무를 조금이라고 소홀히 했으리라 생각할 수 없어요.
아버지, 만약 언니가 아버지 시종들의 소란을 억눌렀다면 그건
정당한 이유와 근거가 있어서 그런 것이고 그걸로 언니를 나무
랄 수는 없는 일이에요.

리어 난 그년을 저주해.

리건 오, 아버지, 아버지는 이미 나이 드셨어요. 몸의 활력이 다 떨어
지셨어요. 아버지가 직접 주장을 하시는 것보다는 아버지의 상
태를 잘 아는 사람이 적절히 알아보고서 이끌어주어야 하는 나
이에요. 그러니 제발 언니에게 되돌아가세요. 정말이지, 아버지
는 언니에게 섭섭하게 한 거예요.

리어 그년의 용서를 빌라고?
이게 왕가의 법도에 어울리는 거라고 생각하여 그런 말을 하는

거냐? [무릎을 꿇으며] "사랑하는 내 딸, 내가 늙은 것을 인정합니다. 늙으면 거추장스러운 존재가 되지요. 이렇게 무릎을 꿇고 비나니 제게 옷, 침대, 음식을 내려 주소서."

리건   아버지, 왜 이러세요. 보기 흉해요. 어서 언니에게 돌아가세요.

리어   [일어서며] 결코 안 돌아가, 리건.

그녀는 내 시종을 절반으로 줄였어. 오만상을 찌푸리며 나를 쳐다보았고 그 혓바닥을 놀려 나를 때렸어. 내 심장을 뱀의 혓바닥처럼 때렸단 말이야. 저 배은망덕한 년의 머리 위로 하늘에 쌓인 모든 복수가 떨어져 내리기를! 너 사악한 공기여, 아직 태어나지 않은 그년의 새끼들을 쳐서 절름발이를 만들기를.

콘월   폐하, 진정하시지요.

리어   너 민첩한 번개여, 그 눈멀게 하는 불꽃을 저년의 오만한 눈에다 던져라. 강력한 태양이 습지에서 뽑아 올린 장기 가득한 안개여, 저년의 미모를 덮쳐서 온몸에 종기가 생겨나게 하라.

리건   오, 축복받으신 신들이여! 아버지는 화가 나면 제게도 그런 독기 어린 언사를 내뿜으시겠지요.

리어   아니, 리건 너는 그런 저주를 받지는 않을 거다. 너는 심성이 부드러운 아이니까 그런 가혹한 짓은 하지 않을 거다. 그년의 눈빛은 독사 같지만, 네 눈빛은 위안을 줄 뿐 불타오르지 않는다. 나의 편안함을 거부하고, 나의 시종을 감축하고, 황급한 말을 내뱉고, 내 용돈을 줄이고, 그리하여 나의 방문에 대문을 걸어 잠근다는 건 네 성격으로는 하지 못할 것이다. 너는 본성상의 의무, 자식의 도리, 예의범절, 감사의 은덕을 그년보다 더 잘 알고 있다. 너는 내가 너에게 준 절반의 왕국을 잊지 않을 것이다.

리건 아버지, 요점을 말하세요.

리어 누가 내 하인에게 족쇄를 채웠나?

무대 밖에서 트럼펫 소리

콘월 저건 무슨 트럼펫 소리지?

리건 아, 언니가 온 거예요. 편지에 곧 오겠다더니 정말 왔네요.

오스왈드 등장

네 여주인도 왔느냐?

리어 이놈은 재빨리 빌려 입은 자부심을 가지고 그 여주인의 병든 은 총을 얻어 보겠다고 뛰어다니는 한심한 놈이다. 이놈아, 내 눈 앞에서 썩 꺼지지 못해!

콘월 폐하, 무슨 말씀이십니까?

고너릴 등장

리어 누가 내 하인에게 족쇄를 채웠느냐? 리건, 나는 네가 이 일에 대해서 알고 있다고 생각하지 않는다. 아니, 이거 누구야? 맙 소사! 오, 하늘이시여, 당신들이 늙은이를 사랑하시고, 그 멋진 영향력으로 복종을 이끌어 내신다면, 그리고 당신들 자신도 늙 은 분이라면, 저런 불복종을 처분의 이유로 삼아, 내 편을 들면 서 엄중한 처벌을 내려 주소서. [고너릴에게] 이 수염을 쳐다보기가 부끄럽지도 않느냐? 오, 리건, 네가 저년의 손을 잡는단 말이냐?

고너릴 손 좀 잡으면 안 돼요? 제가 뭐 잘못이라고 저질렀나요? 무분별한 마음이 그런 식으로 느끼고 노인의 노망이 그렇게 규정했다고 해서 다 잘못이 되는 건 아니에요.

리어 오, 내 옆구리야, 너는 정말로 단단하구나.

아직도 지탱을 하고 있다니. 내 하인이 어떻게 해서 족쇄를 차게 되었느냐?

콘월 폐하, 제가 채우라고 했습니다. 하지만 저놈의 잘못은 그보다 더한 벌도 받을 만 했습니다.

리어 자네가? 자네가 그랬다고?

리건 제발 아버지. 이제 많이 약해지셨으니 그에 걸맞게 행동하세요. 정해진 한 달이 다 될 때까지 언니네로 돌아가셔서 시종을 절반 감축하고 그곳에 머물다가 제게 오세요. 나는 지금 집을 떠나 있어서 아버지를 봉양하는데 필요한 시설과 물자가 없는 상태예요.

리어 저년에게 돌아가라고? 쉰 명을 줄이고서? 나는 차라리 집을 모두 포기하고 광야로 나가 방랑하면서 늑대와 부엉이의 친구로서 가난과 궁핍의 어려움을 겪는 게 더 낫겠다. 저년에게 돌아가? 쳇, 차라리 막내딸을 지참금 없이도 데려간 열정적인 프랑스 왕에게 하인처럼 무릎을 꿇고 기어가서 연금을 하사하여 이 비천한 목숨을 살려달라고 구걸하는 편이 더 낫겠다. 저년에게 돌아가 차라리 저 혐오스러운 하인 놈의 일꾼 겸 종놈이 되라고 말해라.

고너릴 아버지 좋으실 대로 하세요.

리어 네 이년, 이 애비를 돌아버리게 만들지 마라. 그리고 이 못된 년아, 나는 더 이상 네게 폐를 끼치지 않겠다. 안녕. 우리는 앞으로 더 이상 만날 일도 서로 쳐다볼 일도 없을 거야. 하지만 너는 나의 살, 나의 피, 나의 딸 혹은 내 것이라고밖에 할 수 없는 내 몸에 깃든 고질병이야. 너는 내 부스럼, 내 상처, 병들어 더러운 내 핏속에서 부어오른 종기야. 난 너를 비난하지 않는다. 때가 되면 네게 수치심이 찾아오겠다. 내가 스스로 그것을 부르지는 않을 거다. 벼락을 주관하는 신에게 벼락을 내리라고 빌지도 않을 것이고 하늘 높은 곳에서 심판을 내리는 주피터에게 네 얘기를 고하지도 않을 것이다. 할 수 있을 때 네 소행을 고치도록 하고 시간이 날 때 더 좋은 사람이 되려고 애써라. 나는 얼마든지 기다릴 수 있다. 나에게는 리건이 있다. 나와 나를 따르는 1백 명의 기사들에겐.

리건   전혀 그렇지 않아요.

나는 아버지의 방문을 예상하지 않았고 또 융숭하게 접대할 준비가 되어 있지 않아요. 아버지, 언니 말에 귀 기울이세요. 아버지의 격정을 이성적으로 판단하는 사람들은 아버지가 나이 드셨다고 생각할 거예요. 그러니―아무튼 언니는 어떻게 처신해야 하는지 알아요.

리어   그거 진심으로 하는 말이냐?

리건   예, 아버지. 시종이 쉰 명이라고요? 그 정도면 충분하지 않나요? 그 이상 무슨 필요가 있으세요? 사실 그것도 많아요. 그처럼 많은 사람을 거느리는 데에는 비용과 위험이 따르거든요. 어떻게 한 집안에서 그렇게 많은 인원이 두 사람의 명령 아래 있으면서 화목하게 지낼 수 있겠어요? 그건 어렵고 거의 불가능해요.

고너릴 아버지, 동생의 하인들이나 저의 하인들로부터 충분히 수발을
         받으실 수 있잖아요?

리건   정말 그렇지 않아요, 아버지? 만약 하인들이 혹여 아버지에게
         소홀히 대한다면 저희가 잘 통제할 수 있어요. 혹시 아버지가
         제게 오신다면(저는 지금 그 위험을 느끼는데) 스물다섯 명만
         데리고 오세요. 그 이상은 받을 수도 없고 공간도 없어요.

리어   난 네게 모든 것을 다 주었는데.

리건   적당한 때에 잘 주셨지요.

리어   너희를 나의 수호자, 위탁인으로 삼아 모든 걸 건네주고 1백 명
         의 시종을 거느리기로 하지 않았느냐. 뭐라고? 내가 너에게 오
         려면 스물다섯 명만 데려와야 한다고? 리건, 너는 정말로 그렇
         게 말했느냐?

리건   아버지, 다시 말씀 드리겠어요. 나로선 그 이상은 안 돼요.

리어   남들이 더 사악하게 보이면 그나마 보통 사악한 자는 선한 사
         람처럼 보이기도 하지. 그래서 최악이 아닌 것이 때로는 칭찬을
         받기도 해. [고너릴에게] 나는 너와 함께 가겠다. 너의 쉰 명은 스
         물다섯 명보다 두 배나 많으니까. 그러니 너는 저 애보다 사랑
         이 두 배는 큰 거지.

고너릴 제 말씀을 들어보세요, 아버지.
         대체 스물다섯 명이 왜 필요하세요? 혹은 열 명 혹은 다섯 명
         이? 그보다 두 배나 숫자가 많은 하인들이 아버지 시중을 도와
         드리는 집에서?

리건   한 명이라도 무슨 필요가 있어요?

리어   오, 내게 필요를 말하지 마라. 아무리 비천한 거지라도 그 가난

한 살림에 남아도는 물건이 있다. 우리의 본성에 필요한 것만 허용한다면 우리의 삶은 짐승이나 다를 바 없어. 너희들은 귀부인이야. 만약 몸을 따뜻하게 하는 것만이 중요하다면, 왜 몸을 전혀 따뜻하게 해주지도 않는 멋진 옷을 입고 다니는 거냐? 그러니 진정한 필요란 것은—오, 하느님이시여, 내게 참을성을 내려 주소서. 나는 그게 필요합니다. 오, 신들이여, 당신들은 여기 슬픔과 나이가 가득한 이 불쌍한 노인을 내려다보고 계십니다. 제 두 딸의 마음을 휘저어 애비를 적대시하게 만든 게 당신들이라면 나를 더 이상 조롱하지 말고 그것을 묵묵히 견디게 하소서. 나에게 고귀한 분노를 내려 주시어, 여자의 무기인 눈물이 대장부의 두 뺨을 더럽히지 않게 하소서. 아니야, 이 부자연스러운 년들아, 나는 너희 두 년에게 이 세상이 내려 줄 무서운 보복을 내릴 것이다. 나는 반드시 그렇게 할 것이다. 그 보복이 구체적으로 어떤 게 될지 모르지만 이 세상의 공포가 될 것이다! 너희는 내가 운다고 생각하느냐? 아니, 나는 울지 않겠다.

사나운 폭우와 거센 바람 소리

나는 울어야 할 이유가 수만 가지가 되지만 울면 내 심장이 10만 조각으로 갈라질 것 같아 울지 않겠다. 오, 바보야, 나는 미쳐 가는가 보다.

[리어, 글로스터, 켄트, 신사, 바보] 모두 퇴장

콘월	우리도 물러가지. 폭풍우가 오는 것 같아.
리건	이 집은 좁아요. 노인과 시종들을 모두 수용할 수 없어요.
고너릴	그건 아버지 잘못이야. 편안한 곳을 놔두고 나갔으니 그 어리석음을 맛보아야만 해.
리건	아버지 혼자라면 나는 기꺼이 받아들이겠어. 하지만 시종은 단 한 명도 안 돼.
고너릴	나도 그럴 생각이야.
	글로스터 백작은 어디 있지?
콘월	노인을 따라갔습니다.

글로스터 등장

	여기 오는군요.
글로스터	왕은 화가 단단히 났습니다.
콘월	그분은 어디로 간답니까?
글로스터	말을 불렀는데, 어디로 갔는지는 나도 모릅니다.
콘월	하고 싶은 대로 놔두는 게 가장 좋아요. 알아서 하겠지요, 뭐.
고너릴	제부, 절대로 아버지를 붙잡으면 안 돼요.
글로스터	아, 밤은 다가오고 거센 바람은 맹렬하게 부는군요. 그런데 이 근처는 수 마일 반경 내에 수풀이라고는 없어요.
리건	오, 백작님, 고집 센 사람들이 스스로 불러들인 피해는 그들의 스승이 될 거예요. 문들을 닫아라. 아버지는 절망에 빠진 시종들의 시중을 받고 있어. 그자들이 남의 말 잘 듣는 아버지를 자극하여 어떤 짓을 저지를지 몰라. 그런 사정을 알고 있으니 은

근히 걱정이 되네.

콘월 백작, 당신 집의 문을 잠그시오. 아주 거친 밤이오. 리건이 말 잘
했소. 어서 폭풍을 피합시다.

모두 퇴장

제3막 제1장
글로스터의 성 근처

폭풍우가 계속 된다. (변장한) 켄트와 한 신사가 각자 등장

켄트 이 험한 날씨에 거 누구요?

신사 이 날씨 같은 심정의 남자요. 아주 험합니다.

켄트 난 당신을 알아요. 왕은 어디에 있소?

신사 사나운 날씨와 싸우고 있습니다. 바람이 거세게 불어와 땅을 바
닷속으로 처박고 험한 파도를 일으켜 세워 육지를 삼키라 하고
있습니다. 이 세상이 확 바뀌거나 없어지도록.

켄트 헌데 누가 왕과 함께 있소?

신사 광대뿐입니다. 객쩍은 농담으로 폐하의 쓰린 가슴을 달래려 하
고 있어요.

켄트	선생, 나는 당신이 누군지 알아요.

감히 당신에 대한 내 판단을 믿고 중요한 일을 맡길 생각이오. 올버니와 콘월 사이에 분열이 일어나고 있어요. 서로 교활해서 아직도 겉모습은 그럴듯하게 꾸미고 있지만 말이오. 그들의 큰 별이 높이 떠서 옥좌를 바라보고 있으니 누가 많은 하인을 두지 않겠소만, 그 하인들 중에는 우리나라의 정보를 몰래 염탐해서 프랑스 왕에게 알려 주는 첩자들이 있습니다. 그들은 두 공작의 불평과 음모를 염탐했고 또 두 공작이 늙은 왕을 거칠게 대하는 태도도 잘 압니다. 그리고 그보다 더 음험한 것들도 있는데 그 표시가 밖으로 드러났지요.

신사 그 얘기를 좀 더 해 보시지요.

켄트 아니, 하지 않겠습니다.

내가 겉보기와는 다른 사람이라는 것을 증명하기 위해 이 지갑을 드리니 그걸 열어 안에 든 것을 꺼내십시오. 당신이 코딜리아를 만나게 되면—곧 그렇게 되리라 봅니다만—이 반지를 그녀에게 보이세요. 그러면 당신이 지금 알아보지 못하는 이 사람이 누구인지 알게 될 겁니다. 정말 폭풍우가 대단하군요! 나는 왕을 찾으러 가야겠습니다.

신사 악수를 하시지요. 더 이상 할 말은 없습니까?

켄트 없소. 하지만 이게 가장 중요해요. 먼저 왕을 찾아야 한다는 거요. 당신은 저리로 가고 나는 이리로 가도록 합시다. 그리고 먼저 찾는 사람이 소리를 쳐서 알리기로 합시다.

모두 퇴장

제3막 제2장
글로스터 성 근처의 광야

폭풍우가 계속되고, 리어와 바보 등장

리어 불어라 바람아, 네 두 뺨이 찢어지도록! 사납게 불어와라. 너 폭
포와 태풍이여. 너희는 거센 물결을 뿜어 높은 첨탑을 물속에
잠기게 하고 탑 위의 바람개비를 물밑으로 잠기게 하라! 천둥
의 뜻을 급히 전하는 유황불아, 참나무를 장작처럼 쪼개버리는
선구자(벼락)야, 너희는 이 백발을 불태워 버려라. 천지를 진동시
키는 천둥아, 이 세상 모든 임산부의 둥근 배를 두드려 납작하
게 하라. 창조의 모태를 부숴라. 은혜를 모르는 인간을 태어나
게 하는 모든 종자들을 없애버려라!

바보 오, 영감, 하늘에서 홍수 쏟아지는 이런 한데보다는 따뜻한 집
안에서 미소 속에 아첨의 말을 듣는 게 헐 좋아. 영감, 딸들한테
가서 축복을 빌어달라고 해. 이 지독한 밤은 현자든 바보든 불
쌍하게 여기지 않아.

리어 폭풍아, 네 배가 터질 정도로 울어대라. 불을 내뿜고 비를 토해
내라. 비도 바람도 천둥도 번개도 내 딸들이 아니다. 너희들이
불친절하다고 해서 비난하지도 않겠다. 난 너희들에게 내 왕국
을 주지도 않았고 내 자식이라고 부르지도 않았으니까. 너희는
내게 충성을 바칠 이유가 없다. 그러니 너희 마음대로 얼마든지

쏟아 부어라. 나는 여기 너희들의 노예로 서 있다. 가난하고, 병들고, 허약하고, 경멸 받는 노인으로. 하지만 너희가 흉악한 두 딸년의 편에 서서 이처럼 늙고 머리 허연 늙은이를 상대로 하늘의 군대를 가동시킨다면 나는 너희를 아부하는 종놈들이라고 욕할 것이다. 오, 호, 정말 날씨가 고약하구나.

바보   머리(남근)를 집어넣을 집(여음)이 있는 놈은 아주 훌륭한 거시기를 갖고 있지.

[노래 부른다] 집이 없는데도 집어넣으려 하는

거시기는 사면발니가 꾀지.

그런 식으로 거지들이 결혼 많이 해.

심장을 쫓아내고 그 자리에

발가락을 모신 놈은 티눈으로

울어 젖히다가 잠에서 깨게 되지.

아무리 예쁜 년이라도 거울 앞에서는 미소를 연습한다니까.

[변장한] 켄트 등장

리어   아니야, 나는 참을성의 모범이 될 거야. 난 아무것도 말하지 않겠어.

켄트   거기 누구요?

바보   여긴 은총만 가득한 헛것이 있는데 저긴 현명한 바보가 있군.

켄트   아, 폐하, 여기 계십니까? 밤을 사랑하는 것들도 이런 밤이라면 질색일 겁니다. 이처럼 노호하는 하늘은 어둠의 방랑자들에게도 겁을 주어 그들의 동굴 안에 머무르게 할 겁니다. 사람으로 태어난 이래, 이처럼 심한 벼락, 엄청난 천둥소리, 그리고 울부짖는 바람과 빗소리는 들어본 기억이 없습니다. 인간의 본성은 이러한 고난과 공포를 견디기 어렵습니다.

리어 이토록 무서운 혼란을 우리의 머리 위에서 펼치는 천상의 신들이라면 곧 그들의 적수를 찾아낼 것이다. 너희 악독한 자들아, 두려움을 알라. 너희 가슴속에 깊숙이 숨겨둔 죄상이 있으면서도 아직도 정의의 채찍을 받은 적이 없는 죄인들아. 너희 살인자야, 거짓 증언을 한 자야. 불륜을 저지르고서도 정숙을 가장하는 자여. 모두 숨어라. 남의 눈을 속이고 교묘하게 사기 치는 놈들, 사람의 목숨을 노린 악당들, 온몸 구석구석 두려움으로 떨어라. 마음속 깊숙이 감추어진 죄악아, 너를 감추고 있는 뚜껑을 활짝 열어젖혀 이 무서운 심판자의 자비를 빌어라. 나는 남에게 죄를 지었다기보다 남한테서 더 많은 죄악을 당했다.

켄트 아, 맨머리로 계시다니!

존귀하신 폐하, 바로 이 근처에 오두막이 하나 있습니다. 어떤 친구가 이 폭풍우를 피하라며 그걸 빌려주겠다고 합니다. 그리로 가서 쉬시지요. 그동안 저는 이 냉정한 집으로 가겠습니다. 돌집인데 그 돌보다 더 싸늘하고 냉정한 집이죠. 얼마 전에도 폐하 계신 곳을 알기 위해 그 집을 찾아갔습니다만, 그 사람들은 저를 집 안에 들이지도 않았습니다. 아무튼 그 집으로 다시 돌아가서 억지로라도 부족한 예의를 지키라고 종용해 보겠습니다.

리어 내 정신이 돌기 시작하는구나.
바보야, 이리 오너라. 애야, 너는 어떠하냐? 춥지 않으냐? 나는 정말 춥다. 여보게, 지푸라기가 어디 있나? 궁핍한 상황은 이상한 결과를 만들어내네. 시원찮은 물건도 귀중품으로 만드니까. 자네가 말한 오두막으로 가도록 하지. 저 불쌍한 바보 녀석, 내 저놈한테는 좀 미안한 마음이 있다니까.

바보 [노래 부른다] 조금이라도 제정신인 자는

헤이 호, 비와 바람과 함께 놀아.

그의 운명을 저 풍우와 맞춘단 말이지.

비가 날마다 내려도 말이야.

리어 그래 맞는 말이야, 바보. 자, 함께 저 오두막으로 가자.

[리어와 켄트 모두 퇴장]

바보 창녀의 열정마저도 식혀버릴 사나운 밤이군. 가기 전에 예언을 하나 말해 두어야지.

사제가 실천보다 설교가 더 많을 때

술장수가 누룩에 물을 섞을 때

귀족이 양복쟁이보다 의복의 패션을 더 잘 알 때

이교도는 불태우지 않고

여자 뒤꽁무니 쫓던 놈은 매독으로 불탈 때

알비온의 왕국은 대혼란을 맞이하게 될 거야.

소송 사건이 올바르게 판결될 때

빚진 기사 없고 가난한 종자 없을 때

사람들의 혀 위에 비방의 말이 없을 때

소매치기가 사람들 사이에 깃들지 않을 때

고리대금업자가 들판에서 떳떳이 황금을 셀 때

갈보와 창녀들이 교회를 세울 때,

이런 때가 온다면, 언제 올지 알 수 없지만,

백성은 길을 걸어가도 도적을 만나지 않으리.

이런 예언을 앞으로 마술사 멀린이 하게 될 거야. 나는 그의 시
대보다 앞선 사람이지만.

퇴장

제3막 제3장
글로스터 성의 한 방

글로스터와 에드먼드 등장

글로스터 아, 아, 에드먼드. 나는 이 부자연스러운 상황이 마음에 들지 않
아. 내가 왕을 가련하게 여기는 뜻을 표시했더니 그들은 내게서
내 집의 사용 권리를 빼앗았어. 그리고 왕과는 말도 하지 말고,
그를 위해 대신 호소하지도 말고, 그를 도와주지도 말라고 했
어. 만약 그렇게 한다면 영원히 그들의 미움을 받게 될 거라고
하면서.

에드먼드 정말 야만적이고 부자연스럽군요!

글로스터 쉿, 넌 아무 말도 하지 마. 두 공작 사이에는 불화가 있고 그보다 더 나쁜 일도 있어. 나는 오늘밤 편지를 한 통 받았어. 이것에 대해서 발설하는 것은 위험하여 그 편지를 벽장에 넣고 잠갔지. 왕이 현재 겪고 있는 수모는 곧 복수가 될 거야. 이미 일부 군대가 상륙했어. 우리는 왕의 편을 거들어야 해. 나는 왕의 동정을 살피면서 은밀히 그분을 도와주려고 해. 넌 가서 공작과 대화를 하면서 나의 이런 마음이 공작에게 들키지 않도록 조심해. 나에 대해서 묻거든 아파서 침실에 들었다고 해. 내가 이 일로 죽게 되는 일이 있더라도—그런 위협이 얼마든지 있는데—나의 오랜 주군이신 왕은 그런 고통에서 풀려나야 해. 에드먼드, 앞으로 기이한 일들이 많이 벌어질 거야. 그러니 너는 조심해야 돼.

퇴장

에드먼드 아버지에게 금지된 저 충성은 공작에게 곧 알려야지. 벽장 속의 편지와 함께. 이것은 상당한 공로가 될 거고, 아버지가 잃게 되는 재산을 내가 모두 챙길 수 있을 거야. 그 재산은 몽땅 내 것이 되어야 해. 노인이 쓰러지면 젊은이가 일어나는 거지.　　퇴장

제3막 제4장
광야의 오두막 밖

리어, (변장한) 켄트, 바보 등장

켄트   폐하, 여기가 그곳입니다. 존귀하신 폐하, 어서 들어가십시오. 한밤의 들판은 거친 기세가 등등하여 사람의 몸으로는 견디기가 어렵습니다.

여전히 폭풍우

리어   혼자 있고 싶다.

켄트   존귀하신 폐하, 어서 안으로 드십시오.

리어   너는 내 가슴을 찢어놓을 셈이냐?

켄트   차라리 내 가슴을 찢어버리고 싶습니다. 존귀하신 폐하, 어서 들어가십시오.

리어   이토록 거세게 불어오는 폭풍우에 흠뻑 젖는 것을 너는 대단한 일로 여기는구나. 너는 그럴 수도 있을 것이다. 그러나 큰 고뇌에 사로잡혀 있으면 사소한 것은 느껴지지도 않아. 곰을 피하고 싶지만 도망갈 곳이 파도 소리 치는 바다뿐이라면 그 곰의 아가리를 바라보며 맞서는 수밖에 없지. 정신이 자유로우면 몸은 온갖 불편함에 민감해지지. 내 마음속의 폭풍우는 심장의 고동

소리를 빼고는 모든 감각을 앗아갔어. 저년들의 소행은 자기에게 먹을 것을 주는 손을 물어뜯는 곰의 아가리 같은 게 아니겠나? 나는 반드시 처벌하고 말 거야. 아니, 난 더 이상 울지 않아. 이런 밤에 나를 한데로 내쫓아? 오, 리건, 고너릴, 정직한 마음으로 모든 것을 넘겨준 너희 자상한 아버지에게 이런 짓을? 아, 이렇게 생각하다가는 돌아버릴 것 같구나. 그건 피해야지. 이런 생각 더 이상 하지 말아야지.

켄트　존귀하신 폐하, 어서 안으로 드십시오.

리어　자네나 먼저 들어가 편안하게 있게. 이 폭풍우 속에 있으면 날 아프게 하는 것들을 생각할 여유가 없어서 좋아. 그렇지만 들어가자. 자, 바보야, 너 먼저 들어가. 이 집도 없는 가난한 자야. 자, 너 먼저 들어가라니까. 난 기도를 올린 다음에 자겠어.

[바보] 퇴장

헐벗고 불쌍한 가난뱅이들아, 지금 너희들이 어디 있든 간에 이런 무자비한 폭풍우에 시달리며 머리를 넣을 집도 없이, 굶주린 배를 안고서, 창문같이 구멍이 난 누더기를 걸치고 어떻게 이렇게 험한 날씨를 감당하느냐? 아, 나는 이제까지 너무도 무관심했다. 영화를 누리고 있는 자들이여, 이걸 약으로 삼아라. 폭우에 시달려 보고 가난뱅이들의 처지를 경험해봐라. 그러면 넘치는 것을 털어내서 남들에게 나눠주게 되고, 하늘의 도리는 우리가 생각하는 것보다는 공정하다는 것을 증명해 보여주게 될 것 아니냐.

에드가	[무대 밖에서] 물길이 한 길 반. 물길이 한 길 반. 아, 불쌍한 톰!
바보	여기 오지 마, 영감! 여기 귀신 있어! 사람 살려, 사람 살려!
켄트	내 손을 잡아. 거기 누구요?
바보	귀신이라니까, 귀신! 자기 이름이 불쌍한 톰이라고 했어.
켄트	거기 지푸라기 속에서 중얼거리는 네놈은 누구냐? 앞으로 나서라.

[광인으로 변장한 에드가 등장]

에드가	저리 가. 무서운 악귀가 나를 쫓아오고 있어. 날카로운 산사나무 사이로 바람이 불어와. 흐음! 너의 침대로 가서 네 몸을 덥혀.
리어	너 또한 네 딸년들에게 모든 것을 주었느냐? 그러다 그 모양 그 꼴이 되었느냐?
에드가	악귀가 물불 가리지 않고, 거센 물결과 소용돌이를 뛰어넘고 습지와 늪지를 가리지 않고 달려드는 이 불쌍한 톰에게 누가 무얼 주겠습니까? 그 악마 놈이 내 베개 밑에다 칼을 감춰두고 복도에는 올가미를 설치해 놓았어요. 그뿐입니까. 그놈은 내 죽에도 쥐약을 탔고, 내 잘난 가슴에 헛바람을 집어넣어 4인치 넓이의 비좁은 다리를 밤색 말을 타고 건너가게 했지요. 나를 반역자라면 그림자 길게 늘이면서 내 뒤를 쫓아오고 있어요. 당신의 오관이 그래도 멀쩡한 걸 고맙게 생각하세요. 이 톰은 너무 추워요! 아, 드드, 덜덜, 달달. 회오리바람, 나쁜 별자리, 병에 걸리기, 이런 걸 당하지 않도록 조심해요. 이 불쌍한 톰에게 자비를

좀 베푸세요. 악마가 두 뿔을 불끈 세우고 쫓아온다니까요. 저기 봐요, 저기. 저렇게 막 쫓아오고 있잖아요.

폭풍우 계속

리어　그래, 저 친구의 딸들이 그를 이 지경으로 몰아넣었단 말인가? 너는 아무것도 챙기질 못했느냐? 너도 그들에게 모든 걸 주었느냐?

바보　아니, 그래도 담요 한 장은 챙겼잖아. 안 그랬더라면 남들에게 아주 창피한 꼴이 되었을 거야.

리어　공중에 떠돌다가 사람들의 머리 위로 떨어지는 모든 저주가 저 친구의 딸들에게 내려지기를!

켄트　폐하, 그에게는 딸들이 없습니다.

리어　죽어라, 배신자여! 인간을 저토록 비참한 꼴로 만들어버린 것은 다름 아닌 저 악독한 딸들이야. 버림받은 아버지가 거의 알몸으로 내쫓기는 것이 하나의 유행이라도 되었단 말이냐? 그 애비는 이런 처벌을 받아도 싸다. 이 몸뚱이에서 그런 부모 피를 빨아먹는 펠리칸 같은 딸들이 나왔으니.

에드가　필리콕(남근)이 필리콕 둔덕(여음) 위에 올라탔구나. 얼씨구 덩더쿵, 절씨구 덩더쿵.

바보　이 차가운 밤이 우리 모두를 바보와 광인으로 만들고 있구나.

에드가　저 무서운 악마를 경계하라. 네 부모에게 복종하라. 네 말의 신의를 지키고 욕설을 하지 말며, 결혼 서약을 한 남의 배우자와 간통하지 말고, 화려한 옷을 너무 밝히지 말아라. 어이구, 톰은 너무 추워.

리어   넌 전에 뭘 했느냐?

에드가   몸과 마음에 자부심이 가득한 하인이었지요. 내 머리를 멋지게 말아 올리고 모자에는 장갑을 붙이고, 여주인의 욕심을 마음껏 채워 주었습니다. 그녀와 함께 어둠의 행위를 했지요. 입을 벌릴 때마다 맹세를 내뱉었지만 하늘이 뻔히 보는 데서 그 맹세를 깨트렸지요. 자기 전에는 음욕을 채울 궁리를 하고 잠 깨어나서는 그것을 실천했습니다. 술을 무척 좋아하고 노름도 좋아했으며 여자 밝히는 것은 터키 놈 저리 가라였습니다. 마음에는 거짓투성이, 귀는 얇았고, 손에는 피를 묻혔습니다. 게으르기는 돼지요, 은밀하기는 여우며, 탐욕스럽기는 늑대고, 맹렬하기는 개였으며, 잡아먹기는 사자였습니다. 포주 집에 가지 말고 여자 속옷 속으로 손 넣지 말고 고리대금업자의 치부책에 기록되지 말고, 무서운 악마에게 도전하세요. 그래도 차가운 바람은 산사나무 사이로 불어온답니다. 윙윙, 쉬익, 슈욱. 악마야, 비켜라, 그 애를 그냥 통과시키라니까.

폭풍우 계속

리어   이놈아, 너는 그 맨 몸뚱이로 이런 혹심한 일기를 견디느니 차라리 무덤 속으로 들어가는 게 낫겠구나. 그래 인간은 이것밖에 안 된다는 거냐? 저놈을 좀 봐. 네놈은 누에게 비단을 빚진 것도 없고, 짐승에게 가죽을 얻은 것도 없고 양에게 털을 빌려온 것도 없고, 고양이에게서 향수를 얻은 것도 없구나. 하, 여기 세 사람은 그래도 너에 비하면 나은 편이다. 너는 물건 그 자체로구나. 태어날 때 모습 그대로인 인간은 너처럼 불쌍하고 꾀벗고 두 발 달린 동물에 지나지 않아. 벗어버리자, 벗어. 이 따위 빌려온 옷 따위는 모두 벗어버리자. 자, 여기 와서 이 단추를 풀어다오.

바보 제발, 영감, 고정하셔. 알몸으로 수영하기에는 너무 너무 추운 밤이잖아. 이 황량한 들판에 작은 불이라도 있으면 그건 늙은 난봉꾼의 심장 같을 거야. 그저 잉걸불에 불과한 작은 불일 뿐, 그 몸 나머지에는 불이라곤 전혀 없어. 저기 봐, 여기 걸어오는 불이 보이네.

글로스터, 횃불을 들고 등장

에드가 이건 더러운 악마 플리버티지빗(Flibbertigibbet)이야. 저놈은 밤 아홉시에 시작하여 첫닭 울 때까지 저러고 돌아다녀. 무슨 짓 하는 지 알아? 사람을 백내장 걸리게 하고, 사팔눈을 만들어버리고, 째보가 되게 하지. 추수할 때에는 다 된 밀에 곰팡이를 확 피게 하고, 땅에 사는 불쌍한 동물을 해치는 자야.
[노래 부른다] 성인 위솔드(Swithold)가 들판을 세 바퀴 돌다가
악몽 귀신과 그 새끼 일곱 마리를 만났어.
그 귀신 보고 내려오라고 했죠.
못된 짓 그만하라고 했죠.
악몽 마녀야, 가거라, 어여, 사라져!

켄트 폐하 좀 어떠십니까?

리어   저놈은 뭐냐?

켄트   거기 누구요? 용건이 뭐요?

에드가 아, 불쌍한 톰. 헤엄치는 개구리, 두꺼비, 올챙이, 도마뱀, 물에
       사는 도롱뇽 따위를 먹고 살죠. 무서운 악마가 화를 내면 야채
       대신 소똥을 먹고, 죽은 쥐나 개천에 버려진 개를 허겁지겁 먹
       습니다. 고여 있는 연못의 이끼 낀 썩은 물을 마시고, 매를 맞으
       며 이 마을 저 마을로 돌아다니면서 족쇄를 차고 벌을 받고 투
       옥이 되기도 하지요. 그래도 등에는 세 벌의 내의, 몸에는 여섯
       벌의 셔츠가 있답니다.

           때로는 말도 타고 칼도 차지만
           생쥐와 들쥐 그리고 새끼 사슴 따위가
           지난 7년 동안 톰의 먹거리였답니다.

       나의 뒤를 쫓는 자는 조심해야 돼. 쉿, 스멀킨(Smulkin). 닥쳐, 너
       악마야!

글로스터 나 원 참, 폐하, 이보다 더 나은 시종은 없습니까?

에드가 어둠의 왕자는 신사야. 이름이 모도(Modo: 악마의 이름) 혹은 마후
       (Mahu: 악마의 이름)이지.

글로스터 폐하, 우리의 살과 피는 너무 사악해져서 그 살과 피를 낳아주
       는 사람을 미워하게 되었습니다.

에드가 불쌍한 톰은 추워.

글로스터 폐하, 저와 함께 들어가십시다. 신하된 의무로, 두 따님의 가혹
       한 명령을 모두 따르기가 어렵습니다. 그들의 명령은 나의 집
       문을 모두 걸어 잠그고 이 폭풍우가 몰아치는 광야에 폐하를 그
       냥 내버려두라는 것이었지만 말입니다. 그렇지만 나는 폐하를

찾아서 이렇게 나섰고 이제 폐하를 난방과 음식이 준비된 곳으로 모시려 합니다.

리어 먼저 이 철학자와 얘기 좀 하게 내버려 둬. 천둥의 원인은 뭔가?

켄트 폐하, 그의 제안을 받아들이십시오. 그가 말한 집으로 들어가십시오.

리어 나는 이 박식한 테베 인과 얘기를 좀 나누고 싶다니까. 그래 자네 전공은 뭔가?

에드가 악마를 예방하고 해충을 박멸하는 것.

리어 나는 개인적으로 당신한테 한 가지 물어보고 싶소.

켄트 백작님, 왕에게 어서 가자고 종용해 보십시오. 왕의 정신이 혼미해지기 시작합니다.

글로스터 그걸 뭐라고 할 수 있겠소?

폭풍우 계속

두 딸은 그의 죽음을 원하고 있어요. 아, 선량한 켄트, 저 불쌍한 추방자, 당신은 사태가 이렇게 될 거라고 예견했지. 왕이 미쳐버릴 거라는 말도 했지. 이보게, 친구, 나도 거의 미칠 지경이야. 난 아들이 하나 있는데 의절하고 말았지. 나를 죽이려 했어. 아주 최근까지도 내가 그 애를 정말 좋아했는데 말이야, 친구. 그처럼 아들을 사랑한 아버지가 따로 없을 거야. 당신에게 솔직히 말하자면 슬픔 때문에 나도 돌아버릴 지경이야. 무슨 밤이 이렇게 날씨가 험해! 폐하, 제발 간청하오니 —

리어 아, 용서하시오,

철학자 선생. 함께 갑시다.

에드가   톰은 추워서 죽겠어.

글로스터   친구, 오두막 안으로 들어와 몸을 좀 덥혀.

리어   자, 우리 모두 함께 들어가지.

켄트   폐하, 이쪽으로.

리어   그와 함께 갈 거야.

           나는 철학자와 함께 있고 싶어.

켄트   백작님, 폐하 말씀대로 하십시오. 저 사람도 데려갑시다.

글로스터   당신이 데려가시오.

켄트   이보게, 우리와 함께 가자고.

리어   어서 와, 선량한 아테네 사람.

글로스터   더 이상 아무 말도 하지 말고, 쉬잇.

에드가   기사 롤랑은 검은 탑에 도달하였으나,

           그의 말은 여전히 이러했지.

                "파이, 포, 품. 난 브리튼 남자의

                 피 냄새를 맡고 있어."

다 같이 퇴장

제3막 제5장
글로스터 성의 한 방

콘월과 에드먼드 등장

콘월 이 집을 떠나기 전에 복수를 하고 말겠어.

에드먼드 공작님 제가 인간의 본성을 억누르고 충성심을 너무 앞세웠다는 비난을 받을 것이 좀 두렵게 여겨집니다.

콘월 이제야 뭔가 좀 알겠어. 자네 형이 아버지를 죽이려 했던 것은 그 형의 사악한 기질 때문이 아니었어. 아버지가 비난받을 만한 짓을 했으니까 그런 행동을 하겠다고 나섰던 거야.

에드먼드 제 운명도 참으로 기구합니다. 올바른 행위를 한 것에 대하여 후회를 해야 하다니요. 이게 아버지가 말한 편지인데, 그가 프랑스에게 유리한 짓을 하는 당파의 일원임을 보여줍니다. 오, 하늘이시여, 이런 반역의 행위가 없었더라면 내가 그걸 고발하는 사람이 되지도 않았을 텐데.

콘월 나와 함께 공작부인에게로 가자.

에드먼드 만약 이 편지의 내용이 확실한 것이라면 공작님은 해야 할 일이 많겠습니다.

콘월 사실이든 아니든 이 일로 해서 나는 자네를 글로스터 백작으로 임명하기로 했네. 자네 아버지가 어디에 있는지 찾아봐. 즉각 체포해야 하니까.

에드먼드 [방백] 만약 왕을 위로하고 있는 그를 발견한다면, 그건 그에 대한 의심을 더욱 확증해 줄 거야. 충성과 혈연 사이의 갈등은 쓰라리지만 그래도 나는 충성을 계속 추구해야지.

콘월 난 자네를 계속 신임할 거야. 자네는 나의 애호 속에서 더 자상한 아버지를 발견하게 될 거야.

모두 퇴장

———

제3막 제6장
광야에 있는 오두막의 내부

(변장한) 켄트와 글로스터 등장

글로스터 여기가 한데보다는 더 좋군요. 이걸 고맙게 여겨야 합니다. 내가 최대한 도움을 드려서 이곳을 좀 더 쾌적한 곳으로 만들려고 애써 보겠습니다. 나는 오래 가 있지 않을 겁니다.

켄트 왕은 온 정신이 혼미하여 너무나 초조하고 참을성이 없습니다. 신들이 당신의 배려에 보상을 내리시기를!

[글로스터] 퇴장

리어, [광인으로 변장한] 에드가, 바보 등장

에드가 춤 도깨비 프라테레토가 나를 불러서 네로가 어둠의 호수 속에
       서 낚시하는 자라고 말했습니다. 비노니, 무고한 자여, 지저분
       한 악마를 경계하십시오.

바보   영감, 어디 말해 봐. 미친놈이 신사나 농부가 될 수 있는 거야?

리어   왕, 왕이 될 수 있지.

바보   아니야. 그는 아들을 신사로 만든 농부야. 왜냐하면 자기가 신
       사가 되기도 전에 아들이 신사되는 꼴 본 건 미친 농부이기 때
       문이지.

리어   벌겋게 달군 쇠꼬챙이를 가진 1천 명의 악마가 식식거리며 그
       년들에게 달려들기를!

에드가 오관(정신)을 유지하고 있는 것을 다행히 여기세요.

켄트   아, 슬프다. 폐하, 평소에 그토록 자랑하시던 인내심을 어디로
       간 것입니까?

에드가 [방백] 왕을 불쌍히 여겨 눈물이 나오려 하는 바람에 더 이상 미
       친 놈 노릇을 하기가 어렵구나.

리어   내 작은 개들, 트레이, 블랜치, 스위트하트. 저기 좀 봐. 저놈들
       이 모두 내게 일제히 짖어대는구나.

에드가 톰이 머리를 세게 흔들어서 그놈들을 물리치겠습니다. 저리 가,
       이 똥개들아!

       네 입이 검든 희든

       네가 물면 이빨에서 독이 나와.

       집개, 사냥개, 흉한 잡종개,

하운드, 스패니얼, 암캐, 염탐개,

꽁지 잘린 삽살개, 꼬리 복슬개

이 톰 때문에 이 똥개들 울고 야단치네.

톰이 머리를 세게 흔들면

똥개들은 출구를 뛰어넘어 미친 듯 달아나네.

아, 추워. 덜 덜 덜 덜. 자, 가자. 밤새우는 잔치, 시골의 장터, 도시의 시장으로. 불쌍한 톰, 네 술잔은 텅 비어 있구나.

리어   자, 그럼 리건을 한번 해부해 보자. 도대체 그년의 심장은 어떻게 생겨 먹은 것이냐? 이처럼 냉혹한 심장을 가진 년을 자연은 만들어낼 이유가 있었을까? [에드가에게] 이봐, 철학자. 당신을 나의 1백 명 기사 중 한 사람으로 만들어주지. 그런데 당신이 입고 있는 그 옷 마음에 안 들어. 당신은 페르시아 산이라고 하겠지. 하지만 바꿔 입는 게 좋아.

켄트   자, 존귀하신 폐하, 여기 누워서 좀 쉬십시오.

리어   시끄러운 소리를 내지 마. 시끄러운 소리를 내지 마. 커튼을 치게. 그래, 그래. 우린 내일 아침에 식사를 하러 갈 거야. [그는 잠이 든다]

바보   그러면 나는 정오에 잠을 자러 가야지.

글로스터 등장

글로스터   이리 오세요, 친구. 나의 주군이신 폐하는 어디에 계십니까?

켄트   여기 계십니다. 그러나 깨우지 마세요. 정신이 혼미합니다.

글로스터   좋은 친구, 폐하를 두 팔에 안아 일으키시오. 폐하를 살해하려는 음모를 엿듣고 왔소. 가마가 준비되어 있으니 폐하를 그 안에 모시고 도버로 급히 가도록 해요. 친구, 그곳에서라면 환영과 보호를 받을 수 있을 거요. 어서 폐하를 일으키시오. 반시간이라도 지체한다면 당신과 폐하를 도우려는 모든 사람의 목숨이 위태롭게 됩니다. 어서 일으켜 세워요. 그리고 나를 따라와요. 길 떠날 준비가 되어 있는 곳으로 안내하겠소. 어서, 서둘러요.

모두 퇴장

———

제3막 제7장
글로스터 성의 큰 홀

콘월, 리건, 고너릴, 에드먼드, 하인들 등장

콘월   [고너릴에게] 처형, 급히 공작에게로 가서 이 편지를 그에게 보이세요. 프랑스 군대가 상륙했어요. ―가서 반역자 글로스터를 수색하라.

[몇몇 하인들 퇴장]

리건   그자를 즉각 목매달아야 해요.

고너릴   그자의 두 눈알을 뽑아야 해요.

콘월   그놈은 나의 분노에 맡겨 둬. 에드먼드, 우리 처형을 모시고서 떠나도록 해. 반역자인 자네 아버지에게 가하려는 보복을 자네가 직접 보는 건 적절치 않으니까. 지금 떠나가서 올버니 공작을 만나거든 전쟁 준비를 황급히 해야 한다고 전해. 우리도 그렇게 할 테니까. 전령을 두어 우리 둘 사이에 소식이 신속히 오갈 수 있도록 하겠네. 자, 그럼 여기서 안녕, 우리 처형. 그리고 신임 글로스터 백작.

[고너릴과 에드먼드 떠날 준비한다]

오스왈드 등장

그래, 왕은 지금 어디에 있나?

오스왈드   글로스터 백작이 왕의 출발을 도왔습니다. 서른대여섯 명의 기사가 뒤늦게 왕을 찾아다니다가 백작을 문간에서 만나 백작의 다른 하인들과 함께 도버로 출발했다는 겁니다. 그곳에서 무장한 우호 세력을 만날 것을 기대하면서.

콘월   네 여주인의 말을 준비하도록 하라.

[오스왈드 퇴장]

고너릴   제부, 그리고 동생, 안녕.

콘월 에드먼드, 잘 가게.

[고너릴과 에드먼드 퇴장]

콘월 [하인들에게] 자, 가서 저 반역자 놈을 수색하라.

[다른 하인들 퇴장]

그놈을 도둑처럼 꽁꽁 묶어라. 재판 절차를 거치지 않고 죽여 버리는 것이 좀 그렇지만, 이 격한 분노 때문에 권력을 행사하지 않을 수 없다. 사람들이 이렇게 하는 걸 비난하겠지만 방해할 수는 없다.

글로스터와 하인들 등장

거기 누구냐, 반역자 놈인가?

리건 배은망덕한 여우. 그놈이에요!

콘월 그놈의 말라비틀어진 양팔을 꽁꽁 묶어라.

글로스터 아니, 이게 웬일입니까? 두 분은 우리 집의 손님들입니다. 집 주인인 저에게 이런 행패를 부리지 마십시오, 친구들.

콘월 어서 묶으란 말이야.

리건 단단히, 단단히 묶어요! 오, 더러운 반역자 놈!

글로스터 당신은 무자비한 부인일지 모르지만 나는 반역자가 아니오.

콘월 그놈을 이 의자에다 묶어. 악당, 너는 이제―

글로스터 아, 하느님, 굽어 살피소서. 이건 정말 야만적인 짓입니다. 남의
 수염을 잡아 뽑다니.

리건 수염이 하얘지도록 늙은 놈이 감히 반역을 저질러?

글로스터 아, 악독한 부인.

 당신이 내 턱에서 뽑아낸 수염은 이내 당신을 고소하고 나설 거
 요. 나는 이 집 주인이오. 당신들을 대접해 준 호의를 무시하고
 강도처럼 난폭한 행동을 해서 되겠소? 왜 이러는 것이오?

콘월 이봐, 역적 놈, 최근에 프랑스로부터 무슨 편지를 받았나?

리건 솔직히 불어. 우린 사실을 다 알고 있으니까.

콘월 최근에 이 왕국에 상륙한 저 역적 놈들과 무슨 음모를 꾸몄나?

리건 네놈은 그들에게 돌아버린 왕을 보냈어. 자, 어서 순순히 불어.

글로스터 추측해서 쓴 편지를 받기는 했지만 그건 중립적 입장에 있는 사
 람에게서 온 것일 뿐, 적군에게서 온 게 아니오.

콘월 교활하군.

리건 게다가 거짓말까지.

콘월 왕을 어디로 보냈나?

글로스터 도버.

리건 왜 도버야? 왕을 도와주면 안 된다는 경고를 이미 받지 않았어?

콘월 왜 도버지? 그에게 대답하도록 내버려둬.

글로스터 나는 말뚝에 묶인 곰. 개떼의 공격을 받을 수밖에 없구나.

리건 왜 도버야? 어서 말해.

글로스터 왜냐고? 네년의 그 잔인한 손톱으로 불쌍한 늙은 왕의 눈알을

후벼 파는 것을 차마 볼 수 없었기 때문이지. 또 네년의 악독한 언니 년이 멧돼지 같은 어금니로 왕의 옥체를 물어뜯는 것을 그냥 두고 볼 수만은 없었기 때문이지. 왕께서는 지옥같이 캄캄한 밤에 맨머리로 폭풍우 속에서 고생하셨어. 이 같은 엄청난 폭풍우면 바다를 휘어감아 파도를 하늘 높이 솟구치게 하여 별빛을 끄게 할 수도 있었을 거야. 하지만 그 가엾은 노인은 눈물을 쏟아 하늘에서 내리는 비에 홍수를 더해 주었을 뿐이야. 이런 엄혹한 날씨에 늑대들이 문 앞에서 울부짖었더라도 네년은 이렇게 말했을 거야. '문지기, 문을 열어 저 사나운 짐승들을 넣어줘라. 하지만 왕은 안 돼.' 하지만 나는 날개 달린 복수가 네년같이 악독한 새끼들을 잡아가는 걸 반드시 보고야 말겠다.

콘월　안됐네. 네놈은 보지 못할 거야. 이봐, 저 의자를 단단히 잡아. 네놈의 눈알을 내 발로 마구 짓밟아서 눈알을 뽑을 테니까.

글로스터　오래 살 생각이 있는 사람이라면 나를 좀 도와주시오! 오, 잔인하구나, 오, 너희 신들이여.

[콘월이 눈알 하나를 뽑아낸다]

리건　한쪽이 없는 쪽을 비웃지 않겠어요. 마저 뽑아 버려요.

콘월　네놈이 복수를 보고 싶다고 했는데―

하인　공작님, 그 손을 멈추십시오.
　　　나는 아이 때부터 당신을 모셔왔는데, 지금 당신을 제지하는 것보다 더 좋은 봉사는 해본 적이 없어요.

리건　무엇이 어쩌고 어째, 이 개 같은 놈아!

하인   [리건을 향하여] 당신이 턱에 수염을 달고 있다면 이 싸움에서 그
               수염을 잡아 흔들었을 거요. 이게 무슨 짓이오?

콘월   아니, 하인 놈이 감히!

하인   못하겠다고? 그럼 덤벼라. 내 분노의 칼을 받아라.

[그들은 칼을 빼내 싸운다]

리건   [또 다른 하인에게] 당신 칼을 내게 좀 줘. 하인 놈이 감히 덤벼?

하인을 찔러 죽인다

하인   아, 나는 칼을 맞고 죽는구나. 백작님, 아직 눈 하나가 남아 있으
               니 저자에게 천벌이 내리는 걸 보실 수 있을 겁니다. 오!   [죽는다]

콘월   그런 일이 없도록 하겠다. 나와라, 더러운 눈알아!

[그는 글로스터의 나머지 눈알을 뽑는다]

             자, 이제 네놈의 눈빛은 어디에 있느냐?

글로스터 온통 어둡고 아무런 위안도 없구나. 내 아들 에드먼드는 어디에
               있느냐? 에드먼드, 이 끔찍한 만행을 복수하기 위해 정의의 불
               꽃을 높이 피워 올려라.

리건   이 역적질한 놈!
               네놈은 너를 미워하는 자의 이름을 부른 거야. 네놈이 우리에게
               역적질을 하고 있다고 알린 건 그였어. 그는 너무 충성심이 강

458

하여 네놈을 전혀 불쌍하게 여기지 않았어.

글로스터 아, 나의 어리석음이여! 그렇다면 에드가에게 잘못한 것이로구나. 자비로운 신들이여, 내가 잘못한 것을 용서하시고, 그가 번창할 수 있게 해주소서.

리건 저놈을 문밖에다 내쳐라. 그 잘난 코로 냄새를 맡으며 도버로 갈 수 있게.

[하인 한 명]과 글로스터 퇴장

여보, 어떠세요? 괜찮아요?

콘월 상처를 입었어. 여보, 나를 따라 오시오. [하인들에게] 저 눈알 없는 반역자 놈을 밖으로 끌어내라. 그리고 이 죽은 놈은 똥 더미에다 내던져. 리건, 나는 출혈이 심한데. 때아니게 이런 부상을 당했어. 자, 좀 부축해 줘.

모두 퇴장

제4막 제1장
글로스터 성의 근처

(광인으로 변장한) 에드가 등장

에드가 늘 바보 취급을 받아도 이게 더 낫다. 남이 겉으로 아첨하고 속으로 조롱한다는 것을 아는 까닭이다. 최악의 경우에, 가장 천한 자가 되어 가장 엄혹한 역경에 빠져 있더라도 희망이 있는 한 겁낼 필요가 없다. 가장 슬픈 변화는 최선의 상태에서 온다. 가장 나쁜 것은 웃음으로 되돌아간다. 자, 오너라, 눈에 보이지 않는 바람아, 나는 너를 껴안겠다. 나는 바람에 불려 불행의 구렁텅이로 떨어진 자이다. 그러니 네게 아무것도 빚진 게 없다.

글로스터와 노인 등장

가만, 여기 누가 오는 거지?
눈에서 피를 흘리는 나의 아버지? 오, 세상이여, 세상이여. 그대의 변화무쌍함이 너무나 가혹하다고 생각하지만 않는다면, 우리의 삶은 결코 노령과 죽음을 받아들이지 않으리라.

노인 오, 훌륭하신 백작님,
저는 백작님뿐만 아니라 그 전 백작님 때에도 당신 집안의 소작인이었습니다. 근 80년이나 되지요.

글로스터 가요, 가. 좋은 친구, 저리 가요. 당신의 위로는 내게 전혀 도움이 되지 않습니다. 그런 위로는 당신을 다치게 할지도 몰라요.

노인 당신은 앞을 보지 못합니다.

글로스터 나는 이제 나아가야 할 길도 없으니 눈이 필요 없습니다. 눈이 멀쩡할 때에는 발을 헛디뎌 넘어졌지요. 자주 목격되는 일이지만 우리의 재산은 우리에게 헛된 안전감을 부여하고, 우리에게 없는 것들이 오히려 우리에게 유리한 점이 되지요. 오, 사랑하는 아들 에드가, 이 아비가 속아서 벌컥 한 분노에 너만 공연히 희생이 되었구나. 내가 살아서 너를 다시 한 번 이 손으로 만져볼 수 있다면 나는 두 눈을 다시 얻었다고 할 텐데.

노인 어이, 거기 누구요?

에드가 [방백] 오, 하느님! '내가 지금 최악이야.'라고 말할 수 있는 사람은 누구인가? 나는 전보다 지금이 더 나쁘구나.

노인 저건 불쌍한 미친 톰입니다.

에드가 [방백] 그래, 난 전보다 더 나쁘긴 하지. 하지만 '이건 최악이야.'라고 말하기에는 아직 멀었어. 거기까지는 무지하게 많은 단계가 있다고.

노인 이봐, 어디로 가나?

글로스터 저건 걸인이오?

노인 걸인이면서 광인이죠.

글로스터 그래도 약간의 제정신은 있는 모양이지. 그렇지 않으면 구걸도 못해. 지난밤 폭풍우 속에서 나는 어떤 친구를 보았는데 사람이 벌레와 다름없다는 생각이 들었어. 그때 내 아들 생각이 났어. 하지만 나는 그때 내 아들과 별로 사이가 좋지 않았어. 그 후로 많은 얘기를 들었지. 아이들은 붙잡힌 파리의 날개를 떼어내면서 놀지. 우리 인간이 신들에게 꼭 그런 꼴이야. 신들은 장난삼아 우리를 죽이지.

에드가   [방백] 이걸 어쩜 좋아?

슬픔 앞에서 바보 노릇을 해야 한다는 것은 정말 나쁘구나. 난 그런 노릇이 싫어. 이건 다른 사람도 마찬가지일 거야. 나리, 한 푼 줍쇼!

글로스터   저게 그 알몸의 걸인인가?

노인   그렇습니다, 백작님.

글로스터   당신은 그만 가보세요. 만약에 옛정을 보아서 여기서 한두 마일 도버 쪽으로 우리를 따라와 준다면 고맙고. 그리고 이 알몸의 친구에게 옷 좀 가져다주시오. 나는 저 사람에게 길안내를 부탁해 볼 생각이오.

노인   아, 백작님, 저건 미친 자인데요.

글로스터   미친 자가 눈먼 자를 인도하다니 세월의 저주로군요. 내가 말한 대로 하세요. 안 그러면 당신 좋을 대로 하세요. 아무튼 여기서 떠나야 해요.

노인   나는 그에게 내가 갖고 있는 가장 좋은 옷을 가져다주겠습니다. 그로 인해 무슨 일을 당하는 한이 있더라도.   퇴장

글로스터   아, 이 벌거벗은 녀석아.

에드가   불쌍한 톰은 추워요. [방백] 야, 더 이상 미친 체하기 어렵구나.

글로스터   자, 친구, 이쪽으로.

에드가   [방백] 하지만 나는 해야 돼. 아, 저런, 나리 눈에 피가 나네요.

글로스터   자네는 도버로 가는 길을 아나?

에드가   층층대와 대문, 말 가는 길과 걸어가는 길을 모두 알고 있습니다. 불쌍한 톰은 겁먹어서 그만 얼이 빠져버렸답니다. 나리, 양민의 아들인데 지독한 악마에게 쫓기고 있어요.

글로스터   이 지갑을 받아라. 너는 하늘이 내린 온갖 고난을 묵묵히 받아들였구나. 내가 이리 처참한 꼴이 되고 보니 오히려 네가 더 행복해 보인다. 하늘이시여, 일을 이렇게 처리해 주소서. 재물이 넘쳐나서 탐욕스럽게 호의호식하는 자들, 하느님의 뜻을 자기 뜻에 맞추어 바꾸는 자들, 직접 경험하지 않았다고 해서 인간의 고난을 외면하는 자들, 이런 자들에게 하느님 그 놀라운 권능을 느끼게 하소서. 그리하여 과잉된 부분을 골고루 분매하여 모든 사람이 충분히 가질 수 있게 하소서. 너는 도버를 아느냐?

에드가   압니다, 나리.

글로스터   거기 가면 벼랑이 있다. 그 높고도 깎아지른 듯한 꼭대기는 그 밑동을 둘러싼 바다를 아찔하게 내려다보고 있으니 그 벼랑의 가장자리까지만 나를 인도해 다오. 그러면 내 몸에 갖고 있는 값진 물건으로 네가 겪고 있는 그 가난을 구제하도록 하겠다. 나는 그 이상의 안내는 필요하지 않다.

에드가   자, 나리 팔을 제게 내미세요.
        불쌍한 톰이 나리를 안내할 테니.

두 사람 퇴장

제4막 제2장
고너릴과 올버니 성의 한 방

고너릴, 에드먼드, 오스왈드 각자 등장

고너릴 어서 오세요, 백작님. 나의 겁쟁이 남편이 우리를 영접하러 나오지 않았다니 좀 이상한데요. 이봐라, 네 주인님은 어디에 있느냐?

오스왈드 마님, 성안에 계십니다. 하지만 사람이 그렇게 변했을 수가 없습니다. 나는 공작님에게 도버에 상륙한 군대 얘기를 했습니다. 그냥 미소 짓기만 했어요. 마님이 오신다는 얘기도 드렸습니다. 공작님의 대답은 이랬습니다. '더 나쁜 게 오는군.' 글로스터의 배신과 그 아들의 충성심에 대해서 말씀 드렸더니 나를 바보라고 하면서 만사를 잘못 알고 있다고 질책했습니다. 공작님이 가장 싫어할 법한 것이 오히려 그분을 기쁘게 하고 좋아할 법한 것은 화를 내게 만드는 것 같았습니다.

고너릴 [에드먼드에게] 백작님은 더 이상 함께 가실 필요가 없어요. 그가 감히 앞에 나서지 못하는 것은 겁먹고 벌벌 떠는 그 기질 때문이에요. 과감한 대응을 필요로 하는 모욕적인 일에도 그냥 모른 체할 뿐이에요. 여기 오는 길에 우리가 바랐던 일이 이루어질 수도 있어요. 에드먼드, 제부에게로 돌아가세요. 그의 군사 동원을 재촉하고 그의 군대를 지휘하세요. 나는 여기 집에서 역할을 바꾸고 길쌈하는 실패를 남편에게 건네주어야겠어요. 이 충실한 하인이 우리 사이를 오가며 연락할 거예요. 당신이 당신 자신을 위해 모험을 할 준비가 되어 있다면, 머지않아 당신의 애인인 나에게서 지시가 갈 거예요. 이걸(사랑의 정표) 몸에 지니세요. 아무 말 하지 말고 머리를 약간만 기울이세요. 이 키스는 만약 입이 달려 말을 할 수 있다면 당신의 사기(남근)를 하늘 높이 솟구치게 할 거예요. 알아들었지요?(사랑해 줄 거죠?) 이제 그만 가세요.

에드먼드   나는 죽음(사정)에 이를 때까지 당신의 것입니다.

고너릴   내가 정말 사랑하는 글로스터.

[에드먼드] 퇴장

오, 같은 남자라도 이렇게 다르구나. 그대에게 여자의 봉사가 돌아가야 하는 것은 당연한 일. 지금은 나의 바보가 내 육체를 강제로 차지하고 있구나.

오스왈드   마님, 여기 공작님이 오십니다.   [퇴장]

올버니 등장

고너릴   내가 휘파람 불며 주목할 가치가 있는 사람이었군요.

올버니   오, 고너릴,
당신은 그 얼굴에 불어오는 무례한 바람 속의 먼지만큼도 가치가 없소.

고너릴　　우유 같은 간덩이를 가진 남자.

　　　　　때리라고 뺨을 내주고 치라고 머리를 내주는 사람. 얼굴에는 명예와 고통을 구분할 줄 아는 눈이 달려 있지 않은 남자.

올버니　　악마, 당신 자신을 보시오.

　　　　　비틀어진 사악함이 여자한테서 나타나면 그건 악마의 사악함보다 더 흉측한 거야.

고너릴　　오, 어리석은 바보!

　　　　　　　　　　　전령 등장

전령　　　오, 존귀하신 공작님, 콘월 공작이 돌아가셨습니다. 글로스터 공작의 한쪽 눈마저 뽑으려 하다가 하인과 싸움이 벌어져 큰 부상을 입었습니다.

올버니　　글로스터의 눈?

전령　　　공작이 어릴 때부터 기른 어떤 하인이 보다 못해 보복 행위를 말리다가 급기야 칼을 뽑아 공작에게 대들었습니다. 공작은 화가 치밀어 올라 그 하인에게 달려들어 하인들 사이에서 그를 쓰러트렸습니다. 하지만 그 와중에 심한 부상을 입었고 그때 이후 차도를 보지 못하고 돌아가셨습니다.

올버니　　아, 이건 천상에 정의의 신들이 계시다는 증거로구나. 하계에 사는 우리 인간의 죄악을 이처럼 신속하게 처단하는 걸 보니. 오, 불쌍한 글로스터! 나머지 한쪽 눈까지 잃었느냐?

전령　　　둘 다 잃었습니다, 공작님. 마님,

　　　　　이 편지는 신속한 회신을 바라는 것입니다. 공작부인이 보내신 겁니다.

고너릴 　[방백] 한편으로는 일이 이렇게 된 게 잘 되었는데.

그러나 동생이 과부가 된 데다 나의 글로스터가 그 애와 함께
있어서 문제인데. 자칫하면 에드먼드를 차지하려는 나의 꿈이
수포로 돌아가 버려 이 지겨운 올버니와의 삶을 계속해야 할지
몰라. 하지만 달리 보면 이 소식이 그리 나쁜 것도 아니야. 편지
를 읽어보고 대답을 해야지. 　　　　　　　　　　　　　　퇴장

올버니 　그들이 그의 눈을 뽑을 때 그의 아들은 어디에 있었느냐?

전령 　공작부인님과 함께 이쪽으로 출발했습니다.

올버니 　그는 여기 없다.

전령 　예, 압니다, 공작님. 여기 오던 길에 그를 만났습니다.

올버니 　그는 그런 사악한 일이 벌어진 걸 알고 있느냐?

전령 　물론입니다, 존귀하신 공작님. 아버지를 밀고한 것도 그였습니
다. 그들이 그런 징벌을 가하는 것을 더 쉽게 해주려고 일부러
그 집에서 나섰던 겁니다.

올버니 　글로스터 백작, 그대가 왕에게 보여준 충성에 대하여 내 살아서
감사하리다. 그리고 당신의 두 눈을 복수해 주겠소. 친구, 이리
로 좀 와. 자네가 알고 있는 것을 좀 더 자세히 내게 얘기해 줘.

　　　　　　　　　　　　　　　　　　　　　　　　　모두 퇴장

제4막 제3장
도버 근처의 프랑스 군대 캠프

북과 군기를 들고서 코딜리아, 신사, 그리고 병사들 등장

코딜리아　아아, 그분이 우리 아버지세요. 방금 만나고 온 분의 얘기로는 아버지는 거친 바다처럼 미친 듯 요란하게 노래를 부르고 있었다 해요. 무성한 현호색 꽃과 밭고랑 사이에 핀 풀들, 우엉, 독당근, 가시풀, 황새냉이, 독(毒)보리 같은 유익한 옥수수 밭을 망치는 쓸모없는 잡초들로 화관을 만들어 머리에 쓰고 계셨다 해요. 1백 명의 군사를 풀어서 잡초가 무성한 들판을 구석구석 뒤져서 그분을 이리로 모셔 오도록 하라.

[한 장교 퇴장]

실성한 아버지를 회복시키는 데 어떤 인간의 지혜가 작용할 수 있을까? 아버지를 회복시키는 자에게는 큰 상을 내리리라.

신사　왕비님, 방법이 있습니다. 우리 인간을 양육하고 돌보는 것은 휴식입니다. 그분은 그게 부족한 상태예요. 그분에게 휴식을 주고 그리하여 고민의 눈을 쓸어내려 주는 효능 좋은 약초들이 많이 있습니다.

코딜리아　고마운 이 땅의 모든 은밀한 약들, 이 땅위에 숨겨진 모든 약초

여, 나의 눈물에 촉촉이 젖어 자라나라! 그리하여 좋으신 우리 아버지의 고뇌를 고쳐주려무나. 가서 찾아라, 우리 아버지를 찾아내라. 그분의 걷잡을 수 없는 분노가, 분별을 잃게 만들어 목숨마저 잃지 않도록.

전령 등장

전령　왕비님, 소식이 왔습니다.
　　　브리튼 군대가 이쪽으로 이동하고 있습니다.
코딜리아　그건 이미 알려져 있어. 우리도 그들의 이동에 맞서서 대비하고 있어. 아, 사랑하는 아버지, 나는 아버지 일이 더 걱정이 됩니다. 위대한 프랑스 왕은 저의 슬픔과 귀중한 눈물을 가련히 여겨주었습니다. 이렇게 군대를 동원하게 된 것은 결코 엉뚱한 욕심 때문이 아닙니다. 오로지 사랑, 진실한 사랑, 우리 나이 드신 아버지의 권리 때문입니다. 곧 아버지를 뵙고 말씀을 나눌 수 있기를 바라요.

모두 퇴장

제4막 제4장
글로스터 성의 한 방

리건과 오스왈드 등장

리건 그래, 형부의 군대가 이동 중인가?

오스왈드 그렇습니다, 마님.

리건 직접 군대를 거느리고?

오스왈드 마님, 퍽 소란을 떨었지요. 하지만 언니 분이 훨씬 더 장수다웠습니다.

리건 에드먼드 백작은 너희 공작과 대화를 하지 않았느냐?

오스왈드 없었습니다, 마님.

리건 언니가 백작에게 보낸 편지는 무슨 건이냐?

오스왈드 잘 모릅니다, 마님.

리건 백작은 중요한 문제로 급히 여기를 떠났어. 글로스터의 두 눈알을 뺀 후에 그를 살려준 것은 큰 실수였어. 그는 가는 곳마다 그곳 사람들을 우리의 반란 세력으로 만들고 있어. 에드먼드는 그자의 비참함을 가련히 여겨 그 앞 못 보는 자의 목숨을 끊어놓으려고 간 것 같아. 또 적의 병력을 파악하려는 것도 있었을 거야.

오스왈드 저는 편지를 가지고 그분을 급히 찾아가야 합니다.

리건 우리 군대는 내일 출발할 거야. 여기 남도록 해. 길이 위험하니까.

오스왈드 마님, 그렇게는 못할 것 같습니다.

공작부인께서 제게 이 일을 충실히 수행하라고 엄명을 내렸습니다.

리건   왜 언니가 에드먼드에게 편지를 보내지? 언니의 뜻을 말로 전할 수도 있잖아. 뭔지 모르겠지만 뭔가 있어. 자네가 나를 배려하여 그 편지를 좀 읽어볼 수 있게 해주면 좋겠네.

오스왈드   마님, 그건 좀.

리건   난 네 마님이 남편을 사랑하지 않는다는 것을 알아. 확신해. 그녀가 최근에 여기 왔을 때 고상한 에드먼드에게 이상한 눈짓과 노골적인 표정을 드러내 보였어. 난 네가 그녀의 심복이라는 것을 알아.

오스왈드   제가 말입니까, 마님?

리건   난 다 알고 하는 소리야. 자넨 언니의 심복이야. 그래서 자네가 이런 점을 꼭 알아주기 바라. 나의 남편은 죽었어. 그래서 에드먼드와 나는 얘기를 나눴어. 내가 언니보다 그의 아내가 되기에 더 적합하다는 거야. 자네는 나머지는 미루어 짐작할 수 있을 거야. 에드먼드를 만나면 그에게 이런 사실을 언급해 주게. 그리고 자네 여주인이 이런 얘기를 자네로부터 듣게 될 때 그녀가 현명한 생각을 좀 하게 되었으면 좋겠네. 자, 이만 가 보게. 자네가 저 눈먼 반역자 놈을 우연히 만나게 된다면 그놈의 목을 쳐버리게. 그러면 자네에게 두둑한 보상이 내려질 거야.

오스왈드   그를 만나는 일이 벌어진다면 제가 누구 편인지 확실히 보여주겠습니다.

리건   잘 가게.   모두 퇴장

제4막 제5장
도버 근처의 들판

글로스터와 (농민으로 변장한) 에드가 등장

글로스터 언제 언덕 꼭대기에 도착하는 거지?

에드가 지금 올라가고 있습니다. 이처럼 가기가 힘들잖아요.

글로스터 땅이 평평한 것 같은데.

에드가 아주 가파릅니다.

들어보세요, 바다의 파도 소리가 들리지요?

글로스터 아니, 안 들리는데.

에드가 그럼, 눈이 불편하여 다른 감각 기관도 온전치 못한 건가요?

글로스터 그런지도 모르지.

그리고 자네 목소리도 변한 것 같아. 전보다 더 점잖은 어투로 사투리는 전혀 쓰지 않는데.

에드가 착각하고 계신 겁니다. 전 변한 게 없어요. 단지 옷만 바꿔 입었을 뿐.

글로스터 아니, 말을 더 품위 있게 하는 것 같아.

에드가 자, 선생님, 여기가 그곳입니다. 가만히 서 계십시오. 저렇게 낮은 곳에다 시선을 주니 무서우면서 현기증이 나는군요. 저기 절벽 중간을 날아가는 까마귀와 붉은 까마귀가 마치 딱정벌레인 양 작게 보입니다. 그리고 절벽 중간쯤 아래에 미나리를 채취하

472

는 사람이 매달려 있네요. 해변을 걷고 있는 어부는 꼭 생쥐처럼 보입니다. 저어기 닻을 내리고 있는 커다란 배는 예인선처럼 작게 보이고, 예인선은 너무 작아 눈에 보일까 말까 하는 부표 같군요. 수없이 많은 평범한 조약돌 위에 부딪치는 파도 소리가 쏴아 하고 들리는 듯하다가 여긴 너무 높아서 잘 들리지 않는데요. 난 더 이상 보지 못하겠어요. 내 머리가 어질어질하고 눈빛도 아찔해져서 이 벼랑 밑으로 곧장 추락할 것 같아요.

글로스터　그럼 자네가 있는 곳에다 나를 세워 줘.

에드가　손을 내미세요. 이제 선생님은 벼랑 가장자리에서 아주 가까운 곳에 서 계세요. 이 세상의 모든 것을 다 준다 해도 나는 여기서 곧장 뛰어내리고 싶지 않아요.

글로스터　이 잡은 손을 놓아.

　　　　여기, 친구 또 다른 지갑이 있네. 그 안에 있는 보석은 가난한 사람의 한 밑천이 될 거야. 요정과 신들이 자네의 그 재산을 늘려주시기를. 자네는 뒤쪽으로 물러나서 내게서 떠나가게. 자네가 떠나는 소리를 듣고 싶네.

에드가　자, 그럼 작별 인사를 올립니다, 선량하신 선생님.

글로스터　그래, 잘 가게.

에드가　[방백] 내가 그의 절망을 상대로 이런 장난을 치는 것은 그것을 고쳐주기 싫은 마음 때문이야.

글로스터　[무릎을 꿇는다] 오, 강력한 신들이시여! 나는 이 세상을 하직합니다. 그리고 당신들이 보는 앞에서 나의 이 커다란 고뇌를 침착하게 털어버리려 합니다. 만약 내가 그 고뇌를 더 견딜 수 있고 또 당신들의 위대한 뜻에 맞서 싸우려 하지 않는다 하더라도 내 생명의 심지는 결국 느릿느릿 타다가 저절로 꺼질 것입니다. 만약 에드가가 살아 있다면 그 애를 축복해 주십시오. 자, 친구, 어서 가게.

에드가　갑니다. 안녕히 계십시오, 선생님.

[글로스터가 앞으로 몸을 던지며 쓰러진다]

[방백] 난 생각만으로도 삶에서 그 보물을 빼앗아 갈 수 있다는 걸 알지. 삶이 그런 빼앗음에 스스로 굴복한다면 말이야. 만약 그가 서 있는 곳이 실제 절벽의 가장자리였다면, 저 쓰러진 동작 하나로 이미 목숨을 잃어 더 이상 생각이라는 것도 할 수 없게 되었을 거야. 살았나, 죽었나? 여보세요, 선생님, 친구? 내 말 들려요, 선생님? 말해 보세요! [방백] 어쩌면 저분은 돌아가신 것일지도 몰라. 아니, 살아나는구나. 당신은 누구십니까, 선생님?

글로스터　저리 가요. 나를 죽게 내버려둬요.

에드가　아, 당신은 거미줄, 깃털, 바람임에 틀림없어요. 저렇게 까마득한 절벽에서 떨어졌다면 계란도 껍질조차 안 남은 채로 박살이 나버렸을 것입니다. 하지만 당신은 숨을 쉬고 있고, 온몸이 온전하고, 피도 흘리지 않으며, 말도 하고 있으니 멀쩡한 분임에 틀림없어요. 당신이 떨어진 거리는 돛 열 개를 펼쳐도 닿지 못할 거리라니까요. 당신이 목숨을 건진 건 기적이었습니다. 어디 한번 말씀 좀 해보세요.

글로스터　내가 과연 떨어진 거요?

에드가　저 백악의 벼랑 꼭대기에서 떨어졌다니까요. 저 까마득한 높이를 한번 올려다보시라니까요. 벼랑 근처에서 날카롭게 울어대는 종달새도 너무 높이 떠 있어서 여기서는 들리지도 보이지도 않아요. 어디 한번 올려다보세요.

글로스터 아, 나는 눈이 없다오. 이 비참한 사람이 죽음으로써 그 비참함을 끝낼 혜택마저 빼앗겼단 말이오? 자살을 생각함으로써 폭군의 분노를 속이고 그의 오만한 뜻을 좌절시킬 수 있다고 여긴 것이 나름 위로가 되었는데.

에드가 자, 얼른 이리로 팔을 내미세요. 어서 일어나 보세요. 기분이 좀 어떠세요? 자, 일어서 보세요.

글로스터 좋아, 너무 좋아.

에드가 이거 정말 이상한데. 글쎄, 아까 저 벼랑의 꼭대기에서 당신과 헤어졌던 사람은 대체 누구죠?

글로스터 가난하고 불운한 거지였지요.

에드가 내가 여기 밑에서 보니까 그 사람의 두 눈은 두 개의 커다란 보름달이었어요. 그는 1천 개의 코를 갖고 있었고, 뿔은 비틀어져서 파도치는 바다처럼 넘실거렸지요. 정말 대단한 악마였어요. 그러니 재수 좋은 양반, 선생님은 이렇게 생각해 버리세요. 인간들에게 기적을 행함으로써 명예를 얻는 눈 밝은 신들이 당신을 살려준 거라고 말입니다.

글로스터 이제 기억이 납니다. 나는 고난을 묵묵히 참아내겠소. 고난이라는 놈이 "아이, 지겨워, 아이 지겨워" 하고 소리 지르다가 스스로 죽어버릴 때까지. 그러나 당신이 말하는 그자는 난 사람이라고 생각하오. 그는 가끔 "악마, 악마!" 하고 말했었지. 그가 나를 이곳까지 안내해 왔소.

에드가   느긋하고 관대하게 생각하세요.

리어가 [미친 채로] 등장

여기 누가 오시는 건가?

건강한 정신이라면 그 주인에게 저런 옷을 입히지는 않을 텐데.

리어   아니야, 내가 소리친다고 해서 나를 잡아갈 수는 없어. 나는 왕
      이야.

에드가   오, 이 가슴 아픈 광경이여!

리어   자연은 그 점에서 예술보다 한 수 위야. 자, 여기 계약금 받아라.
      저 친구는 활 다루는 솜씨가 허수아빌세. 양복쟁이가 천을 늘이
      듯이 힘껏 잡아당겨 보라니까. 저기, 저기, 생쥐 다! 조용, 조용,
      이 구운 치즈 한 조각이면 충분할 거야. 여기 나의 도전을 표시
      하는 장갑이 있다. 나는 거인을 상대로 나의 도전장을 증명하겠
      다. 창을 든 병사들을 출동시켜라. 오, 화살이 새처럼 잘 날아가
      는구나. 과녁 한가운데, 과녁 한가운데를 맞혔구나. 휘익. 암구
      호를 대라.

에드가   향기로운 마요나라 꽃.

리어   통과.

글로스터   난 저 목소리를 알아.

리어   하! 고너릴한테 하얀 턱수염이 났다고? 그들은 내게 개처럼 아
      첨을 해대면서 내 턱에 검은 수염이 나기도 전에 흰 수염이 났
      다고 말했었지. 내가 그렇다 혹은 아니다, 라고 말하는 걸 그대
      로 따라서 그렇다 혹은 아니다, 라고 말하는 건 엉터리 신학이

지. 언젠가 비에 온몸이 홀랑 젖어버리고 거센 바람이 불어와 이빨을 덜덜거리고, 천둥에게 내가 멈추라고 했는데도 멈추지 않을 때, 나는 그들의 정체를 알아냈어. 그들이 어떤 자인지 냄새를 맡았다고. 쳇, 그들은 자기 말을 지키는 사람이 아니야. 그들은 내가 모든 것이라고 했으나 실은 그게 거짓말이었어. 나 또한 아프면 병에 걸리는 몸이야.

글로스터 나는 저 목소리의 특징을 잘 알아. 저분은 국왕 폐하가 아니신가?

리어 그래, 어디로 보나 국왕이지.

내가 노려보면 신하들이 벌벌 떨었어. 나는 사람의 목숨도 살려주었어. 자네 죄목이 뭔가? 간통? 죽지 않게 해주지. 간통 때문에 죽어? 안 돼. 참새도 그 짓을 하고 자그마한 황금 잠자리도 내가 보는 데서 그 짓을 한다니까. 뭔 소리야, 짝짓기를 번성하게 해야지. 글로스터의 서자 아들은 합법의 침대에서 낳은 내 딸들보다 아버지에게 더 친절했어. 아주 거창하고 요란스럽게 그 짓을 해라. 난 병사들이 부족하다. 저기 바보같이 웃고 있는 여자 좀 봐. 저 새침한 얼굴만 보아서는 가랑이 사이는 찬바람이 돌 것 같고, 도덕을 가장하며 쾌락의 이름만 들어도 요리저리 도리질을 하는구나. 하지만 발정한 암고양이나 발기한 수말도 저 여자보다 더 지독한 욕정으로 그 짓에 달려가지는 못할걸. 저들은 허리 아래는 반인반마고 허리 위만 여자야. 신들은 그 중간 지점에 기거하시지. 허리 아래는 다 악마의 영역이야. 여기에 지옥, 어둠, 유황불이 있다. 불타오르고, 화상을 입고, 썩은 냄새를 풍기다가, 녹아버린다. 파이, 파이, 파이. 파, 파! 여, 약장수, 향수 한 온스만 가져다 줘. 내 상상력을 좀 정화시키자고. 자, 여기 향수 대금이 있다.

글로스터 오, 저 손에 키스를 해드려야지!

리어 먼저 닦아야 돼. 죽음의 냄새가 나니까.

글로스터 오, 망가진 인성이여! 이 위대한 세상은 닳아빠져 무(無)로 돌아
간단 말인가. 저를 알아보시겠습니까?

리어 나는 자네의 눈을 잘 기억하고 있지. 날 곁눈질하는 거냐? 눈먼
큐피드야. 네가 아무리 애를 써도 난 사랑하지 않을 거야. 이 도
전장을 읽어봐. 그 글씨를 살펴보라고.

글로스터 그 글자들이 모두 태양이라고 할지라도 저는 보지를 못합니다.

에드가 [방백] 내가 이걸 전해 들었다면 믿지 않으려 했을 거야. 하지만
이건 사실이야. 그 때문에 내 가슴이 찢어지는구나.

리어 읽어봐.

글로스터 뭐라고요, 눈알 없는 눈으로?

리어 오 호, 너도 나와 같은 신세냐? 눈에는 눈알이 없고 지갑에는 돈
이 없는 신세. 네 눈은 겉껍데기만 있고 네 지갑은 앞뒤 짝 달라
붙었단 말이지? 그렇지만 너는 이 세상이 어떻게 돌아가는지
볼 수 있어.

글로스터 감으로 파악할 수 있습니다.

리어 뭐라고 자네 미쳤나? 사람은 눈알이 없어도 이 세상이 어떻게
돌아가는지 볼 수가 있어. 자네의 두 귀로 볼 수가 있단 말일세.
자, 저기 판사가 어떻게 좀 도둑을 맹렬히 비난하는지 한번 보
라고. 자네 귀로 들어봐. 그런데 입장을 바꾸어 놓고 한번 짐작
을 해봐. 어떤 게 판사고 어떤 게 좀도둑인가? 자네는 농부의 개
가 거지에게 짖어대는 걸 본 적이 있나?

글로스터　예, 폐하.

리어　그리고 그 거지가 황급히 똥개로부터 달아나는 것도? 그렇다면 자네는 권력의 본 모습을 제대로 본 거야. 개도 관직을 갖고 있으면 사람들이 복종하니 그게 권력이라는 거지. 이 사악한 관리 놈, 그 피 묻은 손을 멈추지 못해? 왜 저 창녀를 이리도 매질하는 거냐? 옷을 벗고 네놈의 맨 등을 이리 대. 네놈이 저 여자의 잘못이라고 매질한 그 소행을 저 여자를 상대로 저지르려고 온몸이 뜨겁잖아? 고리대금업자가 잔돈푼 챙긴 사기꾼을 교수대에 목매다는 꼴이잖아. 남루한 옷은 작은 죄도 다 겉으로 드러내 보이지만, 진중한 법복과 모피 가운은 모든 것을 가려주지. 죄악을 황금으로 도금하면 정의의 강력한 창도 아무 맥없이 부러지고 말아. 그 죄악에 넝마 옷을 입혀봐. 그러면 난쟁이의 지푸라기도 그걸 뚫어버려. 죄 지은 사람은 없어. 전혀 없어. 내가 없다고 하잖아. 내가 보장하지. 친구, 내 말을 믿으라니까. 나는 고소자의 입술을 꿰맬 수 있는 권력을 가지고 있어. 자네는 유리 눈알을 끼도록 해. 그리고는 빌어먹을 정치가처럼 자네가 보지도 못하는 것을 모두 보는 척하라고. 자, 자, 자, 이제 내 장화를 벗겨. 좀 더 세게, 좀 더 세게. 그래.

에드가　[방백] 오, 지혜와 어리석음, 이성과 광기가 저처럼 뒤섞이다니.

리어　자네가 내 불운을 울어줄 량이면 내 눈알을 뽑아버려. 난 자네를 잘 알아. 자네 이름은 글로스터. 자네는 참아야 해. 우리는 울면서 이 지상에 왔지. 자네는 우리가 울며 소리치면서 이 지상의 공기를 냄새 맡은 그 첫날을 알고 있어. 내가 이제 자네에게 설교를 할 테니 잘 들어봐.

글로스터　아, 아, 그날이 슬프구나.

리어　우리가 태어날 때, 우리는 이 바보들의 커다란 무대에 나오게 된 게 슬퍼서 울었지. 이건 좋은 모자군. 말발굽을 이런 펠트 천으로 감싸는 것도 좋은 전략이겠어. 내가 한번 실험해 보지. 그리고 그런 말을 타고서 사위 놈들한테 몰래 다가가서, 죽어라, 죽어라, 죽어라, 죽어라, 죽어라!

[시종들과 함께] 한 신사 등장

신사　아, 여기에 계시군요. 폐하를 붙들어라. 폐하, 당신의 가장 사랑스러운 따님이 —

리어　구원 안 해준다고? 뭐라, 죄수라고? 난 운명의 타고난 광대야. 날 잘 다뤄. 너희들은 배상금을 받게 될 거야. 내게 의사를 붙여 줘. 난 뇌가 찢어졌어.

신사　뭐든지 다 들어드리겠습니다.

리어　아무런 하인도 없이? 나 혼자서? 이건 사람을 울게 만들어서 그 눈으로 정원의 물통을 삼으려는 거야. 나는 만족한 신랑처럼 용감하게 죽겠어. 뭐라고? 난 기분이 좋아질 거야. 자, 자, 나는 왕이야. 너희들 그걸 알아?

신사　당신은 국왕 폐하이시고 우리는 당신의 말씀을 따릅니다.

리어　그래, 여기에 살 길이 있어. 자, 너희들 나를 잡으려면 달려와서 잡아야 할 걸. 슉, 슉, 슉, 솨아!

[리어 달려서] 퇴장하고 [시종들이 쫓아간다]

신사	하찮은 사람도 저렇게 되면 몹시 가련한 법인데, 국왕에게서 저런 모습을 보게 되다니 할 말이 없구나. 하지만 당신은 두 딸이 자연에게 내린 저주를 구제해 줄 착한 따님이 계시니 다행이로군요.
에드가	안녕하시오, 신사 양반.
신사	당신도 안녕하기를. 그래 용건이 무엇이신지?
에드가	신사 양반, 혹시 전투가 벌어질 거라는 소식을 들으셨는지요?
신사	널리 알려진 확실한 사실 아니오. 말귀를 알아듣는 사람이라면 그런 소식을 다 듣고 있소.
에드가	그런데, 신사 양반, 저쪽 군대는 얼마나 가까이 다가와 있습니까?
신사	아주 가까이 빠른 속도로 다가오고 있어요. 시시각각 본진이 다가오고 있다는 소식이 들려오고 있어요.
에드가	감사합니다, 신사 양반. 그거면 됐습니다.
신사	여왕은 특별한 목적으로 이곳에 왔고 여왕의 군대는 전진하고 있소.
에드가	감사합니다, 신사 양반.

[신사] 퇴장

글로스터	언제나 자상한 신들이여, 내 목숨을 거두어가 주소서. 신들께서 나를 거두어가시기 전에 내가 악령의 유혹을 받아 또다시 자살하려 드는 일이 없게 하소서.
에드가	잘 기도하셨습니다, 선생님.

글로스터 대체 너는 누구냐?

에드가 운명의 철퇴에 맞아 유순해진 아주 가난한 놈입니다. 계속되는
불행과 갖가지 슬픔을 겪어 남을 동정할 줄 알게 된 사람이지요.
제게 손을 내미십시오. 안전한 곳으로 안내해 드리겠습니다.

글로스터 정말 고맙소.
하늘의 은총과 축복이 당신에게 넘치도록 쏟아지기를.

오스왈드 등장

오스왈드 어라, 현상 걸린 놈 아니냐! 정말 잘됐구나!
눈알이 없는 네 머리통은 원래 나의 행운을 위해 만들어진 것이
로구나. 너 불쌍하고 가련한 반역자 놈아, 네 죽음을 빨리 각오
하라. 보라, 네놈을 죽이고 말 칼을 내가 뽑았다.

글로스터 그대의 우호적인 손에 더욱 힘을 주어 그렇게 해주시오.

오스왈드 [끼어든 에드가에게] 이 뻔뻔한 농투성이, 네놈이 무엇인데 수배된
반역자 편을 들겠다는 거냐? 이 불행한 놈의 운명이 네놈에게
도 감염되기를 바라느냐? 그의 팔을 놓아라.

에드가 선생님, 난 못 놓습니다. 선생님이나 가던 길 가시오. 불쌍한 사
람 괴롭히지 말고. 내가 선생님 엄포에 넘어갈 농투성이라면 진
즉 벌써 이승 하직했겠죠. 내가 이렇게 한데서 굴러먹은 지 달
포나 됐다 아닙니까. 이분 근처엔 얼씬 말고 썩 꺼지시오. 내가
단단히 일러두는데, 안 그러면 당신 대가리가 더 단단한지 아니
면 내 홍두깨가 더 단단한지 한번 알아볼 테요. 이 정도 했으면
내 말뜻을 단단히 알아들었을 것이오.

오스왈드 꺼져, 이 똥 덩어리야!

[그들은 싸운다]

에드가 선생님, 네놈 이빨을 확 다 뽑아버릴 테다. 네놈의 칼 따위는 두렵지 않아.

오스왈드 이놈, 네놈이 나를 찔렀다. 이 악당, 내 지갑을 받아라. 네놈이 살아 있다면 내 시체를 묻어다오. 그리고 내가 몸에 지니고 있는 편지를 에드먼드 백작에게 전해 줘. 잉글랜드 군대에 가서 그를 찾아봐. 오, 때 이르게 죽는구나.

[그는 죽는다]

에드가 난 너를 잘 알아. 악독할 대로 악독한 네 여주인의 악덕에 철저히 빌붙어 먹은 나쁜 놈이지.

글로스터 뭐야, 그자는 죽었나?

에드가 선생님, 앉아서 편히 쉬세요. 이놈 주머니를 어디 뒤져보자. 이놈이 말한 편지가 나를 도와줄지도 몰라. 이놈은 죽었어. 나 말고 다른 죽일 사람이 없는 게 한스럽다. 어디보자. 편지를 봉인한 왁스는 이렇게 해서 떼어내고, 남의 편지 개봉하는 매너를 비난하지 말라. 적들의 마음을 알기 위해 우리의 심장도 뜯어 젖히는 판에, 적들의 편지를 뜯어보는 건 오히려 적법하다 하겠지.

편지를 읽는다

"우리의 상호 맹세를 기억하세요. 당신은 그를 없애버릴 기회가 많이 있어요. 만약 당신에게 그런 의지가 있다면 시간과 장소는 충분히 제공될 거예요. 그가 승자가 되어 돌아온다면 만사 끝장이에요. 그러면 나는 그의 포로가 될 것이고 그의 침대는 나의 감옥이 될 거예요. 그 혐오스러운 침대의 온기로부터 나를 해방시켜 주시고, 당신의 노력으로 그 자리를 대신 차지하세요.

당신의(혹은 아내라고 말하고 싶어요)

충직한 하인,

고너릴."

아, 여자의 욕정이란 정말로 무한하구나. 자기의 훌륭한 남편의 목숨을 이런 식으로 노리다니. 그 남편을 내 동생과 바꿔치기 하려고 하다니! 난 네놈을 여기 모래에다 매장하겠다. 두 살인적인 음란 남녀 사이를 오가는 빌어먹을 전령 놈아. 나는 적절한 시간 내에 이 무도한 편지를 들고서 살해의 대상이 된 공작을 찾아가겠다. 공작에게 네놈의 죽음과 용건을 보고하는 게 좋을 듯하다.

[시체를 끌면서 퇴장]

글로스터 왕은 미쳤어. 나의 하잘것없는 감각은 얼마나 단단하기에, 이렇게 계속 버티는 것이냐. 또 엄청나게 큰 슬픔을 이토록 뼈저리게 느끼고 있는 것이냐. 차라리 미쳐버리는 게 낫겠다. 그러면 내 생각이 내 슬픔으로부터 단절될 것이 아니냐.

멀리서 드럼 소리

그러면 슬픔도 헛된 상상에 의해 그 자신을 더 이상 의식하지 못할 것이 아니냐.

[에드가 등장]

에드가 제게 손을 내미십시오.
멀리 군대가 행진하는 북소리가 들려옵니다. 갑시다, 영감님.
제 친구에게 영감님과 함께 있도록 부탁해 보겠습니다.

둘 다 퇴장

———

제4막 제6장
도버 근처의 프랑스 군 캠프

코딜리아, (변장한) 켄트, 신사 등장

코딜리아 훌륭하신 켄트, 내가 얼마나 더 오래 살아야 당신의 공로를 다 갚을 수 있을까요? 내 인생은 아주 짧을 것이고, 어떤 보답을 해도 그 공로를 다 갚지 못할 것입니다.

켄트 왕비님, 그렇게 인정을 받는 것만으로 과분한 보답을 받은 것입니다. 방금 말씀 드린 보고는 사실 그대로입니다. 과장하거나 삭제하지 않고 있는 그대로 전한 것입니다.

코딜리아 좀 나은 옷으로 갈아입으세요.

그 옷은 백작님이 지금껏 고생해 오신 것을 생각나게 합니다. 제발 그 옷을 벗으세요.

켄트 왕비님, 제발 양해해 주십시오.

내 신원이 드러나면 나의 계획에 방해를 받게 됩니다. 내가 적당한 시간이 되었다고 생각할 때까지 왕비님이 저를 모르는 척해 주시면 고맙겠습니다.

코딜리아 그럼 그렇게 하세요, 훌륭하신 백작님. 폐하께서는 어떠신가요?

신사 왕비님, 편안히 주무시고 계십니다.

코딜리아 오, 자비로운 신들이시여, 아버지의 정신에 난 커다란 상처를 치료해 주십시오. 갑자기 어린아이가 되어버린 아버지의 뒤집어져서 삐걱거리는 정신을 회복시켜 주십시오!

신사 그렇게 될 겁니다, 왕비님. 폐하를 깨울까요? 충분히 주무신 것 같은데.

코딜리아 의사 선생의 판단에 따라 처리하기 바랍니다. 옷은 갈아입으셨나요?

신사 예, 왕비님. 곤히 주무시던 중에 우리가 옷을 갈아입혀 드렸습니다. 왕비님, 우리가 폐하를 깨울 때 옆에 계십시오. 반드시 정상으로 돌아오실 겁니다.

코딜리아 오, 사랑하는 나의 아버지, 내 입술에 치료의 비약이 걸려 있어서 이 키스로 두 언니가 아버지에게 입힌 난폭한 상처를 회복시켜 드리고 싶습니다.

켄트 자상하고 인자한 공주님!

코딜리아 설사 당신이 그들의 아버지가 아니었더라도 이 백발은 그들에게 동정심을 불러일으켰을 겁니다. 과연 이런 얼굴을 비바람 몰아치는 광야로 내쫓을 수 있단 말입니까? 설사 내 적의 개가 나를 물었다 하더라도 그런 밤에는 나의 난로 옆에서 지내게 했을 겁니다. 불쌍한 아버지, 그래, 돼지나 부랑자들과 함께 답답하고 곰팡내 나는 오두막 안의 짚자리에서 기꺼이 밤을 보내셨던 말입니까? 아아, 아버지의 목숨과 정신이 그 길로 결단이 나지 않은 것이 기적입니다. 아버지가 깨어나신다. 폐하에게 말을 붙여 보세요.

신사 왕비님이 직접 하세요. 그게 더 좋을 것 같습니다.

코딜리아 폐하, 기분이 좀 어떠세요? 옥체 미령하시지는 않은지요?

리어 당신이 나를 무덤 밖으로 꺼낸 건 잘못한 거야. 당신은 축복받은 영혼이지만 나는 불의 바퀴에 묶여 있고, 내 눈물이 녹은 납처럼 내 살을 지지고 있어.

코딜리아 아버지, 저를 알아보시겠어요?

리어 당신은 유령이지, 틀림없어. 당신은 어디서 죽었소?

코딜리아 아직도 정신이 많이 아득한 것 같은데요.

신사 방금 깨어났습니다. 잠시 내버려 두세요.

리어	나는 어디 갔다 온 거지? 나는 지금 어디에 있는 거지? 환한 대낮? 나는 지금 크게 속고 있는데. 나는 다른 사람이 이러고 있는 꼴을 본다면 가련해서 죽고 싶을 거다. 난 뭐라고 말해야 할지 모르겠어. 나는 이게 나의 두 손이라고 하지 않겠어. 어디 보자. 핀으로 찌르니 아프네. 내게 도대체 무슨 일이 벌어졌는지 알고 싶구나.
코딜리아	폐하, 저를 보세요.
	손을 드시고 저를 축복 해주세요. 무릎을 꿇으시면 안 됩니다.
리어	제발 나를 놀리지 마시오.
	나는 어리석은 바보 늙은이라오. 벌써 팔십 고개를 넘었는데 한시간도 더 하지 않고 덜 하지 않지요. 그리고 정직하게 말해서 정신이 성한 것 같지도 않아요. 내 생각에 나는 당신과 이 남자를 아는 것 같아. 하지만 확실치는 않아. 그리고 여기가 어디인지 모르겠는데. 그리고 아무리 돌이켜 생각해 봐도 이 옷은 기억에 없어요. 지난 밤 어디서 잤는지도 생각이 안 나는군. 그러니 나를 비웃지 말아주오. 이 부인은 내 딸 코딜리아 같은데.
코딜리아	정말 그래요, 그래요.
리어	그랬구나. 네 눈물은 뜨거운가? 그렇군. 제발 울지 마라. 설사 네가 나에게 독약을 가져온다 해도 난 그것을 마실 거야. 난 네가 나를 사랑하지 않는다는 걸 알아. 내 기억에 두 언니가 나를 무한히 괴롭혔지. 그년들은 나를 학대했으니 아무 할 말이 없을 테지만, 넌 나를 미워할 충분한 이유가 있지. 그년들은 불평 못해.
코딜리아	그런 이유 없어요, 없어요.
리어	내가 프랑스에 와 있나?

켄트   폐하, 당신의 왕국에 계십니다.

리어   나를 속이지 마시오.

신사   왕비님, 안심하세요. 보시다시피 심한 광기는 이제 진정이 되었습니다. 안으로 들어가시라고 권하세요. 충분히 안정될 때까지 더 이상 말을 걸지 마세요.

코딜리아 폐하, 좀 걸으시겠어요?

리어   너는 나를 참아주어야 해. 제발 이제 잊어버리고 용서해 다오. 나는 늙은데다 어리석어.

다들 퇴장

제5막 제1장

도버 근처의 브리튼 군 캠프

북과 군기를 들고서 에드먼드, 리건, 장교들과 병사들 등장

에드먼드 [한 장교에게] 공작이 지난 번 의도를 그대로 갖고 계신지 아니면 그때 이후 정책을 바꾸었는지 알아보라. 그분은 너무 변화가 많고 자책하는 경향이 있어. 그분의 확고한 방침을 알아봐.

[장교 퇴장]

리건 　언니의 하인은 뭔가 일이 생긴 것 같아요.

에드먼드 　정말 그런 것 같습니다, 공작부인.

리건 　자, 백작님,

　　　　 제가 당신에 대하여 품고 있는 좋은 뜻을 알고 계실 겁니다. 내게 정직하게 진실만 말해 줘요. 당신은 우리 언니를 사랑하지 않죠?

에드먼드 　명예를 지키며 사랑하고 있습니다.

리건 　하지만 형부만 갈 수 있는 곳까지 들어가신 건 아니지요?

에드먼드 　제 명예를 걸고, 아닙니다, 공작부인.

리건 　난 그녀를 참아줄 수가 없어요. 백작님. 그녀를 가까이하지 말아요.

에드먼드 　염려하지 마십시오.

　　　　 그녀와 공작은―

북과 군기를 들고서 올버니, 고너릴, 병사들 등장

올버니 　아주 사랑스러운 처제, 안녕하시오. 난 이런 소식을 들었어. 왕은 막내딸에게로 갔다는군. 우리의 가혹한 정책을 견디다 못해 불평에 나선 자들과 함께.

리건 　왜 그런 말씀을?

고너릴 　적을 향해 힘을 합쳐야 해요. 이런 내부적인 불평과 문제들은 여기서 문제가 되지 않아요.

올버니 　그러면 작전회의를 열어 우리의 노련한 장교들과 함께 대책을 수립합시다.

리건	언니, 우리와 함께 회의에 갈 건가요?
고너릴	아니.
리건	함께 가는 게 좋아요. 어서 가요.
고너릴	[방백] 오 호, 이제 네 속셈을 알 것 같다. ―그래 가자.

에드가, [농부 복장으로] 등장

에드가	공작께서 이 가난한 사람과 한마디 해주실 수 있다면 제 말씀을 들어주십시오.
올버니	[일동에게] 곧 뒤따라가겠소.

올버니와 에드가만 남고 모두 퇴장

어서 말하라.

에드가	전투에 나서기 전에 이 편지를 읽어 보십시오. 만약 당신이 승리를 거둔다면 이 편지를 가져온 사람을 위해 트럼펫을 울리십시오. 내가 비참해 보이지만, 그 편지 속에 주장된 것을 증명해 주는 옹호자를 내놓을 수 있습니다. 전투에서 패하신다면 공작님의 운세도 끝나고 이 음모도 따라서 끝이 나겠지요. 공작님에게 행운이 있기를.
올버니	이 편지를 다 읽을 때까지 대기하라.
에드가	그건 안 됩니다.
	때가 되면 전령을 통해 불러주십시오. 제가 즉시 나타나겠습니다.

에드가 퇴장

올버니 　그럼 잘 가게. 내가 편지를 찬찬히 읽어보겠네.

에드먼드 등장

에드먼드 　적의 모습이 보입니다. 당신의 군대에게 출동 명령을 내리십시오. 이건 꾸준한 정탐으로 알아낸 적군의 규모와 병력입니다. 황급히 군대를 내셔야겠습니다.

올버니 　시간에 맞추어 준비할 것이오. 　　　　　　　　　　　　퇴장

에드먼드 　두 자매에게 내 사랑을 맹세했지. 그 여자들은 서로를 독사 보듯이 싫어하고 있어. 어떤 여자를 잡을까? 둘 다? 하나만? 둘 다 물리쳐? 둘 다 살아있으면 그 어느 쪽도 취할 수가 없어. 과부를 아내로 삼으면 언니인 고너릴이 화를 내겠지. 그녀의 남편이 살아 있으면 내 의도를 달성할 수가 없어. 일단 이 전투를 위해서 공작의 군대를 이용해야지. 전투가 성공적으로 끝나면 그녀의 술수를 통하여 공작을 신속히 처치하게 해야지. 리어와 코딜리아에 대해서 그는 자비를 베풀 생각인 듯하지만, 전투가 끝나면 그들은 내 손아귀에 들어올 것이고, 자비 따위는 있을 수 없지. 나의 권력은 행동에 달려 있는 것이지 말로 지켜지는 게 아니야. 　　　　　　　　　　　　퇴장

제5막 제2장
도버 근처의 들판

무대 밖에서 트럼펫 소리. 북과 군기. 리어, 코딜리아,

병사들 무대 위에 등장했다가 퇴장

농부 복장의 에드가와 글로스터 등장

에드가　영감님, 여기 나무 그늘에 앉아 좀 쉬십시오. 정의가 이기기를
　　　　기도해 주십시오. 만약 내가 당신에게 다시 돌아온다면 위안을
　　　　가져다드릴 수 있을 겁니다.

글로스터　선생, 은총이 있기를 빌겠소.

[에드가] 퇴장

무대 밖에서 나팔 소리와 퇴각. 에드가 등장

에드가　자, 가야 해요, 영감님. 내게 손을 내미세요, 어서!
　　　　리어 왕이 전투에서 패하고, 왕과 그 딸이 포로로 잡혔습니다.
　　　　자, 손을 내밀어요. 어서 여길 떠야 해요.

글로스터　더 이상 갈 필요 없소, 선생. 그냥 여기서 죽어도 괜찮을 것 같소.

에드가　뭐라고요? 또다시 나쁜 생각을? 인간은 견디어야 해요. 지상에

오는 것도, 이 지상을 떠나는 것도. 때를 기다려 원숙해지는 게 중요해요. 자, 어서.

글로스터 그건 정말 그렇군.

모두 퇴장

———

제5막 제3장
도버 근처의 브리튼 군 캠프

북과 군기와 함께 승리를 거둔 에드먼드 등장.
포로로 잡힌 리어, 코딜리아, 병사들, 대위 등장

에드먼드 장교들을 시켜서 저들을 데려가라. 경계를 잘 하도록 하라. 고위층에서 저들을 어떻게 처리할 것인지 지시가 내려갈 때까지 대기하라.

코딜리아 우리는 좋은 의도를 가지고도 최악을 맞이한 최초의 사람들이 아닙니다. 학대받은 아버지를 생각하면 저는 마음이 울적합니다. 나는 아버지만 아니라면 운명의 거짓된 찌푸림을 얼마든지 견딜 수 있어요. 우리는 아버지의 딸들 그리고 내 언니들을 보지 못할까요?

리어　아니, 아니, 아니, 아니. 어서 감옥으로 가자. 우린 그곳에서 단
　　　둘이 새장의 새들처럼 노래 부를 수 있을 거야. 네가 나의 축복
　　　을 요구한다면 나는 무릎을 꿇고 너의 용서를 빌겠다. 그러면
　　　우리는 앞으로 살아나가는 거야. 기도하고, 노래하고, 옛 이야
　　　기 하면서. 또 도금된 나비들을 보면서 웃고, 비천한 자들이 떠
　　　들어대는 궁정 소식을 들으면서 그들과 얘기를 나누자. 누가 이
　　　기고 누가 졌는지, 누가 들어가고 누가 쫓겨났는지. 마치 하느
　　　님이 이 세상에 보내신 염탐꾼들처럼. 사물의 신비에 대해서 알
　　　아보자. 그렇게 해서 우리는 벽으로 막힌 감옥 안에서도 시류에
　　　따라 흥망성쇠를 거듭하는 사람들의 무리보다 더 오래 살 거야.
에드먼드　저들을 데려가라.
리어　나의 코딜리아, 신들은 이런 희생 제물들에게 분향을 피워줄 거
　　　야. 내가 너를 붙잡고 있지? 우리를 떼어놓으려는 자들은 절대
　　　로 그렇게 하지 못할 거야. 차라리 하늘에서 횃불을 갖고 와서
　　　여우 굴에다 불을 놓아 여우를 쫓아내라고 해. 네 눈물을 닦아
　　　라. 우리를 눈물짓게 하는 자들, 그런 자들에게는 재앙이 내려
　　　서 그들의 살과 가죽을 다 불태워버릴 거야. 우리는 그자들이
　　　먼저 굶어죽는 꼴을 보게 될 거야.

　　　　　　　　　　　　　　　리어와 코딜리아, 삼엄한 경비 아래 퇴장

에드먼드　이리 와, 대위. 이 쪽지를 받고 그들을 따라 감옥까지 가. 나는
　　　너를 한 계급 승진시켜 주었다. 만약 네가 이 지시대로 이행한
　　　다면 너는 더 고상한 행운의 길로 나아갈 수 있다. 넌 이걸 알아

야 해. 사람은 상황에 따라 바뀌어야 해. 부드러운 마음은 칼을 쓰는 사람과는 어울리지 않아. 네가 해내야 할 이 큰일은 의문의 대상이 아니야. 해내겠다고 말하거나, 아니면 다른 데서 살아갈 수단을 찾아봐.

대위　백작님, 그 일을 해내겠습니다.

에드먼드　어서 서둘러. 그 일을 완수했으면 '행복'이라고 보고해. 지금 즉시 해치워야 해. 그걸 지시한 대로 철저히 이행하라고.

대위 퇴장

나팔소리. 올버니, 고너릴, 리건, [장교들,] 병사들 등장

올버니　백작, 오늘 당신은 무용을 뽐냈고 행운이 당신을 잘 인도했소. 당신은 오늘 전투의 적수들을 포로로 잡았소. 이제 그들을 위해 백작에게 부탁하고 싶은 것이 하나 있소. 그들의 공로와 우리의 안전을 생각해서 누구나 공정한 판결이라고 말할 수 있도록 처리해 주기를 바라오.

에드먼드　공작님, 늙고 비참한 왕을 적당한 곳에 감금하여 감시병을 붙이는 게 좋다고 생각합니다. 그분은 고령인 데다 신분이 높아서 일반대중의 마음을 그분 쪽으로 돌려놓을 우려가 있습니다. 그러면 우리가 모병하고 다스려야 할 병졸들의 창끝이 우리 눈을 찌를 우려도 있습니다. 나는 그분과 함께 왕비도 보냈습니다. 이렇게 한 이유는 똑 같습니다. 내일이건 그 다음날이건 공작님이 주재하는 재판에 출두하도록 조치를 취했습니다.

올버니	백작, 미안한 얘기지만 나는 백작을 이 전쟁에서 부하라고 생각
	하지 형제라고 여기지 않소.
리건	그건 내가 저분을 어떻게 대우하느냐에 달려 있어요. 내 생각에
	공작이 그런 판단을 내리기 전에 나의 의사를 타진했어야 한다
	고 봐요. 그는 우리의 군대를 이끌었고 내 지위와 권위를 위임
	받았어요. 이러한 입장에 있으니 그를 공작의 형제라 불러도 무
	방할 거예요.
고너릴	그렇게 흥분할 것 없어. 네가 그런 작위를 붙여 주었다기보다는
	그 자신의 무용으로 그런 업적을 이룬 거야.
리건	내 권위를 그에게 위임했기에 그가 그런 최고의 반열에 오를 수
	있는 거야.
올버니	그가 처제의 남편이라면 그렇게 말할 수 있겠지요.
리건	농담꾼이 때때로 예언자가 된다니까요.
고너릴	저런, 저런!
	그런 얘기를 너한테 해준 사람의 눈은 광대처럼 사팔뜨기 눈이
	었겠지.
리건	언니, 난 지금 몸이 안 좋아요. 안 그랬더라면 엄청 화를 내며 말
	대꾸를 했을 거예요. [에드먼드에게] 장군님, 나의 병사, 포로, 상속
	재산, 그리고 나라는 사람을 당신 마음대로 처분하세요. 성벽은
	허물어져 성벽 안의 것은 모두 당신 것이 되었어요. 온 세상을
	향해 이제 내가 당신을 나의 영주, 나의 남편으로 삼았음을 선
	포하겠어요.
고너릴	네가 그를 독차지하겠다고?
올버니	하지만 그 일에 대하여 처제 뜻대로 허가할 수는 없소.

에드먼드   공작, 이 일이 당신의 허가를 받아야 한다고 보지 않소.

올버니   이 서자 친구, 내 허가를 받아야 해.

리건   [에드먼드에게] 북을 울리고 나의 지위가 곧 당신의 것임을 선포
       하세요.

올버니   잠깐만. 내 말을 좀 들어봐. 에드먼드. 나는 너를 대역죄로 체포
       한다. 그리고 너의 공범인 이 금빛 번드레한 독사도 함께 체포
       한다. 아름다운 처제, 당신의 주장은 내 아내의 이해관계 때문
       에 들어줄 수가 없어. 내 아내는 이미 저놈과 재혼할 언약을 했
       으니, 남편인 내가 어찌 처제의 구혼에 동의할 수가 있겠소. 처
       제가 꼭 재혼을 해야겠다면 차라리 나한테 구혼을 하시오. 내
       아내는 이미 저놈과 약속된 몸이니.

고너릴   웃기는 소리!

올버니   글로스터, 너는 이미 무장을 하고 있다. 자, 트럼펫을 울려라. 만
       약 네놈이 끔찍하고 명백한 대역죄를 여러 건 저질렀다는 것을
       증명하는 사람이 나타나지 않는다면, 여기 나의 맹세가 있다!

              [도전의 장갑을 던진다]

       내가 그 사실을 네 가슴에 새기기 전에 나는 식사를 하지 않을
       것이다. 네놈은 내가 지금 여기서 선언한 반역자 놈 그 이상도
       그 이하도 아니다.

리건   아, 아파, 아파!

고너릴   [방백] 네년이 아프지 않으면 독약도 믿을 수 없게.

에드먼드   도전을 받아들인다!

[장갑을 내던진다]

 만약 이 세상에 나를 반역자라고 하는 놈이 있다면 그자는 악당처럼 땅바닥에 드러눕게 될 것이다. 어서 트럼펫을 울려라. 감히 그렇게 나를 비난할 자가 있다면 앞으로 나서라. 그자가 누구든 혹은 당신, 공작이든—그 외에 누구든—그를 상대로 나의 진실과 명예를 확고히 지킬 것이다.

올버니   네놈은 네 용기 하나만을 믿어야 할 거야. 네놈의 병사들은 모두 내 이름으로 징집되었으니, 내 이름으로 이미 모두 해산시켰다. 여봐라, 전령!

전령 등장

리건   아아, 가슴이 터져버릴 것 같아.

올버니   그녀는 몸 상태가 안 좋다. 내 막사로 데려가도록 하라.

[리건이 한 장교의 부축을 받으며 퇴장]

자, 이리 오라. 전령. 나팔을 울려라.
그리고 이것을 선포하라.

나팔 소리가 울린다

전령   읽는다 "우리 군대의 소속 명단에 들어 있는 지체 높고 능력 있는 자로서, 자칭 글로스터 백작인 에드먼드를 상대로 여러 모로 대역죄를 저질렀다고 주장하고 싶은 자는 나팔 소리가 세 번 울리면 앞으로 나서라. 에드먼드는 자신의 명예를 지키겠다고 감연히 나섰다."

첫 번째 나팔

다시.

두 번째 나팔

다시.

세 번째 나팔

나팔 소리가 무대 밖에서 들린다. 에드가 무장을 하고서 등장

올버니   그에게 그의 의도를 물어보아라. 왜 이 나팔 소리에 응하여 나타났는지.

전령   당신은 누구요?
　　　　당신의 이름과 자격은? 왜 이 나팔 소리에 응한 것이오?

에드가   내 이름은 빼앗겼소.
　　　　대역의 이빨에 물려서 벌레가 그 이름을 파먹었소. 나는 내가 대적하고자 하는 적 못지않게 고귀한 신분이오.

500

올버니　그 적이 누구냐?

에드가　자칭 글로스터 백작이라고 하는 에드먼드입니다.

에드먼드　내가 그 사람이다. 너는 나에게 무슨 말을 하려느냐?

에드가　네 칼을 뽑아라.

내 말이 고귀한 마음에 거슬린다면, 네 칼이 너에게 정의를 가져다줄 것이다. 여기 나도 칼을 뽑는다. 보아라, 이것은 나의 명예, 나의 맹세, 나의 신념의 특권이다. 너의 힘, 지위, 젊음, 신분에도 불구하고 또 너에게 승리를 가져다준 칼, 불같은 새로운 행운, 네 용기와 네 강단에도 불구하고, 너는 반역자일 뿐이다. 너의 신들, 형제, 아버지를 배신하고, 이 지체 높으신 공작을 상대로 음모를 꾸민 자이다. 너의 머리 꼭대기에서 내려와 네 발밑의 흙에 이르기까지 너는 가장 흉악한 독 두꺼비보다 못한 반역자다. 그런데도 너는 아니라고 하니 이 칼, 이 팔, 그리고 충천한 나의 사기가 너의 가슴에 그 사실을 새겨놓을 것이다. 거기에다 대고 네가 거짓말쟁이라고 말해 줄 것이다.

에드먼드　현명하게 행동하려면 나는 네 이름을 물어야 할 것이다. 그러나 네 겉모습이 반듯하고 호전적이고, 또 네 혀가 가문 있는 집안의 소생임을 보여주는 말을 하고 있으니, 그러한 법적 절차는 기사도의 규칙에 의거하여 경멸하면서 생략하기로 하겠다. 나는 그 반역 혐의를 네 머리로 되돌려주겠다. 네가 말한 그 지옥같이 싫은 그 거짓말의 무게로 네 가슴을 꾹꾹 짓눌러버리고 싶다. 하지만 너의 그 거짓말은 네 가슴을 스쳐 지나갈 뿐 아무런 상처도 입히지 못한 것이 안타까울 뿐이다. 그리하여 이 칼로 네 가슴을 깊숙이 찔러 너의 그 거짓말(반역자라는 말)이 그곳에 영원히 남아 있도록 하겠다. 나팔을 불어라. 말하라!

나팔 소리. [그들은] 싸운다. [에드먼드 쓰러진다]

올버니 저자의 목숨을 살려두라, 살려두라.

고너릴 이건 사기야, 글로스터.

전쟁의 법률로 볼 때, 당신은 이름 없는 적을 상대로 싸워야 할 이유가 없어. 당신은 패배한 게 아니야. 술수에 걸려 사기를 당한 거라고.

올버니 입 닥치지 못해, 이 나쁜 년.

아니면 이 편지로 그 입을 틀어막아 줄까? 자, 이 편지를 받아. 그 어떤 이름보다 더 악독한 여자야, 네가 스스로 저지른 악행을 읽어봐. 그걸 찢으면 안 돼, 이년아. 넌 그 내용을 이미 알고 있어.

고너릴 내가 안다고 쳐. 법률은 나의 것이지 당신 것이 아니야. 누가 그 일로 나를 기소할 수 있어? 퇴장

올버니 아, 흉측한 괴물 같은 년!

네놈은 이 편지를 알고 있나?

에드먼드 내가 이미 알고 있는 걸 묻지 마시오.

올버니 그녀를 쫓아가라. 그녀는 절망에 빠졌어. 그녀를 진정시켜라.

[한 장교 퇴장]

에드먼드 당신이 내가 했다고 비난한 것을 실제로 나는 했소. 아니, 그보

다 훨씬 더 많이 했지. 시간이 그것을 밝혀낼 거야. 그건 지나간 일이고 나 또한 그래. 도대체 내게 이런 운명을 안겨준 당신은 누구요? 만약 당신이 귀족이라면 내 당신을 용서하겠소.

에드가   그럼 자비를 교환하도록 하자.

에드먼드, 나는 너 못지않게 고귀한 피를 가지고 태어났어. 만약 내가 너보다 더 고귀하다면 넌 내게 더 많은 죄를 지은 게 되지. 내 이름은 에드가, 네 아버지의 아들이야. 신들은 공정하셔서 인간이 달콤하게 여기는 죄악을 수단으로 삼아서 우리에게 재앙을 내리지. 아버지가 너를 낳은 어둡고 음습한 곳 때문에 두 눈을 잃어버리셨지.

에드먼드   잘 말했어. 그건 사실이야.

운명의 바퀴는 크게 한 바퀴 회전하여 제자리로 돌아왔어. 그래서 나는 여기에 이렇게 있는 거야.

올버니   자네의 의젓한 걸음걸이로 자네가 고상한 귀족이라는 걸 알아보았지. 이제 자네를 포옹하고 싶네. 내가 자네나 자네 아버지를 미워한다면 슬픔이 내 심장을 두 조각 내어버리기를.

에드가   고상하신 공작님, 전 그걸 잘 알고 있습니다.

올버니   자네는 어디에 숨어 있었나? 어떻게 자네 아버지의 비참한 상태를 알게 되었나?

에드가   공작님, 그 비참함을 보살피면서 알게 되었습니다. 이야기를 간략히 말씀드리고 싶지만 그 얘길 하려니 오, 제 가슴이 터질 것 같습니다! 우선 나를 가까이 따라오는 저 무서운 포고를 피해야 되었습니다. 우리 삶의 달콤함 때문에 우리는 즉시 죽어버리지 않고 날마다 죽어가는 죽음의 고통을 견딥니다. 나는 광인의 넝마를 걸치고 개들도 비웃은 그런 꼴을 하고 돌아다녔습니다. 그런 상태로 두 눈에서 눈알이 빠져나가는 상태로 피를 흘리는 내 아버지를 만나 아버지의 길잡이가 되었습니다. 아버지를 위해 구걸을 하고 아버지를 절망으로부터 구해냈습니다. 하지만 결코 나의 신분을 아버지에게 밝히지 않았습니다. 아, 그건 실수였습니다. 하지만 약 30분 전, 내가 무장을 하던 때에 아버지에게 실상을 말했습니다. 이런 좋은 결과를 확신하지 못했기에 아버지의 축복을 빌면서 처음서부터 끝까지 우리의 순례에 대하여 말씀드렸습니다. 하지만 아버지는 기쁨과 슬픔의 양 극단 사이에서 깊은 갈등을 느끼셨고 아버지의 허약한 심장은 그것을 견뎌내지 못하고 그만 터져버렸습니다. 그래도 웃고 계셨지요.

에드먼드 그 말씀은 나를 감동시키는구려.

내게 좋은 영향을 줄 것도 같고. 계속 말해 보시오. 더할 말이 있는 것 같은데.

올버니 더 있다면 더 슬픈 얘기이겠지요. 그만하도록 해. 그 얘기를 듣고 있자니 내가 공중으로 녹아버릴 것 같네.

[피 묻은 칼을 든] 신사 등장

신사 오, 도와주세요, 도와줘!

에드가 무얼 도우란 말씀이죠?

올버니 말하라, 무엇인가?

에드가 그 피 묻은 칼은 무엇이죠?

신사 이건 뜨겁고 김이 나고 있습니다.

이건 사람의 심장에서 나온 것입니다. 아, 그녀는 죽었어요.

올버니　　누가 죽었단 말인가? 어서 말하라.

신사　　　공작님, 부인께서요. 그녀의 동생은 그녀 손에 독살을 당했습니다. 그녀가 자백했어요.

에드먼드　나는 그 두 여자에게 맺어져 있었지. 세 사람이 이제 한꺼번에 결합을 했군.

에드가　　여기 켄트가 옵니다.

켄트, [원래의 모습으로] 등장

올버니　　살았든 죽었든 그들의 시신을 밖으로 꺼내라.

고너릴과 리건의 시신이 밖으로 나온다

우리를 떨게 만드는 이 하늘의 재판은 우리에게 연민을 불러일으키지 않는구나. 오, 이게 그분인가? [켄트에게] 시국이 이렇다 보니 마땅히 갖추어야 할 예의를 갖추지 못했습니다.

켄트　　　나의 주인이신 폐하에게 작별인사를 올리러 왔습니다. 폐하는 여기 계시지 않나요?

올버니　　경황이 없어서 큰일을 잊고 있었구나!
　　　　　말하라, 에드먼드. 폐하와 코딜리아는 어디에 있느냐? 켄트, 이런 처참한 광경을 보셨습니까?

켄트　　　아, 왜 두 분은 저렇게 되었나요?

에드먼드　그렇지만 에드먼드는 사랑을 받았어. 한 여자는 나를 위해 다른 여자를 독살했고 그러고는 스스로 죽었어.

올버니 그렇군. 저들의 얼굴을 가려라.

에드먼드 숨을 헐떡이니 죽음이 가까이 왔군. 나의 못된 성질에도 불구하고 좋은 일을 하나 하려 해. 빨리 사람을 성으로 보내요. 리어와 코딜리아를 죽이라는 내 명령서가 내려가 있으니까. 빨리 사람을 보내요.

올버니 달려, 달려, 오, 달려!

에드가 공작님, 누구한테로? 누가 담당 장교인가요? 그에게 공작님의 권표를 보내야 하지 않을까요?

에드먼드 잘 생각했네. 여기 내 칼을 가져가요. 대위가 담당이에요. 그걸 대위에게 보여요.

에드가 어서 빨리 달려가도록 하라.

[한 장교 퇴장]

에드먼드 나와 고너릴로부터 임무를 부여받은 장교는 감옥에서 코딜리아를 목매단 후, 그 원인을 그녀의 절망으로 돌리며 자살했다고 날조하라는 지시를 받았어요.

올버니 신들이여, 그녀를 지켜주소서. 이자를 밖으로 내가라.

[에드먼드가 밖으로 들려나간다]

리어가 코딜리아를 양팔에 안은 채 입장하고, [장교가 그 뒤를 따른다]

리어 울부짖어라, 울부짖어라, 울부짖어라, 울부짖어라! 아, 너희들
은 돌로 만든 사람들이구나. 만약 네가 너희들의 혀와 눈을 가
지고 있다면 그걸 사용하여 하늘의 천장을 깨부수었을 것이다.
이 애는 영원히 가버렸다. 나는 사람이 죽었는지 살았는지 알아
본다. 그 애는 흙처럼 죽었다.

[그가 그녀를 내려놓는다]

내게 거울을 빌려다오.
만약 이 애의 입김이 거울을 흐리게 하거나 얼룩지게 한다면 이
애는 살아 있는 것이다.

켄트 이것이 예언된 이 세상의 종말인가?

에드가 아니면 그런 무서운 종말의 예고편인가?

올버니 모든 것이 무너지고 멈추었구나.

리어 이 깃털이 움직인다면 그 애는 살아 있는 거야. 만약 그렇다면
내가 느껴온 모든 슬픔을 구제할 수 있는 기회가 생기는 거야.

켄트 오, 나의 훌륭하신 주군님!

리어 아, 저리로 물러가라.

에드가 폐하, 당신의 친구인 고상한 켄트입니다.

켄트 너희 살인자와 반역자들에게 모두 재앙이 내리기를. 나는 그 애
를 살릴 수도 있었는데. 이제 그 애는 영원히 가버렸구나. 코딜
리아, 코딜리아, 조금만 더 머물러, 응? 아, 너 지금 뭐라고 했
니? 네 목소리는 부드럽고 온화하고 나지막했어. 아주 여자다
운 목소리였지. 나는 너를 목매단 그자를 죽여 버렸어.

장교	여러 귀족님들, 그건 사실입니다. 실제로 죽이셨습니다.
리어	내가 정말 죽였지, 친구?
	휘어져서 잘 드는 내 칼을 휘둘러서 모두 겁먹고 달아나게 만들었던 시절도 있었지. 그런데 지금은 늙었고 온갖 고생으로 몸을 망쳐버렸어. [켄트에게] 자넨 누구인가? 내 눈은 그리 좋지 않아. 하지만 자네를 곧 알아보게 될 거야.
켄트	운명이 처음에는 좋아했다가 나중에 증오한 두 사람이 있는데 폐하와 저는 서로 그 상대방을 바라보고 있습니다.
리어	이거 잘 안 보이는데. 자네 혹시 켄트가 아닌가?
켄트	그렇습니다.
	폐하의 종 켄트입니다. 폐하의 하인 카이우스는 어디에 있습니까?
리어	그는 좋은 친구지. 그건 자신 있게 말해 줄 수 있어. 그는 살아 있었더라면 칼을 재빨리 휘둘렀을 텐데. 그는 죽어서 썩고 있는 중이야.
켄트	아닙니다, 훌륭하신 폐하, 제가 바로 그 사람입니다.
리어	내 곧 그걸 똑바로 알아보게 되겠지.
켄트	폐하께서 처지가 고단해지셔서 어려움을 겪던 첫날부터 폐하의 슬픈 걸음을 따라다녔던 사람입니다.
리어	어서 오게. 여기 환영하네.
켄트	저 이외에 다른 사람이 없었습니다. 이 세상은 이제 아무 기쁨도 없고 암흑 같은 죽음이 뒤덮고 있습니다. 폐하의 두 딸은 자살하여 절망적인 최후를 마쳤습니다.
리어	그래, 그랬을 거라 생각하네.

올버니   폐하는 자신이 무슨 말을 하는지 몰라. 우리가 폐하에게 말씀을
         건네는 건 아무 소용도 없어.

                        전령 등장

에드가   아무 소용이 없습니다.
전령   공작님, 에드먼드가 죽었습니다.
올버니   그건 여기서 사소한 문제야.
         여러 귀족님과 친구님들, 제 의도를 명확히 밝힙니다. 이 대혼
         란을 다스릴 수 있는 조치는 뭐든지 다하겠습니다. 나는 먼저
         폐하께서 살아계시는 동안에 절대 권력을 모두 이양하겠습니
         다. [에드가와 켄트에게] 그리고 두 분에게는 본래의 권리 외에도
         이번의 공로에 충분히 보답될 만한 여러 영예와 특권을 드리겠
         습니다. 그리고 모든 적들은 그 소행에 따라 징벌의 잔을 받게
         될 것입니다. 오, 보라, 보라!
리어   그리고 나의 불쌍한 바보가 목 졸려 죽었다! 인제, 인제, 생명은
         끊어졌어! 개나, 말이나, 쥐에게도 생명은 있는데, 왜 너는 숨도
         안 쉬느냐? 너는 이제 돌아오지 않겠구나, 영영, 영영, 영영, 영
         영, 영영! 이 단추를 좀 풀어다오. 고맙다. 이걸 봐라! 이 애 얼굴
         을 봐라! 봐라! 이 애 입술을! 저길 좀 봐라, 저길!   그는 죽는다
에드가   그는 기절했습니다, 폐하, 폐하!
켄트   가슴아, 깨져라. 제발 깨져라!
에드가   얼굴을 드십시오, 폐하.
켄트   그분의 유령을 괴롭히지 말아라. 오, 조용히 가시게 내버려두

라. 폐하께서 이 힘든 세상의 고문대 위에 더 이상 당신을 눕히려는 자를 좋아하지 않으신다.

에드가 그는 실제로 가셨군요.

켄트 놀라운 일은 그분이 그토록 오래 견디셨다는 거야. 그분은 떠나야 할 때 이상으로 억지로 사셨던 거요.

올버니 저들을 여기서 내가라. 우리의 당면 과제는 국상을 치르는 것이다. 내 영혼의 친구들이여, 당신 둘이서 이 왕국을 다스리면서 이 폐허가 된 나라를 회복시켜 주시오.

켄트 공작님, 저는 곧 먼 길을 떠나야 합니다. 나의 주군께서 부르고 계세요. 그 부름에 안 된다고 말 못하겠습니다.

에드가 우리는 이 슬픈 시절의 부담을 감내해야 합니다. 우리는 입발림으로 말해야 되는 것을 말하는 것이 아니라, 솔직히 느끼는 것을 말해야 합니다. 가장 나이 많으신 분이 가장 많이 견디어 오셨습니다. 우리 젊은 사람들은 앞으로 그처럼 많은 것을 보지도 못할 것이고 또 그처럼 오래 살지도 못할 것입니다.

다들 장송곡과 함께 퇴장

맥베스

MACBETH

등장인물

스코틀랜드 왕가
덩컨 스코틀랜드 왕
맬컴 왕의 맏아들
도널베인 왕의 둘째 아들

스코틀랜드의 영주와 가족
맥베스 글램즈의 영주, 나중에 코더 영주, 그리고 스코틀랜드 왕이 됨
맥베스 부인
뱅코
플리언스 뱅코의 아들
맥더프 파이프의 영주
맥더프 부인
맥더프 아들
시녀 맥베스 부인의 시녀
세이턴 맥베스의 갑옷 시종
문지기 맥베스 성의 문지기
장교 전상(戰傷) 입은 장교
노인
전의戰醫
로스 영주
레녹스 영주
멘티스 영주
앵거스 영주
케이스네스 영주
자객 1
자객 2
자객 3

초자연계
세 마녀
세 유령(환영)
헤카테 마녀들의 여왕
또 다른 세 마녀

잉글랜드인
시워드 노섬벌랜드 백작
시워드 아들
잉글랜드 궁정 의사 참회왕 에드워드(King Edward the Confessor)의 시의(侍醫)

귀족들, 병사들, 시종들, 하인들, 전령들

극은 스코틀랜드와 잉글랜드를 무대로 한다.

제1막 제1장
어떤 음산한 곳

천둥과 번개. 세 명의 마녀 등장

마녀 1　언제 우리 셋이 다시 만날까? 천둥과 번개 칠 때, 아니면 비가
　　　　퍼부을 때?

마녀 2　이 소동이 다 끝날 때. 전투의 승패가 결말날 때.

마녀 3　그건 해가 지기 전일 텐데.

마녀 1　장소는 어디로 하지?

마녀 2　황야에서.

마녀 3　거기서 맥베스를 만나기로 하지.

마녀 1　나, 그레이몰킨(Graymalkin: 회색 고양이).

마녀 2　패덕(Paddock: 두꺼비).

마녀 3   그럼 거기서 곧 만나지.

마녀 일동 깨끗한 것은 지저분하고, 지저분한 것은 깨끗하다. 자, 자욱한
          안개와 더러운 공기 속을 배회해 보자.

모두 퇴장

————

제1막 제2장
포레스 근처의 군영

무대 뒤에서 나팔 소리. [덩컨,] 맬컴, 도널베인, 레녹스가

시종들과 함께 등장하여 피 흘리는 장교를 만난다

덩컨   저 피 흘리는 사람은 누구지? 그의 난처한 모습을 보아 반란의
        최근 소식을 보고하려는가 본데.

맬컴   이 장교는 내가 포로로 잡히지 않도록 아주 치열하게 싸운 병사
        입니다. 어서 오게, 용감한 친구! 폐하께 자네가 방금 떠나온 전
        투 상황을 보고 드리게.

장교   처음에는 승리가 의심스러웠습니다. 수영하다 맥이 빠져 허우
        적거리는 두 사람이 서로 달라붙어 목을 졸라 숨을 쉴 수 없게
        하는 것 같았습니다. 저 무모한 반역자 맥도널드는 자연의 악한

세력들을 자신의 목적에 끌어 모았습니다. 그리하여 서쪽 섬들에서는 그에게 보병과 기병을 제공했습니다. 또한 운명의 여신은 이 저주받은 내전에 미소를 지으며 반역자의 첩인 양 미소를 지어보였습니다. 그러나 이 모든 것이 용감한 맥베스 앞에서는 지푸라기에 지나지 않았습니다. 용감한 전사라는 이름이 어울리는 맥베스는 운명의 여신을 경멸하면서 칼을 휘두르며 앞으로 나아갔습니다. 그의 칼은 처형한 적병들의 뜨거운 피로 홍건했고, 용감한 전사답게 적진을 헤치며 길을 내어 마침내 저 반역자 놈과 대적했습니다. 그는 반역자 놈과 악수도 인사도 없이 곧바로 그자의 턱에서 배꼽까지 두 동강을 내고 머리를 베었습니다. 그리고 그 잘린 머리를 보루 위에다 내걸었습니다.

덩컨   오, 용감한 사촌! 진정한 신사!

장교   태양이 얼굴을 얼핏 드러낼 때 배를 난파시키는 폭풍우와 무시무시한 천둥이 터져 나오듯이, 행운이 넘쳐흐르는 듯한 샘물에서 불안감이 갑자기 솟구쳐 나왔습니다.
        보십시오, 스코틀랜드의 왕이시여. 무력을 갖춘 정의가 적군의 보병들로 하여금 등을 돌려 달아나게 하자마자, 형세를 관망하던 노르웨이 왕이 세련된 무기와 신규 병력을 인솔하고서 새롭게 공격에 나선 것이었습니다.

덩컨   그것이 우리의 두 장군 맥베스와 뱅코를 당황하게 만들지는 않았겠지?

장교   물론입니다. 독수리 앞의 참새, 사자 앞의 산토끼 꼴이었지요. 두 장군은 양면에 탄약을 장전한 대포 같았습니다. 그래서 적을 향하여 두 배의 화력을 퍼부었지요. 적진에 피바다를 만들거나 아니면 또 다른 골고다를 생각나게 할 의도였는지 그건 잘 모르 겠습니다. 지금 저는 기절할 것 같습니다. 상처가 다시 터지면 서 도움을 요청하고 있습니다.

덩컨   자네의 말은 자네의 상처만큼이나 전황을 잘 말해 주는군. 둘 다 자네의 명예에 조금도 손색이 없네. 저 장교에게 의사를 붙 여주도록 하라.

[장교, 부축을 받으며 퇴장]

로스와 앵거스 등장

그런데 여기 오는 건 누구지?

맬컴   로스의 영주입니다.

레녹스   그의 두 눈은 황황한 빛이 가득한데! 뭔가 새로운 것을 말하려 나 본데.

로스   폐하 만세!

덩컨   로스의 영주, 경은 어디에서 오는 길이오?

로스   파이프에서 오는 길입니다, 대왕이시여.

그곳에선 노르웨이 군기가 하늘을 뒤덮어 우리의 병사들을 얼 어붙게 했습니다. 엄청난 병력을 동원한 노르웨이 왕은 가장 불 충한 반역자 코더 영주의 도움을 받아가며 무시무시한 전투를 시작했습니다. 하지만 군대의 여신 벨로나의 신랑이며 갑옷을 입은 용사인 맥베스는 그에 못지않은 위용과 무위를 뽐내며, 칼 끝 대 칼끝, 무력 대 무력으로 맞섰으며 마침내 반도의 사나운 기세를 꺾어버리고 우리 군대의 승리로 결말을 지었습니다.

덩컨 이 얼마나 행복한 일인가!

로스 노르웨이 왕인 스웨노라는 자는 휴전을 갈망하고 있습니다. 그렇지만 그자가 세인트 콤스 인치 섬(Saint Colm's Inch)에서 전쟁 보상비로 1만 달러를 내놓기 전까지는 죽은 적병들의 장례식을 허용하지 않기로 했습니다.

덩컨 이제 코더 영주가 더 이상 우리의 간절한 관심사를 기망할 수 없게 되었으니 다행이오. 가서 그자의 죽음을 알리면서 그의 예전 영지를 맥베스에게 하사한다는 소식으로 환영하시오.

로스 그렇게 조치하겠습니다.

덩컨 그자가 잃어버린 것을 고귀한 맥베스가 얻게 되었군.

모두 퇴장

———

제1막 제3장
포레스 근처의 황야

천둥소리. 세 명의 마녀 입장

마녀1 어디 갔다 왔나요, 자매님?

마녀 2   돼지를 잡고 왔어요.

마녀 3   당신은 어디 갔다 왔나요, 자매님?

마녀 1   선원의 마누라를 만나고 왔어요. 그 여자는 무릎에 밤을 가득 담아놓고 있었는데, 그 밤을 씹고, 씹고, 또 씹었지요. "나도 하나 줘." 하고 내가 말했어요. "저리 가, 이 마녀야." 그 엉덩이가 펑퍼짐하고 얼굴 피부가 엉망인 마누라쟁이가 대꾸했어요. 그년의 남편은 타이거 호의 선장인데 지금 알레포에 가 있어요. 나는 빗자루에 올라타서 그곳으로 날아갈 거예요. 꼬리 없는 쥐처럼 감쪽같이. 그리곤 해치울 거예요, 해치울 거예요, 해치울 거예요.

마녀 2   제가 당신에게 바람을 보내드리죠.

마녀 1   자상도 하셔라.

마녀 3   나도 보내드리죠.

마녀 1   나도 바람 엄청 많아요. 그 바람들은 자기들이 아는 항구들, 자기들이 아는 방향으로 거세게 불어갈 거예요. 나는 선원의 나침반을 가지고 있어요. 나는 그 선장 놈을 건초처럼 바싹 마르게 할 거예요. 밤낮으로 그놈의 속눈썹에는 잠이 찾아오지 않을 것이고 저주 받은 자로 살아야 할 거예요. 일주일의 아홉 배의 아홉 배를 시달리게 할 거예요. 그자는 야위고 쇠약해지고 수척해질 거예요. 그자의 배가 실종되지 않더라도 계속 태풍에 시달리게 될 거예요. 자, 내가 어떻게 바람을 놓는지 한번 지켜보세요.

마녀 2   보여주세요, 보여주세요.

마녀 1   여기 항해사의 엄지손가락을 하나 가지고 있어요. 고향으로 돌아오던 길에 그의 배가 난파해 버린 거지요.

마녀 3   북소리다, 북소리야. 맥베스가 온다.

마녀 일동   자, 우리 운명의 자매들, 손에 손잡고, 바다와 육지의 날랜 여행
자들답게 이렇게 빙빙 도는 거야. 나도 세 번, 너도 세 번, 그리
하여 곱하면 아홉이 되는 거지. 쉿, 이제 마법 걸기가 끝났어.

맥베스와 뱅코 등장

맥베스   이렇게 지저분하다가 깨끗한 날은 전에 본 적이 없는 걸.

뱅코   포레스까지는 얼마나 남았지? 아, 이건 뭐지. 저 쪼글쪼글하고
이상하게 생긴 옷을 입고 있는 자들은? 지상의 존재 같지 않은
데 지상에 저렇게 버티고 있네. 너희는 살아 있는 존재냐? 대화
를 나눌 수 있는 존재냐? 내 말을 알아듣는 듯한데. 각자 쪼글
쪼글한 손가락을 바싹 마른 입술 위에 올려놓고 있네. 너희들은
여자 같은데 수염이 달려 있어서 그렇게 볼 수도 없네.

맥베스   말하라. 너희들은 도대체 뭐냐?

마녀 1   맥베스 만세. 글램즈의 영주 만세.

마녀 2   맥베스 만세. 코더의 영주 만세.

마녀 3   앞으로 왕이 되실 맥베스 만세.

뱅코   아니, 장군, 왜 저런 좋은 얘기를 듣고서 깜짝 놀라고 또 두려워
합니까? 자, 말하라. 너희들은 허깨비냐 아니면 지금 드러내고
있는 모습 그대로인 존재냐? 너희들은 나의 고상한 동료를 현
재의 직명으로 불렀을 뿐만 아니라 장차 새로운 영지를 얻고 왕

이 될 미래를 예언했고 그래서 내 동료는 마법에 걸린 듯 매혹되었다. 너희들은 나의 미래에 대해서는 아무 말도 하지 않았다. 만약 너희들이 시간의 씨앗을 미리 살펴볼 수 있다면 어떤 씨앗이 앞으로 자라나고 어떤 것이 그렇지 않겠는지 말하라. 그걸 내게 말해 다오. 나는 너희들의 혜택과 증오를 구걸하지도 않고 두려워하지도 않는다.

마녀1   만세.

마녀2   만세.

마녀3   만세.

마녀1   맥베스보다 못하지만 그보다 위대하게 될 겁니다.

마녀2   그만큼 행복하지 못하지만 그보다 훨씬 더 행복할 겁니다.

마녀3   당신 자신은 왕이 되지 못하겠지만 앞으로 많은 왕들을 두게 될 겁니다. 그러니 맥베스와 뱅코 만세.

마녀1   뱅코와 맥베스 만세.

맥베스   잠깐, 너희 불완전한 대화자여. 내게 좀 더 말해 다오. 선친 피넬이 돌아가신 후 나는 글램즈의 영주가 되었다. 그렇지만 코더라니? 코더의 영주는 살아 있고 번창하는 영지의 성주로 알고 있다. 그리고 왕이 된다는 얘기는 코더 얘기만큼이나 믿기 어렵다. 그러니 말하라. 어디서 그런 이상한 정보를 얻었는가? 왜 이 음산한 황야에서 우리의 길을 막고서 이런 예언적인 언사를 하는 것이냐? 말하라, 강하게 요구하는 바이다.

마녀 퇴장

뱅코 　물에는 물방울이 있고 땅에는 거품이 있지요. 아마 저들은 그런 종류일 겁니다. 과연 어디로 간 걸까요?

맥베스 　공중으로 사라졌어요. 육체를 가진 듯이 보이는 게, 마치 숨결이 바람 되듯이 녹아버렸어요. 그들이 좀 더 머물러 있었으면 좋았을 텐데.

뱅코 　방금 우리와 말한 저들이 과연 여기에 존재했던 것일까요? 아니면 우리가 정신을 나가게 만드는 독 당근 약초를 먹은 걸까요?

맥베스 　당신의 후손이 왕들이 된다고 하잖아.

뱅코 　당신은 왕이 되고요.

맥베스 　또 코더의 영주가 된다고 했지. 뭐, 그런 얘기였지?

뱅코 　뭐, 그런 가락에 그런 가사였지요. 여기 누가 오네?

로스와 앵거스 등장

로스 　맥베스 장군, 국왕 폐하는 당신의 승전 소식을 듣고 기뻐하셨습니다. 특히 적진에서 장군이 보여준 개인적 무용의 보고서를 일고서 폐하께서는 경탄과 칭찬 중 무엇을 먼저 해야 할지 난감하셨습니다. 그런 심정으로 말이 없으신 후에 그날의 전황을 찬찬히 읽으시면서 장군이 강성한 노르웨이 적진으로 뛰어든 사실을 알게 되셨습니다. 장군은 적 진영에서 엄청나게 많은 자들을 처치하면서 조금도 두려워하지 않았지요. 보고서들이 줄지어 답지하는 광경은 마치 우박이 쏟아져 내리는 것 같았습니다. 모든 사람이 왕국을 수호한 장군의 공로를 칭송하며 그 얘기를 폐하 앞에 쏟아놓았습니다.

앵거스 우리는 폐하의 고마운 마음을 전하기 위해 여기 이렇게 나오게 되었습니다. 우리의 임무는 장군을 폐하에게 모셔가는 것일 뿐 논공행상을 하려는 것은 아닙니다.

로스 하지만 커다란 명예를 약속하셨습니다. 폐하는 저에게는 장군을 코더의 영주로 부르라고 당부하셨습니다. 그런 작위를 추가로 얻게 되신 것을 축하드립니다. 이제 그 작위는 장군의 것입니다.

뱅코 아니, 악마도 진실을 말할 수 있는 건가?

맥베스 코더의 영주는 살아 있다. 왜 내게 빌려온 옷을 입히려고 하느냐?

앵거스 과거에 코더 영주였던 사람은 아직 살아 있기는 합니다. 하지만 그는 곧 중형을 받아서 그 목숨을 잃어버리게 생겼습니다. 그와 노르웨이 군대와 결탁하고 또 국내의 반도에 연합했는지, 아니면 그 둘 다 저질러서 국익을 크게 해쳤는지 그건 잘 모르겠습니다. 하지만 자백하고 입증된 대역죄 때문에 그자는 그 자리에서 쫓겨났습니다.

맥베스 [방백] 글램즈의 영주에다 코더의 영주라.

그 다음은 대권이네. 자네들의 노고를 치하하네.

[뱅코에게] 자네의 후손이 왕이 될 거라고 생각하지 않나? 내가 코더 영주가 될 거라고 한 저들이 자네에겐 바로 그것을 약속했으니 말이야.

뱅코 그 말을 곧이곧대로 믿는다면 장군은 코더 영주 이외에 왕위에 대한 열망도 품게 될 겁니다. 하지만 괴이한 일입니다. 어둠의 앞잡이들은 우리에게 피해를 입히기 위해 사소한 진실로 우리의 마음을 사로잡고, 가장 심각한 결과로 우리를 배반하니까요.

여보게들 잠깐만.

맥베스 [방백] 두 개의 진실을 말해 주었군.

왕권의 꿈이라는 거창한 연극의 행복한 서막으로 말이야.—여
보게들 고맙네—이 초자연적 예언은 좋을 수도 없고 나쁠 수도
없어. 만약 나쁜 것이라면 왜 그 예언은 먼저 진실로 시작되는
성공의 약속을 했는가? 나는 이제 코더의 영주이지 않은가. 만
약 좋은 것이라면 왜 내가 그런 암시에 굴복해야 하는가? 그건
생각만 해도 내 머리카락을 비쭉 서게 하고 나의 침착한 심장이
평소와는 다르게 내 갈비뼈를 이렇게 두드려대는데. 실제로 나
타난 공포는 끔찍한 상상보다는 덜 무서운 것이지. 사람을 죽인
다는 생각은 아직 상상에 불과하다. 그러나 그게 내 통일된 마
음의 왕국을 뒤흔들고 분별은 억측에 짓눌려버렸다. 그리하여
있지도 않은 것(환상) 이외에는 아무것도 있지 않구나.

뱅코 우리의 동료는 아주 넋이 나갔구나.

맥베스 운명이 나를 왕으로 점지한 것이라면 내가 아무것도 안 해도 운
명이 나를 왕위에 올려놓을 수도 있잖아.

뱅코 그에게 내려진 새로운 영예는 새 옷과 비슷한 거지. 처음에는
몸에 착 달라붙지 않지. 그러나 자꾸 입으면 그렇게 되는 거야.

맥베스 무슨 일이 벌어지든 세상과 시간은 아주 힘든 날을 따라 흘러가
는 거야. 벌어질 일은 벌어지는 거라고.

뱅코 맥베스 장군, 무얼 그리 골똘하게 생각하며 지체하십니까?

맥베스 좀 이해해 주시오. 내 둔탁한 머리가 아득한 생각으로 시달리고
있었소. 두 칙사 양반, 당신들의 노고는 내 날마다 기억하겠소.
[뱅코에게] 오늘 우연히 벌어진 일을 좀 더 찬찬히 생각해본 후에

우리 한번 만나서 솔직하게 각자의 생각을 말해 봅시다.

뱅코   기꺼이 그러지요.

맥베스   그때까지. 그럼 이만. 자, 친구들.

모두 퇴장

———

제1막 제4장
포레스에 있는 덩컨의 궁성

나팔 소리, 덩컨 왕, 레녹스, 맬컴, 도널베인, 시종들 등장

덩컨   코더에 대한 처형이 완료되었는가? 그 일을 맡은 사람들이 아
          직 돌아오지 않았나?

맬컴   폐하,
          아직 돌아오지 않았습니다. 하지만 그자가 죽는 것을 지켜본 사
          람과 얘기를 해보았는데 이런 보고를 했습니다. 그자는 자신의
          대역죄를 솔직히 시인했고, 폐하의 용서를 빌었으며, 깊이 후회
          하는 태도를 보였다는 것입니다. 그의 한평생 동안 이승을 하직
          하는 때처럼 그다운 적이 없었다는군요. 그는 평생 죽음을 깊이
          생각해 온 사람처럼 죽었고, 자신이 가진 가장 소중한 것을 마

치 쓸모없는 하찮은 것인 양 내던졌다고 합니다.

덩컨 사람의 얼굴만 보고서 그 마음속에 어떤 생각이 자라고 있는지 알 수가 없어. 그는 내가 절대적으로 신임했던 신하였지.

맥베스, 뱅코, 로스, 그리고 앵거스 등장

오, 나의 존귀한 사촌이여. 그동안 경의 봉사에 대하여 충분한 감사의 뜻을 표시하지 못했다는 것이 내 마음을 무겁게 짓눌렀소. 그대는 지금껏 너무 빨리 앞서 달려 나가는 바람에 보상의 재빠른 날개도 그대를 따라잡을 수 없었소. 만약 그대의 명예가 덜 보상을 받았다면 나의 감사와 보상은 그에 따라 적절히 이루어질 것이오. 단지 여기서는 이 말만 하고 싶소. 경은 그 어떤 사람이 보상해 줄 수 있는 것보다 더 많은 것을 국가를 위해 봉사했소.

맥베스 나의 봉사와 충성심은 그것을 실천함으로써 이미 보상을 받은 것입니다. 폐하의 임무는 우리의 의무를 받는 것이고, 폐하의 자녀이며 하인인 우리의 의무는 폐하와 국가를 위해 온 힘을 다 바치는 것입니다. 우리는 폐하의 은총과 명예를 안전하게 지키기 위해 전력을 다할 뿐이지요.

덩컨 자, 이리로 오시오.

나는 이제 막 그대라는 나무를 심었으니 그 나무가 잘 자랄 수 있도록 온 힘을 다하겠소. 존귀한 뱅코, 그대 또한 공로가 못지 않으니 그런 사실이 널리 알려져야 마땅할 것이오. 자, 이제 그 대에게 두 팔을 벌려 그대를 내 가슴 가까이 껴안아 보고 싶소.

뱅코 만약 거기서 내가 나무처럼 자란다면,

그 열매는 폐하의 것이옵니다.

덩컨 정말 가량없이 즐겁소.

즐거움이 너무 충만하다보니 몇 방울의 눈물 속으로 그것을 감추게 되는구려. 아들들, 친척들, 영주들, 그리고 과인의 가까이에 있는 사람들에게 말하노라. 나는 장자 맬컴을 스코틀랜드의 다음 왕으로 정하고 앞으로 컴벌랜드 왕세자로 부를 생각이다. 그 명예는 오로지 맬컴에게만 주어질 것이고, 그 고귀함의 표시는 모든 신하들에게 별처럼 빛나게 될 것이다. [맥베스에게] 여기 궁성에서 인버네스 성을 방문하여 경의 신세를 좀 지면서 우리의 유대를 더 간단히 결속하고 싶소.

맥베스 폐하를 위해 사용되지 않는 휴식은 노고일 뿐입니다. 나 자신이 전령이 되어 나의 아내에게 폐하의 방문 소식을 전하여 즐거움을 더 하고 싶습니다. 그러니 이만 소신은 물러나겠습니다.

덩컨 나의 존귀한 코더.

맥베스 [방백] 컴벌랜드의 왕세자라. 내가 걸려 넘어지거나 아니면 뛰어 넘어야 할 걸림돌인 걸. 내가 가려는 길 앞에 놓여 있으니 말이야. 별들이여, 네 불빛을 가려라. 별빛이 나의 검고 음흉한 욕심을 드러내지 못하도록. 내 눈이 내 손의 소행을 보지 못하도록. 이제 그 일을 해치운다면 내 눈이 차마 그걸 보지 못할 테니까. 퇴장

덩컨 존귀한 뱅코, 그는 정말로 용감하오. 그를 칭찬하는 소리를 아주 많이 들었소. 그건 내게 잔치였소. 자, 그를 따라 가도록 합시다. 너무 들어 지겨울 정도요. 우리를 잘 대접하기 위해 맥베스가 먼저 떠났소. 정말 비할 데가 없는 훌륭한 친척이오.

나팔 소리와 함께

모두 퇴장

제1막 제5장
맥베스의 인버네스 성

맥베스 부인, 편지를 읽으며 등장

맥베스 부인 [읽는다] "그들은 내가 성공을 거둔 날에 나를 만났소. 나는 완
벽한 보고에 의하여 그들이 인간이 알 수 있는 지식 이상의 것
을 가지고 있음을 알게 되었소. 그들에게 더 물어보고 싶은 마
음이 간절했지만 그들은 공기 중으로 사라져버렸소. 내가 그걸
기이하게 여기며 멍하니 서 있는데 왕으로부터 내가 코더 영주
로 임명되었음을 알리는 전령들이 왔소. 그 작위로 저 음산한
자매들이 내게 말해 준 게 사실임을 확인하게 되었소. 그들은
또 미래를 언급하면서 '만세, 앞으로 왕이 되실 분.' 하고 말했
소. 내가 사랑하는 훌륭한 아내여, 나는 이걸 당신에게 미리 알
리는 게 좋겠다고 생각했소. 당신에게 약속된 위대한 지위에 대
하여 무지함으로써 당신이 느껴야 마땅한 즐거움의 몫을 빼앗

지 않기 위해서 말이오. 이 사실을 명심해 두시오. 그럼 이만."

당신은 현재 글램즈와 코더의 영주이고 앞으로 당신에게 약속된 것을 가지실 분이에요. 하지만 나는 당신의 성품이 걱정이 돼요. 너무 인정의 젖이 많아서 그게 지름길의 발목을 잡을 거예요. 당신은 위대하게 되실 분이에요. 야심도 없지 않지만, 거기에 따르는 사악함이 없어요. 당신은 지존의 몸이 되고 싶어 하지만 거룩한 방식으로 그렇게 되기를 바라요. 그릇된 일처리를 피하려 하지만 엉뚱한 방식으로라도 그것을 얻으려 들어요. 위대한 글램즈 영주여, 당신에게는 "그것을 얻으려면 해치우지 않으면 안 돼." 하고 외치는 소리가 있는가 하면, 일단 해치우고 나서 후회하기보다는 행동에 나서기를 두려워하는 마음도 있어요. 어서 집으로 오세요. 내가 당신의 귀에다 용기를 불어넣고 용맹한 나의 혀로 당신이 황금 관으로 나아가는 걸 방해하는 것들을 모두 쫓아버려 줄 테니까. 운명과 초자연적 도움이 당신에게 이미 그 관을 씌워준 것 같아요.

[시종] 등장

무슨 소식이에요?

시종   국왕 폐하가 오늘밤 여기로 오신답니다.

맥베스 부인 그게 무슨 황당한 소리지?

주인님은 폐하와 함께 있지 않은가? 만약 폐하가 여길 방문할 거라면 주인님이 준비하라고 미리 통지했을 것인데.

시종   마님, 사실입니다. 영주님이 오고 계십니다. 저의 동료 시종 한 명이 주인님보다 더 앞서 달려왔습니다. 그는 너무 숨이 차서 전언을 제대로 전하지 못할 정도였습니다.

맥베스 부인 그를 잘 보살펴주도록 하세요.
좋은 소식을 가져왔으니까.

[시종] 퇴장

덩컨의 치명적 등장을 알리느라고 저 갈가마귀도 목이 쉬었구나. 오라, 인간의 생각에 깃드는 너희 사악한 생각들아. 나에게서 여성성을 앗아가 다오. 그리고 머리끝에서 발끝에서 치명적인 잔인함으로 가득 채워다오. 나의 피를 걸쭉하게 만들어 연민으로 가는 접근로와 통행로를 모두 차단해 다오. 본능적으로 생겨나는 죄책감이 나의 사악한 목적을 흔들어놓지 못하게 하고, 그 목적과 실행 사이에 끼어들지 못하게 해다오. 내 여성의 가슴에 와서 내 젖을 앗아가고 그 자리에 독을 채워다오. 너희 살인의 사주자들이여, 너희는 겉으로 아무런 모습을 드러내지 않지만 자연의 악행을 거들고 있구나. 오라, 어두운 밤이여, 아주 어두운 지옥의 연기로 그대 자신을 감싸라. 그리하여 내 날카로운 칼이 만들어내는 상처를 보지 못하게 하라. 하늘이 어둠의 담요를 들추고 "중지하라, 중지하라."라고 외치지 못하게 하라.

맥베스 등장

위대한 글램즈 영주, 존귀한 코더 영주,

앞으로 만인의 칭송으로 그보다 더 높이 되실 분. 당신의 편지 덕에 나는 이 무지한 현재를 넘어서서 이제 즉각적으로 미래를 느낄 수 있어요.

맥베스   사랑하는 아내여,

덩컨 왕이 오늘밤 여기 오기로 되었어요.

맥베스 부인   그럼 언제 간대요?

맥베스   내일 간다고 했어요.

맥베스 부인   오, 태양은 내일 아침을 보지 못하리로다. 오, 나의 영주님, 당신의 얼굴은 책과 같아서 사람들이 이상한 기별을 금방 읽을 수 있어요. 세상을 속이려면 세상처럼 보여야 해요. 당신의 눈, 손, 혀에 환영의 빛을 보이세요. 겉으로는 정직한 꽃처럼 보이면서 동시에 그 밑에서 독사가 되어야 하는 거예요. 오늘 방문하기로 된 사람을 해치워야 해요. 당신은 오늘밤의 거사를 내 계획에 따라 실시해야 돼요. 그래야만 앞으로 다가올 세월 동안에 당신 혼자 주권을 행사하는 진정한 주인이 되는 거예요.

맥베스   이 문제는 좀 더 얘기해 봅시다.

맥베스 부인   그저 정직한 사람인 척만 하세요.

얼굴빛을 바꾸는 건 의심을 불러일으키는 거예요. 그리고 나머지 일은 다 내게 맡겨요.

모두 퇴장

제1막 제6장
맥베스 성의 앞쪽

오보에 소리와 횃불. 덩컨 왕, 맬컴, 도널베인, 뱅코, 레녹스,

맥더프, 로스, 앵거스가 시종들과 함께 등장

덩컨　　이 성은 좋은 곳에 자리를 잡았군. 공기도 아주 청명하여 우리
　　　　에게 아주 달콤하게 감겨드는군.

뱅코　　여름의 손님으로 사원을 찾아드는 바위 제비가 저 멋진 석공 기
　　　　술을 발휘하여 이곳에다 둥지를 틀어 그걸 증명하는군요. 그래
　　　　서 천상의 숨결이 이 성에서 풍겨옵니다. 추녀 끝, 서까래 옆, 벽
　　　　받침, 그 외에 구석구석 어디에서나 매달린 둥지를 틀어서 번식
　　　　의 요람을 만들었습니다. 여기에 바위 제비들이 모여들어 새끼
　　　　를 치고 있습니다. 그러니 이 성 근처의 공기가 상쾌하다는 것
　　　　을 알겠습니다.

[맥베스] 부인 등장

덩컨　　저기, 존귀한 여주인께서 나오시네. 과인이 베풀려는 사랑이 때
　　　　로는 남에게 폐를 끼치는 일이 되지요. 그런데도 나는 그런 폐
　　　　를 여전히 사랑이라고 생각하며 고마워하길 바라는 거지요. 그
　　　　러니 내가 부인에게 꼭 이렇게 가르치는 것 같습니다. 부인은

폐를 끼치는 나를 위하여 신의 축복을 빌어주고 또 폐를 끼치는 나에게 감사하라고 말입니다.

맥베스 부인 폐하, 무슨 황송한 말씀이십니까.

오늘의 만찬을 위하여 모든 면에서 두 배로 준비하고 또 거기에 다시 두 배로 했지만 폐하가 우리 가문에 내려 주신 영예에 비하면 어디 반푼어치나 되는 일이겠습니까. 예전의 영예에다 또 최근에 더 많은 영예를 내려 주시니 성은이 망극하여 저희는 폐하를 위하여 기도하고 또 기도하겠습니다.

덩컨 코더의 영주는 어디에 있소?

우리는 그의 뒤를 쫓아 곧바로 출발하여 그의 앞에 가서 시중을 준비하는 자가 되려 했으나 그가 우리보다 먼저 달려갔습니다. 부인에 대한 그의 커다란 사랑이 말의 박차처럼 날카롭게 말을 자극하여 우리보다 앞서서 이 성에 도착했던 겁니다. 아름답고 존귀한 여주인이시여, 우리는 오늘밤 이 성의 손님들입니다.

맥베스 부인 저희들은 폐하의 하인들입니다. 저희들뿐만 아니라 이 성에 있는 모든 것들이 언제라도 폐하의 편안함을 위하여 즐거이 대기하고 있습니다. 또 이 모든 것이 폐하께서 내려 주신 것이니 기꺼이 내어놓겠습니다.

덩컨 부인, 손을 내밀어 나를 이 성의 주인에게 인도해 주시오. 우리는 그를 아주 사랑하고 또 그에 대한 고마운 마음을 계속 간직할 것입니다. 자, 어서 당신이 괜찮으시다면.

모두 퇴장

제1막 제7장

맥베스의 성, 대연회장 근처

오보에 소리와 횃불. 시종장과 여러 명의 하인들이

그릇과 접시를 들고 무대에 등장. 이어 맥베스 등장

맥베스   실행해야 될 때 실행한다면, 재빨리 해치우는 것이 좋아. 암살이
결과의 후폭풍을 수습하고 그의 사망이 성공을 가져다준다면, 이
일격이 모든 것을 종결시켜 주는 해결책이 될 거야. 여기, 여기 시
간의 둑과 흐름 위에서 우리는 앞으로 다가올 삶으로 뛰어오르는
구나. 하지만 이런 경우에 우리는 이런 판단을 갖고 있어. 이런 피
묻은 기술은 일단 시행되면 되돌아와 그 발명자를 고문하지. 이
공평한 정의의 여신은 우리가 만든 독배의 성분을 우리 입술에
들이미는 거야. 그는 이중으로 우리를 신임하기에 이곳을 방문했
어. 첫째, 나는 그의 사촌이면서 신하로서 이런 행동을 하지 말아
야 할 강력한 이유가 있어. 둘째, 이 집의 주인으로서 그의 살인자
에게 문을 단단히 잠가야 하므로 그 칼을 내가 직접 들 수는 없
어. 덩컨 왕은 인자한 왕이야. 대권을 가지고서도 단 하나의 결점
도 없는 어른이지. 그를 살해한다면 그의 높은 덕망은 나팔의 혀
를 가진 천사와 같이, 그 부당함을 천하에 호소할 거야. 그리고 동
정심은 벌거숭이 갓난애 모양으로 열풍을 타고, 또는 하늘의 어
린아이같이 공중을 달리는 보이지 않는 바람을 타고, 그 악행을

만인의 눈에 불어넣어, 그 바람을 재우기 위해 만인의 눈물을 흘리게 할 거야. 내 의도라는 말[馬]의 양옆구리를 견제하는 박차는 없으면서도 충천한 야심만 가득하여 그 야심이란 놈이 하늘 높이 뛰어 올랐다가 의도의 반대쪽으로 떨어지는구나.

[맥베스] 부인 등장

　　　지금 어떻게 되어 가고 있소? 무슨 소식이라도?

맥베스 부인　그는 거의 식사를 마쳤어요. 왜 연회장을 떠나셨지요?

맥베스　그가 나를 찾았소?

맥베스 부인　그걸 모르고 계셨나요?

맥베스　우리는 이 일을 더 이상 추진하지 않는 게 좋겠소. 그는 최근에 내게 영예를 베풀었고 나는 여러 계층의 사람들로부터 좋은 평판을 얻었소. 그런 최신 평판의 옷을 입고 그 광채가 아주 새롭게 빛나고 있는데 그걸 쉽게 내던질 수는 없소.

맥베스 부인　당신은 그런 옷을 입더니 소망이 술 취해 버렸나요? 그때 이래 그 희망은 잠자고 있나요? 그런데 잠 깨어 보니 그 소망이 상상 속에서 그토록 자유롭게 했던 것이 이제 서툴고 창백하게 보였나요? 지금 이 순간부터 당신의 사랑을 그런 식으로 생각하겠어요. 당신이 욕망 속에서 상상했던 것을 실제 행동과 용기로 옮기는 것이 두려운가요? 평생의 장식품을 갖고 싶다고 생각하면서도 당신의 생각 속에서 비겁한 사람으로 살 생각인가요? 난 해치우고 말거야, 라고 하는 게 아니라 감히 어떻게 하겠어, 라고 말하면서? 자기 발을 적시기는 싫지만 물고기는 먹고 싶은 속담 속의 고양이처럼?

맥베스　제발 조용히 하시오.

나는 사내대장부가 되기 위해 할 수 있는 일은 다하려 하오. 나 보다 더 저돌적인 사내는 없을 거요.

맥베스 부인　내게 이 일을 암시할 때 당신은 사내대장부가 아니라 짐승이 었던가요? 그 일을 하겠다고 할 때 당신은 사내다웠어요. 그때 보다 더 과감하게 나가겠다면 당신은 더욱더 사내답게 되겠지 요. 그때는 시간도 장소도 서로 어울리지 않았지만 당신은 그 둘을 맞춰보려 했지요. 마침내 그 둘은 맞춰졌고 이렇게 무르익 은 분위기가 당신을 물러서게 하고 있어요. 저는 젖을 먹여 보 아서 젖을 빠는 갓난아이가 얼마나 귀여운지를 잘 알고 있어요. 그러나 만일 제가 당신이 한 것처럼 맹세를 했다면, 그 갓난아 이가 제 얼굴을 쳐다보며 웃고 있더라도 저는 그 말랑한 잇몸이 빨고 있는 젖꼭지를 잡아떼고 아이를 땅바닥에 내리꽂아 그 머 리통을 박살낼 거예요.

맥베스　만약 우리가 실패한다면?

맥베스 부인　실패라니요?

당신의 용기를 고정시키는 홈에다 집어넣고 단단히 비틀어 매 세요. 그러면 실패할 리가 없어요. 덩컨이 하루의 힘든 일정 뒤에 곤히 잠이 들게 되면 내가 술과 권주로 그들의 기억을 압도해 버 릴 거예요. 그러면 두뇌의 경계병은 증기처럼 사라져 버리고 판 단하는 용기(容器)는 증류기 정도밖에 안 될 거예요. 그들이 돼지 같은 잠 속에서 죽은 것처럼 몸을 누이고 있다면, 당신과 내가 보초 없는 덩컨에게 못할 게 뭐가 있어요? 그럼 그의 술 취한 경계병에게 우리의 대사를 뒤집어씌우는 건 손쉬운 일이에요.

맥베스 남자 애만 낳으시오.

당신의 그 거침없는 기질로 보아서는 꼭 남자 애만 낳을 것 같소. 우리가 잠든 두 경계병에게 피를 묻히고 그들이 사용하지 못하는 칼을 가져다가 사용하면 남들이 믿어줄까?

맥베스 부인 어떻게 달리 받아들이겠어요?

그의 죽음에 대하여 우리가 온갖 슬픔과 요란을 떤다면?

맥베스 나는 결심했소. 나의 모든 신체적 능력을 이 무서운 일에다 집중하리다. 자, 가서 가장 그럴듯한 표정으로 사람들을 속이시오. 거짓된 얼굴로 거짓된 마음이 알고 있는 것을 감추어야 하니까.

모두 퇴장

제2막 제1장
맥베스 성의 안뜰

뱅코와 플리언스가 햇불 든 자들을 앞세우고 등장

뱅코 얘야, 지금 밤이 얼마나 깊었느냐?

플리언스 달이 졌습니다. 종소리는 듣지 못했지만.

뱅코   달은 열두시에 지지.

플리언스 기억하겠습니다. 아무튼 상당히 늦은 시간입니다, 아버님.

뱅코   여기 내 칼을 받아라. 하늘에도 절약 정신이 있어서 천상의 촛
        불들이 다 꺼졌구나. 그것 또한 기억해 두어라. 무거운 소명감
        이 납처럼 나를 짓누르는구나. 그래서 잠이 안 오는구나. 자비
        로운 힘들이여, 자연이 휴식 중에 빠져들게 하는 무서운 생각을
        억제해 주소서.

        맥베스와 횃불을 든 하인 등장

        내게 칼을 다오.—
        거기 누구냐?

맥베스   친구요.

뱅코   아니, 장군, 아직도 취침에 들지 않으셨소? 폐하는 이미 침전에
        드셨습니다. 폐하는 아주 즐거워하셨고 장군의 하인 숙소에 커
        다란 선물을 보내셨소. 동시에 이 다이아몬드를 장군의 아내에
        건네주라고 하셨소.

        [맥베스에게 다이아몬드를 건네준다]

        아주 자상한 여주인 덕분에 한량없이 만족하며 침전에 드셨소.

맥베스   사전 준비가 없어서 우리의 환대는 부족한 점이 많아서, 우리가
        생각한 만큼 곡진하게 폐하를 모시지 못했습니다.

| 뱅코 | 모든 게 잘 준비되었습니다. 나는 지난밤 세 명의 음산한 자매들 꿈을 꾸었습니다. 그들은 장군에게 약간의 진실을 보여주었지요. |

뱅코　모든 게 잘 준비되었습니다. 나는 지난밤 세 명의 음산한 자매들 꿈을 꾸었습니다. 그들은 장군에게 약간의 진실을 보여주었지요.

맥베스　나는 그들 생각을 하지 않습니다.

우리가 한 시간 정도 시간을 낼 수 있을 때 그 문제에 대해서 얘기해 봅시다. 당신이 시간을 내 준다면.

뱅코　장군 좋은 시간에.

맥베스　당신이 내 뜻에 동의한다면 시간이 될 때 당신에게도 명예가 돌아갈 겁니다.

뱅코　나는 명예를 얻는 과정에서 아무것도 잃지 않았습니다. 그리고 내 마음에 거리낌이 없고 폐하에 대한 충성심을 지킬 수 있다면 그 뜻을 받아들이겠습니다.

맥베스　그동안 편히 쉬시오.

뱅코　감사합니다. 장군 역시 편히 쉬시길.

뱅코, [플리언스, 횃불 든 자] [모두 퇴장]

맥베스　[하인에게] 가서 안주인에게 내 술이 준비되었다고 말하게. 그녀가 종을 칠 거야. 그러면 잠자러 가게.

[하인] 퇴장

내가 지금 보고 있는 저것, 손잡이가 내 손 쪽으로 향하고 있는 저건 단검인가? 와라, 내가 잡아보게. 저게 보이기는 하지만 잡을 수가 없구나. 눈에 보이는 것처럼 손으로도 잡을 수 있는 너는 치명적 환영(幻影)이냐? 아니면 내 마음속에서 나온 가짜 물건, 열기에 짓눌리는 머리가 만들어낸 것이냐? 나는 너의 구체적인 형체를 본다. 내가 지금 뽑는 이 칼처럼. 너는 내가 가고자 하는 길을 안내해 준다. 마치 내가 그런 도구를 서야 하는 것처럼. 나의 두 눈은 다른 감각들을 멍청하게 만들었거나 아니면 모든 감각을 대신하고 있다. 나는 아직도 너를 본다. 그리고 칼날과 손잡이에는 핏자국이 묻어 있구나. 전에는 그렇지 않았는데. 그런 자국이 없었는데. 이런 식으로 내 눈에 저 유혈낭자한 일을 알려주는구나. 이제 세상의 절반 너머에서는 자연이 죽은 듯하고, 사악한 꿈들이 커튼 친 것처럼 흐릿한 잠을 괴롭히는구나. 마녀들이 마술의 여신 헤카테에게 봉헌물을 바치고, 겁먹어 위축된 살인자는 그의 보초인 늑대의 울음소리에 놀라면서 루크레티아를 능욕하려는 타르퀴니우스처럼 살금살금 그의 목표를 향해, 마치 유령이 움직이는 것처럼 다가선다. 그대, 확실하고 단단한 대지는 나의 발걸음 소리와 걸어가는 방향을 듣지 말아다오. 지상의 돌들이 나의 소재를 말해 주면서, 이 시간에 어울리는 공포의 소리를 울릴까봐 내가 두려워하며 소리죽여 걸어가고 있으므로. 내가 말로 위협하는 동안에 그는 살아 있다. 이런 말들은 뜨거운 행위에 차가운 숨결을 불어넣을 뿐이다.

벨이 울린다

나는 가서 해치워야 해. 종이 울려 나를 부르는구나. 저 소리를 듣지 마라, 덩컨이여. 그대를 천국 혹은 지옥으로 부르는 조종 소리이므로.　　　　　　　　　　　　　　　　　　퇴장

———

제2막 제2장
맥베스의 성. 덩컨의 침전 근처

맥베스 부인 등장

맥베스 부인　저들을 취하게 만드는 물건이 나를 대담하게 만들었어. 저들을 잠들게 만든 것이 나에게 열기를 안겨주었어.

[올빼미가 비명을 내지른다]

쉿, 조용!
비명을 내지른 건 올빼미, 치명적인 조종을 울리는 자, 아주 심각한 작별 인사를 하는 자. 그 이는 지금 거사 직전이야. 문들은 열려 있고 술 취한 하인들은 코를 골면서 지켜야 할 주인을 조롱하는구나. 나는 그들의 술에 약도 탔지. 그래서 죽음과 생명이 그들 몸 안에서 쟁탈전을 벌이고 있지. 그들이 죽을 것인지 혹은 살 것인지.

맥베스　　거기 누구냐, 엉?

맥베스 부인　어머나, 저들이 깬 줄 알았네. 그러면 해치울 수가 없지. 시도
　　　　　했다가 무위로 끝나면 우리는 망하는 거야. 쉿! 나는 저들의 단
　　　　　검을 준비해 놓았어. 그이가 보지 못했을 리가 없는데. 잠든 그
　　　　　가 내 아버지를 닮지 않았더라면 내가 이미 해치웠을 텐데. 여
　　　　　보, 당신이에요?

맥베스　　내가 방금 해치웠어. 시끄러운 소리는 나지 않던가?

맥베스 부인　올빼미가 비명을 내지르고 귀뚜라미가 소리치는 걸 들었어
　　　　　요. 당신이 방금 무슨 말을 했나요?

맥베스　　언제?

맥베스 부인　지금.

맥베스　　내려오면서?

맥베스 부인　네.

맥베스　　쉿, 두 번째 방에는 누가 들어 있지?

맥베스 부인　도널베인.

맥베스　　이것 참 흉측한 몰골이군.

맥베스 부인　어리석은 생각이에요, "흉측한 몰골"이라고 말하는 건.

맥베스　　잠든 채로 한 놈은 웃음을 터트렸고, 다른 한 놈은 "살인이야!"
　　　　　라고 소리쳤어. 저들이 그런 식으로 서로 깨울 때 나는 거기 서
　　　　　서 그들의 말을 들었어. 이어 저들은 기도문을 외우고 다시 잠
　　　　　이 들었어.

맥베스 부인　둘은 함께 잠들었어요.

맥베스　한 놈은 "하느님 우리를 축복하소서!" 하고 말했고 다른 놈은 "아멘." 하고 말했어. 그들이 이런 교수형 집행자의 모습을 한 나를 보고서 말이야. 그들이 두려워하는 소리를 듣고 있노라니 그들이 "하느님 우리를 축복하소서!" 하고 말할 때, 나는 차마 "아멘."이라는 말을 할 수 없게 되었어.

맥베스 부인　그걸 그리 깊이 생각하지 마세요.

맥베스　왜 내가 "아멘."이라고 말하지 못했을까? 축복을 정말 간절하게 필요로 하는데 "아멘."이라는 말이 목에 걸려서 나오지 않았어.

맥베스 부인　이런 일은 일단 해치운 후에는 깊이 생각하면 안 돼요. 안 그러면 우리는 돌아버릴 거예요.

맥베스　이렇게 소리치는 목소리를 들은 것 같아. "더 이상 잠들지 못하리라. 맥베스는 잠을 죽여 버렸어." 아아, 정직한 잠, 근심의 헤진 소매를 꿰매주는 잠, 날마다의 삶의 정지, 힘든 노동의 목욕, 상처받은 마음의 연고, 대자연의 두 번째 정식(定食), 삶의 향연의 주된 자양분.

맥베스 부인　당신, 무슨 소리예요?

맥베스　저 목소리는 아직도 소리치는데. "더 이상 잠들지 못하리라."라는 외침이 온 성안에 울려 퍼져. "글램즈는 잠을 죽여 버렸다." 따라서 코더는 더 이상 잠들지 못하리라. 맥베스는 더 이상 잠들지 못하리라.

맥베스 부인　도대체 그렇게 소리치는 자가 누구예요? 존귀한 영주시여, 당신의 고상한 힘을 기울여 그런 황당한 것들을 생각하는 겁니까? 가서 물을 좀 얻어서 당신 손에서 그 지저분한 증거를 씻어 버리세요. 왜 이 단검들을 그곳에서 이리로 가져왔어요? 이것

들은 거기다 놔두어야 해요. 다시 가지고 가서 그걸로 잠든 시
중들에게 피를 묻히세요.

맥베스   나는 더 이상 가지 못하겠어.

내가 벌인 짓을 다시 생각하기가 두려워. 그걸 다시 쳐다본다
고? 정말 못하겠어.

맥베스 부인 이렇게 의지가 약해서야!

내게 그 칼들을 주어요. 잠든 사람과 죽은 사람은 그림이나 다
름없어요. 그림 속의 악마를 두려워하는 건 어린아이 눈으로 볼
때나 그렇지요. 나는 저 시종들의 얼굴을 피로 물들이겠어요.
그래야 그들의 소행처럼 보일 테니까.   퇴장

무대 뒤에서 노크 소리

맥베스   저 노크 소리는 어디서 나는 거지?

모든 소리에 이처럼 겁을 먹다니 나는 대체 어떻게 된 거지? 이
거 내 두 손을 좀 보아. 하, 이걸 쳐다보면 내 두 눈알이 뽑혀 나
가는 것 같아. 위대한 해신 넵튠의 바닷물을 모두 가져온다 해
도 이 손에서 피를 씻어내 깨끗하게 할 수 있을까? 아니야. 내
두 손은 저 다채로운 색깔의 바다를 온통 핏빛으로 물들일 거
야. 녹색의 바다라도 적색으로 만들 거야.

[맥베스] 부인 등장

맥베스 부인 나의 두 손도 이제 당신 손의 색깔과 똑같아요. 그러나 내 마

음은 당신처럼 그토록 창백하게 질려 있진 않아요.

[무대 뒤에서] 노크 소리

남쪽 출입문에서 노크 소리가 들리네요. 자, 이제 침실로 가요. 우린 약간의 물만 있으면 이걸 다 씻어낼 수 있어요. 그럼 얼마나 편안하겠어요! 당신의 신경줄이 당신을 잠시 떠나간 것 같네요.

[무대 뒤에서] 노크 소리

들어봐요, 노크 소리가 계속 나요.
가서 당신의 잠옷을 입으세요. 혹시 일이 발각되어 우리를 현장에 부르는 일이 있을지도 모르니까. 그렇게 멍하니 생각에 잠기지 마세요.

맥베스 그걸 가서 직접 보느니 차라리 내 자신을 잃어버리는 게 훨씬 나아.

[무대 뒤에서] 노크 소리

그대의 노크 소리로 덩컨을 깨워봐. 그대가 차라리 그렇게 해주었으면 좋겠어.

부부 퇴장

제2막 제3장
맥베스 성의 출입문

문지기 등장. 무대 뒤에서 노크 소리

문지기 여기 정말 노크 소리가 나네. 내가 지옥의 문지기였다면 많이 써서 닳아버린 열쇠를 가지고 있을 거야. (노크 소리) 쾅, 쾅, 쾅. 염라대왕의 이름으로 묻는데 거기 누구요? 흉년을 대비하여 쌀을 꼬불쳐 두었다가 막상 풍년이 드니까 손해를 비관하여 자살한 농부가 오시는군. 어서 들어오쇼. 손수건을 넉넉히 준비하쇼. 여기서는 땀깨나 흘릴 테니까. (노크 소리) 쾅, 쾅. 또 다른 악마의 이름으로 묻는데 거기 누구요? 여기 저울의 양쪽에다 대고 한쪽이 더 무거운데 다른 쪽도 역시 더 무겁다고 거짓말을 진실처럼 말하는 자가 오는군. 뭐, 하느님이 대역죄를 저지르라고 시켰다고? 그게 애매모호한 말인 거야. 그래서는 천국에 못 가. 어서 들어오쇼, 애매모호한 자. (노크 소리) 쾅, 쾅, 쾅. 여기 프랑스 홀태바지의 옷감을 사기 쳐 먹은 영국인 양복쟁이가 오는군. 양복쟁이, 어서 오쇼. 여기선 당신 다리미를 좀 달굴 수 있을 거야. (노크 소리) 쾅, 쾅. 조용할 사이가 없군. 넌 또 뭐야? 근데 이곳은 너무 추워서 지옥이 될 수는 없어. 그러니 악마의 문지기 노릇은 더 이상 못해 먹겠는데. 자기 멋대로 놀다가 결국 영원한 지옥불 앞으로 가게 되는, 온갖 직업에 종사하는 몇 놈들 들

여놓아줄 생각을 했는데 말이야. (노크 소리) 금방 갑니다요. 쾅,
쾅, 쾅. 정말이지 이 문지기 놈을 기억해 주세요. [문을 연다]

맥더프와 레녹스 등장

맥더프   이봐, 늦게 잠이 들었나? 이렇게 늦게까지 누워 있다니?
문지기   예, 나리. 지난 밤 새벽 세시까지 질탕 폈습니다. 그런데 나리,
          술이란 놈은 세 가지를 도발하지요.
맥더프   술이 도발하는 세 가지란 뭐지?
맥더프   딸기코, 잠, 그리고 오줌이지요. 나리, 술이란 놈은 성욕을 도발
          하지만 동시에 죽여 버리지요. 욕구를 잔뜩 일으키지만 막상 실
          행하려면 안 되지요. 그러니 술은 성욕에 관한 한 애매모호한
          말을 하는 자이지요. 사람에게 발동을 걸었다가 꺼지게 하고,
          계속 부추기다가 마지막 순간에 죽어버리니까요. 잔뜩 밀어주
          다가 막판에 주저앉히고 발기를 시켰다가 막판에 쪼그라들게
          하니까요. 그런 다음에 잠들게 만들어서 꿈속에서 또 애매모호
          한 말을 지껄이는 거지요. 사람에게 거짓말을 한 다음에는 그를
          떠나가는 겁니다.
맥더프   내가 보기에 술이 지난밤에 자네에게 거짓말을 한 것 같은데.
문지기   나리, 정말 그랬습니다. 그놈이 내 목구멍까지 올라오려고 했다
          니까요. 하지만 나는 그놈의 거짓말을 되치기 해주었지요. 내가
          그놈에게는 좀 센 상대였을 거예요. 그놈이 내 두 다리를 안치
          기 하려는 것을 내가 발을 쓱 빼고 되치기 하면서 그놈을 바닥
          에다 토해 버렸지요.

546

맥더프   자네 주인어른이 기동하신 건가? 우리의 노크 소리가 그분을 깨웠나 봐. 여기 그분이 오시네.

[문지기 퇴장]

레녹스   안녕하십니까, 존귀한 양반.

맥베스   두 분 다 잘 오셨소.

맥더프   폐하는 기동하셨습니까, 존귀한 영주님.

맥베스   아직.

맥더프   폐하는 일찍 깨워달라고 하셨습니다. 그 시간을 이미 지나친 것 같습니다.

맥베스   당신들을 침전으로 안내하지요.

맥더프   이게 장군에게 즐거운 노고이리라 생각합니다만 그래도 노고는 노고지요.

맥베스   우리가 즐겨 하는 노고는 고통을 치료해 주지요. 여기가 문입니다.

맥더프   내가 안으로 들어가 깨워 드리겠습니다. 그렇게 하라고 지시를 받았으니까.   퇴장

레녹스   폐하는 오늘 여기를 떠나시나요?

맥베스   그렇습니다. 그렇게 일정이 잡혀 있습니다.

레녹스   아주 어수선한 밤이었습니다. 우리가 묵은 곳에서는 굴뚝이 무너져 내리고 허공에서는 이상한 죽음의 비명 같은 탄식 소리가

들려왔습니다. 아주 끔찍한 어조로 무서운 화재와 폭발을 예언했습니다. 까마귀가 밤을 꼬박 새워 울고 땅도 몸살을 앓는 것처럼 흔들렸습니다.

맥베스　굉장히 심란한 밤이었습니다.

레녹스　제가 젊기는 하지만 이와 유사한 일을 당한 기억이 나지 않습니다.

맥더프 등장

맥더프　오, 끔찍해, 끔찍해, 끔찍해. 혀도 가슴도 이런 일을 생각할 수도 없고 표현할 수도 없어.

맥베스와 레녹스　무슨 일입니까?

맥더프　혼란이 그 자신의 최고 걸작을 만들어냈습니다. 엄청난 신성모독의 시해가 주님의 성유(聖油) 바른 집을 파괴했고 그곳으로부터 생명을 빼앗아갔습니다.

맥베스　생명이라니 무슨 소리요?

레녹스　폐하를 말하시는 겁니까?

맥더프　침전으로 가서 보면 당신은 눈앞이 캄캄해질 겁니다. 마치 새로운 고르곤의 눈빛에 쏘인 것처럼. 더 이상 내게 말을 시키지 마십시오. 가서 직접 보고 말하십시오.

맥베스와 레녹스 퇴장

깨어나라, 깨어나라!

비상벨을 울려라! 시해의 대역죄다! 뱅코와 도널베인! 맬컴, 깨어나라! 죽음의 모방인 저 솜털 같은 잠을 떨치고 죽음 그 자체를 보라! 어서 일어나 저 최후 심판의 날의 벽화를 보라. 맬컴, 뱅코, 마치 무덤에서 일어나 걸어 다니는 유령처럼 이 끔찍한 광경을 보라.

종이 울리고 [맥베스] 부인 등장

맥베스 부인 이처럼 끔찍한 나팔 소리가 울려서 집 안의 사람들을 깨우는 건 무슨 일이에요? 말해요, 말해 주세요.

맥더프 오, 온유한 부인이시여.
당신은 내가 말하는 것을 들으시면 안 됩니다. 이 일이 부인의 귀에 들어가면 그 순간 살인을 하는 거나 마찬가지입니다.

뱅코 입장

오, 뱅코, 뱅코.
폐하가 시해되셨습니다.

맥베스 부인 아니, 뭐라고요?
우리 집에서?

뱅코 어디에서 벌어져도 그건 너무 잔인한 일이지요.
친애하는 더프, 제발 자네 말을 취소하게 사실은 그게 아니라고 말해 주게.

맥베스 내가 이런 변고가 벌어지기 한 시간 전에 죽었더라면 나는 축복
　　　　받은 삶을 살아온 사람이었을 텐데. 왜냐하면 지금 이 순간부터
　　　　인간의 삶에 진지한 가치는 아예 없게 되었으니까. 모든 것이
　　　　사소한 장난감에 불과하고, 명예와 은총은 사라져 버렸으니까.
　　　　생명의 와인이 엎질러졌으니 저장고에는 자랑할 것이라곤 술
　　　　찌꺼기밖에 없게 되었습니다.

맬컴과 도널베인 등장

도널베인 무슨 일입니까?

맥베스 자네 왔나. 그걸 알려고 하지 마.
　　　　자네 피의 원천, 수원, 샘이 멈추어 버렸네. 그 원천 자체가 멈추
　　　　어 버렸다니까.

맥더프 자네 부친인 폐하가 시해되셨네.

맬컴 대체 누가 그런 짓을?

레녹스 침전의 시종들이 그런 짓을 한 것 같아. 그들의 손과 얼굴은 피
　　　　범벅이 되어 있어. 우리는 피도 닦지 않은 그들의 단검을 그들의
　　　　베개에서 발견했어. 그들은 정신 나간 자처럼 멍하니 쳐다보았
　　　　어. 그자들에게는 그 누구의 생명도 맡겨서는 안 되는 거였어.

맥베스 오, 나는 분노가 치밀어서 그자들을 죽여 버린 것을 후회하네.

맥더프 왜 그들을 죽였습니까?

맥베스 어떻게 사람이라면 같은 순간에 현명하고, 놀라고, 절제하고,

화를 내고, 충성심 강하면서, 중립적인 사람이 되겠는가? 그런 사람은 없네. 나의 격렬한 사랑이 황급히 분출하여 억제하는 자인 이성을 앞질렀다. 여기에 덩컨이 누워 있었어. 그의 은빛 피부는 황금 피로 흥건한 채. 그의 찔린 상처들은 자연의 구멍, 멸망의 파괴적 입구처럼 보였지. 거기 저 살인자들은 그들의 소행을 드러내는 핏빛이 흥건했고 그들의 칼은 보기 흉하게 피로 얼룩져 있었어. 사랑하는 마음과 그 사랑을 드러내고 싶은 용기를 그 마음 안에 갖춘 자라면 누가 그런 분노를 억누를 수 있겠나?

맥베스 부인 아, 여기 좀 도와줘요.

맥더프 부인을 좀 부축해.

[맥베스 부인, 부축을 받은 채 퇴장]

맬컴 [도널베인에게] 저런 격정적 분노의 얘기를 해야 할 사람은 우리가 되어야 하는데, 왜 우리가 가만 입 다물고 있어야 해.

도널베인 [맬컴에게] 여기서 무슨 말을 할 수 있겠어?
우리의 운명이 작은 구멍 속에 숨어 있다가 갑자기 튀어나와 우리를 잡아갈지 모르는데. 여기서 달아나자. 우리의 눈물은 아직 충분히 성숙되지 않아 무엇을 해야 할지 모르겠어.

맬컴 [도널베인에게] 또한 우리의 강력한 슬픔도 아직 행동으로 표시될 상태는 아니야.

뱅코 저 기절한 부인을 좀 보아. 우리의 타고난 기질적 허약함은 노골적으로 드러나면 고통을 당하지. 그런 허약한 심정이 잘 수습되면 그때 다시 만나 이 유혈 낭자한 사건을 좀 더 자세히 논의하기로 하지. 공포와 의심이 우리를 동요시키고 있어. 나는 하느님의 위대한 손을 믿고 기대. 거기서 이 대역적 악의의 드러나지 않은 속셈을 상대로 싸울 거야.

맥더프 나도 그렇습니다.

일동 우리 모두 그렇습니다.

맥베스 우리 빨리 가서 무장을 하고 홀에서 다시 만납시다.

일동 동의합니다.

[맬컴과 도널베인을 남겨 두고] 모두 퇴장

맬컴 너는 어떻게 할 거야? 저들과 어울리지 말자. 가짜 슬픔을 드러내는 것은 가짜 인간이나 쉽게 할 짓이지. 나는 잉글랜드로 갈 거야.

도널베인 나는 아일랜드로 가겠어. 우리가 이렇게 떨어져 있으면 운명이 우리를 좀 더 안전하게 지켜줄 것 같아. 우리가 어디에 가 있든 사람들의 미소 속에는 단검이 들어 있어. 피(혈연)로 더 가까이 있는 자가 오히려 더 많이 피를 보려 하니까.

맬컴 공중에 쏘아올린 살인의 화살은 아직 도착하지 않았어. 우리의 가장 안전한 길은 그 화살의 표적이 되는 걸 우선 피하는 거야. 그러니 어서 말 타러 가자. 우리의 황급한 출발을 우물쭈물 미루지 마. 어서 빨리 여길 떠야 해. 부끄럽게 생각하지 마. 인정사정 보지 않은 곳에서는 이처럼 황급히 달아나는 행위도 다 양해가 되는 거야.

형제 퇴장

제2막 제4장
맥베스 성의 외부

로스가 노인과 함께 등장

노인   나는 지난 70년 세월을 잘 기억해. 그 세월의 책에서 나는 무서운 시간을 보았고 기이한 사건들을 겪었지. 하지만 오늘처럼 심한 밤은 내 일찍이 본 적이 없었어.

로스   하, 어르신.

당신은 인간의 행위로 번뇌하는 하늘이 인간의 피 묻은 무대를 위협하는 것을 보셨지요. 시간상으로는 낮이 되었지만 아직도 어두운 밤이 여행하는 등불(태양)을 목 조르고 있습니다. 어둠이 대지의 얼굴을 감싸고 있는 것은 밤이 아직 기승을 부리고 있기 때문입니까, 아니면 낮이 대지를 쳐다보기를 부끄러워하기 때문입니까? 살아 있는 빛이 마땅히 대지를 입 맞추어야 할 이때에.

노인   아주 부자연스러워.

막 저질러진 저 행위가 말이야. 지난 화요일에 높이 날아올라 빙빙 돌던 매가 쥐를 잡아먹고 사는 올빼미의 공격을 받아 죽어 버렸어.

로스   그리고 덩컨의 마필들도 이상해졌습니다. 그것들은 아주 기이하고 늠름하고 아름답고 재빠른 말로서 말의 품종 중에서는 가장 사랑받는 말들이었지요. 그 말들이 갑자기 성질이 난폭해지더니 울타리를 뛰어 넘어 밖으로 나와 마치 인간을 상대로 전쟁이라도 벌이려는 듯이 인간에게 복종하기를 거부했습니다.

노인 말들이 서로 잡아먹었다고 하더군요.

로스 실제로 그랬습니다. 제가 이 두 눈으로 그 광경을 직접 보고서 놀랐습니다.

맥더프 등장

여기 훌륭한 맥더프가 오는군요. 나리, 세상은 지금 어떻게 돌아가고 있습니까?

맥더프 뭐라고? 자네는 직접 보지 못했는가?

로스 저 유혈 낭자한 소행을 누가 저질렀는지 알려졌습니까?

맥더프 맥베스가 살해한 자들이지.

로스 아, 슬픈 날입니다.
도대체 그들은 무슨 의도였을까요?

맥더프 저들은 매수를 당했을 거야.
왕의 두 아들인 맬컴과 도널베인은 몰래 성을 빠져나가서 달아났어. 그래서 그들이 비행의 배후일 거라고 사람들이 의심하고 있어.

로스 정말 자연의 순리에 어긋나는 일입니다.
쓸데없는 야심에 사로잡혀 자기 생명의 원천을 잡아먹다니. 왕위는 맥베스에게 돌아갈 가능성이 높다고 하더군요.

맥더프 그는 이미 왕으로 지명되어 스쿤(Scone)에 대관식을 하러 갔어.

로스 덩컨의 유해는 어디로 갔나요?

맥더프 　열성조의 신성한 종묘이면서 유해의 수호자인 콤킬(Colmkill)로 갔지.

로스 　당신도 스쿤으로 갈 건가요?

맥더프 　아니, 사촌. 나는 파이프(Fife)로 갈 거야.

로스 　나는 스쿤으로 그리로 가겠습니다.

맥더프 　거기서 일이 잘 처리되는지 살펴보게. 잘 가게. 우리의 새 질서 가 구질서보다 더 잘 우리 몸에 들어맞지 않기를 바라네.

로스 　안녕히 계십시오, 노인.

노인 　당신에게 하느님의 축복이 함께하기를. 악에서 선을 만들어내고 적에서 친구를 만들어내는 사람들에게도 축복을.

모두 퇴장

제3막 제1장
포레스의 왕궁

승마 복장으로 뱅코 등장

뱅코 　자네는 이제 저 음산한 여자들이 예언한 대로 왕, 코더, 글램즈를 모두 차지했군. 그걸 얻기 위해 그들은 아주 지저분하게 놀앉지. 그렇지만 그런 고귀한 지위가 자네의 후손에게는 돌아가지 않을 거라고 예언되었지. 오히려 나 자신이 무수한 왕들의 뿌리이며 시조가 될 거라고 했지. 마녀들의 말이 맥베스 자네에게 일부 진실로 실현되어 마녀들의 말이 환히 빛나게 되었지. 자네에게 내려진 예언이 진실인 것으로 미루어보아, 나에 대한 신탁 또한 진실이어서 내게 희망을 안겨 주는 게 아닐까? 하지만 쉿, 이런 생각은 그만.

팡파르 소리. 왕이 된 맥베스와 [왕비가 된 맥베스] 부인,

로스, 귀족들, 시종들 함께 등장

맥베스   여기 우리 주빈이 와 계시구나.

맥베스 부인 만약 그분이 안 온다면 우리의 대향연에 큰 구멍이 나서, 모든 게 엉망이 되고 말 거예요.

맥베스   오늘 저녁 우리는 장중한 만찬을 개최할 거요. 나는 경이 참석해 주기를 요구하오.

뱅코   전하가 제게 명령을 내리신다면 제 의무는 끊을 수 없는 매듭으로 그 명령에 단단하게 결박될 것입니다.

맥베스   오늘 오후에 말을 타고 올 건가?

뱅코   예, 전하.

맥베스   오늘의 국무회의에서 우리는 아직도 진중하고 현명한 경의 훌륭한 조언을 받기를 원했소. 하지만 그건 내일 하도록 하지요. 말을 멀리 타고 가야 합니까?

뱅코   여기 궁성과 만찬 사이의 시간을 채울 정도의 거리입니다. 내

말의 상태가 평소보다 좋지 않다면 저녁에 한두 시간 지체될지도 모르겠습니다.

맥베스 우리의 만찬에 늦지 마오.

뱅코 전하, 늦지 않겠습니다.

맥베스 우리의 유혈 낭자한 사촌들이 각자 잉글랜드와 아일랜드로 달아났다고 합니다. 그자들은 저 악랄한 시해를 자백하지 않고 이상한 이야기를 꾸며내어 사람들에게 들려준다고 해요. 하지만 이 문제도 내일 다룹시다. 우리가 국사를 논의하기 위해 다시 만날 때. 자, 어서 말을 타러 가시오. 그럼, 밤에 다시 돌아올 때까지. 플리언스가 경과 함께 갑니까?

뱅코 예, 전하. 우리 부자가 함께 출발할 시간이 되었습니다.

맥베스 경의 말이 날래게 잘 땅을 짚으며 달리기 바라오. 그럼 경을 말 등에 맡기겠소. 자, 이만.

뱅코 퇴장

그럼 모든 사람이 밤 일곱시가 될 때까지 자유시간을 갖는 게 좋겠군. 이따가 손님들을 더 유쾌하게 맞이하기 위해 나는 만찬 시간 때까지 혼자 있겠어. 그럼 그때까지 하느님의 축복이 당신들에게.

[맥베스와 하인 한 명을 남기고] 모두 퇴장

여봐라, 이리 오너라, 그 사람들은 기다리고 있느냐?

| 하인 | 폐하, 그들이 궁성의 출입문 밖에 와서 대기 중입니다. |
| 맥베스 | 그들을 내 앞으로 데려오라. |

하인 퇴장

그저 왕이 되는 건 아무것도 아니야.

안전하게 왕이 되어야 하는 거지. 뱅코에 대한 나의 두려움이 너무 깊어. 내가 두려워하는 것은 그의 성품 속에 자리 잡은 왕다운 늠름함이야. 그는 대담하게 많은 것을 해치우려 하고, 그런 겁없는 기질에 더하여 자신의 무용을 안전하게 인도해 주는 지혜를 갖추고 있어. 내가 두려움을 느끼는 사람은 오로지 그뿐이야. 그와 함께 있으면 내 정신이 위축돼. 마르쿠스 안토니우스가 옥타비아누스에게 위축되듯이. 그는 마녀들이 내가 왕이 될 거라는 말을 처음 할 때 그들에게 자기 얘기도 해달라고 했어. 그런데 예언자처럼 그들은 뱅코가 왕조의 아버지가 될 거라고 했어. 그들은 내 머리에 실속 없는 왕관을 얹고 내 손에 맥없는 왕홀을 쥐어 주었어. 그런 다음에 내 아들이 대를 잇지 못하여 우리 가문 아닌 자가 왕관과 왕홀을 빼앗아간다는 거야. 만약 그렇게 된다면 나는 뱅코의 후손들을 위해 내 마음을 괴롭힌 게 되고 그들을 위해 자상한 덩컨을 살해한 게 되는 거야. 오로지 그들을 위해 내 마음의 평화로운 잔에다 독을 섞고 나의 영원한 보석(영혼)을 인간의 공동적(악마)에게 팔아넘긴 거야. 뱅코의 후손들을 왕으로 만들기 위해. 그렇게는 절대로 못해. 자, 운명의 여신이여, 결투장 안으로 들어와 어디 나하고 끝까지 한판 붙어보자.

[하인에게] 자네는 문에 가서 내가 부를 때까지 대기하게.

우리가 대화를 나눈 게 어제였던가?

자객들 그렇습니다. 전하.

맥베스 자, 자네들은 내 말을 곰곰 생각해 보았나? 과거에 자네들을 불운하게 만든 게 무고한 과인이라고 생각했었지만, 실은 그게 그 사람 때문이었다는 것을 알았지? 나는 이 사실을 어제 회담에서 자네들에게 증명했어. 자네들이 어떻게 속았고 또 어떻게 좌절되었는지 여러 증거들을 살펴보았지. 그런 도구를 사용한 자들이 누구인지도 알아보았지. 그런 여러 증거들을 살펴보게 된다면 심지어 반편이도 정신 나간 자도 모두 '뱅코가 이런 흉악한 짓을 했군.' 하고 소리치게 될 거야.

자객1 폐하는 그것을 우리에게 모두 알려 주셨습니다.

맥베스 내가 알려 주면서 한 발 더 나아갔지. 그게 오늘 두 번째 만남의 요점이야. 자네들은 참을성이 아주 많은 성질이어서 이런 기회를 그냥 흘려보낼 건가? 자네들은 복음의 정신이 충만하여 이 자와 그의 후손들을 위해 기도를 올릴 건가? 그 무거운 손으로 자네들을 무덤으로 몰아넣으려 했고 자네의 가족들을 영원히 거지꼴로 만들었던 그자를 위해?

자객1 우리는 성자가 아니라 인간일 뿐입니다, 폐하.

맥베스 그래 겉으로는 인간의 축에 들어가지. 사냥개, 그레이하운드,
       똥개, 발발이, 들개, 털이 기다란 개, 털이 헝클어진 개, 늑대개,
       이런 것들이 모두 개라는 이름으로 불리듯이. 그렇지만 품평 리
       스트는 개들 중에서도 빠른 놈, 느린 놈, 은근한 놈, 경비견, 사
       냥개 등을 구분하지. 관대한 자연이 그 개들에게 선천적으로 타
       고난 자질에 따라서 말이야. 이렇게 해서 그 개는 그런 리스트
       에서 특별한 자질을 인정받는 거야. 이건 인간도 마찬가지야.
       자, 자네들이 그 품평 리스트에서 최하위 등급이 아니라고 생각
       한다면 어서 말해 보게. 그러면 내가 자네들에게 이 계획을 말
       해 주지. 그 계획을 실행하면 자네들은 적을 제거하는 것이고,
       나는 사랑과 은총의 마음으로 자네들을 포용할 걸세. 그자는 살
       아 있으면 내 건강을 은근히 해치지만, 죽어버리면 내 건강은
       아주 완벽하게 될 거야.

자객 2 폐하, 저는 세상의 사악한 타격과 총탄을 너무 많이 맞아서 너
       무나 화가 납니다. 그리하여 이 세상에 분풀이를 할 수 있다면
       그 무엇이든 할 수 있을 정도로 무모한 사내가 되었습니다.

자객 1 저 또한 재앙을 많이 당하고 불운에 질질 끌려 다닌 나머지 내
       인생을 고쳐보거나 작파하기 위해 그 어떤 행운에도 내 인생을
       걸어볼 각오가 되어 있습니다.

맥베스 너희는 둘 다 뱅코가 너희의 적들이라는 것을 알고 있군.

자객들 그렇습니다. 폐하.

맥베스 그는 또한 나의 적이다. 아주 멀리 떨어져 있지만 그자의 존재
       는 일각일각 내 생명 줄을 단축시키고 있어. 노골적인 권력을
       행사하여 내 눈앞에서 사라지게 하고 나의 그런 행위를 정당화

할 수 있지만 그렇게 할 수가 없어. 그와 나를 동시에 알고 있는 친구들의 나에 대한 호감을 포기할 수가 없어. 만약 내가 직접 뱅코를 죽여 버린다면 그들은 그의 죽음을 크게 슬퍼할 거야. 이런 여러 이유들을 감안하여, 그 일을 일반 대중의 눈에서 감추기 위해 나는 자네들에게 도움을 요청하게 된 거야.

자객 2 폐하, 우리는 명령하신 것을 곧바로 실행하겠습니다.

자객 1 설사 우리의 목숨이……

맥베스 자네들의 감투 정신이 눈빛에서 반짝거리고 있군. 내가 자네들에게 매복할 장소와 완벽한 관련 정보와 시간을 알려 주지. 오늘밤에 해치워야 하니까. 여기 궁성 근처가 될 거야. 내가 의심을 받아서는 안 된다는 점을 반드시 명심할 것. 그자를 해치우고서 아무런 실수나 흔적을 남기면 안 돼. 그자의 아들 플리언스도 함께 올 거야. 이 아들을 처치하는 것도 그 애비를 없애는 것 못지않게 내게는 중요해. 그 아들도 어두운 시간의 운명을 맞이해야 돼. 너희들은 각자 결심을 하도록 하라. 내가 곧 너희들한테 올 것이다.

자객들 폐하, 우리는 이미 결심이 섰습니다.

맥베스 내가 너희들을 직접 부르겠다. 성안에서 대기하라.

[자객들 퇴장]

이제 끝났어. 자네의 영혼이 날아가게 되었어. 천국으로 올라갈 건지 아닌지 오늘밤이면 알게 되겠군.　　　　　　　　　　　퇴장

제3막 제2장
맥베스 궁전의 한 방

맥베스 부인과 하인 한 명 등장

맥베스 부인 뱅코는 궁전을 떠났나?

하인 예, 마님. 하지만 오늘밤에 돌아옵니다.

맥베스 부인 폐하에게 가서 일러라. 잠시 조용히 몇 말씀 드리고 싶다고.

하인 예, 마님.   퇴장

맥베스 부인 모든 것을 투자하고도 아무런 소득이 없어. 원하던 것을 얻었지만 만족을 얻을 수 없어. 살인을 하고 이런 의심스러운 즐거움 밖에 없다면 차라리 그 살해된 사람이 되는 게 더 안전해.

맥베스 등장

폐하, 왜 혼자 계세요? 한심한 공상을 벗 삼아 골똘히 생각을 하세요? 그런 생각들은 그것들의 목적이 달성되는 순간 그 일들과 함께 저절로 없어져야 하는 거예요. 대책이 없는 일들은 아예 생각하지 않는 게 최고예요. 벌어진 일은 벌어진 거예요.

맥베스 우리는 뱀을 내리쳤지만 죽이지는 못했어. 뱀은 상처를 아물리고서 다시 온전한 몸이 될 거라고. 그러면 그 독아에 위험을 가득 품겠지. 우주가 산산이 부서지고, 천지가 무너지는 한이 있

더라도 공포 속에서 음식을 먹고, 밤마다 사람을 괴롭히는 그 무서운 악몽 때문에, 고통을 받으면서 자고 싶지 않아. 마음의 번뇌 속에서 불안한 방심 사태로 전전긍긍하는 것보다는, 우리의 평화를 위해 우리가 하늘나라로 보낸 사람들과 함께 있는 게 더 나아. 덩컨은 무덤 속에 들어가 있어. 삶의 발작적 열기를 모두 겪은 다음에 이제 편안히 자고 있지. 대역죄는 그에게 최악의 것을 저질렀어. 하지만 이제 칼도 독도 내전도 해외 전쟁도 더 이상 그를 괴롭히지 못해.

맥베스 부인 자, 점잖으신 폐하. 그 험악한 얼굴을 부드럽게 펴세요. 오늘 밤 손님들 사이에서 밝고 쾌활하게 행동하세요.

맥베스 여보, 그렇게 하리다.

당신도 그렇게 하구려. 뱅코에게 특별히 신경 쓰면서 눈빛으로나 말로나 그의 위상을 한껏 돋보이게 해주오. 당분간 우리는 안전하지 못하니, 뱅코에게 특별히 신경 쓰면서 우리의 명예를 깨끗하게 지키는 척해야 돼요. 우리의 얼굴이 우리의 가슴을 가리는 마스크가 되어 우리의 본심이 무엇인지 모르게 해야 돼요.

맥베스 부인 이제 그런 생각 그만하세요.

맥베스 오, 여보, 내 마음속에는 전갈이 너무나 많구려! 당신은 뱅코와 그 아들 플리언스가 살아 있다는 사실을 알지?

맥베스 부인 그러나 그들의 생명의 저작권은 영원한 게 아니에요.

맥베스 하지만 위안되는 게 있어. 그들을 공격할 수 있어. 그러면 우리는 다시 즐거워질 수 있어. 박쥐가 회랑 내에서 날아가기 전에, 검은 헤카테의 소환에 의하여 굳은 날개로 높이 나는 갑충이 그 웅웅거림으로 저녁잠을 재촉하는 소리를 내기 전에 아주 중요한 일이 벌어지게 되어 있어.

맥베스 부인 어떤 중요한 일이?

맥베스 여보, 당신은 모르고 있다가 결과나 칭찬하구려. 오라, 눈멀게 하는 밤이여. 가련한 대낮의 부드러운 눈을 가리고 그대의 피 묻은 보이지 않는 손으로 나를 계속 겁먹게 만드는 저자의 생 명줄을 조각조각 찢어버려 취소하라. 빛이 희미해지면서 까마 귀는 까마귀의 숲으로 날아간다. 대낮의 좋은 것들은 고개를 숙 이면서 졸기 시작한다. 밤의 검은 대리인들이 희생 제물을 향해 다가간다. 여보, 당신은 나의 이런 말에 놀라지 말고 그저 조용 히 있으시오. 나쁘게 시작한 것들은 그 악행으로 인해 더욱 강 인해지는 법. 자 그러니, 당신은 나와 함께 갑시다.

부부 퇴장

제3막 제3장
포레스 근처의 외진 장소

3명의 자객 등장

자객 1 당신은 누가 시켜서 우리와 합류하게 되었지?

자객 3   맥베스.

자객 2   우리가 그를 불신할 이유는 없어. 그는 우리의 임무와, 그의 지 시에 따라 이행해야 할 일을 말해 주었으니까.

자객 1   [자객 3에게] 그럼 우리와 합류하도록 해. 서쪽에는 아직 햇빛이 약간 남아 있어. 이제 시간에 늦은 여행자들은 말에 박차를 가해 제때에 여인숙에 도착하려 하겠지. 여기 우리가 감시해야 할 대상이 다가온다.

자객 3   말이 달려오는 소리가 들린다.

뱅코   (무대 밖에서) 거기, 횃불을 켜다오.

자객 2   그가 왔다. 초청 손님 명단에 들은 사람들은 이미 중정(中庭)에 들어섰다.

자객 1   그의 말이 달려오고 있다.

자객 3   약 1마일 거리야. 다른 사람들도 그렇지만 그는 말에서 내려서 왕궁 출입문까지 걸어갈 거야.

뱅코와 플리언스, 그리고 횃불 등장

자객 2   횃불이다, 횃불이야!

자객 3   그가 왔다.

자객 1   공격 준비.

뱅코   오늘밤 비가 내릴 것 같아.

자객 1   아무렴, 내려 주고말고.

[자객들이 일제히 공격한다. 자객 1이 횃불을 끈다]

뱅코	오, 살인이다!
	플리언스야, 도망쳐라, 도망, 도망, 도망!
	네가 나중에 복수할 수 있도록. 아, 이 나쁜 놈들!

[뱅코는 죽고 플리언스는 달아난다]

자객 3	누가 횃불을 껐지?
자객 1	그렇게 해야 되는 거 아니야?
자객 3	한 놈만 처치하고 아들놈은 달아났어.
자객 2	일의 절반만 해치웠네.
자객 1	자, 어서 여길 떠나자. 가서 일의 경과를 보고하자.

[자객들 뱅코의 시신과 함께] 퇴장

———

제3막 제4장
포레스의 연회장

연회가 준비되고 있다. 무대 위에 옥좌가 두 개 차려져 있다. 왕 맥베스, 왕비 맥베스 부인,

로스, 레녹스, 귀족들, 그리고 시종들 등장. 맥베스 부인이 옥좌에 앉는다

맥베스	자, 서열에 따라 앉아야 할 자리를 잘 아시지요? 그리고 무엇보
	다도 이렇게 와주어서 감사하다는 말씀을 드립니다.

귀족 일동 폐하, 성은에 감사드립니다.

맥베스 과인은 여러 경들과 어울리면서 겸손한 주인 노릇을 할 생각이
오. 중전은 옥좌에 그대로 앉아 있다가 적당한 때가 되면 과인
이 요청하여 인사말을 하도록 할 것이오.

맥베스 부인 폐하, 저를 대신하여 우리의 친구들에게 정말 진심으로 환영
한다고 말씀해 주세요.

자객 1 등장

맥베스 중전, 저들을 보시오. 정말로 따뜻한 감사의 말을 올리는구려.
식탁의 양쪽 자리가 동수로 찼으니 나는 여기 중간에 앉아야겠
군. 자, 흔쾌히 즐기기를 바라오. 곧 식탁 주위로 술을 한 순배
돌릴 생각이오. [자객 1에게] 자네 얼굴에 피가 묻어 있군.

자객 1 그렇다면 뱅코의 피일 겁니다.

맥베스 그자의 몸속에 있는 것보다는 자네 얼굴에 있는 게 더 낫지. 그
래 처치했나?

자객 1 제가 그자의 목을 직접 땄습니다.

맥베스 자네는 최고의 자객이야. 플리언스도 그런 식으로 처치했다면
자네는 이 세상에서 비할 데 없는 최고의 자객이겠지.

자객 1 고귀하신 폐하, 플리언스는 달아났습니다.

맥베스 이거 다시 나의 고민이 시작되는구나. 둘 다 처치했더라면 완
벽했을 텐데. 나는 대리석같이 견고하고 암석과 같이 부동하고,

만물을 둘러싸고 있는 대기와 같이 자유 활달한 기분이 되었을 텐데. 그러나 나는 이제 좁은 곳으로 밀려들어가 감금을 당하고, 지나친 의혹과 공포에 얽매이게 되겠구나. 하지만 뱅코는 안심해도 되렷다?

자객 1 예, 안심해도 되십니다. 그는 죽어 도랑 속에 내팽개쳐졌습니다. 머리에 스무 군데나 깊은 상처를 입은 채. 최소한 그의 생명 줄은 끊어졌습니다.

맥베스 고맙네.
거기에 다 자란 뱀이 나자빠져 있군. 하지만 그 새끼가 생명을 보존한 채 도망쳤으니 현재는 그 이빨에 독이 없으나 곧 독이 생기겠지. 자, 물러가라. 내일 더 자세히 얘기하도록 하자.

자객 [1] 퇴장

맥베스 부인 폐하,
왜 손님들을 즐겁게 하지 않으세요? 만찬이라는 건 손님들을 즐겁게 환대하지 않으면 돈 주고 사먹는 외식만도 못해요. 그냥 식사만 하려면 집에서 먹는 게 제일 낫지요. 만찬장에서 제일 좋은 반찬은 멋진 의례예요. 그게 없는 만남은 없느니만 못해요.

뱅코의 유령이 등장하여 맥베스의 자리에 앉는다

맥베스 다정하게 잘 일러주었소!
자, 식욕이 좋아야 소화가 잘 되고 그 둘이 있어야 건강이 촉진

되지요.

레녹스 폐하, 여기에 와서 앉으시지요.

맥베스 우리나라의 최고 영예로운 인사인 고아한 뱅코가 여기 참석했
더라면 얼마나 좋았겠습니까? 그렇지만 그 누가 이런 일을 안
타까워 할 뿐 감히 불손하다고 말하겠습니까?

로스 폐하, 그의 불참은 그가 약속을 위반한 것입니다. 이제 우리에
게 와서 함께 합석해 주시겠습니까?

맥베스 식탁이 만석이네.

레녹스 여기 폐하의 자리를 예비해 두었습니다.

맥베스 어디?

레녹스 여기 말입니다. 어디 편찮으십니까, 폐하?

맥베스 너희들 중에 누가 이런 짓을 했지?

귀족들 무슨 말씀이신지, 폐하?

맥베스 그대는 내가 그 짓을 했다고 말해서는 안 돼. 그 피 묻은 머리카
락을 내게 흔들어대지 마!

로스 여러분, 자리에서 일어나 주십시오. 폐하께서 미령하십니다.

[맥베스 부인이 귀족들에게 합류한다]

맥베스 부인 앉으세요, 존귀하신 친구 분들. 폐하는 가끔 저래요. 젊은 시절
부터 있어 왔던 일이에요. 제발 앉으세요. 저건 일시적인 현상일
뿐이에요. 곧 다시 괜찮아질 거예요. 여러분이 자꾸만 쳐다보면
폐하의 심기를 건드려서 격정만 더 부추길 뿐이에요. 어서 식사
하시고 그를 쳐다보지 마세요. [맥베스에게] 사내대장부가 되세요.

맥베스　물론이지. 그것도 아주 대담한. 악마도 놀라게 할 만한 저자를 이렇게 대담하게 쳐다보고 있잖아.

맥베스 부인　이 무슨 헛소리예요!

그건 당신의 두려움이 만들어낸 그림일 뿐이에요. 당신을 덩컨에게 안내했던 그 공중에 떠 있는 단검일 뿐이에요. 오, 저 격정과 놀람. 진정한 공포의 결과물, 하지만 그런 흥분과 경악은 겨울날 여자들이 난롯가에서 하는 이야기에나 어울리는 거예요. 노파들이나 잘 들어주는 얘기란 말이에요. 그러니 부끄러운 줄 아세요! 왜 그렇게 얼굴을 찌푸리고 계세요? 결국 당신은 빈 의자를 쳐다보고 있는 거잖아요.

맥베스　여보, 제발 저길 좀 봐! 저길 보라고! 어떻게 생각해? [유령에게] 뭐, 내가 신경 쓸 줄 알아? 그대가 머리를 끄덕이는 걸 보니 이젠 말도 하겠네. 만약 납골당과 무덤이 우리가 장례를 지낸 사람들을 되돌려 보낸다면, 차라리 우리의 시신을 들판에 내던져 솔개의 밥이 되게 함으로써 솔개 위장을 우리의 무덤으로 삼아야 하지 않겠나?

[뱅코의 유령 퇴장]

맥베스 부인　뭐라고요? 전혀 사내대장부답지 않은 헛소리를 지껄이고 있으니.

맥베스　내가 여기 서 있는 것처럼 그를 확실히 보았어.

맥베스 부인　쳇, 부끄러운 줄 아세요.

맥베스　예전에 그러니까 인간의 법령이 국가로부터 악을 몰아내기 이

전에 사람의 피가 많이 흘렀지. 그런데 그때 이후에도 여전히 사람의 귀로는 듣기 거북한 살인들이 저질러져 왔어. 뇌수가 터져 나오고 죽어버리면 그걸로 끝장이던 때가 있었어. 그런데 이제는 그 죽은 자들이 머리에 스무 군데의 자상을 입은 채 되살아나. 우리의 의자에서 우리를 밀어내고 있어. 이게 살인이 저질러졌다는 것보다 더 괴상한 일이야.

맥베스 부인   존귀하신 폐하,
  손님들이 폐하의 말씀을 기대하고 있습니다.

맥베스   내가 깜빡 잊어버렸소.
  나의 존귀한 친구들이여, 나에 대해서 신경 쓰지 마십시오. 나는 기이한 버릇이 있는데 나를 잘 아는 사람들은 대단치 않게 생각하는 것입니다. 자, 여러분 모두에게 사랑과 건강을 드립니다. 그럼 이제 앉겠습니다. 내게 술을 좀 주시오. 자, 가득 채워라!

[뱅코의] 유령 다시 등장

오늘 여기 오신 모든 분들을 위하여 건배! 그리고 오늘 불참한 다정한 친구 뱅코를 위하여! 여러분 모두와 우리가 그리워하는 뱅코를 위하여!

귀족들   폐하께 우리의 의무를 드리고 우리의 축배를 바칩니다.

맥베스   썩 꺼져. 내 눈 앞에서 사라져! 땅속 깊이 들어갈 말이야! 그대의 뼈는 골수가 없고 피는 차가워졌어. 두 눈에는 남을 쏘아볼 눈빛이 없어.

맥베스 부인 여러분, 이걸 그냥 사소한 버릇이라고 생각하세요. 그뿐이에요. 이 즐거운 시간을 망치고 있을 뿐이죠.

맥베스 　사내대장부가 과감히 하는 것이라면 나도 얼마든지 할 수 있어. 그대가 털 많은 러시아 곰, 갑옷 같은 각피를 두른 코뿔소, 카스피 해의 호랑이 같은 모습을 하고서 내게 달려든다면 나는 조금도 떨지 않아. 혹은 그대가 환생하여 그대의 칼을 휘두르며 내게 사막으로 가라고 하더라도 나는 개의치 않아. 만약 내가 몸을 떤다면 그 때에는 나를 여자의 갓난아이라고 선언해도 좋아. 문제는 저 끔찍한 그림자, 비현실적인 가짜 그림이란 말이야.

[뱅코의 유령 퇴장]

아무튼 사라져버렸으니 나는 다시 사내대장부가 되었네. 자 여러분 앉아주세요.

맥베스 부인 　당신은 즐거움을 망쳐놓고 그 이상한 버릇으로 좋은 모임을 깨트리고 말았어요.

맥베스 　이런 일이 벌어져서 여름날의 먹구름처럼 우리를 압도해 온다면 어찌 놀라지 않을 수 있겠소? 당신 말을 들어보니, 나도 원래의 기질에 비추어 봐도 좀 이상한 사람이 되고 말았소. 그리고 이제 생각해 보니 내가 그 광경을 쳐다보면서 공포로 얼굴이 창백해졌는데도 당신의 두 뺨은 저 타고난 루비 색깔을 그대로 유지했소.

로스 　폐하, 어떤 광경 말씀이십니까?

맥베스 부인 　더 이상 묻지 말아 주세요. 폐하는 점점 더 심해지고 있어요. 질문은 폐하의 심기를 더욱 악화시킬 뿐이에요. 자 여기서 그만

작별하기로 해요. 퇴석 순서를 기다리지 말고 곧바로 물러가 주
세요.

레녹스 그럼 이만. 폐하의 건강이 조속히 쾌차하길 바랍니다.

맥베스 부인 여러분 모두 와 주셔서 감사합니다.

귀족들과 [시종들] [모두 퇴장]

맥베스 그건 결국 피를 보고 말 거라고 말들 하지. 피가 피를 부른다고
말이야. 바위들이 움직이고 나무들이 말을 한다고 말이야. 점쟁
이와 사물의 인과관계는 까치, 갈가마귀, 까마귀를 통하여 피를
본 사람의 비밀을 폭로하고 말지. 지금 밤이 얼마나 깊었소?

맥베스 부인 거의 새벽과 다투고 있어서 밤인지 새벽인지 알 수 없어요.

맥베스 맥더프가 우리의 대연회에 오지 않은 것을 어떻게 생각하오?

맥베스 부인 폐하, 그에게 정탐꾼을 붙였나요?

맥베스 간접적으로 그가 오지 않을 거라는 얘기를 들었소. 하지만 앞으
로는 붙여야겠소. 그의 집을 제외하고는 모든 귀족 집에는 내가
매수해 놓은 정탐꾼 하인이 한 명씩 심어져 있소. 이건 좀 늦긴
했지만 내일은 음산한 자매들을 찾아가봐야겠소. 뭔가 좀 더 많
이 말해 줄 거야. 나는 이제 최악의 방법으로 최악의 것을 알아
볼 생각이오. 나 자신의 이익을 위해서 다른 모든 대의들은 제
쳐놓을 생각이오. 어차피 나는 피비린내 풍기는 일에 발을 들여
놓고 이처럼 멀리 왔소. 그러니 되돌아갈 길이 없어요. 되돌아
간다는 건 이 일을 건너가는 것만큼이나 지루하게 되었소. 어떤
기이한 생각이 내 머리에 떠오르는 즉시 그것을 실행에 옮길 것

이오. 그런 생각은 앞뒤 잴 것 없이 곧바로 행동에 옮길 것이오.

맥베스 부인 당신은 모든 생물에게 자양분이 되는 수면이 부족합니다. 어서 가서 자세요.

맥베스 자, 가서 자도록 합시다. 내가 기이하게도 자기모독의 공상을 하게 된 것은, 아직 잘 단련되지 않은 미숙한 공포 탓이었소. 우리는 아직 그 행위를 저지른 지 얼마 되지 않았잖소.

부부 퇴장

제3막 제5장
어떤 음산한 곳

천둥소리. 세 마녀가 등장하여 마녀들의 여왕 헤카테를 만난다

마녀 1 어떻게 된 일입니까, 헤카테? 당신은 화를 내고 있군요.

헤카테 이 마녀들아, 너희들이 건방지고 대담하게 구는데 내가 어찌 화를 내지 않겠느냐. 너희들이 감히 죽음의 수수께끼와 문제들을 맥베스와 거래하려고 해? 내가 너희들이 부리는 모든 마술의 주인인데 나를 참여시켜 일정한 역할을 하게 하지 않고 또 우리 마술의 영광을 드러내지 못하게 해? 더 나쁜 것은 너희들이

한 일이란 게 결국 원한과 분노에 가득 찬 제멋대로인 자를 위한 것이었어. 그자는 다른 사람들과 마찬가지로 자기 이익을 생각할 뿐 너희들 생각은 조금도 없어. 그렇지만 지금이라도 시정을 해. 너희들은 지옥의 아케론 강이 흘러드는 동굴로 내일 오전 중에 나를 만나러 와. 그는 그곳으로 자신의 운명을 알아보러 올 거야. 너희들의 마술 그릇, 주술, 마술, 그 밖의 것들을 준비하고 대기해.

자, 나는 이제 공중으로 날아간다. 오늘밤엔 음산하고 치명적인 목적에 봉사할 거야. 큰일은 새벽이 오기 전에 마무리 지어야 해. 달의 한쪽 구석에는 심오한 증기 방울이 매달려 있지. 내가 그걸 잡아채어 지상으로 내려올 거야. 그 증기 방울을 마술로 증류시키면 온갖 유령들이 생겨나. 그 유령들은 저들이 갖고 있는 환상의 힘으로 그자를 혼란 속으로 빠트리게 될 거야. 그자는 운명을 거부하고 죽음을 경멸하면서 지혜, 은혜, 공포를 뛰어넘는 희망을 품게 될 거야. 너희들은 잘 알고 있지? 인간들의 과도한 자신감은 그들에게 최고의 적이라는 것을.

음악과 [「사라져라, 사라져라」라는] 노래가 [무대 뒤에서] 들린다

자, 이제 나는 부름을 받았다. 자 너희 마녀들은 안개 가득한 구름 속에 앉아서 나를 기다리도록 하라.   [퇴장]

마녀 1 어서 가자, 그녀가 곧 돌아올 테니.

모두 퇴장

제3막 제6장
레녹스 성

레녹스와 또 다른 귀족 등장

레녹스 내가 전에 한 얘기는 당신의 생각과 일치하는데 그 생각은 좀
더 해석해 볼 수 있습니다. 하지만 일이 이상하게 흘러가는군
요. 인자한 덩컨은 맥베스의 동정을 받았습니다. 하지만 그는
죽었습니다. 그리고 정말 용감한 뱅코는 밤중에 걸어가다가 죽
었는데, 아들 플리언스가 죽인 거라고 할 수 있겠지요. 플리언
스는 달아났으니까요. 사람은 밤늦게 걸어 다녀서는 안 되는 겁
니다. 생각이 조금이라도 있는 사람이라면 맬컴과 도널베인이
인자한 아버지를 죽이고 달아난 것을 잊지 않을 겁니다. 정말
저주받을 소행이었지요. 그 일로 맥베스가 얼마나 상심했던지
요! 그래서 그가 정의로운 분노를 폭발시키면서 저 두 범인을
죽여 버리지 않았습니까? 술의 노예이며 잠의 부하인 자들을.
그건 정말 고상한 행동이 아니겠습니까? 현명한 처사이기도 했
지요. 그 암살범이 그 사실을 부인하는 소리를 들으면, 살아 있
는 사람이라면 누구라도 분노를 느꼈을 겁니다. 그는 모든 일을
잘 처리했습니다. 만약 덩컨의 두 아들이 그의 권력 아래에 있
었더라면—아, 그는 그런 권력을 맡으려 하지 않았겠지요—그
들은 아버지를 죽인다는 생각은 하지 못했을 겁니다. 그건 플리

언스도 마찬가지고요. 그건 그렇고, 떠도는 말에 의하면 폭군의 연회에 불참했기 때문에 맥더프는 불명예 속에 살게 되었다고 들었어요. 나리, 그가 어디로 갔는지 아십니까?

귀족 이 폭군이 그 생득권을 빼앗아버린 덩컨의 아들은 잉글랜드 궁정으로 가서 거룩한 에드워드 왕의 극진한 대접을 받고 있소. 사악한 운명 때문에 덩컨의 아들이 고난을 겪고 있지만 에드워드는 여전히 그를 높이 평가하고 있소. 맥더프는 거기로 가서 거룩한 왕에게 도움을 호소하면서 노섬벌랜드 공과 호전적인 아들 시워드의 분노를 일깨우려 하고 있습니다. 이런 사람들의 도움과 천상의 주님이 거사를 승인하신다면, 우리는 다시 식탁에 음식을 올려놓고 밤중에는 편안히 잘 수 있고, 연회와 향연에서 자객의 칼로부터 자유롭게 될 수 있고, 신실한 충성을 바치고 자유로운 영예를 얻을 수 있을 것입니다. 우리는 지금 이런 것들을 간절히 소망하고 있지요. 그리고 이런 소식이 그들의 왕을 너무나 화나게 하여 맥베스는 전쟁 준비를 하고 있다고 합니다.

레녹스 맥베스는 맥더프에게 사람을 보냈나요?

귀족 보냈지요. 하지만 "그런 일에 절대 참가 못해."라는 대답을 들었답니다. 화가 난 전령은 등을 돌리면서 중얼거렸습니다. 그런 홀대를 당한 사람이 흔히 하는 말이었지요. "그런 대답으로 나를 화나게 하다니, 그걸 후회할 때가 올 거요."

레녹스 그런 일이 있었으니 맥더프는 현명하게 일정한 거리를 두면서 경계해야 할 필요가 있었겠군요. 어떤 거룩한 천사가 잉글랜드 궁정으로 날아가서 그의 도착 전에 그의 메시지를 전하면 좋겠

군요. 저주받은 손아래에서 신음하는 이 나라에 어떤 신속한 축
복이 되돌아올 수 있도록.

귀족   나도 그와 함께 내 기도를 보내겠소.

모두 퇴장

제4막 제1장
포레스 근처의 음산한 곳

천둥소리. 세 마녀가 가마솥을 가지고 들어온다

마녀 1   얼룩고양이가 세 번 울었네.

마녀 2   고슴도치가 세 번 울었다가 이어 한 번 더 울었네.

마녀 3   하피(하르피이아, 하르피이아이, Harpier, Harpy: 그리스 신화에 나오는 괴물. 날개
        달린 정령들로 여자의 얼굴과 날카로운 발톱을 달고 있는 새의 형상)가 소리친다.
        "시간이 되었다. 시간이 되었다."

마녀 1   가마솥 주위를 빙 돌면서 독 묻힌 내장을 던져 넣어. 차디찬 돌
        밑에서 30일 동안 밤이나 낮이나 잠을 자면서 독을 만들어낸 두
        꺼비. 저놈을 먼저 마법의 가마솥에다 집어넣고 끓이자.

마녀 일동 두 배로, 노력과 노고를 두 배로 하라. 불아 타올라라, 가마솥아

끓어라.

마녀 2 　늪에서 잡은 뱀의 토막 살. 가마솥에 넣고 끓여 삶아라. 도롱뇽의 눈알과 개구리 발가락, 박쥐 털과 개 혓바닥, 독사의 혀와 독충의 침. 도마뱀 다리와 올빼미 날개. 엄청난 힘을 가진 마술을 부리기 위해 지옥의 술국처럼 설설 끓으며 거품을 내라.

마녀 일동 　두 배로, 노력과 노고를 두 배로 하라. 불아 타올라라, 가마솥아 끓어라.

마녀 3 　용 비늘, 늑대 이빨, 마녀의 미라, 굶주린 상어의 밥통과 식도, 한밤중에 캔 독당근, 신성 모독적인 유대인의 간, 염소 쓸개, 월식 아래 꺾은 주목 가지, 터키 놈의 코, 타타르 놈의 입술, 창녀가 낳아서 목 졸라 죽여 도랑에 버린 갓난애 손가락. 이런 것들을 죄다 넣어서 걸쭉한 술국을 만들자. 거기다가 한 가지 더. 호랑이 내장을 집어넣어 가마솥의 원료로 제격이지.

마녀 일동 　두 배로, 노력과 노고를 두 배로 하라. 불아 타올라라, 가마솥아 끓어라.

마녀 2 　거기다 원숭이 피를 집어넣어 좀 식히도록 해. 그러면 마법은 충실히 완성되는 거야.

헤카테와 또 다른 세 마녀 등장

헤카테 　잘했어. 너희들의 노고를 치하한다. 이 일의 소득을 너희 모두에게 골고루 돌아가도록 하겠다. 자, 이제 가마솥 주위를 돌면서 원을 이룬 요정과 정령처럼 노래를 불러라. 너희들이 저 안에 집어넣은 모든 것들에게 마법을 걸어라.

마녀 2 엄지손가락이 찌릿찌릿한 것을 보아 어떤 사악한 자가 이리로 오고 있군. 노크하는 자가 누구든지 자물쇠를 열어라.

맥베스 등장

맥베스 너희 비밀스럽고 음험한 한밤중의 마녀들이여, 어떻게 지냈는가? 지금 너희들이 하고 있는 일은 무엇인가?

마녀 일동 이름 없는 행위이지.

맥베스 나는 너희들이 알고 있다는 미래의 지식을 믿고서 간절히 호소하는 바이다. 너희들은 바람을 풀어놓아 교회를 강타하고, 바다에 거센 파도를 일으켜 배들을 난파시키거나 수장시키고, 잎이 팬 곡식을 쓰러트리고, 나무들을 땅에서 뽑혀 나가게 한다. 또 소떼들을 쓰러트려 그들의 주인을 들이박게 만들고, 왕궁과 피라미드를 뒤흔들어 꼭대기가 바닥으로 붕괴하게 만든다. 또한 자연의 보물 같은 씨앗들이 서로 뒤엉켜 파멸에 이르게 하는 힘을 너희들이 갖고 있음을 안다. 그러니 이제 내가 묻는 것에 대하여 내게 대답하라.

마녀 1 말하라.

마녀 2 요구하라.

마녀 3 대답하겠노라.

마녀 1 당신은 그것을 우리 입으로 듣겠는가, 아니면 우리의 스승으로부터 듣고 싶은가?

맥베스 그들을 불러라. 그들을 만나보고 싶다.

마녀 1 제 배에서 난 새끼 아홉 마리를 잡아먹은 암퇘지의 피를 부어넣
        어. 살인범의 교수대에서 짜낸 기름을 저 불꽃 속에 던져 넣어.

마녀 일동 위에서 혹은 아래에서 오라.
        그대 자신과 그대의 권능을 멋지게 보여줘라.

천둥소리. 첫 번째 유령 [등장]. 투구를 쓴 머리

맥베스 말해 다오. 너 미지의 힘이여.

마녀 1 그는 당신의 생각을 알고 있어.
        그의 말을 듣기만 하고 말을 하지는 마라.

유령 1 맥베스, 맥베스, 맥베스. 맥더프를 경계하라. 파이프의 영주를
        경계하라. 나는 사라진다. 이것으로 끝.   내려간다

맥베스 그대가 어떤 존재인지 모르겠으나 훌륭한 조언 감사하다. 나의
        두려움을 꼭 짚어주었다. 그러나 한 마디만 더—

마녀 1 그에게 명령해서는 안 되네. 여기에 또 다른 유령이 온다. 첫 번
        째보다 더 강력한.

천둥소리. 두 번째 유령 [등장]. 피 묻은 아이

유령 2 맥베스, 맥베스, 맥베스.

맥베스 나에게 귀가 세 개 달려 있다고 하더라도 여전히 그대의 말을
        경청하겠노라.

유령 2 잔인하고 대담하고 단호해져라. 인간의 힘을 웃으면서 경멸하

라. 여자에게서 태어난 자는 맥베스에게 피해를 입히지 못할 것
이니.   내려간다
맥베스   그렇다면 살아 있는 맥더프를 내가 두려워할 이유가 무엇인가?
그렇지만 다짐을 이중으로 확실하게 해놓으려면 그자의 운명
의 증서를 받아놓아야 해. 그자를 살려두면 안 된다고. 그래야
내가 겁먹은 공포를 상대로 거짓말하지 말라고 말해 줄 수 있고
천둥소리가 울려도 밤에 편히 잘 수 있어.

천둥소리. 세 번째 유령 [등장]. 손에 나무 가지를 든 왕관 쓴 아이

이건 또 무슨 모습인가?
왕위의 계승자인 양 이마에 왕관을 쓰고 나타난 어린이여?
마녀 일동 듣기만 하고 유령에게 말하지 마라.
유령 3   사자와 같이 용맹한 마음을 가지고 자부심 강하게 나아가라. 누
가 반발하든지 반항하든지 혹은 어디서 음모를 꾸미든지 신경
쓰지 마라. 맥베스는 울창한 버남 숲이 그에게 대항하여 까마득
히 높은 던시네인 언덕으로 올라오기 전에는 패배당하지 않을
것이다.   유령, 내려간다
맥베스   그런 일은 벌어질 수가 없지.
누가 숲에게 명령을 내릴 것인가? 나무들이 저절로 땅속 깊숙
이 박힌 뿌리를 뽑아 이동하라고. 멋진 예언이군. 아주 좋아. 반
란을 일으키는 자들은 죽을 것이고 버남 숲은 결코 언덕 위로
올라오지 못할 것이다. 까마득히 높은 곳에 있는 맥베스는 자연
이 준 수명을 누릴 것이고 시간과 생명의 순리에 따라 그의 호

홉을 이어갈 것이다. 그렇지만 내 마음은 한 가지 사항을 정말
로 간절히 알고 싶구나. 내게 말해 다오. 그대의 마법이 그토록
많은 것을 말할 수 있다면, 뱅코의 후손들은 장차 이 왕국에서
통치하게 되겠는가?

마녀 일동 더 이상 알려고 하지 마라.

맥베스 알겠다. 하지만 내게 이것을 말해 주지 않는다면 영원한 저주가
너희들에게 내릴 것이다. 어서 알려 다오.

[가마솥이 내려간다] 오보에 소리

왜 저 가마솥이 내려가는 거냐? 이건 대체 무슨 소리냐?

마녀 1 보여줘라!

마녀 2 보여줘라!

마녀 3 보여줘라!

마녀 일동 그의 눈에 보여주어 그의 마음을 슬프게 하라.
그림자처럼 와서 그렇게 떠나가라.

여덟 왕의 모습이 [보이고] 마지막 왕은 손에 거울을 들고 있다.
[뱅코의 유령이 그 뒤를 따른다]

맥베스 너는 뱅코의 유령과 똑같구나. 내려가라! 왕관이 내 눈동자를
찌른다. 너의 머리카락, 왕관을 두른 너의 이마는 첫 번째 것과
똑같구나. 너 세 번째 것은 두 번째 것과 똑같고. 추악한 마녀들,
왜 내게 이걸 보여주는 거냐? 네 번째? 놀랍구나! 이 계보가 최

후의 심판일까지 계속된다는 거냐? 또 다른 거? 일곱 번째 것? 나는 더 이상 보지 않겠다. 그런데 여기 여덟 번째가 나타나는 구나. 손에 거울을 들고 있고 내게 더 많은 것을 보여주는구나. 그 물건들이 보이는데 두 갈래 유리공과 세 갈래 왕홀을 들었구나. 끔찍한 광경! 이제 나는 이게 사실임을 알겠다. 피 칠갑을 한 뱅코가 내게 미소를 지으면서 이들이 모두 자신의 후손임을 가리키고 있구나.

[왕들의 모습과 뱅코의 유령 퇴장]

이건 대체 뭔가?

마녀 1　　그렇습니다. 모두 있는 그대로 보여준 거지요. 그렇지만 맥베스는 왜 그렇게 멍하니 서 있는 겁니까? 자, 자매님들, 그의 사기를 북돋아줍시다. 우리가 사람을 즐겁게 만드는 최고의 기술을 보여줍시다. 공중에 마술을 걸어 소리가 나게 할 테니, 자매님들은 주위를 깡충깡충 돌아주세요. 그러면 이 위대한 왕은 자상하게도 이렇게 말하겠지요. 우리의 소임이 충분히 그의 방문에 보답이 되었다고.

음악, 마녀들 춤추면서 사라진다

맥베스　　그들은 어디에 있는가? 사라졌는가? 이 해로운 시간이 영원히 달력 속에 저주받은 채 있게 하라. 여봐, 밖에 누가 없나!

584

레녹스 폐하, 부르셨습니까?

맥베스 저 음산한 자매들을 보았느냐?

레녹스 보지 못했습니다, 폐하.

맥베스 그들이 자네 곁을 지나쳐 가지 않던가?

레녹스 아니오, 그런 일이 없었습니다, 폐하.

맥베스 그들이 날아가는 공기는 오염이 되고 그들을 믿는 자는 모두 저주를 받아라. 여기 말 달려 오는 소리가 들리는데 누가 오고 있는가?

레녹스 폐하에게 맥더프가 잉글랜드로 달아났다는 보고를 드리러 오는 두세 명의 전령입니다, 폐하.

맥베스 잉글랜드로 달아났다고?

레녹스 그렇습니다, 폐하.

맥베스 [방백] 시간이여, 너는 나의 끔찍한 의도를 예상하고 있었구나. 재빠른 의도는 실행이 함께하지 않는다면 따라잡히는 법이 없지. 이 순간부터 내 마음에 최초로 떠오른 생각은 곧 손으로 전달되어 실행에 옮겨질 것이다. 심지어 지금 이 순간에도 내 생각에 행동의 왕관을 씌우기 위해, 생각 즉시 행동이 되게 할지어다. 나는 맥더프 성을 급습하여 파이프 영지를 몰수하겠다. 그의 아내, 아이들, 그리고 불운하게도 그와 가계를 공유하는 자들을 모두 칼날 아래 스러지게 하리라. 바보처럼 호언장담만 하지는 않겠노라. 나의 이런 화급한 의도가 식어버리기 전에 곧바로 행동에 옮길 것이다. 더 이상 유령 따위는 보지 않겠노라.

지난번의 자객들은 어디에 있는가? 자, 나를 그들이 있는 곳으로 안내하라.

모두 퇴장

제4막 제2장
파이프에 있는 맥더프 성

맥더프 부인, 아들, 로스 등장

맥더프 부인 그이가 무슨 일을 했기에 황급히 이 땅을 떠나야 했나요?

로스 부인, 당신은 참을성을 가지고 기다려야 합니다.

맥더프 부인 그이는 아무런 참을성이 없었어요.

그가 달아난 건 미친 짓이에요. 우리의 행동으로 반역자가 될 게 없는데 공포가 우리를 그렇게 만들어 버렸어요.

로스 부인은 그게 현명한 것인지 혹은 두려움 때문인지 알지 못합니다.

맥더프 부인 현명함? 아내와 새끼들과 저택과 지위를 모두 내버리고 달아나는 것이? 그이는 우리를 사랑하지 않아요. 그는 자연의 본능이 없어요. 새들 중에서 가장 하찮은 굴뚝새도 둥지 속의 자기 새끼를 위해서라면 올빼미와 싸워요. 오로지 두려움만 있고 사랑은 없는 거예요. 그 도주는 너무나 현명치 못하여 사리에 어긋나는 거예요.

로스   친애하는 부인,
         분노를 자제하시길 바랍니다. 당신의 남편은 고상하고, 현명하고, 신중한 분으로서 이 시대의 폭력을 잘 알고 있습니다. 나는 더 이상은 감히 말하지 못하겠습니다. 그러나 시절이 하수상하여 우리가 반역자이면서도 그걸 알지 못하고, 우리의 두려움 때문에 소문을 그대로 믿게 되었지만 정작 그 두려움이 무엇인지 알지 못합니다. 거칠고 난폭한 바다 위에 떠 있으면서 방향도 없이 각자도생하고 있습니다. 이제 부인을 떠나갑니다. 머지 않아 이곳에 다시 들르겠습니다. 최악의 사태는 그칠 것입니다. 그렇지 않다면 예전과 똑같은 상태가 될 때까지 혼란이 계속 치솟아 오를 것입니다. 아름다운 부인, 당신에게 축복을 빕니다.

맥더프 부인 이 아이는 아버지가 있으되 애비 없는 애가 되었구나.

로스   여기 더 이상 머물다가는 내 꼴이 우습게 될 겁니다. 나도 불명예를 당하고 부인에게는 불편한 일이 될 겁니다. 자, 이제 떠나갑니다.   퇴장

맥더프 부인 얘야, 네 아버지는 죽었다.
         넌 이제 어떻게 할 거야? 넌 어떻게 살 거야?

아들   새들처럼 살 거야, 엄마.

맥더프 부인 뭐야, 벌레와 날파리를 먹으면서?

아들   내가 버는 걸 먹고 살지. 그건 새들도 마찬가지야.

맥더프 부인 불쌍한 새 새끼, 넌 그물망, 끈끈이, 구덩이, 족쇄가 두렵지

않니?

아들   왜 내가 두려워해야 돼, 엄마? 그런 것들은 불쌍한 새들을 잡으
려고 놓는 게 아니야. 엄마가 그렇게 말해도 아빠는 죽지 않았어.

맥더프 부인 아니야, 그는 죽었어. 넌 아버지 없이 어떻게 살래?

아들   뭔 소리, 엄만 남편 없이 어떻게 살래?

맥더프 부인 뭐야? 난 시장에 나가면 남편 스무 명도 더 살 수 있어.

아들   그럼 엄마, 그거 사가지고 다시 팔아먹어.

맥더프 부인 너는 제법 똑똑하게 말한다만 사실은 어린 네 수준의 똑똑함
이지.

아들   엄마, 아빠가 반역자야?

맥더프 부인 그래, 바로 그거야.

아들   반역자가 뭐야?

맥더프 부인 뭐, 맹세를 하고 거짓말을 하는 사람이지.

아들   그렇게 하는 사람은 모두 다 반역자야?

맥더프 부인 그렇게 하는 사람은 모두 반역자이고 교수형을 당해야 돼.

아들   그러니까 맹세하고 거짓말한 사람은 다 목매달아야 해?

맥더프 부인 전부.

아들   누가 그런 사람들을 목매달지?

맥더프 부인 뭐, 정직한 사람들이.

아들   그렇다면 거짓말을 하고 맹세를 하는 사람들은 바보들이야. 정
직한 사람들을 이겨먹어서 그들을 목매다는 거짓말쟁이와 맹
세하는 사람이 얼마든지 있잖아.

맥더프 부인 불쌍한 강아지, 하느님이 너를 도와주시길 바란다. 넌 아버지
없이 어떻게 살래?

아들   아빠가 죽었다면 엄마는 슬퍼서 울었을 거야. 만약 울지 않는다면 엄마는 곧 새 아빠를 얻을 징조고.

맥더프 부인 불쌍한 수다쟁이, 말은 정말 잘하는구나!

전령 등장

전령   안녕하십니까, 아름다운 부인. 부인은 저를 잘 모르시겠지만 저는 부인에 대하여 좋은 의도를 가지고 이렇게 왔습니다. 어떤 위험한 일이 곧 부인에게 들이닥칠 것 같습니다. 이 보잘것없는 사람의 조언을 받아들이신다면 어서 여기를 뜨십시오. 어린 자식들과 함께. 이렇게 불쑥 겁나는 소식을 전한다는 게 너무 잔인하다는 걸 잘 압니다. 하지만 그보다 더 잔인한 소행이 곧 당신에게 들이닥칠 겁니다. 하늘이 부인을 보호해 주시길. 나는 더 이상 머무르지 못하겠습니다.   퇴장

맥더프 부인 내가 어디로 도망치겠나?

난 아무런 잘못도 저지르지 않았어. 하지만 이제 생각이 나네. 이 세속적 세상에서는 잘못을 저지르는 것이 칭송을 받고 선행을 하면 때때로 위험한 우행으로 간주된다는 것을. 아 슬프다, 그러니 내가 난 아무 잘못도 없어요, 하고 여자다운 항변을 해 본들 무슨 소용이 있을까?

자객들 등장

이자들은 뭐야?

자객 네 남편은 어디에 있나?

맥더프 부인 당신들 같은 사람이 찾아낼 수 없는 성스러운 곳에 있기를 바라요.

자객 그자는 반역자야.

아들 당신은 거짓말쟁이야. 이 털보 악당아.

자객 뭐라고, 요 새끼가!

[아들을 죽인다]

아들 엄마, 저자가 나를 죽였어. 달아나, 제발!

[맥더프 부인]이 "살인이야"라고 소리 지르며 퇴장하고 [자객들이 뒤를 쫓아간다]

————

제4막 제3장
잉글랜드 에드워드 왕의 궁정

맬컴과 맥더프 등장

맬컴 어디 한적한 그늘을 찾아가서 울면서 우리의 슬픈 마음을 달래 봅시다.

맥더프   빨리 반항의 칼을 들고서 용감한 전사처럼 추락한 우리의 조국을 일으켜 세웁시다. 매일 아침 새로운 과부가 비명을 내지르고 새로운 고아들이 울어 젖히고, 새로운 슬픔이 하늘의 얼굴을 찌르고 있습니다. 그리하여 하늘이 스코틀랜드 전역과 같이 느끼면서 동일한 슬픔의 비명을 내지르는 것 같습니다.

맬컴   내가 믿는 것을 나는 슬퍼합니다.

내가 아는 것을 나는 믿습니다. 내가 친구를 사귈 시간이 있다면 그렇게 할 것입니다. 당신이 내게 말해 준 것은 사실이겠지요. 그 이름을 말하기에도 혀가 아픈 이 폭군은 한때 정직한 사람으로 간주되었습니다. 그는 당신을 좋아했습니다. 그리고 아직까지 당신을 건드리지 않았지요. 나는 젊습니다. 하지만 당신은 나를 팔아넘겨 그에게서 보상을 얻을 수 있습니다. 약하고 가난하고 어린 양을 분노하는 신을 위무하려고 내놓는 건 현명한 처사지요.

맥더프   나는 배신자가 아닙니다.

맬컴   하지만 맥베스는 그런 사람이지요.

선량하고 덕성스러운 기질의 소유자도 왕권을 장악하면 사람이 달라집니다. 나는 당신의 양해를 바랍니다. 당신의 사람됨에 대하여 나는 생각을 바꾸기 어렵습니다. 천사들은 여전히 밝게 빛나지만 그중에서 가장 밝았던 천사는 타락해 버렸지요. 모든 지저분한 것들이 깨끗한 외양을 갖고 있지만 짐짓 그 깨끗함만 드러내려고 하지요.

맥더프   저는 희망이 모두 사라졌습니다.

맬컴   그 점에 대해서도 저는 의문을 품고 있습니다. 저 강력한 사랑의 매듭인 소중한 가족들에게 왜 아무런 작별 인사도 하지 못한 채, 그 황음무도한 땅에다 남겨두고 오셨습니까? 비노니 나의 이런 의심이 당신의 불명예가 되지 않게 해주십시오. 하지만 나의 안전 때문에 이러는 것입니다. 내가 무슨 생각을 하던 간에 당신은 의인일 수도 있습니다.

맥더프   나의 불쌍한 조국이여, 피를 흘려라.

이 악랄한 폭군아, 너는 선량한 사람이 아무도 너를 제지하지 않으므로 너의 기반을 단단히 다졌구나. 너는 네 잘못을 버젓이 드러내고 내 지위는 공고해졌구나. 안녕히 계십시오, 세자님. 저 폭군이 장악한 온 땅에 더하여 거기에다 풍요로운 동양을 다 준다고 해도 당신이 말한 그런 악당이 되고 싶지는 않습니다.

맬컴   기분 나빠 하지 마시오.

나는 당신을 아주 두려워해서 이런 말을 하는 게 아니오. 나의 조국은 폭정의 굴레 아래에서 추락하고 있소. 내 나라는 울고 피를 흘리고 있으며 날마다 그 상처에 또 다른 깊은 상처가 가해지고 있습니다. 그렇지만 내 오른편에 서서 정의의 손을 쳐들 사람들이 있다고 생각합니다. 그리고 여기 자상한 잉글랜드 왕도 내게 수천 병력을 약속하셨소. 하지만 이 모든 것에도 불구하고, 내가 폭군의 머리를 짓밟거나 그 수급(首級)을 내 칼끝에 매달았을 때조차도, 나의 불쌍한 조국은 전보다 더 많은 악덕에 시달리게 될 거요. 전보다 더 다양한 방식으로 더 많은 고통을 겪게 될 거요. 왕위를 뒤이은 자에 의해서 말입니다.

맥더프   그가 누구인데요?

맬컴   바로 나지요. 온갖 악덕이 내 몸에 달라붙어 있다는 것을 압니다. 그걸 다 공개한다면 음험한 자 맥베스는 눈처럼 순결하게 보일 것이고, 불쌍한 백성들은 나의 한량없는 해악에 비교할 때 그를 순한 양으로 생각할 것입니다.

맥더프 끔찍한 지옥의 영역에서, 온갖 악덕으로 저주받은 악마들 중에서 맥베스를 능가할 자는 없습니다.

맬컴 물론 그가 잔인하고, 사치스럽고, 탐욕스럽고, 위선적이고, 기만적이며, 변덕이 심하고, 악독하며, 이름을 갖고 있는 모든 악덕의 냄새를 풍긴다는 것을 압니다. 하지만 나 자신의 음탕함에는 밑바닥이 없어요. 백성의 아내, 딸, 기혼 부인, 처녀 등 온갖 여자들이 내 음욕의 수도관을 채우지 못합니다. 나의 욕구는 나의 의지에 저항하는 모든 제약을 짓눌러버릴 것입니다. 이런 자가 통치하는 것보다 맥베스가 더 낫습니다.

맥더프 자연적 욕구를 통제하지 못하는 것은 인간의 본성에서 폭정이 되는 것입니다. 그것은 고귀한 왕위에서 때 이르게 내려오는 원인이 되었고 많은 왕들을 몰락시킨 이유였습니다. 하지만 당신의 것을 당신이 취하는 데 대하여 그리 두려워하지 마십시오. 당신은 아주 많이 쾌락을 취하면서도 그런 일에는 무관심한 것처럼 보일 수 있습니다. 당신은 그런 식으로 세상을 속여 넘길 수 있습니다. 그런 요구에 응하는 사람들이 많을 겁니다. 당신의 내부에 있는 독수리는 그렇게 해주려는 여자들을 만나게 될 것이고, 위대한 왕에게 몸을 바치려는 많은 사람들을 다 집어삼키지 못할 겁니다.

맬컴 거기에 더하여 내 마음에는 아주 사악한 정서가 자리 잡고 있는데 한량없는 탐욕이 그것입니다. 내가 왕위에 오른다면 귀족들의 토지를 빼앗고 한 귀족의 보석을 탐하다가 다른 귀족의 집을 원할 겁니다. 이런 식의 재물 탈취는 나를 더 많은 재물을 축적하게 만드는 자극제가 될 것이고, 나는 선량하고 충성스러운 사람들을 상대로 부당한 싸움을 벌이다가 재물 때문에 그들을 죽이고 말 것입니다.

맥더프   그 탐욕은 여름 한철 반짝하고 지나가는 욕정보다 더 깊게 자리 잡은 놈이어서, 아주 해로운 뿌리를 내린 채 무럭무럭 자라납니다. 그게 우리의 왕들을 베어 넘긴 칼이기도 했습니다. 그렇지만 염려하지 마십시오. 스코틀랜드는 당신의 그런 재물욕을 채우기에 풍부한 물산을 갖고 있습니다. 다른 은총들과 무게를 달아볼 때 이러한 것들은 용납할 만한 것입니다.

맥컴   하지만 나는 그런 은총을 갖고 있지 않습니다.

왕에게 어울리는 은총은 정의, 진실, 절제, 안정감, 관대함, 인내심, 자비, 겸손함, 헌신, 끈기, 용기, 강직, 이런 것들인데, 나는 그런 것들은 별로 취미가 없습니다. 그 대신에 다양한 범죄 행각에 깊은 취향을 갖고 있어서 그것을 많은 방식으로 실천합니다. 그러니 내가 권력을 잡는다면 나는 어머니의 젖과 같이 자연스럽고 인자한 화합을 지옥에다 뿌려버리고 보편적 평화를 뒤흔들어놓고 지상의 모든 단합을 깨트려버릴 겁니다.

맥더프   오, 스코틀랜드, 스코틀랜드!

맥컴   이런 자가 나라를 다스릴 자격이 있는지 말해 보시오. 나는 방금 말한 그대로의 사람이오.

맥더프   통치할 자격이 있느냐고요?

아니오. 살아 있을 자격도 없습니다. 오, 불쌍한 우리 조국. 자격 없는 폭군이 피 묻은 왕홀을 흔들어대고 있는 나라. 언제 너는 행복한 나날들을 다시 볼 수 있겠느냐? 그대 왕위의 진정한 사자는 스스로를 저주하면서 저주 받은 자가 되었고 그의 가족을 욕되게 하는데. 그대의 선왕은 가장 거룩한 왕이었소. 그대의 어머니는 서 있는 날보다 무릎 끓고 기도하는 날이 더 많았고 날마다 오늘이 마지막 날인 것처럼 사셨소. 안녕히 계시오. 당신 자신이 갖고 있다고 주저리주저리 말한 그 악덕이 보기 싫어 나는 스코틀랜드에서 유배를 떠났소. 오, 나의 가슴이여, 네 희망은 여기서 끝나는구나.

맬컴   맥더프, 그대의 고상한 격정,
성실성의 자식이 내 영혼으로부터 그대에 대한 검은 의심을 지어냈소. 내 생각을 그대의 선량한 진실과 영예에 합치시켰소. 악마 같은 맥베스는 여러 술수를 부리면서 나를 그의 품으로 회유하려 들었고 나는 상식을 발휘하여 사람을 너무 잘 믿는 성급함으로부터 물러서게 되었소. 그러나 천상의 하느님이 이제 당신과 나를 중재해 주셨소. 나는 나 자신을 당신의 방향과 일치시키면서 방금 나에 대해 털어놓았던 모든 비방과 중상을 거두어들이겠소. 나 자신이 지녔다고 주장한 흠결과 오점을 모두 취소하겠소. 그런 것들은 나의 기질과는 전혀 어울리지 않는 것들입니다. 나는 여자를 알지 못하고, 거짓말을 해본 적이 없으며, 내 것이었던 것에 대해서조차 욕심을 내본 적이 없소. 내 신용을 깨트린 적이 없고 동료에게 악행을 저지르지 않았으며 생명보다 진실을 더 소중하게 여겼소. 내가 처음으로 거짓말을 한 것은 나 자신에 관한 것이었소. 나의 본성은 당신의 그것과 같고 이제 당신과 나의 조국이 그것을 부리기만 하면 되는 것이오. 그대가 여기를 찾아오기 전에 노(老) 시워드가 1만 명의 강병을 데리고 막 출정하려던 참이었소. 이제 우리가 힘을 합치면, 성공의 가능성은 우리의 정의로운 대의에 비례하여 그만큼 더 커질 것입니다. 왜 아무 말이 없소?

맥더프   이처럼 좋은 소식과 나쁜 소식이 동시에 찾아오다니 서로 일치시키기가 어렵습니다.

의사 등장

맬컴   곧 더 얘기합시다.

        폐하께서 곧 나오시는 겁니까?

의사   예. 하지만 폐하의 손길을 기다리는 가련한 영혼들이 다수 있습니다. 그들의 질병은 의학적 처치로도 어쩔 수 없는 것입니다. 신성함이 폐하의 손길에 부여되어 있어서 그들의 병환이 곧 낫는 것이지요.   퇴장

맬컴   늘 감사드립니다, 의사님.

맥더프   그가 말하는 질병이란 무엇인가요?

맬컴   사악함이지요. 이 인자하신 왕에게는 기적을 행사하는 힘이 있어요. 내가 여기 잉글랜드에 머무는 동안 그분이 그 힘을 행사하는 걸 여러 번 봤어요. 어떻게 하늘에 빌어야 하는지 그분 자신이 잘 알지요. 하지만 기이하게도 그런 힘이 병든 사람을 찾아옵니다. 온몸이 퉁퉁 붓고 궤양이 있는 사람들, 의사들이 보기만 해도 절망에 빠지는 사람들, 이런 사람들을 그분께서 고치

십니다. 그들의 목에 황금의 직인을 찍고 거룩한 기도를 올려서 말입니다. 폐하께서는 후대의 왕들에게 이런 치유의 축복을 내렸다고 말들 해요. 이런 기이한 덕성과 함께, 폐하는 천상의 예언 능력을 갖고 계시고, 또 여러 가지 축복이 그분의 옥좌 주위를 맴돌고 있어서 그분이야말로 은총이 가득하다는 것을 말해 줍니다.

로스 등장

맥더프   여기 누가 오는 거지?

맬컴   동포로군요. 하지만 그가 누군지 모르겠는데요.

맥더프   나의 훌륭한 사촌이여, 어서 오시게.

맬컴   아, 이제 알아보겠네. 자비로우신 하느님은 때맞추어 우리를 서먹하게 만들었던 의심을 풀어주시네.

로스   그렇습니다, 아멘.

맥더프   스코틀랜드 상황은 어떻습니까?

로스   아, 비참한 우리 조국,
그 자신의 현재 상태를 알아보는 걸 거의 두려워합니다. 그건 우리의 어머니라고 부를 수 없고 우리의 무덤이라 해야 합니다. 그 누구도 단 한 번이라도 웃는 모습을 볼 수가 없습니다. 그곳에서 한숨, 신음, 하늘을 찢는 비명이 터져 나오지만 아무도 주목하지 않습니다. 난폭한 비탄이 흔해 빠진 격정이 되었습니다. 죽은 사람의 조종이 울려도 누가 죽었느냐고 물어보지 않고 백성들의 목숨은 모자에 꽂은 꽃이 시들기도 전에 꺼져버립니다.

그가 죽어가고 있는 사람이든 아직 병이 들지 않은 사람이든 가
리지 않고 말입니다.

맥더프　아, 저 얘기는 너무 복잡하면서도 너무 진실이로구나.

맬컴　가장 새로운 슬픔은 무엇입니까?

로스　한 시간 된 소식도 그것을 전하는 자를 숨 막히게 하는데 매 분
초마다 새로운 소식이 터져 나오고 있습니다.

맥더프　내 아내는 어떻습니까?

로스　뭐, 잘 있습니다.

맥더프　내 아이들은?

로스　역시 잘 있어요.

맥더프　폭군이 그들의 평화를 깨트리지 않았나요?

로스　아니오. 내가 그들을 떠나왔을 때 그들은 잘 있었습니다.

맥더프　말을 아끼지 말고 솔직히 말해 봐요. 자 그들은 어떻게 지냅니까?

로스　내가 무거운 마음으로 그 소식을 전하기 위해 여기 왔을 때, 조
국에서는 이런 소문이 자자했습니다. 더 많은 용사들이 반란을
일으킬 계획이라고 말입니다. 그런 움직임은 내가 보기에 점점
더 뚜렷해지고 있습니다. 폭군의 군대가 동원되는 것을 보았으
니까 말입니다. 이제 도움을 주어야 할 때입니다. [맬컴에게] 당신
이 스코틀랜드에 나타나면 더 많은 병사들이 모여들 것이고,
심지어 우리의 여성들도 저 지독한 탄압을 떨쳐버리기 위해 싸
울 겁니다.

맬컴　우리가 곧 출병하는 것이 그들에게는 위로가 되겠군요. 자상한
잉글랜드 왕께서 우리에게 탁월한 시워드 공과 1만 명의 병력
을 지원해 주었습니다. 이 기독교 세계에서 그보다 더 노련하고

강력한 병사들은 없을 겁니다.

로스 내가 그런 위로에 동일한 위로로 대답할 수 있다면 얼마나 좋겠
습니까? 하지만 나는 아무도 그 소리를 듣지 못할 사막에 나가
서 외쳐대어야 할 그런 소식을 가져왔습니다.

맥더프 무슨 소식입니까?
일반적인 것입니까, 아니면 어떤 한 개인의 가슴에 관련된 개인
적 슬픔입니까?

로스 정직한 사람이라면 그 소식을 듣고서 슬픔을 억누르지 못할 것
입니다. 그 소식의 주된 부분은 당신에 관한 것입니다.

맥더프 내 소식이라면 내게서 숨기지 마시오. 얼른 알려 주시오.

로스 이 말을 듣고서 그 소식을 전하는 내 혀를 영원히 경멸하지 말
아주오. 일찍이 들었던 그 어떤 소식보다 더 무거운 소리를 담
고 있는 혀이니 말이오.

맥더프 흐음, 대강 짐작은 하겠소.

로스 당신의 성은 급습 당했습니다. 당신의 아내와 아이들은 무자비
하게 몰살되었습니다. 그 경위를 자세히 설명하는 것은 저 살해
된 사슴들의 무더기 위에 당신의 죽음을 추가하는 게 될 겁니다.

맬컴 오, 하느님. 슬픔을 가리려고 당신의 모자를 더 깊숙이 내려 쓰
지 마십시오. 슬픔을 표현하십시오. 겉으로 발설되지 않은 슬픔
은 무거운 가슴에 영향을 주어 그걸 깨트리고 말 겁니다.

맥더프 내 아이들도?

로스 아내, 아이, 하인들, 그리고 찾아낼 수 있는 사람은 모두.

맥더프 그런데 내가 거기서 혼자 탈출해 왔다니.
나의 아내도 죽었소?

로스   이미 말씀 드렸습니다.

맬컴   진정하십시오.

        우리의 대(大) 복수로 이 깊은 슬픔을 치료하기로 합시다.

맥더프   그자는 아이가 없어요. 아, 나의 사랑스러운 새끼들. 그래 몰살
        이라고 했소? 아, 저 지옥의 솔개여! 모두 다? 내 예쁜 새끼들과
        그들의 둥지를 단 한 번에 모조리 다 폭파해 버렸다고?

맬컴   이제 사내대장부답게 그것을 복수하십시오.

맥더프   반드시 그렇게 하겠습니다.

        그러나 나는 그것을 사내대장부답게 느끼고 있습니다. 내게 아
        주 소중했던 것들이 한때 존재했으나 이제는 사라져 버렸다는
        것을 잊지 않겠습니다. 하늘은 그저 쳐다보기만 아무런 역할도
        하지 않았단 말입니까? 죄 많은 맥더프, 그들은 너 때문에 쓰러
        졌어. 내 비록 별것이 아닌 자이지만 그들의 잘못이 아니라 나
        의 잘못 때문에 그들의 영혼 위에 죽음이 내린 거야. 하늘이시
        여, 그들에게 명복을 주소서.

맬컴   이 일이 당신 칼의 숫돌이 되게 하시오. 슬픔을 분노로 바꾸시
        오. 그대의 마음을 무디게 하지 말고 격분시키시오.

맥더프   오, 내가 두 눈으로 쳐다보며 여자 노릇이나 하려 들고 내 혀로 허
        세를 부리려 든다면 하늘이시여, 그런 지연을 즉각 멈추어 주십
        시오. 이 스코틀랜드 악마와 나 자신을 일대일로 대결하게 해주
        십시오. 그자를 내 칼끝이 미치는 곳에다 놓아주십시오. 만약 그
        자가 내 칼을 피해 간다면 하늘이시여 그자를 용서해 주십시오.

맬컴   이제 노랫가락이 사내대장부답게 흘러가는군.

        자, 우리 왕을 만나러 갑시다. 우리의 군사는 준비되었습니다.

이제 출정하는 일만 남았습니다. 맥베스는 흔들리고 있으므로 공격하기 좋은 때입니다. 천상의 힘들도 무장을 하고 있습니다. 이제 충분한 격려를 받으십시오. 아무리 긴 밤이라도 새벽이 오지 않을 수는 없으니까.

모두 퇴장

제5막 제1장
던시네인 성의 어떤 방

의사와 시녀 등장

의사 나는 이틀 밤을 당신과 함께 관찰을 했습니다. 하지만 당신의 보고가 사실인지 확인하지 못했습니다. 그녀가 마지막으로 몽중 산책을 한 건 언제인가요?

시녀 폐하가 야전에 나간 이후로 저렇습니다. 왕비가 침상에서 일어나 야간 실내복을 걸치고서 문갑을 열어서 종이를 꺼내 접어서 뭔가를 쓰고 읽더니 그 다음에는 다시 봉인하고 침상에 드셨습니다. 하지만 이 모든 일이 왕비가 깊이 잠든 중에 일어났습니다.

의사 자연의 순리로 보면 큰 변고입니다. 수면의 혜택을 보면서 동시에 주위를 관찰하는 능력을 발휘하다니. 이처럼 몽유병의 상태에서, 왕비가 산책을 하고 그런 실제적 행동을 하는 것 이외에 무슨 말을 하는 것은 듣지 못했습니까?

시녀   의사 선생님, 왕비가 한 말은 보고하지 못하겠습니다.

의사   나한테는 해도 됩니다. 또 그렇게 하는 것이 적절합니다.

시녀   당신에게도 그 누구에게도 말하지 않겠습니다. 내 말을 확인해줄 증인이 없으니까요.

[맥베스] 부인, 촛불을 들고 등장

저것 보세요, 오십니다! 전에도 저랬어요. 정말이에요. 깊이 잠든 상태라니까요. 자, 몸을 감추고 왕비를 관찰해 보세요.

의사   저 촛불은 어떻게 구했을까?

시녀   침상 옆에 있던 거예요. 언제나 그 옆에다 준비해 두라고 명령했어요.

의사   정말 눈을 뜨고 있네.

시녀   하지만 그 감각은 닫혀져 있어요.

의사   지금 도대체 뭐하는 거지? 저길 봐. 양손을 계속 비벼대고 있네.

시녀   저렇게 두 손을 씻는 것 같은 동작은 왕비의 익숙한 행동이에요. 나는 그녀가 근 15분 동안 계속 저러고 있는 것을 보았어요.

맥베스 부인 여기 아직도 얼룩이 남아 있네.

의사   쉿, 왕비가 말씀하시에. 나는 나중에 좀 더 분명하게 기억하기 위하여 그녀 입에서 흘러나오는 말을 적어두어야겠어.

맥베스 부인 사라져라, 이 빌어먹을 얼룩! 사라지란 말이야! 하나, 둘. 그럼 이걸 또 지워야 할 시간이네. 지옥은 어두워. 홍, 여보, 홍, 군인이라고, 두려워하면서? 우리가 두려워할 게 뭐야? 누가 그걸 알겠어? 누가 권력에게 해명을 하라고 요구할 수 있겠어? 그렇지만 그 노인이 몸속에 피가 그렇게 많은 줄 누가 알았겠어?

의사　전에도 저렇게 말했나?

맥베스 부인　파이프의 영주는 마누라가 있었지. 지금 그 여자는 어디에 있나? 뭐라고, 이 두 손이 영원히 깨끗해지지 않을 거라고? 여보, 그만해요, 여보. 그만하라고요. 당신은 그 깜짝깜짝 놀라는 버릇으로 이 모든 걸 망치고 있어요.

의사　홍, 자네는 알아서는 안 되는 것을 알고 있었구만.

시녀　그녀는 말해서는 안 되는 것을 말했어요. 나는 그걸 확신해요. 하늘은 그녀가 알고 있는 것을 알아요.

맥베스 부인　여전히 피 냄새가 나네. 아라비아의 향수를 모두 퍼붓는다 해도 이 작은 손의 냄새를 좋게 할 수 없어. 오, 오, 오.

의사　정말 깊은 탄식이군! 마음에 깊은 고뇌가 있어.

시녀　내 몸 전체가 영예로 둘러싸여 있다고 해도 저런 고뇌를 가슴속에 안고서 살고 싶지는 않아요.

의사　그래, 그래, 그래.

시녀　의사 선생님, 제발 왕비가 나았으면 좋겠어요.

의사　저 병은 내가 고칠 수 있는 게 아니야. 그렇지만 침상에서 거룩하게 죽은 사람들 중에서, 저런 몽유병을 앓은 사람을 알고 있지.

맥베스 부인　네 손을 씻어, 네 실내복을 입어. 그렇게 창백하게 보이지 마. 네게 다시 한 번 말하는데, 뱅코는 땅속에 묻혀 있어. 그는 무덤 밖으로 못 나온다고.

의사   심지어 그것까지?

맥베스 부인 침대로, 침대로. 성문에서 노크 소리가 들리네. 오세요, 오세요, 오세요, 오세요, 오세요. 내게 당신 손을 내밀어 주세요. 이미 저질러진 것은 되돌릴 수 없어요. 침대로, 침대로, 침대로.   *퇴장*

의사   그녀는 이제 침대로 갈 건가?

시녀   곧장 갈 거예요.

의사   사악한 소문이 널리 퍼져 있어. 부자연스러운 행위는 부자연스러운 수고를 낳지. 병든 마음은 귀먹은 베개에라도 그 비밀을 털어놓아야 하는 거야. 그녀는 의사보다 성직자의 도움이 필요해. 하느님, 우리 모두를 용서해 주십시오. 왕비를 잘 보살피도록 해. 그녀 곁에 있는 폭력의 수단이 될 수 있는 걸 모두 제거해. 그녀를 엄밀히 감시해. 자, 그럼 이만. 왕비는 내 마음을 놀라게 하고 내 시선을 흔들어놓았어. 나는 이 일을 감히 발설하지 못할 것 같아.

시녀   안녕히 가세요, 좋은 의사 선생님.

모두 퇴장

제5막 제2장
스코틀랜드의 평야

북과 깃발을 들고 멘티스, 케이스네스, 앵거스, 레녹스, 병사들 등장

멘티스   맬컴, 삼촌인 시워드, 탁월한 맥더프가 이끄는 잉글랜드 군대가 가까이 다가오고 있습니다. 그들의 마음속에서는 복수심이 불타오르고 있습니다. 그들의 고상한 대의가 피 흘리는 사람들에게 호소하고 있고, 그 진지한 경종은 수모 당한 사람들을 흥분시키고 있습니다.

앵거스   우리는 버남 숲 근처에서 그들과 합류하게 될 것입니다. 저들은 그쪽으로 오고 있어요.

케이스네스   혹시 도널베인도 형과 함께 있는 건가?

레녹스   그가 함께 있지 않은 건 확실합니다. 나는 귀족 명부를 가지고 있어요. 적진에는 시워드의 아들과 그들의 최초 성인식을 신고하고 싶은 용맹한 청년들이 많이 있습니다.

멘티스   폭군은 어떻게 하고 있나?

케이스네스   그는 던시네인 성을 크게 강화하고 있습니다. 어떤 사람들은 그가 미쳤다고 해요. 그를 조금 덜 미워하는 사람들은 그걸 용감한 분노라고 부르더군요. 하지만 그가 붕괴되는 대의를 통치의 벨트 안에다 묶을 수 없다는 건 분명해요.

앵거스   그는 이제 자신의 은밀한 살인 행위들이 양손에 끈적거린다는

것을 느끼고 있어요. 날마다 때마다 반란이 일어나서 그의 약속 위반을 비난하고 있어요. 그가 명령하는 자들은 명령을 받아야만 움직이지 충성심 때문에 움직이지는 않아요. 그는 지금 왕이라는 칭호가, 난쟁이 도둑놈이 거인의 옷을 훔쳐 입은 것처럼 몸에 맞지 않음을 느끼고 있어요.

멘티스   그렇다면 그가 깜짝깜짝 놀라면서 뒤로 물러서는 병든 신경을 가진 걸 누가 비난할 수 있겠나? 그의 내부에 있는 모든 것이 거기에 있음을 그처럼 스스로 비난하고 있는데.

케이스네스   이제 우리는 진군하여 진정한 충성심을 바쳐야 할 곳에 복종해야 돼요. 우리는 이 병든 국가를 고쳐줄 치료제 같은 분을 만나서 그와 함께 이 병든 나라를 청소해야 돼요. 우리 모두가 하나의 물방울이 되어서.

레녹스   있는 힘을 다하여 주권의 꽃에다 이슬을 내려 잡초를 뽑아내도록 하자. 우리는 버남 숲을 향해 나아간다.

행군하면서 모두 퇴장

606

제5막 제3장
던시네인 성

맥베스, 의사, 시종들 등장

맥베스 　내게 더 이상 보고서를 가지고 오지 마. 그들이 도망치려면 도망치라고 해. 버남 숲이 이 던시네인으로 옮겨올 때까지 난 겁날 게 없다.

저 애송이 맬컴은 뭔가? 여자의 몸에서 태어난 자이잖아. 인간의 미래를 모두 알고 있는 유령들이 내게 이렇게 선언했어. "여자에게서 태어난 자는 맥베스에게 피해를 입히지 못할 것이니." 거짓된 영주들아 달아나서 얼마든지 잉글랜드 한심한 놈들에게 붙어라. 내가 다스리는 마음과 내가 견지하는 심장은 의심에도 위축되지 않고 두려움으로 동요되지도 않을 것이다.

하인 등장

너, 핼쑥한 얼굴빛의 멍청아, 악마네 네놈의 얼굴을 저주하여 검게 물들이기를. 너는 어디서 그 거위 같은 상판을 얻었느냐?

하인 　저기에 1만의 —

맥베스 　거위들이 있느냐, 멍청아?

하인 　병사들이 다가오고 있습니다, 폐하.

맥베스 가서 네 얼굴을 단장하고 붉은 칠을 하여 그 공포를 지워내도록
해, 이 겁쟁이 놈아. 무슨 병사들, 이 멍청아?

하인 잉글랜드 병사들 말입니다, 폐하.

맥베스 가서 네놈 얼굴이나 고쳐!

[하인 퇴장]

세이턴! 나는 속이 아프다. 내가 앞날을 내다보니—나는 세이
턴이라고 말했다!—이 공격이 나의 사기를 높여주거나 아니
면 나를 폐위시킬 것이다. 나는 오래 살아왔다. 나의 인생이 시
들어버린 노란 잎사귀로 변해 버렸다. 그런데 노년에 따라와야
할, 명예, 사랑, 복종, 친구들은 기대할 수가 없게 되었다. 오히
려 그 자리에 소리는 낮으나 원한 깊은 저주, 아첨, 빈말 따위가
들어섰다. 이런 것들을 물리치고 싶으나 내 약한 마음은 감히
그렇게도 하지 못한다. 세이턴!

세이턴 등장

세이턴 부르셨습니까, 폐하?

맥베스 더 들어온 소식 없나?

세이턴 폐하, 보고들어온 것이 모두 사실로 확인되었습니다.

맥베스 내 살점이 뼈로부터 떨어져 나갈 때까지 나는 싸울 것이다. 내
게 갑옷을 입혀다오.

세이턴 아직 필요하지 않습니다.

맥베스 그래도 입겠다. 말들을 더 내보라. 온 나라를 뒤져서 공포를 말
       하는 자들을 목매달아라. 내게 갑옷을 입혀다오. 의사, 당신의
       환자는 어떻게 되어 가고 있소?

의사   그렇게 아프지는 않습니다, 폐하.
       단지 왕비님은 거듭 물려오는 공상들로 고통을 당하여 밤중에
       충분히 휴식을 취하지 못하고 있습니다.

맥베스 중전의 그런 병세를 고치도록 하라.
       당신은 그런 질병을 잘 고치지 못하나? 기억으로부터 뿌리박힌
       슬픔을 뽑아내고 머릿속에 기록된 번민을 태워 없애고 저 달콤
       한 망각의해독제를 투여하여 답답한 가슴을 무겁게 짓누르는
       유독 물질을 제거할 수 없는가?

의사   그것은 환자 자신이 스스로 투여해야 합니다.

맥베스 그런 의술은 개에게나 주어버려. 그런 건 필요 없단 말이야. 자,
       내게 갑옷을 입혀다오. 내게 왕홀을 가져다 다오. 세이턴, 더 많
       은 말들을 내보내도록 해. 의사, 영주들이 내게서 달아나고 있
       소. [시종에게] 자, 빨리 서둘러서 해. 의사 양반, 당신이 할 수 있
       다면 온 나라의 오줌을 모두 진단하여 중전의 질병의 원인을 알
       아내어 그것을 척결하여 원래의 건강한 상태로 돌려놓도록 하
       시오. 그러면 나는 되돌아와 다시 복창하는 메아리처럼 당신을
       칭송하겠소. 갑옷을 좀 더 세게 잡아당기란 말이야! 어떤 대황,
       하제, 설사약을 써야 잉글랜드 놈들을 여기서 물리치지? 당신
       도 그것들에 대해서는 들은 바 있겠지?

의사   예, 폐하. 그처럼 준비하시니 우리도 뭔가 듣게 되었지요.

맥베스 그 갑옷 일부를 들고 내 뒤를 따라오도록 해.

버남 숲이 이 던시네인으로 옮겨올 때까지 난 죽음과 파멸 따위를 두려워하지 않아.

[의사를 제외하고 모두 퇴장]

의사 　내가 던시네인으로부터 멀찍이 벗어나게 된다면 억만금을 준다고 해도 여기는 다시 오지 않을 거야. 　　　　　　　　　　퇴장

———

제5막 제4장
버남 숲 근처

북과 깃발을 들고서 맬컴, 시워드, 맥더프,

시워드의 아들, 멘티스, 케이스네스, 앵거스, 병사들, 행군하면서 등장

맬컴 　사촌들, 왕의 침실이 안전하게 될 날이 가까이 다가온 것 같습니다.

멘티스 　우리는 그것을 의심하지 않습니다.

시워드 　우리 앞에 있는 저 숲은 뭐죠?

멘티스 　버남의 숲입니다.

맬컴 　모든 병사들이 나무 가지를 베어서 그걸 앞에 들고 가게 하라.

그 덕분에 우리의 병력 숫자를 숨기고 정탐꾼들이 우리를 발견하더라도 잘못된 보고를 하게 만들라.

병사 그렇게 하겠습니다.

시워드 우리는 다른 정보는 없고, 자만하는 폭군이 던시네인에 틀어박혀 우리의 공성전을 버티어낼 생각인 듯합니다.

맬컴 그게 그자의 주된 희망이지요.

귀족과 평민들도 모두 그에게 반기를 들었고, 그에게 봉사하는 자들도 억지로 그렇게 시킨 것이므로 신명이 날 리가 없습니다.

맥더프 우리의 정당한 주장이 진정한 결론을 내도록 신경을 쓰고, 좀더 진지하게 작전에 임합시다.

시워드 전투의 결말에 따라 우리가 얻은 것이 무엇이고 또 잃은 것이 무엇인지 가려줄 시간이 다가오고 있습니다. 생각은 불확실한 희망을 말할 뿐이고 전투만이 그 결과를 확실하게 결정지어줄 것입니다. 우리는 그 결과를 향하여 군대를 전진시키고 있습니다.

행군하면서 모두 퇴장

제5막 제5장
던시네인 성

북과 깃발을 들고서 맥베스, 세이턴, 그리고 병사들 등장

맥베스 외곽 성벽에다 우리의 깃발을 내걸어라. 아직도 "그들이 온다."
라는 외침 소리가 들린다. 그러나 우리 성은 단단하여 그들의
공성전을 일소에 부칠 것이다. 저들을 성 밖에서 기다리다가 가
뭄과 역병이 저들을 모두 잡아먹도록 하라. 만약 저들의 군대에
우리의 반란군이 보강되지 않았더라면 우리는 저들을 전면전
으로 맞붙어서 수염에 수염을 맞대며 백병전을 벌여서 저들을
출발한 곳으로 격퇴시킬 수 있었을 텐데.

무대 뒤에서 여인들의 울음소리

아니 이건 웬 소란이냐?
세이턴 폐하, 여인들이 우는 소리입니다.
맥베스 나는 공포의 미각을 거의 잊어버렸다.
밤에 비명 소리를 들으면 나의 감각이 차가워지던 시절이 있었
다. 음산한 얘기를 들으면 내 온 머리카락이 마치 그 안에 생명
이 들어 있는 것처럼 꼿꼿이 서서 흔들릴 때가 있었다. 나는 공
포라면 질리도록 먹어보았다. 나의 살인적 생각에 수반되던 공

포는 이제 나를 더 이상 놀라게 하지 못한다. 저 울음소리는 무엇 때문에 나는 거냐?

세이턴 폐하, 왕비께서 사망하셨습니다.

맥베스 그녀는 이후에 죽었더라면 더 좋았을 걸.

하지만 언젠가 이런 소식이 올 때가 있으리라는 건 알고 있었어. 내일, 내일, 또 내일. 하루하루는 기록된 최후의 순간까지 일보일보 기어들듯이 찾아온다. 우리의 어제라는 날은 모두 어리석은 자들이 티끌로 돌아가는 죽음의 길을 비춰 준다. 꺼져라, 꺼져. 단명한 촛불아. 인생은 그저 걸어가는 그림자, 무대 위에서 맡은 시간만큼 거들먹거리고 노심초사하지만, 그 다음은 아무것도 없다. 그것은 바보가 지껄이는 소리, 소리 높여 시끄럽게 떠들어대지만 아무런 의미도 없는 그런 이야기.

전령 등장

너는 네 혀를 놀리려 왔구나. 빨리 보고하라.

전령 인자하신 폐하,

제가 본 것을 보고 드리려 하는데 어떻게 보고해야 할지 모르겠습니다.

맥베스 그래도 말하라.

전령 언덕 위에서 경계 근무를 하고 있는데 버남 쪽을 바라보니, 아, 글쎄, 곧 그 숲이 움직이는 게 아니겠습니까.

맥베스 거짓말 하는 놈!

전령 만약 이게 사실이 아니라면 제가 폐하의 분노를 모두 감내하겠습니다. 3마일 이내에서 숲이 움직이는 게 분명히 보였습니다. 예, 움직이는 숲이었다니까요.

맥베스 네가 거짓말을 한다면 나무에 네놈을 매달아서 배고파 죽게 만들 것이다. 만약 네 말이 사실이라면 네가 나를 그런 식으로 대접해도 섭섭하지 않을 것이다. 나는 결심을 했고 진실처럼 거짓말하는 마녀들의 애매모호한 말을 의심하기 시작했다. 그리고 이제 숲이 던시네인을 향해 오고 있다. 무장하고, 무장하여, 밖으로 나서라! 저 유령이 말했던 그 현상이 이제 나타난 것이라면 나는 여기서 달아날 수도 없고 기다릴 수도 없다. 나는 이제 태양도 지겨워졌고 이 세상이 그냥 확 뒤집어졌으면 좋겠다. 경계의 종을 울려라! 바람아 불어라, 멸망이여 오라. 적어도 나는 등에 갑옷을 걸친 채 죽을 것이다.

———

제5막 제6장
던시네인 성 밖

북과 깃발을 들고서 맬컴, 시워드, 맥더프, 가지를 든 병사들 등장

맬컴 이제 충분히 가까이 왔다. 나무 잎사귀 위장망은 내던지고 너희들의 본 모습을 보여라. 존경하는 삼촌께서는 나의 사촌인 고귀

한 자제분과 함께 우리의 첫 전투를 이끄셨습니다. 이제 존귀한 맥더프와 내가 작전 계획에 따라 전투의 나머지 부분을 책임지겠습니다.

시워드 잘 해보시오.

오늘밤 폭군의 군대를 만날 수 있기를. 전투를 벌이지 않는다면 진거나 마찬가지요.

맥더프 모든 나팔을 울려라. 저 피와 죽음을 알리는 소란스러운 전령이 마음껏 울게 하라.

모두 퇴장

경계의 트럼펫이 계속 울린다

———

제5막 제7장

성문 근처

맥베스 등장

맥베스 저들이 나를 말뚝에 묶어 놓았어. 나는 도망칠 수도 없어. 나는 묶인 곰처럼 정해진 코스대로 싸워야 해. 하지만 여자의 몸에서

태어나지 않은 자가 어디 있겠어? 난 여자의 몸에서 난 자만 두
려워할 뿐이야. 그 외에는 아무도 두려워하지 않아.

시워드 아들 등장

시워드 아들　그대의 이름은 무엇인가?
맥베스　　그걸 들으면 두려워서 떨게 될 거야.
시워드 아들　떨다니? 그대가 지옥의 그 누구보다 더 뜨거운 자일지라도
　　　　　　두려움 따위는 없어.
맥베스　　내 이름은 맥베스.
시워드 아들　악마라도 내 귀에 그보다 더 혐오스러운 이름을 말하지는 못
　　　　　　할 거야.
맥베스　　아니, 그보다 더 무서운 이름도 없지.
시워드 아들　이 빌어먹을 폭군 놈아, 네놈은 거짓말을 하고 있어. 내 칼로
　　　　　　네놈이 거짓말을 하고 있다는 걸 증명하겠다.

싸운다. 시워드 아들이 살해된다

맥베스　　너는 여자의 몸에서 난 놈이야.
　　　　　　여자에게 난 놈이 휘두르는 칼은 웃어넘기고 그놈의 무기는 경
　　　　　　멸할 뿐이야.

[시워드 아들의 시체와 함께] 퇴장

616

소란. 맥더프 등장

맥더프 여기서 시끄러운 소리가 나는군. 폭군아, 네 얼굴을 보여라! 네 놈이 네 칼날 아래에서 스러지지 않는다면 내 아내와 자식들의 유령이 계속 나를 괴롭힐 것이다. 돈 받고 창을 든 비참한 용병 따위는 치지 않겠다. 맥베스 네놈을 베지 않고, 내 날카로운 칼로 다른 자를 쓰러트렸다면 아무 소득도 없이 칼집에 칼을 집어넣는 게 될 것이다. 이 시끄러운 소리로 미루어 보아 지위 높은 네놈이 주위에 있다는 것을 알겠다. 운명의 여신이여, 그자를 발견할 수 있게 해주소서. 그 이상은 더 빌지 않겠나이다. *퇴장*

소란. 맬컴과 시워드 등장

시워드 왕세자님, 이리로 오시지요. 성은 순순히 항복했습니다. 폭군의 귀족과 평민들은 열심히 싸웠습니다. 고상한 영주들은 전쟁에서 더 용감하게 싸웠지요. 승전이 이제 거의 전하의 것이고 앞으로 별로 할 일이 남아 있지 않습니다.

맬컴 우리는 의도적으로 우리를 피해 가는 적을 만났습니다.

시워드 왕세자님, 성안으로 들어가시지요.

모두 퇴장

소란

제5막 제8장
던시네인 성

맥베스 등장

맥베스   왜 내가 로마의 바보처럼 죽어야 해? 내 칼에 쓰러져 자살하는
거 말이야. 내가 적들을 보는 순간, 그들을 베어버리는 것이 더
나아.

맥더프 등장

맥더프   돌아서라, 이 지옥의 개야, 돌아서라.

맥베스   여러 사람들 중에서 지금껏 자네를 피해 왔지. 하지만 이제 그대
는 돌아왔고, 내 영혼은 이미 그대의 피를 너무나 많이 묻혔지.

맥더프   나는 아무 말도 하지 않겠다.
내 목소리는 내 칼에 들어 있다. 이 피투성이 악당아. 그 어떤 말
로도 네놈의 악랄한 소행을 다 표현할 수가 없구나.

싸운다. 소란

맥베스   네놈은 헛수고를 하고 있는 거야.
네놈의 날카로운 칼날이 가를 수 없는 허공을 아무리 열심히

갈라대도 나를 피 흘리게 할 수는 없어. 나는 마법의 힘을 몸에 지니고 있어서 여자의 몸에서 난 자에게는 굴복하지 않게 되어 있어.

맥더프 네놈의 마법은 아무런 소용이 없어.

네놈이 아직도 믿고 있다는 그 천사가 네놈에게 이런 말을 들려 주었으면 좋겠구나. 맥더프는 어머니의 자궁을 찢고서 때 이르게 태어났다고 말이야.

맥더프 오, 내게 그런 말을 해준 혓바닥에 저주가 내리기를. 그것이 사내대장부의 늠름함을 위축시켰으므로. 저 사기 치는 악마들은 더 믿어볼 게 없구나. 나에게 이중의 의미로 술수를 부린 게로구나. 내 귀에 약속의 말을 속삭여놓고 내 희망 앞에서 그것을 산산이 깨트리는구나. 나는 그대와 싸우지 않겠다.

맥더프 그렇다면 이 비겁한 놈아, 항복하라. 그리하여 온 세상의 구경거리가 되어라. 네놈을 이 나라의 가장 흉악한 괴물로 삼아, 장대 위에다 네놈의 화상을 그리고 그 밑에 이렇게 쓸 것이다. "모두 나와 여기 이 독재자를 보라."

맥베스 나는 항복하지 않겠다.

땅에 쓰러져 어린 맬컴의 발 앞에다 입 맞추지 않겠다. 나무 기둥에 곰처럼 묶여져 어중이떠중이의 저주를 받지 않겠다. 버남 숲이 던시네인으로 왔고 나를 대적하는 네놈이 여자의 몸에서 태어나지 않았더라도 나는 최후의 일격을 시도하겠다. 그리하여 내 앞에다 나의 호전적인 방패를 내던진다. 자, 맥더프, 덤벼라. "이제 그만하자."라고 먼저 말하는 자는 영원히 저주를 받을 것이다.

싸우며, 모두 퇴장. 경종

[맥더프와 맥베스], 싸우며 다시 등장하고, 맥베스가 살해된다

[맥베스의 시체를 끌고, 맥더프 퇴장]

제5막 제9장
던시네인 성

퇴각과 나팔소리. 북과 깃발 등장. 맬컴, 시워드, 로스, 귀족들, 병사들 등장

맬컴   나는 우리 눈에 띄지 않는 친구들이 안전하게 도착하기를 바라오.

시워드 일부는 전사한 것 같습니다. 그렇다고 하지만 이런 커다란 승리를 아주 싼값에 얻었다고 생각합니다.

맬컴   맥더프와 당신의 고귀한 자제가 보이지 않는군요.

로스   영주님, 당신의 자제는 군인의 빚을 갚았습니다. 그는 사내대장부로 완성되는 기간 동안만 살았습니다. 그가 치열하게 싸운 상황에서 그의 용맹이 증명되자마자 그는 사내대장부답게 죽었습니다.

시워드 내 아이가 죽었다고?

로스   예. 전장에서 데려내 왔습니다. 영주님의 한량없는 슬픔은 자제분의 값진 죽음으로 위로가 되지 않겠지요. 그 가치는 그 슬픔

의 맞상대가 될 수는 없으니까.

시워드   내 아이가 정면에 상처를 입었던가요?

로스   예, 이마에.

시워드   그러면 그 애는 천상에 올라 하느님의 병사가 될 거요. 내게 내 머리카락만큼 많은 아들이 있다 해도 그보다 더 멋진 죽음을 바랄 수는 없을 거요. 자, 이제 그의 조종을 울리도록 합시다.

맬컴   그는 슬픔 이상의 가치가 있는 젊은이였소.
나는 그를 위해 후사를 아끼지 않겠습니다.

시워드   그 애는 더 이상의 가치가 없습니다.
잘 떠나갔고 사내대장부답게 죽었습니다. 그러니 하느님이 그 애와 함께 하실 겁니다. 여기 더 새로운 위안이 오는구나.

맥더프가 맥베스의 잘린 머리를 들고 등장

맥더프   국왕 폐하 만세! 이제 국왕이 되신 분. 여기 찬탈자의 저주받은 머리가 어떻게 되었는지 보십시오. 이제 세상은 자유롭게 되었습니다. 나는 폐하께서 왕국의 진주 같은 인사들과 둘러싸여 있음을 봅니다. 그들은 나의 인사말을 그들의 마음속에서 이미 읊조리고 있습니다. 이제 그들의 목소리를 제가 대신 내봅니다. 스코틀랜드 국왕 폐하 만세!

일동   스코틀랜드 국왕 폐하 만세!

나팔 소리

맬컴　내가 여러분의 온갖 노고를 감안하여 충분한 논공행상을 하는 데 그리 오랜 시간이 걸리지 않을 것입니다. 나의 영주들과 친척들은 앞으로 백작에 봉해질 것입니다. 이 칭호는 스코틀랜드에 처음 도입되는 영예로운 작위입니다. 그리고 앞으로 해야 할 일이 많이 있는데 곧 새로운 세상을 시작하는 것입니다. 감시하는 폭정의 덫을 피하여 해외로 유배 간 친구들을 국내로 불러들여야 하고 이 죽어버린 백정과 그의 악녀 같은 왕비―그녀는 자신의 난폭한 손으로 자결한 것으로 생각되고 있습니다만―를 지원했던 저 악랄한 부역자들을 재판에 넘기는 것입니다. 우리는 하느님의 은총으로 이런 일들과 그 밖의 일들을 하도록 요청받고 있습니다. 나는 정도, 시간, 장소에 알맞게 이런 일들을 수행할 것입니다. 그러니 여기 모인 모든 사람들 각자에게 감사의 뜻을 표시합니다. 나는 여러 분을 스쿤에서 거행될 대관식에 참석해 달라고 초청합니다.

나팔 소리

모두 퇴장

작가 연보

1564(출생)
윌리엄 셰익스피어(William Shakespeare), 영국 워릭셔 주에 있는 스트랫퍼드어폰에 이번(Stratford-upon-Avon)에서 존 셰익스피어(John Shakespeare, 1531~1601)와 메리 아든(Mery Arden, 1537~1608)의 8남매 자식 중 장남으로 태어나다. 아버지 존은 장갑 만드는 것을 생업으로 삼았고 스트랫퍼드 시의 유지였다.

1571(7세)
스트랫퍼드의 그래머 스쿨에 입학했을 것으로 추정된다.

1576(12세)
스페인 통치에 대한 네덜란드의 반란이 시작되다.
제임스 버비지(James Burbage, 1531~1597)가 쇼어디치(Shoreditch)에 런던 최초의 연극 전용 극장인 시어터 극장(더 시어터, The Theatre) 건립하다.

1577(13세)
아버지 존 셰익스피어의 사업이 부진하여 가세가 기울기 시작하여 빚을 지게 되다.

1578(14세)
어머니 메리 아든이 남편의 채무 때문에 스트랫퍼드 외곽 지역에 위치한 스니터필드(Snifferfield)의 토지 등 자신의 부동산을 저당 잡히다.

1581(17세)
가톨릭교도를 박해하는 법률이 통과되다.
우스터스 극단이 스트랫퍼드어폰에이번에서 공연하다.

1582(18세)
8세 연상의 앤 해서웨이(Anne Hathaway)와 결혼하다. 이 무렵 런던에 흑사병이 유행하다.

1583(19세)
아일랜드에서 반란 사건이 발생하다. 결혼 6개월 만에 장녀 수잔나(Susanna) 출생. 수잔나는 5월 26일에 세례를 받았고, 1649년에 66세로 사망했다.

1585(21세)
잉글랜드는 스페인과 전쟁을 시작하다.
쌍둥이 남매 햄넷(Hamnet)과 주디스(Judith) 출생. 햄넷은 1596년 11세의 어린 나이로 사망했고, 주디스는 1662년에 77세로 사망하여 당시 기준으로는 장수했다.

1586(22세)
이 무렵 셰익스피어가 고향 마을을 떠났다. 그 후에 타 지방에서 가서 학교 교사를 했다는 얘기가 있으나 확실하지 않다.

1587(23세)
스코틀랜드의 메리 여왕이 엘리자베스 1세에 의해 참수 조치되다.
필립 헨즐로(Philip Henslowe, 1550?~1616)가 뱅크사이드에 로즈 극장(The Rose Theatre) 건립하다. 1587년부터 1592년까지 셰익스피어의 행적은 알려진 것이 없다. 아버지 존 셰익스피어가 부읍장 직을 잃었다.

1588(24세)
잉글랜드 해군이 스페인 무적함대 아르마다 호(The lnvincible Armada)를 패퇴시키고 대서양을 가로질러 신세계 아메리카로 나가는 항해 시대를 열다. 셰익스피어가 런던의 극장업계에 진출한 것이 이 무렵일 것으로 추정된다.

1589~1591 (25~27세)

첫 희곡들 『베로나의 두 신사(*The Two Gentlemen of Verona*)』, 『말괄량이 길들이기(*The Taming of the Shrew*)』, 초기 사극인 『헨리 6세(*King Henry VI*)』(3부작) 집필. 아직 극작 초기 시절이라 미흡한 구석이 많은 희곡이다.

1592 (28세)

영국이 스페인 보물함대(The Spanish treasure fleet)를 공격하여 성공을 거두다. 런던 극장들이 흑사병으로 인해 폐쇄되어 1594년 6월까지 지속되다. 이해에 극작가 로버트 그린(Robert Greene)이 팸플릿 『많은 후회로 매입한 서 푼어치의 기지(*Greenes, Groats-worth of witte, bought with a million of Repentance*)』에서 대학 교육도 받지 않은 무식한 신참이 연극업계에서 부상하고 있다는 비판적 발언을 하다. "우리의 아름다운 깃털로 장식한 벼락출세의 까마귀가 나타났습니다. 그는 배우라는 가죽에 둘러싸인 호랑이 같은 마음을 가진 자인데 그 누구 못지않게 무운시를 쓸 수 있고 자기가 이 나라 최고의 셰이크신(Shake-scene: 무대를 뒤흔드는 사람)이라고 생각하는 듯합니다." 셰익스피어의 『리처드 3세(*King Richard III*)』와 『타이터스 앤드러니커스(*Titus Andronicus*)』 집필. 복수 비극인 『타이터스 앤드러니커스』는 너무 잔인한 내용이 많아서 그리 자주 공연이 되지 않는다. 크리스토퍼 말로(Christoper Marlowe, 1564~1593)의 『파우스투스 박사(*Dr. Faustus* : 포스터스 박사)』와 『에드워드 2세(*Edward II*)』 집필.

1593 (29세)

영국 국교(성공회)에 가입하는 것이 국민의 의무로 부과되고 전염병이 계속되다. 극작가 크리스토퍼 말로가 스페인의 첩자로 의심받아, 술집 난투극으로 위장된 상황에서 잉글랜드 비밀경찰 요원에 의해 살해되다. 이 당시 극작가들은 검객이기도 해서 벤 존슨 같은 작가는 술집에서 벌어진 사소한 일로 동료 극작가와 결투를 벌여 죽이기도 했다. 이야기 시(장시) 『비너스와 아도니스(*Venus and Adonis*)』 집필. 이 무렵에 소네트(sonnet)도 쓰기 시작했다. 소네트는 총 154편이다.

1594 (30세)

엘리자베스 여왕에 대한 두 차례의 암살 사건이 벌어졌고, 아일랜드에서 반란이 발생하다. 4년 동안 계속되는 흉년의 첫 번째 해였다. 『착오 희극(*The Comedy of Errors* : 실수 연발/실수 희극)』, 로드 체임벌린 극단(궁내장관 극단, The Lord Chamberlain's Men) 창립. 이야기 시(장시) 『루크리스의 능욕(*The Rape of Lucrece* : 루크리스의 겁탈)』.

로드 체임벌린 극단이 별개의 극단으로 독립. 이 극단은 제임스 1세가 즉위한 1603년에 킹스멘 극단(국왕 극단, The King's Men)으로 이름을 바꾼다. 셰익스피어는 이 극단에서 은퇴할 때까지 배우 겸 극작가로 활동했다. 『베로나의 두 신사(*The Two Gentlemen of Verona*)』.

1595(31세)
해외에서 전쟁이 벌어지고 국내에서는 정정이 불안정하다. 『사랑의 헛수고(*Love's Labour's Lost*)』, 『리처드 2세(*King Richard II*)』. 셰익스피어는 로드 체임벌린 극단의 지분 소유자가 되었다.

1596(32세)
에식스[에식스 백작 2세, 로버트 데버루(Robert Devereux)]가 스페인의 카디스(Cadiz)와 아조레스 제도(Azores 諸島)를 탐사하다. 식량 기근이 발생하여 구빈법과 유랑민 단속법 발효하다.
『존 왕(*King John*)』, 『로미오와 줄리엣(*Romeo and Juliet*)』, 『한여름 밤의 꿈(*A Midsummer Night's Dream*)』.
아버지 존 셰익스피어가 문장(紋章)을 수여받아서 "젠틀맨(신사)"이라는 칭호를 얻다. 11세 된 셰익스피어의 아들 햄닛 사망하다.

1597(33세)
『베니스의 상인(*The Merchant of Venice*)』, 『헨리 4세 1부(*First Part of King Henry IV*)』.
로드 체임벌린 극단은 글로브 극장(Globe Theatre)이 건립되는 시기인 1597~1599년 사이에 커튼 극장에서 공연.
고향 스트랫퍼드에서 대저택 뉴플레이스(New Place)를 매입하다. 『윈저의 명랑한 아낙네들(*The Merry Wives of Windsor*: 윈저의 즐거운 아낙네들)』.

1598(34세)
아일랜드에 반란이 발생하다. 케임브리지 대학 졸업생인 프랜시스 미어스(Francis Meres, 1565~1647)가 『지혜의 보고(*Palladis Tamia: Wits Treasury*)』(1598)에서 셰익스피어의 뛰어난 문학성을 찬양하는 글을 남기다. "고대 로마의 라틴 사람들 중에는 플라우투스(Titus Maccius Plautus)와 세네카(Lucius Annaeus Seneca)가 희극과 비극에서 최고로 간주되듯이, 잉글랜드 인 중에서는 셰익스피어가 두 분야에서 모두 가장 뛰어나다. 희극으로는 『베로나의 두 신사』, 『착오 희극』, 『사랑의 헛수고』, 『한여름 밤의 꿈』, 『베니스의 상인』이 있다. 비극으로는 『리처드 2세』, 『리처드 3세』, 『헨리 4세』, 『타이터스 앤드러니커스』, 『로미오와 줄리엣』이 있다."

쇼어디치에 위치한 시어터 극장이 헐리고, 그 자재가 템스강 건너편으로 운반되어 글로브 극장의 건설에 사용되다. 『헨리 4세 2부(*Second Part of King Henry IV*)』.

1599(35세)

에식스가 아일랜드 반란 진압에 실패하다.

『헛소동(*Much Ado About Nothing*)』.

글로브 극장이 문을 열어서 로드 체임벌린 극단의 활동 근거지가 되었다. 『헨리 5세(*King Henry V*)』, 『줄리어스 시저(*Julius Caesar*)』, 『좋으실 대로(*As You Like It* : 뜻대로 하세요)』.

1600(36세)

잉글랜드가 인도 제국을 침탈하기 위한 전초기지로 삼은 동인도 회사가 설립되다.

『햄릿(*Hamlet*)』.

이 무렵에 쓴 셰익스피어 소네트에는 "다크 레이디(dark lady)"를 3년간 열렬히 사랑했다는 구절이 나온다. 이 여성의 신분에 대하여 많은 추측과 제안이 나왔는데 엘리자베스 여왕의 명예 시녀인 메리 피턴(Mary Fitton)이었다는 설이 유력하다. 셰익스피어는 소네트 시집을 W.H.에게 헌정했는데 이는 Will Herbert(후일의 펨브로크 백작)였고 이 허버트가 1600년 6월 런던 시내의 가면무도회에서 메리 피턴을 만나 임신시켰으나 허버트는 결혼을 거부했고 메리는 유산했다. 메리는 이 일로 1605년까지 여왕 곁을 떠났으나 다시 궁정에 돌아왔다가 1608년에 다른 남자와 결혼하면서 영원히 런던을 떠났다. 셰익스피어는 메리와의 실연으로 깊은 상처를 받았고, 이것이 1600년에서 1606년까지 6년 동안에 4대 비극을 써내게 되는 배경이 되었다는 추측도 나오고 있다.

1601(37세)

에식스가 반란을 일으켰다가 처형되고, 아일랜드 반란이 결국 진압되었다.

아버지 존 셰익스피어 사망. 『십이야(*Twelfth Night, or What You Will* : 십이야, 혹은 그대의 바람/열두째 밤)』, 『트로일로스와 크레시다(*Troilus and Cressida*)』.

1602(38세)

320파운드를 주고 고향의 구 시가지에 있는 127에이커의 토지를 양도받다. 이해 3월에 존 매닝엄이라는 법과 대학생이 런던 시내에 떠돌던 이런 소문을 일기에 적어놓아 후대에 전해지고 있다. "배우 버비지가 리처드 3세를 연기하던 시절에 어떤 여자 관객이 그를 너무 좋아하게 되어 극장을 떠나기 전에 그에게 자신의 집 주소를 알려 주면서 그날 밤 그녀의 집을 찾아와 리처드 3세가 왔다고 하면 들여놓아 줄 것이라고 말했다. 그들의 대화를 엿들은 셰익스피어는 버비지보다 먼저 그녀의 집을 찾아가 리처드 3세라고 참칭하고서는 버비지가 즐겨야 할 게임을 먼저 즐겨버렸다. 나중에 버비지가 그녀 집을 찾아와 리처드 3세가 왔다고 하니까, 셰익스피어는 하인에게 가서 정복왕 윌리엄이 리처드 3세보다 먼저 왔다고 이르라고 말했다."

1603(39세)

『끝이 좋으면 다 좋아(*All's Well That Ends Well* : 끝이 좋으면 다 좋다/끝이 좋으면 모두 좋다)』. 엘리자베스 여왕이 사망하고 제임스 1세가 왕위에 등극하다. 이해 중반부터 다음해 4월까지 흑사병으로 극장이 다시 폐쇄된다. 벤 존슨(Ben Jonson, 1572~1637)의 비극 『세이아누스의 몰락(*Sejanus His Fall*)』에서 셰익스피어가 마지막으로 무대에서 연기를 했다는 기록이 있다. 로드 체임벌린 극단이 킹스멘 극단으로 명칭이 바뀌었다.

1604(40세)

종교적 분쟁을 해결하기 위한 시도로 햄프턴 코트 궁전회의(햄프턴궁 회담, Hampton Court Conference)가 개최되다. 잉글랜드, 스페인과 평화 협정을 맺다.
『자에는 자로(*Measure for Measure*)』, 『오셀로(*Othello*)』.

1605(41세)

화약 음모 사건(Gunpowder Plot) 발생. 『리어 왕(*King Lear*)』. 셰익스피어는 스트랫퍼드의 땅을 사들이다.

1606(42세)

아메리카의 버지니아를 식민지로 만들기 위해 잉글랜드 원정대 출발.
『맥베스(*Macbeth*)』. 셰익스피어의 4대 비극은 1600~1606년 사이, 극작가가 가장 원기왕성하고 필력이 정상에 도달했을 때 집필된 작품들이다. 셰익스피어의 저술 시기를 4기로 나누어 1기는 사극, 2기는 희극, 3기는 비극, 4기는 로맨스 극으로 분류하는 데, 4대 비극은 이 3기에 나온 것으로서 명실공히 셰익스피어의 대표작이다.

1607(43세)
『안토니와 클레오파트라(*Antony and Cleopatra/The Tragedie of Anthonie, and Cleopatra*)』.
장녀 수잔나가 의사 존 홀과 결혼하다. 배우로 알려진 셰익스피어의 남동생 에드 먼드 사망.

1608(44세)
잉글랜드 왕과 의회 사이에 갈등이 벌어지다.
『코리올레이너스(*Coriolanus*)』, 『아테네의 타이먼(*Timon of Athens*)』, 『페리클레스 (*Pericles/Pericles, Prince of Tyre* : 페리클레스, 타이어의 왕자)』.
외손녀 엘리자베스 홀이 출생하다. 이 손녀가 1670년에 사망함으로써 셰익스피어 가문은 친손이든 외손이든 모두 후사가 끊어졌다. 어머니 메리 아든 사망하다. 셰익 스피어는 제2 블랙프라이어스 극장(Blackfriars Theatre)의 지분 7분의 1을 획득하다. 이 극장은 1642년 폐쇄될 때까지 운영되었다.

1609(45세)
『심벌린(*Cymbeline/The Tragedie of Cymbeline*)』.

1610(46세)
의회가 잉글랜드 왕에게 불만사항을 호소하다.
『겨울 이야기(*The Winter's Tale*)』.

1611(47세)
제임스 1세가 의회의 호소를 무시하다. 스코틀랜드 개신교도들이 얼스터의 가톨릭 땅에 정착하다. 제임스 1세가 성경의 번역을 승인하다.
『템페스트(*The Tempest* : 태풍)』.

1612(48세)
『헨리 8세(*King Henry VIII*)』를 존 플레처(John Fletcher, 1579~1625)와 공동 집필.

1613(49세)
제임스 왕의 총신 로버트 카(Robert Carr, 1587~1645)가 서머싯 백작(Earl of Somerset) 이 되다.
『두 고귀한 친척(*The Two Noble Kinsmen* : 고결한 두 친척/두 귀족 친척)』, 존 플레처와 공 동 집필. 글로브 극장이 화재로 전소되다.

1614(50세)
글로브 극장 자리를 옮겨 템스강 맞은편에서 재개관.

1616(51세, 사망)
서머싯 백작의 실각 후 조지 빌리어즈(George Villiers, 1592~1628)가 새로운 총신이 되어 버킹엄 공작(Duke of Buckingham)이라는 작호를 받다.
딸 주디스 셰익스피어가 토마스 퀴니와 결혼. 3월 25일 유서를 작성하고 4월 23일 사망. 4월 25일 고향의 교구 교회에 안장되었다. 아버지에게 순종했던 주디스는 극작가에게 사랑스러운 여인의 영감을 주어서 『겨울 이야기』의 실종된 딸 퍼디타 (Perdita), 『페리클레스』의 다시 발견된 딸 마리나(Marina), 『템페스트』의 사랑받는 딸 미란다(Miranda)의 모델이 된 인물이었다.

1632
아내 앤 해서웨이 사망. 셰익스피어의 극 36편을 수록한 첫 번째 전집인《제1 이절 판(*The First Folio*)》이 동료 배우였던 존 헤밍(John Heming, 1556?~1630)과 헨리 콘델 (Henry Condell, 1576~1627)의 편집으로 출간되다. 셰익스피어 드라마 36편을 모은 이 전집은 셰익스피어의 명성을 확립해 주는 기초가 되었다. 이 전집에 찬양시를 기 고한 동료 극작가 벤 존슨은 그의 작품을 "무덤 없는 기념비"라고 하면서 이런 찬사 를 바쳤다. "그대의 책이 살아 있는 동안에 예술은 살아 있고 우리에겐 읽을 수 있는 지혜와 바칠 수 있는 찬사가 있으니, 그대는 한 시대가 아니라 모든 시대의 시인이 로다!"

셰익스피어, 자연 그 자체

토머스 칼라일은 『영웅숭배론(On Heroes, Hero-Worship, and the Heroic in History)』에서 셰익스피어를 인도 대륙과도 바꾸지 않겠다고 말했다. 이 말에 대하여 대부분의 사람들은 지나친 과장이라고 생각할 것이다. 인도라는 땅은 엄청난 물질적 재산이지만 셰익스피어는 재산이라고 해봐야 그의 아름답고 심오한 말이 전부이기 때문이다. 그런데 애덤 스미스는 『국부론(國富論, The Wealth of Nations)』에서 국부는 황금과 순은이 많은 것이 아니고 그 나라의 토지와 노동에서 생산되는 물건이 많아야 그게 곧 국부라고 갈파했다. 스미스의 말을 셰익스피어에게 준용하면 정신적 국부는 말이 많은 것이 아니라 그 말을 가지고 만들어낸 물건(작품)이 많아야 국부가 큰 것이다. 이런 점에서 칼라일은 물질적 국부보다는 정신적 국부를 더 강조한 것이다.

윌리엄 셰익스피어는 근대가 시작된 1500년대 이후에 가장 위대한 시인 겸 극작가로 칭송되고 있다. 괴테는 연극 〈햄릿〉을 중심으로 하는 소설 『빌헬름 마이스터의 도제시대(*Wilhelm Meisters Lehrjahre*)』(1795~1796)를 쓰면서 아무리 애써도 셰익스피어를 따라잡지 못할 것 같다는 절망감을 토로했고, 도스토옙스키는 장편소설 『악령(惡靈)』(1871~1872)에서 셰익스피어를 가장 위대한 작가라고 여러 번 칭송하고 있다. 『보바리 부인(*Madame Bovary*)』(1857)의 작가 귀스타브 플로베르는 이렇게 말했다. "셰익스피어의 세계에는 위대한 사람들, 평범한 일반 대중, 그리고 한 나라의 모든 사람들이 다 들어 있다. 이런 사람들은 연극의 3원칙 같은 것은 아예 무시한다. 그들은 그 흠결에도 불구하고 강력하며, 오히려 그것 때문에 더욱 생생한 인물이 된다." 심지어 버지니아 울프는 셰익스피어를 같은 작가의 입장으로 생각해서는 안 되고 문학 그 자체를 뛰어 넘은 사람으로 보아야 한다고 말하기까지 했다.

셰익스피어 드라마같이 고전의 반열에 오른 작품은 독자가 1천 명이 있으면 1천 권의 다른 책이 된다. 그리하여 16세기 이래 셰익스피어의 4대 비극에 대하여 많은 논평이 나와 있고 지금도 전 세계에서 해마다 수천 편의 관련 논문이 쏟아져 나오고 있다. 다음의 〈작품 해설〉은 4대 비극을 개별적으로 읽을 것이 아니라 4위1체 혹은 4부작 한 세트로 읽어야 한다는 전제 아래 집필되었다. 왜 그런지는 다음의 순서로 설명해 나가는 과정에서 자연스럽게 밝혀지리라 생각한다.

1. Parallels are there(유사한 사례의 제시)
2. The agency of the sign(기표와 기의)
3. To be or not to be(실재와 외양)
4. What a piece of work!(인간이란 무엇인가!)
5. Love is nothing(악과 사랑의 관계)

6. Freud knows the way(프로이트 방식의 해석)

7. Unsex me here(페미니즘의 관점)

8. The negative capability(마음을 비우는 능력)

9. Which is the best?(햄릿이냐 리어냐?)

10. The play is the thing(연극과 인생)

1. Parallels are there(유사한 사례의 제시)

"패럴렐"은 서로 유사한 것이 평행으로 제시되어 있는 경우를 말한다. 사물들은 서로 비슷하지만 다른 것을 함께 제시하면 더 잘 그 본질을 파악할 수 있다. 가령 갈색 물체들을 수백 개 보여주면서 갈색이 무엇인지를 가르치면 학생들은 갈색의 의미를 파악하지 못한다. 그러나 갈색과 적색, 갈색과 주황색, 갈색과 회색, 갈색과 노란색, 갈색과 흑색 등을 같이 보여주면 학생들은 갈색이 무엇인지 금방 알아차린다. 이것은 어떤 사물이나 사람은 남들과 다름으로써 그 본질이 규정된다는 걸 보여준다. 『리어 왕』에서는 이 차이점을 이렇게 코믹하게 말하고 있다. "북두칠성에 왜 별이 일곱 개인지는 분명한 이유가 있어(바보). 여덟 개가 아니니까 그렇지(리어)."[1.5: 이 표기는 제1막 제5장을 가리키며, 이하의 인용은 모두 이런 방식을 따름] 따라서 갈색은 그 자체의 본질을 가진 독립된 색깔 개념이라기보다는 색깔 체계의 한 부분을 이루는 것이며, 그 체계 내의 다른 색깔와의 관계에 의해 비로소 그 의미가 규정된다.

이것을 4대 비극의 경우에 적용하면 여러 인물들을 서로 비교해 봄으로써, 또 4대 비극 전체에서 등장하는 여러 인물들을 상호 비교해 봄으로써 그들의 정체성을 더 잘 파악할 수 있다는 뜻이다. 실제로 햄릿은 "어떤 사람을 잘 안다는 것은 실은 자기 자신을 잘 아는 것과 비슷하다네."(5.2)라고 말한다. 더 나아가 우리의 인생을 셰익스피어의 드라마와 비교해 보면 우리 인생의 정체성이 더 잘 드러나게 된다.[→섹션 〈10. The play is the thing(연극과 인생)〉 참조]

4대 비극은 각 작품 내에 이 패럴렐이 본 주제를 비추는 서브플롯(subplot) 혹은 보조수단으로 제시된다. 가령 햄릿은 아버지의 복수를 강요당하지만 그 행위를 자꾸만 지연한다. 복수의 관점에서 볼 때 햄릿은 서둘러 복수하려는 폴로니어스의 아들 레어티즈와 극명하게 대비된다. 맥베스의 경우에는 맥베스 부부를 정치적 라이벌인 맥더프 부부와 대비해 보면 페어와 파울이 뚜렷하게 대조가 된다. 오셀로의 경우, 오셀로 부부와 이아고 부부를 서로 비교해 보면 한쪽은 성을 이상화하고 있고 다른 한쪽은 성을 물질화하고 있음을 알 수 있다. 리어 왕의 경우, 리어와 글로스터 공작은 패럴렐을 이룬다. 특히 그들의 자녀인 세 딸, 고너릴, 리건, 코딜리아와 글로스터의 두 아들 에드가와 에드먼드는 재산 분배의 몫과, 적자와 서자의 관계라는 점에서 대칭 관계를 이룬다. 4대 비극에 나오는 여성 인물도 서로 패럴렐을 이룬다. 가령 데스데모나 대(對) 바르바리(북아프리카) 여자, 거트루드 대 오필리아, 맥베스 부인 대 맥더프 부인, 코딜리아 대 두 언니 등이 그러하다.

여기서 『햄릿』에 나오는 구체적인 사례를 들어가며 패럴렐의 작용을 설명해 보겠다. 오필리아는 극에서 시종일관 거트루드와 비교된다. 햄릿이 오필리아와 나누는 대화는 거트루드를 전제하지 않고서는 이해하기 어렵다. 오필리아에게 수도원으로 가라고 하는 말은 햄릿의 머릿속에서 거트루드를 생각하면 창녀촌으로 가라는 말이 된다. 정직함과 아름다움은 서로 거래하면 안 된다는 햄릿의 말도, 거트루드의 부정을 암시하며 비난하는 말이다. 가부장적인 사회에서 아무리 정숙한 오필리아도 정치적 상황에 따라서는 거트루드 같은 여자가 될 수 있다는 뜻이기도 하다. 셰익스피어의 다른 작품 『템페스트』에서는 "지나간 것은 다가올 것의 전주곡"(2.1)이라는 말이 나오는데, 거트루드는 오필리아의 전주곡인 것이다.

가령 오필리아가 실성한 후에 거트루드가 처음에는 만나주려 하지 않다가 마지못해서 하는 말, "죄악은 들킬 것을 염려하다가 스스로 그 자신을 드러내 보인다니까.(4.5)"를 생각하면, 거트루드가 오필리아의 실성 원인을 알고 있었던 게 아닌가 하는 생각이 든다. 왕비는 오필리아에게 햄릿의 광증을 고쳐달라고 부탁했는데, 이것이 두 남녀의 관계를 암시하고 다시 이것이 오필리아의 실성을 일으키는 계기가 된다. 거트루드가 어떤 여자인지 알기 위해서 우리는 극중극(劇中劇) 속의 배우 왕비 바티스타와 거트루드를 서로 비교해야 한다. 바티스타는 거트루드와 선왕의 부부 관계를 비추는 거울이다.

그러나 거트루드와 오필리아의 비교는 정숙함과 성적 욕망이라는 기준으로 살펴보면 더욱 복잡해진다. 햄릿이 어머니의 내실에서 왜 그리 욕정을 못 이겨서 황급히 재혼을 했느냐고 따질 때(3.4), 왕비는 누가 누구를 죽였다는 것이냐, 내가 무엇을 잘못했느냐, 라며 암살의 진상은 물론이고 자신의 욕망에 대해서 일절 모르는 체한다. 이것 때문에 많은 셰익스피어 학자들이 거트루드를 단순 소박한 여자, 수동적인 여자, 성적 욕망에 충실한 여자로 해석해 왔다. 그러나 거트루드는 햄릿의 광증이 자신의 성급한 결혼 때문인 것 같다(2.2)라고 말하여 판단력이 있음을 드러내고, 또 처음에는 실성한 오필리아를 만나려 하지 않다가 만나기 직전의 장면에서 이렇게 말한다.

"내 병든 영혼으로 볼 때, 죄악은 언제나 병이므로, 아주 사소한 것들도 장차 다가올 재앙의 예고편으로 보여. 죄를 지은 사람은 쓸데없는 의심이 많아지지. 그리하여 죄악은 들킬 것을 염려하다가 스스로 그 자신을 드러내 보인다니까."(4.5)

이 죄 지은 사람은 거트루드를 가리키지만 동시에 오필리아의 그것을 가리키는 게 아닐까 하는 생각이 든다. 그리하여 거트루드가 오필리아의 실성 원인을 어렴풋이 알고 있었던 게 아닌가 하는 의심이 들고, 그렇다면 거트루드가 말하는 오필리아의 죄의식이 과연 무엇이냐, 하고 질문하게 된다. 또 그녀가 암살의 진상과 성적 욕망을 모른 체하며 햄릿에게 시치미를 뗀 것이 아닐까 하는 생각마저 든다. 사실 어떤 부모가 자식 앞에서 자신의 그런 죄의식을 선뜻 드러내고 싶겠는가? 이러한 정숙함과 성적 욕망의 문제는 오필리아에게서도 다시 나타난다.[→섹션 〈8. The negative capability(마음을 비우는 능력)〉 참조]

이처럼 4대 비극 내의 여러 가지 패럴렐을 주의 깊게 읽어 나가다 보면 그것이 중중무진(重重無盡)의 효과를 일으킨다는 것을 알 수 있다. 중중무진은 불가의 용어인데 '인다라(因陀羅)의 망(網)'이라고도 한다. 인다라(도리천의 제석 황제)의 궁전은 그물로 되어 있는데 그 그물의 이음새마다 아름다운 구슬이 달려 있어서 이 구슬들이 서로를 비춘다. 그 구슬은 영롱하여 많은 구슬의 그림자가 하나의 구슬 안에 투영되고 다른 구슬들도 또한 그러하다. 이처럼 한 구슬의 그림자가 무궁무진하게 다른 구슬들에게 어리어 각 구슬의 그림자를 서로 비추며 그 궁전의 찬란한 아름다움을 더해 준다는 것이다. 셰익스피어의 4대 비극은 이런 중중무진의 효과가 아주 잘 구현되어 있다.

2. The agency of the sign(기표와 기의)

"기표(signifiant)"와 "기의(signifie)"는 페르디낭 드 소쉬르(Ferdinand de Saussure, 1857~1913)의 『일반 언어학 강의(Cours de linguistique générale)』(1916)에서 주장되고 그 후 기호학에서 널리 사용되는 용어인데 간단히 설명하면 이러하다. 어떤 표시나 단어는 "기호(sign)"가 되고 이것은 다시 기표와 기의로 나뉜다. 가령 남자 화장실 문에 그려진 신사 그림은 기표가 되고, 남자 화장실이라는 공간은 기의가 된다. 그런데 기표와 기의의 관계는 자의적이거나 규약적인 것이다. 가령 우리는 상대방의 손을 잡으면서 악수를 하는데 이것은 인사라는 기의를 나타내지만, 악수(기표)와 인사(기의)의 관계는 사회적 규약에 의해 자의적으로 정해진 것일 뿐 서로 본질적인 연관성이 있는 것은 아니다. 이 관계를 좀 더 구체적으로 설명하면 이러하다. 매일 서울역에서 떠나는 부산행 7시 30분 KTX는 객차, 기관차, 승무원이 날마다 다르지만 우리는 그 기차를 동일한 열차로 여긴다. 그 기차가 그런 동일성을 갖게 되는 것은 시간표에 따라 규정된 기차 운행 시스템 덕분이다. 이러한 동일성 덕분에 그 기차가 비록 30분 늦게 출발한다 해도 여전히 그것은 부산행 7시 30분 KTX인 것이다. 하지만 그 기차의 내용물(객차, 기관, 승무원)은 날마다 다른 것이다. 그리하여 7시 30분 KTX는 기표가 되고 날마다 다른 기차, 기관, 승무원은 기의가 된다.

이 기표와 기의의 자의적 관계를 『오셀로』에 나오는 "손수건"에 적용해 보면 이렇게 된다. 가령 손수건은 이아고에게는 악인의 무기, 데스데모나에게는 사랑의 표시, 오셀로에게는 부정의 증거, 카시오에게는 뜻밖의 물건, 비앙카에게는 사소한 수놓기 일거리, 아멜리아에게는 남편의 심부름, 셰익스피어에게는 비극을 작동시키는 단서, 우리 독자에게는 읽기에 따라 이 모든 것이 된다. 또 독자는 "당신의 손수건은 너무 작아요."(3.3) 혹은 "그 손수건—당신 아내의 것으로 확신합니다만—으로 카시오가 수염을 닦는 것"(3.3), "딸기 무늬가 수놓아진 손수건"(3.3) 등에서 손수건이 곧 섹스의 상징임을 읽어낼 수 있다. 그래서 데스데모나는 극중에서 이런 말을 한다. "이 손수건에는 뭔가 마법이 있는가 봐!"(3.4) 또 오셀로가 손수건의 출처를 설명하는 장면(3.4)에서 손수건이 곧 여성의 정절을 의미한다는 걸 알 수 있다. 이아고가 비록 악인이기는 하지만 매력적인 인물이 되는 것은 이 손수건을 절묘하게 유통시키는 뛰어난 물류업자이기 때문이다. 그는 공 다섯 개를 공중에 던져 올리고서 그것을 땅에 떨어트리지 않고 계속 공중에 유지하면서 돌려대는 서커스단의 곡예사와 비슷하다.

여기서 우리가 주목하게 되는 것은 『오셀로』 속에서 기표(손수건)가 표류하면서 일으키는 파급효과이다. 사실 기표가 이렇게 떠돌면서도 여전히 그 위력을 발휘하는 것은 아직 그 기의가 고정되지 않았기 때문이다. 만약 기표와 기의가 완벽하게 일치하면 그것은 중대한 사건(비극)이 벌어지는 계기가 된다. 오셀로의 비극은 손수건을 부정의 증거로 고정시킨데 있는 것이다. 사랑하는 남녀 사이에서는 상대방의 난처한 표정, 은밀한 시선, 애매한 몸짓, 망설임, 침묵, 농담이 모두 하나의 기표가 된다. 가령 농담을 예로 든다면 너무 사랑하여 질투에 눈먼 사람은 그것을 정반대로 진담으로 받아들이기도 하고, 자신을 모욕하는 둔사로 받아들이기도 하고, 자신의 의중을 떠보기 위한 탐침으로 보기도 하고, 농담도 진담도 아닌 거짓말로 받아들이기도 한다. 이런 반응들은 모두 농담이라는 기표에 대하여 상황에 따라 달라지는 기의가 되는 것이다.

그러면 『맥베스』의 기표는 무엇일까? 그것은 "세 마녀"이다. 마녀는 구체적으로 무엇을 의미할까? 그것은 맥베스의 환상, 외부에 실재하는 존재, 맥베스 부인("제4의 마녀")이라는 여자, 불확실한 운명, 여자에게서 난 자와 버남 숲의 이동을 예언하는 자 등 여러 가지 기의를 갖고 있다. 마녀의 기표가 이처럼 떠돈다는 것이 『맥베스』의 매력적인 점이다. 따라서 마녀의 한 마디 한 마디를 잘 해석하는 것이 맥베스 읽기의 주안점이 되어야 한다.

『햄릿』의 기표는 무엇일까? 그것은 극의 맨 처음에 나오는 "유령"이다. 유령은 지옥에서 출현한 악귀(개신교), 연옥에서 나타난 혼령(가톨릭), 주인공 햄릿의 무의식, 드라마를 진행시켜 주는 허구적 존재, 인간의 생각을 지배하는 전통적 관습("왜 귀신은 저런 놈을 안 잡아가지?") 등 다양한 기의를 갖고 있다. 그 유령의 지시에서 파생된 햄릿의 미친 척도 기표가 된다. 폴로니어스는 그 가짜 광기를 오필리아에 대한 실연으로 해석하고, 어머니 거트루드는 아버지의 죽음과 자신의 황급한 결혼 탓으로 보고, 햄릿은 복수의 위장으로 삼으며, 오필리아는 자기에 대한 배신으로 여기고, 클로디어스는 자신에게 복수하기 위한 전략으로 읽는다. 요약하면, 복수의 지연, 우울한 성격, 햄릿의 기독교적 윤리관("너는 사람을 죽여서는 안 된다"), 부모의 금슬에 대한 불확실성, 삶의 무의미함, 극적 전개의 필요성 등이 햄릿의 가짜 미친 척의 기의이다. 이러한 기의는 햄릿 자신에게 있어서도 그의 정체성을 둘러싸고 계속 표류한다. 그는 자신이 광인인지 아니면 냉정한 분별력이 있는 사람인지, 진짜로 복수를 꾀하는 사람인지 아니면 복수극에서 역할을 맡은 배우인지, 어머니와 오필리아를 사랑하는 것인지, 전반적으로 여성을 증오하는 것인지, 그 어느 쪽이 자신의 진정한 정체인지 잘 알지 못한다.

햄릿은 두 친구 로젠크란츠와 길덴스턴을 향하여 자신이 나쁜 꿈을 꾸고 있다고 말한다. 그런데 햄릿이 꾸는 나쁜 꿈은 곧 자신의 정체성에 대한 질문이요, 회의다. 나는 누구인가, 나는 무엇을 하는 사람인가, 나는 어떻게 살아야 하는가, 나는 앞으로 어디로 가야 하는가, 이런 질문에 대하여 답을 얻지 못할 뿐만 아니라, 설혹 어떤 답을 얻었다 할지라도 그것이 정답인지 확신하지 못한다. 햄릿은 생각이 어떤 것을 좋은 것으로 만들기도 하고 반대로 나쁜 것으로 만든다고 하면서도 자신이 꾸는 꿈을 "나쁘다."고 하는데, 바로 이것이 그의 심각한 비극이다. 왜 그것을 좋은 꿈으로 바꾸지 못하는가? 이것이 햄릿의 핵심적 질문인 "사느냐, 죽느냐."로 이어진다.

『리어 왕』의 기표는 무엇일까? "왕관", 즉 "권력"이다. 여기서 권력은 합법, 사랑, 재산, 정의 등 여러 가지 기의를 작동시키는 기표이다. 리어에게 권력은 사랑이지만 고너릴과 리건에게는 나누어 받을 영지이고, 코딜리아에게는 효녀의 사랑과는 무관한 침묵이고, 권력에 눈먼 에드먼드에게는 합법, 재산, 정의를 모두 합친 것이다. 오래 통치 끝에 권력에 자신감을 갖게 된 리어 왕은 고너릴과 리건에게 모든 재산을 주고서도 여전히 자신이 왕이고 딸들의 사랑을 받으며 아버지의 권위와 존경을 유지할 수 있을 것이라고 오판한다. 그들의 애정이 권력이 없으면 사라지는 것임을 알지 못한다. 코딜리아는 이 진실, 즉 왕권이라는 기표가 사람에 따라 합법, 사랑, 재산, 정의, 아첨, 배신 등 여러 가지 기의가 된다는 사실을 아버지에게 알리고자 했다. 그러나 리어 왕은 그러한 기표와 기의의 놀이를 알지 못했고, 코딜리아의 발언을 반역이라고 여겼다. 왕은 모든 사람에게 버림받고 황야에서 헤맬 때 비로소 권력의 진실과 인간성의 진면목을 깨달았다.

이외에 "편지"도 4대 비극에서 하나의 기표로 등장하면서 등장인물에 따라 다르게 해석된다. 『햄릿』에서 클로디어스가 잉글랜드 왕에게 보낸 편지, 『오셀로』에서 죽은 로드리고의 몸에서 발견된 편지, 『리어 왕』에서 고너릴이 에드먼드에게 보낸 편지, 그리고 『맥베스』에서 맥베스가 아내에게 보낸 편지 등이 그것을 받아든 사람의 입장에 따라 다른 의미를 갖고 있다. 『리어 왕』의 "바보" 또한 기표로 작동한다. 그 바보는 리어 왕의 양심인가 하면, 광대이기도 하고, 그리스 비극의 코러스인가 하면, 리어 왕이 자신의 고집 때문에 내쫓은 코딜리아의 분신이기도 하다. "저 불쌍한 바보 녀석, 내 저놈한테는 좀 미안한 마음이 있다니까."(3.2), "나의 불쌍한 바보가 목 졸려 죽었다!"(5.3)라는 리어 왕의 대사가 그것을 보여준다. 바보는 『리어 왕』에서만 등장하지만, 『맥베스』의 문지기나, 『햄릿』의 산역꾼들도 광대 역할을 하면서 연극의 깊은 뜻을 전달하는 기표의 역할을 한다. 『리어 왕』에 나오는 "폭풍우" 또한 중요한 기표이다. 그것은 개인 내부의 광기를 의미하기도 하고 가정 내의 불화를 상징하기도 하며, 사회 일반의 대혼란 즉 국가와 정치의 문란을 의미하기도 한다.

3. To be or not to be(실재와 외양)

이 소제목은 햄릿의 유명한 독백(3.1)에서 가져온 것이다. 보통 "사느냐, 죽느냐."로 번역이 된다. 그러나 이것은 "be" 동사를 아주 좁게 해석한 것이다. 햄릿은 뒤에서 이런 말을 한다. "지금 벌어질 일이라면 나중에는 벌어지지 않아. 앞으로 올 일이 아니라면 지금 벌어져야 하는 거야. (……) 아무도 자신이 뒤에 남기는 걸 알지 못하니, 조금 일찍 떠난다고 해서 아쉬울 것도 없어. 지금으로 해."(5.2) "지금으로 해."의 원어는 "Let be."인데 "Let it be."와 같은 뜻이고 풀이하면 "If it be now, let it be."의 뜻이다. 햄릿은 죽기 직전(5.2)에도 호레이쇼에게 "let it be."("어쩔 수 없지.")라고 말한다. 이런 사례에서 보듯이 영어의 "be" 동사는 우리말로 옮길 경우 문맥에 따라 아주 다르게 번역된다.

이 "be" 동사를 충분히 이해하려면 먼저 "become(되어 감)" 동사와 서로 비교해야 한다. 플라톤에 의하면 인간이 감각을 통하여 알게 된 리얼리티는 이데아(본질적 형상)의 복사판 혹은 근사치에 지나지 않는다. 이데아가 실제로 존재하는데도, 대부분의 사람들은 그것을 추상 개념으로만 이해한다. 플라톤은 『국가』 제7권에서 동굴의 비유로 그런 무지를 설명한다. 인간은 동굴에 살면서 반대편 벽에 비치는 실재(즉, 이데아)의 그림자만 보면서 그것을 실재인 양 착각하면서 살아간다는 것이다. 그러면서 진정한 리얼리티(being)를 획득하려면 영혼이 선(善)을 함양해야 하고 이것이 인생의 목적이라고 가르쳤다. 그렇게 함으로써 "되어 감(becoming)"의 유동적 상태를 극복하고 "진정한 있음(being: 리얼리티)"의 상태로 나아간다는 것이다. 따라서 인간의 모든 지식은 이 진정한 있음, 즉 선을 얻는 데 집중해야 한다. 이렇게 해서 플라톤의 이데아 사상에서 "도덕(good)"과 "형이상학(being)"은 하나가 된다.

햄릿은 이런 "되어 감"의 단계를 거쳐서 "진정한 있음"으로 나아간다. 이상적인 르네상스 인간상을 지향하는 햄릿으로서는, 악을 악으로 갚는 것은 "눈에는 눈, 이에는 이"와 동일한 야만적 복수법이어서 선뜻 받아들이기 힘든 행동이다. 이것은 또 4대 비극의 나머지 드라마들에서 제시된 악을 이기고 선을 지향한다는 주제에도 벗어나므로 복잡한 문제가 된다. 이 복잡성은 햄릿의 망설임이 맥베스나 오셀로의 그것과는 차원이 다르다는 데서 잘 드러난다. 맥베스도 암살 전에 잠시 망설이고 오셀로 또한 아내를 질투하기 전에 주저하는 태도를 보이지만 그들은 곧바로 실행에 나선다. 그러나 햄릿에게는 이런 행동이 오래 지연된다. 이 때문에 『햄릿』은 실패작이라고 규정하는 견해들이 있는데 대표적인 것 세 개만 열거하면 이러하다.

1) 화분(연극)에 심어진 참나무(햄릿)가 자라나서 마침내 화분을 깨트린다. 햄릿이라는 주인공이 극 전체를 압도하기에 극의 구조가 불균형하다.(괴테의 주장)

2) 햄릿의 감정과 행동이 서로 일치하지 않는다. 가령 맥베스 부인의 몽유병 산책(행동)과 그녀 자신의 죄의식(감정)은 객관적으로 일치하지만 햄릿의 경우에는 이런 일치를 찾아보기 어렵다. 가령 햄릿은 어머니의 성적 욕망(성급한 재혼)에 대하여 깊은 분노의 감정을 갖고 있으나 정작 극중의 어머니는 그런 욕망에 상응하는 행동이나 태도를 보이지 않으므로 햄릿의 감정은 납득하기 어렵다.(T. S. 엘리엇의 주장)

3) 햄릿의 복수가 산뜻하게 이루어진 것이 아니고 우발적으로 이루어졌으므로 극이 주인공의 주도 아래 완벽한 결말에 도달했다고 보기 어렵다.[엘머 에드거 스톨의 주장(Elmer Edgar Stoll, *Art and Artifice in Shakespeare: A Study in Dramatic Contrast and Illusion*, Cambridge University Press, 2013)]

이런 지적에도 불구하고 햄릿이 겪는 "be"의 고뇌가 점진적이면서 보편적인 것이기 때문에 이 작품은 인기가 식지 않고 있다. 햄릿은 헤카베를 연기하는 연극배우, 포틴브라스의 폴란드 공격군 지휘, 요릭의 해골 등을 관찰하는 장면에서 행동을 망설이는 자기 자신을 반성하면서 비도덕적 복수를 지연하려는 심리 상태를 조금씩 극복하면서 앞으로 변화해 나간다. 이처럼 여러 번 되어 감의 단계를 거치다가 마침내 "let be"의 단계(5.2)에 도달한다. 보통 사람들은 이런 햄릿에게서 자기 자신의 모습을 본다. 누구나 때로는 자신의 상식과는 맞지 않는 세상과 대면해야 하고, 그런 상황 때문에 우발적으로 악행을 저지르고(가령 햄릿이 폴로니어스를 우발적으로 죽인 것) 그런 다음에는 그런 행위의 여파로 자신이 뒤쫓게 된다(가령 햄릿이 레어티즈의 도전을 받는 것). 그렇지만 그런 시련으로 더욱 성숙한 인격이 되어 인생의 난국을 헤쳐 나가게 된다.

이러한 "be" 동사의 쓰임새를 잘 보여주는 또 다른 대사로는 『오셀로』에서 이아고가 한 말, "나는 내가 아닙니다.(I am not what I am.)"(1.1)가 있다. 『십이야』의 바이올라도 이와 똑같은 말을 하고 있고(3.1), 다른 장면에서는 "나는 내가 연기하는 사람이 아니다.(I am not that I play.)"(1.5)라고 말하기도 한다. 이 문장은 다음과 같은 말씀을 약간 변형한 것이다. 모세가 시나이 산에 올라가 하느님께 여쭙기를, "제가 이스라엘 백성에게 가서 너희 조상의 하느님께서 나를 너희에게 보내셨다. 라고 말하면 그들이 그 하느님의 이름이 무엇이냐? 하고 물을 터인데 제가 어떻게 대답해야겠습니까?" 그러자 하느님께서는 "나는 곧 나다.(I am that I am.)"라고 대답하셨다.(『구약성경』,「출애굽기」, 3.14)

하느님의 말씀, "나는 곧 나다."는 우리말 번역으로는 "be" 동사의 뜻이 잘 드러나지 않으나, "be" 동사가 포함하는 "~이 있다."와 "~이다."를 감안하면 금방 이해된다. 이것은 실재(實在) 판단과 속성(屬性) 판단을 동시에 포함하는 것으로서 존재와 사유의 상호 일치를 의미한다. "나무가 있다."와 "나무이다."의 표현에서 볼 수 있듯이 신은 곧 "존재"이며 "사유"라는 뜻이다. 이것은 쉽게 풀이하면, "나는 나무이다.(I am a tree.)"라고 생각하는 순간에 내가 곧 나무가 되거나, 저기 바깥에 나무가 생겨나는 것을 의미한다. 「출애굽기」의 말씀은 사도 바울의 다음과 같은 말로 다시 나타난다. "하느님의 은총으로 나는 곧 내가 되었습니다.(By the grace of

God I am what I am.)"(「고린도전서」, 15.10) 그리하여 기독교 신자들이 하느님을 닮은 사람이 되고 싶다는 말은 곧 실재와 속성이 같은 사람, 도덕과 형이상학이 하나가 된 사람이 되고 싶다는 뜻이다.

이것을 4대 비극 속에서 가장 잘 보여주는 인물이 『리어 왕』의 코딜리아이다. 리어 왕은 황야에서의 폭풍우 시련 이후에 도버로 와서 코딜리아와 재회한다. 이때 비몽사몽간에 막내딸을 쳐다보는 리어 왕은 이런 말을 한다. "나를 비웃지 말아주오. 이 부인은 내 딸 코딜리아 같은데."(4.6) 그러자 코딜리아가 이렇게 대답한다. "정말 그래요, 그래요.(And so I am: I am.)"(4.6) "I am"은 우리말로 번역해 놓으면 "be" 동사의 뜻이 전혀 드러나지 않으나 코딜리아가 말하는 "아이 앰"은 존재(있음의 형이상학)와 사유(착한 딸의 정체성)가 정확하게 일치하는 "내"가 여기에 있다는 뜻이다. 『리어 왕』의 마지막 부분에서 "우리는 입발림으로 말해야 되는 것을 말하는 것이 아니라, 솔직히 느끼는 것을 말해야 합니다."(5.3)라고 에드가는 말한다. "I am"은 일찍이 아버지 앞에서 "nothing"을 말했던 코딜리아가 다시 "everything"으로 우뚝 서는 순간이다. 그녀는 "솔직히 느끼는 것"을 일관되게 말함으로써 사유와 실재가 일치되는 "be"의 상태를 실현했다.[→섹션 〈5. Love is nothing(악과 사랑의 관계)〉 참조]

한편 『오셀로』의 주인공은 여러 전장을 누빈 강직한 전사였으나 베니스 사회의 이방인이라는 열등감 때문에 남의 말에 귀가 얇아져서 순결한 아내를 의심하는 좁쌀영감이 되어버렸다. 사실상 이 극의 주인공이라고 할 수 있는 이아고는 전편을 통하여 그 자신을 가리켜 정직한 사람이라고 말하지만 실제로는 아주 부정직한 악인이다. 이아고의 경우, 그의 "be"는 실재와 속성이 일치하지 않고 "seem"이 더 우세한 인물이다. 이아고는 "사람은 외양과 실재가 똑같아야 합니다."(3.3)라고 말한다. 말은 이렇게 하면서 실제로는 정직한 사람인 체하고 그리하여 주위 사람들이 모두 아이고의 속임수에 넘어가 그를 가리켜 정직한 사람이라고 하지만, 실제로는 정반대의 행동을 한다. 이러한 "be" 동사의 용례를 볼 때 햄릿의 질문("사느냐, 죽느냐.")은 겉보기보다 더 많은 뜻, 그러니까 "become"을 거쳐서 "be"로 나아가야 하는 인생의 전 과정을 아우르고 있는 것이다. 그런데 위에서 이아고의 경우를 들어 말한 것처럼 "to be"와 "not to be"의 양극단 사이에는 언제나 "seem"이 있어서 그것이 기표처럼 놀이한다. 좀 더 구체적으로 이야기하기, 미친 척하기, 연기하기, 꿈꾸기, 거짓말하기, 위장하기, 변장하기, 남녀 복장을 바꿔 입기 등의 형태를 취한다. 이러한 외양과 실재의 차이는 원래 셰익스피어의 낭만 희극에서 웃음을 자아내는 장치로 활용되었으나, 셰익스피어가 장르를 파괴해 가며 과감하게 4대 비극에 도입하여 드라마의 효과를 높이고 있다.

『맥베스』도 첫 시작 부분에서 마녀들이 "깨끗한 것은 지저분하고, 지저분한 것은 깨끗하다.(Fair is foul, and foul is fair,)"(1.1)라는 핵심적인 대사를 말한다. 그리고 맥베스는 "있지도 않은 것(환상) 이외에는 아무것도 있지 않구나.(nothing is, but what is not.)"(1.3)라고 말하면서 "be"와 "seem"의 문제를 거론한다. 여기서 핵심 동사는 "is" 즉, "be" 동사인데, "존재하는 것(what is)"과 "존재하지 않는 것(what is not)"이 서로 다르다는 것을 "be" 동사 하나로 명확하게 보여주고 있다. 더 나아가 공중에 떠 있는 단검의 환상, 뱅코의 유령, 맥베스 부인의 혈흔 강박증, 그리고 덩컨 왕 살해 직후에 "쾅, 쾅, 쾅." 하고 들려오는 노크 소리(실제로는 성의 남문에서 맥더프 일행이 대문을 두드리는 소리이나 맥베스는 환청으로 듣는다) 등은 실제로 있지 않은 것이나 있는 것처럼 보이는 것들이다. 이런 "있어 보임"을 "있음"으로 혼동하기 때문에 작중인물은 허상과 실제의 경계선상을 오가는 불안정한, 혹은 불확실한 존재가 되고, 자신이 악을 저지르면서도 그것이 악이 아닌 것처럼 행동한다. 맥베스는 정직한 장군인 것 같았으나 결국 국왕 살해자가 되었고 마지막에는 폭군으로 전락한다.

『리어 왕』의 리어도 "나는 누구인가."(1.4)라고 묻고 있고, 또 "내가 누구인지 말해 줄 수 있는 사람은 누구인가?(Who is it that can tell me who I am?)"(1.4)라고 질문한다. 이것은 리어 왕 자신이 생각하는 아버지의 정체성과, 자식들이 생각하는 그것은 서로 다르다는 것을 보여준다. 이 질문에서도 "be"와 "seem"의 문제가 등장한다. 우리가 연극의 관람객으로서 리어 왕의 질문에 내놓을 수 있는 대답은 "당신은 내가 누구일 거라고 생각하는 바로 그 사람입니다.(You are who I think you are.)"가 된다. 실제로 극이 진행되면서 "당신은 곧 나.(You are me.)"가 되는 순간이 온다. 이것이 극의 "the thing itself"이다.[→섹션 〈10. The play is the thing(연극과 인생)〉 참조]

4. What a piece of work!(인간이란 무엇인가!)

이 소제목은 "인간이란 얼마나 위대한 작품인가!" 하고 영탄하는 햄릿의 대사에서 가져온 것이다.(『햄릿』, 2.2) 바로 위에서 말한 "정체성"이란 곧 "인간이 자기 자신을 어떻게 생각하는가", 즉 "인간이란 무엇인가?"라는 문제로 귀결된다. 셰익스피어의 4대 비극에서 제시된 "인간"에 관한 주요 대사들을 중심으로 "인간관"을 다시 풀어 쓰면 이러하다.

인간은 세상이라는 무대에 태어난 배우이다.(『맥베스』, 5.5) 인생은 그저 걸어가는 그림자, 무대 위에서 맡은 시간만큼 거들먹거리고 노심초사하지만, 그 다음은 아무것도 없다. 그것은 바보가 지껄이는 소리, 소리 높여 시끄럽게 떠들어대지만 아무런 의미도 없는 그런 이야기,(『맥베스』, 5.5) 이 세상은 바보들로 가득한 무대이다.(『리어 왕』, 4.5) 인간의 몸은 하나의 정원

이고 인간의 의지는 그 정원사이다.(『오셀로』, 1.3) 그런데 인간의 의지라는
것은 결국 기억의 노예에 지나지 않는다.(『햄릿』, 3.2)

인간의 질투심(사악한 마음)은 스스로를 잡아먹는 초록 눈알의 괴물이
다.(『오셀로』, 3.3) 인간이 악을 이기고 선으로 나아가려면 오래 참아야 한
다.(『리어 왕』, 3.4, 5.3) 인간이 그토록 오래 참을 수 있다는 것은 참으로 놀라
운 일이다.(『리어 왕』, 5.3) 사태가 최악에 도달하면 그것은 반전하여 행복으
로 나아간다.(『리어 왕』, 4.1) 가장 비참한 사람이 기적을 본다.(『리어 왕』, 2.2) 그
리하여 인생은 하나의 기적이 된다.(『리어 왕』, 4.5)

인간 세상의 변화가 너무나 심한 나머지 그 세상을 증오하게 되는데,
만약 그런 변화가 없었다면 우리는 결코 노년과 죽음에 굴복하지 않을
것이다. 우리 인간은 인생의 변화무쌍함에 절망한 나머지 노년과 죽음을
받아들인다.(『리어 왕』, 4.1) 그리하여 인간은 죽으려 하고 잠들려 하고 잠이
들면 꿈을 꾼다.(『햄릿』, 3.1) 이처럼 꿈이라는 우리 삶의 달콤함 때문에 우
리는 즉시 죽어버리지 않고 날마다 죽어가는 죽음의 고통을 견딘다.(『리어
왕』, 5.3) 나는 고난을 묵묵히 참아내겠소. 고난이라는 놈이 "아이, 지겨워,
아이 지겨워." 하고 소리 지르다가 스스로 죽어버릴 때까지.(『리어 왕』, 4.5)

인간은 인간인지라 때로는 자신이 인간답게 살아야 한다는 사실을 잊
어버리고, 그래서 제멋대로 행동하게 되는데, 이것은 고양이가 야옹 하
고, 개가 멍멍 하는 것과 비슷하다.(『햄릿』, 5.1) 그럴 때 인간은 스스로에게
자문한다. 인간은 겨우 이것밖에 안 되는 것일까?(『리어 왕』, 3.4) 인간과 신
의 관계는 파리를 잡아서 그 날개를 떼어내며 노는 아이들의 관계와 비
슷하고, 신들은 재미 삼아 인간을 죽인다.(『리어 왕』, 4.1) 그러나 인간은 자유
의지가 있으므로 신들의 그런 놀이에 감연히 맞선다.(『햄릿』, 5.2) 이렇게 하
여 인간이 겪어야 하는 운명의 바퀴는 크게 한 바퀴 회전하여 제자리로

돌아온다.(『리어 왕』, 5.3) 무에서는 무가 나오듯이, 너에게서 나오는 것은 너에게로 돌아온다.(『리어 왕』, 1.1)

아, 인간이란 얼마나 위대한 작품인가!(『햄릿』, 2.2)

(이 섹션에서 인용된 본문 대사는 문장의 흐름을 고려하여 역자가 간접 인용하면서 다소 윤색한 것으로서, 본문 중의 대사와 정확하게 일치하지는 않음을 알립니다.)

5. Love is nothing(악과 사랑의 관계)

4대 비극은 성격의 결함을 악의 근원으로 파악하고 있다. 셰익스피어 등장인물 중 대표적 악역인 리처드 3세는 태어나기를 원래 입안에 이빨이 있는 아이로 태어났다. 어머니 요크 공작부인은 4형제 중 다른 세 아들은 좋아했으나 유독 막내인 리처드를 미워하면서 이렇게 말했다. "너는 이 세상을 나의 지옥으로 만들기 위해 태어났다. 너를 낳은 고통이란 이만저만이 아니었다. 너는 유년 시절에는 성질이 고약한 고집쟁이였다. 학교 시절은 사납고, 무모하고, 거칠고, 난폭했다. 성년이 되어서는 오만하고, 주제넘고, 위험천만했다. 장년이 되어서는 교만하고, 음흉하고, 영악하고, 보복적이었다."(『리처드 3세』, 4.4) 그러니까 악인은 출생 때부터 이런 성격으로 태어난다는 것이다. 성격이 곧 운명이라는 얘기인데, 햄릿의 클로디어스는 형을 죽였으므로 아벨을 죽인 카인과 같은 존재이다. 오셀로는 자신의 무고한 아내를 죽인 죄를 뒤늦게 깨닫고 자결한다. 『리어 왕』의 올버니 공작은 고너릴, 리건, 에드먼드가 저지르는 사악한 행위를 보고서 이런 악을 견제하지 않는다면 인류가 어떻게 존속할 수 있겠는가, 하고 말한다. 맥베스는 자신을 중용하고 총애한 아버지 같은 덩컨 왕을 죽이는 죄악을 저지르고 맥베스 부인은 그 죄악의 피는 물 한 바가지면 충분히 씻어낼 수 있다면서 남편의 악행을 채근한다. 4대 비극은 문명이 중요하다고 여기는 여러 제도(문화, 관습, 제도, 계약, 의무, 충성, 신의 성실)를 파괴하는 각종 악행을 다루고 있다.

이런 범죄들은 주로 가정 내에서 벌어진다. 그것은 은밀하게 진행되기 때문에 더욱 무섭다. 악은 거짓된 외양을 내보이면서 그럴듯하게 선으로 위장한다. 햄릿은 미친 척하면서 악의 정체를 파악하려 한다. 오셀로는 이아고의 감언이설에 손쉽게 넘어간다. 리어 왕의 에드먼드가 형과 아버지를 상대로 그처럼 간악한 짓을 저지를 수 있는 것은 이아고처럼 남을 잘 속이는 악인이기 때문이다. 맥베스의 마녀들은 아주 악마적인 유혹을 제시한다. 4대 비극의 주인공들은 모두 죄악을 저지르고 그에 대하여 책임을 진다. 악을 물리치지 못하는 그들의 성격적 결함은 너무나 인간적이다. 실제로 인생의 어느 한때에 결정을 지연하는 자(햄릿), 혼동하는 자(맥베스), 의심하는 자(오셀로), 고집하는 자(리어)가 아닌 사람이 누가 있겠는가?

그러나 4대 비극에서 결국에는 선이 악을 물리치고 새로운 질서가 회복된다. 햄릿은 남들과 마찬가지로 자신이 사악해질 수 있는 존재임을 깨닫지만 거기에 맞서는 선이 자신 안에 있음을 알기에 복수를 망설이게 된다. 오셀로는 이아고의 악에 넘어가지만 자신의 잘못을 죽음으로 갚고, 이아고도 정체가 탄로되어 처벌당한다. 『리어 왕』의 코딜리아는 무자비하게 희생되었지만 그녀의 사랑은 그 어떤 악도 파괴하지 못하는 강력한 힘이 세상에 있음을 보여준다.

그런데 악은 인간의 성격적 결함 못지않게 인간의 사랑에서도 생겨난다. 단테는 『신곡(神曲)』「지옥편(地獄篇)」 제34곡에서 이런 말을 한다. "지옥의 대마왕 루시퍼는 전에 아름다웠던 만큼 지금은 추했는데 자신의 창조주에게 눈썹을 치켜세웠으니 모든 악과 고통이 그놈에게서 비롯되었다." 루시퍼는 하늘에서 쫓겨나기 전에는 뛰어난 용모를 갖춘 천사였다. 대악마는 빨간색, 노란색, 검은색의 세 가지 얼굴을 가지고 있는데, 이것은 하느님의 권능, 지혜, 사랑과 대립되는 것으로서 무능, 무지, 증오를 상징한다. 단테의 이 시행을 해석해 보면 이 세상에 원래부터 악이라는 것은 없고 사랑만 있었으나, 인간의 무능, 무지, 증오로 인해 사랑이 흐려져서 결국에 악이 생겨났다는 것이다. 좀 더 구체적으로 말해 보면 인간이 어떤 대상에 대하여 갖고 있는 사랑이 너무 많거나 혹은 너무 적을 때 온갖 탐욕, 분노, 무지, 질투, 증오 같은 악한 감정이 생겨난다는 것이다. 닥터 존슨(Dr. Johnson, 새뮤얼 존슨)도 『셰익스피어 서언』(1765)에서 "무대 위에서 등장인물을 움직이는 보편적 행동 요인은 사랑이다. 이 사랑의 작용에 의하여 모든 선과 악이 분배되고 모든 행동이 빨라지거나 느려지거나 한다."라고 말했다. 가령 오셀로는 자신이 "현명하지 못하게도 너무 사랑했다."(5.2)라고 말하지만, 그 사랑은 근거가 취약하다. 우선 그는 성적 욕망이 부재하고(1.3), 그 사랑이 현재 벌어지는 친근한 애정에서 나온 것이 아니라 과거의 사건, 즉 무용담의 이야기하기에서 나온 것이고(1.3), 무어 인이라는 열등감에서 자유롭지가 못하기 때문이다.(3.3) 거짓말로 오셀로를 파멸에 이르게 하는 이아고는 "자기 자신을 사랑하는 방법을 아는 자를 발견하지 못했어."(1.3)라고 말한다.

그런데 『리어 왕』은 그 사랑의 방법을 다면적으로 다루는 작품이다. 극의 첫 시작에서 리어는 세 딸에게 아버지에 대한 사랑을 말로 표현해 보라고 한다. 큰딸과 둘째 딸은 하늘만큼 땅만큼 아버지를 사랑한다고 가식적인 말을 한다. 두 딸은 아버지가 이 세상의 "everything"이라고 말하지만 권력과 재산을 물려받은 다음에는 "nothing" 취급을 한다. 리어는 이것이 거짓말이라는 것을 황야의 폭풍우 시련 이후에 깨닫게 된다

["그들은 내가 모든 것이라고 했으나 실은 그게 거짓말이었어."(4.5)]. 그리고 정작 리어가 기대했던 막내딸 코딜리아는 "사랑은 침묵이라면서(love is silent)"이라면서 아버지에게 "love is nothing(1.1)"이라고 말한다. 그러자 아버지 리어는 크게 실망하면서 "nothing"에서는 "nothing"밖에 안 나온다면서 말을 다시 해보라고 하지만 코딜리아가 여전히 묵언을 고집한다. 그리하여 리어 왕은 딸에게 주려던 재산을 몰수하여 두 딸에게 재분배해 버린다. 여기서 리어 왕은 두 딸을 상대로는 너무 많은 사랑을, 그리고 코딜리아를 상대로는 너무 적은 사랑을 내리고 그것이 비극의 단초가 된다.

『리어 왕』에는 "낫씽"이라는 단어가 무려 23회나 나온다. 코딜리아의 "낫씽"은 "애야, 너는 나를 사랑하느냐?"라는 질문에 "없음(대답 불필요)"이라고 대답한 것이다. 왜냐하면 "아버지를 사랑한다."고 대답하면 그것은 두 언니처럼 "말(words)"에 불과할 것이고, "사랑하지 않는다."고 하면 사실이 아닐 것이기 때문이다. 사랑은 처음에는 육체적인 것으로 시작하여 정신적인 것으로 발전하고, 맨 꼭대기에 도달하면 육체도 정신도 아닌 "무(nothing), 즉 "육체와 정신을 초월하는 영혼"이 된다. 코딜리아는 이 "영혼의 사랑", 즉 너무 많지도 않고, 너무 적지도 않은 사랑으로 아버지를 사랑한 것이다. 그래서 리어 왕에게 자신의 사랑을 장차 남편이 될 사람에게도 절반 나누어주어야 한다고 말한다. 또 그녀가 프랑스 군대를 이끌고 브리튼을 쳐들어온 것은 "오로지 사랑, 진실한 사랑, 우리 나이 드신 아버지의 권리 때문입니다."(4.3)라고 말한다. 그녀는 아버지와 재회했을 때 리어가 "너는 나를 사랑하지 않을 이유"가 충분하다고 말했을 때, "그런 이유 없어요, 없어요(no cause, no cause)."(4.6)라고 말한다. 여기서 "없어요."는 "낫씽"과 같은 뜻이다.

코딜리아의 사랑과 죽음은 기독교의 "신정론(theodicy)"과도 연결이 된다. 이 세상이 하느님의 모습대로 만들어졌다는데, 왜 세상에 이토록 악이 만연한 것일까? 「데살로니가 후서(Thessalonica 後書)」(2.7)는 그것을 "무법의 신비"로 설명한다. 이 세상에 무법이 판치는 것은 사탄의 작용 때문이고, 때로 악이 선을 이기는 것 같으나 결국에는 선이 승리한다는 것이다. "신정론"을 보충 설명하는 것으로 "거룩한 바보(holy fool)"의 가르침이 있다. "아무도 자신을 속여서는 안 됩니다. 여러분 가운데서 자기가 이 세상에서 지혜로운 자라고 생각하는 사람이 있으면 지혜롭게 되기 위해서는 바보가 되어야 합니다. 이 세상의 지혜가 하느님에게는 바보짓이기 때문입니다."(「고린도 전서」, 3장과 4장) 바보짓은 구체적으로 말하면 이 세상의 악을 오래 참는 것이다. 그래서 극중에서 선의 세력인 켄트와 에드가는 오래 참는다는 말을 여러 번하고 있다. 반면에 악의 세력인 고너릴은 "나는 그것을 참아줄 수 없어."(1.3)라고 말하고, 리건도 "나는 언니를 참아주지 않을 거야."라고 말한다.(5.1)

『리어 왕』에서 광대로 등장하는 "바보"는 이 "거룩한 바보"의 계열이다. 그는 리어 왕을 상대로 "I am a fool, thou are nothing."(1.4)이라고 말한다. 여기서 "낫씽"은 리어가 "두 딸에게 속아서 권력과 재산을 모두 빼앗긴 사람"이라는 뜻이다. 바보는 제3막 제6장에서 사라지고 "나의 바보가 죽었다."(5.3)라는 리어의 말 속에서 되살아난다. 여기서 우리는 바보가 거룩한 바보일 뿐만 아니라, 리어 왕의 양심을 가리키고 이어 선한 일을 하고서도 결국 슬픈 죽음을 맞이하게 되는 코딜리아의 "더블(double: 분신)"임을 확신하게 된다. 리어 왕과 바보가 대화를 나눌 때, 그것이 리어가 양심의 목소리에 귀 기울이는 장면이라고 상상하면서 읽어보면, 그 오가는 말의 곡진함을 면면히 느낄 수 있다. 코딜리아는 "악(에드먼드)"의 세력 때문에 무고한 죽음을 맞이하지만, 올버니와 에드가는 그 승고한 죽음을 헛되이 하지 않기 위하여 혼란한 정국의 수습에 나서겠다는 결의를 다지게 된다. 이렇게 하여 "악"을 통하여 "선(정의)"이 드러나고 "어리석음(억울한 죽음)"을 통하여 "현명함(질서의 회복)"으로 나아가는 것, 이것이 "신정론"이다.

"신정론"은 우리의 마음속에 악의 그림자가 어른거리고 있음을 전제로 하는 이론이다. 그렇지만 우리는 마음속에 악이 하나도 없기를 바라므로, 그런 생각이 가끔 떠오르는 것조차도 견디기 어렵고 어떻게든 그것을 없애려고 애쓴다. 토마스 아퀴나스는 이에 대하여 이런 적절한 비유를 말했다. "악한 생각은 우리의 머리 위를 날아가는 새와 같다. 날아가는 새를 어떻게 죽일 수 있겠는가? 정말로 중요한 것은 그 새의 존재를 인정하되, 그 새가 우리의 머리 위에 똥을 싸갈기지 않게 하는 것이다." 인간은 언제나 악이 하나도 없는 "전선(全善)"의 상태를 지향하지만 늘 실패해 왔다. 그렇다면 어떻게 해야 할까? 그 악의 존재를 자신의 일부로 인정하는 것이다. 그리하여 리어는 딸 고너릴을 상대로 이렇게 말한다. "너는 나의 살, 나의 피, 나의 딸 혹은 내 것이라고밖에 할 수 없는 내 몸에 깃든 고질병이야."(2.4) 여기서 내 것이라고 할 수밖에 없는 고질병은 우리의 내부에 깃든 악을 가리키는 것이다. 또한 『템페스트』의 프로스페로는 이렇게 말한다. "나는 이 어둠(악)을 나 자신의 일부로 받아들인다."(5.1) 더 중요한 것은, 악의 존재를 받아들이되 그것을 달래고, 억누르고, 씻어내야 하는데 그렇게 하는 데에는 비극의 카타르시스만한 것이 없다.[→아래 섹션 〈6. Freud knows the way(프로이트 방식의 해석)〉 중, 이아고 관련 사항 참조]

지금껏 "nothing"과 악의 관계를 설명해 왔는데, 악과 맞세워보면 선은 "없는 것", 혹은 "아무것도 아닌 것"처럼 보인다. 악마 에드먼드와 코딜리아를 대비시키고, 악마 이아고와 데스데모나를 대비시키면 역시 선의 모습은 허약해 보인다. 실제로 극중에서 에드가는 "Edgar I nothing am."(2.4)이라고 말한다. 『리어 왕』에서 켄트, 에드가, 바보는 모두 "nothing"으로 제시되어 있다. 변장한 켄트는 귀족이 아닌 귀족이며, 미친 척하는 에드가는 아들이 아닌 아들이고, 심오한 말을 하는 바보는 지혜가 가득한 바보이다. 이처럼 이 세 사람은 "~이다."와 "~이 아니다."라는 "2분법"을 뛰어넘는 존재이다. 그런데 세상 사람들은 안타깝게도 이 "2분법"을 진정한 지혜라고 생각하거나 그것의 철저한 준수를 지혜라고 생각한다. 하지만 그것은 진정한 사랑의 실천을 방해하고 오히려 악으로 내모는 경향이 있다. 우리 인간은 "야망(맥베스)", "질투(이아고)", "의심(햄릿)", "고집(리어)" 때문에 판단이 흐려져서 자기 내부의 악을 부추기는 것이다.

6. Freud knows the way(프로이트 방식의 해석)

프로이트는 괴테를 아주 좋아했고 다시 괴테는 셰익스피어를 숭배했으므로 당연히 프로이트는 평생 동안 셰익스피어 애독자였다. 프로이트 영문판 전집(전24권) 색인에서 셰익스피어를 찾아보면 관련 항목이 24권의 책 중 총 19권에 걸쳐서 분포되어 있을 만큼 반복적으로 나온다. 프로이트는 『꿈의 해석』 제5장 〈전형적인 꿈들〉에서 먼저 오이디푸스왕(Oedipus王)을 설명하고 이어 햄릿을 언급하면서 햄릿이 복수의 실행을 망설이면서 지연하는 실제 이유는 그가 무의식적으로 오이디푸스 콤플렉스를 지니고 있기 때문이라고 해석했다. 햄릿이 알게 된 숙부 클로디어스의 행동, 즉 자기 아버지를 죽이고 어머니와 결혼한 것은 원래 햄릿자신이 무의식중에 하고 싶어 했던 행동이었다는 것이다. 그 때문에 햄릿은 "실은 나도 그런데." 하면서 클로디어스에 대한 복수를 무의식적으로 지연하게 되었다는 것이다. 이 해석은 햄릿이 아직 10대의 어린 나이라면 모를까(오이디푸스가 아버지를 다시 만난 것은 스무 살 이전이었다), 서른이 된 그의 나이를 감안하면 좀 설득력이 떨어진다.

오히려 프로이트의 "가족 로맨스(family romance)"라는 용어가 햄릿을 더 잘 설명한다. 이 말은 가족 내에서 벌어지는 식구들 사이의 갈등 관계를 가리키고, 더 나아가 사실과 허구의 불분명한 경계를 지적한다. 햄릿은 왜 아버지에 대한 복수를 지연할까? 그것은 다른 사유들도 있겠지만 부모님의 애증 관계를 확신하지 못하는 데 있다고 생각된다. "엄마가 왜 저래?" 하고 의문을 품지만 그것이 어머니의 성적 욕망 때문이라고 짐작할 뿐, 정확한 이유는 알지 못한다. 게다가 아버지의 유령은 복수를 하되 어머니에게 심하게 대해서는 안 된다고 말한다. 이 말은 아버지가 어머니에게 뭔가 섭섭하게 대한 것이 있다는 뜻이 되기도 한다. 또 햄릿이 어머니의 침실을 찾아가 어머니를 질책하자 유령은 그 침실까지 찾아와 그러지 말라면서, 뭔가 아버지 자신에게 귀책사유가 있는 듯한 태도를 취한다. 여기서 햄릿은 가족 로맨스의 어떤 알 수 없는 상황과 직면한다. 햄릿의 입장에서 보면 어머니가 아버지 살해에 공모했는지, 어머니가 적극적으로 불륜을 저질렀는지, 왕권의 이행 과정에서 어쩔 수 없이 그렇게 된 수동적 피해자였는지 알 수가 없는 것이다. 이렇게 볼 때 가족 로맨스는 햄릿의 우유부단함을 설명하는 한 가지 훌륭한 사유가 된다.

『맥베스』도 프로이트를 매혹한 드라마였다. 그는 「정신분석 작업상에서 만난 몇몇 캐릭터 유형」(1916)이라는 논문 중 〈성공으로 망한 캐릭터〉에서 맥베스를 자세히 분석하고 있다. 맥베스 부부는 아이가 없다. 그래서 덩컨 왕 살해 직전에 맥베스는 아내에게 당신 닮은 사내아이를 낳아달라고 한다. 그런데 부인은 아이를 낳지 못하고, 더 나아가 맥베스의 정적인 맥더프도 그(맥베스)에게 아이가 없다, 라고 지적한다. 그리하여 맥베스는 자기 아이 없는 것을 맥더프 아이들을 모조리 죽임으로써 분풀이했다는 것이다. 프로이트는 이 아이가 없는 것이 맥베스가 뱅코를 죽이고, 맥베스 부인이 강박증을 앓게 되는 이유라고 분석한다. 쿠데타에 성공했는데 그 성공을 계속 뒷받침해 줄 아이가 없는 것이 그런 무리한 행동을 하게 되는 배경이라는 것이다.

그러면서 맥베스와 맥베스 부인은 실은 한 사람이라고 분석한다. 덩컨 왕 살해 직전에 공중에 뜬 단검의 환상을 보았고 살해 후에는 잠을 죽였다고 하면서 불면에 시달리고, 연회장에서는 뱅코의 유령을 보는 등, 강박증에 걸릴 가능성이 높은 사람은 극의 초반부에서는 맥베스였다. 그런데 정작 강박증은 맥베스 부인에게 나타났다. 이런 점에 착안하여 프로이트는 두 사람을 동일 인물로 보면서 그 강박적 성격을 남편과 아내 사이에 나누어 놓았다는 것이다. 또한 프로이트는 『맥베스』가 제임스 1세의 궁정에서 초연되었다는 사실을 들면서, 선왕 엘리자베스 여왕은 아이를 낳지 못한 상태로 죽었으나, 엘리자베스 여왕의 정적이었던 메리 스튜어트(제임스 1세의 어머니)는 결국 그 아들이 엘리자베스 여왕에 뒤이어 영국 왕위에 올라 스튜어트 왕가의 시조가 되었으니, 뱅코(제임스 1세의 시조)의 후손이 왕위를 이어가리라는 마녀의 환상이 실현되었다고 말한다.

맥베스와 그 부인이 실은 한 사람 속의 두 가지 "퍼스낼리티(personality)"라는 주장은 의미심장한 얘기이다. 이것은 인간이라는 존재 속에는 남성성과 여성성이 같이 들어 있다는 주장이 되는 것이다. 그 두 가지 성 중에서 어느 한쪽만 너무 밀어붙이면 결국 비극이 오게 된다는 것이다. 맥베스 부인은 여성이면서 남성성을 지나치게 강조했고, 반면에 맥베스는 덩컨 왕을 살해하기 직전에 망설이는 여성적 모습을 보였으나 그런 감성을 강제로 억압하다 보니 나중에는 남성성 일변도의 폭군이 되어버렸다. 아무튼 두 사람의 급격한 무드 스윙은 자못 도스토옙스키 소설의 인물들을 연상시킨다. 가령 『죄와 벌』의 라스콜리니코프나 『악령』의 스타브로긴처럼 느닷없이 정반대의 행동을 하는 것이다. 그리하여 맥베스 부인은 전형적인 악녀인 것 같다가 갑자기 소심하고 양심적인 강박증 환자로 돌변하고, 맥베스는 살인을 망설이다가 거사 후에는 더욱 집요하게 자신의 왕권을 지키려는 완강한 폭군으로 바뀐다. 이 완강한 폭군이 세 마녀를 찾아가서 자신의 왕권을 지키려고 악마적으로 집착하는 모습은 후일, 허먼 멜빌의 『모비 딕(Moby Dick)』에서 하얀 고래 모비 딕을 죽이려고 악마적으로 달려드는 에이해브(Ahab) 선장의 모습으로 다시 나타난다. 실제로 멜빌은 창작의 영감을 셰익스피어에게서 얻었다고 말하기까지 했다.

맥베스 부인이 인상적인 인물인 것은 그녀의 "혈흔 강박증" 때문인데 이에 대해서는 프로이트의 「강박적 행동과 종교적 실천」(1907)에서 나오는 이런 사례가 잘 설명해 준다. 몇 년 전 남편과 별거한 어떤 30대 여인이 강박적 행동을 보이기 시작했다. 그녀는 자기 방에서 갑자기 나와 커다란 탁자가 있는 다른 방으로 달려 들어갔다. 그리고 그 탁자 위에 탁자 보를 펴고서 종을 울려 가정부를 불러 잔심부름을 시키고는 그 탁자 보의 얼룩을 가정부에게 반드시 주목시킨 후 돌려보냈다. 별거중인 그 30대 여인은 가정부를 느닷없이 부르는 행동을 하루에도 몇 번씩 반복했다. 프로이트는 그 행동을 그녀 인생의 어떤 중요한 사건과 연결시켰다. 그녀의 남편은 성 불능이었다. 첫날밤 남편은 밤새 몇 번씩 그녀의 방으로 달려왔지만 성공을 거두지 못했다. 그 다음 날 아침, 남편은 가정부 보기가 창피하다면서 침대 시트 위에 붉은 잉크를 몇 방울 떨어트렸다. 이 30대 여성의 강박적 행동은 이 성 불능 사건과 직접 연결되어 있다. 그녀는 가정부를 자꾸 부르는 강박적 행동을 하면서 실은 이렇게 말하고 있는 것이다. "아니야. 그는 가정부 앞에서 부끄러움을 느낄 필요가 없어. 그는 불능이 아니야." 그 여인은 현재는 남편과 별거 중이었지만 이혼할 수는 없었고, 남편을 나쁜 소문과 비난으로부터 보호하려고 이런 행동을 하는 것이었다.

다시 맥베스 부인으로 돌아가 왜 그녀는 있지도 않은 피를 자신의 손바닥에서 자꾸만 씻어내려 할까? 가장 간단한 대답은 덩컨 왕을 살해한 죄의식을 씻어내려는 것이지만 실은 이렇게 말하고 있는 것이다. "아니야. 나는 unsex me(여성성을 제거) 할 수 있어." 그러나 그녀의 강박증은 그 "unsexing"에 실패했음을 보여준다. 맥베스 부인은 자신에게 있다고 오판한 남성성으로 그렇게 할 수 있다고 보았으나, 무에서 유가 나올 리 없는 것이다. 이것은 맥베스의 경우도 마찬가지이다. 그는 한번 악을 저지르면 그 악을 정당화하기 위해 계속 악을 저지르게 되는 악인의 강박적이고 악마적인 모습을 보여준다. 우리는 맥베스의 이런 모습에 상당히 공감하게 된다. 왜? 일상생활 중에 누구에게나 이런 일이 벌어지기 때문이다. 한번 누구에게 거짓말을 했는데 그것이 들통나게 생기자 계속 거짓말을 하다가 결국에는 처음부터 거짓말을 솔직히 고백하는 것만 못한 결말로 그것을 폭로당하고 마는 것이다. 맥베스의 비극은 이런 사소한 거짓말하기보다 훨씬 규모가 큰 것이지만, 그 내재된 행동 패턴은 동일한 것이다. 요약하면 악인은 자신의 행동이 악인 줄 모르거나 악을 저질러도 남들에게 들키지 않거나 처벌당하지 않는다고 생각하면서 설사 자기 손에 피를 묻혀도 물 한 바가지만 퍼부으면 간단히 씻어낼 수 있다고 생각하는 것이다.

『오셀로』의 오셀로도 프로이트 방식으로 살펴볼 수 있다. 오셀로에게는 두 가지 사항을 의심해 볼 수 있는데 하나는 의처증이고 다른 하나는 동성애이다. 먼저 오셀로를 악의 길로 유인하는 이아고는 의처증 환자이다. 그는 어떻게 오셀로를 그토록 잘 조종할 수 있었을까? 같은 것은 같은 것끼리 통한다고, 이아고는 상대방의 의처증 경향을 재빨리 알아보고 자신의 심리가 곧 상대방의 심리인 것처럼 배후 조종할 수 있었다. 프로이트에 따르면 성욕은 다형도착적 특성(여러 가지 도착적인 형태)을 갖고 있는데 그중 대표적인 것이 남의 여자(혹은 남자)에 대한 욕망이다. 이아고는 오셀로도 카시오도 모두 자기 아내 에밀리아와 부정한 관계라고 의심하면서 그것을 복수해야 한다고 생각한다. 그러나 의처증은 실은 다른 여자에 대한 자기 자신의 욕망에서 비롯된다. 하지만 그게 여의치 않으니 신 포도의 심리가 발동하는 것이다. 이아고는 확신도 없으면서 오셀로가 자기 아내와 동침한 것처럼 황당한 얘기를 한다.(13) 그런데 이것은 이아고 자신이 데스데모나와 동침하고 싶다는 무의식을 대리 표현한 것이다.

프로이트는 『히스테리 사례 연구』에서 비엔나의 한 중년 유부남 얘기를 한다. 그는 비엔나 교외에 사는 젊은 처녀와 내연관계를 맺고 있었다. 그런데 이 남성은 언제부터인가, 그 젊은 여자와 밀회를 하고 집으로 돌아오는 길에, 그곳이 교외니까 불한당이 그 처녀에게 접근하여 그녀를 죽여 버리면 어쩌나, 하는 강박적인 걱정을 하기 시작했다. 프로이트는 이 불안 히스테리를 이렇게 해석한다. 그 중년 남자는 젊은 처녀와 어느 정도 재미를 보고 나니, 그 사실이 들통 나서 스캔들로 번질 것을 걱정한다. 그래서 실은 그 자신이 무의식중에 그 여자를 죽여 버리고 싶은데, 그런 충동이 교외의 불한당 운운으로 나타났다는 것이다. 이아고는 실제로 데스데모나를 차지하고 싶으나 그것이 여의치 못하자, 그런 심리를 오셀로에게 뒤집어 씌워서 오셀로가 자기 아내(에밀리아)와 동침했다고 생각하는 것이다.

오셀로의 동성애 의심은 먼저 그가 아주 씩씩한 군인이었다는 점에서 시작된다. 과거 프로이센의 강인하고 상무적인 장교들 중에는 그 강철 같은 장교 제복 밑에 빨간색 여성 팬티를 착용하고 있는 사람들이 더러 있었다고 한다. 그리고 오셀로는 베니스의 총독 앞에서 자신은 여성에 대한 성적 욕망이 별로 없다고 공개적으로 말한다. 오셀로는 또 데스데 모나의 잃어버린 손수건에 대하여 그것이 어머니에게서 물려받은 소중한 것임을 유독 강조하고 있다. 어머니의 가르침을 소중히 받드는 태도에서 어머니에 대한 오셀로의 깊은 애정을 읽을 수 있는데 그것이 또한 동성애를 의심해 볼 수 있게 만드는 근거이다. 이 근거는 프로이트가 「레오나르도 다빈치와 유년의 기억」(1910)이라는 논문에서 자세히 설명하고 있다. 아이가 어머니를 너무 사랑하여 그 사랑으로부터 자기 자신을 보호하기 위해 동성애자가 되었다고 말한다. 레오나르도는 무의식의 차원에서 자기 자신과 어머니를 동일시하기에 이르렀고 그리하여 마치 어머니가 레오나르도를 사랑해 주었듯이 자기가 여자(어머니)가 되어 자기(레오나르도)를 닮은 젊은 남자를 사랑하게 되었다는 것이다. 이러한 프로이트 이론의 가장 구체적 사례는 《잃어버린 시간을 찾아서》의 작가 마르셀 프루스트이다. 이 장편소설의 제1권 『스완네 집 쪽으로』를 보면 어린 마르셀이 어머니를 아주 기이할 정도로 사랑하는 것을 알 수 있고, 그리하여 작품 후반에 가면 그로 인해 발전한 동성애의 문제가 반복적인 모티프로 제시되어 있다. 따라서 이러한 의심을 수긍한다면 우리는 오셀로가 이아고의 꼬임에 넘어가는 과정을 색다른 관점에서 살펴볼 수 있다.

이성애의 관점에서도 『오셀로』에서 "성(性)"은 중요한 화두이다. 텍스트를 꼼꼼히 읽어보면 오셀로와 데스데모나는 극이 끝날 때까지 아직

초야를 보내지 못했음을 알 수 있다(초야 불발 설은 "그레이엄 브래드쇼"라는 셰익스피어 학자가 처음 주장). 먼저 이아고가 직접 오셀로에게 합방이 되었느냐고 묻는 장면(1.2)이 나오고, 이어 오셀로의 입으로 자신은 욕정에 눈먼 나이는 지났다고 하면서 그날 밤으로 키프로스 섬으로 출발했다. 이어 부부가 각자 떨어져서 항해하여 키프로스에서 만난 첫날밤에는 밤 열시가 되었는데 아직 합방이 되지 않았다는 이아고의 말도 나온다.(2.3) 그리고 그 후에는 오셀로가 이미 데스데모나를 더러운 여자로 의심하기 시작했으니 두 번째 날 밤에도 합방이 이루어지지 않았을 것으로 짐작된다. 물론 텍스트를 꼼꼼히 읽어보면 밤중에 부부가 잠깐 같이 있을 시간은 있었지만, 성채 밖에서 벌어진 일(카시오와 몬타노의 싸움)로 곧 오셀로가 밖으로 불려나왔기 때문에 그것이 여의치 않았으리라고 추정된다.

독자는 왜 그 사실을 그렇게 주목하느냐고 의문을 가질지도 모른다. 하지만 이것은 비극의 중요한 단서가 된다. 데스데모나는 자신이 정신과 육체를 모두 남편에게 바칠 각오가 되어 있다고 말했다. 만약 오셀로가 정신적으로만 사랑할 것이 아니라 육체적으로 그 사랑을 완결했다면 분명 데스데모나의 처녀성("손수건의 딸기 무늬")을 확인했을 것이고, 이아고의 간계에 넘어가 데스데모나의 정절을 오해하는 일도 없었을 것이다.

데스데모나는 장차 남편에게 죽을 것을 알게 된 직후, 하녀 에밀리아에게 "오늘밤 내 침대에 신혼 이불을 깔아줘."(4.2)라고 말한다. 그리고 그 이불에서 남편 손에 죽는다. 오셀로는 그 직전에 이런 말을 한다. "나는 당신을 죽이고 그 후에 당신을 사랑하게 될 거야."(5.2) 여기서 "죽음(die)"이라는 말은 셰익스피어의 작품 속에서는 "사정(射精, ejaculate)"과 같은 뜻으로 사용되었음을 주목할 필요가 있다. 실제로 "나는 죽음(사정)에 이를 때까지 당신의 것입니다."(『리어 왕』, 4.2), 그리고 "나는 만족한 신랑처럼 용

662

감하게 죽겠어."(『리어 왕』, 4.5), "세 사람이 이제 (죽음 속에서) 한꺼번에 결합을 했군."(『리어 왕』, 5.3) 등의 대사에서 보듯이, 죽음은 은유적으로 성행위의 완성을 의미한다. 그러니까 이 뜻을 오셀로에 적용해 보면, 이 두 남녀는 살아서 이루지 못한 것을 죽어서 비로소 이루었으니 참으로 비극인 것이다.

그런데 이아고가 오셀로를 파멸시키려 하면서 중얼거리는 사악한 독백(13)은 그의 악마 기질을 보여주는 대표적인 대사이다. 많은 배우들이 무대 위에서 이 독백을 하면서, 관객들이 이아고의 사악한 의도와 그에 따른 즐거움에 동참하는 느낌을 받았다고 말한다. 이런 악랄한 음모꾼을 무대 위에서 쳐다보면서 왜 우리는 전율하는 것일까? 다시 말해 왜 악에 매혹될까? 그 이유는 우리가 드라마를 보는 동안에 비록 잠시나마 이아고가 되기 때문이다. 이아고를 무대 위에서 봄으로써 우리 내부에 있는 악을 확인하고 그런 다음에는 그 악을 달래고, 억누르고, 씻어내는 효과를 느끼는 것이다. 이것이 아리스토텔레스가 말하는 "공포와 연민"이다. "카타르시스(공포와 연민이라는 감정의 배설)"는 먼저 극장 안에서 이루어지고 그 다음에 극장을 떠나와서 생활 속에서도 두고두고 그 장면을 생각하면서 우리의 악을 억제하는 힘을 주는 것이다.

『리어 왕』의 리어는 프로이트의 사례 연구 중 슈레버 대법관의 케이스와 비슷하다. 슈레버는 작센 지방의 항소법원 판사이며 지방 정계의 실력자였다. 그러나 슈레버는 정신 장애에 빠져서 편집증적 망상과 종교적 광기를 보이게 된다. 그의 광기는 "원 포인트 인새니티(one-point insanity: 다른 점은 모두 정상인데 어떤 한 가지 점에서만 망상을 현실로 확신하는 것)"였다. 이렇게 발병하게 된 계기는 결혼하여 여러 해 동안 행복하게 살던 그가 자식을 둘 수 없다는 게 분명해지면서부터였다. 슈레버의 망상은 태양광선이 자신의 몸을 꿰뚫으면 자기가 신에 의해 여자로 변하고, 그리하여 새로운 인류를 탄생시킬, 메시아 같은 남자 아이를 낳게 된다는 것이었다.

슈레버는 이 망상에서 깨어나지 못한 채 생을 마감했지만, 리어는 자신의 망상과 대결하면서 그것을 극복하고서 세상을 떠났다. 그는 일찍이 자신의 왕권이 곧 사랑이고, 온 세상의 질서가 자신을 중심으로 돌아가는 것이 자연스럽다는 망상을 갖고 있었다. 그러나 자식들의 배신과 사랑하는 막내딸의 죽음이라는 아주 비싼 대가를 치르고서야 자신의 망상에서 벗어난다. 리어 왕은 그것을 깨닫기 위해 오래 견뎌온 사람이다. 『리어 왕』은 인간의 노년, 특히 인생의 황혼 길에 사람은 어떻게 살아야 하는가를 깊이 생각하게 만드는 연극이다.

7. Unsex me here(페미니즘의 관점)

이 대사(『맥베스』, 1.5)는 위에서 잠깐 언급했는데 자연적으로 페미니즘의 화두와 연결된다. 페미니즘은 계몽시대 이래 합리성을 중시하면서, 남자나 여자나 똑같이 합리적인 존재이므로 동등한 대우를 받아야 하고, 따라서 그동안 여자들에게 가해진 불공평, 억압, 예속을 모두 철폐해야 한다고 주장하는 사상이다. 이러한 남녀동권의 요구는 정치적·법적·사회적 평등의 문제로 확대되어 나간다. 그렇지만 여성들은 또한 자신들이 남성과는 차이가 있음을 인정해 주기를 바라는데, 주로 사적인 영역에서의 차이를 주장한다. 그러나 이러한 주장은 정치적 영역과는 불일치를 이루게 된다. 왜냐하면 사적 공간이라는 것은 국가가 합법적 권력을 발휘할 수 있는 영역이 아니기 때문이다. 여기서 페미니즘과 권력이 상호작용하면 복잡한 문제가 발생한다는 것을 알 수 있다.

셰익스피어 이전 시대, 그러니까 중세에는 남존여비의 가부장적 사상이 지배했다. 그 전에 『구약성경』 「창세기」에서 인류의 타락은 이브 때문이라고 가르쳤고, 아리스토텔레스는 여자를 불완전한 남자라고 정의했다. 그리하여 여자는 비유적으로 말하자면 변덕스럽고 위험한 습지여서 언제 발이 빠져 익사할지 모르는 위험이 있다고 생각했다. 리어 왕은 여자를 이렇게 묘사한다. "저들은 허리 아래는 반인반마고 허리 위만 여자야. 신들은 그 중간 지점에 기거하시지. 허리 아래는 다 악마의 영역이야. 여기에 지옥, 어둠, 유황불이 있다. 불타오르고, 화상을 입고, 썩은 냄새를 풍기다가, 녹아버린다."(4.5) 어떤 남자들은 여자가 밤하늘에서 커졌다 작아졌다 하면서 조수간만에 영향을 미치는 달 같은 존재이며 그것은 여자의 생리 주기가 증명한다고 주장했다. 또 여자는 일단 성욕에 눈뜨면 만족할 줄 모르는 경향이 있고 그 성욕 못지않게 언변을 잘 다스리지 못하기 때문에 침묵을 강요해야 한다고 보았다. 여기서 여성의 침묵은 "성적 함의"를 갖게 되었다.

그리하여 성욕과 권력욕이 강한 여자는 부패한 여자라는 생각이 나오게 되었다. 『리어 왕』에 나오는 말 많은 두 딸 고너릴과 리건은 그 이름부터가 고노리어(gonorrhea, 임질)와 리진(매독) 등 부패를 연상시킨다. 『햄릿』의 산역꾼과의 대화에서 죽은 시신이 부패하는 데에는 8~9년이 걸리지만 요즘은 죽기 전에 매독에 걸려서 썩고 있는 자들도 많기 때문에 경우에 따라서는 그보다 더 빨리 썩는다는 말이 나온다.(5.1) 권력욕, 성욕, 발언권이 엄청나게 센 여자인 고너릴과 리건을 두고 한 말 같다.

그런데 남성들이 여성의 성욕을 두려워한 것은 재산 문제와 직결이 되기 때문이었다. 자유, 재산, 생명은 사회 유지의 근본 조건이었으므로 아내의 부정은 사회의 안정된 구조를 위협한다. 이런 여성 성욕에 대한 불안이 4대 비극에서는 고르게 나타나고 있다. 햄릿은 어머니와 오필리아에게, 맥베스와 오셀로는 자기 부인에게, 리어 왕은 자기 딸들에게 그런 불안을 느낀다. 이아고는 키프로스 해안에서 데스데모나와 여성에 관한 대화를 나눈다.(2.1) 여기서 중세의 여성관이 무엇인지 적나라하게 드러난다. 그는 완벽한 여자를 열거한 다음에, 중세식 여성관에 입각하여 완벽한 여자는 "집에서 애나 낳고 살림을 잘하는 여자"라고 정의한다.

다시 "Unsex me here"로 돌아가서, 이런 말을 하는 맥베스 부인은 여성의 몸으로 아예 남자가 되겠다는 것인데, 그것은 여자의 성 정체성을 전면 부정하는 말이 된다. 극의 첫 시작에 나오는 마녀들이 얼굴에 수염이 난 것처럼, 맥베스 부인도 자기 얼굴에 턱수염과 콧수염이 나게 해달라고 요구하고 있는 것이다. 하지만 맥베스 부인은 자신의 의도대로 여성성을 완전 제거하는 데 실패했다. 후반에 가면 손바닥의 피를 씻어내지 못하는 강박적 환상에 사로잡힌다. "피"는 무엇인가? "젖", "물", "부드러움"과 함께 셰익스피어 드라마에서 여성의 대표적 특징으로 제시되는 것이다. 그래서 레어티즈는 죽은 여동생 오필리아를 가리켜 "너무 많은 물이 너를 짓눌렀겠구나."(4.7)라고 말한다. 이렇게 볼 때 맥베스 부인은 내가 누구인지 모르면서 자신의 정체를 자만한 게 되었다. 여성에게 생명을 주고 그 정체성을 부여하는 물과 젖과 피를 무리하게 없애겠다고 했으니 비극을 자초한 것이다. 이처럼 악행을 저지르는 악인은 자기가 누구인지 잘 모르면서도 잘 아는 것처럼 행동한다. 가령 리처드 3세는 이런 말을 하고 있다. "내가 누구를 두려워해? 나 자신을? 내 주위에는 아무도 없어. 리처드는 리처드를 사랑해. 나는 나야."(『리처드 3세』, 5.3)

"Unsex me" 혹은 페미니즘과 관련하여 『오셀로』의 데스데모나는 문제적 여인이다. 데스데모나는 안톤 체호프(1860~1904)의 단편소설 「귀여운 여인」에 나오는 올렌카와 비슷한 점이 많다. 올렌카를 지칭하는 "귀여운 여인"이라는 말은 중의적인 문구, "남자의 비위만 맞추면서 자신의 주체성은 전혀 없는 한심한 여자"라는 암시가 들어 있다. 그러나 톨스토이는 다르게 해석한다. 체호프가 20세기 초의 페미니즘 운동에 영향을 받아서, 올렌카 같은 여자를 "귀여운 여인"이라고 폄하할 의도로 이 소설을 썼으나 정작 체호프는 자기도 모르게 그녀를 높이 칭송하고 있다는 해석을 내놓았다. 톨스토이는 이 소설을 읽을 때마다 그녀의 지극한 사랑에 눈물을 흘리게 된다고 했다.

우리는 이 올렌카에 빗대어 이런 질문을 던지게 된다. 남편에게 죽임을 당하면서도 오셀로의 허물을 덮어주기 위해 자기가 스스로 죽는 것이라고 말하는 데스데모나는 귀여운 여인인가? 혹은 정말로 남편 오셀로를 사랑한 여인인가? 이것은 해석하기에 달렸으나, 나는 데스데모나가 죽기 전에 부르는 버들의 노래를 읽으면, 그 지극한 사랑에 눈물을 흘리게 된다. 그녀가 무슨 잘못이 있는가? 악마 이아고의 꼬임에 넘어간 가부장적 오셀로가 어리석은 것이 아닌가?

그런데 "unsexing"은 맥베스 부인처럼 역효과를 내기도 하고 반대로 순기능을 발휘하기도 한다. 음양오행설로 보나 심층심리학으로 보나 사람은 그 내부에 여성과 남성이 혼합되어 있는 양성적(兩性的) 존재이다. 그러므로 남성도 필요한 경우에는 "unsexing"하여 여성적 기질을 발휘하면서 일을 풀어나가야 한다. 이러한 필요성을 가장 잘 보여주는 것이 『베니스의 상인』, 『좋으실 대로』, 『십이야』 같은 셰익스피어의 낭만 코미디이다. 이 작품들의 여주인공인 포샤, 로잘린드, 바이올라는 "남장 여자(양성성의 구현)"로 활약하면서 사건을 잘 마무리 지어 행복한 결말에 이르도록 한다. 이것은 다르게 말하면 한 개인의 내부에 있는 양성이 잘 조화될 때 인생이 행복하고 보람차게 된다는 뜻이다. 셰익스피어는 이런 희극의 기법을 4대 비극에 도입하여 극적 효과를 높이고 있다.

가령 리어 왕은 이런 발언을 한다. "오, 이 여성성이 내 가슴을 향해 치솟는구나!(O how this mother swells up toward my heart!)"(2.4)라고 말한다. 이 "mother"는 리어 속의 내면에 깃든 여성성을 말하는 것이다. 『햄릿』의 레어티즈도 이렇게 말한다. "이 눈물이 그치면 내 안의 여성적 기질도 사라지겠지."(4.7) 여기서 여성적 기질의 원어는 "the woman"이다. 그런데 아직 깨닫기 이전의 리어는 이 여성성을 부자연스러운 것으로 여겨서 억제해야 한다고 생각한다. 그러나 이 여성성은 나중에 리어가 가난한 자에 대하여 연민을 느끼고 권력 있는 자들에게 분노를 터트리는 원동력이 되어 그의 철갑 같은 단단한 남성성을 중화시키는 힘으로 작용한다. 그리하여 리어 왕은 자신의 마초 기질을 "unsex"하여 다른 사람으로 바뀌는 것이다.

이렇게 볼 때 오셀로도 맥베스도 모두 그들의 마초 기질을 "unsex"해야 할 필요가 있다. 오셀로는 여성을 욕망의 대상(아내)과 욕망의 주체(창녀)라는 단순한 2분법으로 바라본 사람이고, 맥베스는 자기 아내에게 "당신 같은 사내애만 낳으라."(1.7)고 하여 여성을 완전히 남성으로 바꾸어 놓으려는 잘못된 시각을 드러내고 있다. 그러나 여성은 오셀로나 맥베스의 경우처럼 성적 정체성을 일방적으로 강요당하는 것을 제일 싫어하는 것이다. 햄릿 또한 어머니 거트루드와 애인 오필리아를 대하는 태도에서 이런 마초 기질을 내보인다. 가령 오필리아에게 수녀원(창녀 집)에나 가라고 하는 그의 말은 여성의 성 정체성에 대하여 2분법적 시각을 드러내는 것이다. 이것은 레어티즈도 마찬가지이다. 그는 자신이 복수의 염원을 거두어들인다면, "내 친어머니의 저 정숙하고 고결한 이마에 창녀라는 딱지를 붙여도 좋소."(4.5)라고 말하면서 여성에 대하여 2분법적 시각을 갖고 있음을 보여준다. 따라서 맥베스 부인이 말한 "unsex me here"
는 남성의 경우에는 "unsex you there"로 전환되어야 한다.

8. The negative capability(마음을 비우는 능력)

네거티브 캐퍼빌리티(이하 네거 캐퍼)를 설명하기 전에 셰익스피어가 문
학적 명성을 획득하게 된 과정을 잠깐 살펴보자. 셰익스피어는 1616년
세상을 떠난 이래 곧바로 지금과 같은 대문호의 명성을 얻은 것은 아니
었다. 17세기 내내 그는 시는 좀 쓰지만 드라마는 그저 그런 2진급 극작
가로 여겨졌다. 이렇게 된 것은 당시 유럽 문단을 사로잡던 프랑스의 신
고전주의 드라마 때문이었다. 프랑스 드라마는 아리스토텔레스가 『시
학』에서 말한 고전극의 "3일치 원칙"을 철저히 준수했다. "3일치"는 "장
소의 일치", "시간의 일치", "행동의 일치"를 가리키는 것으로서 연극은
하나의 장소에서 하루 만에 단 하나의 행동 플롯을 지향해야 한다는 것
인데, 셰익스피어는 자주 이 "3일치 원칙"을 무시했다. 구체적인 예를
들면 장 바티스트 라신(1639~1699)의 신고전주의 드라마 『페드르(*Phèdre*)』
(1677)는 그리스 펠로폰네소스의 도시 트로이젠(Troizen)이라는 장소에서,
하루라는 시간 범위 내에서, 페드르의 사랑을 중심으로 모든 행동이 전
개된다. 의붓아들 히폴리투스(Hippolytus)를 사랑하는 왕비 페드르의 열정
은 극의 후반으로 갈수록 너무나 강력하여 거의 백열하는 듯하다. 뭐라
고 할까, 불륜의 사랑이 탈 대로 다 타버리는 듯하다. 죽기를 각오하고 잘
못된 사랑을 억제하려는 페드르의 광분, 사랑이 미움으로 바뀌어 더욱
불타오르는 열정, 마침내 견딜 수 없어 터져 나오는 사랑의 고백, 그 사랑
을 상대방(히폴리투스)에게 뒤집어씌우는 무모함, 죄책감에 의한 동정심이
기름 되어 더욱 불타오르는 사랑, 연적으로 나타난 젊은 공주에 대한 질

투심, 상대방에 대한 무고, 상대방을 죽음으로 내모는 유인, 결국에는 페드르 자신의 자살 등, 이런 불꽃 튀기는 사랑의 플롯을 중심으로 극의 모든 행동이 집중되어 있다.

이에 비해 셰익스피어의 『리어 왕』은 왕궁, 글로스터 성, 광야, 도버라는 여러 장소가 나오고, 시간은 여러 달에 걸치고 있으며, 행동은 리어 왕의 왕실, 글로스터 가문, 신분을 속인 켄트와 거지로 변장한 에드가, 현명한 바보 등 여러 갈래로 분산되어 있다. 이 때문에 18세기에 들어와 라신의 후계자로 지목된 볼테르는 셰익스피어를 가리켜 약간의 재주를 갖춘 "야만인"이라고 하면서 그 재주는 끔찍한 어둠 속에서나 빛날 뿐이라며, 3류 극작가라고 폄하했다. 실제로 파리 유람 시에 볼테르를 만나기도 했고 그를 평생의 스승으로 여겼던 『국부론』의 저자 애덤 스미스(1723~1790)는 프랑스 드라마를 좋아하여 라신의 『페드르』를 최고의 작품으로 평가하기도 했다.

그랬던 것이 18세기에 들어서서 독일에 "낭만주의 문학 운동"(1800~1840)이 일어나면서 셰익스피어의 평가가 달라지기 시작했다. 사실 독일은 당시 프랑스의 유럽 문화 지배에 대해서 불만이 많았다. 프리드리히 대왕이 프러시아 국민들에게 독서와 문화 활동을 적극 장려하면서 칙령을 내릴 때에도 그 뜻을 널리 반포하기 위해 프랑스 어로 칙령을 작성해야 될 정도였다. 이에 대한 반발로 독일의 낭만주의 작가들이 프랑스 문학과는 아예 다른 어떤 것을 찾다보니 그 대안으로 등장한 것이 셰익스피어였다. 셰익스피어의 낭만적인 특징이 독일 문학가들에게 크게 호소하여 고트홀트 에프라임 레싱(Gotthold Ephraim Lessing, 1729~1781)을 위시하여 프리드리히 실러(1759~1805), 리히터[Johann Paul Friedrich Richter, 필명 장 파울(Jean Paul), 1763~1825] 그리고 괴테가 셰익스피어를 옹호하면서 문학의 사표로 받들기 시작했다. 그리하여 이 극작가는 19세기 중반의 독일에서 "우리의 셰익스피어", 즉 독일 극작가나 다름없는 대접을 받게 되었다. 이러한 셰익스피어의 영향력은 지대하여 19세기에 활약한 독일 사상가들 아르투어 쇼펜하우어(Arthur Schopenhauer, 1788~1860), 프리드리히 니체, 지그문트 프로이트 등은 인간사에 대한 논평이 필요할 때마다 셰익스피어의 극중 인물들을 즐겨 인용했다.

이어 영국 시인 새뮤얼 콜리지(Samuel Taylor Coleridge, 1772~1834)가 독일 유학 후 영국에 돌아와 셰익스피어를 중심으로 한 문학적 추세의 변화를 알리고 워즈워스(William Wordsworth, 1770~1850)와 함께 영국의 낭만주의 문학의 닻을 올렸다. 그때 이후 셰익스피어의 명성은 굳건히 확립되어 유럽 전역으로 퍼져 나갔다. 신고전주의 본산인 프랑스에서도 셰익스피어 열기가 높아지기 시작했다. 1822년에 프랑스 파리에서 셰익스피어 4대 비극이 공연되었을 때 관람객이 너무 들지 않아 저조한 흥행 실적을 보였으나, 1827년에 똑같은 작품이 상연되자 일대 센세이션을 일으키며 만원사례가 되었다. 프랑스 화가 들라크루아(Eugène Delacroix, 1798~1863)는 햄릿을 주제로 한 일련의 석판화를 제작했고, 작곡가 베를리오즈(Louis-Hector Berlioz, 1803~1869)는 『폭풍우』, 『로미오와 줄리엣』, 『햄릿』의 오필리아를 주제로 한 일련의 곡을 썼다. 그리고 『적과 흑』을 쓴 스탕달은 「라신과 셰익스피어」(1825)라는 논문에서 두 극작가를 상호 비교하면서 후자가 더 우위에 있다고 주장했다. 라신이 너무 극작의 원칙을 강조하는 반면에 셰익스피어는 낭만주의의 문학 사조와 어울리게, 비극의 영원한 주제인 주인공의 심리적 변화와 그에 따른 행동을 통하여 등장인물의 성격이 발전하는 과정을 더 잘 보여준다는 것이었다.

사실 150년 동안 유럽 연극계를 지배해 온 신고전주의 비극과 비교해 볼 때, 셰익스피어 드라마는 혼란 그 자체였다. 도대체 비극과 희극의 장르 구분도 제대로 지켜지지 않았다. 가령 『맥베스』 같은 비극에 문지기 같은 코미디언이 나오고, 『리어 왕』에서는 바보가 등장하며, 『햄릿』에서는 산역꾼이 등장하여 햄릿과 농담을 교환하는 등, 비극인지 희극인지 헷갈리는 장면이 느닷없이 나온다. 『오셀로』에서도 이아고가 데스데모나와 나누는 여성에 대한 잡담은 비극에 합당한 주제인지 의문을 갖게 한다. 간단히 말해서 기존 비극이 추구하는 장엄함과 단정함의 코드를 과감히 파괴하고, 단 하나의 인간 감정(주로 인간의 지나친 자부심)을 다루어야 하는 비극 속에다 온갖 잡동사니 인물들, 괴상한 사건, 유령과 마녀의 등장 등을 도입한 것이다. 또한 서로 다른 철학, 사상, 아이디어를 도입하고 사회나 종교 문제도 비판적으로 제시하며, 인생에 대한 태도가 냉소적이고, 부도덕하고, 세속적인 측면을 보인다. 사건의 객관성을 무시하고 환상적인 이야기와 불가능한 상황을 마치 사실처럼 다루며, 모든 등장인물들에게 실제 생활의 언어가 아니라 수사적인 연극의 언어를 말하게 함으로써 극의 사실성을 떨어트린다. 드라마 속에다 독백, 방백, 유행가의 파편, 잡담, 통속적 농담 등 온갖 잡동사니를 집어넣는다. 게다가 극중에 느닷없이 성적인 대사 혹은 외설스러운 말이 거침없이 나온다. 가령 햄릿이 오필리아와 주고받는 대사(3.2), 고너릴이 에드먼드와 주고받는 대사(4.2), 리건이 에드먼드와 주고받는 대사(5.1) 등이 그러하다.

그러나 역설적이게도 그것이 곧 셰익스피어의 장점이기도 하다. 장면 구성이 다양하고, 아주 극명한 대조가 이루어지고, 놀라운 사건들이 많이 소개되고, 심리적 통찰이 탁월하며, 구체적 사건을 통하여 등장인물의 성격이 극적으로 변화하고, 혼란과 질서가 아슬아슬한 균형을 이루는, 이런 예측불가의 무정형성이 셰익스피어의 가장 뛰어난 점이고 세월이 흐를수록 더욱 높게 평가받는 장점이 되었다. 이런 다양성을 가리켜 새뮤얼 콜리지는 "1천 개의 마음을 가진 셰익스피어"라 했고, 닥터 존슨은 셰익스피어의 등장인물을 가리켜 "sui generis(그 나름의 종)"라고 했다. 그 나름의 종(種)은 약간의 설명이 필요한데 닥터 존슨의 『셰익스피어 서언』에 의하면 이런 뜻이다. "셰익스피어의 인물들은 모든 사람을 작동시키는 열정과 원칙에 입각하여 움직이고 행동한다. 다른 극작가들의 등장인물은 그 사람 개인이지만 셰익스피어의 인물은 하나의 종이다." 좀 더 구체적으로 말하자면 리어 왕은 리어라는 개인이 아니라 늙은 아버지 전체라는 것이다. 이것은 햄릿, 맥베스, 오셀로도 마찬가지이다.

또한 토머스 드퀸시(Thomas De Quincey, 1785~1859)는 「맥베스에서 들려오는 노크 소리」(1823)라는 평론에서 셰익스피어를 자연 그 자체라고 하면서 이렇게 칭송하고 있다. "오, 위대한 시인이여, 그대의 작품들은 모두 자연의 현상으로서, 태양이며 바다이고 별들이며 꽃이고 서리인가 하면 눈이고 비인가 하면 이슬이고 우박인가 하면 천둥이다. 이러한 자연 현상들은 우리가 온 힘을 기울여 연구해야 할 대상이다. 그대의 작품에는 너무 많거나 너무 적은 것은 일절 없으며, 쓸모없거나 무기력한 것 또한 전혀 없다. 우리는 그대의 작품들을 깊이 탐사해 들어갈수록, 심오한 설계와 완벽한 질서의 증거들을 발견한다. 단지 부주의한 사람들만이 그런 증거들을 놓치면서 왜 이렇게 우연을 남발해, 하고 불평할 뿐이다." 보르헤스는 셰익스피어의 이런 자연현상적 면모를 가리켜 "그는 모든 사람인가 하면 그 어떤 사람도 아니다."라고 말했다.

이 자연 그대로의 것, 다시 말해 확정되지 않는 무정형성은 이제부터 설명하려는 네거 캐퍼를 아주 잘 설명해 준다. 네거 캐퍼는 영국의 낭만파 시인 존 키츠(1795~1821)가 맨 처음 사용한 말로서, 정반대의 것을 상상하면서도 마음의 평안을 유지하는 능력을 말한다. "마음을 비우는 능력" 혹은 "정반대의 것을 내 것처럼 인정해 주는 능력"으로 번역된다. 키츠는 예술의 본령은 아름다움과 진실에 대한 집중이며 그것을 통하여 모든 불유쾌한 것을 증발시키는 것이라고 말한다. 키츠는 『리어 왕』을 예로 들면서 이 드라마에서는 불유쾌한 장면들이 많이 나오지만 우리가 이런 불쾌한 것들에서 아름다움과 진실을 느끼게 되는 것은 셰익스피어의 네거 캐퍼 덕분이라고 지적한다. 불확실한 사실, 신비한 사실, 의심스러운 사실, 혐오스러운 사실 등이 셰익스피어의 뛰어난 언어적 연금술을 통하여 심미적 사실로 바뀌고 있다는 것이다. 키츠는 얼마나 『리어 왕』을 좋아했는지 「『리어 왕』을 재독하고 나서」라는 시를 쓰기도 했다. 이 시에서 키츠는 이 작품을 "황금의 혀를 가진 로맨스"라고 높이 칭송한다. 또 이 작품은 심오한 항구적 주제, 즉 선악과 격정 사이에 벌어지는 불같은 갈등을 다루고 있다면서, "내가 소나무 숲을 혼자서 걸어갈 때, 시시한 꿈을 꾸는 방랑자가 되지 말고, 그 불같은 (선악의) 갈등에 내 온몸을 불태워 불사조로 다시 태어나게 함으로써 내 꿈이 내 마음대로 하늘 높이 날아갈 수 있게 해 달라."고 노래했다.

그러니까 네거 캐퍼는 잔인하고 슬프고 야만적인 상황에 대하여 몰개성적이고 초월적이며 객관적 시각을 유지하면서 거기서 "비극적 황홀(tragic joy)"를 느끼는 능력이다. 셰익스피어는 이 비극적 황홀이 가득한 극작가이다. "비극과 황홀"이라는 두 상반된 단어의 조합을 의아하게 여기는 독자들이 있을지 몰라서 좀 더 설명을 해보고자 한다. 『리어 왕』에서 글로스터 백작은 두 눈알이 뽑힌다. 이것은 처참한 비극이지만 역설적이게도 그는 앞을 못 보는 사람이 되었을 때 비로소 사태의 진상을 더 잘 알아보게 된다. 두 눈이 먼 채로 광야에서 리어 왕을 만났을 때, 리어는 바로 그 눈이 없으므로 이 세상을 더 잘 알 수 있다고 말한다.(4.5) 위의 섹션 1 〈Parallels are there(유사한 사례의 제시)〉에서 "패럴렐"을 말했는데 리어와 글로스터는 서로를 비추는 거울이다. 한 사람은 광인으로, 다른 한 사람은 맹인으로 시련을 겪고 나서, 평소에는 없던 깨달음을 얻은 것이다. 두 사람은 비극 이후에 진실을 알게 되었으니 그것을 "황홀"이라고 말하는 것이다.

그러면 네거 캐퍼의 구체적 상황 세 가지를 좀 더 자세히 알아보기로 하자.

첫째, 입타의 딸과 오필리아의 대비이다. 극중에서(2.2) 햄릿은 오필리아의 아버지를 입타라고 부르면서 그녀를 『구약성경』 「판관기」 제11장에 나오는 입타의 외동딸에 비유하고 있다. 입타의 딸은 아버지의 맹세때문에 희생당한 처녀이다. 아버지 입타는 암몬(Ammon) 족을 공격하러 갈 때 이 전쟁에서 이기고 집으로 돌아올 때 그의 집에서 제일 먼저 환영하러 나오는 사람을 희생 제물로 바치겠다고 하느님에게 맹세했는데, 그 딸이 제일 먼저 나왔던 것이다. 그녀는 아버지에게서 두 달의 말미를 얻어 산꼭대기에 올라가 애도의 의식을 올린 후 맹세를 지키기 위해 기꺼이 죽었다. 「판관기」는 그녀가 남자를 알지 못하는 여자라는 사실을 특히 강조했다.

입타의 딸을 오필리아라고 볼 경우, 미쳐버린 오필리아의 노래는 우리를 당황하게 한다. 그녀의 세 번째 노래는 남자에게 몸을 내맡긴 후에 버림받은 여자를 노래한 것이다. 같은 내용을 한 번만 노래한 것이 아니라, 오빠 레어티즈와 나누는 대화에서도 "귀여운 파랑새는 나의 온전한 기쁨이네."(4.5)라고 노래했다. 이 노래는 셰익스피어 당시의 민요인데, 이것은 후렴 부분이고 앞부분은 "이제 파랑새는 푸른 숲으로 날아가 버리고 말았네."이다. 여기서 파랑새는 연인들, 불성실, 혼외정사의 상징이다. 리어 왕이 실성한 상태에서 내뱉는 말["그들은 내가 모든 것이라고 했으나 실은 그게 거짓말이었어."(4.5)]이 진실을 담고 있듯이, 오필리아의 세 번째 노래도 어느 정도 진실이 담겨 있다고 보아야 한다. 그렇다면 그녀가 햄릿과 성적 관계를 맺은 이후에 그로부터 버림을 받았고 이것을 좀 더 밀고 나가면 오필리아는 현재 임신 중일 수도 있다. 그것이 원인이 되어 실성하고 더 나아가 자살한 것이 아닐까, 하는 추측이 가능해진다. 셰익스피어 시대에 혼전 임신한 여성이 자살할 때 보통 물에 빠져 죽는 것을 선택했다고 한다.

이러한 성적 관계를 정황적으로 뒷받침하는 것은 오필리아가 미친 척하는 햄릿을 묘사할 때 그가 너무나 괴로워하면서 "나를 한참 쳐다보았어요."(2.1)라고 말한 것, "출산을 하는 건 축복이지만 당신 딸이 임신을 할 수도 있으니까."(2.2)라는 햄릿의 말, 극중극 전에 햄릿과 오필리아가 나누는 성적인 대화(3.2), 햄릿이 오필리아의 무덤 앞에서 한 말, "나는 오필리아를 사랑했습니다. 4만 명의 오빠가 달려와 그들의 사랑을 모두 합친다 해도 내 사랑을 당하지 못할 겁니다."(5.1)가 있다. 왜 햄릿은 너무나 괴로워하면서 오필리아를 쳐다보았을까? 아무리 햄릿이 일부러 미친 척하고 있지만 왜 임신 얘기를 했을까? 그녀는 어떻게 성적인 대화를 그런 식으로 노련하게 받아넘길 수 있었을까? 무슨 근거로 오필리아 사후에 햄릿은 자신이 4만 명의 오빠보다 더 강렬하게 그녀를 사랑했다고 말할 수 있었을까? 두 남녀의 성적 관계를 전제하지 않고서는 이 대사들을 잘 이해하기가 어렵다.

이런 정반대의 것들을 병치시킨 네거 캐퍼 덕분에 오필리아에게는 아주 신비한 분위기가 풍겨져 나온다. 이런 "물처럼 변화가 심한"(『오셀로』, 5.2) 여성의 모습은 영국인 화가 존 에버렛 밀레이(John Everett Millais, 1829~1896)가 제작한 물 위를 떠가는 〈오필리아(Ophelia)〉의 그림에서 분명하게 드러난다. 우리는 그녀가 성처녀 마리아인지 막달라 마리아인지 명확히 알지 못한다. 그러나 이런 불확정적인 느낌이 그녀의 죽음을 아주 신비하게 만든다. 우리는 물 위를 떠가는 오필리아, 자연 현상 그대로의 오필리아를 바라본다. 그리하여 그녀는 데스데모나와 코딜리아, 고너릴과 리건, 에밀리아와 비앙카를 모두 합쳐놓은 듯한 여성성 그 자체의 모습으로 다가온다.

둘째, 코딜리아의 죽음에 관한 것이다. 코딜리아는 『리어 왕』의 원전이 되는 라파엘 홀린셰드의 《연대기》에서는 살아남아 적들을 모두 처단하고 왕위에 오르는 것으로 되어 있다. 이런 역사적 사실을 알고 있는 셰익스피어 당대의 관객들은 코딜리아의 죽음에 대해서 아주 당황하고 가슴 아파했다. 실제로 닥터 존슨도 이 부분이 너무나 가슴 아파서 『리어 왕』을 다시 펴볼 마음이 생기지 않는다, 라고 말하기까지 했다. 실제로 셰익스피어 사후 1681년에 네이험 테이트(Nahum Tate, 1652~1715)라는 극작가가 이런 행복한 결말로 『리어 왕』을 수정해 놓았고 이 대본이 1834년까지 영국 극장의 무대에서 상연되어 관중들의 절찬을 받았다. 게다가 코딜리아의 죽음은 사태의 어떤 필연적인 결과로 발생한 것이 아니라 집행 정지를 알리는 전령이 늦게 도착하는 바람에 억울하게 죽은 경우이다. 이것은 선과 악의 싸움에서 선이 우연한 계기로 악에게 질 수도 있다는 불확실성을 남긴다.

리어는 극중에서 "자연은 그 점에서 예술보다 한 수 위."(4.5)라는 말을 한다. 그 점은 뭔가 만들어내는 능력을 가리키기도 하고 인간의 가슴을 찢어놓는 측면을 말하기도 한다. 실제로 『리어 왕』에서 코딜리아의 죽음은 우리의 가슴을 찢어놓는다. 어디 그뿐인가. 오필리아도 데스데모나도 억울한 죽음을 당한 것은 마찬가지이다. 그래서 쇼펜하우어는 코딜리아, 오필리아, 데스데모나의 죽음에 대하여 "시적 정의(poetic justice)"가 어디에 있느냐고 묻는다. 그러면서 이들의 죽음은 어떤 잘못에 대한 속죄가 아니라 인간의 원죄, 즉 사람으로 태어난 죄에 대한 속죄라고 진단한다.[쇼펜하우어, 『의지와 표상으로서의 세계』(1819), 섹션 52] 니체도 쇼펜하우어의 사상을 이어받아 이렇게 말했다. "오필리아의 운명은 존재의 무의미함에 대한 상징이요, 숲속의 요정 실레누스의 지혜―인생에서 가장 좋은 것은 태어나지 않는 것이요, 그 다음 좋은 것은 일찍 죽는 것―를 보여주는 것이다."[『비극의 탄생』(1872), 섹션 7]

그러나 두 염세주의 사상가의 주장보다는 "자연이 예술보다 한 수위."라는 말이 "시적 정의"에 대한 의문에 더 잘 대답한다. 이미 『햄릿』에서 연극이 "자연을 비추는 거울"이라고 말했거니와, "거울(혹은 예술)"과 "자연", 이 두 가지를 다 지킬 수 있다면 좋겠지만 그중 어느 하나만 선택해야 한다면 셰익스피어는 언제나 "자연"을 선택했다. 이것은 소크라테스의 이런 말을 생각나게 한다. "자네는 소크라테스(철학)를 중시하기보다는 진리를 더 중시해야하네."[플라톤, 『파이돈(Phaedon)』, 91] 셰익스피어는 과감하게 "시적 정의(예술)"를 내던지고 "자연"을 선택함으로써, 세상의 신비를 있는 그대로 독자에게 보여준다. 이것은 햄릿의 이런 말을 그대로 반영하는 것이다. "호레이쇼, 이 천지간에는 자네의 철학으로는 꿈도 꾸지 못하는 많은 것들이 있다네."(1.5)

셋째, 리어의 깨달음에 관한 것이다. 극의 마지막에 가서 리어가 숨을 거두는 장면에 대하여 조지 오웰은 리어가 여전히 세상을 저주하면서 아무것도 이해하지 못한 채 죽었다고 말하고, 셰익스피어 학자 스탠리

카벨(Stanley Cavell, 1926~2018)은 리어 왕이 자기류의 사랑을 고집하는 면에서 극의 시작이나 끝부분이나 달라진 것이 없다고 지적한다. 그러나 L.C. 나이츠(Lionel Charles Knights, 1906~1997) 같은 비평가는 리어가 깨달음에 뒤이어 구원을 얻었으며, 만약 이런 결말이 전제되지 않는다면 이 극 전체가 무의미해진다고 말했고, 케니스 뮤어(Kenneth Arthur Muir, 1907~1996)는 "리어는 세상을 잃고 영혼을 얻었다."라고 하여 깨달음을 얻었다는 쪽에 한 표를 던진다. 이 두 가지 상반되는 견해는 우리에게 다시 한 번 텍스트를 꼼꼼히 읽을 것을 요구한다.

극이 전개되는 과정에서 리어는 광야의 폭풍우와 대결하면서 왕권의 본질과 권력의 실상을 꿰뚫어 보게 되었고, 부자든 빈자든 다 똑같은 인간이라는 것을 알게 되었으며, 변장한 켄트, 거지로 변신한 에드가, 광대로 나오는 바보 등과 어울림으로써 인간 전체에 대한 인류애 혹은 공동체 정신을 깨우치게 된다. 만약 이런 깨달음을 가지고 리어가 다시 왕위에 올랐다면 그는 코딜리아든 고너릴이든 다 내 딸로 사랑했을 것이고, 사랑의 침묵이든 가식이든 두루 용납했을 것이다. 에드가는 폭풍우 끝에 고요한 아침이 온다는 전망을 제시하면서 "인간은 견뎌야 한다."(5.2)라는 말을 했고, 극의 끝부분에서도 같은 말을 되풀이한다. 리어의 순차적인 깨달음과 그 돌연한 결말은 비유적으로 말해 보자면 "1-2-3-4"의 숫자 행렬 다음에는 "5"가 와야 맞지만 그 대신에 "가-나-다-라"의 다음 순서인 "마"를 제시한 것이다. 이러한 중의적인 상황 변화는 예기치 못한 것이고 그래서 월식이나 백야 같은 자연 현상처럼 신비하다. 극의 마지막 장면에서 "깨달음"에 대하여 리어 본인의 직접적인 진술이 없으므로 우리는 그를 가까이에서 모신 켄트와 에드가의 최후 진술을 참고해야 한다. 이들은 하나같이 리어가 "깨달음"을 얻었다는 쪽으로 발언하고 있다.

"묘처부전(妙處不傳)"은 작품의 진짜 고갱이는 "말하지 아니하고 독자로 하여금 상상하게 만든다."는 사자성어이다. 그 의미심장한 뜻이 어디에서 왔는지 알 수 없으나 아무튼 거기에 있다는 것이다. 숨을 거두는 순간의 리어는 마치 이렇게 말하고 있는 것 같다. "인생의 의미를 다 깨우쳤다고 해서 내가 반드시 행복한 사람으로 죽어야 되는 것은 아니다." 이것은 비극의 정신에 부합하는 말이고 "자연은 예술보다 한 수 위."라는 대사의 속뜻이기도 하다.

9. Which is the best?(햄릿이냐 리어냐?)

4대 비극을 다 읽고 나면 이 중 어떤 것이 "킹 오브 킹스(king of kings)"일까, 하고 생각해 보게 된다. 일찍이 영국의 셰익스피어 학자 헬렌 가드너(Helen Gardner, 1908~1986)는 『오셀로』를 가장 아름다운 작품이라고 평가했다. 영국 비평가 L.C. 나이츠는 프로이트의 맥베스 평론에서 자극을 받은 게 틀림없는 「맥베스 부인은 자녀가 몇인가?」라는 논문에서 『맥베스』를 극시의 관점에서만 본다면 최고의 작품이라고 말했다. 해럴드 블룸(Harold Bloom, 1930~2019)은 『맥베스』가 미지의 공포에 대한 불안과 두려움을 안고 살아가는 현대인의 심리를 잘 내면화했다면서 자신이 개인적으로 가장 좋아하는 작품이라고 말했다.

그러나 19세기까지만 해도 『햄릿』이 셰익스피어의 가장 위대한 비극이라는 점에 의문의 여지가 없었다. 계관 시인 알프레드 테니슨은 "내가 아는 한 『햄릿』은 문학사상 가장 위대한 작품."이라고 말했고 프랑스 소설가 빅토르 위고는 "다른 사람들의 작품은 『햄릿』에 겨우 육박할 수는 있겠지만 그것과 같아질 수는 없다."라고 말했다. 21세기 사람이기는 하지만 셰익스피어 학자 제임스 샤피로(James S. Shapiro)는 "셰익스피어의 베스트 5"를 꼽으라는 요청에 "『햄릿』-『로미오와 줄리엣』-『착오 희극』-『리어 왕』-『아테네의 타이먼』" 순으로 꼽으면서 『햄릿』은 읽을 때마다 샤피로 자신을 변화시키는 아주 의미심장하고 도전적인 텍스트라고 말했다. 다시 말해 한 개인의 자아를 되돌아보게 하는 데에 이만한 작품이 없다는 것이다.

그랬는데 20세기에 들어와 A. C. 브래들리(Andrew Cecil Bradley, 1851~1935)가 『리어 왕』을 "셰익스피어의 가장 위대한 작품."이라고 평가하면서 점점 『리어 왕』 쪽으로 평판이 기울어지기 시작했다. 스티븐 부스는 이런 말을 했다. "리어의 비극은 셰익스피어의 드라마 중 가장 주목할 만한 것이며 널리 그의 가장 위대한 성취로 인정되고 있다." D. G. 제임스는 "모든 드라마 중에서 가장 위대한 작품."이라고 말했다. 해럴드 고다드(Harold Clarke Goddard, 1878~1950)는 『리어 왕』을 "셰익스피어 최고의 드라마."라고 하면서, 이 드라마에 매혹된 어떤 대학원생 제자의 이런 말을 소개하고 있다. "『리어 왕』은 하나의 기적이다. 이 세상에 존재하는 사물로서 이 연극에 등장하지 않는 사물은 없다. 그것은 이 세상의 모든 것에 대해서 말한다. 만약 이 드라마가 우리가 살고 있는 이 세상에 대한 최종적 판단이라고 볼 수 있다면, 우리는 기적과 같은 세상에서 살고 있는 것이다. 이것은 기적의 연극이다."

왜 『햄릿』은 『리어 왕』에게 자리를 내주게 되었을까? 『햄릿』의 덴마크나 『리어 왕』의 브리튼은 부패한 사회이기는 마찬가지이다. 햄릿은 그런 사회를 바꾸기 위해 노력하지만 그 노력의 범위가 햄릿 개인으로 그치는 반면에 리어 왕은 올버니와 에드가, 글로스터와 켄트, 에드먼드와 프랑스 왕 등 거의 국제적인 규모로 사회적·정치적 싸움이 진행된다. 두 작품의 구도를 삼각형에 비유한다면 『햄릿』은 역삼각형이고, 『리어 왕』은 왼쪽으로 눕혀놓은 정삼각형이다. 다시 말해 『리어 왕』은 뒤로 갈수록 의미가 점점 더 넓어진다.

그렇지만 1950년대까지만 해도 영미 대학에서 『리어 왕』은 아버지와 딸의 개인적 관계를 다루는 비극으로 여기거나, 광기에 빠진 리어가 마침내 세상과 사물의 진실을 인식하는 형이상학적 비극으로 평가하는 경우가 많았다. 그러던 것이 1960년대에 들어와서 『리어 왕』을 정치적 관점에서 해석하는 평가들이 많이 나오면서 셰익스피어의 최고작으로 등극하게 되었다. 그 이유는 『리어 왕』에서 다루어진 사회적 측면이 1960년대의 사회적 상황과 비슷하고 또 그 사회에 하나의 전망을 제시하기 때문이었다. 1960년대에는 미국과 소련의 대결이 극한점에 도달한 시기였다. 1962년에 쿠바의 미사일 위기가 발생하여 미소가 핵전쟁을 벌이기 일보 직전까지 갔고, 1963년에는 케네디 대통령이 암살되었고, 1965년에는 베트남 전쟁이 격화되어 미국이 사이공(현재의 호치민 시) 폭격을 시작했고, 또 이해에 중국이 처음으로 원자폭탄 실험을 했다. 한마디로 핵전쟁의 위협이 전 세계적으로 고조되어 세상이 언제 종말을 맞이할지 모르는 아슬아슬한 시기였다. 그러나 역설적이게도 이 시대에 미국에서는 마르틴 루터 킹 목사의 인권운동이 활발하게 벌어졌고, 1969년의 "우드스톡 록 페스티벌(The Woodstock music and art fair 1969: 1969.8.15.~8.18 개최)"에서는 사랑과 평화를 외치는 히피들의 함성이 하늘을 찔렀다. 그리하여 『리어 왕』은 이런 갈등과 불안의 시대에 살고 있는 사람들에게, 혼란에서 벗어나 질서로 나아가는 과정을 보여주는 감동적인 작품으로 일약 부상하게 되었다. 그런 만큼 이 작품 속에서 혼란에 빠진 시대와 세상이 어떻게 원만한 결말에 이르는지 살펴보는 것이 중요하다.

『리어 왕』에서는 "자연(nature)"과, 그에 맞서는 "부자연스러운(unnatural)"
이라는 단어가 40회 이상 등장한다. 리어 왕 자신은 백성이 자신을 따르
는 것을 "자연"이라 생각하고 에드먼드는 정욕의 들판에서 "자연의 아들
(사생아)"로 태어난 자신이 합법의 침상에서 태어난 병든 자식보다 더 힘
찬 사람이므로 자신이 권력을 차지하는 것이 자연스럽다고 주장한다. 그
런데 어느 경우든 권력자는 이 "자연"을 가장하면서 "권력"이 곧 "자연"
이라는 환상을 백성들에게 심어주려 한다. "권력 행사"의 효과적 방식은
피지배자들에게 권력에 복종하는 것이 자연스럽고 그들에게 혜택을 준
다고 확신시키는 것이다. 만약 사회 구성원들이 이런 권력의 담론을 자연
스럽다고 믿어준다면, 권력은 훨씬 더 안정적으로 지배하고 통치할 수 있
다. 그리하여 권력의 "상징 조작(권력의 행사를 자연스러운 것으로 보이도록 만드는 각종
장치)"은 때로는 너무나 교묘하여 심지어 그 권력에 착취당하는 사람들까
지도 그것을 자연스러운 것으로 믿게 만들고 국가의 폭력조차도 폭력이
아닌 것으로 생각하게 만든다.

이러한 "권력"과 "자연"의 상호 관계가 『리어 왕』에서 분명하게 드러
난다. 리어 왕은 오만하게도 "권력이 곧 사랑"이라는 무리한 생각을 고
집하면서 딸들에게 사랑 콘테스트를 벌인다. 그러나 "악"인 에드먼드는
그 권력이 어떻게 작동하는지 꿰뚫어 본다. 서자에게 재산권을 인정하지
않는 법률이 단순한 사회적 관습에 불과하다고 생각한다. 그러니까 그
법률은 권력에 의해 인위적으로 만들어진 것일 뿐, 자연스러운 것은 전
혀 없다. "자연"에 "서자"와 "적자"의 구분이 어디에 있으며, 누구는 누
구와 결혼하면 안 된다고 하는 규칙이 어디에 있는가. 하늘에 구름이 많
으면 비가 내리듯이, 여자와 남자가 결합하면 그것이 곧 결혼이 되는 것
이다, 라고 생각한다. 에드먼드, 고너릴, 리건의 "3각 관계"는 이런 관점

을 보여준다. 에드먼드는 "자연의 질서"와 "인간의 법률"은 반드시 일치하는 것은 아니며 그 법률은 권력이 자기의 편의에 따라 만들기도 하고 허물기도 하는 것이므로 얼마든지 달라질 수 있다고 본다.

그런데 폭풍우 이후 도버로 가던 길에서 리어 왕은 자신이 굳게 신봉한 자연이 실은 인위적 자연이었음을 깨닫게 된다. 리어는 불쌍한 톰으로 변장한 에드가를 만나 개도 권력의 자리에 있으면 사람을 부린다면서 자신의 자연스러운 권위가 실은 왕관이 만들어낸 허구였음을 자각한다. 리어는 그 길에서 두 눈을 뽑힌 채 도버로 가면서 사태의 진상을 알게 된 글로스터를 만난다. 악당 콘월과 리건은 글로스터에게 "왜 도버야?"(3.7)라고 묻는다. 도버는 코딜리아가 아버지를 구하기 위해 프랑스 군대를 이끌고 쳐들어오는 곳이다. 에드가로 대표되는 "선의 세력"과 에드먼드로 대표되는 "악의 세력"이 건곤일척의 쟁투를 벌여 결판을 내는 곳이다. 동시에 도버에는 까마득히 높은 백악의 벼랑이 있고 그 밑에는 거센 파도가 밀려오는 바다가 있다. 벼랑 이전의 육지가 누구에게나 익숙한 일상의 땅이라면, 벼랑 너머는 무엇이 숨어 있는지 알 수 없는 미지의 영역이다. 바로 이 절벽에서 리어와 글로스터는 허공을 향해 한 발을 내딛는 정신의 도약을 달성했다. 익숙한 것과 결별하여 전혀 모르는 곳으로 들어가서 자신이 기존에 알던 것을 모두 내버려야 인생의 새로운 전망이 열린다는 것을 깨우쳤다. 이렇게 볼 때 도버의 절벽은 깨달음 이전과 이후를 가르는 분수령이 된다. 그리하여 도버로 가는 길은 초기 기독교 신자들의 "엠마오로 가는 길"(『누가복음』, 24.13)이요, 사도 바울의 "다마스쿠스로 가는 길"이 된다.(『사도행전』, 22.10)

리어 왕의 이런 인식 변화와 더불어, 콘월의 하인이 글로스터의 고문을 부당하다고 생각하여 콘월에게 맞서 싸우다가 죽는 장면(3.7)도 보여주는 바가 많다. 또한 에드가가 한 번은 베들램(정신 병원) 출신의 광인으로 거리를 방랑하는 자로 나오고, 또 한 번은 농민의 복장으로 변장을 하고 나와서 오스왈드를 상대로 싸우고, 마지막으로 에드먼드와 싸워서 이긴다는 설정도 의미심장하다. "거리의 방랑자"와 "농민"이 "귀족의 앞잡이"와 "무도한 귀족"에 맞서서 싸운다는 것은 무슨 얘기인가? 바로 "사회의 무산자"와 "농민"이 "무도한 권력"에 맞서서 싸워야 하고 또 이겨야 마땅하다는 뜻이다. 이렇게 볼 때, 『리어 왕』은 기원전 9세기의 브리튼 사회의 이야기이라기보다는, 셰익스피어가 살았던 잉글랜드 사회의 유동적 권력 구조를 그대로 비추는 연극이다.

　이처럼 혼란에 빠진 사회가 질서를 다시 회복하는 주제는 그와 유사한 상황에 있는 1960년대의 미국 사회와 유럽 사회의 구성원들에게는 크게 호소하는 것이었다. 이것이 1960년대 이래에 『리어 왕』이 셰익스피어의 최고작으로 등극하게 된 배경이다. 서양이든 동양이든 사회는 발전하는 과정에서 "아이(I: 나, 개인)"를 중시하다가 다시 "위(we: 우리, 공동체)"로 가고 그리고 다시 "아이(I)"로 돌아오는 과정을 반복하는데, 그런 전환기에는 늘 사회적·경제적·문화적·사상적 혼란이 발생했다. 이것은 제2차 세계대전 이후에 미국이나 유럽의 사회가 발전해 온 과정이기도 했다. 우리 한국 사회도 1960년대의 4·19혁명 이후에 공동체 정신이 발전했다가, 1970년대에 경제개발이 활발해지면서 개인 중심의 사회로 바뀌었고, 그 부작용이 노골적으로 드러나자 21세기에 들어와서는 다시 공동체를 강조하는 사회로 가고 있다. 개인과 사회가 어떤 변화를 겪든 간에 그 밑그림은 언제나 똑같다. 그것은 혼란과 무질서를 극복하여 안정과 질서로, 고통을 뚫고 환희로, 악을 이기고 선으로 나아간다는 것이다. 광야의 폭풍우는 가정의 분란과 사회의 혼란 그리고 온 세상의 무질서를 보여주는 객관적 상관물이 된다. 『리어 왕』은 이런 여러 주제를 잘 형상화했으므로 셰익스피어의 최고작으로 등극한 것이다.

10. The play is the thing(연극과 인생)

"연극은 그것"이라는 대사(『햄릿』, 2.2)는 셰익스피어 드라마의 핵심을 짚고 있다. "play"는 "연극"을 의미하지만 "놀이"의 뜻도 있다. 이미 위의 섹션 2 〈The agency of the sign(기표와 기의)〉에서 "play"에 대하여 설명했지만, "연극"과의 관계를 좀 더 구체적으로 설명하면 이러하다. 4대 비극을 읽을 때, 주인공의 움직임만 보지 말고, 독자 자신이 이 "연극"의 연출가가 되어, 등장인물들에게 어떤 동작, 어떤 몸짓, 어떤 표정, 어떤 행동을 하게 할 것인지, 생각하면서 읽으면 "놀이"의 개념이 더 뚜렷하게 각인된다. 왜냐하면 독자는 『햄릿』을 읽을 때 햄릿이 "극중"에서 "극중극"을 연출한 것처럼 텍스트를 상대로 "연출(놀이)"할 수 있기 때문이다.

"연극"은 "극중극—그 연극을 바라보는 관객—관객의 실제생활—관객의 구체적 행동(연출)", 이런 식으로 계속 "놀이"가 이어진다. 『맥베스』에서 "인간은 무대 위의 배우"라는 말이 나오고 또 다른 셰익스피어 드라마에서 "세상은 연극의 무대"이고 "인생은 그 무대 위의 배우"라는 말이 나온다.(『좋으실 대로』, 2.7) 또 『템페스트』에서는 그 연극이 끝나면 이 세상 모든 것은 공중으로 흩어져 사라지는데, 우리가 꿈에서 깨어나면 그 꿈속의 사물들은 모두 사라지고, 우리 인간은 꿈으로 만들어진 존재라고 말한다.(4.1) 그러니까 우리 인생은 "세상이라는 무대" 위의 연극이고, 극장에서 상연되는 연극은 "극중극"이다. 이러한 "인생"과 "연극"의 관계는 다시 "인생"은 "꿈(일장춘몽)"이고 우리가 밤중에 꾸는 "드림(dream)"은 "꿈속 꿈"이라는 관계와 "패럴렐"을 이룬다. "극중극"에서 햄릿이 클로디어스의 암살을 확인한 것처럼, 인생은 "꿈속 꿈"에서 중요한 단서를 얻는다. 가령 시저는 루비콘 강을 건너기 전에 대지와 하나되는 꿈을 꿈으로써 승리를 예고 받았고, 좀 더 사소한 사례이기는 하지만 프로이트의 『꿈의 해석』에는 이런 에피소드가 들어 있다. 어떤 사람이 꿈속에서, 어느 해변인가에서 어떤 여인을 만났다. 잠에서 깨어나 그 여인의 이름을 아무리 생각해 봐도 기억이 나지 않았고 그래서 각성 중에 다음 번 꿈에서 다시 만나면 그 여자의 이름을 물어봐야지, 하고 생각했다. 그리고 정말 꿈에서 그 여인을 다시 만나게 되어 이름을 물어보았더니 가르쳐 주었고, 꿈에서 깨어 그 이름을 기억하고 과거를 추적해 보았더니, 그 이름이 실제 자신이 과거에 알았던 여인의 이름이더라는 것이다.

이어서 "The play"의 보어(補語)가 되는 "the thing"이라는 말은 여러 의미를 갖고 있다. 이것은 셰익스피어 드라마 속에서 여성과 남성의 "성기"를 의미하는 은어로 사용된다. 가령 햄릿이 오필리아에게 말하는 "nothing"(3.2), 이아고가 에밀리아에게 말하는 "the thing"(3.3), 리어의 어릿광대 바보가 말하는 "the thing"(1.5) 등이 그러하다. "성욕"은 인간의 대표적 욕망이므로, "The play is the thing"은 곧 "연극의 무대"가 "욕망이 넘쳐흐르는 들판"이 된다는 뜻이다. 특히 그 욕망은 권력과 여성이 상호 작용할 때 더욱 적나라한 힘이 된다. 『리어 왕』의 바보는 이런 말을 한다. "지금 처녀인 여자, 내가 떠나간다니 웃어버리네. 하지만 이 물건을 싹둑 잘라 버리지 않는 한, 처녀로 오래 남아 있기 힘들걸."(1.5) 여기서 여자는 고너릴 혹은 리건의 풍자인데, 자신의 몸을 마치 물건처럼 에드먼드에게 내주려 하는 성적 욕망 때문에 결국에 권력과 야합하게 된다("더 이상 처녀가 아니다.")는 것을 암시한다.

"the thing"의 또 다른 의미는 리어가 에드가를 향해 말했던 "너는 물건 그 자체로구나."의 "the thing itself"(3.4)이다. 이것은 셰익스피어보다 후대의 인물인 철학자 이마누엘 칸트(Immanuel Kant, 1724~1804)가 사용한 용어인 "물자체(物自體, Ding an sich)"의 영어 번역어이다. 칸트에 의하면 우리의 사물 인식 능력은 "사물 그 자체"를 알려 주는 것이 아니라 "사물의 외양" 곧 "현상"만을 알려 준다. 그러면서 칸트는 외부 세계에 대한 우리의 판단은 우리의 마음이 만들어낸 것이지, 외부에 실제로 존재하는 "사물 그 자체"는 아니다, 라고 말한다. 따라서 인간의 지식은 "현상계"에 국한되고 "물자체"는 영원히 알 수 없다고 보았다.

그러나 연극에서는 사정이 다르다. 연극은 때때로 관람객에게 "물자체"에 대한 인식이 아니라 "물자체" 그것을 제공한다. 다시 말해 연극은 "어떤 것에 대한 재현"이 아니라, "어떤 것 그 자체"라는 것이다. 좀 더 쉽게 말하자면 『오셀로』를 읽을 때에는 이아고의 "물자체"는 알 수가 없으나, 극장에 가서 무대 위에서 움직이고 말하는 이아고를 보면, 관람객 자신이 이아고가 되는 순간이 온다는 것이다. 가령 이아고가 "방백"(1.3)을 하면서 관중을 그 자신의 은밀한 악행에 끌어들이는 동작을 취할 때 관객은 그 "악"에 은근히 호응하면서 이아고 그 자체가 되어버린다. 또는 리어 왕이 코딜리아와 재회하여 "너는 나를 사랑하지 못할 이유가 충분하다."고 말하는 순간(4.6), 그 미안한 마음에 동감하면서 관객이 곧 "리어 왕"이 되어버린다. 이것은 무대 위에서 움직이는 햄릿, 맥베스, 오필리아, 코딜리아 등을 직접 볼 때 관람객이 경험하는 신비한 현상이기도 하다. 이것이 바로 "연극의 사물 그 자체"이다.

"The play is the thing"은 줄이면 "plaything"이 된다. 플라톤의 『법률』 제1권 645와 제7권 803에서 "인간은 신들의 놀이를 놀아주는 인형", 혹은 "노리개(plaything)"라는 얘기가 나온다. 이것은 『리어 왕』에서 "아이들은 붙잡힌 파리의 날개를 떼어내면서 놀지. 우리 인간이 신들에게 꼭 그런 꼴이야. 신들은 장난삼아 우리를 죽이지.(4.1)"라는 대사에서 그대로 공명되고 있다. 하지만 플라톤은 그 "노리개(인형)" 안에는 여러 가지 줄들이 달려 있어서 서로 밀고 당기는데, 이 줄들이 움직이는 방향을 조정함으로써 미덕이나 악덕의 어느 한쪽으로 나아가게 된다고 말한다. 다시 말해 인간이 일방적으로 운명의 노리개로 그치는 것이 아니라 거기에 반응하여 인간의 운명을 바꿀 수 있는 가능성을 열어 놓는다. 플라톤은 우리의 "놀이(역할)"를 가능한 한 완벽하게 수행함으로써 우리의 인생을 유의미하게 만들라고 주문한다.

그런데 플라톤의 『법률』 제2권 653은 아주 흥미로운 단서를 제시한다. 먼저 쾌락과 고통을 통하여 인간의 영혼이 미덕과 악덕을 구분하게 된다는 것이다. 다시 말해 인간의 신체적 감각이 선도하여 그로부터 어떤 추상적 원칙에 대한 깨달음이 나오는데, 그 과정에서 "놀이(play)"가 작용한다는 것이다. 인간이 "신들의 놀이를 놀아주는 노리개"라는 것은, 인간이 원칙과 감각의 중간에서 놀이를 하면서 감각을 억제하고, 원칙을 고양하면서 신의 질서를 향해 나아가야 한다는 것이다. 이 〈작품 해설〉의 "섹션 3 〈To be or not to be(실재와 외양)〉"에서 말한 "become"에서 "be"로 되어가는 과정을 다시 설명하고 있는 것이다. 그리하여 리어는 "오래 견디었다."(5.3)라고 말한다. 신들이 인간을 노리개로 삼지만, 자유의지를 발동하여 그 노리개의 운명을 견딤으로써 신을 상대로 놀이를 억제안하겠다는 것이다. 마치 구약 시대에 아브라함이 하느님을 상대로 흥정을 했던 것처럼 말이다.(『창세기』, 18.16)

리어의 죽음에 대하여 에드거는 이렇게 말한다. "가장 나이 많으신 분이 가장 많이 견디어 오셨습니다."(5.3) 또한 켄트는 이런 말도 한다. "놀라운 일은 그분이 그토록 오래 견디셨다는 거야. 그분은 떠나야 할 때 이상으로 억지로 사셨던 거요."(53) 리어는 왜 오래 견디는 사람이 되었을까? 왜 천수 이상으로 살려고 했을까? 여기서 우리는 바보가 리어에게 한 말을 떠올리게 된다. "현명해지기도 전에 세월이 지름길 타고 달려와 영감을 늙은이로 만들었잖아."(1.5) 리어는 극의 대단원에 이르는 과정에서 자신이 현명함을 얻지 못하고 "때 이르게 늙어버렸다."(1.5)라는 사실을 깨닫는다. 그러나 사람이 현명해 지는 데에는 너무 늦었다는 법은 없는 것이다. "포도원의 비유"(『마태복음』, 20.14)도 있지 않은가. 아무리 늦게 포도원에 나타난 일꾼이라도 일단 "포도원(깨달음의 경지)"에 들어섰으면 "동일한 임금(인생의 보람)"을 안겨주는 것이다. 우리는 이 오래 견딘 사람에게서 인생의 게임을 마지막까지 펼치다가 이윽고 깨달음을 얻은 사람의 모습을 읽게 된다. 절대 권력을 가진 왕으로서 "everything"이었던 사람이 "nothing"으로 떨어졌다가 황무지의 폭풍우 시련과 코딜리아와의 재회를 통하여 개명된 인격을 갖춘 "something"으로 거듭 났으니, 이제 더 이상 버틸 이유가 없게 된 것이다.

비극이 이처럼 "인간의 운명"과 "자유 의지" 사이에서 벌어지는 갈등이라는 점에서 그것은 신분 높은 사람들에게만 벌어지는 것이 아니라 우리 평범한 사람들에게도 발생하는 일이 된다. 4대 비극은 인생의 사이클에 비추어 보면 "봄-여름-가을-겨울"의 "4계절"에 해당한다. 『햄릿』은 소년 시대, 『맥베스』와 『오셀로』는 중년 시대, 그리고 『리어 왕』은 노년시대이다. 이러한 인생의 각 단계에 대하여 셰익스피어는 "거울을 비춘다."(『햄릿』, 3.2) 인생은 누구나 『햄릿』의 단계에서 시작한다. 가정 내에서 벌어지는 "아버지-어머니-자식"의 3인 드라마에서 자식은 늘 그것을 지켜보는 수동적 존재이지 적극적으로 그 문제에 개입하지 못한다.

『햄릿』은 결혼하여 성가하기 전, 금슬이 나쁜 부모, 혹은 사이를 알 수 없는 부모 사이에 낀 아이의 딜레마를 보여준다. 햄릿은 돌아가신 아버지와 현재 재혼한 어머니의 사이가 어떠했는지, 왜 어머니가 그런 결정을 내렸는지, 왜 아버지가 자신의 복수를 해달라고 하면서도 어머니에게는 부드럽게 대하라고 요구하는지, 그 이유를 확실히 알지 못한다. 아버지의 죽음에 어머니가 어떤 역할을 했는지도 불확실하다. 클로디어스는 기도를 하면서 참회하는 모습을 보이고, 어머니 거트루드는 햄릿이 재혼에 대해 따져 묻자, 내가 무엇을 잘못했냐, 면서 시침 떼는 태도를 보인다. 이런 상황에서 우리는 혹시 거트루드가 성적 욕망에 휘둘려 맥베스 부인처럼 배후에서 클로디어스를 사주한 것이 아닌가 하는 의심을 갖게 된다. 이렇게 되면 선왕 햄릿과 거트루드의 부부 관계는 어떤 것이었는지 아주 애매모호하게 된다.

햄릿의 딜레마를 비근한 사례로 들어보겠다. 이제는 장성한 우리 조카의 어릴 적 이야기인데 그가 초등학교 2학년 때에 부모님이 하도 집안에서 싸우니까, 조카가 부모를 향해 "나 때문에 두 분이 싸우는 것 같으니까, 내가 집을 나가버리면 될 거 아니에요."라고 폭탄선언을 하여 부모를 잠시 아연하게 했었다. 이 에피소드에서 보듯이, 자식은 부모의 불화에 대하여 그 이유를 명확하게 알기가 어렵다. 그렇지만 3인 드라마의 상황은 어디에서나 보편적으로 유사하다. 우리 인간은 모두 힘없는 어린아이로 삶을 시작하여 부모와 그 밖의 여러 어른들의 보호를 받아가며 인생을 헤쳐 나가는 능력을 키워야 한다. 그러나 집안이 불화하면 아이는 그 원인을 자기 자신이나 바깥세상으로 투사하려는 경향이 있다. 이러한 상황을 햄릿은 이렇게 말한다. "이 세상은 고장이 났어. 내가 그걸 고치기 위해 태어났다니 이 얼마나 나쁜 운명인가."(1.5) 햄릿이 말하는 "세상 고치기"는 우리 보통 사람의 입장에서 보면 먼저 부모님을 이해하려 애쓰고 더 나아가 이 세상에 적응하는 문제가 된다.

이 햄릿과 오필리아가 나중에 결혼을 한다면 그들은 맥베스 부부와 오셀로/데스데모나의 단계를 통과하게 될 것이다. 얼마 전에 서울에서 30대 부부가 아파트 전세 문제로 다투다가, 아내는 남편에게 당신이 겁쟁이처럼 빚내어 집 사는 것을 주저하다가 집값이 폭등하여 우리만 벼락거지가 되었다고 따졌고, 남편은 은행 빚 내어 집 사서 집값 오르기만을 기다리면서 살아가는 것이 정상적인 투자 방식이냐, 그러다가 집값 폭락하면 원리금 손실을 어떻게 감당할 것이냐, 하고 아내에게 항변하다가 극심한 언쟁이 벌어져서 결국 남편이 아내를 죽이고, 그 남편은 아파트에서 투신자살한 사건이 발생했다. 이 사건은 본질적으로 『오셀로』의 비극과 다를 것이 없다. 만약 이들 부부가 『오셀로』를 연출해 본 경험이 있다면 그들의 상황을 충분히 다르게 해석할 수 있지 않았을까? 지금 내가 아내를 쳐다보고 있는 눈빛이 오셀로의 그것과 똑같구나, 하고 명확히 깨달을 수 있었다면 그런 극단적인 비극만큼은 피할 수 있지 않았을까?

또 다른 사례를 들어보자. 어떤 30대 여인은 대학 교수가 되고 싶어 했으나 가난한 집안 사정 때문에 대학 졸업 후 곧바로 결혼했다. 하지만 자신이 못 이룬 꿈을 남편을 통해 이루고 싶었다. 그래서 평범한 직장인이었던 남편에게 한평생 월급쟁이만 할 거냐고 다그치며 그를 야간 대학원에 진학시켰다. 그 남편은 놀기를 좋아하고 공부에 무관심한 사람이었으나, 아내가 하도 재촉을 하니까 마지못해 대학원에 입학하여 건성으로 다니다가 그만 같은 과의 여학생과 사랑에 빠졌고 결국에는 아내와 이혼하고 그 학생과 재혼했다. 이 30대 여성의 경우, 만약 맥베스 부인의 사례를 명확하게 깨닫고 있었다면 평범한 직장인 남편에게 그처럼 지독하게 출세를 채근했을까? 어떤 부부가 되었든, 자신이 상대방에게 상처를 줄 수 있다는 것을 뚜렷이 인식한다면, 다시 말해 내가 지금 오셀로 노릇을 하고 있다, 혹은 내가 지금 맥베스 부인 노릇을 하고 있다, 라는 사실을 명확히 깨닫는다면 인생의 비극은 얼마든지 피할 수 있는 것이다.

이렇게 하여 노년에 이르면 햄릿은 리어가 된다. 괴테는 "인생의 노년은 언제나 리어 왕이다."라는 말을 했다. 사실 노인은 자녀들이 그들 나름의 삶이 있다는 것을 잘 이해하지 못한다. 부모가 보기에 자녀들은 부모의 은혜를 모르는 것 같고 그것을 당연시하는 것 같다. 또 노인들은 자기가 자녀들로부터 버림을 받았다고 생각하기가 쉽다. 자신의 젊은 시절과 결혼 생활을 거쳐 온 햄릿, 즉 리어는 이제 확고한 인생관 아래 고집 세고 잘 양보하지 않으며 욕심 많은 노인이 되었다. 그러나 가장 방어할 능력이 떨어지는 노년에 젊은 시절에 야망을 성취하기 위해 무리했던 일들의 후유증이 닥쳐온다. 가령 재산을 모으기 위해 자식들을 홀대했거나, 명예를 얻기 위해 아내에게 무심했던 일들이 그에 대한 지불 청구서를 보내오는 것이다. 자식들은 그런 홀대를 돈으로 보상해 달라고 할 수도 있고, 아내는 노인을 상대로 황혼 이혼을 요구할 수도 있다.

『리어 왕』을 읽을 때마다 제일 먼저 생각나는 것은 나의 중학 동창 에피소드이다. 그는 평생을 서울 답십리에서 구멍가게 주인으로 일관했는데, 가게를 운영하면서 한 달에 한 번 돌아오는 휴일에는 소주 다섯 병과 간단한 안주거리를 챙겨서 탑골 공원에 나가 오후 한나절 동안 노인들에게 공짜 술대접을 했다. 그때 내 친구가 노인들에게 들었던 한결같은 충고의 말은 "자식들에게 재산을 전부 다 물려주면 안 된다."라는 것이었다. 또한 자랄 때 애지중지한 자식은 커서 성가하면 자기 아내, 자기 자식만 생각하는데, 어릴 때 홀대한 미운 자식이 나중에 커서는 부모 봉양을 훨씬 더 잘해서 정말 미안해 죽겠다는 얘기를 많이 들었다고 한다. 이것은 노년의 리어 왕, 우리들이 늙었을 때의 초상화이기도 하다.

만약 독자가 리어 왕의 시련을 철저하게 이해한다면, 리어 왕의 방식으로 재산을 나눠 주려 할까? 딸자식이 고집하는 사랑의 침묵을 이해하지 못할까? 사랑의 가식도 웃으면서 용납해 주지 않을까? 만약 독자가 딸만 셋을 둔 아버지라면 깨달음 이전의 리어 왕과, 깨달음 이후의 리어 왕을 눈여겨보지 않을까? 만약 독자가 리어 왕의 시련을 마음속 깊이 인정한다면, 미운 딸이든 고운 딸이든 다 "나의 자식"이라며 사랑해 주지 않을까? 사실 딸자식은 리어 왕의 방식처럼 자기의 사랑을 시험하려 드는 것을 제일 싫어하는 것이다. 『리어 왕』의 연대는 이 드라마의 출전이 되는 라파엘 홀린셰드의 《연대기》에 의하면 하느님이 세상을 창조한 이후 3155년이고, 고대 로마의 창건보다 54년 이전의 시점으로서, 『구약성경』에서 우찌야(Uzziah: 아자르야)가 유다를 다스리고, 여로보암(Jeroboam)이 이스라엘을 다스리던 시대였다. 로마를 기준으로 잡는다면 기원전 822~817년의 시대이고, 여로보암을 기준으로 잡는다면 기원전 931년이 된다. 이처럼 오래전에 이미 늙은 아버지의 문제가 존재했고, 그것은 지금 이 순간에도 벌어지고 있다. 3천 년이 지났어도 인간성은 여전히 예전 그대로인 것이다.

이것을 무엇을 의미하는가? 4대 비극에서 다루어진 문제는 수천 년 된 것들이지만, 거기서 제시된 극적(문제적) 상황은 오늘날에도 여전히 유효하다는 것이다. 인생은 "하나의 연극(play)"이고, 우리 인간은 "신들의 노리개(plaything)"라는 사실은 변하지 않는다. 그러나 인간은 "극적인 상황을 오래 견디는 존재"이기도 하다. 그리하여 우리는 "호모 파티엔스(homo patiens: 인내하는 인간, 고뇌하는 인간)"이면서 "호모 루덴스(homo ludens: 놀이하는 인간)"가 된다. 이러한 자격으로 우리는 "운명"을 상대로 "놀이"를 역제안할 수 있다.

어떻게?

여기서 구체적 실례를 하나 들어보겠다. 결혼 50주년을 맞이한 70대의 노부부가 기념식장에 깨어진 꽃병을 가지고 나왔다. 할머니는 그 꽃병을 이렇게 설명했다. "지난 50년을 큰 탈 없이 보낼 수 있었던 것은 저꽃병 때문이었습니다. 남편이 바람을 피우고 음주와 도박으로 부부 생활을 어렵게 할 때마다 저것이 나를 지켜주었습니다. 50년 전 남편은 제 방에서 청혼을 했습니다. 그때 저는 너무 감격한 나머지 방안을 정신없이 돌아다니다가 탁자 위의 꽃병을 깨트리고 말았습니다. 저 꽃병은 그날의 감격을 늘 상기시키며 내게 참아내는 힘을 주었습니다." 우리가 오셀로의 질투하는 눈빛이나, 맥베스 부인의 혈흔 강박증이나, 햄릿의 정신적성숙이나, 리어의 광야에서의 깨달음을 정말로 이 70대 할머니의 꽃병처럼 내 것으로 인식할 수 있다면, 운명을 상대로 펼치는 인생의 게임에서 승리할 수도 있다. 설사 이기지 못하더라도 그 운명을 내가 선택한 것처럼 받아들일 수 있다. 이런 중요한 교훈을 가르친다는 점에서 셰익스피어의 4대 비극은 참으로 훌륭한 인생 교과서이다.